afgeschreven

RODE SCHOENEN

JOANNE HARRIS

Rode schoenen

 DE KERN

Deze uitgave bevat tevens een voorproefje uit
De zoetheid van perziken. Zie pagina 463 e.v.

Twaalfde druk, eerste in deze uitvoering, 2012
Dertiende druk, oktober 2013

Oorspronkelijke titel: *The Lollipop Shoes*
Oorspronkelijke uitgever: Transworld Publishers, Londen
Copyright © 2007 Frogspawn Limited
Joanne Harris has asserted her right under the Copyright, Designs and Patents
Act 1988 to be identified as the author of this work
Copyright © 2007, 2012 voor deze uitgave:
De Kern, een imprint van Uitgeverij De Fontein, Utrecht
Vertaling: Monique de Vré
Omslagontwerp: De Weijer Design
Omslagillustratie: Masterfile
Auteursfoto: Adrian Lourie
Zetwerk: v3-Services, Baarn
ISBN 978 90 325 1351 1
ISBN e-book 978 90 325 1368 9
NUR 302

www.dekern.nl

Voor A.F.H.

DEEL EEN

DOOD

1

Woensdag 31 oktober
Día de los Muertos

HET IS EEN NIET ZO ERG BEKEND FEIT DAT IN DE LOOP VAN ÉÉN JAAR ongeveer twintig miljoen brieven bij de doden worden bezorgd. Men – de rouwende weduwen en toekomstige erfgenamen – vergeet de postbezorging stop te zetten en daardoor worden abonnementen op tijdschriften niet opgezegd, worden verre vrienden niet op de hoogte gesteld en blijven bibliotheekboetes onbetaald. Dat zijn twintig miljoen circulaires, bankafschriften, creditcards, liefdesbrieven, reclamefolders, groeten, roddels en rekeningen die dagelijks op deurmatten of parketvloeren vallen, nonchalant tussen spijlen door worden geduwd, in brievenbussen worden geprop, zich ophopen in trapportalen, ongewenst in portieken en op stoepen blijven liggen, en nooit de geadresseerde bereiken. De doden kan het niets schelen. Maar wat nog belangrijker is: de levenden ook niet. De levenden gaan gewoon door met hun onbelangrijke aangelegenheden, zich er totaal niet van bewust dat er heel dichtbij een wonder geschiedt. De doden komen weer tot leven.

Er is niet veel voor nodig om de doden tot leven te wekken: een paar rekeningen, een naam, een postcode, niets dat niet te vinden is in een oude afvalzak die opengescheurd (misschien door toedoen van vossen) en als een geschenk op de stoep wordt achtergelaten. Je kunt uit verwaarloosde post heel wat te weten komen: namen, bankgegevens, wachtwoorden, e-mailadressen en beveiligingscodes. Met de juiste combinatie van persoonlijke gegevens kun je een bankrekening openen, een auto huren en zelfs een nieuw paspoort aanvragen. De doden hebben dergelijke zaken niet meer nodig. Een geschenk, zoals ik al zei, dat alleen maar opgehaald hoeft te worden.

Soms bezorgt het lot ons zelfs persoonlijk een geschenk, en het heeft altijd nut alert te blijven. *Carpe diem* en verder ieder voor zich. Daarom lees ik altijd de rouwadvertenties, want soms lukt het me de identiteit te verwerven voordat de begrafenis heeft plaatsgevonden. En daarom ook nam ik, toen ik de mededeling en daaronder de uitpuilende brievenbus zag, het geschenk met een dankbare glimlach in ontvangst.

Het was natuurlijk niet míjn brievenbus. De postbezorging hier is beter dan menig andere en brieven worden zelden verkeerd bezorgd. Het is een van de vele redenen waarom ik aan Parijs de voorkeur geef, naast het eten, de wijn, de theaters, de winkels en de vrijwel ongelimiteerde mogelijkheden. Maar Parijs is duur: de vaste lasten zijn er buitengewoon hoog en bovendien sta ik al een tijdje te trappelen om me weer een nieuwe identiteit aan te meten. Ik had bijna twee maanden op zeker gespeeld en les gegeven aan een lyceum in het 11e arrondissement, maar na alle recente onrust daar had ik besloten er toch maar mee te kappen (met medeneming van vijfentwintigduizend euro aan afdelingsgelden, die gestort zullen worden op een rekening die geopend is op naam van een ex-collega, en die er over een paar weken onopvallend afgehaald zullen worden) en naar huurappartementen te gaan kijken.

Eerst probeerde ik de Rive Gauche. De huizen daar waren boven mijn begroting, maar het meisje van het bureau wist dat niet. En zo kon ik met mijn Engelse accent en onder de naam Emma Windsor, met mijn luxe leren handtas nonchalant onder mijn arm geklemd en mijn dure Italiaanse kleding langs mijn in zijde gestoken kuiten ruisend, een aangename ochtend winkelen.

Ik had verzocht me alleen lege huizen te tonen. Er waren er een paar op de linkeroever: appartementen met diepe kamers die op de rivier uitkeken, etages met daktuinen, penthouses met parketvloeren.

Met enige spijt keurde ik ze allemaal af, maar ik kon niet de verleiding weerstaan om nu ik er toch was, een paar nuttige zaken mee te nemen, zoals een tijdschrift waar de banderol met het klantnummer van de geadresseerde nog omheen zat, diverse circulaires, en in één woning deed ik een gouden vondst, namelijk een bankpas op naam van Amélie Deauxville. Ik hoef maar te bellen en hij wordt geactiveerd.

Ik gaf het meisje mijn mobiele nummer. De telefoon staat op naam van Noëlle Marcelin, wier identiteit ik enige maanden geleden verkreeg. Ze is bij met haar betalingen – de arme vrouw is vorig jaar op vierennegentigjarige leeftijd overleden –, maar dat betekent wel dat wie mijn telefoontjes wil natrekken, enige moeite zal hebben me te vinden. Ook mijn internetrekening staat op haar naam, en ook die blijft stipt betaald. Noëlle is te kostbaar voor mij om kwijt te raken. Ze zal echter nooit mijn hoofdidentiteit worden. In de eerste plaats wil ik geen vierennegentig zijn en bovendien word ik al die reclame voor trapliften zat.

Mijn laatste openbare personage was Françoise Lavery, lerares Engels aan het Lycée Rousseau in het 11e arrondissement. Tweeëndertig jaar oud, geboren in Nantes, in een en hetzelfde jaar vrouw en weduwe geworden van Raoul Lavery, die omkwam bij een auto-ongeluk op de dag voor de viering van onze trouwdag – een romantische bijkomstigheid, vond ik, die verklaart waarom ze iets melancholieks heeft. Een strenge vegetariër, tamelijk verlegen, ijverig, maar niet getalenteerd genoeg om een bedreiging te zijn. Al met al een aardige meid – en dat toont maar weer aan dat je nooit op uiterlijkheden moet afgaan.

Vandaag ben ik echter iemand anders. Vijfentwintigduizend euro is een aanzienlijk bedrag en er bestaat altijd een kans dat iemand de waarheid begint te vermoeden. De meeste mensen doen dat niet – ze zouden nog geen misdaad opmerken als die vlak voor hun neus plaatsvond –, maar ik ben niet zo ver gekomen door risico's te nemen, en ik heb ontdekt dat het veiliger is als je in beweging blijft.

Ik heb dus weinig bagage – een oude leren koffer en een Sony-laptop die de ingrediënten voor wel honderd mogelijke identiteiten bevat – en ik kan in nog geen middag pakken, opruimen en alle sporen uitwissen.

Zo is Françoise ook verdwenen. Ik heb haar papieren, correspondentie, bankgegevens en aantekeningen verbrand. Ik heb alle rekeningen die op haar naam stonden, opgeheven. Boeken, kleren, meubels en alle andere spullen heb ik aan het *Croix Rouge* geschonken. Je moet nooit te veel spullen vergaren.

Daarna moest ik mezelf opnieuw vinden. Ik nam mijn intrek in een goedkoop hotel, betaald met Amélies creditcard, trok Emma's kleren uit en andere aan en ging winkelen.

Françoise was een onelegant type: degelijke schoenen en keurige *chignons*. Mijn nieuwe personage heeft echter een andere stijl. Zozie de l'Alba heet ze. Ze heeft iets vaag buitenlands, maar je zou toch niet zo een-twee-drie kunnen zeggen waar ze vandaan komt.

Ze is zo flamboyant als Françoise saai was: ze draagt sieraden in haar haar, houdt van felle kleuren en frivole vormen, gaat graag naar rommelmarkten en winkels voor tweedehandskleding en zou nooit van haar leven degelijke schoenen dragen.

De metamorfose was een simpele ingreep. Ik ging als Françoise Lavery een winkel in, met een grijze twinset en een ketting van valse parels, en ik kwam er tien minuten later als iemand anders uit.

Het probleem blijft: Waar moet ik heen? De Rive Gauche, hoe verleidelijk ook, is uitgesloten, hoewel ik geloof dat Amélie Deauxville nog wel een paar duizend zou kunnen opleveren voordat ik haar moet dumpen. Ik heb ook nog andere bronnen, natuurlijk, buiten mijn meest recente, zoals madame Beauchamp, de secretaresse die belast is met de afdelingsfinanciën op mijn vroegere werkplek.

Het is zo gemakkelijk om een kredietrekening te openen. Een paar oude gas- en lichtrekeningen, zelfs een oud rijbewijs kan al voldoende zijn. En nu er steeds meer per computer gekocht kan worden, nemen de mogelijkheden met de dag toe.

Maar mijn behoeften strekken zich veel, veel verder uit dan een bron van inkomsten. Verveling is een schrikbeeld voor me. Ik heb meer nodig: ruimte voor mijn capaciteiten, avontuur, een uitdaging, een verandering.

Een léven.

En dat bezorgde het lot me dan ook, als bij toeval, op deze winderige ochtend aan het eind van de maand oktober op Montmartre, toen ik even in een etalage keek en de keurige mededeling op de deur geplakt zag:

FERMÉ POUR CAUSE DE DÉCÈS

Ik was hier al een tijdje niet geweest. Ik was vergeten hoe leuk ik het er vond. Montmartre is het laatste dorp van Parijs, zeggen ze, en dit deel van de Butte is bijna een parodie op landelijk Frankrijk, met zijn cafés en crêperietjes, zijn roze of pistachegroen geverfde huizen, zijn nepluiken voor de ramen en zijn geraniums op iedere vensterbank, allemaal heel schilderachtig bedoeld, als een minifilmset vol namaakcharme die het hart van steen maar nét verhelen kan.

Misschien vind ik het er daarom zo leuk. Het is een ideaal decor voor Zozie de l'Alba. Daarbij komt dat ik er bijna per ongeluk terechtkwam: ik hield even pauze op een plein achter de Sacré-Coeur, kocht een koffie met croissant in een café dat Le P'tit Pinson heet en ging aan een terrastafeltje zitten.

Een blauw tinnen bord hoog op de hoek vermeldde dat de naam van het plein Place des Faux-Monnayeurs was. Een ingesloten pleintje, als een keurig opgemaakt bedje. Een café, een crêperie, een paar winkels, verder niets. Zelfs geen boom om de contouren te verzachten. Maar toen werd mijn oog om de een of andere reden getrokken naar een winkel, een soort quasichique *confiserie* leek het me, hoewel het bord boven de deur blanco was. Het rolluik was half neergelaten, maar waar ik zat, kon ik nog net de uitgestalde waar in de etalage zien en de helblauwe deur, als één hemelpaneel. Een zacht herhaald geluid waaide over het plein: windbelletjes die boven de deur hingen en willekeurige klanken als signalen de lucht in stuurden.

Waarom werd ik erheen getrokken? Ik kon het niet zeggen. Er zijn zo veel van die winkeltjes in de doolhof van straten die naar de Butte de Montmartre leiden, die als vermoeide boetedoeners op de hoeken van de keisteenstraatjes hangen. De pandjes met hun smalle gevels en rommelige achterkanten zijn vaak vochtig op straatniveau, kosten een kapitaal aan huur en danken hun voortbestaan voornamelijk aan de domheid van toeristen.

De kamers erboven zijn zelden beter: klein, spaarzaam ingericht en ongemakkelijk – 's nachts, wanneer de stad beneden tot leven komt, lawaaiig, 's winters koud, en 's zomers, wanneer de zon op de zware leistenen dakbedekking brandt en het enige raam, een dakraam van nog geen vijftien centimeter breed, slechts verstikkende hitte binnenlaat, hoogstwaarschijnlijk ondraaglijk.

En toch... Iets had mijn belangstelling gewekt. Misschien de brieven die als een gemene tong uit de metalen kaken van de brievenbus staken. Misschien de vluchtige geur van nootmuskaat en vanille (of was dat alleen maar het vocht?) die onder de hemelsblauwe deur door zweemde. Misschien de wind die met de zoom van mijn rok speelde en de belletjes boven de deur liet klingelen. Of misschien was het de mededeling, keurig met de hand geschreven, met zijn onuitgesproken, verlokkelijke potentieel:

WEGENS STERFGEVAL GESLOTEN

13

Ik had inmiddels mijn koffie met croissant op. Ik betaalde, stond op en liep erheen om eens beter te kijken. De winkel was een chocolaterie; de kleine etalage stond vol met dozen en blikken en daarachter in het halfduister zag ik bladen met chocola en piramides van chocola, allemaal onder een ronde glazen stolp, als trouwboeketten van een eeuw geleden.

Achter me, in het café Le P'tit Pinson, stonden twee mannen hardgekookte eieren en lange boterhammen met boter te eten, terwijl de *patron* met schort voor tamelijk luid stond te oreren over iemand die Gérard heette en hem geld schuldig was.

Verder was het plein nog vrijwel verlaten, op een vrouw na die stond te vegen en een paar kunstenaars met ezels onder hun arm, die op weg waren naar de Place du Tertre.

Een van hen, een jongeman, trok mijn aandacht. 'Hé halló! *U* bent het!'

De jachtkreet van de portretschilder. Ik ken hem goed – ik heb het allemaal meegemaakt – en ik ken die blik van blije herkenning, die impliceert dat hij zijn muze heeft gevonden, dat zijn zoektocht vele jaren in beslag heeft genomen en dat, hoeveel hij ook vraagt voor het peperdure resultaat, de prijs nooit recht zal kunnen doen aan de perfectie van zijn kunstwerk.

'Nee, ik ben het niet,' merkte ik droogjes op. 'Zoek maar iemand anders om onsterfelijk te maken.'

Hij haalde zijn schouders op, trok een grimas en slofte toen weg om zich bij zijn vriend te voegen. Ik had de chocolaterie voor mij alleen.

Ik keek even naar de brieven die nog onbeschaamd uit de brievenbus staken. Er was niet echt een reden waarom ik het risico zou nemen, maar het was gewoon een feit dat het winkeltje me trok, als iets glanzends dat je tussen de straatstenen ziet liggen, dat een munt of een ring kan blijken te zijn, of gewoon een stukje folie waar het licht op valt. Ook hing er iets van een belofte in de lucht en bovendien was het Halloween, de *Día de los Muertos*, wat altijd een geluksdag voor me is geweest, een dag van eindigen en beginnen, van kwalijke winden en geheime gunsten en vuren die 's nachts branden. Een dag van geheimen, van wonderlijke zaken, en natuurlijk van de dood.

Ik keek nog eenmaal snel om me heen. Er keek niemand. Ik wist zeker dat niemand het zag toen ik met een vlugge beweging de brieven in mijn zak stak.

De herfstwind was vlagerig en deed het stof over het plein dansen. Hij geurde naar rook, niet naar Parijse rook, maar naar de rook van mijn jeugd, waar ik niet vaak aan terugdenk, een geur van wierook en frangipani en herfstbladeren. Er zijn geen bomen op de Butte de Montmartre. Het is gewoon een rots met bruidstaartglazuur dat nauwelijks het wezenlijke gebrek aan smaak kan verhelen. Maar de ochtendlucht had een broze eierschaalkleur, en er was een complex patroon van condenssporen in te zien, als mystieke symbolen op het blauw.

Ik zag onder meer de Maïskolf, het teken van De Gevilde – een offerande, een gift.

Ik glimlachte. Kon het toeval zijn?

De dood... en een gift. En dat alles op één dag.

Ooit, toen ik nog klein was, nam mijn moeder me mee naar Mexico City om de Azteekse ruïnes te zien en de Día de los Muertos te vieren. Ik vond al dat dramatische gedoe prachtig: de bloemen en de *pan de muerto* en het zingen en de schedels van suikergoed. Maar mijn favoriet was de *piñata*, een beschilderde dierfiguur van papier-maché, die helemaal behangen was met vuurwerk en gevuld was met snoep, munten en kleine, ingepakte cadeautjes.

Het spel bestond eruit dat je de piñata boven een deuropening hing en er stokken en stenen naar gooide totdat die openbarstte en de cadeautjes eruit vielen.

De dood en een gift – in één keer.

Het kon geen toeval zijn. Deze dag, deze winkel, dit teken in de lucht – het leek wel of Mictecacihuatl ze hoogstpersoonlijk op mijn pad had gebracht. Een piñata voor mij alleen.

Ik wendde me met een glimlach op mijn gezicht af, en zag toen iemand naar me kijken. Een meter of drie bij me vandaan stond heel stil een kind, een meisje van elf of twaalf, met een felrode jas en enigszins afgetrapte bruine schoolschoenen aan, en met vlossig zwart haar, als dat van een Byzantijnse icoon. Ze keek me uitdrukkingloos aan terwijl ze haar hoofd een beetje scheef hield.

Even vroeg ik me af of ze me de brieven had zien wegnemen. Ik kon met geen mogelijkheid weten hoe lang ze daar al stond, dus schonk ik haar mijn charmantste glimlach en duwde ik het pak brieven dieper in de zak van mijn jas.

'Dag,' zei ik. 'Hoe heet je?'

'Annie,' zei het meisje, zonder terug te lachen. Haar ogen hadden een eigenaardige blauw-groen-grijze kleur en haar mond was zo rood dat het leek alsof er lippenstift op zat. In het koele ochtendlicht had ze iets heel aparts en terwijl ik keek, leken haar ogen nog meer op te lichten, de schaduwen van de herfstlucht op te slokken.

'Je komt hier niet vandaan, hè, Annie?'

Ze knipperde met haar ogen, misschien omdat ze zich afvroeg hoe ik dat wist. Parijse kinderen praten nooit met onbekenden; de achterdocht is bij hen diep verankerd. Dit meisje was anders, op haar hoede misschien, maar niet onwillig, en zeker niet ongevoelig voor charme.

'Hoe weet u dat?' vroeg ze ten slotte.

Die slag was voor mij. Ik grijnsde. 'Dat hoor ik aan je stem. Wat is het? Het zuiden?'

'Zoiets,' zei ze. Maar nu lachte ze.

Je kunt veel te weten komen wanneer je met kinderen praat. Namen, beroepen, de kleine details die een rol dat authentieke geven dat van onschatbare waarde is. De meeste internetwachtwoorden bestaan uit de naam van een kind, of van een echtgenoot, of zelfs van een huisdier.

'Annie,' zei ik, 'moet je niet naar school?'

'Vandaag niet. Het is een vrije dag. En bovendien...' Ze keek naar de deur met het handgeschreven briefje.

'Gesloten wegens sterfgeval,' zei ik.

Ze knikte.

'Wie is er overleden?' De felrode jas leek niet echt iets voor een begrafenis, en op haar gezicht lag niets te lezen dat aan verdriet deed denken.

Annie zweeg even, maar ik zag een glinstering in haar blauwgrijze ogen; ze leken nu iets hautains te hebben, alsof ze overdacht of mijn vraag nu brutaal of echt medelevend was.

Ik liet haar staren. Ik ben eraan gewend dat men mij aanstaart. Het gebeurt soms zelfs in Parijs, waar mooie vrouwen in overvloed zijn. Ik zeg mooi, maar dat is een illusie, een heel eenvoudige soort glamour, nauwelijks magie te noemen. Het hoofd een beetje schuin gehouden, een bepaalde manier van lopen, kleding die bij het moment past – allemaal dingen die iedereen kan.

Nou ja, bíjna iedereen.

Ik hield de aandacht van het meisje vast door haar mijn zonnigste glimlach te schenken, lief en brutaal en een tikje treurig. Ik werd even de flodderige oudere zus die ze nooit had gehad, de glamoureuze rebel die Gauloises rookt en strakke rokken en neonkleuren draagt en in wier onpraktische schoenen ze heimelijk zou willen staan, daar ben ik van overtuigd.

'Wil je het niet aan me vertellen?' zei ik.

Ze keek me nog even aan. Ze was typisch het oudste kind: moe, heel moe van het altijd maar braaf moeten zijn, en vervaarlijk dicht bij de leeftijd van de opstandigheid. Haar kleuren waren ongewoon helder; ik las er een zekere eigenzinnigheid in, enige triestheid, iets van woede en een heldere draad van iets wat ik niet goed kon identificeren.

'Kom, Annie. Vertel eens, wie is er overleden?'

'Mijn moeder,' zei ze. 'Vianne Rocher.'

2

Woensdag 31 oktober

VIANNE ROCHER. HET IS LANG GELEDEN DAT IK DÍÉ NAAM GEBRUIKT heb. Als een jas die graag gedragen werd, maar lang geleden is weggedaan. Ik was bijna vergeten hoe goed hij voelde, hoe lekker warm en comfortabel. Ik ben al zo vaak van naam veranderd – wij beiden zijn al zo vaak van naam veranderd, in ieder dorp een andere naam, voortgedreven als we waren door de wind – dat ik dat nu niet meer zou moeten willen. Vianne Rocher is reeds lang dood, en toch...

En toch vond ik het léúk Vianne Rocher te zijn. Ik vond het leuk het woord uit hun mond te horen. *Vianne* – als een lach. Als een woord van welkom.

Ik heb inmiddels uiteraard een nieuwe naam, niet zo anders dan de oude. Ik heb een leven, een beter leven zouden sommigen misschien zeggen. Maar het is niet hetzelfde. Vanwege Rosette, vanwege Anouk, vanwege alles wat we hebben achtergelaten in Lansquenet-sous-Tannes, die Pasen toen de wind veranderde.

Die wind. Ik zie hem weer waaien. Heimelijk maar onverbiddelijk heeft hij altijd alles wat we ondernomen hebben, bepaald. Mijn moeder voelde hem, en ik voel hem ook, ook hier, ook nu, terwijl hij ons als bladeren in de hoek van dit pleintje waait en ons tegen de keien aan flarden danst.

V'là l'bon vent, v'là l'joli vent

Ik dacht dat we hem voorgoed het zwijgen hadden opgelegd, maar het kleinste dingetje kan de wind opwekken: een woord, een teken, zelfs een sterfgeval. Onbeduidende dingen bestaan niet. Alles heeft zijn prijs; alles bij elkaar geeft uiteindelijk een verschuiving in het evenwicht en dan zijn we weer weg, weer op pad, en zeggen we tegen onszelf dat we misschien de volgende keer...

Maar deze keer komt er geen volgende keer. Deze keer loop ik niet weg. Ik wil niet opnieuw hoeven beginnen, zoals we voor en na Lansquenet al zo vaak hebben gedaan. Deze keer blijven we. Wat daar ook voor nodig is. Wat het ons ook kosten mag, we blijven.

We maakten een stop in het eerste dorp dat geen kerk had. We bleven zes weken en trokken toen verder. Drie maanden, dan een week, een maand, nog een week. We veranderden onderweg van naam, totdat mijn buik begon op te bollen.

Anouk was toen bijna zeven. Ze was opgewonden bij de gedachte dat ze een zusje zou krijgen, maar ik was het beu. Ik was al die dorpen aan die rivieren met die kleine huisjes en bakken met geraniums zat, net als de blikken die men ons, vooral haar, toewierp en de vragen die men stelde, altijd dezelfde vragen.

'Komt u van ver? Logeert u bij familie? Komt monsieur Rocher binnenkort ook?'

En wanneer we antwoord gaven, was er altijd die blik, die taxerende blik, die onze versleten kleren opnam en onze ene koffer en dat voorkomen van de vluchteling dat de vele spoorwegstations en pleisterplaatsen en hotelkamers die netjes en kaal worden achtergelaten, verraadt.

En o, wat verlangde ik ernaar eindelijk vrij te zijn. Zo vrij als we nog nooit geweest waren, vrij om op één plek te blijven, de wind te voelen en zijn roep te negeren.

Maar hoe hard we ook ons best deden, de geruchten bleven ons achtervolgen. Een schandaal of zo, fluisterde men. Er was een priester bij betrokken, had iemand gehoord. En de vrouw? Een zigeunerin, dik bevriend met de rivierzigeuners, beweerde te kunnen genezen, deed iets met kruiden. Er was ook iemand omgekomen, zeiden de geruchten – mogelijk vergiftigd, of gewoon domme pech.

Hoe het ook zij, het maakte niets uit. De geruchten verspreidden zich als aardbeiplanten in de zomer; we struikelden erover; ze vielen ons lastig, ze hapten naar onze hielen, en langzaam begon ik het te begrijpen.

Er was onderweg iets met ons gebeurd. Iets wat ons veranderd had. Misschien waren we een dag of een week te lang in een van die dorpen gebleven. Het was niet meer hetzelfde. De schaduwen waren langer geworden. We waren op de vlucht.

Maar waarvoor? Ik wist het toen niet, maar ik kon het al in mijn spiegelbeeld zien, in spiegels van hotelkamers en glimmende winkelruiten. Ik had altijd rode schoenen gedragen, Indiase rokken met belletjes aan de zoom, tweedehandsjassen met madeliefjes op de zakken, spijkerbroeken met bloemen en bladeren erop geborduurd. Nu probeerde ik niet op te vallen in de menigte. Zwarte jassen, zwarte schoenen, zwarte baret op mijn zwarte haar.

Anouk begreep het niet. 'Waarom konden we deze keer niet blijven?'

Het steeds terugkerende refrein uit die begintijd. Ik begon zelfs de naam van het dorp te vrezen, de herinneringen die als braam aan onze reiskleren kleefden. Dag na dag gingen we mee met de wind. En 's nachts lagen we naast elkaar in een kamer boven een café, of maakten we warme chocola op een campinggasstel, of staken we kaarsen aan en maakten we schaduwfiguren op de muur en vertelden we verzonnen verhalen vol magie en heksen en koekhuisjes en duistere mannen die in wolven veranderden en soms nooit meer terugkwamen.

Maar toen waren het al niet meer dan verhalen. De échte magie – de magie waarmee we ons hele leven geleefd hadden, mijn moeders magie van amuletten en toverspreuken, van zout bij de deur en een roodzijden zakje om de kleine goden te vriend te houden – had zich die zomer tegen ons gekeerd, als een spin die klokslag middernacht van een geluksspin in een ongeluksspin verandert en zijn web weeft om onze dromen te vangen. Bij iedere toverspreuk en ieder amulet, bij iedere kaart die werd uitgedeeld en bij iedere rune die werd geworpen en bij ieder teken dat op een deurpost werd gekrast om het ongeluk af te wenden, blies de wind gewoon een beetje harder, aan onze kleren trekkend, ons besnuffelend als een hongerige hond en ons nu eens hierheen, dan weer daarheen blazend.

Maar we vluchtten voor hem uit. We plukten kersen in het kersenseizoen en appels in het appelseizoen en werkten de rest van de tijd in cafés en restaurants. We spaarden ons geld op en veranderden in elke stad van naam. We werden voorzichtig. We moesten wel. We verborgen ons, als korhoenders in een veld. We vlogen niet, we zongen niet.

Langzaam maar zeker werden de tarotkaarten terzijde gelegd en bleven de kruiden ongebruikt; de bijzondere dagen gingen ongemerkt voorbij en de wassende manen kwamen en gingen en de gelukstekens die met inkt op onze handpalm waren geschreven, vervaagden en werden afgewassen.

Dat was een tijd van betrekkelijke rust. We bleven in de stad; ik vond een onderkomen en informeerde naar scholen en ziekenhuizen. Ik kocht een goedkope trouwring op de *marché aux puces* en noemde mezelf madame Rocher. En toen, in december, werd Rosette geboren, in het ziekenhuis aan de rand van Rennes. We hadden een plek gevonden waar we een tijdje konden blijven, in Les Laveuses, een dorp aan de Loire. We huurden een etage boven een crêperie. We hadden het er naar onze zin. We hadden kunnen blijven...

Maar de decemberwind had andere ideeën.

V'là l'bon vent, v'là l'joli vent
V'là l'bon vent, ma mie m'appelle

Mijn moeder leerde me dat slaapliedje. Het is een oud liedje, een liefdesliedje, een bezwerend liedje, en ik zong het toen om de wind tot bedaren te brengen, om ervoor te zorgen dat hij ons deze keer niet meenam, om het miauwende ding waarmee ik uit het ziekenhuis was gekomen, in slaap te zingen. Dat piepkleine wezentje dat niet at of sliep, maar nacht na nacht huilde als een kat, terwijl de wind om ons heen krijste en tierde als een boze vrouw. Elke nacht probeerde ik het in slaap te zingen, noemde ik het een goede wind, een mooie wind, precies zoals in mijn lied, zoals eenvoudige lieden ooit met de Furiën hadden gedaan en hen 'de Goede Dames' en 'de Vriendelijken' hadden genoemd, in de hoop zo aan hun wraak te ontkomen.

Achtervolgen de Vriendelijken de doden?

Ze vonden ons bij de Loire, en weer moesten we op de vlucht slaan. Deze keer naar Parijs. Parijs, de stad van mijn moeder en de plaats waar ik geboren was, de enige plek waar ik nooit naar terug zou keren, zo had ik me ooit heilig voorgenomen. Maar een stad geeft degenen die dat zoeken een soort onzichtbaarheid. We zijn nu geen parkieten tussen de mussen meer, we dragen nu de kleuren van de inheemse vogels – te gewoon, te saai om een tweede blik aan te wagen, of zelfs maar een eerste. Mijn moeder was naar New York gevlucht om er te sterven; ik vluchtte naar Parijs om er herboren te worden. Ziek of gezond? Blij of triest? Rijk of arm? De stad kan het niet schelen. De stad heeft andere zaken aan het hoofd. De stad passeert zonder vragen, gaat zijn gang zonder zich te verbazen.

Desalniettemin was het een moeilijk jaar. Het was koud en de baby huilde; we verbleven in een kleine bovenkamer in een zij-straat van de Boulevard de la Chapelle en 's nachts flitste de rood-groene lichtreclame aan en uit tot je er gek van werd. Ik had het kunnen verhelpen – ik weet een toverspreuk die het even snel had kunnen doen als je het licht uitdoet – maar ik had me voorgenomen dat we geen magie meer zouden toepassen en dus sliepen we in kleine flarden tussen het rood en het groen in. Rosette huilde als een kat tot Driekoningen (althans, zo leek het), en voor het eerst was onze *galette des rois* niet zelfgemaakt maar gekocht, en bovendien had toch niemand veel zin om iets te vieren.

Parijs stond me dat jaar erg tegen. Ik had een hekel aan de kou en het vuil en de geuren, aan de onbeleefdheid van de Parijzenaars, het lawaai van de spoorweg, het geweld en de vijandigheid. Ik leerde algauw dat Parijs geen stad is. Het is gewoon een opeenhoping van dorpjes, zoals Russische poppetjes die in elkaar passen; elk met zijn eigen gebruiken en vooroordelen, elk met zijn kerk, moskee en sy-nagoge, en allemaal wemelend van de intolerante mensen, rodde-laars, ingewijden, zondebokken, mislukkelingen, minnaars, leiders en mikpunten van spot.

Sommige mensen waren aardig, zoals het Indiase gezin dat op Rosette paste wanneer Anouk en ik naar de markt gingen, of de groenteman die ons de beschadigde vruchten en groenten van zijn stal gaf. Anderen waren dat niet. De mannen met baard die hun ogen afwendden wanneer ik met Anouk langs de moskee in de Rue Myrrha liep, de vrouwen voor de Église St.-Bernard die naar me keken alsof ik een stuk vuil was.

Sindsdien is er veel veranderd. We hebben eindelijk onze plek gevonden. Place des Faux-Monnayeurs, nog geen halfuur lopen van de Boulevard de la Chapelle, is een heel andere wereld.

Montmartre is een dorp, zei mijn moeder altijd, een eiland dat uit de Parijse mist oprijst. Het is natuurlijk geen Lansquenet, maar toch is het een goede plek, met een woninkje boven de winkel en een keuken achterin, en een kamer voor Rosette en een voor Anouk, onder het dak, waar de vogels nestelen.

Onze chocolaterie was ooit een klein café dat gedreven werd door een dame die Marie-Louise Poussin heet en op de eerste verdieping woonde. Madame woonde hier al twintig jaar; ze had haar man en zoon zien overlijden, en was nu in de zestig, en hoewel haar gezondheid haar in de steek liet, weigerde ze hardnekkig op te houden met werken. Zij had hulp nodig en ik een baan. Ik sprak met haar af dat ik haar zaak zou leiden voor een klein salaris en het gebruik van de kamers op de tweede verdieping, en toen madame zich steeds minder goed kon redden, maakten we er een chocolaterie van.

Ik bestelde de voorraden, beheerde de rekeningen, organiseerde de bestellingen en deed de verkoop. Ik handelde reparaties en bouwwerkzaamheden af. Onze regeling duurt nu al ruim drie jaar en we zijn eraan gewend geraakt. We hebben geen tuin, of heel veel ruimte, maar we kunnen door ons raam de Sacré-Coeur zien die als een luchtschip boven de straten uit rijst. Anouk is pas naar de middelbare school gegaan – het Lycée Jules Renard, vlak bij de Boulevard des Batignolles – en ze is pienter en werkt hard; ik ben trots op haar.

Rosette is bijna vier en gaat natuurlijk niet naar school. Zij blijft bij mij in de winkel, waar ze met knopen en snoepjes patronen op de grond maakt. Ze schikt ze in rijen naar kleur en vorm, of vult de ene bladzijde na de andere van haar tekenboeken met plaatjes van dieren. Ze is gebarentaal aan het leren en ze heeft al een hele woordenschat, waaronder tekens voor *goed, meer, kom hier, kijk, boot, lekker, plaatje, nog een keer, aap, eenden* en onlangs, tot verrukking van Anouk, *onzin.*

En wanneer we de winkel voor de lunch sluiten, gaan we naar het Parc de la Turlure, waar Rosette vaak de vogels voert, of een beetje verder naar het kerkhof van Montmartre, dat Anouk prachtig vindt vanwege de sombere pracht en praal en de vele katten. Of ik praat met de andere winkeliers in het *quartier*: met Laurent Pinson, die het groezelige kleine café aan de andere kant van het plein beheert; met zijn klanten, voor het merendeel vaste klanten, die voor het ontbijt komen en tot het middaguur blijven; met madame Pinot, die op de hoek ansichtkaarten en godsdienstige snuisterijen verkoopt; of met de schilders die op de Place du Tertre bivakkeren in de hoop toeristen aan te trekken.

Er is hier een duidelijk onderscheid tussen de bewoners van de Butte en de rest van Montmartre. De Butte is in alle opzichten superieur, althans in de ogen van mijn buren op de Place des Faux-Monnayeurs, en het laatste bolwerk van Parijse authenticiteit in een stad die inmiddels door buitenlanders wordt overstroomd.

Deze mensen kopen nooit chocola. De regels zijn strikt, al zijn ze ongeschreven. Sommige adressen zijn alleen voor mensen van buiten, zoals de *boulangerie-pâtisserie* aan de Place de la Galette, met zijn art-decospiegels en gekleurde glas en barokke stapels makronen. De buurtbewoners gaan naar de Rue des Trois Frères, naar de goedkopere, eenvoudigere boulangerie waar het brood beter is en de croissants elke dag vers gebakken worden. Evenzo eten de buurtbewoners in Le P'tit Pinson, met zijn met vinyl beklede tafels en zijn *plat du jour*, terwijl mensen van buiten, zoals ook wij, heimelijk de voorkeur geven aan La Bohème, of erger nog, aan La Maison Rose, waar een ware zoon of dochter van de Butte nooit heen zou gaan, net zomin als ze zouden poseren voor een kunstschilder op het terras van een café op de Place du Tertre, of naar een mis in de Sacré-Coeur zouden gaan.

Nee, onze klanten komen merendeels van elders. We hebben wel vaste klanten, zoals madame Luzeron, die elke donderdag langskomt wanneer ze naar het kerkhof gaat, en altijd hetzelfde koopt: drie rumtruffels, niet meer, niet minder, in een geschenkverpakking met een lint eromheen. Het blonde meisje met de afgekloven nagels, dat binnenkomt om haar zelfbeheersing te testen. En Nico van het Italiaanse restaurant in de Rue de Caulaincourt, die bijna elke dag langskomt, en wiens uitbundige hartstocht voor chocola, voor alles eigenlijk, me doet denken aan iemand die ik ooit heb gekend.

En dan zijn er nog de losse klanten. Van die mensen die alleen maar even binnenkomen om te kijken, of om een cadeautje te kopen, of voor een dagelijkse lekkernij, of voor een gedraaid gerstesuikerstaafje, een doos viooltjes, een stuk marsepein of een *pain d'épices*, roomroosjes of een in rum geweekte, met kruidnagels bezette, gekonfijte ananas.

Ik ken al hun favorieten. Ik weet wat ze willen, hoewel ik dat nooit zal zeggen. Dat zou te gevaarlijk zijn. Anouk is nu elf en op sommige dagen kan ik het bijna voelen, dat verschrikkelijke weten, dat trillen in haar binnenste, als een dier in een kooi. Anouk, mijn zomerkind, dat vroeger evenmin tegen me had kunnen liegen als ze het lachen had kunnen verleren. Anouk, die me regelmatig een lik in mijn gezicht gaf en in het openbaar 'Ik hou van je!' toeterde. Anouk, mijn kleine onbekende, nu nog onbekender geworden met haar stemmingen en haar vreemde stiltes en haar extravagante verhalen; soms kijkt ze met toegeknepen ogen naar me alsof ze in de lucht achter mijn hoofd iets wil zien wat ze bijna vergeten is.

Ik heb natuurlijk haar naam moeten veranderen. Tegenwoordig ben ik Yanne Charbonneau en is zij Annie, hoewel ze voor mij altijd Anouk zal zijn. Het zijn niet de namen die me dwarszitten. Die hebben we al zo vaak veranderd. Het is iets anders, iets wat me ontglipt is. Ik weet niet wat het is, maar ik mis het wel.

Ze wordt groot, houd ik mezelf voor. Teruggaand in het verleden zie ik haar steeds kleiner worden, als een kind dat je in een spiegelgalerij ziet: Anouk op haar negende, nog steeds meer zon dan schaduw, Anouk op haar zevende, Anouk op haar zesde, met haar gele rubberlaarsjes aan waggelend als een eendje, Anouk met Pantoufle wazig achter haar aan springend, Anouk met een wolk suikerspin in een roze knuistje geklemd – ze zijn allemaal verleden tijd, natuurlijk, ze glippen weg en maken plaats voor de toekomstige Anouks. Anouk op haar dertiende, die de jongens ontdekt, Anouk op haar veertiende, Anouk – ik kan het me niet voorstellen – op haar twintigste, die steeds sneller op een nieuwe horizon afstevent...

Ik vraag me af hoeveel ze nog weet. Vier jaar is een lange tijd voor een kind van haar leeftijd, en ze heeft het niet meer over Lansquenet, of over magie, of, erger nog, over Les Laveuses, hoewel ze zich af en toe iets laat ontvallen – een naam, een herinnering – wat me meer zegt dan ze vermoedt.

Maar tussen zeven en elf ligt een wereld van verschil. Ik heb mijn werk goed genoeg gedaan, hoop ik. Goed genoeg om het dier in zijn kooi te houden, en de wind kalm, en om dat dorp aan de Loire niets meer te laten zijn dan een verbleekte ansichtkaart van een droomeiland.

En zo bewaak ik de waarheid zorgvuldig en draait de wereld gewoon door, met zijn goede en slechte dingen, en houden wij onze bijzonderheden voor onszelf en grijpen we nooit in, zelfs niet voor vrienden, nog niet met een runenteken op een doos om geluk te brengen.

Het is niet zo'n hoge prijs, weet ik, voor bijna vier jaar met rust gelaten worden, maar ik vraag me wel eens af hoeveel we daar al voor betaald hebben en hoeveel er nog komen gaat.

Er is een oud verhaal dat mijn moeder altijd vertelde, over een jongen die onderweg zijn schaduw verkocht aan een marskramer, in ruil voor het geschenk van eeuwig leven. Zijn wens werd vervuld en hij vertrok, blij met de goede ruil, want wat heb je nu aan een schaduw, dacht de jongen, en waarom zou je die niet wegdoen?

Maar de maanden verstreken, en vervolgens de jaren, en toen begon de jongen het te begrijpen. Wanneer hij buiten was, gaf hij geen schaduw; geen spiegel toonde hem zijn eigen gezicht, geen vijver, hoe rimpelloos ook, gaf de minste weerspiegeling. Hij begon zich af te vragen of hij onzichtbaar was. Op zonnige dagen bleef hij binnen, hij meed nachten waarin de maan helder scheen, hij liet iedere spiegel in zijn huis kapotslaan en voor elk raam aan de binnenkant luiken maken, en nog was hij niet tevreden. Zijn lief verliet hem, zijn vrienden werden oud en stierven. En nog leefde hij voort in een ononderbroken schemerdonker, totdat de dag kwam waarop hij uit wanhoop naar de priester ging en biechtte wat hij had gedaan.

De priester, die jong was geweest toen de jongen zijn deal sloot, maar nu geel en broos als oude botten was, schudde zijn hoofd en zei tegen de jongen: 'Dat was geen marskramer die je op de weg tegenkwam, dat was de duivel waarmee je onderhandelde, mijn zoon, en een deal met de duivel draait er meestal op uit dat iemand zijn ziel verliest.'

'Maar het was maar een scháduw,' protesteerde de jongen.

De oude priester schudde nogmaals zijn hoofd. 'Een mens die geen schaduw geeft, is helemaal geen mens,' zei hij, en hij keerde hem de rug toe en wilde niets meer zeggen.

De jongen ging dus maar naar huis. De volgende dag werd hij gevonden, hangend aan een boom, met de ochtendzon op zijn gezicht en zijn lange, smalle schaduw in het gras aan zijn voeten.

Het is maar een verhaal, ik weet het. Maar ik moet er steeds weer aan denken, 's avonds laat wanneer ik niet kan slapen en de windbelletjes luidruchtig klingelen en ik in bed ga zitten en mijn armen optil om te kijken of er nog wel een schaduw op de muur valt.

Tegenwoordig kijk ik ook steeds vaker of ik die van Anouk nog zie.

3

Woensdag 31 oktober

HÈ, DAT IK NU UITGEREKEND ZOIETS STOMS ALS 'VIANNE ROCHER' moet zeggen. Waarom zeg ik toch altijd van die stomme dingen? Soms weet ik het gewoon niet. Ik denk omdat ze luisterde, en omdat ik kwaad was. Ik ben tegenwoordig heel vaak kwaad.

En misschien kwam het ook wel door de schoenen. Die fantastische, lichtgevende schoenen met hoge hakken, die lippenstiftachtig rood, zuurstokrood, lollyrood als juwelen stonden te glanzen op de kale straatstenen. Zulke schoenen zie je niet in Parijs. In ieder geval niet bij gewone mensen. En wij zíjn gewone mensen – althans, dat zegt *maman* – hoewel je het niet zou zeggen als je haar soms hoort.

Die schóénen...

Tak-tak-tak deden die zuurstokrode schoenen, en ze bleven vlak voor de chocolaterie staan terwijl degene die ze droeg naar binnen keek.

Toen ik haar van achteren zag, dacht ik eerst dat ik haar kende. De felrode jas die bij haar schoenen paste. Het koffie-met-melkkleurige haar dat met een sjaaltje was opgebonden. En zaten er belletjes op haar katoenen patroontjesjurk en zat er een rinkelende bedelarmband om haar pols? En wat was dat, die heel vage glans die met haar meereisde, als iets wat je ziet in een warmtewaas?

De winkel was gesloten vanwege de begrafenis. Nog even en ze zou verdwenen zijn. Maar ik wilde eigenlijk dat ze bleef, en daarom deed ik iets wat ik niet mag, iets waarvan maman denkt dat ik het vergeten ben, iets wat ik al heel lang niet gedaan heb. Ik vormde zonder dat ze het zag met mijn vingers een teken in de lucht.

Een bries die een geur van vanille meeneemt, melk met nootmuskaat, cacaobonen die langzaam boven een vuur donker geroosterd worden.

Het is geen magie. Niet echt. Het is maar een trucje, een spelletje dat ik doe. Echte magie bestaat niet – en toch werkt het. Soms werkt het.

Kun je me horen? zei ik. Niet met mijn stem, maar met mijn schaduwstem. Heel licht, als zonnevlekjes op bladeren.

Toen voelde ze het. Dat weet ik gewoon. Ze keerde zich om en verstijfde. Ik had de deur een beetje glans gegeven, een heel klein beetje maar, de kleur van de lucht. Ik speelde ermee, heel leuk, als een spiegel die je in de zon houdt, en ik richtte hem steeds eventjes op haar gezicht.

Geur van houtvuur in een kopje, een vleugje room, wat suikerstrooisel. Bittere sinaasappel, je lievelingssmaak. Dikke repen van de schil van sinaasappels uit Sevilla, overtrokken met extra bittere chocola. Probeer me. Proef me. Test me.

Ze keerde zich om. Ik wist dat ze dat zou doen. Ze leek verbaasd me te zien, maar glimlachte toch. Ik zag haar gezicht: blauwe ogen, brede lach, wat sproeten op de brug van haar neus, en ik mocht haar meteen heel erg, net als Roux toen ik hem voor het eerst ontmoette.

En toen vroeg ze me wie er was overleden.

Ik kon er niets aan doen. Misschien kwam het door de schoenen, misschien doordat ik wist dat maman achter de deur stond. Hoe het ook zij, ik deed het gewoon, net als het licht op de deur en de geur van houtvuren.

Ik zei een beetje te hard 'Vianne Rocher', en net toen ik het had gezegd, kwam maman naar buiten. Maman met haar zwarte jas aan en Rosette in haar armen, en met die uitdrukking op haar gezicht die ze krijgt wanneer ik me niet goed gedraag, of wanneer Rosette een van haar 'ongelukjes' heeft.

'Annie!'

De dame met de rode schoenen keek van haar naar mij en toen weer naar mijn moeder.

'Madame... Rocher?'

Ze herstelde zich snel. 'Dat was... mijn meisjesnaam,' zei ze. 'Nu heet ik madame Charbonneau. Yanne Charbonneau.' Ze keek me weer zo aan. 'Mijn dochter maakt wel eens grapjes,' zei ze tegen de dame. 'Ik hoop dat u geen last van haar hebt gehad?'

De dame lachte tot in de zolen van haar rode schoenen. 'Helemaal niet,' zei ze. 'Ik was net uw mooie winkel aan het bewonderen.'

'Hij is niet van mij,' zei maman. 'Ik werk hier alleen maar.'

De dame lachte weer. 'Ik wou dat ik er werkte! Ik ben eigenlijk op zoek naar een baan, maar nu sta ik hier verlekkerd naar chocola te kijken.'

Maman ontspande zich toen een beetje en ze zette Rosette neer om de deur af te sluiten. Rosette keek plechtig naar de dame met de rode schoenen. De dame lachte naar haar, maar Rosette lachte niet terug. Dat doet ze zelden naar vreemden. Dat vond ik in zekere zin prettig. Ze was mijn vondst, dacht ik. Ik had haar hier gehouden. Ze was van mij, al was het maar eventjes.

'Een baan?' zei maman.

De dame knikte. 'Mijn flatgenoot is vorige maand vertrokken en ik kan met geen mogelijkheid de hele woning van mijn inkomen als serveerster betalen. Ik heet Zozie, Zozie de l'Alba, en tussen twee haakjes: ik ben dól op chocola.'

Je moest haar wel mogen, vond ik. Haar ogen waren heel blauw, haar lach was net een schijf zomerse watermeloen. Hij werd een beetje minder breed toen ze naar de deur keek.

'Mijn medeleven,' zei ze. 'Het moet een nare tijd zijn. Geen familie, hoop ik?'

Maman pakte Rosette weer op. 'Madame Poussin. Ze woonde hier. Ik denk dat ze gezegd zou hebben dat ze de winkel beheerde, maar ze deed eerlijk gezegd niet zo veel.'

Ik moest aan madame Poussin denken, met haar marshmallowachtige gezicht en haar blauwgeruite schorten. Haar lievelingschocola waren roomroosjes, en daarvan at ze er meer dan goed voor haar was, maar maman zei er nooit iets van.

Het was een toeval geweest, zei maman, en dat klinkt best leuk: toeval, alsof je geluk hebt, of iets goeds meemaakt. Maar toen drong het tot me door dat we madame Poussin nooit meer zouden zien, *nooit meer*, en daar werd ik bijna duizelig van, alsof je naar beneden kijkt en bij je voeten ineens een heel groot gat ziet.

'Ja, dat deed ze wel,' zei ik, en toen begon ik te huilen. Voor ik het wist, had ze haar armen om me heen geslagen. Ze rook naar lavendel en heerlijke zijde en haar stem fluisterde iets in mijn oor – een toverspreuk meende ik, met lichte verbazing, een toverspreuk, net als vroeger in Lansquenet – maar toen ik opkeek, was het maman helemaal niet. Het was Zozie; ik voelde haar lange haar op mijn gezicht en haar rode jas straalde in de zon.

Achter haar stond maman, met haar begrafenisjas aan en haar ogen zo donker als de nacht, zo donker dat niemand, echt níemand ooit weet wat ze denkt. Ze zette een stap naar voren, met Rosette nog in haar armen, en ik wist dat ze, als ik zo bleef staan, haar armen om ons beiden heen zou slaan, en dat ik nooit meer zou kunnen ophouden met huilen, alhoewel ik haar met geen mogelijkheid had kunnen vertellen waarom, nu niet en nooit niet, en al helemaal niet waar de dame met de rode schoenen bij was.

Ik keerde me dus om en rende het kale witte steegje in, zodat ik even deel uitmaakte van de elementen, zo vrij was als de lucht. Het is prettig om te rennen. Je neemt reuzenstappen, je kunt met je uitgestrekte armen een vlieger zijn, je kunt de wind proeven, je kunt de zon voor je uit voelen hollen en soms kun je ze bijna inhalen, de wind en de zon en je schaduw bij je voeten.

Mijn schaduw heeft een naam, hoor. Hij heet Pantoufle. Ik had vroeger een konijn dat Pantoufle heette, zegt maman, maar ik kan me niet goed meer herinneren of hij echt was of alleen maar speelgoed. 'Je denkbeeldige vriendje' noemt ze hem wel eens, maar ik weet bijna zeker dat hij echt bestond: een zachte, grijze schaduw bij mijn voeten, of 's nachts lekker bij me in bed. Ik denk nog wel eens dat hij over me waakt wanneer ik slaap, of met me mee rent wanneer ik het wil winnen van de wind. Soms voel ik hem. Soms kan ik hem nog steeds zien, maar maman zegt dat hij gewoon verbeelding is en ze heeft niet graag dat ik over hem praat, zelfs niet voor de grap.

Tegenwoordig maakt maman haast nooit grapjes en ze lacht ook niet meer zoals vroeger. Misschien maakt ze zich nog steeds zorgen om Rosette. Ik weet dat ze zich zorgen maakt om mij. Ze vindt dat ik het leven niet ernstig genoeg opvat. Dat ik niet de juiste houding heb.

Vat Zozie het leven ernstig op? Nou, ik wed van niet. Anders zou ze niet van die schoenen dragen. Ik weet zeker dat ik haar daarom meteen mocht. Die rode schoenen en zoals ze stilstond om de etalage te bekijken, en ook omdat ik zeker wist dat ze Pantoufle bij mijn voeten kon zien, en niet alleen maar een schaduw.

4

Woensdag 31 oktober

IK MAG ALTIJD GRAAG DENKEN DAT IK GOED MET KINDEREN OVER-
weg kan. Ook met ouders – het hoort bij mijn charme. Je kunt je
werk niet doen als je niet over een zekere charme beschikt, en in
mijn beroep, waarbij het doel veel persoonlijker is dan louter het
vergaren van bezit, is het van wezenlijk belang dat je het leven dat
je neemt, ook ráákt.

Niet dat ik bijzonder in het leven van deze vrouw geïnteresseerd
was. Op dat moment in ieder geval nog niet, hoewel ik moet toegeven dat ik wel geïntrigeerd was. Niet zozeer door het sterfgeval, en
ook niet door de winkel zelf – die was wel aardig, maar veel te klein
en te beperkend voor iemand met mijn ambities – maar meer door
de vrouw, en het meisje.

Geloof je in liefde op het eerste gezicht?

Nee toch? Ik ook niet. Maar desalniettemin...

Die opvlammende kleuren die ik door de halfopen deur zag. Die
aanlokkelijke zweem van dingen waarvan je een glimp opvangt,
die je éven ervaart. Het geluid van windbelletjes boven de ingang.
Die dingen wekten eerst mijn nieuwsgierigheid en vervolgens mijn
verwervingsdrift.

Begrijp me goed: ik ben geen dief. Allereerst ben ik een verzá-
melaar. Dat ben ik al sinds mijn achtste, toen ik bedeltjes voor mijn
armband verzamelde. Nu verzamel ik echter personen: hun naam,
hun geheimen, hun verhaal, hun leven. Gedeeltelijk om er beter
van te worden, natuurlijk, maar vooral omdat ik de jacht zo leuk
vind, de spanning van de achtervolging, de verleiding, het gekra-
keel. En dan het moment waarop de piñata opensplijt...

Dat vind ik nog het allerleukste.

'Kinderen,' glimlachte ik.

Yanne zuchtte. 'Ze groeien zo hard. Voor je het weet zijn ze het huis uit.' Verderop in het steegje rende het meisje nog. 'Niet te ver gaan!' riep Yanne.

'Dat doet ze niet.'

Yanne komt over als een tammere versie van haar dochter. Zwart haar, bobkapsel, rechte wenkbrauwen, ogen als pure chocola. Dezelfde vuurrode, koppige, gulle mond, die bij de mondhoeken een beetje omhooggaat. Datzelfde niet te plaatsen buitenlandse, exotische voorkomen, hoewel ik na die eerste glimp van kleuren door de halfopen deur verder niets opving dat die indruk rechtvaardigde. Ze heeft geen accent, draagt kleren van La Redoute die al vaak gedragen zijn, een eenvoudige bruine baret die een beetje scheef staat en degelijke schoenen.

Je kunt veel over iemand te weten komen door naar de schoenen te kijken. Deze waren nadrukkelijk niet-extravagant: zwart met ronde neus en onbarmhartig uniform, als de schoenen die haar dochter naar school draagt. Het ensemble is een beetje sjofel, een tikje te saai; geen sieraden behalve een gladde gouden ring en net genoeg make-up om het neutraal te houden.

Het kind in haar armen zal hooguit drie zijn. Dezelfde waakzame blik in de ogen als haar moeder, maar haar haar heeft de kleur van verse pompoen en haar gezichtje, dat niet groter is dan een ganzenei, is overdekt met een waas van abrikooskleurige sproeten. Een onopvallend gezinnetje, althans, zo op het oog, maar toch kon ik me maar niet aan de indruk onttrekken dat er meer was dat ik niet helemaal kon zien, een subtiele uitstraling die niet zo veel verschilde van de mijne...

En dat, dacht ik, zou zéker de moeite van het verzamelen waard zijn.

Ze keek op haar horloge. 'Annie!' riep ze.

Aan het eind van de straat zwaaide Annie met haar armen met iets wat uitbundigheid of opstandigheid zou kunnen zijn. Een vlinderblauwe glans die haar volgt, bevestigt mijn indruk dat er iets te verbergen valt. Ook het kleintje heeft een vrij sterke uitstraling, en wat de moeder betreft...

'Bent u getrouwd?' vroeg ik.

'Ik ben weduwe,' zei ze. 'Sinds drie jaar. Voordat ik hier kwam wonen.'

'O ja?' zei ik.

Het leek mij van niet. Om weduwe te zijn is er meer nodig dan een zwarte jas en een trouwring, en Yanne Charbonneau (als ze zo heet), komt op mij niet over als een weduwe. Misschien wel op anderen, maar ik kan verder kijken.

Vanwaar dus die leugen? Dit is nota bene Parijs, waar niemand beoordeeld wordt op het al dan niet dragen van een trouwring! Welk geheim verbergt ze dan? En is het de moeite waard om erachter te komen?

'Het is vast niet eenvoudig om een winkel te runnen. Juist op deze plek.' Montmartre, dat rare eilandje van steen, met zijn toeristen en kunstschilders en open goten en bedelaars en stripclubs onder de lindebomen, en de nachtelijke steekpartijen in de schattige straatjes.

Ze glimlachte naar me. 'Dat valt wel mee.'

'O ja?' zei ik. 'Maar nu madame Poussin er niet meer is...'

Ze keek de andere kant op. 'De huisbaas is een vriend van ons. Hij zet ons er niet uit.' Ik meende haar licht te zien blozen.

'Komen hier wel klanten?'

'Ja, dat valt best mee.'

Toeristen, altijd op zoek zijn naar te hoog geprijsde rommel.

'We worden er niet rijk van, maar ach...'

Net wat ik dacht. Nauwelijks de moeite. Ze houdt zich goed, maar ik zie de goedkope rok, de rafelige zoom van de zondagse jas van het kind, het verbleekte, onleesbare houten bord boven de deur van de chocolaterie.

En toch gaat er een wonderlijke aantrekkingskracht uit van de volle etalage met zijn stapels dozen en blikken, Halloweenheksen van bittere chocola en gekleurd stro, en bolle marsepeinen pompoenen en schedels van ahornsuiker die ik onder het halfdichte rolluik nog net kan zien.

Er hing ook een geur, een rokerige geur van appels en gebrande suiker, van vanille en rum en kardemom en chocola. Ik houd niet eens écht van chocola en toch liep het water me in de mond.

Probeer me. Proef me.

Met mijn vingers maakte ik het teken van de Rokende Spiegel, ook wel bekend als het Oog van Zwarte Tezcatlipoca, en er leek even een gloed in de etalage te komen.

De vrouw leek niet op haar gemak. Ze leek het oplichten op te merken en het kind in haar armen lachte stilletjes mauwend en stak haar hand uit...

Eigenaardig, dacht ik.

'Maakt u alle chocola zelf?'

'Dat heb ik ooit wel gedaan, ja, maar nu niet meer.'

'Het is vast niet gemakkelijk.'

'Ik red me wel,' zei ze.

Mmm... Interessant.

Maar redt ze het ook echt? Zal ze het blijven redden nu de oude vrouw dood is? Ik betwijfel het. O, ze lijkt me capabel genoeg, met haar koppige mond en haar kalme blik. Maar ondanks dit alles, zit er een zwakte in haar. Een zwakte... of misschien een kracht.

Je moet sterk zijn om te leven zoals zij, om in je eentje twee kinderen groot te brengen in Parijs, om fulltime te werken in een bedrijf dat, als ze geluk heeft, net genoeg opbrengt om de huur van te kunnen betalen. Maar de zwakte – dat is een andere zaak. Om te beginnen is er dat kind. Ze staat angsten om haar uit. Om beide kinderen. Ze houdt ze vast alsof de wind hen zó weg zou kunnen blazen.

Ik weet wat je denkt. Waarom zou ik me daar druk om maken?

Ach, noem me maar nieuwsgierig. Ik handel nu eenmaal in geheimen. Geheimen, kleine vormen van verraad, acquisitie, inquisitie, onbeduidende en grootscheepse diefstallen, leugens, altijd weer die leugens, draaierij, verborgen diepten, stille wateren, listen en lagen, geheime deuren, onwettige bijeenkomsten, hoeken en gaten, geheime operaties en de wederrechtelijke toe-eigening van eigendommen, informatie en wat dies meer zij.

Is dat zo verkeerd?

Het schijnt van wel.

Maar Yanne Charbonneau (of Vianne Rocher) houdt iets voor de wereld verborgen. Ik kan de geur van geheimen bij haar ruiken, als vuurwerk bij een piñata. Eén goedgemikte steen en ze vallen eruit, en dan zullen we zien of het geheimen zijn van het soort waar iemand als ik iets aan heeft.

Ik ben er nieuwsgierig naar, dat is alles, iets wat wel meer voorkomt bij mensen die het geluk hebben geboren te zijn onder het teken van Eén Jaguar.

Bovendien liegt ze – toch? En als er iets is waar Jaguars een grotere hekel aan hebben dan aan zwakte, dan is het wel aan leugenaars.

5

Donderdag 1 november
Allerheiligen

ANOUK WAS VANDAAG WEER RUSTELOOS. MISSCHIEN DE NASLEEP van de begrafenis van gisteren, of misschien komt het gewoon door de wind. Die doet dat wel eens meer met haar; hij maakt haar aan het rennen als een wilde pony, en dan wordt ze eigenzinnig en onnadenkend en overgevoelig en onnavolgbaar. Mijn kleine vreemdeling.

Zo noemde ik haar toen ze nog klein was en we nog met zijn tweetjes waren. Kleine vreemdeling, alsof ik haar te leen had en ze haar op een dag weer zouden komen ophalen. Ze had dat altijd al gehad, dat anders-zijn, die ogen die veel te ver kunnen kijken, en die gedachten die ver van de wereld afdwalen.

Een begááfd kind, zegt haar nieuwe klassenleraar. Een heel sterke verbeelding en een grote woordenschat voor een kind van haar leeftijd... Ze heeft echter al een blik in haar ogen, een taxerende blik, alsof zo'n verbeelding op zich verdacht is, of mogelijk verwijst naar een meer sinistere waarheid.

Het is mijn schuld. Ik weet dat inmiddels. Dat ik haar de opvattingen van mijn moeder bijbracht leek destijds zo vanzelfsprekend. Het gaf ons houvast, een eigen traditie, een tovercirkel waarin de wereld niet kon binnendringen. Maar iets waar de wereld niet in kan, kunnen wij niet uit. Gevangen als we zijn in een zelfgemaakte cocon, leven we afgescheiden van de rest, als eeuwige vreemdelingen.

Of leefden we tot een jaar of vier geleden.

Sindsdien is ons leven een troostgevende leugen geweest.

Kijk alsjeblieft niet zo verbaasd. Iedere moeder liegt. Wij moeders vertellen onze kinderen hoe de wereld in elkaar zou móéten steken: dat monsters of spoken niet bestaan, dat je als je goed doet, goed ontmoet, en dat mama er altijd zal zijn om je te beschermen.

Natuurlijk noemen we het nooit leugens, want we bedoelen het zo goed en het is voor ieders bestwil, maar toch zijn het dat wel.

Na Les Laveuses had ik geen keuze. Iedere moeder zou hetzelfde gedaan hebben.

'Hoe kwam het?' vroeg ze keer op keer. 'Kwam het door ons, maman?'

'Nee, het was toeval.'

'Maar de wind, je zei...'

'Ga nou maar slapen.'

'Zouden we het niet terug kunnen toveren of zo?'

'Nee, dat kan niet. Het is maar een spelletje. Magie bestaat niet, Nanou.'

Ze staarde me plechtig aan. 'Wel waar,' zei ze. 'Pantoufle zegt van wel.'

'Lieve schat, Pantoufle is ook niet echt.'

Het is niet gemakkelijk de dochter van een heks te zijn. Het is nog moeilijker de moeder van een heks te zijn. En na wat er in Les Laveuses was gebeurd, stond ik voor de keuze: de waarheid vertellen en mijn kinderen veroordelen tot het soort leven dat ik altijd had geleid – altijd maar op reis, geen stabiliteit, uit koffers leven, altijd op de vlucht om de wind vóór te zijn – of liegen en als ieder ander zijn.

Dus loog ik. Ik loog tegen Anouk. Ik vertelde haar dat het allemaal niet echt bestond. Dat er geen magie was, behalve in de verhalen; dat er geen krachten kunnen worden afgetapt en beproefd; dat er geen huisgoden bestaan, en ook geen heksen, runen, bezweringen, totems of tovercirkels in het zand. Alles wat niet verklaard kon worden, noemde ik een ongelukje of toeval, mazzel, een onverklaarbare redding of een geschenk van de goden. En Pantoufle werd gedegradeerd tot 'denkbeeldig vriendje' en kreeg geen aandacht meer, ook al kan ik hem soms nog zien, al is het maar uit een ooghoek.

Tegenwoordig wend ik me af. Ik sluit mijn ogen totdat de kleuren verdwenen zijn.

Na Les Laveuses heb ik al die dingen weggestopt in de wetenschap dat ze me dat kwalijk zou kunnen nemen, me er misschien een poosje om zou kunnen haten, maar in de hoop dat ze het op een dag zou begrijpen.

'Ooit moet je groot worden, Anouk. Dan moet je onderscheid kunnen maken tussen wat echt is en wat niet.'

'Waarom?'

'Omdat dat beter is,' zei ik tegen haar. 'Die dingen, Anouk, die brengen ons in een isolement. Die maken ons anders. Vind je het léúk om anders te zijn? Zou je er niet eens een keer bij willen horen? Vrienden willen hebben en...'

'Maar ik hád vrienden. Paul en Framboise...'

'We konden daar niet blijven. Niet na wat er gebeurd was.'

'En Zézette en Blanche...'

'Mensen die rondtrekken, Nanou. Rivierzigeuners. Je kunt niet eeuwig op een boot leven, niet als je naar school wilt gaan en...'

'En Pantoufle...'

'Denkbeeldige vriendjes tellen niet, Nanou.'

'En Roux, maman. Roux was onze vriend.'

Stilte.

'Waarom konden we niet bij Roux blijven, maman? Waarom heb je hem niet verteld waar we waren?'

Ik zuchtte. 'Het is ingewikkeld.'

'Ik mis hem.'

'Ik weet het.'

Voor Roux is alles natuurlijk simpel. Doe wat je wilt. Neem wat je wilt. Ga waar de wind je heen voert. Voor Roux werkt het zo. Het maakt hem gelukkig. Maar ik weet dat je niet alles kunt hebben. Ik ben die weg ook opgegaan. Ik weet waar hij heen leidt. En dat is moeilijk, Nanou. Heel erg moeilijk.

Roux zou gezegd hebben dat ik te bezorgd ben. Roux met zijn uitdagende rode haar en schoorvoetende lach en zijn geliefde boot onder de immer wisselende sterrenhemel. *Je bent te bezorgd.* Het kan waar zijn, maar ondanks alles ben ik te bezorgd. Het baart me zorgen dat Anouk op haar nieuwe school geen vrienden heeft. Het baart me zorgen dat Rosette al bijna vier is en heel alert, maar nog niet praat, alsof ze het slachtoffer van een boosaardige vervloeking is, als een prinses die met stomheid is geslagen omdat men bang is voor wat ze zou kunnen onthullen.

Hoe kun je dit aan Roux uitleggen, die nergens bang voor is en zich om niemand zorgen maakt? Moeder zijn betekent in angst leven. Angst voor de dood, voor ziekte, voor verlies, voor ongelukken, voor vreemden, voor de Zwarte Man, of gewoon voor de kleine alledaagse dingen die ons op de een of andere manier nog het meest pijn weten te doen: een blik van ongeduld, een boos woord, een overgeslagen verhaaltje voor het slapengaan, een vergeten kus, het verschrikkelijke moment waarop een moeder ophoudt het middelpunt van haar dochters wereld te zijn en gewoon een van de satellieten wordt die om een minder belangrijke zon draait.

Het is niet gebeurd, althans nóg niet. Maar ik zie het bij andere kinderen, bij de tienermeisjes met hun chagrijnige mond en hun mobieltje en de minachtende manier waarop ze de wereld tegemoet treden. Ik heb haar teleurgesteld, dat weet ik. Ik ben niet de moeder die ze zich wenst. Maar ze is elf en nog te jong, al is ze nog zo pienter, om te begrijpen wat ik heb opgeofferd, en waarom.

Je bent te bezorgd.

Was alles maar zo eenvoudig.

Maar dat is het ook, reageert zijn stem in mijn hart.

Ooit was dat misschien zo, Roux. Maar nu niet meer.

Ik vraag me af of hij veranderd is. Wat mezelf betreft, ik vraag me af of hij me zou herkennen. Hij schrijft van tijd tot tijd – hij heeft mijn adres van Blanche en Zézette – een paar regels, met kerst, of met Anouks verjaardag. Ik stuur mijn brieven naar het postkantoor in Lansquenet, wetende dat hij soms langskomt. Ik heb in geen enkele brief iets over Rosette gezegd. Ook heb ik het niet éénmaal over Thierry gehad, mijn huisbaas, die zo aardig en edelmoedig is geweest en voor wiens geduld ik meer bewondering heb dan ik zeggen kan.

Thierry le Tresset, eenenvijftig jaar oud, gescheiden, één zoon, trouwe kerkganger, een man op wie je kunt bouwen.

Lach niet. Ik mag hem heel graag.

Ik vraag me af wat hij in me ziet.

Wanneer ik tegenwoordig in de spiegel kijk, zie ik geen spiegelbeeld, maar slechts een nietszeggend portret van een vrouw van in de dertig. Niemand in het bijzonder; gewoon een vrouw zonder uitzonderlijke schoonheid of persoonlijkheid. Een vrouw zoals iedere andere, en dat is precies de bedoeling. Toch deprimeert die gedachte me vandaag. Misschien komt dat door de begrafenis, door de droevige, donkere rouwkapel met bloemen die nog over waren van de vorige cliënt, het lege vertrek, de absurd grote krans van Thierry, de onverschillige geestelijke met zijn loopneus en de muziek (Elgars *Nimrod*) die blikkerig uit de krakerige speakers kwam.

De dood is banaal, zei mijn moeder altijd, weken voor haar eigen dood in een drukke straat in het hart van New York. Het leven is bijzonder. Wíj zijn bijzonder. Blij zijn met het bijzondere is blij zijn met het leven.

Ach, moeder, wat is alles toch veranderd. Vroeger (nog niet zo héél lang geleden, houd ik mezelf voor) zou het de avond voor Allerheiligen feest zijn geweest. Halloween was een dag vol magie, een dag vol geheimen en mysteriën; we zouden rode zijden zakjes genaaid hebben en die overal in huis hebben opgehangen om het kwaad te weren; we zouden zout gestrooid hebben en gekruide wijn en honingkoek op de vensterbank hebben gezet. Een feest van pompoenen, appels, vuurwerk en de geur van dennenhout en houtvuren, terwijl de herfst langzaam verdwijnt en Vadertje Winter het toneel op komt. We zouden gezongen en gedanst hebben om het vreugdevuur en Anouk zou met een geschminkt gezicht en zwarte veren, trouw gevolgd door Pantoufle, van deur naar deur zijn gegaan, en Rosette zou, gevolgd door haar eigen totem – oranje van vacht, in overeenstemming met haar haar – trots met haar meegestapt zijn, met haar lantaarntje in haar hand.

Laat maar, het doet pijn als ik aan die tijd denk. Maar het is gevaarlijk. Mijn moeder wist dat. Zij probeerde twintig jaar lang de Zwarte Man te ontlopen, en hoewel ik een tijdlang dacht dat ik hem verslagen had, dat ik mijn plekje had bevochten en had gewonnen, besefte ik algauw dat mijn overwinning slechts een illusie was. De Zwarte Man heeft vele gezichten, vele volgelingen en draagt niet altijd een priesterboord.

Ik dacht altijd dat ik bang was voor hun god. Nu, vele jaren later, weet ik dat ik bang ben voor hun vríéndelijkheid. Hun goedbedoelde bezorgdheid. Hun medelijden. De afgelopen vier jaar heb ik gevoeld hoe ze ons spoor volgden, hoe ze snuffelend achter ons aan slopen. En sinds Les Laveuses zijn ze veel dichterbij gekomen. Ze bedoelen het zo goed, de Vriendelijken; ze hebben slechts het beste met mijn prachtige kinderen voor. Maar ze zullen niet rusten totdat ze ons verscheurd hebben, totdat ze ons helemaal aan stukken hebben gescheurd.

Misschien heb ik Thierry daarom nooit in vertrouwen genomen. Die vriendelijke, betrouwbare, degelijke Thierry, mijn goede vriend, met zijn trage lach en zijn opgewekte stem en zijn aandoenlijke geloof in de oplossende eigenschappen van geld. Hij wil helpen, heeft dit jaar al veel geholpen. Ik hoef maar te kikken en hij doet het weer. Al onze problemen zouden voorbij kunnen zijn. Ik vraag me af waarom ik aarzel. Ik vraag me af waarom ik het zo moeilijk vind iemand te vertrouwen, eindelijk toe te geven dat ik hulp nodig heb.

Het is bijna middernacht en zoals op zo'n moment wel vaker gebeurt, merk ik dat mijn gedachten afdwalen, naar mijn moeder, naar de kaarten en naar de Vriendelijken. Anouk en Rosette slapen al. De wind is abrupt gaan liggen. Beneden suddert Parijs als een mist. Maar boven de straten lijkt de Butte de Montmartre te zweven als een toverstad van rook en sterrenlicht. Anouk denkt dat ik de kaarten verbrand heb; ik heb ze al in geen drie jaar meer geraadpleegd. Maar ik heb ze nog steeds, de kaarten van mijn moeder, geurend naar chocola en helemaal glad geschud.

De doos heb ik onder mijn bed verstopt. Hij ruikt naar verleden tijd en het mistseizoen. Ik open hem en daar liggen de kaarten, de oude plaatjes, die eeuwen geleden als houtsneden in Marseille gemaakt werden: de Dood, de Minnaars, de Toren, de Dwaas, de Magiër, de Gehangene, Verandering.

Het is geen officiële legging, maak ik mezelf wijs. Ik pak de kaarten in het wilde weg op, zonder me druk te maken om de gevolgen. En toch kan ik me niet losmaken van de gedachte dat er iets is wat zich duidelijk probeert te maken, dat er in de kaarten een boodschap besloten ligt.

Ik stop ze weg. Het was een vergissing. Vroeger zou ik mijn nachtelijke demonen hebben uitgebannen met een toverspreuk – *tsk, tsk, scheer je weg!* – en met een genezend brouwsel, wat wierook en een handje op de drempel gestrooid zout. Tegenwoordig ben ik een beschaafd mens; ik brouw niets sterkers dan kamillethee. Het helpt me slapen – uiteindelijk.

Maar 's nachts droom ik voor het eerst in maanden over de Vriendelijken. Ze sluipen en kruipen snuffelend door de straatjes van het oude Montmartre en in mijn droom wou ik dat ik zout bij de deur had gelegd, al was het maar een snufje, of een medicijnbundeltje boven de deur had gehangen, want nu kan de nacht zomaar binnenkomen, aangetrokken door de geur van chocola.

DEEL TWEE

Eén Jaguar

1

Maandag 5 november

IK NAM DE BUS NAAR SCHOOL, ZOALS IK ALTIJD DOE. JE ZOU NIET verwachten dat er op deze plek een school was als je niet het bord bij de ingang had gezien. De rest gaat schuil achter muren die van kantoren of een privépark of iets heel anders zouden kunnen zijn. Het Lycée Jules Renard is naar Parijse maatstaven niet zo groot, maar voor mij is het zo ongeveer een stad.

Op mijn school in Lansquenet zaten veertig leerlingen. Hier zijn het achthonderd jongens en meisjes, inclusief schooltassen, iPods, mobieltjes, deodorantrollers, schoolboeken, lippenbalsem, computerspelletjes, geheimen, roddels en leugens. Ik heb hier maar één vriendin. Nou ja, bíjna een vriendin. Suzanne Prudhomme heet ze en ze woont aan de kerkhofkant van de Rue Ganneron. Soms komt ze naar de chocolaterie.

Suzanne – die graag 'Suze' genoemd wil worden, net als het drankje – heeft rood haar, wat ze vreselijk vindt, en een rond, roze gezicht, en ze is altijd bezig met een dieet. Ik vind haar haar eigenlijk wel leuk, want het doet me aan mijn vriend Roux denken, en volgens mij is ze helemaal niet dik, maar ze klaagt er de hele tijd over. Zij en ik waren echt dik bevriend, maar ze kan tegenwoordig heel wisselend zijn en ze zegt soms zomaar nare dingen, of ze zegt dat ze niet meer met me praat als ik niet precies doe wat zij zegt.

Vandaag praatte ze weer niet tegen me. Dat komt doordat ik gisterenavond niet met haar naar de film ging. Maar de bioscoop is al zo duur en dan moet je ook nog popcorn en cola kopen, en als ik niks koop, merkt Suzanne het en maakt ze op school grappen dat ik nooit geld heb, en bovendien weet ik dat Chantal er ook zou zijn, en Suzanne is anders wanneer Chantal in de buurt is.

Chantal is Suzannes nieuwe beste vriendin. Ze heeft altijd geld om naar de bioscoop te gaan en haar haar zit altijd keurig netjes. Ze draagt een diamanten kruisje van Tiffany en toen de leraar op school een keer tegen haar zei dat ze het af moest doen, schreef Chantals vader een brief naar de kranten, waarin hij zei dat het een schande was dat zijn dochter erop aangesproken werd dat ze het symbool van het katholieke geloof droeg, terwijl moslimmeisjes ongestoord hoofddoekjes konden dragen. Dat gaf heel wat consternatie en naderhand werden kruisjes én hoofddoekjes op school verboden. Maar Chantal heeft het kruisje nog steeds om. Dat weet ik omdat ik het met gym gezien heb. De gymleraar doet alsof hij het niet ziet. Dat effect heeft Chantals vader op de mensen.

Maman zegt dat ik beide meisjes gewoon moet negeren. Dat ik andere vriendinnen kan vinden.

Denk niet dat ik dat niet geprobeerd heb, maar het lijkt wel of Suze wanneer ik anderen vind, een manier bedenkt om die te pakken te nemen. Dat is al een paar keer gebeurd. Je kunt niet precies zeggen wat het is, maar toch is het er, als iets wat in de lucht hangt. En dan beginnen de mensen met wie je bevriend dacht te zijn, je ineens te mijden en met haar aan te pappen, en voor je het weet zijn het háár vrienden en niet de jouwe, en ben je alleen.

Nou, vandaag wilde Suze dus niet praten. Ze zat tijdens al haar lessen bij Chantal en ze zette haar tas op de plaats naast haar, zodat ik daar niet kon zitten, en telkens wanneer ik naar hen keek, leken ze om me te zitten lachen.

Het kan me niets schelen. Wie wil er nou als die twee zijn?

Maar dan steken ze weer de koppen bij elkaar en zie ik aan de manier waarop ze niet naar me kijken dat ze weer om me zitten te lachen. Waarom? Wat is er toch met me? Vroeger wíst ik tenminste waarom ik anders was, maar nu...

Komt het door mijn haar? Door mijn kleren? Komt het doordat we nooit iets bij Galeries Lafayette hebben gekocht? Komt het doordat we nooit gaan skiën in Val d'Isère of 's zomers niet naar Cannes gaan? Heb ik een soort etiket op me, zoals op goedkope sportschoenen, dat hun vertelt dat ik tweederangs ben?

Maman heeft erg haar best gedaan om me te helpen. Er is aan mij niets ongewoons, niets dat suggereert dat we geen geld hebben. Ik draag dezelfde kleren als iedereen. Mijn schooltas is hetzelfde als die van hen. Ik zie de juiste films, lees de juiste boeken, luister naar de juiste muziek. Ik zou erbij moeten horen. Maar toch is dat niet zo.

Ik ben het probleem. Ik val gewoon uit de toon. Ik heb op de een of andere manier niet de goeie vorm, niet de goeie kleur. Ik hou van de verkeerde boeken. Ik kijk stiekem naar de verkeerde films. Ik ben anders, of ze het nu leuk vinden of niet, en ik zie niet in waarom ik zou moeten doen alsof het niet zo was.

Maar het is moeilijk wanneer iedereen vrienden heeft. En het is moeilijk wanneer mensen je alleen maar mogen wanneer je iemand anders bent.

Toen ik vanmorgen binnenkwam, waren de anderen in de klas met een tennisbal aan het spelen. Suze stuiterde hem naar Chantal, die hem naar Lucie stuiterde, waarna hij weer naar Sandrine ging, en toen de hele klas rond en ten slotte naar Sophie. Niemand zei iets toen ik binnenkwam. Ze bleven gewoon met de bal gooien, maar ik merkte dat niemand hem naar mij stuiterde, en toen ik 'Hierheen!' riep, leek niemand het te snappen. Het was net of het spelletje veranderd was. Zonder dat iemand het echt zei, ging het er nu om dat de bal bij me weggehouden werd. Ze gilden 'Annie is 'm!' en dan lieten ze me springen en hielden ze de bal juist bij me vandaan.

Ik weet dat het stom is. Het is maar een spelletje. Maar zo gaat het op school iedere dag. Van de drieëntwintig leerlingen in onze klas ben ik het buitenbeentje, degene die alleen moet zitten, degene die de computers met twee andere leerlingen moet delen (meestal Chantal en Suze) in plaats van met één, die de pauze alleen moet doorbrengen en in de bibliotheek moet zitten of op een bank, terwijl de anderen in groepjes rondlopen en met elkaar lachen en praten en spelletjes doen. Ik zou wel eens willen dat iemand anders de pineut was. Maar dat gebeurt nooit. Ik ben hem altijd.

Niet dat ik verlegen ben. Ik hóú van mensen. Ik kan goed met ze opschieten. Ik vind het leuk om te praten of tikkertje te spelen op de speelplaats. Ik ben niet zoals Claude, die te verlegen is om iets tegen iemand te zeggen en die stottert wanneer de leraar hem iets vraagt. Ik ben niet opvliegend, zoals Suze, of snobistisch, zoals Chantal. Ik ben altijd bereid naar anderen te luisteren als ze van streek zijn, bijvoorbeeld als Suze ruzie heeft met Lucie of Danielle, dan ben ik degene naar wie ze toe komt en gaat ze niet naar Chantal, maar als ik dan denk dat het wat wordt, begint ze weer een nieuwe campagne. Dan neemt ze bijvoorbeeld met haar mobieltje foto's van me in het kleedhok en dan laat ze die aan iedereen zien. En wanneer ik dan tegen haar zeg dat ze dat niet moet doen, kijkt ze me alleen maar aan en zegt ze dat het gewoon een grapje is, en dan lach ik maar, ook al wil ik dat niet, want ik wil niet bekend staan als iemand die geen gevoel voor humor heeft. Maar op mij komt het niet echt grappig over. Net als met die tennisbal is het pas grappig als je niet de pineut bent.

Maar goed, dat zat ik zo te denken toen ik terugreed met de bus en Suze en Chantal achter me zaten te giechelen. Ik keek niet om, maar deed alsof ik las, hoewel de bus hotste en botste en de bladzijde een waas voor mijn ogen werd. Mijn ogen waren zelfs een beetje vochtig, en daarom keek ik maar wat uit het raam, hoewel het regende en bijna donker was en alles heel Parijzig grijs was toen we bij mijn halte kwamen vlak na het metrostation bij de Rue Caulaincourt.

Misschien neem ik voortaan wel de metro. Die komt niet zo dicht bij de school, maar ik vind het prettiger: die koekjesachtige lucht van de roltrappen, de tochtvlaag wanneer de trein aan komt rijden, de mensen en de drukte. Je ziet allerlei rare mensen in de metro. Mensen van alle rassen, toeristen, gesluierde moslimvrouwen, Afrikaanse handelaars met zakken vol valse horloges en ebbenhouten beeldjes en armbanden van schelpen en kralen. Er zijn mannen die gekleed zijn als vrouwen en vrouwen die gekleed zijn als filmsterren, en mensen die vreemde etenswaren uit bruine papieren zakken eten, en mensen met punkhaar en tatoeages en ringetjes in hun wenkbrauwen, en bedelaars en muzikanten en zakkenrollers en dronkaards.

Maman heeft liever dat ik de bus neem.

Ja, natuurlijk heeft ze dat liever.

Suzanne giechelde en ik wist dat ze weer over mij had zitten praten. Ik stond op zonder haar een blik waardig te keuren en liep naar voren.

Toen zag ik Zozie, die in het gangpad stond. Deze keer had ze geen vuurrode schoenen aan, maar paarse laarzen met dikke zolen en gespen tot aan haar knieën. Ze had een felgroene coltrui aan met daarover een korte zwarte jurk, en in haar haar zat een felroze streep. Ze zag er te gek uit.

Ik moest het wel tegen haar zeggen.

Ik wist zeker dat ze me al vergeten was, maar dat was niet zo. 'Annie! Wat leuk!' Ze kuste me. 'Ik moet er hier uit. Stap jij ook uit?'

Ik keek om en zag hoe Suzanne en Chantal me aangaapten; in hun verbazing vergaten ze zelfs te giechelen. Niet dat er iemand om Zozie zou hebben gegiecheld. Of dat het haar wat had kunnen schelen als ze dat gedaan hadden. Ik zag de mond van Suzanne openhangen (wat er niet charmant uitziet), en Chantal naast haar zag bijna even groen als de trui van Zozie.

'Vriendinnen van je?' zei Zozie toen we uitstapten.

'Echt niet,' zei ik, met mijn ogen rollend.

Zozie lachte. Ze lacht veel, en eigenlijk ook wel hard, en ze lijkt het zich nooit aan te trekken als de mensen haar aangapen. Ze was heel lang met die dikke zolen. Ik zei dat ik wou dat ik zulke laarzen had.

'Nou, dan zorg je toch dat je ze krijgt?' zei Zozie.

Ik haalde mijn schouders op.

'Ik moet zeggen dat je er ook wel érg con-ven-tio-neel uitziet.' Ik vond het te gek zoals ze dat 'conventioneel' zei, met van die lichtjes in haar ogen die heel anders zijn dan gewone pretlichtjes. 'Ik had je wel wat oorspronkelijker ingeschat, als je snapt wat ik bedoel.'

'Maman houdt er niet van als we opvallen.'

Ze trok haar wenkbrauwen op. 'O ja?'

Weer haalde ik mijn schouders op.

'Nou ja, ieder zijn ding. Moet je horen. Er is een heel gave tent hier vlak aan de overkant die de heerlijkste Saint-Honorétaart heeft die er op deze aardbol bestaat. Zullen we er even heen gaan om het te vieren?'

'Wat te vieren?' vroeg ik.

'Dat we buren worden!'

Ik weet natuurlijk wel dat ik niet met vreemden mee mag gaan. Dat zegt maman heel vaak tegen me, en als je in Parijs woont, word je vanzelf heel voorzichtig. Maar dit was anders, dit was Zozie, en bovendien ontmoetten we elkaar in het openbaar, in een Engelse tearoom die ik nog nooit gezien had en die, zoals ze me bezwoer, de heerlijkste taart had.

In mijn eentje was ik er nooit heen gegaan. Ik word zenuwachtig van dat soort gelegenheden, met allemaal glazen tafeltjes en dames met bontmantels die dure thee uit porseleinen kopjes drinken en serveersters met zwarte jurkjes aan. Ze keken heel erg naar me omdat ik een schooluniform droeg en mijn haar helemaal in de war zat, en ook naar Zozie met haar paarse laarzen met dikke zolen, en ze vonden ons allebei maar raar.

'Ik vind dit een schitterende tent,' zei Zozie zacht. 'Dolkomisch. En iedereen doet zo bloedserieús.'

De prijzen waren ook bloedserieus. Veel te hoog voor mij: tien euro voor een potje thee en twaalf voor een beker warme chocola.

'Maak je geen zorgen. Ik trakteer,' zei Zozie, en we gingen aan een hoektafeltje zitten terwijl een norse serveerster die eruitzag als Jeanne Moreau ons het menu aangaf alsof het haar de grootste moeite kostte.

'Ken je Jeanne Moreau?' vroeg Zozie verbaasd.

Ik knikte. Ik was nog steeds een beetje nerveus. 'Ik vond haar geweldig in *Jules et Jim*.'

'Ik zie geen gelijkenis met die zuurpruim,' zei Zozie, naar onze serveerster knikkend, die nu poeslief twee duur uitziende dames met hetzelfde blonde haar aan het bedienen was.

Ik proestte het uit. De dames keken naar mij en toen naar de paarse laarzen van Zozie. Hun hoofden kwamen dicht bij elkaar en ik moest ineens aan Suze en Chantal denken, en toen kreeg ik een droge mond.

Zozie moet iets gemerkt hebben, want ze hield op met lachen en keek me bezorgd aan. 'Wat is er?' vroeg ze.

'Ik weet het niet. Ik dacht alleen maar dat die mensen om ons lachten.' Het is het soort tent waar Chantal ook met haar moeder heen gaat, probeerde ik haar uit te leggen. Waar heel slanke dames met pastelkleurige kasjmieren kleding aan citroenthee drinken en geen taart nemen.

Zozie sloeg haar lange benen over elkaar. 'Dat komt doordat je geen kloon bent. Klonen conformeren zich. Freaks vallen op. Je hoeft niet te vragen wat mijn voorkeur heeft.'

Ik haalde mijn schouders op. 'Ja, dat zal wel.'

'Je klinkt niet erg overtuigd.' Ze keek me met een ondeugende grijns aan. 'Let op.' Ze knipte met haar vingers naar de serveerster die op Jeanne Moreau leek, en terwijl ze dat deed, precies op dat moment, struikelde ze met haar hoge hakken en liet ze een hele pot citroenthee op de tafel voor haar vallen, waardoor het tafelkleed drijfnat werd en er hete thee in de handtassen van de dames en op hun dure schoenen droop.

Ik keek Zozie aan.

48

Zozie grijnsde naar me. 'Aardige truc, hè?'

Ik moest lachen want het was natuurlijk toeval, en niemand had kunnen voorzien dat dit gebeuren zou, maar het was voor mij net of Zozie die theepot had láten vallen. En nu de serveerster druk bezig was met opruimen en de pasteldames met natte schoenen zaten, lette niemand meer op ons en lachte niemand meer om Zozies belachelijke laarzen.

Dus bestelden we vervolgens taart van het menu en koffie bij de speciale bar. Zozie nam een Saint-Honoré – zij lijnt duidelijk niet – en ik een *frangipane*. We namen allebei *vanilla latte*, en we praatten langer dan ik had verwacht, over Suze en school en boeken en maman en Thierry en de chocolaterie.

'Het is vast enig om in een chocolaterie te wonen,' zei Zozie, terwijl ze aan haar taart begon.

'Niet zo leuk als in Lansquenet.'

Zozie keek geïnteresseerd. 'Wat is Lansquenet?'

'Een dorpje waar we ooit gewoond hebben. Ergens in het zuiden. Het was er cool.'

'Cooler dan in Parijs?' Ze leek verbaasd.

Ik vertelde haar dus over Lansquenet en Les Marauds waar we altijd speelden, Jeannot en ik, bij de oever van de rivier, en toen vertelde ik haar over Armande en de rivierzigeuners en de boot van Roux met zijn glazen dak en de kleine kombuis met zijn gehavende emaillen pannen. Ik vertelde haar dat we altijd chocola maakten, maman en ik, 's avonds laat en 's morgens vroeg, zodat alles altijd naar chocola rook, zelfs het stof.

Naderhand verbaasde het me dat ik zo veel gepraat had. Ik hoor er eigenlijk niet over te praten, en ook niet over de andere plaatsen waar we zijn geweest. Maar bij Zozie is dat anders. Bij haar voelt het ongevaarlijk.

'Wie gaat je moeder helpen nu madame Poussin er niet meer is?' zei Zozie, terwijl ze met een klein lepeltje schuim van haar glas schepte.

'We redden ons wel,' zei ik.

'Gaat Rosette naar school?'

'Nog niet.' Om de een of andere reden wilde ik haar niets over Rosette vertellen. 'Maar ze is heel pienter. Ze kan heel goed tekenen. Ze maakt gebaren en ze houdt zelfs haar vinger bij de woorden in haar verhaaltjesboeken.'

'Ze lijkt niet erg op jou.'

Ik haalde mijn schouders op.

Zozie keek me met die lichtjes in haar ogen aan, alsof ze iets wilde zeggen, maar het niet deed. Ze dronk haar latte op en zei: 'Het is vast moeilijk om geen vader te hebben.'

Ik haalde mijn schouders op. Natuurlijk heb ik een vader – we weten alleen niet wie het is – maar dat wilde ik niet tegen Zozie zeggen.

'Je moeder en jij hebben vast een hechte band.'

'Nn-mm.' Ik knikte.

'Jullie lijken erg op elkaar...' Ze hield op en keek me lachend-fronsend aan, alsof ze probeerde iets uit te denken wat ze niet goed snapte. 'En jullie hebben ook nog iets anders, toch, Annie? Iets wat ik niet goed kan benoemen...'

Ik zei daar natuurlijk niets op. Zwijgen is veiliger, zegt maman. Dan kan wat je zegt nooit tegen je gebruikt worden.

'Maar een kloon ben je in ieder geval niet. Ik wed dat je wel een paar trucjes kent...'

'Trucjes?' Ik moest aan de serveerster en de gemorste citroen-thee denken. Ik keek de andere kant op en voelde me ineens weer opgelaten, en ik wilde dat er iemand met de rekening kwam zodat ik haar gedag kon zeggen en naar huis kon rennen.

Maar de serveerster vermeed ons en kletste met de man achter de koffiebar. Ze lachte en gooide steeds haar naar achteren, zoals Suze soms doet wanneer Jean-Loup Rimbault (een jongen die ze leuk vindt) vlakbij staat. Bovendien heb ik gemerkt dat bedienend perso-neel meestal wel op tijd bedient, maar nooit de rekening wil brengen.

Maar toen maakte Zozie een tekentje met haar vingers, zo klein dat ik het over het hoofd had kunnen zien. Heel onopvallend, alsof ze een knop omdraaide, en toen draaide de serveerster die op Jean-ne Moreau leek zich om alsof iemand haar in de rug had geport, en kwam ze ons meteen op een blaadje de rekening brengen.

Glimlachend pakte Zozie haar portemonnee. Jeanne Moreau stond met een verveeld en nors gezicht te wachten, en ik verwacht-te al half-en-half dat Zozie er iets van zou zeggen, want als je zoiets als 'zuurpruim' in een Engelse tearoom durft te zeggen, ben je niet echt verlegen.

Maar dat deed ze niet. 'Kijk eens, vijftig euro. U mag het wisselgeld houden.' Ze overhandigde de serveerster een briefje van vijf euro.

Zelfs ik kon zien dat het vijf euro was. Ik zag het heel duidelijk toen Zozie het met een glimlach op het blad legde. Maar de serveerster zag het niet.

In plaats daarvan zei ze: *'Merci, bonne journée.'* Toen maakte Zozie met haar hand weer dat teken en stopte ze haar portemonnee weg alsof er niets gebeurd was.

En toen keerde ze zich om en gaf ze me een knipoog.

Even wist ik niet of ik het wel goed gezien had. Het had gewoon toeval kunnen zijn; er waren per slot van rekening veel mensen en de serveerster had het druk, en mensen maken wel eens fouten.

Maar na wat er gebeurd was met de thee...

Ze lachte naar me, precies zoals een kat die je zou kunnen krabben, ook al zat hij op dat moment spinnend op je schoot.

Trucjes, had ze gezegd.

Toeval, dacht ik.

Plotseling wou ik dat ik niet was meegegaan, en dat ik haar die dag voor de chocolaterie niet gelokt had. Het is maar een spelletje, het is niet eens echt, maar toch voelt het heel gevaarlijk, als iets wat slaapt en niet te vaak opgepord moet worden, omdat het anders voorgoed wakker wordt.

Ik keek op mijn horloge. 'Ik moet weg.'

'Annie. Rustig maar. Het is pas halfvijf.'

'Maman maakt zich zorgen als ik te laat ben.'

'Vijf minuutjes kan geen kwaad.'

'Ik moet weg.'

Ik verwachtte denk ik dat ze me tegen zou houden, dat ze me terug zou laten komen, zoals ze met de serveerster had gedaan. Maar Zozie glimlachte alleen maar en ik vond het stom van mezelf dat ik zo in paniek was geraakt. Sommige mensen zijn heel suggestibel. De serveerster was waarschijnlijk zo iemand. Of misschien hadden ze zich allebei vergist, of misschien ik.

Maar ik wist dat ik me niet had vergist. En zij wist dat ik het gezien had. Dat zag ik aan haar kleuren. En aan de manier waarop ze naar me keek: halflachend, alsof we samen meer gedeeld hadden dan taart eten.

Ik weet dat het niet zonder gevaar is, maar ik mag haar. Ik mag haar echt. Ik wilde iets zeggen om het haar te laten begrijpen.

Impulsief draaide ik me om; ze zat nog steeds te glimlachen.

'Zeg, Zozie,' zei ik. 'Heet je echt zo?'

'Zeg, Annie,' deed ze me na. 'Heet jij echt zo?'

'Eh, nou...' Ik was even zo verbaasd dat ik het haar bijna vertelde. 'Mijn échte vrienden noemen me Nanou.'

'En heb je er veel?' zei ze met een glimlach.

Ik lachte en stak één vinger op.

2

Dinsdag 6 november

WAT EEN APART KIND. IN SOMMIGE OPZICHTEN JONGER DAN HAAR leeftijdgenootjes, maar in andere veel ouder. Ze kan gemakkelijk met volwassenen praten, maar in het gezelschap van andere kinderen lijkt ze onhandig, alsof ze probeert in te schatten hoe competent ze zijn. Bij mij was ze openhartig, grappig, spraakzaam, melancholiek, eigenzinnig, maar instinctief op haar hoede zodra ik, hoe licht ook, haar anders-zijn aanstipte.

Natuurlijk wil geen kind als anders gezien worden. Maar Annies gereserveerdheid zit dieper. Het lijkt wel of ze iets verbergt, een ongewone eigenschap die gevaarlijk zou kunnen zijn als hij ontdekt wordt.

Andere mensen zien het misschien niet, maar ik ben niet zoals andere mensen en ik merk dat ik me tot haar aangetrokken voel en dat ik daar moeilijk weerstand aan kan bieden. Ik vraag me af of ze weet wát ze is, of ze het begrijpt, en of ze in dat sombere koppie enig idee heeft van haar potentieel.

Ik heb haar vandaag weer ontmoet, toen ze na school op weg was naar huis. Ze was niet echt koel, maar zeker niet zo vertellerig als gisteren, alsof ze zich ervan bewust was dat ze te ver was gegaan. Zoals ik al zei: een apart kind, en nog aparter omdat ze een uitdaging vormt. Ik voel dat ze niet ongevoelig is voor verleiding, maar ze is voorzichtig, heel voorzichtig, en ik zal langzaam te werk moeten gaan als ik haar niet wil afschrikken.

En dus praatten we gewoon wat – ik zei niets over anders-zijn, of over dat Lansquenet, of over de chocoladewinkel – en toen gingen we ieder ons weegs. Ik had haar echter wel verteld waar ik woonde en waar ik tegenwoordig werk.

Werk? Iedereen heeft een baan nodig. Het geeft me een excuus om te spelen, om onder de mensen te zijn, om hen te observeren en hun geheimpjes te leren kennen. Ik heb het geld uiteraard niet nodig, en daarom kan ik me ook veroorloven het eerste het beste baantje te nemen. Het soort baantje dat ieder meisje in een buurt als Montmartre zonder moeite kan vinden.

Nee, niet dát. Ik heb het natuurlijk over een baantje als serveerster.

Het is heel erg lang geleden dat ik in een café heb gewerkt. Ik hoef het tegenwoordig niet meer te doen – het loon is karig en de werktijden nog beroerder – maar ik heb het gevoel dat serveerwerk op de een of andere manier bij Zozie de l'Alba past, en bovendien bevind ik me er in een goede positie om het komen en gaan van de buurtbewoners in de gaten te houden.

Le P'tit Pinson, weggestopt in een hoek van de Rue des Faux-Monnayeurs, is een ouderwets café uit de groezelige tijd van Montmartre, donker en rokerig en overdekt met lagen vet en nicotine. De eigenaar is Laurent Pinson, een vijfenzestig jaar oude Parijzenaar met een agressieve snor die zichzelf slecht verzorgt. Net als bij Laurent zelf is de aantrekkingskracht van het café doorgaans beperkt tot de oudere generatie, die de lage prijzen en de plat du jour wel kunnen waarderen, en grillige types als ik, die de spectaculaire botheid van de eigenaar en de extreme politiek van de oudere klanten wel grappig vinden.

Toeristen kiezen de Place du Tertre, met zijn aardige cafeetjes en tafeltjes met geblokte kleedjes aan de weggetjes met kinderkopjes. Of de art-decopâtisserie beneden aan de Butte, met zijn juweliersachtige uitstalling van gebak en lekkernijen. Of de Engelse tearoom aan de Rue Ramey. Maar ik ben niet geïnteresseerd in toeristen. Ik ben geïnteresseerd in die chocolaterie, die ik aan de overkant heel duidelijk kan zien. Van hieruit kan ik zien wie er komen en gaan. Ik kan de klanten tellen, zien wat er bezorgd wordt en in grote trekken vertrouwd raken met het ritme van hun leventje.

De brieven die ik op die eerste dag gestolen heb bleken in praktische zin niet bijster bruikbaar. Een factuur van 20 oktober, met CONTANTE BETALING erop, van Sogar Fils, een leverancier van banketbakkersbenodigdheden. Maar wie betaalt er tegenwoordig nu contant? Een onpraktische, onzinnige manier van betalen – heeft deze vrouw geen bankrekening? – die me niets verder brengt.

De tweede enveloppe bevatte een condoleancekaart vanwege het overlijden van madame Poussin, ondertekend door een zekere Thierry, met een kus. Poststempel van Londen, met een *tot gauw, en maak je geen zorgen* er losjes aan toegevoegd.

Dat stoppen we in ons achterhoofd.

Het derde poststuk, een verbleekte ansichtkaart van de Rhône, bevatte zo mogelijk nog minder informatie.

Ben op weg naar het noorden. Als het kan kom ik langs.

Ondertekend met *R*. De kaart was alleen geadresseerd aan *Y en A*, maar het was zo slordig geschreven dat de Y er meer uitzag als een V.

Het vierde poststuk was reclame voor financiële diensten.

Maar, zo houd ik mezelf voor, we hebben de tijd.

'Hé, ú bent het!' Weer die portretschilder. Ik ken hem nu. Hij heet Jean-Louis en zijn vriend met de baret heet Paupaul. Ik zie beiden vaak in Le P'tit Pinson, waar ze bier drinken en de dames met gevlei proberen over te halen. Voor vijftig euro heb je een potloodschets – zeg tien voor de schets en veertig voor de vleierij. Ze beheersen het spel tot in de finesses. Jean-Louis is een charmeur – vooral niet al te knappe vrouwen zijn er ontvankelijk voor – en het geheim van zijn succes ligt dan ook eerder in zijn volharding dan in zijn talent.

'Ik koop niks, dus verknoei je tijd maar niet,' zei ik tegen hem toen hij zijn schetsblok opensloeg.

'Dan verkoop ik hem aan Laurent,' zei hij met een knipoog. 'Of misschien houd ik hem gewoon zelf.'

Paupaul wendt onverschilligheid voor. Hij is ouder dan zijn vriend en zijn stijl is minder uitbundig. Hij doet zelfs zelden zijn mond open. Hij staat bij zijn ezel op de hoek van het plein woest naar het papier te staren en af en toe zet hij er met een beangstigende intensiteit een paar lijnen op. Hij heeft een intimiderende snor en laat zijn klanten langdurig modelzitten, terwijl hij boos kijkend op het papier krast en heftig in zichzelf mompelt alvorens een werk van zulke bizarre afmetingen te produceren dat zijn klanten helemaal onder de indruk zijn en zich genoopt voelen te betalen.

Jean-Louis was me nog steeds aan het schetsen toen ik tussen de tafels door liep. 'Ik waarschuw je, ik laat je betalen,' zei ik.

'Denk maar aan de leliën des velds,' zei Jean-Louis luchtigjes. 'Ze zwoegen niet en ze vragen ook geen loon wanneer ze vastgelegd worden.'

'Leliën hoeven geen rekeningen te betalen.'

Vanmorgen ging ik langs bij de bank. Ik heb dat van de week elke dag gedaan. Als ik vijfentwintigduizend euro in contanten opneem, zou ik zeker de verkeerde soort aandacht op me vestigen, maar een aantal opnamen van gematigde omvang – duizend hier, tweehonderd daar – blijft nauwelijks in de herinnering hangen.

Maar je moet altijd op blijven letten.

En dus liep ik niet als Zozie naar binnen, maar als de collega op wier naam ik de rekening had geopend: Barbara Beauchamp, een secretaresse met een tot nu toe onberispelijke staat van vertrouwen. Ik maakte me voor de gelegenheid kleurloos. Hoewel echte onzichtbaarheid onmogelijk is, en bovendien veel te opvallend, kan iedereen kleurloos zijn, en een onopvallende vrouw met een wollen muts op en handschoenen aan kan bijna overal rondlopen zonder opgemerkt te worden.

En daarom voelde ik het meteen. Het vreemde gevoel dat ik aandachtig werd opgenomen terwijl ik aan de balie stond, een nieuwe waakzaamheid in de kleuren van het personeel, het verzoek of ik wilde wachten terwijl mijn aanvraag werd verwerkt, geuren en klanken die aangaven dat er iets niet klopte.

Ik wachtte niet op bevestiging. Ik verliet de bank zodra de bankmedewerker uit het zicht was verdwenen en ik liet het chequeboekje en de bankpas vervolgens in een enveloppe glijden, die ik adresseerde en in de dichtstbijzijnde brievenbus stopte. Het adres was verzonnen; het belastende materiaal zal drie maanden van postkantoor naar postkantoor gaan, totdat het terechtkomt op de afdeling voor onbestelbare post, waarna het nooit meer teruggevonden wordt. Als ik ooit van een lijk af moet, doe ik hetzelfde: ik stuur pakjes met handen en voeten en stukjes romp naar vage adressen ergens in Europa, terwijl de politie vergeefs naar het verse graf zoekt.

Niet dat moord ooit iets voor mij was. Maar toch moet je een mogelijkheid nooit helemaal uitsluiten. Ik vond een handige kledingzaak waarin ik me van madame Beauchamp weer kon terugveranderen in Zozie de l'Alba, en daarna keerde ik, op mijn hoede als ik was voor alles wat niet in het normale patroon paste, via een omweg terug naar mijn pension aan de voet van de heuvel in Montmartre en overdacht ik de toekomst.

Verdorie.

Tweeëntwintigduizend euro's stonden er nog op de valse rekening van madame Beauchamp; geld dat me een halfjaar aan planning, onderzoek, actie en verfijning van mijn nieuwe identiteit had gekost. Ik kon er nu wel naar fluiten, en hoewel het er niet in zat dat ik herkend zou worden aan de hand van de onscherpe camerabeelden van de bank, was de rekening hangende het politieonderzoek hoogstwaarschijnlijk geblokkeerd. Ik was het geld hoe dan ook voor altijd kwijt en ik hield er weinig meer aan over dan een nieuw bedeltje aan mijn armband – een muis dus, wat heel toepasselijk is voor die arme Françoise.

Het trieste vind ik dat er geen toekomst meer zit in het ambachtelijke werk. Een halfjaar verknoeid, en nu ben ik weer terug bij af. Geen geld. Geen leven.

Maar dáár kan verandering in komen. Het enige wat ik nodig heb, is een beetje inspiratie. We zullen maar eens beginnen met die chocolaterie. Met Vianne Rocher, uit Lansquenet, die om onbekende redenen zichzelf een nieuw leven heeft aangemeten als Yanne Charbonneau, moeder van twee kinderen en eerbiedwaardige weduwe van de Butte.

Voel ik een verwante geest? Nee. Maar ik herken wel een uitdaging wanneer ik er een zie. Hoewel er momenteel niet zo veel te halen valt bij de chocolaterie, oefent Yannes leven toch een zekere aantrekkingskracht op me uit. En ze heeft natuurlijk dat kind. Dat heel aparte kind.

Ik logeer op een adres vlak bij de Boulevard de Clichy, op tien minuten loopafstand van Place des Faux-Monnayeurs. Twee kamers van postzegelformaat op de vierde verdieping, waar je via smalle trappen komt, maar goedkoop genoeg om in mijn behoeften te voorzien en discreet genoeg om mijn anonimiteit te waarborgen. Van hieruit kan ik de straten observeren, alle bewegingen in de gaten houden en opgaan in de omgeving.

Het is niet de Butte, dat is boven mijn begroting. Het is zelfs een tamelijk grote achteruitgang na Françoises aardige flat in het 11e arrondissement. Maar Zozie de l'Alba hoort er niet thuis; het past bij haar om eenvoudig te wonen. Er wonen hier allerlei mensen:

studenten, winkeliers, immigranten en wel en niet geregistreerde masseuses. Er is alleen al in dit kleine buurtje een zestal kerken (zedeloosheid en religie zijn even onafscheidelijk als een Siamese tweeling), de straat is met meer afval dan bladeren bezaaid en er hangt voortdurend een stank van riolen en hondenpoep. Aan deze kant van de Butte hebben de leuke cafeetjes plaatsgemaakt voor goedkope afhaalrestaurants en avondwinkels, waar de zwervers zich 's avonds omheen verzamelen om rode wijn uit flessen met plastic dop te drinken en daarna in de portieken tussen de metalen rolluiken te gaan slapen.

Het zal me waarschijnlijk snel gaan vervelen, maar ik heb een plek nodig waar ik me een tijdje onopvallend kan ophouden, totdat madame Beauchamp – en Françoise Lavery – weer uit het vizier verdwenen zijn. Behoedzaamheid kan geen kwaad, weet ik, en bovendien, zo placht mijn moeder vroeger te zeggen, moet je nooit over één nacht ijs gaan.

3

Donderdag 8 november

TERWIJL MIJN POTJE OP HET VUUR STAAT TE PRUTTELEN, HEB IK AL wat kennis over de bewoners van de Place des Faux-Monnayeurs weten te verzamelen. Madame Pinot, dat kleine patrijsachtige vrouwtje dat de kranten-tijdschriften-souvenir-snuisterijenwinkel drijft, mag graag roddelen en heeft me de buurt door haar ogen leren kennen.

Door haar weet ik dat Laurent Pinson vaak in bars voor alleenstaanden komt, dat de dikke jongeman uit het Italiaanse restaurant honderdveertig kilo weegt maar desondanks minstens tweemaal per week naar de chocolaterie gaat en dat de vrouw met de hond die elke donderdag om tien uur langskomt, madame Luzeron is, wier echtgenoot vorig jaar een beroerte kreeg en wier zoon stierf toen hij dertien was. Elke donderdag gaat ze volgens madame Pinot met dat maffe hondje van haar naar het kerkhof. Slaat geen keer over. Het arme oudje.

'En de chocolaterie?' vroeg ik, terwijl ik tussen de tijdschriften op een kleine plank een *Paris-Match* vandaan haalde (ik heb een hekel aan de *Paris-Match*). Boven en onder de tijdschriften staan kleurige religieuze prullen uitgestald: gipsen Maria's, goedkope beeldjes, glazen bollen met de Sacré-Coeur erin die je kunt laten sneeuwen, medailles, kruisen, rozenkransen en wierook voor elke gelegenheid. Ik vermoed dat madame erg preuts is. Ze keek naar de omslag van mijn tijdschrift, waarop prinses Stephanie van Monaco in bikini ergens op een strand wazig aan het rondrennen was, en ze trok een gezicht als het achterste van een kalkoen.

'Valt eigenlijk niet veel over te vertellen,' zei ze. 'Man ergens in het zuiden overleden. Maar ze heeft haar draai wel weer gevonden.' De drukke mond tuitte zich weer. 'Ik denk dat er binnenkort een bruiloft zal zijn.'

'O ja?'

Ze knikte. 'Thierry le Tresset. Hij is de eigenaar van het pand. Verhuurde het goedkoop aan madame Poussin omdat ze bevriend was met de familie of zo. Zo heeft hij madame Charbonneau ontmoet. Zo verliefd als díé man is...' Ze sloeg het tijdschrift aan op de kassa. 'Maar toch vraag ik me af of hij weet waar hij aan begint. Ze zal een jaar of twintig jonger zijn dan hij, en hij is altijd maar op zakenreis, en dan heeft ze nog die twee kinderen, van wie er een niet gewoon is...'

'Niet gewoon?' zei ik.

'O, weet u dat niet? Arm ding. Dat moet toch een last zijn. En alsof dat nog niet erg genoeg is,' zei ze, 'kan die winkel toch ook niet veel winst maken. En dat met al die vaste lasten, en de verwarming en de huur...'

Ik liet haar een poosje praten. Roddel is voor mensen als madame goud waard en ik voel dat ik haar al veel stof tot nadenken heb gegeven. Met mijn haar met roze strepen erin en vuurrode schoenen moet ook ik een veelbelovende bron van roddelpraat zijn. Met een vrolijke groet en het gevoel dat ik een goede start had gemaakt, verliet ik de winkel en keerde ik terug naar mijn werkplek.

Het is de gunstigste uitkijkpost die je je maar voor kunt stellen. Van hieruit kan ik al Yannes klanten zien, het komen en gaan observeren, de bezorging bijhouden en de kinderen in de gaten houden.

Die peuter is een lastpak – niet lawaaiig, maar ondeugend, en hoewel ze nog maar klein is, is ze toch ouder dan ik haar oorspronkelijk had geschat. Madame Pinot heeft me verteld dat ze bijna vier is en nog geen woord heeft gezegd, hoewel ze wel wat gebarentaal schijnt te kennen. Een ongewoon kind, zegt madame, met dat neerbuigende lachje dat ze bewaart voor negers, joden, zigeuners en politiek correcte personen.

Een ongewoon kind? Dat zal best, maar de vraag is hóé ongewoon...

En dan hebben we natuurlijk nog Annie. Ik zie haar vanuit Le P'tit Pinson – iedere ochtend even voor achten en iedere middag na halfvijf – en ze praat best vrolijk met me: over haar school, over haar vriendinnen, over de docenten en over de mensen die ze in de bus ziet. Het is in ieder geval een begin, maar ik voel dat ze zich inhoudt. In zekere zin bevalt me dat wel. Ik zou van die kracht gebruik kunnen maken – ik weet zeker dat ze het met het juiste onderricht ver zou kunnen schoppen – en bovendien bestaat de kunst van het verleiden voor het merendeel uit het opjagen van het wild.

Maar ik ben Le P'tit Pinson nu al zat. Het loon van mijn eerste werkweek dekt nauwelijks de kosten en het is moeilijk het Laurent naar de zin te maken. Erger nog, hij heeft zijn oog op me laten vallen. Ik zie het aan zijn kleuren en aan de manier waarop hij zijn haar gladstrijkt en aan de nieuwe, extra zorg die hij aan zijn uiterlijk besteedt.

Het is natuurlijk altijd een risico, dat weet ik. Françoise Lavery zou hij niet opgemerkt hebben, maar Zozie de l'Alba heeft een andere charme. Hij begrijpt het niet. Hij heeft een hekel aan buitenlanders en deze vrouw heeft iets... iets zigeunerachtigs, en dat wantrouwt hij.

En toch kiest hij voor het eerst in jaren met zorg zijn kleding: hij legt een das terzijde (te opzichtig, te breed), hij weegt de voor- en nadelen van dit pak en dat pak, hij staat met een oude fles eau-detoilette in zijn handen die hij voor het laatst heeft gebruikt bij een trouwerij en die nu azijnachtig is van ouderdom en bruine vlekken op het schone witte overhemd achterlaat.

Normaal gesproken zou ik dit misschien aanmoedigen, de ijdelheid van de oude man bespelen, hopend op een gemakkelijke buit: een creditcard of wat geld, of misschien een geldkist die ergens verstopt is, een diefstal die Laurent nooit aan zou geven.

Normaliter zou ik dat doen. Maar mannen als Laurent zijn gemakkelijk te vinden. Vrouwen als Yanne daarentegen...

Een paar jaar geleden, toen ik nog iemand anders was, ging ik eens naar een film over de Romeinen. In veel opzichten een teleurstellende film: te glad, te veel onecht bloed en Hollywoodachtige verlossing. Maar vooral de gladiatorscènes vond ik onrealistisch, met van die door de computer gecreëerde mensenmassa's op de achtergrond, die allemaal schreeuwden en lachten en in keurige patronen met hun armen zwaaiden, als geanimeerd behang. Ik vroeg me toen af of de makers van de film wel eens een echte menigte hadden gezien. Ik wel! Ik vind het publiek doorgaans veel interessanter dan het schouwspel, en hoewel de mensenmassa als animatie wel overtuigend was, hadden de mensen geen kleuren, en had hun gedrag niets echts.

Nou, Yanne Charbonneau doet me aan die mensen denken. Ze is een verzinsel op de achtergrond, realistisch genoeg voor mensen die niet goed kijken, maar zich gedragend volgens een reeks voorspelbare opdrachten. Ze heeft geen kleuren, en als ze die wel heeft, is ze er bedreven in geraakt ze achter een scherm van onbelangrijkheid te verbergen.

De kinderen zijn echter helder verlicht. De meeste kinderen hebben fellere kleuren dan volwassenen, maar toch steekt Annie daarbovenuit, met haar kleurspoor van vlinderblauw dat uitdagend door de lucht flitst.

Er is ook nog iets anders volgens mij: een soort schaduw die haar volgt. Ik heb hem weer gezien toen Annie in het steegje bij de chocolaterie met Rosette aan het spelen was. De middagzon zette dat Byzantijnse haar van haar in een gouden gloed en ze hield de hand van haar zusje vast, terwijl Rosette met haar sleutelbloemgele laarsjes op de gespikkelde keitjes pletste en stampte.

Een soort schaduw. Een hond, een kat?

Ik kom er wel achter. Dat weet je. Ik heb wat tijd nodig, Nanou. Alleen maar wat tijd.

4

Donderdag 8 november

THIERRY KWAM GISTEREN TERUG UIT LONDEN. HIJ HAD EEN ARM-
vol cadeautjes voor Anouk en Rosette bij zich en twaalf gele rozen
voor mij.

Het was kwart over twaalf en ik zou over tien minuten dichtgaan
voor de lunch. Ik was net een doos kokosmakronen voor een klant
aan het inpakken en ik verheugde me op een rustig uurtje met de
kinderen (donderdag heeft Anouk haar vrije middag). Ik deed een
roze lint om de doos, iets wat ik al duizend keer gedaan had, en
maakte er een strik in, waarna ik de scherpe kant van de schaar
langs het strakgespannen lint haalde om het te krullen.

'Yanne!'

De schaar gleed weg, waardoor de krul mislukte. 'Thierry! Je
bent een dag te vroeg!'

Hij is een forse man, groot en zwaar. Met zijn kasjmieren jas aan
vulde hij ruimschoots de ingang van de kleine winkel. Een open
gezicht, blauwe ogen, dik haar, nog bijna helemaal bruin. Handen
van iemand die geld heeft maar ze nog steeds gebruikt om mee te
werken; gebarsten handpalmen en gladde nagels. Een geur van gips
en leer en zweet en *jambon-frites* en de incidentele dikke sigaar, die
hem schuldgevoelens bezorgt.

'Ik heb je gemist,' zei hij, en hij gaf me een kus op de wang. 'Het
spijt me dat ik niet op tijd terug was voor de begrafenis. Was het
afschuwelijk?'

'Nee. Alleen maar triest. Er was niemand.'

'Je bent geweldig, Yanne. Ik snap niet hoe je het allemaal doet.
Hoe lopen de zaken?'

'Best.' In feite zijn ze niet best. De klant was pas mijn tweede die
dag, als ik de mensen die alleen maar binnenkomen om te kijken

niet meetel, maar ik was blij dat ze er was toen hij binnenkwam. Het was een Chinees meisje met een gele jas aan, dat de makronen ongetwijfeld lekker zou vinden, maar dat veel blijer zou zijn geweest met een doos met in chocola gehulde aardbeien. Niet dat het wat geeft, het is mijn zaak niet. Althans, niet meer.

'Waar zijn de meisjes?'

'Boven,' zei ik. 'Ze kijken tv. Hoe was het in Londen?'

'Fantastisch. Je zou eens mee moeten gaan.'

Ik ken Londen in feite heel goed, want mijn moeder en ik hebben er bijna een jaar gewoond. Ik weet niet goed waarom ik hem dat niet heb verteld, of waarom ik hem heb laten geloven dat ik in Frankrijk ben geboren en opgegroeid. Misschien uit het verlangen gewoon te zijn, misschien uit angst dat hij, als ik het over mijn moeder heb, me anders zal gaan bekijken.

Thierry is een brave burger. Als aannemer die door vastgoed in goede doen is geraakt, is hij weinig blootgesteld geweest aan ongewone zaken en onzekerheid. Zijn smaak is conventioneel. Hij houdt van een lekkere biefstuk, drinkt rode wijn, houdt van kinderen, domme zinspelingen en gekke rijmpjes, vindt het leuk als vrouwen rokken dragen, gaat uit gewoonte naar de mis en heeft geen vooroordelen aangaande buitenlanders, maar zou er toch liever wat minder zien. Ik mag hem wel, maar toch, de gedachte dat ik hem in vertrouwen zou nemen, wie dan ook in vertrouwen zou nemen...

Niet dat dat hoeft. Ik heb nooit behoefte gehad aan iemand aan wie ik mijn geheimen kan toevertrouwen. Ik heb Anouk. Ik heb Rosette. Heb ik ooit anderen nodig gehad?

'Je ziet er triest uit.' Het Chinese meisje was weg. 'Zullen we ergens gaan lunchen?'

Ik glimlachte. In Thierry's wereld wordt triestheid verdreven met een lunch. Ik had geen trek, maar als ik niet meeging, zou hij de hele middag in de winkel blijven. Dus riep ik Anouk, fleemde en worstelde ik Rosette in haar jas en gingen we naar Le P'tit Pinson aan de overkant, waar Thierry graag komt vanwege de vervallen charme en het vette eten, en waar ik om dezelfde redenen wegblijf.

Anouk was rusteloos en het was tijd voor Rosettes middagslaapje, maar Thierry was nog vol van zijn reisje naar Londen: de vele mensen, de gebouwen, de theaters en de winkels. Zijn firma renoveert een aantal kantoorgebouwen in de buurt van King's Cross, en hij houdt graag zelf toezicht op het werk en gaat daarvoor 's maandags per trein naar Londen en komt tegen het weekend weer terug. Zijn ex-vrouw Sarah woont nog in Londen met hun zoon, maar Thierry doet de grootste moeite me ervan te overtuigen (alsof dat nodig was) dat hij en Sarah al jarenlang niet meer met elkaar omgaan.

Ik twijfel er niet aan: Thierry is niet achterbaks, heeft geen bijbedoelingen. Zijn lievelingschocola bestaat uit de vierkante melkchocolaatjes die je bij iedere supermarkt in het land kunt kopen. Dertig procent cacaomassa. Als je hem iets sterkers geeft, steekt hij als een kleine jongen zijn tong uit. Maar zijn enthousiasme vind ik erg leuk, en ik benijd hem om zijn eenvoud en ongekunsteldheid. Misschien benijd ik hem meer dan dat ik van hem houd, maar of dat nu zo erg is?

We hebben hem vorig jaar leren kennen, toen het dak begon te lekken. De meeste huisbazen zouden hooguit een loodgieter gestuurd hebben, maar Thierry kende madame Poussin al vele jaren (zijn moeder was met haar bevriend, zei hij), en hij maakte het dak zelf en bleef om warme chocola te drinken en met Rosette te spelen.

We zijn nu een jaar bevriend en we zijn al een oud stel geworden, met favoriete tentjes en vaste routines, hoewel Thierry nog niet is blijven slapen. Hij denkt dat ik weduwe ben en wil me heel schattig 'de tijd geven'. Maar zijn verlangen is duidelijk aanwezig, hoewel het niet geuit en nog niet beproefd is. Maar ach, zo erg is dat niet.

Hij heeft het onderwerp slechts eenmaal aangesneden. Een zijdelingse opmerking over zijn eigen chique etage in de Rue de la Croix, waar we al vele malen zijn uitgenodigd en die naar zijn zeggen een vrouwenhand nodig heeft..

Een vrouwenhand. Wat een ouderwetse uitdrukking. Maar ja, Thierry is een ouderwets type. Ondanks zijn voorliefde voor moderne vindingen, zijn mobieltje en zijn surround-hifi blijft hij trouw aan zijn oude idealen en de tijd waarin alles eenvoudiger was.

Eenvoudig. Dat is het. Het leven met Thierry zou heel eenvoudig zijn. Er zou altijd geld zijn voor de noodzakelijke dingen. De huur voor de chocolaterie zou altijd betaald worden. Anouk en Rosette zouden niets tekortkomen en geen enkel gevaar lopen. En als hij van hen houdt, en van mij, dan is dat toch genoeg?

Is dat genoeg, Vianne? De stem van mijn moeder, die tegenwoordig erg op die van Roux lijkt. *Ik herinner me een tijd waarin je meer wilde.*

Zoals jij, moeder? zeg ik inwendig tegen haar. Je kind van de ene plek naar de andere slepen, altijd en eeuwig op de vlucht zijn. Maar nét van de hand in de tand leven, stelen, liegen, bezweren; zes weken, drie weken, vier dagen ergens blijven en dan verder trekken; geen thuis, geen school; dromen aan de man brengen, de kaarten leggen om onze reizen te bepalen, uitgelegde afdankertjes dragen, als kleermakers het te druk hebbend om onze eigen kleren te herstellen.

We wisten in ieder geval wat we waren, Vianne.

Het was een goedkope comeback en ook een die van haar te verwachten was. Bovendien weet ik wat ik ben. Of niet soms?

We bestelden pasta voor Rosette en de plat du jour voor ons drieën. Het was zeker niet druk, zelfs niet voor een doordeweekse dag, maar het rook er muf naar bier en sigaretten. Laurent Pinson is zelf zijn beste klant. Als hij dat niet geweest was, zou hij denk ik jaren geleden al dicht zijn gegaan. Hij heeft zware, ongeschoren kaken en is slechtgehumeurd, hij behandelt zijn klanten alsof ze inbreuk maken op zijn vrije tijd, en hij maakt geen geheim van zijn minachting voor iedereen behalve een handjevol vaste klanten die ook zijn vrienden zijn.

Hij tolereert Thierry, die voor deze gelegenheid de joviale Parijzenaar uithangt en binnenvalt met de kreet: *'Hé, Laurent, ça va, mon pote!'* Daarna legt hij met een klap een bankbiljet op de bar. Laurent weet dat hij vastgoed beheert – hij heeft al geïnformeerd wat zijn café, opgeknapt en opnieuw ingericht, op zou kunnen brengen – en noemt hem nu 'monsieur Thierry'. Hij behandelt hem met een onderdanigheid die misschien respect is, maar misschien ook de hoop dat hij een deal zal kunnen sluiten.

Het viel me op dat hij er vandaag netter uitzag: hij droeg een glanzend pak en had een geurtje op gedaan, en hij droeg een overhemd met een das die ergens in de jaren zeventig voor het eerst het licht zag. Thierry's invloed, meende ik, maar later zou ik daar anders over gaan denken.

Ik liet hen hun gang gaan en ging zitten; ik bestelde koffie voor mezelf en cola voor Anouk. Ooit zouden we warme chocola genomen hebben, met room en marshmallows en een lepeltje om ze eruit te vissen, maar tegenwoordig is het voor Anouk altijd cola. Ze drinkt geen chocola meer. Eerst dacht ik dat het iets met de lijn was, en ik vond het heel absurd dat ik me zo gekwetst voelde, net als die eerste keer dat ze voor het slapengaan niet meer wilde worden voorgelezen. Ze is nog steeds een zonnig meisje, maar toch voel ik steeds meer die schaduwen in haar, die plekken waar ik niet mag komen. Ik ken ze goed – ik was net zo – en dat is dan ook precies mijn angst: de wetenschap dat ik op haar leeftijd ook weg wilde, ook op zo veel mogelijk manieren aan mijn moeder wilde ontsnappen.

De serveerster was nieuw en ze kwam me vaag bekend voor. Lange benen, kokerrok, haar in een paardenstaart, maar het waren de schoenen die uiteindelijk de doorslag gaven.

'Ben jij niet Zoë?' zei ik.

'Zozie.' Ze grijnsde. 'Wat een geweldige tent, hè?' Ze maakte een grappig gebaartje, alsof ze ons plechtig binnenliet. 'Maar' – ze dempte haar stem – 'ik geloof dat de waard verkikkerd op me is.'

Thierry moest hier luid om lachen en Anouk lachte zuinigjes mee.

'Het is maar een tijdelijke baan,' zei Zozie. 'Tot ik iets beters vind.'

De dagschotel bestond uit *choucroute garnie*, een gerecht dat ik op de een of andere manier in verband breng met onze tijd in Berlijn. Verrassend lekker voor Le P'tit Pinson, maar dat schreef ik toe aan Zozie en niet aan een hernieuwde culinaire ijver van Laurent.

'Nu de kerst in aantocht is, heb je misschien hulp nodig in de winkel?' zei Zozie, terwijl ze worstjes van de grill haalde. 'Mocht dat zo zijn dan hou ik me aanbevolen.' Ze wierp een blik over haar schouder naar Laurent, die onverschilligheid voorwendde. 'Ik zou het natuurlijk vre-se-lijk vinden om hier weg te gaan, maar...'

Laurent maakte een stotend geluid dat het midden hield tussen een nies en een vraag om aandacht – *mweh!* – en Zozie trok komisch haar wenkbrauwen op.

'Denk er maar over na,' zei ze met een grijns op haar gezicht. Toen keerde ze zich om en pakte ze vier biertjes op met de handigheid van iemand die al jaren achter de bar staat, en bracht ze ze glimlachend naar de tafel.

Daarna sprak ze niet veel meer met ons. De bar liep vol en zoals gewoonlijk hield ik me bezig met Rosette. Niet dat ze zo'n moeilijk kind is – ze eet al veel beter, maar ze kwijlt meer dan een gewoon kind en gebruikt nog steeds het liefst haar handen, maar ze kan zich soms vreemd gedragen. Ze kan naar dingen staren die er niet zijn en schrikken van denkbeeldige geluiden of plotseling zomaar lachen. Ik hoop dat ze er gauw overheen groeit – ze heeft al tijden geen ongelukjes meer gehad – en hoewel ze nog steeds drie- of viermaal per nacht wakker wordt, red ik het wel met een paar uur slaap en hoop ik dat de slapeloosheid over zal gaan.

Thierry vindt dat ik te veel aan haar toegeef, en hij heeft het er de laatste tijd over dat ik eens met haar naar een dokter moet.

'Dat hoeft niet. Ze gaat wel praten wanneer ze eraan toe is,' zei ik, terwijl ik een oogje op Rosette hield, die haar sliertjes at. Ze houdt haar vork in de verkeerde hand, hoewel er verder niets is dat erop wijst dat ze linkshandig is. Ze kan trouwens veel met haar handen en vindt het vooral leuk om te tekenen. Eenvoudige poppetjes en aapjes – haar lievelingsdier – en huizen en paarden en vlinders, nog wel onhandig, maar toch herkenbaar, in alle mogelijke kleuren.

'Netjes eten, Rosette,' zei Thierry. 'Gebruik je lepel.'

Rosette ging door met eten alsof ze het niet gehoord had. Ooit was ik bang dat ze doof was, maar nu weet ik dat ze gewoon negeert wat ze onbelangrijk vindt. Het is jammer dat ze niet meer op Thierry let. Ze lacht in zijn gezelschap zelden en laat slechts af en toe haar lieve kant zien. Ook maakt ze bijna nooit meer gebaren dan strikt noodzakelijk is.

Thuis, met Anouk, lacht ze en speelt ze, zit ze urenlang in haar boek te kijken, luistert ze naar de radio en danst ze als een derwisj door het huis. Thuis gedraagt ze zich, op wat ongelukjes na, goed. Wanneer ze haar slaapje moet doen, gaan we samen in bed liggen, zoals ik vroeger ook met Anouk deed. Dan zing ik voor haar en vertel ik haar verhaaltjes en dan staan haar ogen helder en alert, lichter dan die van Anouk, en zo groen en geslepen als die van een kat. Ze zingt op haar manier mee met het slaapliedje van mijn moeder. Ze kan net een beetje wijs houden, maar de woorden moet ik nog zingen.

> *V'là l'bon vent, v'là l'joli vent,*
> *V'là l'bon vent, ma mie m'apelle.*
> *V'là l'bon vent, v'là l'joli vent,*
> *V'là l'bon vent, ma mie m'attend.*

Thierry noemt haar 'een beetje traag van begrip' of 'een laatbloeier', en stelt voor haar 'na te laten kijken'. Over autisme heeft hij het nog niet gehad, maar dat komt nog wel. Zoals zo veel mannen van zijn leeftijd leest hij *Le Point* en gelooft hij dat hij daarom van de meeste dingen veel afweet. Ik daarentegen ben slechts een vrouw, behalve dat ik ook moeder ben, hetgeen mijn objectieve onderscheidingsvermogen aantast.

'Zeg eens *lepel*, Rosette,' zegt Thierry.

Rosette pakt de lepel op en kijkt er nieuwsgierig naar.

'Kom, Rosette. Zeg: *lepel*.'

Rosette krast als een uil en laat de lepel een uitdagend dansje op het tafelkleed maken. Je zou denken dat ze de spot met Thierry drijft. Snel pak ik de lepel van Rosette af. Anouk knijpt haar lippen op elkaar om haar lachen te bedwingen.

Rosette kijkt haar aan en grijnst.

Ophouden, gebaart Anouk met haar vingers.

Onzin, gebaart Rosette met de hare.

Ik lach naar Thierry. 'Ze is nog maar drie.'

'Bijna vier. Dat is oud genoeg.' Thierry's gezicht krijgt de neutrale uitdrukking die het aanneemt wanneer hij het gevoel heeft dat ik niet meewerk. Dan lijkt hij ouder, minder vertrouwd, en plotseling voel ik een steek van irritatie. Niet eerlijk, ik weet het, maar ik kan er niets aan doen. Ik houd niet van bemoeienis.

Ik schrik ervan wanneer ik merk dat ik het bijna hardop zeg, maar dan zie ik de serveerster, Zozie, met een geamuseerde frons tussen haar lange blauwe ogen naar me kijken. Ik verbijt me en houd mijn mond.

Ik bedenk dat Thierry veel heeft om dankbaar voor te zijn. Niet alleen de winkel of de hulp die hij me het afgelopen jaar gegeven heeft, en ook niet de cadeautjes voor mij en de kinderen. Het zit hem vooral in het feit dat Thierry meer dan levensgroot is. Zijn schaduw omvat ons drieën en in die schaduw zijn we werkelijk onzichtbaar.

Die dag leek hij ongewoon rusteloos en zat hij steeds met iets in zijn zak te spelen. Hij keek me over zijn *blonde* heen vragend aan. 'Is er iets?'

'Ik ben alleen maar moe.'

'Je bent aan vakantie toe.'

'Vakantie?' Ik barstte bijna in lachen uit. 'Vakantie betekent chocola verkopen.'

'Je houdt de zaak dus aan?'

'Ja, natuurlijk. Waarom zou ik hem niet aanhouden? Over nog geen twee maanden is het kerst en –'

'Yanne,' onderbrak hij me. 'Als ik je ergens mee kan helpen... Financieel of anderszins...' Hij stak zijn hand uit om de mijne aan te raken.

'Ik red me wel,' zei ik.

'Natuurlijk, natuurlijk.' De hand ging weer naar zijn jaszak. Hij bedoelt het goed, hield ik mezelf voor. Maar toch komt er iets in mij in opstand bij de gedachte aan een indringer, hoe goed die het ook bedoelt. Ik red me al zo lang dat hulp nodig hebben, wat voor hulp dan ook, een gevaarlijke zwakte lijkt.

'Je kunt die winkel nooit in je eentje runnen. Hoe moet dat met de kinderen?' vroeg hij.

'Ik red me wel,' herhaalde ik. 'Ik ben –'

'Je kunt niet alles alleen.' Hij leek nu enigszins geïrriteerd. Hij zat daar met opgetrokken schouders en zijn handen diep in zijn zakken gestoken.

'Dat weet ik. Ik vind wel iemand.'

Weer wierp ik een blik op Zozie, die met twee borden eten in elke hand grappen liep te maken met de mensen achter in het café die *belote* zaten te spelen. Ze leek zo op haar gemak, zo onafhankelijk, zo zichzélf terwijl ze de borden ronddeelde, de glazen verzamelde en met een lachende opmerking en een geveinsde klap de dwalende handen van zich af hield.

Maar zo was ik ooit ook, dacht ik. Zo was ik tien jaar geleden.

Ach, en dat niet eens, dacht ik, want Zozie kon toch niet zo veel jonger zijn dan ik, maar ze zat veel beter in haar vel en was veel meer Zozie dan ik ooit Vianne was geweest.

Maar wie is Zozie eigenlijk? vroeg ik me af. Die ogen zien veel verder dan de vuile borden of het bankbiljet dat onder de rand van een bord is gestoken. Blauwe ogen zijn gemakkelijker te lezen, maar toch werkt het handigheidje dat ik in de loop der jaren zo vaak, al dan niet succesvol, heb toegepast, bij haar om de een of andere reden helemaal niet. Sommige mensen zijn zo, bedenk ik. Maar donker of licht, zacht of bros, bittere sinaasappel of roomroosje of *Manon blanc* of vanilletruffel, ik heb geen idee of ze hoe dan ook van chocola houdt, laat staan wat haar lievelingschocola is.

Hoe komt het dan dat ik denk dat ze weet wat de mijne is?

Ik keek weer naar Thierry, waardoor ik erachter kwam dat hij ook naar haar zat te kijken.

'Je kunt je niet veroorloven hulp in te huren. Je kunt nu al nauwelijks de eindjes aan elkaar knopen.'

Opnieuw voelde ik de irritatie opwellen. Wie denkt hij wel dat hij is? dacht ik. Alsof ik me nog nooit alleen had weten te redden, alsof ik een kind was dat winkeltje speelde met mijn vriendinnetjes. De afgelopen vijf maanden heeft de chocolaterie het inderdaad niet al te best gedaan, maar de huur is tot Nieuwjaar betaald en we kunnen het tij vast wel keren. De kerst komt eraan en met een beetje geluk...

'Yanne, misschien moeten we eens praten.' De glimlach was verdwenen en nu zag ik in zijn gezicht de zakenman, de man die op zijn veertiende samen met zijn vader begonnen was met het renoveren van één enkele verwaarloosde etagewoning bij het Gare du Nord en een van de succesvolste vastgoedhandelaren van Parijs was geworden. 'Ik weet dat het moeilijk is, maar dat hoeft niet. Er is voor alles een oplossing. Ik weet dat je madame Poussin toegewijd was; je hebt haar erg geholpen en dat waardeer ik...'

Hij denkt dat dat waar is. Misschien was dat ook wel zo, maar ik besef tevens dat ik haar, net als mijn zogenaamde weduwstaat, als excuus gebruikt heb om het onvermijdelijke uit te stellen, dat vreselijke punt waarop er geen weg terug meer is.

'Misschien is er een uitweg.'

'Uitweg?' zei ik.

Hij lachte naar me. 'Ik zie dit als een kans voor jou. We vinden het natuurlijk allemaal wel erg van madame Poussin, maar in zekere zin is het voor jou ook een bevrijding. Je kunt nu doen wat je maar wilt, Yanne, alhoewel ik denk dat ik een huis heb gevonden dat je zal bevallen...'

'Je zegt toch niet dat ik de chocolaterie op moet geven?' Even klonk wat hij zei me als een vreemde taal in de oren.

'Toe nou, Yanne. Ik heb je boekhouding gezien. Ik weet hoe de vork in de steel zit. Het is niet jouw schuld, want je hebt heel hard gewerkt, en de zaken gaan overal slecht maar...'

'Thierry, toe nou. Niet nu.'

'Maar wat wil je dan wél?' zei Thierry geërgerd. 'Mijn god, ik heb nu lang genoeg rekening met je gehouden. Begrijp je niet dat ik je probeer te helpen? Waarom laat je me niet doen wat ik kan?'

'Het spijt me, Thierry, Ik weet dat je het goed bedoelt, maar...'

En toen zag ik iets voor me, dat gebeurt op onbewaakte ogenblikken wel eens: een weerspiegeling in een koffiekopje, een glimp in een spiegel, een beeld dat als een wolkenpartij over het glanzende oppervlak van pas getempereerde chocola trekt.

Een doosje. Een klein, hemelsblauw doosje.

Wat zat erin? Ik kon het niet zeggen. Maar ik werd bevangen door een soort paniek; mijn keel werd droog en ik hoorde de wind in de steeg en het enige wat ik op dat moment wilde was mijn kinderen oppakken en wegrennen.

Verman je, Vianne.

Ik probeerde zo neutraal mogelijk te klinken. 'Kan dit niet wachten tot ik alles op een rijtje heb?'

Maar Thierry heeft iets van een jachthond – vrolijk, vastberaden en niet vatbaar voor argumenten. Zijn hand zat nog in de zak van zijn jas en speelde met iets wat daarin zat.

'Ik probeer je juist te helpen het op een rijtje te krijgen. Begrijp je dat niet? Ik wil niet dat je je kapot werkt. Het is het niet waard, voor die paar miserabele doosjes chocola. Misschien was dat iets voor madame Poussin, maar jij bent jong, je bent intelligent, jouw leven is nog niet voorbij...'

En nu wist ik wat ik gezien had. Ik zag het nu heel duidelijk voor mijn geestesoog. Een klein blauw doosje uit een juwelierszaak in Bond Street, met één steen erin, zorgvuldig uitgekozen met de hulp van een verkoopster, niet te groot maar van een volmaakte helderheid, genesteld in de fluwelen voering.

Alsjeblieft, Thierry, niet hier, niet nu.

'Ik heb op dit moment geen hulp nodig.' Ik schonk hem mijn stralendste glimlach. 'Eet je zuurkool op. Hij is heerlijk...'

'Je hebt er nauwelijks een hap van gegeten,' bracht hij me onder de aandacht.

Ik nam een hap. 'Zie je wel?' zei ik.

Thierry glimlachte. 'Doe je ogen dicht.'

'Nu? Hier?'

'Doe je ogen dicht en steek je hand uit.'

'Toe nou, Thierry...' probeerde ik lachend. Maar er kwam een onaangenaam geluid uit mijn keel, als een ratelende erwt in een pompoen die eruit wil.

'Doe je ogen dicht en tel tot tien. Je zult het leuk vinden, echt waar. Het is een verrassing.'

Wat kon ik doen? Ik deed wat hij zei. Ik stak als een klein meisje mijn hand uit en voelde toen iets kleins, van het formaat van een ingepakte bonbon, in mijn hand vallen.

Toen ik mijn ogen opendeed was Thierry weg. En daar lag het doosje uit Bond Street in mijn hand, precies zoals ik het even daarvoor had gezien, met daarin de ring, bezet met één ijzige diamant, die op zijn nachtblauwe ondergrond lag te glanzen.

5

Vrijdag 9 november

ZIE JE WEL? PRECIES WAT IK DACHT. IK HEB HEN TIJDENS DIE HELE gespannen maaltijd in de gaten gehouden: Annie met haar vlinderblauwe gloed; het andere kind rood-goud, nog te jong voor mijn doeleinden maar niet minder intrigerend; de man luidruchtig, maar van weinig belang, en ten slotte de moeder, stil en waakzaam, met zulke gedempte kleuren dat ze nauwelijks kleuren lijken, maar meer een reflectie van de straten en de lucht in water dat zo roerig is dat er niets in te weerspiegelen valt.

Daar zit beslist een zwakte. Iets wat mij het voordeel zou kunnen geven. Het is het jachtinstinct dat ik in de loop der jaren ontwikkeld heb, het vermogen de kreupele gazelle te voelen nog voordat ik ook maar een oog half geopend heb. Ze is wantrouwend en toch willen mensen zo graag ergens in geloven: in magie, in liefde, in zakenvoorstellen die hun investering gegarandeerd verdrievoudigen, en dat maakt hen kwetsbaar voor mensen als ik. Deze mensen trappen er altijd in, maar daar kan ík natuurlijk niks aan doen.

Ik zag de kleuren voor het eerst toen ik negen was. Eerst was het niet meer dan een glans, een gouden lichtsprankeling die ik vanuit mijn ooghoek waarnam, een zilveren randje, een waas van iets complex en gekleurds in een menigte. Terwijl mijn belangstelling toenam, gebeurde dat ook met mijn vermogen deze kleuren te zien. Ik kwam erachter dat iedereen een signatuur heeft, een uiting van zijn of haar innerlijke wezen dat alleen zichtbaar is voor een klein aantal mensen, en ook met de hulp van een paar manipulaties.

Meestal valt er niet veel te zien, want de meeste mensen zijn even saai als hun schoenen. Maar af en toe kun je iets oppikken dat de moeite waard is. Een opflakkering van woede rond een effen gezicht. Een roze wimpel boven een verliefd stel. Een grijsgroene sluier van steelsheid. Je hebt er bij de omgang met mensen natuurlijk veel aan, maar ook wanneer je zit te kaarten en krap bij kas bent.

Er is een oud teken dat met de vingers wordt gemaakt en dat het Oog van Zwarte Tezcatlipoca heet, ook wel de Rokende Spiegel genoemd, dat me helpt me op de kleuren te concentreren. Ik heb het leren gebruiken in Mexico en na enige oefening en met kennis van de juiste vingerstanden kon ik waarnemen wie er loog, wie er bang was, wie zijn vrouw bedroog of wie zich zorgen maakte om geld.

Beetje bij beetje leerde ik zo de kleuren die ik zag te manipuleren, mezelf die roze gloed te geven, die glans die iets bijzonders suggereert. Of, wanneer er een zekere discretie vereist was, het tegenovergestelde: de toedekkende mantel der onaanzienlijkheid die me de kans geeft totaal onopvallend rond te lopen.

Het duurde wat langer voordat ik inzag dat het hierbij om magie ging. Net als alle andere kinderen die met verhaaltjes worden grootgebracht, had ik vuurwerk verwacht: toverstafjes en heksenbezems. De echte magie uit de boeken van mijn moeder leek zo saai, zo duf academisch, met al die domme bezweringen en pompeuze oude mannen, dat die voor mij nauwelijks als magie telde.

Maar ja, mijn moeder hád ook geen magie. Ondanks al haar gestudeer, ondanks al haar toverformules en kaarsen en kristallen en kaarten heb ik haar nog nooit zelfs maar het kleinste tovertrucje zien plegen. Sommige mensen zijn nu eenmaal zo. Ik had het allang in haar kleuren gezien voordat ik haar dat vertelde. Sommige mensen hebben gewoon geen aanleg om heks te worden.

Maar mijn moeder mocht dan niet de vaardigheden hebben, de kennis bezat ze wel. Ze had een occulte boekwinkel in een van de buitenwijken van Londen, en daar kwamen allerlei mensen. Hoge magiërs, odinisten en wicca's, met tientallen tegelijk, en af en toe ook een satanist in wording (steevast met acne, alsof de puberteit bij hen nooit over was gegaan).

Van haar, van hen, heb ik ten slotte geleerd wat ik weten moest. Mijn moeder was ervan overtuigd dat ik, als ze me liet kennismaken met alle vormen van occultisme, uiteindelijk mijn eigen weg zou kiezen. Zijzelf was aanhanger van een obscure sekte die geloofde dat dolfijnen de verlichte soort zijn, en die een soort 'aardemagie' beoefende die even onschuldig als ineffectief was.

Maar alles heeft zijn nut, heb ik ontdekt, en in de loop der jaren heb ik uiterst moeizaam de kruimels van de praktisch toepasbare magie van de nutteloze, belachelijke en ronduit valse magie weten te scheiden. Ik heb ontdekt dat de meeste magie, zo daar al sprake van is, verhuld wordt door een verstikkende laag ritueel, toneel, vasten en tijdrovende disciplines, die bedacht zijn om een mysterieus waas te geven aan iets wat in wezen een kwestie is van iets vinden wat werkt. Mijn moeder was gek op rituelen, maar ik wilde gewoon de recepten.

Dus hield ik me bezig met runen, orakelkaarten, kristallen, pendels en kruiden. Ik verdiepte me in de *I Tjing*, haalde de beste dingen uit de Gouden Dageraad, verwierp Crowley (op zijn tarotkaarten na, die erg mooi zijn), studeerde ernstig op mijn Innerlijke Godin en lachte me te barsten om het *Liber Null* en het *Necronomicon*.

Maar het ijverigst bestudeerde ik de Midden-Amerikaanse geloofsstelsels: dat van de Maya's, de Inca's, maar vooral dat van de Azteken. Om de een of andere reden had dat me altijd getrokken. Zo leerde ik van alles en nog wat over offers, de twee gezichten van de goden, de boosaardigheid van het universum, de taal van de kleuren en het afschrikwekkende van de dood, en ik leerde ook dat je je alleen maar in deze wereld staande kunt houden door zo hard en gemeen als je kunt terug te slaan.

Het resultaat was Mijn Systeem, in de loop der jaren met vallen en opstaan bijeengesprokkeld en bestaande uit een paar solide onderdelen van de kruidenleer (waaronder kennis van enige nuttige vergiften en hallucinatieverwekkende stoffen), een aantal handgebaren en magische namen, een paar ademhalings- en lenigheidsoefeningen, wat stemmingsverhogende drankjes en tincturen, wat astrale projectie en zelfhypnose, een handjevol toverspreuken (ik heb het niet zo erg op gesproken betoveringen, maar sommige werken), en een verdiept inzicht in de kleuren. Daarbij verwierf ik het vermogen deze nog meer te manipuleren, en als ik dat wil, datgene te worden wat anderen van me verwachten; mezelf en anderen toverglans te geven en de wereld naar believen te veranderen.

Tijdens dit alles sloot ik me bij geen enkele groepering aan, wat mijn moeder zorgen baarde. Ze protesteerde, vond het iets immoreels hebben dat ik uit de vele minder goede, gebrekkige systemen zeefde wat me van pas kwam. Ze had graag gewild dat ik lid was geworden van een aardige, vriendelijke, gemengde heksenkring, waar ik een sociaal leven zou hebben en ongevaarlijke jongens zou ontmoeten, of dat ik me zou aansluiten bij haar eigen waterideeën en de dolfijnen zou volgen.

'Maar waar gelóóf je nou eigenlijk in?' zei ze dan, met een lange nerveuze vinger aan haar kralenketting frummelend. 'Wat zit er voor zíél in, wat voor *ávatar*?'

Ik haalde mijn schouders op. 'Waarom moet er een ziel in zitten? Het gaat er mij om dat het wérkt, niet om academische geloofs- kwesties of om de kleur kaars die je moet gebruiken voor een lief- desbetovering.' (Ik had trouwens al ontdekt dat waar het om ver- leiding ging, gekleurde kaarsen het beslist moesten afleggen tegen orale seks.)

Mijn moeder zuchtte alleen maar op de bekende schattige ma- nier, en zei iets over mijn eigen weg gaan. En dat deed ik dan ook, en sindsdien ben ik hem blijven volgen. Hij heeft me op vele inte- ressante plekken gebracht – deze bijvoorbeeld – maar nog nooit ben ik op iets gestuit wat erop wijst dat ik niet uniek zou zijn.

Tot nu dan misschien.

Yanne Charbonneau. Het klinkt te aardig om helemaal plausi- bel te zijn. En er is iets aan haar kleuren, iets wat op bedrog wijst, hoewel ik vermoed dat ze manieren heeft ontwikkeld om zichzelf te verschuilen, zodat ik slechts een glimp van de waarheid kan op- vangen wanneer haar waakzaamheid verslapt.

Maman houdt er niet van als we opvallen.

Interessant.

Hoe heette dat dorp ook alweer? Lansquenet? Ik moet het eens opzoeken, bedacht ik. Er is zo misschien een aanwijzing te vinden, een schandaal uit het verleden misschien, iets met een moeder met een kind dat licht kan werpen op dit duistere paar.

Toen ik met mijn laptop internetsites afzocht, vond ik slechts twee verwijzingen naar het plaatsje. Beide websites gingen over de folklore en festiviteiten in het zuidwesten en daarbij werd de naam Lansquenet-sous-Tannes in verband gebracht met een po- pulair paasfestijn dat ruim vier jaar geleden voor het eerst werd gehouden.

Een chocoladefestival. Dat verbaast me niets.

Goed. Begon het dorpsleven haar te vervelen? Had ze vijanden gemaakt? Waarom was ze weggegaan?

Haar winkel was vanmorgen totaal verlaten. Ik heb hem vanuit Le P'tit Pinson gadegeslagen en er kwam pas om halfeen iemand binnen. Het is vrijdag, en er is niemand geweest. Niet de veel te dikke man die nooit zijn mond houdt, zelfs geen buur of passerende toerist.

Wat is er met die winkel aan de hand? Het zou er moeten gonzen van de klanten, maar in plaats daarvan is hij bijna onzichtbaar, verstopt als hij is in de hoek van het witgepleisterde pleintje. Dat is niet best voor de zaken. Er is niet zo veel voor nodig om hem een beetje te vergulden, een beetje op te leuken, te laten stralen zoals op die dag – en toch doet ze niets. Waarom, zo vraag ik me af? Mijn moeder was haar hele leven tevergeefs bezig iets bijzonders van zichzelf te maken. Waarom doet Yanne zo veel moeite om het tegendeel voor te wenden?

6

Vrijdag 9 november

THIERRY KWAM OM TWAALF UUR LANGS. IK HAD HEM NATUURLIJK al verwacht en ik had een slapeloze nacht gehad omdat ik niet goed wist hoe ik me bij onze volgende ontmoeting moest opstellen. Wat wou ik graag dat ik die kaarten nooit gekeerd had – de Dood, de Minnaars, de Toren, Verandering – want nu voelt het bijna als het lot, alsof dit onvermijdelijk was, en alsof alle dagen en maanden van mijn leven opgesteld zijn als een stel dominostenen die klaar-staan om om te vallen...

Natuurlijk is dat absurd. Ik geloof niet in het lot. Ik geloof dat we keuzes hebben, dat de wind bedwongen en de Zwarte Man voor de gek gehouden kan worden, en dat zelfs de Vriendelijken te sussen zijn.

Maar tegen welke prijs, zo vraag ik me af. Dat houdt me 's nachts wakker, en dat deed me inwendig verstrakken toen de windbelle-tjes hun waarschuwende geluid lieten horen en Thierry met die blik in zijn ogen binnenkwam, die koppige blik die hij soms heeft, die aangeeft dat er zaken af te handelen zijn.

Ik probeerde tijd te rekken. Ik bood hem warme chocola aan, die hij zonder veel enthousiasme aannam (hij heeft liever koffie), maar die me een reden gaf om mijn handen bezig te houden. Rosette was op de grond met haar speelgoed aan het spelen en Thierry sloeg haar gade terwijl ze speelde. Ze legde rijen knopen uit de knopendoos neer om op de rode plavuizen concentrische patronen te maken.

Op een gewone dag zou hij er iets over gezegd hebben, zou hij iets hebben opgemerkt over hygiëne, misschien, of bang zijn geweest dat Rosette in een van de knopen zou stikken. Vandaag zei hij niets – een veeg teken dat ik probeerde te negeren terwijl ik de chocola ging maken.

Melk in de pan doen, couverture, suiker, nootmuskaat en chilipeper erbij. Een kokosmakron op de schotel leggen. Troostgevend, zoals alle rituelen; gebaren die mijn moeder aan mij heeft doorgegeven en die ik weer aan Anouk doorgeef, die het misschien ook weer aan háár dochter door zal geven, op een dag in de toekomst die ik me nog niet voor kan stellen.

'Heerlijke chocola,' zei hij, om me een plezier te doen, de kleine *demi-tasse* tussen zijn handen houdend die meer geschikt waren voor het metselen van muren.

Ik nam kleine slokjes van mijn chocola; hij smaakte naar herfst en zoete rook, naar vreugdevuren en tempels en rouw en verdriet. Ik had er wat vanille in moeten doen, dacht ik. Vanille, als ijs – als de jeugd.

'Een beetje bitter,' zei hij, nog een suikerklontje pakkend. 'Zeg... kun je vanmiddag even weg? Een wandelingetje over de Champs-Elysées – koffie, wat eten, winkelen...'

'Thierry,' zei ik, 'dat is heel lief van je, maar ik kan de winkel niet zomaar een middag dichtdoen.'

'O nee? Volgens mij is er helemaal geen aanloop.'

Net op tijd hield ik een scherp antwoord binnen. 'Je hebt je chocola nog niet op,' zei ik.

'En jij hebt mijn vraag niet beantwoord, Yanne.' Zijn ogen schoten naar mijn kale hand. 'Ik merk dat je de ring niet draagt. Betekent dat dat je nee zegt?'

Ik schoot onwillekeurig in de lach. Zijn directheid maakt me vaak aan het lachen, maar Thierry heeft zelf geen idee waarom. 'Je overviel me, dat is alles.'

Hij keek me over zijn chocola heen aan. Zijn ogen stonden vermoeid, alsof hij niet geslapen had, en er waren lijnen om zijn mond die ik nog niet eerder had opgemerkt. Het was een teken van kwetsbaarheid dat me verontrustte en verbaasde. Ik had mezelf al zo lang ingeprent dat ik hem niet nodig had, dat het nooit bij me was opgekomen dat hij mij wel eens nodig kon hebben.

'Nou,' zei hij, 'kun je dan een uurtje missen?'

'Geef me even de tijd om iets anders aan te trekken,' zei ik.

Thierry's ogen lichtten meteen op. 'Zo mag ik het graag zien. Ik wist wel dat je mee zou gaan.'

Hij was weer de oude, en het kleine ogenblik van onzekerheid was voorbij. Hij stond op, propte zijn makron in zijn mond (de chocola had hij niet opgedronken, zag ik). Hij grijnsde naar Rosette die nog op de grond zat te spelen.

'Nou, *jeune fille*, wat dacht je ervan? We kunnen naar het Luxembourg gaan en met de speelgoedbootjes op het meer spelen...'

Rosette keek op; haar ogen schitterden. Ze is dol op die bootjes en ook op de man die ze verhuurt. Als ze kon, zou ze er de hele zomer blijven.

Boten zien, gebaarde ze met veel nadruk.

'Wat zei ze?' vroeg Thierry met gefronste wenkbrauwen.

Ik glimlachte naar hem. 'Ze zegt dat ze dat een heel goed plan vindt.'

Ik werd getroffen door een plotselinge genegenheid voor Thierry, voor zijn enthousiasme, zijn goede wil. Ik weet dat hij niet goed met Rosette weet om te gaan en moeite heeft met haar griezelige stilzwijgen, haar weigering te lachen, en ik waardeerde zijn inzet.

Boven deed ik mijn met chocola besmeurde schort af en trok ik mijn rode flanellen jurk aan. Het is een kleur die ik jaren niet aan heb gehad, maar ik moest me wapenen tegen die koude novemberwind, en bovendien, zo dacht ik, had ik toch een jas aan. Ik wist Rosette in een windjack en handschoenen te wurmen (kledingstukken die ze om de een of andere reden haat), en daarna namen we met zijn drieën de metro naar het Luxembourg.

Het is eigenaardig om in mijn geboortestad nog steeds een toerist te zijn, maar Thierry denkt dat ik hier nog nooit geweest ben, en hij schept er zo veel genoegen in mij zijn wereld te laten zien dat ik hem niet kan teleurstellen. De tuinen liggen er vandaag fris en helder bij, met vlekjes zonlicht onder een caleidoscoop van herfstbladeren. Rosette is gek op de gevallen bladeren en schopt ze in grote uitbundige kleurbogen omhoog. Ook is ze gek op het meertje, en ze kijkt met ernstig plezier naar de speelgoedbootjes.

'Zeg eens *boot*, Rosette.'

'Bam', zegt ze, hem met haar kattenogen strak aanstarend.

'Nee, Rosette, het is: *bóót*', zegt hij. 'Toe dan, je kunt wel *boot* zeggen.'

'Bam', zegt Rosette en ze maakt met haar hand het teken voor 'aap'.

'Zo is het genoeg.' Ik lach naar haar, maar vanbinnen klopt mijn hart te snel. Ze is vandaag heel lief geweest. Ze heeft met haar felgroene windjack en rode muts rondgerend als een wild bewegende kerstbal, waarbij ze af en toe 'Bam, bam, bam!' riep, alsof ze onzichtbare vijanden neerschoot, wel niet lachend (ze lacht zelden), maar met een intense concentratie, haar lip vooruitgestoken, haar wenkbrauwen gefronst, alsof zelfs rennen een uitdaging zou kunnen zijn die niet te licht moet worden opgevat.

Maar nu hangt er gevaar in de lucht. De wind is veranderd. Er is een gouden glans die ik vanuit mijn ooghoek waarneem, en ik begin te denken dat het tijd wordt om...

'Eén ijsje dan,' zegt Thierry.

De boot maakt een handige manoeuvre in het water en draait negentig graden naar stuurboord en gaat op weg naar het midden van het meer. Rosette kijkt me ondeugend aan.

'Rosette, nee.'

De boot maakt weer een snelle manoeuvre en wijst nu naar de ijskraam.

'Goed dan, voor deze ene keer.'

We kusten elkaar toen Rosette haar ijsje bij het meer zat op te eten. Hij was warm en had een vage tabaksgeur om zich heen, als een vader, en zijn in kasjmier gestoken armen sloten zich beerachtig om mijn te dunne rode jurk en mijn herfstjas.

Het was een goede kus, beginnend bij mijn koude vingers en zich handig en ernstig een weg banend naar mijn keel en uiteindelijk mijn mond; hij ontdooide stukje bij beetje wat de wind had bevroren, als een warm vuur, waarbij hij telkens 'Ik hou van je. Ik hou van je' zei (dat zegt hij vaak), maar dan binnensmonds, als weesgegroetjes die haastig worden opgezegd door een gretig kind dat heel graag verlossing wil.

Hij moet iets aan mijn gezicht hebben gezien. 'Wat is er?' zei hij, weer bij de les.

Hoe moet ik het hem vertellen? Hoe moet ik het hem uitleggen? Hij keek me met plotselinge ernst aan, zijn blauwe ogen waterig van de kou. Hij zag er zo ongekunsteld uit, zo gewóón, ondanks al zijn zakeninstinct niet in staat ons soort bedrog te begrijpen.

Wat ziet hij in Yanne Charbonneau? Ik heb heel erg mijn best gedaan het te begrijpen. En wat zou hij kunnen zien in Vianne Rocher? Zou hij haar onconventionele manier van doen wel vertrouwen? Zou hij neerkijken op haar opvattingen? Haar keuzes veroordelen? Misschien ontzet zijn door haar leugens?

Langzaam kuste hij mijn vingertoppen en stopte ze een voor een in zijn mond. Hij grijnsde. 'Je smaakt naar chocola.'

Maar de wind blies nog in mijn oren en het geluid van de bomen om ons heen maakte het immens, als een zee, als een moesson, de hemel bezaaiend met dodebladerenconfetti en de geur van die rivier meevoerend, van die winter, van die wind.

Er kwam een vreemde gedachte bij me op.

Als ik Thierry nu eens de waarheid vertelde? Als ik hem nu eens alles vertelde?

Gekend worden, bemind worden, begrepen worden. Ik hield mijn adem in.

O, durfde ik dat maar.

De wind doet vreemde dingen met mensen: hij draait hen in de rondte, laat hen dansen. Op dat ogenblik maakte hij van Thierry weer een jongen, met warrig haar, stralende ogen en vol verwachtingen. De wind kan daardoor iets van een verleider hebben, ons wilde gedachten en nog wildere dromen brengen. Maar de hele tijd hoorde ik die waarschuwing, en ik denk dat ik zelfs toen al wist dat Thierry le Tresset ondanks al zijn warmte en al zijn liefde geen partij voor de wind was.

'Ik wil de chocoladewinkel niet kwijt,' zei ik tegen hem (of misschien tegen de wind). 'Ik wil hem houden, ik wil dat hij van mij blijft.'

Thierry lachte. 'Is dat alles?' zei hij. 'Trouw dan met me, Yanne.' Hij grijnsde naar me. 'Je mag alle chocoladewinkels hebben die je maar wilt, en alle chocola. En dan zul je de hele tijd naar chocola smaken. Je zult er zelfs naar rúíken, en ik ook...'

Ik moest daar wel om lachen. En toen pakte Thierry mijn handen en draaide hij me rond op het droge grind, zodat Rosette moest hikken van het lachen.

Misschien zei ik daarom wat ik zei, in een ogenblik van angstwekkende impulsiviteit, met de wind in mijn oren en mijn haar in mijn gezicht en Thierry die me stevig vasthield, 'Ik hou van je, Yanne' in mijn haar fluisterend met een stem die bijna bang klonk.

Hij is bang me te verliezen, dacht ik plotseling, en toen zei ik het, wetende dat er nu geen weg terug meer was en met de tranen in mijn ogen en een neus die rood en snotterig was van de winterse kou.

'Goed,' zei ik. 'Maar dan wel stil...'

Zijn ogen werden een beetje groter door het plotselinge ervan.

'Weet je het zeker?' zei hij een beetje buiten adem. 'Ik dacht dat je... het allemaal zou willen.' Hij grijnsde. 'Trouwjapon, kerk, bruidsmeisjes, klokken, de hele mikmak.'

Ik schudde mijn hoofd. 'Geen drukte,' zei ik.

Hij kuste me weer. 'Als het maar ja is.'

Even voelde het heel goed, die kleine, lieve droom die ik in mijn handen hield. Thierry is een goed mens, dacht ik. Een man met wortels, met principes.

En geld, Vianne. Vergeet dat niet, zei de hatelijke stem in mijn hoofd, maar de stem klonk zwak en werd nog zwakker toen ik me overgaf aan die kleine, lieve droom. Mijn moeder zou me een rotzorg zijn, dacht ik, en de wind ook. Deze keer liet ik me niet wegblazen.

7

Vrijdag 9 november

VANDAAG HEB IK WEER MET SUZE GEKIBBELD. IK WEET NIET WAAR-
om dat zo vaak gebeurt. Ik wil wel haar vriendin zijn, maar hoe
meer ik mijn best doe, hoe moeilijker het wordt. Deze keer ging het
over mijn haar. Zucht. Suze vindt dat ik het glad moet laten maken.

Ik vroeg haar waarom.

Suzanne haalde haar schouders op. We waren in de pauze alleen
in de bibliotheek. De anderen waren snoep gaan kopen in de winkel, en ik probeerde wat aantekeningen van aardrijkskunde over te
schrijven, maar Suze wilde praten en wanneer dat zo is, kun je haar
niet tegenhouden.

'Ziet er bizar uit,' zei ze. 'Net een afrokapsel.'

Het kon me niet schelen, en dat zei ik ook.

Suze trok haar vissenbekgezicht – dat trekt ze altijd wanneer iemand haar tegenspreekt. 'Dus je vader was zwart?' zei ze.

Ik schudde mijn hoofd, maar ik voelde me een leugenaar. Suzanne denkt dat mijn vader dood is. Maar hij kan van alles geweest
zijn, dus net zo goed zwart. Hij kan wel een zeerover geweest zijn,
of een seriemoordenaar, of een koning.

'Want weet je, de mensen zouden kunnen denken –'

'Als je met "mensen" Chantal bedoelt –'

'Nee,' zei Suzanne boos, maar haar roze gezicht werd een pietsje
rozer, en ze keek me niet recht aan toen ze het zei. 'Luister,' ging ze
verder, terwijl ze een arm om mijn schouders sloeg. 'Je bent pas op
deze school. Je kent ons nog maar net. Wij zijn hier allemaal op de
basisschool geweest. We hebben geleerd hoe je erbij moet horen.'

Geleerd hoe je erbij moet horen. Toen ik nog in Lansquenet was,
had ik een lerares die madame Drou heette, en die zei altijd precies
hetzelfde.

'Maar je bent anders,' zei Suze. 'Ik heb geprobeerd je te helpen –'

'Helpen? Hoe dan?' snauwde ik, want ik dacht aan mijn aard-
rijkskundeaantekeningen en aan het feit dat ik nooit kan doen
wat ik wil doen wanneer zij in de buurt is. Het gaat altijd om háár
spelletjes, háár problemen en haar 'Annie, loop toch niet altijd
zo achter me aan' wanneer er iemand langskomt die haar beter
bevalt. Ze wist dat ik niet wilde snauwen, maar ze keek toch gekwetst en duwde haar (ontkroesde) haar naar achteren op een
manier die zij heel volwassen vindt, en zei: 'Nou, als je niet eens
wilt lúísteren –'

'Goed dan,' zei ik. 'Wat is er niet goed aan mij?'

Ze keek me heel even aan. Toen ging de bel voor de les en ineens
begon ze stralend te glimlachen en overhandigde ze me een opgevouwen vel papier.

'Ik heb een lijst gemaakt.'

Ik las de lijst onder de aardrijkskundeles. Monsieur Gestin had
het over Boedapest, waar wij een tijdje gewoond hebben, hoewel
ik me er nu niet veel meer van herinner. Alleen de rivier, en de
sneeuw, en de oude wijk die ik veel op Montmartre vindt lijken,
met zijn kronkelige straten en steile trappen en het oude kasteel
op de kleine heuvel. De lijst stond op een half schriftblaadje en
was in Suzes nette, ronde handschrift geschreven. Er stonden tips
op over lichaamsverzorging (glad haar, gevijlde nagels, geschoren
benen, altijd deodorant bij je), over kleding (geen sokken bij rokken en roze, maar geen oranje dragen), cultuur (chicklit is oké,
jongensboeken fout), over films en muziek (alleen recente hits),
over televisieprogramma's en websites (alsof ik een computer
heb), over vrijetijdsbesteding en over het soort mobieltje dat je
moet hebben.

Ik dacht eerst dat het een grap was, maar na school, toen ik haar
in de rij voor de bus tegenkwam, besefte ik dat ze het echt meende.
'Je moet je best doen,' zei ze. 'Anders zeggen ze dat je raar bent.'

'Ik ben niet raar,' zei ik. 'Ik ben alleen maar...'

'Anders.'

'En wat is er zo erg aan als je anders bent?'

'Nou, Annie, als je vrienden wilt hebben...'

'Echte vrienden zouden zich niet druk moeten maken om dit
soort dingen.'

Suze liep rood aan. Dat gebeurt vaak wanneer ze zich ergert, en dan vloekt haar gezicht bij haar haar. 'Nou, mij kan het wel schelen,' siste ze, en haar ogen gingen naar het begin van de rij.

Je moet weten dat er een code is voor het vormen van een rij voor de bus, net als er een code is voor het binnengaan van de klas, of het kiezen van mensen voor teams bij het sporten. Suze en ik staan ongeveer halverwege. Voor ons staat de A-lijst: de meisjes die voor de school basketbal spelen, de oudere meisjes die lippenstift gebruiken, hun rok bij het middel oprollen en Gitanes roken voor de school. En dan zijn er nog de jongens, de knapste, de teamleden, degenen die hun kraag opslaan en gel in hun haar hebben.

En dan heb je nog de nieuwe jongen: Jean-Loup Rimbault. Suzanne valt op hem. Chantal vindt hem ook erg leuk, maar hij schijnt geen van beiden erg op te merken, en hij doet nooit mee aan hun spelletjes. Ik begon te begrijpen wat er in Suzes hoofd omging.

Buitenbeentjes en impopulaire kinderen staan achteraan. Eerst de zwarte kinderen van de andere kant van de Butte, die bij elkaar blijven en niet met de anderen praten. Dan Claude Meunier, die stottert, Mathilde Chagrin, het dikke meisje, en de moslimmeisjes, een stuk of tien, in een kluitje bij elkaar, die aan het begin van het trimester zo'n toestand hebben veroorzaakt wegens het dragen van hoofddoekjes. Ze droegen ze nu ook, merkte ik op toen ik mijn blik naar het eind van de rij liet dwalen. Ze doen ze om zodra ze de schoolpoort uit zijn, ook al mogen ze ze op school niet dragen. Suze vindt het stom dat ze sjaaltjes dragen, en ze vindt dat ze net als wij moeten zijn als ze in ons land willen wonen, maar ze praat alleen maar Chantal na. Ik snap niet waarom een sjaaltje erger zou zijn dan een T-shirt of een spijkerbroek. Ze moeten toch zeker zelf weten wat ze dragen.

Suze keek nog steeds naar Jean-Loup. Hij is tamelijk lang en knap, geloof ik, en hij heeft zwart haar en een pony die over zijn gezicht valt. Hij is twaalf, een jaar ouder dan wij. Hij hoort een klas hoger te zitten. Suze zegt dat hij vorig jaar is blijven zitten, maar hij is eigenlijk heel slim en altijd de beste van de klas. Heel veel meisjes vinden hem leuk, maar vandaag probeerde hij cool te doen en leunde hij tegen het haltebordje; hij keek door de zoeker van het kleine digitale fototoestel dat hij altijd bij zich lijkt te hebben.

'Wow!' fluisterde Suze.

'Waarom spreek je hem niet eens aan?'

Suze siste woedend dat ik zachter moest praten. Jean-Loup keek even op bij dat geluid, maar concentreerde zich toen weer op zijn camera. Suze werd nog roder dan eerst. 'Hij kéék naar me!' piepte ze. Ze verstopte zich in de capuchon van haar jack, keerde zich naar mij en draaide met haar ogen. 'Ik ga coupe soleil nemen. Er is een kapper waar Chantal het ook altijd laat doen.' Ze pakte mijn arm zo hard vast dat het pijn deed. 'Ik weet wat,' zei ze. 'We kunnen er samen heen gaan! Dan neem ik coupe soleil en laat jij je haar ont-kroezen.'

'Hou toch op over mijn haar,' zei ik.

'*Come on*, Annie! Het staat heel cool. En –'

'Ik zei dat je óp moest houden!' Nu begon ik echt boos te wor-den. 'Waarom zeur je er zo over door?'

'O, je bent hopeloos,' zei Suze, die haar geduld begon te verlie-zen. 'Je ziet eruit als een freak, en het kan je niet eens schelen?'

Dat is ook zoiets, ze kan een zin laten klinken als een vraag, ter-wijl het helemaal geen vraag is.

'Waarom zou ik?' zei ik. Inmiddels was de woede zoiets als een nies geworden: de druk nam toe en er moest een uitbarsting ko-men, of ik het nou leuk vond of niet. En toen herinnerde ik me wat Zozie had gezegd in de Engelse tearoom en wilde ik dat ik ook iets kon doen om die zelfingenomen uitdrukking van Suzannes gezicht te halen. Niets ergs, hoor, dat zou ik nooit doen, maar wel iets om haar een lesje te leren.

Ik maakte met mijn vingers achter mijn rug een teken en sprak haar met mijn schaduwstem toe: *Kijk eens hoe je dit vindt, voor de verandering.*

Even meende ik iets te zien. Iets wat over haar gezicht flitste, iets wat al weg was voordat ik het echt gezien had.

'Ik ben liever een freak dan een kloon,' zei ik.

Toen keerde ik me om en liep ik naar het eind van de rij, terwijl iedereen me aanstaarde en Suze ongelovig, verbaasd en lelijk, heel lelijk met haar rode haar en haar rode gezicht en haar mond open, naar me keek terwijl ik daar stond te wachten tot de bus kwam.

Ik weet niet of ik had verwacht dat ze achter me aan zou lopen. Ik had het misschien verwacht, maar ze deed het niet, en toen de bus eindelijk kwam, ging ze naast Sandrine zitten en keurde ze me geen blik meer waardig.

Ik wilde het aan maman vertellen toen ik thuiskwam, maar die probeerde met Nico te praten én een doos rumtruffels mooi in te pakken én tegelijkertijd Rosettes hapje klaar te maken, zodat ik niet goed wist hoe ik haar moest vertellen hoe ik me voelde.

'Gewoon negeren,' zei ze ten slotte, terwijl ze melk in een koperen pan goot. 'Wil jij hier even op letten, Nanou? Zachtjes blijven roeren, dan pak ik deze doos in...'

Ze bewaart de ingrediënten voor de warme chocola in een kastje achter in de keuken. Voorin staan een paar koperen pannen en glanzende vormen voor het maken van chocoladevormen, plus een granieten plaat voor het tempereren. Niet dat ze die nog gebruikt; de meeste spullen van vroeger staan in de kelder, en voordat madame Poussin stierf, had ze al nauwelijks tijd meer om haar specialiteiten te maken.

Voor warme chocola is er echter altijd tijd. Hij wordt gemaakt met melk en geraspte nootmuskaat, vanille, chilipeper, bruine suiker, kardemom en extra bittere couverture – de enige chocola die de moeite van het kopen waard is, zegt ze – en hij smaakt vol en maar een beetje bitter achter op de tong, net als karamel wanneer die hard begint te worden. De chili geeft er wat pittigs aan – nooit te veel, een vleugje maar – en de specerijen geven er die kerkachtige geur aan die me op de een of andere manier aan Lansquenet doet denken, en aan nachten boven de chocolaterie, toen ik nog samen met maman was, met Pantoufle naast me en brandende kaarsen op het tafeltje dat van een sinaasappelkist gemaakt was.

Hier zijn natuurlijk geen sinaasappelkisten. Vorig jaar heeft Thierry ons een totaal nieuwe keuken gegeven. Maar dat is niet zo gek. Hij is toch zeker onze huisbaas? Hij heeft heel veel geld en bovendien hoort hij het huis te repareren. Maar maman maakte er een hele heisa van en kookte een lekkere maaltijd voor hem in de nieuwe keuken. Jeetje mina. Alsof we nog nooit een keuken hadden gehad. Dus zijn nu zelfs de mokken nieuw, met *Chocolat* in sierletters erop geschreven. Thierry heeft ze gekocht – voor ons allemaal een en ook een voor madame Poussin – hoewel hij niet eens van warme chocola houdt. (Ik merk het omdat hij er te veel suiker in doet.)

Ik had altijd mijn eigen beker gehad, een dikke rode die Roux me had gegeven. Er waren wel een paar scherfjes af, maar er stond een *A* op geschilderd, van Anouk. Ik heb hem nu niet meer; ik weet niet eens meer wat ermee gebeurd is. Misschien ging hij kapot of hebben we hem ergens achtergelaten. Maar het maakt toch niks uit. Ik drink geen chocola meer.

'Suzanne vindt me raar,' zei ik toen maman weer de keuken binnenkwam.

'Nou, dat ben je niet,' zei ze, terwijl ze een vanillestokje leeg schraapte. De chocola was nu bijna klaar en stond zachtjes te sudderen in de pan. 'Wil je ook wat? Hij is lekker.'

'Nee, bedankt.'

'Oké.'

Ze schonk een bekertje voor Rosette in en deed er wat gekleurde spikkeltjes en een dot slagroom op. Het zag er lekker uit en rook zelfs nog lekkerder, maar ik wilde het niet laten merken. Ik keek in de kast en vond een halve croissant van het ontbijt en wat jam.

'Let niet op Suzanne,' zei maman, terwijl ze voor zichzelf chocola in een espressokopje schonk. Ik merkte dat ze geen chocolademok gebruikte, ook niet voor Rosette. 'Ik ken dat type. Probeer met iemand anders bevriend te raken.'

Tja, gemakkelijker gezegd dan gedaan, dacht ik. En trouwens: wat heeft het voor zin? Dan zouden ze helemaal niet bevriend zijn met míj maar met mijn nephaar, nepkleren en nep-ik.

'Noem eens iemand?' zei ik.

'Dat weet ík toch niet?' Haar stem klonk ongeduldig terwijl ze de specerijen terugzette in de kast. 'Er zal toch wel iemand zijn met wie je goed kunt opschieten?'

Ik kan er niets aan doen, had ik willen zeggen. Waarom denkt ze dat ik degene ben die moeilijk doet? Het probleem is dat maman nooit echt naar school is gegaan – ze heeft alles in de praktijk geleerd, zegt ze – en wat ze er nu van afweet is wat ze in kinderboeken heeft gelezen, of door de schoolhekken heeft gezien. Aan de andere kant van die hekken is het allemaal zo lollig niet, dat kan ik je wel verzekeren.

'Nou?' Weer dat ongeduld, die toon die zegt: *Je zou dankbaar moeten zijn, ik heb hard gewerkt om je dit te geven, om je naar een echte school te sturen, om je het leven te besparen dat ik heb gehad.*

'Mag ik je iets vragen?' zei ik.

'Natuurlijk, Nanou. Is er iets?'

'Was mijn vader een zwarte man?'

Ze schrok even, heel even maar, en ik vroeg me af of ik het wel zou hebben waargenomen als het niet aan haar kleuren te zien was geweest.

'Chantal zegt dat op school.'

'O ja?' zei maman, terwijl ze brood begon te smeren voor Rosette. Brood, mes, chocoladepasta. Rosette die met haar apenvingertjes de boterham steeds omdraait. Een blik van intense concentratie op mamans gezicht terwijl ze bezig is. Ik wist niet wat ze dacht. Haar ogen waren even donker als Afrika, even ondoorgrondelijk.

'Zou het ertoe doen?' vroeg ze ten slotte.

'Kweenie.' Ik haalde mijn schouders op.

Ze draaide zich om en even leek ze bijna de oude maman, degene die zich nooit druk maakte om wat de mensen dachten.

'Weet je, Anouk,' zei ze langzaam. 'Heel lang heb ik gedacht dat je zelfs geen vader nodig had. Ik dacht dat we altijd samen zouden zijn, net als mijn moeder en ik. Maar toen kwam Rosette en toen dacht ik dat, nou ja, misschien...' Ze hield op, glimlachte en veranderde zo snel van onderwerp dat ik heel even niet eens doorhad dat ze het gedaan had, zoiets als de truc met balletje-balletje. 'Je mag Thierry wel, hè?' zei ze.

Ik haalde weer mijn schouders op. 'Ja, gaat wel.'

'Ik dacht dat je hem mocht. Hij mag jou wel.'

Ik beet het puntje van mijn croissant. Rosette zat in haar stoeltje en maakte van haar boterham een vliegtuig.

'Want als een van jullie hem niet mag...'

Eigenlijk mag ik hem niet zo. Hij is te luidruchtig, en hij stinkt naar sigaren. En hij valt maman altijd in de rede wanneer ze praat, en hij noemt mij *jeune fille*, alsof het een grapje is, en hij snapt niks van Rosette, of van de gebaren die ze naar hem maakt, en hij begint altijd over lange woorden en wat ze betekenen, alsof ik ze nog nooit gehoord heb.

'Ja, gaat wel,' zei ik weer.

'Weet je, Thierry wil met me trouwen.'

'Sinds wanneer?' vroeg ik.

'Hij had het er vorig jaar voor het eerst over. Toen zei ik dat ik me nog niet wou binden, want ik moest ook om Rosette denken en madame Poussin, en toen zei hij dat hij wel wilde wachten. Maar nu madame Poussin er niet meer is...'

'Je hebt toch geen ja gezegd?' zei ik, te hard voor Rosette, die haar handen op haar oren legde.

'Het zit ingewikkeld in elkaar.' Ze klonk moe.

'Dat zeg je altijd.'

'Maar dat komt doordat het altijd ingewikkeld is.'

Nou, ik zie niet in waarom. Mij lijkt het simpel. Ze is toch nog nooit getrouwd geweest? Waarom zou ze nu dan ineens willen trouwen?

'Er is het een en ander veranderd, Nanou,' zei ze.

'Wat dan?' wilde ik weten.

'Nou, om te beginnen de chocolaterie. De huur is tot het eind van het jaar betaald, maar daarna...' Ze zuchtte. 'Het zal niet gemakkelijk zijn om de zaak draaiende te houden. En ik kan niet zomaar geld van Thierry aannemen. Hij blijft het aanbieden, maar het zou niet eerlijk zijn. En ik dacht...'

Ach, ik wist natuurlijk wel dat er iets aan de hand was, maar ik dacht dat ze verdriet had om madame. Maar nu zag ik dat het Thierry was en dat ze bang was dat ik niet in hun plan zou passen.

En wát voor een plan. Ik zie ons al voor me: maman, papa en de twee meisjes, net als in zo'n verhaaltje van de Comtesse de Ségur. We zouden naar de kerk gaan, elke dag *steack-frites* eten en jurken van Galeries Lafayette dragen. Thierry zou een foto van ons op zijn bureau hebben staan, door een beroepsfotograaf genomen, met Rosette en mij in dezelfde kleren gestoken.

Begrijp me goed: ik zéí wel dat ik hem mocht, maar...

'Nou?' zei ze. 'Heb je je tong verloren?'

Ik beet een stukje van mijn croissant. 'We hebben hem niet nodig,' zei ik ten slotte.

'Maar we hebben wel íémand nodig. Dat is een ding dat zeker is. Ik dacht dat je dat toch wel zou inzien. Je moet naar school, Anouk. En je hebt een echt thuis nodig, een vader...'

Laat me niet lachen. Een vader? Kom nou. *Je kiest je familie*, zegt ze altijd, maar wat voor keuze geeft ze mij?

'Anouk,' zei ze. 'Ik doe het voor jou...'

'Zie maar.' Ik haalde mijn schouders op en nam mijn croissant mee de straat op.

8

Zaterdag 10 november

IK GING VANMORGEN EVEN BIJ DE CHOCOLATERIE LANGS OM EEN doos kersenbonbons te kopen. Yanne was er en het kleintje was er ook. Hoewel het rustig was in de winkel, had ze iets gejaagds, leek ze het bijna onaangenaam te vinden mij te zien, en toen ik de chocola proefde, bleek die niets bijzonders te zijn.

'Ik maakte ze vroeger zelf,' zei ze, toen ze me de kersenbonbons met een strik van siertouw eromheen overhandigde. 'Maar werken met likeur is zo'n gedoe, en ik heb nooit tijd. Ik hoop dat je ze lekker vindt.'

Met geveinsde gretigheid stopte ik er een in mijn mond. 'Goddelijk,' zei ik, door een zure pasta van ingelegde kersen heen bijtend. Rosette zat op de grond achter de toonbank met een hoop kleurpotloden en gekleurd papier om zich heen zachtjes te zingen.

'Gaat ze niet naar de kleuterschool?'

Yanne schudde haar hoofd. 'Ik houd graag een oogje op haar.'

Tja, dat kan ik ook wel zien. Ik zie ook andere dingen, nu ik erop let. De hemelsblauwe deur verbergt een aantal dingen die gewone klanten over het hoofd zien. Om te beginnen is het een oud pand dat in behoorlijk slechte staat is. De etalage is wel aantrekkelijk, met een uitstalling van mooie blikken en dozen, en de muren zijn vrolijk geel geverfd, maar toch zie je dat in de hoeken en onder de grond het vocht op de loer ligt, hetgeen van geld- en tijdgebrek getuigt. Er is wel geprobeerd dit te verhullen: een spinnenweb van goud over een stel scheuren heen, een uitnodigende glans in de deuropening, iets weelderigs in de lucht dat meer belooft dan die tweederangs chocola.

Proef me. Probeer me.

Discreet maakte ik met mijn linkerhand het Oog van Zwarte Tezcatlipoca. Om me heen laaiden de kleuren op, en die bevestig-

93

den mijn achterdocht van die eerste dag. Er was hier iemand bezig geweest, en dat was volgens mij niet Yanne Charbonneau. Deze toverglans heeft iets jeugdigs, iets naïefs, iets uitbundigs dat van een nog ongeoefende geest getuigt.

Annie? Ja, wie anders? En de moeder? Tja. Ze heeft iets wat me prikkelt, iets wat ik nog maar één keer gezien heb: op die eerste dag, toen ze de deur opende omdat ze haar naam hoorde. Haar kleuren waren toen wel feller, maar iets zegt me dat ze er nog steeds zijn, ook al verbergt ze die liever.

Rosette zat op de grond te tekenen en zong nog steeds haar woordloze liedje: 'Bam-bam-bammm... Bam-bada-bammm...'

'Kom, Rosette. Het is tijd voor je slaapje.'

Rosette keek niet op van haar tekening. Het zingen werd wat luider en werd nu vergezeld door het ritmische stampen van een in sandaal gestoken voetje op de grond. 'Bam-bam-bamm...'

'Kom, Rosette,' zei Yanne zachtjes. 'Je moet nu je kleurpotloden wegleggen.'

Nog geen reactie van Rosette.

'Bam-bam-bamm... Bam-bada-bammm...' Tegelijkertijd veranderden haar kleuren van een goudgele chrysantenkleur in een stralend oranje, en ze lachte en stak haar handjes uit alsof ze bloemblaadjes op wilde vangen. 'Bam-bam-bammm... Bam-bada-bamm...'

'Stil, Rosette.'

Nu voelde ik dat Yanne gespannen werd. Het was niet zozeer de schaamte van een moeder wier kind zich niet wil gedragen, als wel een gevoel van naderend onheil. Ze pakte Rosette op, die nog steeds onbekommerd aan het kwelen was, en ze trok een verontschuldigende grimas naar mij.

'Sorry,' zei ze. 'Dat doet ze meestal wanneer ze oververmoeid is.'

'Het geeft niet. Ze is schattig,' zei ik.

Er viel een pot met potloden van de toonbank. De potloden rolden over de grond.

'Bam,' zei Rosette, naar de gevallen potloden wijzend.

'Ik moet haar nu echt naar bed brengen,' zei Yanne. 'Ze wordt te druk als ze haar dutje niet doet.'

Ik keek weer naar Rosette. Ze kwam op mij helemaal niet moe over. De moeder leek zeer vermoeid: bleek en uitgeblust, met haar te scherpe kapsel en haar goedkope zwarte trui die haar gezicht nog bleker deed lijken.

'Gaat het?' vroeg ik.

Ze knikte.

Het gloeilampje boven haar hoofd begon te knipperen. Die oude huizen ook, dacht ik. De bedrading is uit het jaar nul.

'Weet je het zeker? Je ziet een beetje wit.'

'Ik heb alleen maar hoofdpijn. Ik red me wel.'

Bekende woorden. Maar ik betwijfel het. Ze houdt het kind vast alsof ik het uit haar armen zou kunnen rukken.

Je vraagt je af of ik dat zou kunnen? Ik ben tweemaal getrouwd geweest (in beide gevallen niet onder mijn ware naam), maar toch heb ik nooit overwogen een kind te nemen. Er zijn altijd complicaties, heb ik me laten vertellen, en bovendien is een te veel aan bagage in mijn beroepstak wel het laatste wat ik me kan veroorloven.

Maar toch...

Ik maakte in de lucht het cactusteken van Xochipilli, waarbij ik mijn hand uit het zicht hield. Xochipilli met de zilveren tong, de god van de profetie en de droom. Niet dat ik bijster geïnteresseerd ben in profetieën, maar onoplettend gepraat kan iets opleveren, heb ik ontdekt, en informatie van welke aard dan ook is voor iemand met mijn beroep van grote waarde.

Het symbool lichtte op en zweefde even in de lucht en verspreidde zich toen als een zilverachtige ring van rook in de donkere lucht.

Even gebeurde er niets.

Maar ik had eerlijk gezegd ook niet veel verwacht. Ik was echter nieuwsgierig en ze was me toch wel een beetje voldoening verschuldigd, na al die moeite die ik voor haar had gedaan.

Dus maakte ik nog een keer het teken. Xochipilli de fluisteraar, die geheimen onthult, die vertrouwelijke mededelingen naar boven brengt. Deze keer overtrof het resultaat mijn stoutste verwachtingen.

Eerst zag ik haar kleuren opvlammen. Een beetje maar, maar heel helder, als een vlam in een haard die op een gasbel stuit. Bijna tegelijkertijd sloeg Rosettes zonnige stemming om. Ze strekte zich in haar moeders armen en boog zich met een protesterend gejammer naar achteren. De flikkerende lamp knapte met een plotselinge scherpe knal, en tegelijkertijd viel er in de etalage een piramide koektrommels om met een gekletter dat de doden nog tot leven zou wekken.

Yanne Charbonneau raakte uit haar evenwicht. Ze deed een stap opzij, waardoor ze met haar heup tegen de toonbank stootte.

Er stond een klein kastje, open van voren, op de toonbank, waarin een verzameling mooie glazen bakjes stond die gevuld waren met roze, gouden, zilveren en witte amandelbonen. Het wiebelde – instinctief stak Yanne een hand uit om het tegen te houden – en een van de bakjes viel op de grond.

'Rosétte!' Yanne moest bijna huilen.

Ik hoorde het bakje aan scherven vallen, waardoor de amandelbonen over de vloertegels zeilden.

Ik hoorde het bakje vallen, maar keek niet naar beneden. In plaats daarvan sloeg ik Rosette en Yanne gade: het kind was nu een en al kleur en bij de moeder gebeurde zo weinig dat ze net zo goed van steen had kunnen zijn.

'Ik zal even helpen.' Ik bukte om de rommel op te pakken.

'Nee, laat maar...'

'Ik heb het al,' zei ik.

Ik voelde de nerveuze spanning in haar, opgehoopt en wachtend op ontlading. Het ging beslist niet om het verlies van het bakje – zover ik ervaren heb, raken vrouwen als Yanne Charbonneau niet van slag door wat gebroken glas. Maar het ongewoonste voorval kan de explosie veroorzaken: een slechte dag, een hoofdpijn, de vriendelijkheid van onbekenden.

En toen zag ik het vanuit mijn ooghoek, in elkaar gedoken onder de bovenkant van de toonbank.

Hij was fel oranje-goud en onhandig getekend, maar aan de lange krulstaart en heldere oogjes was duidelijk te zien dat het een soort aap was. Ik keerde me abrupt om. Toen ik het dier in het gezicht keek, ontblootte het zijn punttanden naar me en verdween toen in het niets.

'Bam,' zei Rosette.

Er viel een heel lange stilte.

Ik pakte het bakje op; het was van blauw Muranoglas, met een fijne plooirand. Ik had het stuk horen vallen alsof er vuurwerk afging: de scherven waren over de plavuizen gevlogen. En toch lag het nu heel in mijn hand. Niets gebeurd.

Bam, dacht ik.

Onder mijn voeten voelde ik nog de gevallen bonbons als tanden knarsen. En nu stond Yanne Charbonneau me gade te slaan in een angstige stilte die voortgesponnen werd als een zijden cocon.

Ik had kunnen zeggen 'Goh, wat een geluk' of het schaaltje zonder iets te zeggen terug kunnen zetten, maar het was nu of nooit, bedacht ik. Meteen toeslaan, nu de weerstand laag is. Er komt misschien geen tweede kans.

Dus kwam ik overeind. Ik keek Yanne recht in de ogen en richtte alle charme die ik op kon brengen op haar.

'Het geeft niet,' zei ik. 'Ik weet wat je nodig hebt.'

Even verstijfde ze en ze keek me strak aan, met een gezicht dat zowel uitdagend als hooghartig niet-begrijpend was.

Toen pakte ik haar met een lachend gezicht bij de arm.

'Warme chocola,' zei ik vriendelijk tegen haar. 'Warme chocola, naar eigen recept. Met chilipeper en nootmuskaat, wat Armagnac en een snufje zwarte peper. Kom op. Geen gemaar. En neem het enfant terrible mee.'

Stil liep ze achter me aan de keuken in.

Ik was binnen.

DEEL DRIE

Twee Konijn

1

Woensdag 14 november

IK HEB NOOIT EEN HEKS WILLEN ZIJN. IK HEB ER ZELFS NOOIT VAN gedroomd, hoewel mijn moeder zwoer dat ze me maanden voordat ik ten tonele verscheen, al hoorde roepen. Dat herinner ik me natuurlijk niet. Mijn vroegste jeugd was een waas van plaatsen, geuren en mensen die in sneltreinvaart langskwamen, van grenzen passeren zonder papieren, van reizen onder verschillende namen, van 's nachts vertrekken uit goedkope hotels, van elke dag op een nieuwe plek de dageraad zien, en van op de vlucht zijn, altijd maar op de vlucht zijn, ook toen al. Alsof we alleen konden overleven door alle slagaders, aders en haarvaten van de kaart te verkennen en niets achter te laten, zelfs geen schaduw.

'Je kiest je familie,' zei mijn moeder altijd. Mijn vader was kennelijk niet gekozen.

'Waar hebben we hem voor nodig, Vianne? Vaders tellen niet. Het gaat om jou en mij.'

Ik miste hem eerlijk gezegd niet. Hoe had dat ook gekund? Ik had niets waartegen ik zijn afwezigheid kon afzetten. Ik stelde me hem voor als een man met een donker uiterlijk, een beetje sinister, misschien verwant aan de Zwarte Man die we probeerden te ontvluchten. En ik hield van mijn moeder. Ik hield van de wereld die we voor onszelf hadden gecreëerd, een wereld die we met ons meenamen waar we ook heen gingen, een wereld die net buiten het bereik van gewone mensen lag.

'Omdat we bijzonder zijn,' placht ze te zeggen. Wij zagen dingen, wij hadden er aanleg voor. Je kiest je familie, en dat deden we dus, waar we ook gingen. Een zus hier, een oma daar – vertrouwde gezichten van een clan in diaspora – maar zover ik wist, waren er in het leven van mijn moeder geen mannen.

Behalve dan de Zwarte Man.

Was mijn vader de Zwarte Man? Ik schrok ervan dat Anouk zo dicht in de buurt kwam. Ik had er zelf ook over nagedacht, terwijl we ongekamd en bontgekleurd en met de kleren wapperend in de wind voortvluchtten. De Zwarte Man bestond natuurlijk niet echt. Over mijn vader was ik net zo gaan denken.

Toch was ik nieuwsgierig, en van tijd tot tijd zocht ik de menigte af, in New York, of in Berlijn, in Venetië of in Praag, in de hoop dat ik hem er misschien zou zien; een man, zonder vrouw, met mijn donkere ogen...

Ondertussen vluchtten we verder, mijn moeder en ik. Eerst leek het om de pure vreugde van het vluchten te gaan. Daarna werd het, net als al het andere, een gewoonte, en vervolgens een corvee. Uiteindelijk begon ik te denken dat vluchten het enige was wat haar in leven hield toen de kanker vat op haar bloed, haar hersens en botten begon te krijgen.

In die tijd had ze het voor het eerst over het meisje. Verward gepraat, dacht ik destijds, het gevolg van de pijnstillers die ze nam. En verward praten dééd ze, toen het einde naderde. Ze vertelde verhalen die nergens op sloegen, had het over de Zwarte Man, en ze praatte serieus met mensen die er niet waren.

Dat kleine meisje, met de naam die zo op de mijne leek, zou ook een verzinsel uit die onzekere tijd kunnen zijn – een archetype, een anima, een krantenberichtje, ook zo'n verloren ziel met donker haar en donkere ogen die ontvoerd wordt bij een sigarettenkiosk op een regenachtige dag in Parijs.

Sylviane Caillou. Verdwenen, zoals zo vaak gebeurt; gestolen uit haar autozitje toen ze anderhalf was, voor een drogisterij in La Villette. Gestolen met luiertas en speelgoed en al, voor het laatst gezien met een goedkoop zilveren slavenarmbandje met een gelukshangertje – een katje – aan de sluiting.

Dat was ik niet. Dat kan ik niet geweest zijn. Maar mocht ik het geweest zijn, dan zou ik na al die tijd...

'Je kiest je familie,' zei mijn moeder. Zoals ik jou kies en jij mij kiest. Dat meisje, ze zou je niet gekoesterd hebben. Ze zou niet geweten hebben hoe ze voor je moest zorgen; ze zou niet geweten hebben dat je de appel dwars moet doorsnijden, zodat je de ster vanbinnen ziet; ze zou niet geweten hebben hoe je een medicijnbundeltje dichtknoopt, dat je demonen moet uitbannen door op een blikken pan te slaan, of hoe je de wind in slaap zingt. Ze had je al die dingen niet geleerd...

En hebben we ons niet goed gered, Vianne? Ik heb je toch gezegd dat we het zouden redden?

Ik heb het nog, dat bedeltje in de vorm van een katje. De armband herinner ik me niet, waarschijnlijk heeft ze die verkocht of weggegeven, maar ik herinner me nog wel iets van het speelgoed: een rode pluchen olifant en een bruin beertje, hevig gekoesterd en met maar één oog. Het bedeltje ligt nog steeds in mijn moeders doos: een goedkoop ding, iets wat een kind zou kunnen kopen, met een rood lintje eraan. Het ligt bij haar kaarten en een paar andere zaken: een foto die van ons is genomen toen ik zes was, een bundeltje sandelhout, een paar krantenartikeltjes en een ring. Een tekening die ik op mijn eerste, en enige, school heb gemaakt, in de tijd waarin we ons nog steeds ergens zouden gaan vestigen.

Natuurlijk draag ik het nooit. Ik raak het zelfs niet graag meer aan; er zitten te veel geheimen in opgesloten, als een geur die slechts menselijke warmte nodig heeft om los te komen. In de regel raak ik geen van de dingen in die doos aan, maar toch durf ik ze ook niet goed weg te gooien. Te veel ballast maakt traag, maar bij te weinig ballast zou ik weggeblazen kunnen worden als een paardenbloempluisje en mezelf voor altijd kwijt kunnen raken op de wind.

Zozie is nu al vier dagen bij me, en haar persoonlijkheid begint van invloed te zijn op alles wat ze aanraakt. Ik weet niet hoe het zo gekomen is – misschien een kort moment van zwakte. Ik was zeker niet van plan geweest haar een baan aan te bieden. Om te beginnen kan ik me niet veroorloven haar veel te betalen. Ze wil echter best wachten tot ik dat wel kan, en bovendien lijkt het heel natuurlijk dat ze hier is, alsof ze mijn hele leven al bij me is.

Het begon op de dag van het ongelukje, de dag waarop ze warme chocola maakte en die met mij in de keuken opdronk, warm en zoet met verse chilipeper en chocoladekrullen erin. Rosette dronk ook een beetje in haar kindermok en speelde daarna op de grond terwijl ik er stil bij zat. Zozie sloeg me met een glimlach op haar gezicht gade, en met ogen als spleetjes, als een kat.

De omstandigheden waren uitzonderlijk. Op iedere andere dag, op ieder ander moment, zou ik beter voorbereid zijn geweest. Maar juist op die dag... Thierry's ring zat nog in mijn zak en Rosette was op zijn ergst en Anouk was zo stil sinds ze het gehoord had en de lange, lege dag strekte zich voor me uit...

Op ieder ander moment zou ik me staande hebben gehouden. Maar op die dag...

Het geeft niet. Ik weet wat je nodig hebt.

Wat eigenlijk? Wat weet ze? Dat er een schaaltje stukviel en weer heel werd? Het is te gek voor woorden, niemand zou het geloven, laat staan dat een kind van vier de truc had uitgevoerd, een kind van vier dat niet eens kan praten.

'Je ziet er moe uit, Yanne,' zei Zozie. 'Het is vast zwaar om voor alles te moeten zorgen.'

Ik knikte stilletjes.

De herinnering aan Rosettes ongelukje zat ons dwars, als het laatste stuk taart op een feestje.

Zeg het niet, zei ik inwendig tegen haar, net zoals ik geprobeerd had tegen Thierry te zeggen. *Zeg het alsjeblieft niet. Breng het niet onder woorden.*

Ik dacht dat ik haar even voelde reageren. Een zucht, een glimlach, een glimp van iets wat maar half wordt waargenomen. Een zacht schudden van kaarten, geurend naar sandelhout.

Stilte.

'Ik wil er niet over praten,' zei ik.

Zozie haalde haar schouders op. 'Drink je chocola maar op.'

'Maar je hebt het gezien.'

'Ik zie wel vaker iets.'

'Zoals?'

'Dat je moe bent.'

'Ik slaap niet goed.'

Ze keek me een tijdlang zwijgend aan. Haar ogen waren een en al zomer, met spikkels goud. Ik zou moeten weten wat je lievelingschocola is, dacht ik bijna dromerig. Misschien ben ik het kunstje verleerd.

'Weet je wat?' zei ze ten slotte. 'Laat mij voor je op de winkel passen. Ik ben in een winkel geboren, ik weet hoe het werkt. Neem Rosette mee en ga even liggen. Als ik je nodig heb, geef ik een gil. Toe maar. Ik vind het vast leuk.'

Dat was nog geen vier dagen geleden. We hebben het geen van beiden meer over die dag gehad. Rosette begrijpt natuurlijk nog niet dat een kapot schaaltje in de echte wereld ook kapot moet blijven, hoe graag we het ook anders zouden willen. En Zozie heeft geen poging gedaan het onderwerp weer aan te snijden, waarvoor ik haar dankbaar ben. Ze weet natuurlijk dat er íéts gebeurd is, maar ze lijkt het niet erg te vinden het los te laten.

'In wat voor winkel ben je geboren, Zozie?'

'Een boekwinkel. Zo'n new-agewinkel, je kent ze wel.'

'Echt?' zei ik.

'Mijn moeder hield zich erg met die dingen bezig. Kant-en-klaarmagie, tarotkaarten. Ze verkocht wierook en kaarsen aan spaced-out hippies zonder geld en met vreselijk haar.'

Ik glimlachte, maar voelde me een beetje slecht op mijn gemak.

'Maar dat was lang geleden,' zei ze. 'Ik herinner me daar nu niet zo veel meer van.'

'Maar... geloof je nog wel in die dingen?' vroeg ik.

Ze glimlachte. 'Ik geloof dat we iets voor een ander kunnen betekenen.'

Stilte.

'En jij?'

'Ik geloofde erin,' zei ik. 'Maar nu niet meer.'

'Mag ik vragen waarom?'

Ik schudde mijn hoofd. 'Later misschien.'

'Goed,' zei ze.

Ik weet het, ik weet het. Het is gevaarlijk. Iedere daad, zelfs de kleinste, heeft gevolgen. Magie wordt duur betaald. Het duurde heel lang voordat ik dat begreep – na Lansquenet, na Les Laveuses – maar nu lijkt het allemaal heel helder, nu de gevolgen van ons reizen en trekken als rimpels op een meer uitwaaieren.

Kijk maar naar mijn moeder, die zo gul was met haar gaven, en geluk en goede wil om zich heen verspreidde, terwijl in haar de kanker groeide als de rente van een depositorekening waarvan ze niet eens wist dat ze hem had. Het universum maakt de balans op. Of het nu om iets kleins als een bedeltje, een toverspreuk, of een kring in het zand gaat, voor alles moet worden betaald. Tot de laatste cent. Met bloed.

Er is namelijk een symmetrie. Voor ieder gelukje is er een tegenslag, voor iedereen die wordt geholpen, is er een slachtoffer. Een roodzijden zakje boven onze deur betekent elders een schaduw. Een kaars om het ongeluk te weren, en aan de overkant brandt een huis tot de grond toe af. Je houdt een chocoladefestival, en een vriendin gaat dood.

Het zit tegen.

Een ongelukje.

Daarom kan ik Zozie niet in vertrouwen nemen. Ik vind haar te aardig om haar vertrouwen kwijt te raken. De kinderen lijken haar ook aardig te vinden. Ze heeft iets jongs, iets wat dichter bij Anouks leeftijd in de buurt komt dan de mijne, waardoor ze gemakkelijker te benaderen is.

Misschien komt het door haar haar, dat lang is, los hangt en van voren roze geverfd is, of door haar bontgekleurde kleren uit de liefdadigheidswinkel, die net zo'n samenraapsel zijn als de kleren uit een verkleedkist, maar wonderlijk goed bij haar passen. Vandaag heeft ze een getailleerde hemelsblauwe jurk uit de jaren vijftig aan, met een patroon van zeilbootjes en gele flatjes, helemaal niet geschikt voor november, maar dat kan haar niet schelen. En het zal haar nooit kunnen schelen ook.

Ik herinner me dat ik ooit ook zo was. Ik herinner me dat uitdagende. Maar het moederschap verandert alles. Het moederschap maakt lafaards van ons allemaal. Lafaards, leugenaars – en erger nog.

Les Laveuses. Anouk. En o, die wind!

Vier dagen is het nog maar, en het verbaast me dat ik nu al zo op Zozie steun. Niet alleen om een oogje op Rosette te houden, zoals madame Poussin ook altijd deed, maar in verband met allerlei kleine dingen in de winkel. Mooi inpakken, verpakken, schoonmaken, bestellen. Ze zegt dat ze het leuk vindt, zegt dat ze er altijd van heeft gedroomd in een chocolaterie te werken, en toch bedient ze zich nooit van wat er in huis is, zoals madame Poussin zo vaak deed, of buit ze haar positie uit door om monsters te vragen.

Ik heb het met Thierry nog niet over haar gehad. Ik weet niet goed waarom, behalve dat ik het gevoel heb dat hij het niet zal goedkeuren. Misschien vanwege de extra kosten, misschien vanwege Zozie zelf, die zo anders dan de bezadigde madame Poussin is als maar kan.

Met klanten gaat ze vrolijk informeel om, tot op het zorgwekkende af. Terwijl ze dozen inpakt, chocola afweegt of op nieuwe producten wijst, staat haar mond niet stil, en ze heeft er een handje van de mensen over zichzelf te laten vertellen: ze informeert naar de rugpijn van madame Pinot en kletst met de postbode wanneer die zijn ronde doet. Ze weet wat de lievelingschocola van dikke Nico is, flirt buitensporig met Jean-Louis en Paupaul, de kunstschilders in wording die klanten proberen te werven in en rond Le P'tit Pinson, en kletst met Richard en Mathurin, de twee oude mannen die ze 'de patriotten' noemt en die soms om acht uur 's morgens al in het café komen en zelden voor etenstijd weggaan.

Ze kent Anouks schoolvriendinnen bij naam, informeert naar haar leraren en bespreekt haar kleren. En toch voel ik me er nooit ongemakkelijk bij; ze stelt nooit de vragen die anderen in haar positie wel zouden stellen.

Bij Armande Voizin voelde ik me net zo, toen ik nog in Lansquenet woonde. De onhandelbare, ondeugende, weerbarstige Armande, wier rode onderrokken ik vanuit mijn ooghoeken nog wel eens zie, en wier stem, die zo griezelig veel op die van mijn moeder lijkt, me vanuit een menigte nog wel eens schijnt toe te spreken, zodat ik me omkeer en om me heen kijk.

Zozie is natuurlijk heel anders dan zij. Armande was tachtig toen ik haar kende, en gerimpeld, chagrijnig en oud. En toch zie ik haar in Zozie terug: haar uitbundige manier van doen, haar enthousiasme voor van alles en nog wat. En zo Armande een vonkje had van wat mijn moeder magie noemde...

Maar we hebben het niet meer over zulke dingen. We hebben een stilzwijgende, zij het strikte, overeenkomst. Als een van ons zich vergaloppeert, al gaat het maar om een klein vonkje, dan gaat het kleine kaartenhuis weer in vlammen op. Het is in Lansquenet gebeurd, in Les Laveuses en in honderden andere plaatsen. Maar nu is dat klaar. Nee. Deze keer blijven we.

Ze kwam vandaag vroeg, net toen Anouk naar school ging. Ik heb haar krap een uur alleen gelaten, net lang genoeg om even met Rosette te gaan wandelen, en toen ik terugkwam, zag alles er op de een of andere manier vrolijker uit – minder druk, aantrekkelijker. Ze had de etalage veranderd en een donkerblauwe fluwelen lap over de piramide van blikken gelegd, en daarop had ze een paar felrode, glanzende schoenen met hoge hakken gezet waar in rood- en goudkleurig folie verpakte chocolaatjes uit rolden.

Het effect is excentriek, maar niettemin pakkend. De schoenen, dezelfde rode schoenen die ze op die eerste dag droeg, lijken in de donkere etalage te staan glanzen, en de chocolaatjes liggen als brokjes en stukjes gekleurd licht op het fluweel rondgestrooid, als sieraden uit een schatkist.

'Ik hoop dat je het niet erg vindt,' zei Zozie toen ik binnenkwam. 'Ik vond dat hij een beetje opgefleurd moest worden.'

'Ik vind het leuk,' zei ik. 'Schoenen en chocola...'

Zozie grijnsde. 'Allebei een passie van mij.'

'En wat is jouw lievelingschocola?' vroeg ik. Niet dat ik het écht wilde weten, maar ik vroeg het uit beroepsnieuwsgierigheid. Na die vier dagen ben ik nog geen snars verder met het raden van haar lievelingssmaken.

Ze haalde haar schouders op. 'Ik vind ze allemaal lekker. Maar die je zo kunt kopen halen het niet bij zelfgemaakt, toch? Jij maakte ze vroeger zelf, zei je?'

'Ja. Maar toen had ik meer tijd.'

Ze keek me aan. 'Je hebt tijd zat. Laat mij aan de voorkant opletten, dan kun jij achterin je toverkunsten vertonen.'

'Toverkunsten?'

Zozie was echter al bezig plannetjes te maken, zich schijnbaar niet bewust van het effect dat dat woord op me had, voor een serie eigen fabricaat truffels, die heel eenvoudig te maken zijn, en dan misschien nog wat *mendiants*, mijn lievelingschocola, bestrooid met amandelen, zure kersen en dikke gele rozijnen.

Ik kon het met mijn ogen dicht. Zelfs een kind kan mendiants maken, en Anouk had me in Lansquenet vaak geholpen: ze had de dikste rozijnen en de zoetste cranberry's uitgezocht (waarbij ze altijd een flinke portie voor zichzelf reserveerde) en ze zorgvuldig op de schijven gesmolten donkere of lichte chocola geschikt.

Ik heb sindsdien geen mendiants meer gemaakt. Ze doen me te veel aan die tijd denken, aan de kleine bakkerij met de korenschoof boven de deur, aan Armande, aan Joséphine, aan Roux...

'Je kunt voor handgemaakte chocola vragen wat je wilt,' zei Zozie, die geen idee had wat er in me omging. 'En als je een paar stoelen buiten zet en hier wat ruimte maakt' – ze wees de plek aan – 'dan zouden de mensen zelfs even kunnen gaan zitten en misschien iets drinken, met een stuk taart erbij. Dat zou toch leuk zijn? Vriendelijk, bedoel ik. Een manier om ze binnen te krijgen.'

'Hm.'

Ik was er niet zo zeker van. Het klonk te veel als Lansquenet. Een chocolaterie moet een zaak blijven, de klanten moeten klanten zijn en niet vrienden. Anders gebeurt er op een dag het onvermijdelijke en kan de doos, wanneer die eenmaal geopend is, niet meer gesloten worden. Bovendien wist ik wat Thierry zeggen zou...

'Ik denk het niet,' zei ik ten slotte.

Zozie zei niets, maar ze keek me op een bepaalde manier aan. Ik heb het gevoel dat ik haar teleurgesteld heb. Een absurd gevoel, maar toch...

Wanneer ben ik zo angstig geworden? vraag ik me af. Wanneer ben ik me zo veel zorgen gaan maken? Ik klink dor en pietluttig, als een preutse tante. Is dat ook wat Anouk hoort?

'Oké. Het was maar een idee.'

Wat steekt er nou voor kwaad in, dacht ik. Het is toch maar chocola? Een paar rondes truffels, gewoon om geoefend te blijven. Thierry zal vinden dat ik mijn tijd verspil, maar waarom zou ik me daardoor tegen laten houden? Waar maak ik me druk om?

'Tja, ik zou misschien een paar dozen voor de kerst kunnen maken.'

Ik heb mijn pannen nog, die van koper en email, allemaal zorgvuldig ingepakt en in dozen opgeslagen in de kelder. Ik heb zelfs de granieten plaat nog waarop ik de gesmolten chocola tempereerde, en de suikerthermometers, de plastic en aardewerken vormen, de pollepels en pannenlikkers en lepels met sleuven erin. Alles is er nog, schoon en opgeslagen en klaar voor gebruik. Rosette zou het misschien leuk vinden, dacht ik. En Anouk ook.

'Fantastisch!' zei Zozie. 'Dan kun je het mij ook leren.'

Ach, waarom niet? Dat kon toch geen kwaad?

'Goed,' zei ik. 'Ik ga het proberen.'

En zo ging het. Eindelijk weer aan de slag, zonder veel omhaal. En als ik ergens in mijn achterhoofd nog enige bedenkingen mócht hebben...

Een hoeveelheid truffels kan geen kwaad. Of een blad mendiants, of een paar taarten. De Vriendelijken houden zich niet bezig met zoiets onbenulligs als chocola.

Althans, dat hoop ik, nu Vianne Rocher, Sylviane Caillou en zelfs Yanne Charbonneau met de dag meer tot het verleden gaan behoren en in rook opgaan, geschiedenis worden, een voetnoot, namen op een verbleekte lijst.

De ring aan mijn rechterhand voelt vreemd aan mijn vingers die er lang aan gewend zijn geweest kaal te zijn. Die naam, Le Tresset, voelt nog vreemder. Half en half lachend pas ik hem, alsof ik wil weten of hij mijn maat is.

Yanne le Tresset.

Het is maar een naam.

Onzin, zegt Roux, die al heel wat namen heeft versleten, die al heel wat keren van uiterlijk is veranderd, die al heel wat heeft afgezworven en al heel wat mensen met de neus op de feiten heeft gedrukt. *Het is niet zomaar een naam. Het is een vonnis.*

2

Donderdag 15 november

DAAR HEB JE HET AL. ZE DRAAGT ZIJN RING. DAT HET UITGEREKEND
Thierry moet zijn. Thierry, die niet van haar warme chocola houdt,
en die niets van haar weet, zelfs niet haar echte naam. Ze zegt dat ze
geen plannen heeft gemaakt. Ze zegt dat ze er nog aan moet wennen. Ze draagt hem als een paar schoenen die ingelopen moeten
worden voor ze lekker zitten.

Een eenvoudige bruiloft, zegt maman. Voor de burgerlijke stand,
en geen priester, niet in de kerk. Maar wij weten wel beter. Hij krijgt
vast zijn zin. De hele toestand, met Rosette en ik in dezelfde jurk.
Het wordt vast vreselijk.

Ik zei dat tegen Zozie, die een gezicht trok en zei dat smaken
verschillen, wat een giller is, want als je een beetje bij je verstand
bent, zie je dat die twee echt niet verliefd zijn.

Nou ja, híj misschien wel. Weet hij veel. Hij kwam gisterenavond
weer langs en toen nam hij ons mee uit eten, deze keer niet naar
Le P'tit Pinson, maar naar een dure tent aan de rivier, waar we de
boten langs konden zien varen. Ik had een jurk aan en hij zei dat
ik er heel leuk uitzag, maar dat ik mijn haar had moeten borstelen,
en Zozie paste in de winkel op Rosette, omdat Thierry zei dat het
geen geschikt restaurant was voor kleine kinderen (maar we wisten
allemaal dat dat niet de echte reden was).

Maman droeg de ring die hij haar had gegeven. Een grote, dikke,
stomme diamant, die op haar hand zit als een glanzende kever. In
de winkel draagt ze hem niet (dan zit hij in de weg), en gisterenavond zat ze er maar mee te spelen en hem de hele tijd rond te
draaien aan haar vinger, alsof hij niet lekker zat.

'Ben je er al aan gewend?' zegt hij. Alsof we er ooit aan zouden
kunnen wennen, of aan hém zouden kunnen wennen, of aan de

manier waarop hij ons behandelt, alsof we verwende kinderen zijn die je kunt kopen of omkopen. Hij gaf mama een mobieltje ('Om contact te houden,' zei hij. 'Niet te geloven dat je er nog nooit een gehad hebt.') en na afloop dronken we champagne (wat ik haat) en oesters (die ik ook haat) en een chocoladesoufflé-ijsje, wat wel lekker was, maar niet zo lekker als de ijsjes die maman altijd maakte, en wat ook nog eens heel erg klein was.

En Thierry lachte veel (nou ja, eerst). Hij noemde me 'jeune fille' en had het over de chocolaterie. Hij moest weer naar Londen en hij wilde dat maman met hem meeging, maar ze had het te druk, zei ze. Misschien na de kerstdrukte.

'O?' zei hij. 'Ik dacht dat je had gezegd dat de zaken niet zo goed liepen.'

'Ik ga iets nieuws proberen,' zei maman, en ze vertelde hem over de nieuwe smaken truffels die ze van plan was te maken, en dat Zozie haar een poosje zou helpen, en dat ze haar spullen van vroeger uit de kelder aan het halen was. Ze praatte er heel lang over en haar gezicht was roze, wat altijd gebeurt als ze ergens echt zin in heeft, en hoe meer ze praatte, hoe stiller Thierry werd en hoe minder hij lachte, zodat ze ten slotte ophield met praten en een beetje bedremmeld keek.

'Sorry,' zei ze. 'Je vindt er natuurlijk niets aan.'

'Nee, ik vind het best,' zei Thierry. 'En dat was Zozies idee?' Hij klonk niet zo blij.

Maman glimlachte. 'We mogen haar graag. Hè, Annie?'

Ik beaamde het.

'Maar vind je dat ze uit het juiste hout gesneden is voor het beheren van de winkel? Ze mag dan wel aardig zijn, maar op den duur zul je toch iets beters nodig hebben dan een serveerster die je bij Laurent Pinson hebt weggekaapt.'

'Voor het beheren van de winkel?' zei maman.

'Nou, ik dacht, als we getrouwd zijn heb je misschien iemand nodig die de winkel runt.'

Wanneer we getrouwd zijn. O jee.

Maman keek op. Ze fronste haar voorhoofd een beetje.

'Ik weet wel dat je de winkel zelf wilt beheren, maar je hoeft er toch niet aldoor te zijn? Er zijn allerlei andere dingen die je zou kunnen doen. Dan zouden we in de gelegenheid zijn om te reizen en wat van de wereld te zien...'

'Die heb ik al gezien,' zei ze, een beetje te snel, en Thierry keek haar verbaasd aan.

'Nou, ik hoop niet dat je van me verwacht dat ik boven de chocolaterie ga wonen,' zei hij grijnzend, om aan te geven dat hij een grapje maakte. Maar het was geen grapje, dat hoorde ik aan zijn stem.

Maman zei niets, ze keek de andere kant op.

'En wat vind jij, Annie?' vroeg hij. 'Ik wed dat jij wel zou willen reizen. Wat dacht je van Amerika? Zou dat niet cool zijn?'

Ik vind het afschuwelijk wanneer hij 'cool' zegt. Hij is al óúd, minstens vijftig, en ik weet dat hij zijn best doet, maar ik vind het zó gênant.

Wanneer Zozie 'cool' zegt, lijkt het alsof ze het meent. Dan is het zelfs net of ze het woord heeft uitgevonden. Met Zozie erbij zou Amerika inderdaad cool zijn. Zelfs de chocolaterie ziet er nu cooler uit, met de vergulde spiegel voor de oude glazen vitrine en haar rode schoenen in de etalage. Het zijn net toverschoenen die gevuld zijn met kostbaarheden.

Als Zozie hier was, zou ze hem wel op zijn nummer zetten, dacht ik, terugdenkend aan de Jeanne Moreau-achtige serveerster in de Engelse tearoom. Maar toen schaamde ik me, bijna alsof ik iets fout had gedaan, alsof aan zoiets denken al tot een ongelukje zou kunnen leiden.

Zozie zou zich daar niets van aantrekken, zei de schaduwstem in mijn hoofd. Zozie zou gewoon doen waar ze zin in had. En was dat nou zo verkeerd, dacht ik. Ja, natuurlijk was dat verkeerd. Maar toch...

Toen ik vanmorgen op het punt stond naar school te gaan, zag ik Suze de nieuwe etalage in kijken, met haar neus tegen het glas gedrukt. Ze rende weg zodra ze me zag – we praten momenteel niet echt met elkaar – maar even voelde ik me zo rot dat ik op een van de oude leunstoelen moest gaan zitten die Zozie ergens op de kop heeft getikt, en stelde ik me voor dat Pantoufle naar me zat te luisteren, terwijl zijn zwarte oogjes glansden in het kopje met de snorharen.

Weet je, het is niet dat ik haar nou zo graag mag, maar ze was zo aardig toen ik net op school zat. Ze kwam vaak naar de chocolaterie om wat te praten of tv te kijken of naar de Place du Tertre te gaan om naar de kunstschilders te kijken, en op een keer kocht ze een roze emaillen hangertje voor me bij een van de kraampjes daar, een klein hondje waarop *Best friend* stond.

Het was maar een goedkoop ding, en ik houd helemaal niet van roze, maar ik had nog nooit een beste vriendin gehad, in ieder geval geen echte. Het was aardig, het gaf me een goed gevoel zoiets te hebben, ook al heb ik het al in geen tijden gedragen.

En toen kwam Chantal.

De volmaakte, populaire Chantal met haar volmaakte blonde haar en haar volmaakte kleren en haar neerbuigende gedrag. Nu wil Suze precies zoals zij zijn en ben ik een vervangster voor de keren dat Chantal iets beters te doen heeft, of, wat vaker het geval is, ben ik gewoon een handig mikpunt voor haar spot.

Het is niet eerlijk. Wie bepaalt die dingen? Wie heeft bedacht dat Chantal de populairste moet zijn, ook al heeft ze nog nooit een vinger voor iemand uitgestoken, of zich om iemand anders druk gemaakt dan om zichzelf? Wat maakt Jean-Loup Rimbault populairder dan Claude Meunier? En hoe zit dat met de anderen? Mathilde Chagrin, of die meisjes met hun zwarte hoofddoekjes? Waarom vindt iedereen hen raar? En hoe zit dat met mij?

Ik sprak met mijn schaduwstem en had niet gemerkt dat Zozie binnenkwam. Ze kan soms namelijk heel stil doen, nog stiller dan ik, en dat was vreemd omdat ze vandaag van die klepperdingen met houten zolen droeg waarmee je wel lawaai móét maken. Maar deze waren wel paarsroze, zodat ze helemaal te gek waren.

'Met wie zat jij te praten?'

Ik had me niet gerealiseerd dat ik het hardop had gezegd.

'Met niemand. Mezelf.'

'O, dat kan geen kwaad.'

'Ik denk het niet, nee.' Ik voelde me toch niet helemaal op mijn gemak; ik was me er heel erg van bewust dat Pantoufle meekeek. Hij was vandaag juist heel erg echt; zijn gestreepte neus ging op en neer, als die van een echt konijn. Ik zie hem duidelijker wanneer ik van streek ben. Een reden om niet in mezelf te praten. Bovendien zegt maman altijd dat het belangrijk is dat je het verschil weet tussen dingen die echt zijn en dingen die niet echt zijn. Wanneer je niet het verschil weet kan er iets toevalligs gebeuren.

Zozie glimlachte en maakte een handgebaar, een beetje als het teken voor 'oké', met haar duim en wijsvinger in een rondje. Ze keek me door dat rondje aan, en toen liet ze haar hand weer zakken.

'Weet je, ik praatte als kind ook veel in mezelf. Of nee, eigenlijk met een onzichtbare vriendin. Ik praatte de hele tijd met haar.'

Ik weet niet waarom ik zo verbaasd was. 'Jij?'

'Ze heette Mindy,' zei Zozie. 'Mijn moeder zei dat ze mijn gids was. Maar mijn moeder geloofde natuurlijk in al die dingen. Ze geloofde zo ongeveer overál in: kristallen, dolfijnen, magie, ontvoeringen door buitenaardse wezens, de verschrikkelijke sneeuwman, noem maar op.' Ze grijnsde. 'Maar toch zijn er sommige dingen die wel werken, hè, Nanou?'

Ik wist niet wat ik daarop moest antwoorden. *Sommige dingen die wel werken.* Wat bedoelde ze daarmee? Het gaf me een onrustig gevoel, maar tegelijkertijd ook een beetje een gevoel van opwinding. Want dit was niet een samenloop van omstandigheden, of een ongelukje, zoals dat wat er in de Engelse tearoom gebeurd was. Zozie had het over échte magie en ze praatte er heel openhartig over, alsof het echt waar was en niet een kinderspelletje waarvoor ik te groot was geworden.

Zozie geloofde erin.

'Ik moet weg.' Ik pakte mijn tas en liep naar de deur.

'Je zegt dat zo vaak. Wat is het? Een kat?' Ze sloot één oog en keek weer naar me door dat rondje dat ze met haar duim en wijsvinger maakte.

'Ik weet niet waar je het over hebt,' zei ik.

'Klein ding, grote oren.'

Ik keek haar aan. Ze glimlachte nog steeds.

Ik wist dat ik er eigenlijk niet over moest praten. Als je erover praat, wordt het altijd erger, maar ik wilde tegen Zozie niet liegen. Zozie liegt ook nooit tegen mij.

Ik zuchtte. 'Het is een konijn. Hij heeft Pantoufle.'

'Cool,' zei Zozie.

En zo ging het.

3

Vrijdag 16 november

SLAG TWEE. IK BEN WÉÉR BINNEN. JE HOEFT ALLEEN MAAR EEN welgemikte klap uit te delen en de piñata begin te verzwakken en open te splijten. De moeder is de zwakke schakel, en nu Yanne aan mijn kant staat, volgt Annie even vanzelfsprekend als de zomer de lente volgt.

Dat heerlijke kind. Ze is zo jong, zo pienter. Ik zou met zo'n kind schitterende dingen kunnen doen, als haar moeder maar niet in de weg stond. Maar goed, één ding tegelijk. Het zou verkeerd zijn als ik mijn voordeel te snel uit wilde bouwen. Het kind is nog steeds op haar hoede, en ze kan zich nog altijd terugtrekken als ik te veel aandring. Dus wacht ik en werk ik door aan Yanne, en daar amuseer ik me eerlijk gezegd prima mee. Ze is een alleenstaande moeder die een zaak moet runnen en een jong kind aan haar rokken heeft, en ik zal dan ook onmisbaar voor haar worden, haar vertrouwelinge, haar vriendin, daar kun je van op aan. Ze heeft me nodig. Met haar eindeloze nieuwsgierigheid en haar neiging altijd op de verkeerde plaats te zijn, zal Rosette me alle excuses geven die ik nodig heb.

Rosette intrigeert me steeds meer. Ze is heel klein voor haar leeftijd en met dat puntige gezichtje en die wijd uiteenstaande ogen zou ze haast een soort kat kunnen zijn, zoals ze op handen en voeten over de grond scharrelt (een techniek die ze verkiest boven rechtop lopen), waarbij ze haar vingers in de gaten in de lambrisering steekt, de keukendeur steeds open- en dichtdoet, of met kleine voorwerpen lange, ingewikkelde patronen op de grond maakt. Ze moet constant in de gaten worden gehouden, want hoewel ze meestal heel lief is, schijnt ze geen gevoel voor gevaar te hebben, en wanneer ze boos wordt of gefrustreerd raakt, kan ze wel eens heftige (zij het meestal geluidloze) driftaanvallen krijgen, waarbij ze wild heen en weer zwaait, soms zo erg dat ze met haar hoofd tegen de grond slaat.

'Wat scheelt haar?' vroeg ik Annie.

Ze keek me behoedzaam aan, alsof ze inschatte of het veilig was het te vertellen. 'Dat weet eigenlijk niemand,' zei ze. 'Ze is wel eens bij een dokter geweest toen ze nog een baby'tje was en die zei dat het iets kon zijn wat het cri-du-chatsyndroom wordt genoemd, maar hij wist het niet zeker, en we zijn er nooit meer heen geweest.'

'Cri-du-chat?' Het klinkt als een middeleeuwse kwaal, als iets wat veroorzaakt wordt door kattengejank.

'Ze maakte een geluid precies als een kat. Ik noemde haar altijd de kattenbaby.' Ze lachte en keek snel, bijna schuldbewust, de andere kant op, alsof erover praten al gevaarlijk kon zijn. 'Maar het valt wel mee, hoor,' zei Annie. 'Ze is alleen maar een beetje anders.'

Anders. Weer dat woord. Net als 'ongelukje' lijkt het voor Annie een speciale klank te hebben en meer uit te drukken dan de alledaagse betekenis. Ze maakt gauw brokken, dat is waar, maar ik voel dat daar meer achter steekt dan dat ze verfwater in haar laarsjes gooit of boterhammen in de videorecorder stopt, of met haar vingers in de kaas prikt om gaatjes voor onzichtbare muizen te maken.

Wanneer zij in de buurt is gebeuren er ongelukjes. Zoals het Muranoschaaltje dat toch echt kapot was, hoewel ik daar nu niet meer zo zeker van ben. Of de lichten die soms aan en uit gaan, ook wanneer er niemand is. Het kán natuurlijk door de excentrieke bedrading in een heel oud huis komen. En ik kán me de rest verbeeld hebben. Maar ja, zoals mijn moeder al zei: met veronderstellingen maak je niet recht wat krom is, en ik heb niet zo de gewoonte me van alles en nog wat te verbeelden.

De afgelopen paar dagen zijn druk geweest. Er werd ijverig schoongemaakt, gereorganiseerd en voorraad besteld, en al Yannes koperen pannen en vormen en aardewerk moesten uit de opslag komen. Hoewel ze alles zorgvuldig had ingepakt, waren veel pannen aangetast en hier en daar groen uitgeslagen. Terwijl ik op de winkel lette, stond Yanne uren in de keuken te poetsen en schoon te maken totdat alles een beurt had gehad.

'Het is maar voor de grap,' zegt ze steeds, alsof ze zich een beetje schaamt voor het feit dat ze zo geniet, alsof het om een kinderlijke gewoonte gaat waar ze overheen gegroeid zou moeten zijn. 'Het is niet echt menens, hoor.'

Nou, voor zover ik kan zien is het zo menens als maar kan. Er zijn maar weinig grappen die zo nauwgezet worden voorbereid.

Ze koopt alleen de beste couverture, van een fairtrade-leverancier ergens in de buurt van Marseille, en ze betaalt het allemaal contant. Een dozijn blokken van elke soort om mee te beginnen, zegt ze, maar ik zie aan haar gretige reactie al dat een dozijn blokken nooit genoeg kan zijn. Ze maakte vroeger alles in de winkel zelf, heeft ze me verteld, en hoewel ik moet toegeven dat ik het eerst niet geloofde, zie ik aan de verve waarmee ze zich opnieuw op het vak heeft gestort dat ze niet heeft overdreven.

Ze doet alles heel handig en het is bijzonder therapeutisch om het proces gade te slaan. Eerst komt het smelten en tempereren van de grondstof, de couverture. Dat proces zorgt ervoor dat de couverture zijn kristallijne structuur verliest en de glanzende, hanteerbare vorm krijgt die nodig is voor het maken van chocoladetruffels. Ze doet dit alles op een granieten plaat, waarop ze de gesmolten chocola in een zijdeachtig glanzende laag uitspreidt, die ze met een spatel weer naar zich toe werkt. Dan gaat het opnieuw het warme koper in en herhaalt het procedé zich totdat het volgens haar klaar is.

Ze gebruikt zelden de suikerthermometer. Ze maakt al zo lang chocola, zegt ze, dat ze gewoon aanvoelt wanneer de juiste temperatuur is bereikt. Ik geloof haar. In de afgelopen drie dagen waarin ik haar heb gadegeslagen, heeft ze beslist nog nooit een minder dan vlekkeloze partij gemaakt. In die dagen heb ik geleerd met een kritisch oog te observeren en te kijken of er strepen in het afgewerkte product zitten, of er een onappetijtelijke witte aanslag op zit die op niet juist getempereerde chocola duidt en te letten op de mooie glans en het knapperige geluid dat wijst op werk van goede kwaliteit.

Truffels zijn volgens haar het eenvoudigst te maken. Annie kon ze al maken toen ze vier was, en nu is Rosette aan de beurt om het te proberen. Ze rolt de truffelballen plechtig over het met cacao bestoven bakblik; haar gezichtje zit onder de vegen, als een chocoladewasbeertje met glinsterende oogjes.

Voor het eerst hoor ik Yanne hard lachen.

O, Yanne. Wat een zwakte toch.

Ondertussen pas ik een paar trucjes van eigen makelij toe. Het is in mijn belang dat deze winkel goed loopt, en ik heb erg mijn best gedaan om hem aantrekkelijker te maken. Met het oog op Yannes occulte gaven ben ik discreet te werk gegaan, maar de symbolen van Cinteotl, de Maïskolf, en de Cacaoboon van Dame Bloedmaan, die ik onder de dorpel van de ingang heb gekrast en in de stoep heb ingebed, moeten ervoor zorgen dat ons bedrijfje goed loopt.

Ik ken hun voorkeuren, Vianne. Ik kan ze aan hun kleuren af- lezen. Ook weet ik dat het meisje van de bloemenzaak bang is, dat de vrouw met het hondje zichzelf verwijten maakt en dat de dikke jongeman die aan één stuk doorpraat voor zijn vijfendertigste dood zal zijn als hij niet een poging doet om af te vallen.

Het is een gave, weet je. Ik zie wat ze nodig hebben. Ik zie wat ze vrezen. Ik kan hen laten dansen.

Als mijn moeder hetzelfde had gedaan, zou ze nooit zo'n moei- zaam bestaan hebben gehad. Ze had echter geen vertrouwen in mijn praktische magie. Ze vond die een vorm van ingrijpen, en ze zinspeelde erop dat een dergelijk misbruik van mijn vaardigheden op zijn best zelfzuchtig was en op zijn slechtst gedoemd was over ons beiden een vreselijke vergelding af te roepen.

'Denk maar aan het credo van de dolfijnensekte,' zei ze. 'Als je niet ingrijpt, gaat de Weg ook niet verloren.' Het dolfijnencredo barstte natuurlijk van dit soort sentiment, maar inmiddels was ik met mijn eigen systeem al een aardig eind op weg, en ik had allang niet alleen vastgesteld dat de dolfijnenweg niets voor mij was, maar ook dat ik een geboren bemoeial was.

De vraag is natuurlijk waar ik moet beginnen. Bij Yanne of bij Annie? Laurent Pinson of madame Pinot? Er zijn hier zo veel le- vens die vervlochten zijn, en allemaal hebben ze hun geheimen, dromen, ambities, verborgen twijfels, duistere gedachten, vergeten hartstochten en onuitgesproken verlangens. Al die levens liggen zó voor het grijpen. Iemand als ik kan er zó van proeven.

Het meisje van de bloemist kwam vanmorgen binnen. 'Ik zag de etalage,' fluisterde ze. 'Hij ziet er zo leuk uit. Ik moest gewoon even binnenkomen.'

'Alice heet je geloof ik, hè?' zei ik.

Alice, zo weten we, is pijnlijk verlegen. Haar stem is een fluiste- ring, haar haar een lijkwade. Haar met oogpotlood omringde ogen, die best mooi zijn, kijken onder een massa witgebleekte ponyharen door, en haar armen en benen steken onhandig uit een blauwe jurk die ooit van een kind van tien kan zijn geweest.

Ze heeft laarzen aan met enorm dikke zolen, die er veel te zwaar uitzien voor haar stakerige beentjes. Haar lievelingschocola is melkchocoladecaramel, hoewel ze altijd vierkante bittere chocolatjes neemt, omdat die vijftig procent minder calorieën bevatten. Haar kleuren zijn overtrokken met angstgevoelens.

'Er ruikt hier iets heel lekker,' zei ze, de geur opsnuivend.

'Yanne maakt chocoladetruffels,' zei ik tegen haar.

'Máákt ze ze? Kan ze dat dan?'

Ik zette haar in de oude leunstoel die ik in een afvalcontainer in de Rue de Clichy had gevonden. Hij is sjofel, maar zit heel lekker, en ik ben van plan om er in de komende paar dagen iets van te maken, net als van de winkel.

'Proef er een,' zei ik. 'Hij is gratis.'

Haar ogen glansden. 'Dat mag ik eigenlijk niet, hoor.'

'Dan snijd ik er eentje in tweeën en delen we hem,' zei ik, terwijl ik op de leuning van de stoel ging zitten. Snel kraste ik er met mijn nagel het verleidingsteken van de Cacaoboon in. Het kostte me niet veel moeite haar door de Rokende Spiegel gade te slaan terwijl ze als een klein vogeltje van haar truffel snoepte.

Ik ken haar goed. Ik heb haar al eerder gezien. Een angstig kind, altijd beseffend dat ze niet goed genoeg is, dat ze niet helemaal als de anderen is. Haar ouders zijn beste mensen, maar ze zijn ambitieus, veeleisend; ze maken haar duidelijk dat mislukken geen optie is, dat voor hen en hun kleine meid niets goed genoeg is. Op een dag slaat ze het avondeten over. Dat geeft haar een goed gevoel – op de een of andere manier is ze lichter, leger, bevrijd van haar angsten. Ze slaat het ontbijt over, duizelig van het nieuwe, opwindende gevoel alles in de hand te hebben. Ze test zichzelf en constateert dat ze niet goed genoeg is. Ze beloont zichzelf voor het feit dat ze zich zo goed gedraagt. En daar zit ze nu, *zo'n lief kind, ze doet zo haar best*, maar met haar drieëntwintig jaar ziet ze er nog steeds uit als een meisje van dertien, en is ze nog steeds niet goed genoeg, heeft ze het nog steeds niet voor elkaar.

Ze at het laatste stukje truffel op. 'Mmmm,' zei ze.

Ik zorgde ervoor dat ze mij er ook een zag eten.

'Het is zeker moeilijk, hier werken.'

'Moeilijk?'

'Ik bedoel: gevaarlijk.' Ze bloosde licht. 'Ik weet dat dat stom klinkt, maar zo zou ik het voelen. De hele dag naar die chocola moeten kijken, chocola vast moeten pakken, en altijd maar die geur van chocola...' Ze werd wat minder verlegen. 'Hoe doe je dat? Hoe komt het dat je niet de hele dag chocola eet?'

Ik grijnsde. 'Waarom denk je dat ik dat niet doe?'

'Je bent slank,' zei Alice. In feite kon ik met gemak twintig kilo aan haar kwijt.

Ik lachte. 'Verboden vruchten,' zei ik. 'Veel verleidelijker dan de gewone. Hier, neem er nog een.'

Ze schudde haar hoofd.

'Chocola,' zei ik. '*Theobroma cacao*, het godenvoedsel. Gemaakt van pure gemalen cacaobonen, chilipeper, kaneel en net genoeg suiker om de bitterheid weg te nemen. Zo maakten de Maya's het vroeger, ruim tweeduizend jaar geleden. Ze gebruikten het in ceremonieën om zichzelf moed te geven. Ze gaven het aan de mensen die ze gingen offeren vlak voor ze hun hart uitrukten. En ze gebruikten het in orgieën die uren duurden.'

Ze staarde me met grote ogen aan.

'Je ziet dus: het kán gevaarlijk zijn.' Ik glimlachte. 'Je kunt er maar beter niet te veel van nemen.'

Ik glimlachte nog steeds toen ze met een doos met twaalf truffels in haar hand de winkel verliet.

Ondertussen, uit een ander leven...

Françoise Lavery heeft de krant gehaald. Ik schijn het bij het verkeerde eind te hebben gehad waar het de camerabeelden van de bank betreft, want de politie heeft een vrij goed stel foto's van mijn laatste bezoek en de een of andere collega heeft Françoise herkend. Natuurlijk heeft nader onderzoek uitgewezen dat er geen Françoise is geweest en dat haar verhaal van A tot Z gelogen is. De gevolgen zijn enigszins voorspelbaar. In de avondkrant verscheen een nogal grofkorrelige personeelsfoto van de verdachte, gevolgd door diverse redactionele stukken die suggereerden dat ze meer sinistere motieven kon hebben gehad dan geld alleen. Het was zelfs mogelijk, schreef de *Paris-Soir* handenwrijvend, dat ze seksmisdrijven pleegde en het op jonge jongens voorzien had.

Echt niet, zou Annie zeggen. Maar toch levert het een vette kop op, en ik verwacht de foto nog een aantal malen te zullen zien voordat de nieuwswaarde afneemt. Niet dat ik er last van heb. Niemand zal in dat grijze muisje Zozie de l'Alba zien. In feite zal het de meeste van mijn collega's de grootste moeite hebben gekost Françoise zelf te zien. Toverglans kun je immers niet goed op celluloid overbrengen, wat de reden is waarom ik me nooit aan een filmcarrière heb gewaagd, en de foto lijkt minder op Françoise en meer op een meisje dat ik eens gekend heb, het meisje dat altijd de pineut was in St.- Michael's-on-the-Green.

Ik denk nu niet zo vaak meer aan dat meisje. Arm kind, met haar lelijke huid en haar rare moeder met die veren in het haar. Ze had geen schijn van kans.

Of ja, ze had dezelfde kans die iedereen heeft: de kans die je toegemeten wordt op de dag van je geboorte, de énige kans. En sommigen blijven hun hele leven smoezen verzinnen en de kaarten de schuld geven en wensen dat ze betere hadden gehad, en anderen doen het gewoon met de kaarten die ze krijgen en verhogen de inzet en gebruiken alle mogelijke trucs en spelen vals waar ze maar kunnen.

En winnen en winnen. En daar gaat het maar om. Ik win graag. Ik ben een heel goede speler.

De vraag is: Waar moet ik beginnen? Annie zou wel wat hulp kunnen gebruiken, iets om haar zelfvertrouwen te vergroten, om haar op het juiste pad te brengen.

De namen en symbolen van Eén Jaguar en Konijnmaan, met markeerstift geschreven op de onderkant van haar schooltas, zouden iets moeten doen voor haar sociale vaardigheden, maar ik denk dat ze nog wel wat meer nodig heeft. Dus geef ik haar de Hurakan, of orkaan, de Wraakzuchtige, als compensatie voor alle keren dat ze de pineut is geweest.

Niet dat Annie het daarmee eens zou zijn, natuurlijk. Er zit in het kind een betreurenswaardig gebrek aan boosaardigheid. Het enige wat ze eigenlijk wil is dat iedereen goed met elkaar op kan schieten. Ik weet echter zeker dat ik haar daarvan kan genezen. Wraak werkt verslavend en wanneer je er eenmaal van geproefd hebt, vergeet je die zelden meer. Ik kan het weten.

Nu is wensen vervullen niet mijn vak. In het spel dat ik speel, moet iedere heks voor zichzelf zorgen. Maar Annie is een echte zeldzaamheid, een plant die, als je hem vertroetelt, spectaculair kan gaan bloeien. In ieder geval is er in mijn vak bijster weinig gelegenheid om creatief te zijn. De meeste gevallen zijn gemakkelijk te kraken, je hoeft geen vakwerk te leveren als je het ook afkan met een beetje magie.

En daar komt nog bij dat ik voor de verandering eens met iemand mee kan voelen. Ik weet nog hoe het was om iedere dag het mikpunt van spot te zijn. Ik herinner me nog hoe goed het voelde toen ik de rekening vereffende.

Dit wordt leuk.

4

Zaterdag 17 november

DE DIKKE JONGEMAN DIE MAAR DOORKLETST, HEET NICO. DAT VER-telde hij me vanmiddag toen hij binnenkwam om een onderzoek in te stellen. Yanne had net een hoeveelheid kokostruffels gemaakt en de hele winkel rook ernaar; die molmachtige, gronderige geur die je bij de keel grijpt. Ik heb geloof ik gezegd dat ik niet van chocola houd, maar toch werkt die geur, die zo op de geur van de wierook in mijn moeders winkel lijkt, zoet en vol en verontrustend, als een drug. Hij maakt me roekeloos, impulsief, en ik krijg zin me overal mee te bemoeien.

'Hé, dame. Wat een mooie schoenen. Geweldig. Fantastisch.' Dat is dikke Nico, een man van in de twintig, zou ik zo op het oog zeggen, maar hij weegt wel honderdveertig kilo, en hij heeft krullend haar tot op zijn schouders en een pafferig, samengeknepen gezicht, als dat van een reusachtige baby die constant op het punt staat in lachen of in huilen uit te barsten.

'Dankjewel,' zei ik. Het zijn ook mijn lievelingsschoenen: pumps met hoge hakken uit de jaren vijftig van verbleekt groen fluweel, met linten en kristallen gespen op de neus.

Je kunt iemand vaak duiden aan de hand van zijn schoenen. Die van hem hadden twee kleuren: zwart en wit. Goede schoenen, maar bij de hiel afgetrapt, als pantoffels, alsof hij niet de moeite nam ze goed aan te doen. Woont nog thuis, schat ik, typisch een moederskindje. Rebelleert in stilte door middel van zijn schoenen.

'Wat ruikt daar zo?' Eindelijk had hij de geur opgevangen; zijn dikke gezicht keerde zich naar de bron. In de keuken achter me stond Yanne te zingen. Een ritmisch geluid, alsof er met een houten lepel tegen een pan werd geslagen, deed vermoeden dat Rosette meedeed. 'Geurt alsof iemand aan het koken is. Wijs me de weg, schoenendame! Wat staat er op het menu?'

'Kokostruffels,' zei ik glimlachend.

Nog geen minuut later had hij de hele partij gekocht.

O, ik maak mezelf niet wijs dat het deze keer door mij kwam. Zijn type is absurd gemakkelijk te verleiden, een kind had het gekund. Hij betaalde met Carte Bleue, zodat het een fluitje van een cent was om zijn nummer te weten te komen (ik moet per slot van rekening geoefend blijven), hoewel ik niet van plan ben het al te gebruiken. Zo'n duidelijk spoor zou naar de chocolaterie kunnen leiden en ik geniet nog te veel om mijn positie nu al in gevaar te brengen. Later misschien. Wanneer ik weet waarom ik hier ben.

Nico is niet de enige die gemerkt heeft dat er iets veranderd is. Vanmorgen nog verkocht ik het verbijsterende aantal van acht dozen met Yannes speciale truffels; een paar aan vaste klanten en een paar aan onbekenden die binnengelokt werden door die gronderige, verleidelijke geur.

's Middags kwam Thierry le Tresset. Kasjmieren jas, donker pak, roze zijden das en handgemaakte leren schoenen met sierstiksel. Mmm, ik ben dol op handgemaakte schoenen; ze glanzen als de flank van een goedverzorgd paard en iedere volmaakte steek schreeuwt het uit dat de eigenaar geld heeft. Misschien is het verkeerd dat ik Thierry veronachtzaamd heb. Hij mag dan intellectueel gezien niets bijzonders zijn, een man met geld is altijd een tweede blik waard.

Hij trof Yanne in de keuken, met Rosette, die zich allebei te barsten lachten. Hij leek een beetje ontstemd over het feit dat ze moest werken – hij was vandaag speciaal uit Londen gekomen om haar te zien – maar hij sprak toch af na vijven terug te komen.

'Maar waarom heb je niets met je telefoon gedaan?' hoorde ik hem in de opening van de keukendeur zeggen.

'Sorry,' zei Yanne (half lachend, leek het). 'Ik weet niet zo veel van die dingen af. Ik heb hem denk ik niet aan gezet. Maar bovendien, Thierry –'

'God helpe ons,' zei hij. 'Ik ga met een holbewoonster trouwen.'

Ze moest lachen. 'Noem me maar een technofoob.'

'Hoe kan ik je überhaupt iets noemen als je de telefoon niet aanneemt?'

Daarna liet hij Yanne met Rosette alleen en kwam hij de winkel in om een praatje met mij te maken. Hij wantrouwt me, weet ik. Ik ben zijn type niet. Hij beschouwt me misschien zelfs als een slechte invloed. En net als de meeste andere mannen, ziet hij alleen wat het meest in het oog springt: het roze haar, de excentrieke schoenen, het vaag bohémienachtige uiterlijk dat ik zo moeizaam heb gecultiveerd.

'Je helpt Yanne. Dat is aardig,' zei hij. Hij glimlachte – hij is echt heel charmant – maar ik zag aan zijn kleuren dat hij op zijn hoede was. 'Hoe zit het dan met Le P'tit Pinson?'

'O, daar werk ik 's avonds nog,' zei ik. 'Laurent heeft me niet de hele dag nodig, en hij is ook niet echt een makkelijke baas.'

'En Yanne wel?'

Ik keek hem lachend aan. 'Laten we zeggen dat Yanne... haar handen thuis kan houden.'

Hij keek geschrokken, en dat was maar goed ook. 'O, sorry, ik dacht –'

'Ik weet wat je dacht. Ik weet dat ik niet in het plaatje lijk te passen. Maar echt, ik probeer Yanne alleen maar te helpen. Ze verdient het om eens even op adem te kunnen komen, vind je ook niet?'

Hij knikte.

'Kom op, Thierry. Ik weet wat je nodig hebt. Een *café-crème* met een melkchocolaatje.'

Hij grijnsde. 'Je weet wat ik lekker vind.'

'Natuurlijk,' zei ik. 'Daar heb ik gevoel voor.'

Daarna kwam, volgens Yanne voor het eerst in drie jaar, Laurent Pinson: stijfjes, alsof hij naar de kerk ging, en heel erg opgeprikt met zijn goedkope en glanzende bruine schoenen. Hij stond belachelijk lang te kuchen en zijn keel te schrapen, waarbij hij af en toe over de glazen toonbank heen een afgunstige blik op me wierp, en daarna koos hij de goedkoopste chocola die hij kon vinden en vroeg hij me die in te pakken als cadeautje.

Ik ging op mijn dooie gemak aan de slag met schaar en touw. Ik streek het lichtblauwe vloeipapier met mijn vingertoppen glad en maakte het geheel af met een dubbele strik van zilverkleurig lint en een papieren roos.

'Iemand jarig?' vroeg ik.

Laurent liet zijn gebruikelijke gebrom – *mweh!* – horen en viste het bedrag aan kleingeld uit zijn portemonnee. Hij heeft nog niet met me gesproken over mijn desertie, hoewel ik weet dat hij het me kwalijk neemt, en hij bedankte me overdreven beleefd toen ik hem de doos overhandigde.

Ik twijfel niet aan de bedoeling van Laurents plotselinge belangstelling voor geschenkdozen met chocola. Hij bedoelt het als een uitdagend gebaar waarmee hij aan wil geven dat er in Laurent Pinson meer schuilt dan je op het eerste oog zou zeggen, en waarmee hij me wil waarschuwen dat als ik zo dom ben niet op zijn avances in te gaan, iemand anders er profijt van zal trekken.

Dat moet die iemand dan maar doen. Ik schonk hem bij het weggaan een opgewekte glimlach en het spiraalvormige teken van de Hurakan dat ik met mijn puntige nagel op het deksel van zijn chocoladedoos had gekrast. Het is niet zo dat ik Laurent slecht gezind ben, maar ik moet toegeven dat ik er niet om zou rouwen als zijn café door de bliksem werd getroffen of als een klant voedselvergiftiging kreeg en de eigenaar aanklaagde. Maar ik heb op dit moment gewoon niet de tijd om subtiel met hem om te springen en bovendien is het laatste waar ik behoefte aan heb, achterna en voor de voeten te worden gelopen door een zestigjarige die het in zijn bol geslagen is.

Toen hij vertrok, keerde ik me om, en zag ik Yanne staan kijken.

'Laurent Pinson koopt chocola?'

Ik grijnsde. 'Ik zei je toch dat hij verkikkerd op me is?'

Ze moest lachen, maar keek toen beteuterd. Rosette gluurde achter haar knie vandaan; ze had in haar ene hand een pollepel en in haar andere hand iets gesmoltens. Ze maakte met haar chocoladevingers een gebaar.

Yanne overhandigde haar een kokosmakron.

'De zelfgemaakte chocola is helemaal uitverkocht,' zei ik.

'Ik weet het.' Ze grijnsde. 'Nu zal ik wel nieuwe moeten maken.'

'Ik zal je helpen, als je dat wilt. Dan heb jij even rust.'

Ze zweeg even. Ze leek erover na te denken, alsof het om meer ging dan gewoon chocolade maken.

'Ik zweer je dat ik een snelle leerling ben.'

Natuurlijk ben ik dat. Dat heb ik wel moeten zijn. Wanneer je een moeder als de mijne hebt gehad, leer je snel, want anders red je het niet. Een school in hartje Londen die zich net ontworsteld had aan de puinhopen van het middenschoolsysteem en waar het stikte van de zware jongens, immigranten en verdoemden was mijn oefenterrein geweest, en ik moet zeggen: ik leerde snel.

Mijn moeder had geprobeerd me thuis les te geven. Toen ik tien was, kon ik lezen, schrijven en de dubbele lotus doen. Maar tegen die tijd ging de Sociale Dienst zich ermee bemoeien; ze wezen mijn moeder erop dat ze niet de juiste diploma's had, en ik werd naar St.-Michael's-on-the-Green gestuurd, een hellepoel van ruwweg tweeduizend zielen, die me in *no time* met huid en haar verzwolg.

Mijn systeem stond toen nog in de kinderschoenen. Ik was weerloos. Ik droeg een groene fluwelen tuinbroek met dolfijnappliques op de zakken, en een turkooizen bandana om mijn chakra's in evenwicht te brengen. Mijn moeder haalde me op bij het schoolhek. Op de eerste dag verzamelde zich een kleine menigte om toe te kijken, op de tweede werd er een steen gegooid.

Het is moeilijk om je zoiets nu nog voor te stellen, maar het gebeurt, en om veel onbenulligere redenen. Het is hier gebeurd, op Annies school, en dan ging het hooguit om een paar hoofddoekjes. Wilde vogels doden exotische exemplaren: de parkieten en de dwergpapegaaien en de gele kanaries die uit hun kooi ontsnappen in de hoop ook een stukje hemel te kunnen veroveren, eindigen meestal op de grond, doodgepikt door hun meer conformistische verwanten.

Het was onvermijdelijk. Het eerste halfjaar huilde ik mezelf in slaap. Ik smeekte mijn moeder me naar een andere school te sturen. Ik liep weg, ik werd teruggebracht; ik bad vurig tot Jezus, Osiris en Quetzalcoatl om me te redden van de duivels van St.-Michael's-on-the-Green.

Het zal je niet verbazen dat niets werkte. Ik probeerde me aan te passen: ik verwisselde mijn tuinbroek voor een spijkerbroek en een T-shirt, ging roken, deed mee met de rest, maar het was al te laat. De norm stond al vast. Iedere school heeft zijn buitenbeentje nodig en de vijf daaropvolgende jaren was ik dat.

Toen had ik iemand als Zozie de l'Alba goed kunnen gebruiken. Wat had ik aan mijn moeder, die tweederangs, naar patchoeli geurende would-be heks, met al haar kristallen en dromenvangers en gladde praatjes over karma? Ik gaf niks om karmische vergelding, ik wilde échte vergelding. Ik wilde dat mijn kwelgeesten werden neergeslagen, niet later, niet in een toekomstig leven, maar in het heden. Ik wilde dat ze nú met gelijke munt en in bloed werden terugbetaald.

En dus studeerde ik, studeerde ik hard. Ik stelde mijn eigen lespakket samen uit de boeken en pamfletten in mijn moeders winkel. Het resultaat was mijn systeem, waarvan elk onderdeel gescherpt en verfijnd en opgeslagen en geoefend was met slechts één doel voor ogen.

Wraak.

Ik neem aan dat je je de zaak niet meer herinnert. Hij haalde destijds het nieuws, maar er zijn tegenwoordig veel verhalen die erop lijken. Verhalen over eeuwige verliezers die, gewapend met machinegeweren en kruisbogen, zich schietend een plaats veroveren in de middelbareschoollegendes door bloederig, triomfantelijk en suïcidaal toe te slaan.

Zo was ik natuurlijk helemaal niet. Butch en Sundance waren geen helden voor mij. Ik was een volhouder, een gehavende veteraan die vijf jaar lang gepest, uitgescholden, gestompt, gemept, beschimpt en geknepen was; bij wie vernielingen waren aangericht en van wie dingen waren gepikt; degene die het voorwerp was van veel hatelijke graffiti in de kluisjesruimte en altijd en overal het mikpunt.

Kortom: ik was de eeuwige pineut.

Maar ik wist dat mijn tijd nog wel kwam. Ik studeerde en leerde. Mijn lespakket was onorthodox, misschien volgens sommigen profaan, maar ik was altijd de beste van de klas. Mijn moeder wist weinig van mijn research af. Als ze ervan had geweten, zou ze ontzet zijn geweest. Interventiemagie, zoals zij dat placht te noemen, ging lijnrecht tegen haar geloof in, en ze hield er een aantal eigenaardige theorieën op na, die kosmische vergelding voorspelden voor diegenen die uit eigenbelang durfden te handelen.

Tja, en ik durfde het. En toen ik er eindelijk aan toe was, raasde ik als een decemberstorm door St.-Michael's-on-the-Green. Mijn moeder had nog niet de hélft door, en dat was waarschijnlijk maar goed ook, want ze zou het zeker hebben afgekeurd. Ik had het echter voor elkaar. Ik was nog maar net zestien en ik had al het enige examen afgelegd dat ertoe deed.

Annie heeft natuurlijk nog een lange weg te gaan, maar mettertijd hoop ik iets bijzonders van haar te kunnen maken.

Goed, Annie. Wraak, dus!

5

Maandag 19 november

VANDAAG KWAM SUZE NAAR SCHOOL MET EEN SJAALTJE OM HAAR hoofd.

Kennelijk heeft de kapster haar in plaats van coupe soleil haaruitval gegeven, want het liet met hele plukken tegelijk los. Volgens de kapster is het een reactie op de peroxide. Suze had tegen haar gezegd dat ze er al eens eerder mee was behandeld, maar dat was gelogen, en nu zegt de kapster dat het niet háár schuld is en dat Suzannes haar al beschadigd was door al het ontkroezen, en dat als Suzanne meteen de waarheid had gezegd, ze een ander middel had gebruikt en dat er dan niets was gebeurd.

Suzanne zegt dat haar moeder het bedrijf gaat aanklagen voor emotionele schade.

Ik vind het schitterend.

Ik weet dat ik dat niet moet vinden, want Suzanne is mijn vriendin. Alhoewel, misschien toch ook niet helemaal. Een vriendin komt voor je op wanneer je problemen hebt, en doet nooit mee wanneer anderen gemeen doen. Vrienden zetten zich altijd voor je in, zegt Zozie. Met echte vrienden ben je nooit de pineut.

Ik praat de laatste tijd veel met Zozie. Ze weet hoe het is om zo oud te zijn als ik en anders te zijn. Haar moeder had een winkel, zegt ze. Sommige mensen vonden die maar niks en op een keer probeerde iemand er zelfs brand te stichten.

'Een beetje zoals ons ooit is overkomen,' zei ik, en toen moest ik haar ook de rest vertellen, over hoe we aan het begin van de vastentijd in het dorp Lansquenet-sous-Tannes verzeild raakten en er onze chocoladewinkel begonnen vlak voor de kerk, en over de *curé* die ons haatte, en over al onze vrienden, en de rivierzigeuners en Roux, en over Armande die precies zo stierf als ze geleefd had, zonder spijt en zonder afscheid te nemen, en met de smaak van chocola in haar mond.

Ik denk dat ik het haar eigenlijk niet had mogen vertellen, maar het is heel moeilijk om dat niet te doen bij Zozie. En bovendien werkt ze voor ons. Ze staat aan onze kant. Ze begrijpt het.

'Ik had een hekel aan school,' zei ze gisteren tegen me. 'Ik had een hekel aan de kinderen en ook aan de leraren. Al die mensen die me maar een rare vonden en die niet bij me wilden zitten vanwege de kruiden en spullen die mijn moeder altijd in mijn zakken stopte. Asafoetida – echt, dát stinkt! – en patchoeli, omdat dat spiritueel zou zijn, en drakenbloed, dat óveral op komt en rode vlekken geeft. En daarom lachten de andere kinderen me altijd uit, en dan zeiden ze dat ik neten had en dat ik stonk. En zelfs de leraren gingen mee-doen, en één vrouw, mevrouw Fuller heette ze, las me de les over persoonlijke hygiëne.'

'Wat gemeen!'

Ze grijnsde. 'Ik heb het ze betaald gezet!'

'Hoe dan?'

'Misschien vertel ik je dat wel eens een andere keer. Maar waar het om gaat, Nanou, is dat ik heel lang gedacht heb dat het mijn schuld was. Dat ik echt een rare was en dat het nooit wat zou wor-den met mij.'

'Maar je bent zo slim, en bovendien ben je hartstikke mooi.'

'Ik voelde me toen niet zo slim of mooi. Ik voelde me nooit goed genoeg, of schoon genoeg, of aardig genoeg voor hen. Ik nam nooit de moeite me in te spannen. Ik ging er gewoon vanuit dat iedereen beter was dan ik. Ik praatte de hele tijd met Mindy –'

'Je onzichtbare vriendin.'

'Ik werd natuurlijk ook uitgelachen. Maar toen maakte het al niet veel meer uit wat ik deed. Ze lachten hoe dan ook om me.'

Ze zweeg en ik keek haar aan en probeerde me haar in die tijd voor te stellen. Ik probeerde me haar voor te stellen zonder haar zelfverzekerdheid, haar schoonheid, haar stijl.

'Weet je wat het met schoonheid is?' zei Zozie. 'Schoonheid heeft eigenlijk weinig te maken met hoe je eruitziet. Het heeft niks te maken met de kleur van je haar, of je afmetingen of je figuur. Het heeft te maken met wat híér zit.' Ze tikte op haar hoofd. 'Het gaat erom hoe je loopt en praat en denkt, en of je zó loopt...'

En toen deed ze plotseling iets waar ik erg van schrok. *Ze ver-anderde van gezicht.* Niet dat ze een gezicht trok of zo, maar haar schouders zakten af en ze draaide haar ogen weg en ze liet haar mond afhangen en ze maakte van haar haar een slap soort gordijn, en toen was ze ineens iemand anders, iemand die Zozies kleren droeg en die niet echt lélijk was, maar wel iemand waar je geen tweemaal naar zou kijken, iemand die je zou vergeten zodra je haar niet meer zag.

'... of zó,' zei ze, en ze schudde haar haar en ging rechtop staan en was weer Zozie, de stralende Zozie met haar rammelende bedeltjes en haar zwart-gele boerenrok en haar haar met roze strepen erin en haar vrolijk gele lakleren schoenen met dikke zolen die bij een ander gek zouden hebben gestaan, maar die bij Zozie hartstikke gaaf waren, omdat ze Zozie was, en omdat alles bij haar gaaf is.

'Wow,' zei ik. 'Kun je mij dat ook leren?'

'Maar dat heb ik net gedaan,' zei ze lachend.

'Het leek wel... magie,' zei ik blozend.

'Ach, de meeste magie is ook heel simpel,' zei Zozie op zakelijke toon, en als een ander dat gezegd had, zou ik gedacht hebben dat ik in de maling werd genomen, maar bij Zozie dacht ik dat niet. Bij haar niet.

'Magie bestaat niet,' zei ik.

'Geef het dan maar een andere naam.' Ze haalde haar schouders op. 'Noem het een houding. Noem het charisma, of lef, of glamour, of charme. In wezen gaat het er alleen maar om of je rechtop staat, de mensen recht aankijkt, hen stralend toelacht en zegt: 'Bekijk het maar, ik ben helemaal te gek.'

Daar moest ik om lachen, niet alleen omdat Zozie het op die manier zei. 'Ik wou dat ik dat kon,' zei ik.

'Probeer het maar,' zei Zozie. 'Je zou nog wel eens verbaasd kun-nen staan.'

Natuurlijk bofte ik. Vandaag was een uitzonderlijke dag. Zelfs Zozie had dat niet kunnen weten. Ik voelde me op de een of andere manier anders, levendiger, alsof er een andere wind woei.

Ik begon met Zozies 'houding'. Ik had haar beloofd dat ik het zou proberen, en dat deed ik dus. Toen ik vanmorgen mijn haar had gewassen en wat rozengeur van Zozie op had gedaan, bekeek ik mezelf verlegen in de badkamerspiegel en oefende ik mijn uitda-gende glimlach.

Ik moet zeggen: het zag er niet slecht uit. Niet volmaakt, natuurlijk, maar echt, het voelt heel anders als je rechtop staat en die woorden zegt (ook al is het maar in gedachten).

Ik zag er ook anders uit: meer als Zozie, meer als iemand die in een Engelse tearoom zou kunnen zeggen wat ze denkt zonder zich ervoor te schamen.

Het is heus geen magie, zei ik met mijn schaduwstem tegen mezelf. Vanuit mijn ooghoek kon ik Pantoufle zien. Hij zag er een beetje afkeurend uit, vond ik, want zijn neus ging op en neer.

'Het is goed, Pantoufle,' zei ik zachtjes. 'Het is geen magie. Het mag.'

En dan hadden we nog Suze en het sjaaltje, natuurlijk. Ik heb gehoord dat ze het zal moeten dragen totdat haar haar aangroeit en dat bekomt Suzanne helemaal niet goed. Ze ziet eruit als een kwaaie bowlingbal. Verder zingt nu iedereen *'Allah Akhbar'* wanneer ze langsloopt, en daar moest Chantal om lachen, en toen was Suzanne boos, en nu hebben ze ruzie met elkaar. Dus toen bracht Chantal de hele lunchpauze door met haar andere vriendinnen en kwam Suze bij mij haar beklag doen en uithuilen op mijn schouder, maar ik voelde op dat moment niet zo met haar mee, en bovendien bevond ik me in het gezelschap van iemand anders.

En dat brengt me bij het derde punt.

Het gebeurde vanmorgen, tijdens de pauze. De anderen deden het spelletje met de tennisbal, behalve Jean-Loup Rimbault, die zoals gewoonlijk zat te lezen, en een paar eenlingen (voornamelijk moslimmeisjes), die nooit met iets meedoen.

Chantal stuiterde de bal naar Lucie en toen ik binnenkwam, riep ze: 'Annie is 'm!' Vervolgens begon iedereen te lachen en de bal door het lokaal naar elkaar te gooien en te roepen: 'Spring! Spring!'

Op een andere dag zou ik misschien hebben meegedaan. Het is tenslotte maar een spelletje, en het is beter hem te zijn dan helemaal overgeslagen te worden. Maar vandaag had ik geoefend met Zozies houding.

En ik dacht: Wat zou zij doen? En ik wist meteen dat Zozie nog liever doodging dan dat ze hem was.

Chantal riep nog steeds 'Spring, Annie, spring!' alsof ik een hondje was, en even keek ik alleen maar naar haar, alsof ik haar nog nooit goed gezien had.

Ik had haar namelijk altijd mooi gevonden. Dat zou ook moeten, want ze is altijd met haar uiterlijk bezig. Maar vandaag zag ik ook haar kleuren, en die van Suzanne, en het was al zo lang geleden dat ik die had gezien dat ik wel moest blijven kijken naar hoe lelijk, echt heel lelijk ze waren, van hen beiden.

De anderen moeten ook iets gezien hebben, want Suze liet de bal vallen en niemand raapte hem op. Ik voelde dat ze een cirkel vormden, alsof er een gevecht in de lucht hing, of alsof er iets extra speciaals te zien was.

Chantal vond het helemaal niet leuk dat ik zo staarde. 'Wat mankeert jou vandaag?' zei ze. 'Weet je niet dat het onbeleefd is om iemand zo aan te staren?'

Ik glimlachte alleen maar en bleef staren.

Achter haar zag ik Jean-Loup Rimbault opkijken van zijn boek. Mathilde keek ook, haar mond hing een beetje open, en Faridah en Sabine, die in een hoekje zaten, waren opgehouden met praten, en Claude glimlachte, een beetje maar, zoals je doet wanneer het regent en de zon onverwacht even tevoorschijn komt.

Chantal wierp me een van haar minachtende blikken toe. 'Sommigen van ons kunnen zich veroorloven een beetje te léven. Ik neem aan dat jij voor je eigen vermaak moet zorgen.'

Nou, ik weet wel wat Zozie daarop gezegd zou hebben. Maar ik ben Zozie niet, ik heb een hekel aan scènes. Eigenlijk wilde ik het liefst aan mijn tafel gaan zitten en me achter een boek verschuilen, maar ik had beloofd dat ik het zou proberen, en dus rechtte ik mijn rug, keek ik haar recht aan, en schonk ik hen allemaal mijn stralende glimlach.

'Bekijk het maar,' zei ik. 'Ik ben helemaal te gek.' En toen raapte ik de tennisbal op, die tussen mijn voeten terecht was gekomen, en liet ik hem – *pok!* – op Chantals hoofd stuiteren.

'Je bent 'm,' zei ik.

Ik liep naar achteren en bleef voor de tafel van Jean-Loup staan, die niet eens meer deed alsof hij las. Hij sloeg me verbaasd met halfopen mond gade.

'Zullen we iets gaan doen?' vroeg ik.

Ik ging hem voor.

We praatten een hele tijd. Het blijkt dat we veel dezelfde dingen leuk vinden: oude zwart-witfilms, fotograferen, Jules Verne, Chagall, Jeanne Moreau, het kerkhof...

Ik had hem altijd een beetje verwaand gevonden – hij speelt nooit met de anderen, misschien omdat hij een jaar ouder is, en hij neemt altijd foto's van rare dingen met dat kleine fototoestelletje van hem – en ik had hem alleen maar aangesproken omdat ik wist dat het Chantal en Suze zou ergeren.

Maar hij is eigenlijk wel aardig. Hij moest lachen om mijn verhaal over Suze met haar lijst, en toen ik hem vertelde waar ik woonde, zei hij: 'Woon je in een chocolaterÍe? Te gek zeg!'

Ik haalde mijn schouders op. 'Mwa, gaat wel.'

'Eet je veel chocola?'

'De hele tijd.'

Hij draaide met zijn ogen, waar ik om moest lachen. En toen...

'Wacht eens,' zei hij, en hij haalde zijn cameraatje tevoorschijn – zilverkleurig en niet veel groter dan een grote luciferdoos – en nam mij in het vizier. 'Je staat erop,' zei hij.

'Hé, hou daarmee op,' zei ik, me afwendend. Ik houd niet van foto's van mezelf.

Maar Jean-Loup keek naar het schermpje van het toestel. Hij grijnsde. 'Kijk.' Hij liet het me zien.

Ik zie niet vaak een foto van mezelf. De paar die ik heb, zijn formele, pasfoto's of zo, met een witte achtergrond en heel ernstig. Op deze lachte ik, en hij had de foto gek schuin genomen terwijl ik me net naar de camera draaide. Mijn haar was een wazige vlek en mijn gezicht heel helder.

Jean-Loup grijnsde. 'Nou, geef toe, zo slecht is hij niet.'

Ik haalde mijn schouders op. 'Gaat wel. Doe je het allang?'

'Sinds ik voor het eerst het ziekenhuis in moest. Ik heb drie toestellen. Mijn lievelingscamera is een oude Yashica waarbij je alles zelf moet instellen. Die gebruik ik alleen voor zwart-witfoto's. Maar de digitale is vrij goed, en die kan ik overal mee naartoe nemen.'

'Waarvoor lag je in het ziekenhuis?'

'Ik heb iets aan mijn hart,' zei hij. 'Daarom hebben ze me niet over laten gaan. Ik ben twee keer geopereerd en heb vier maanden school gemist. Het was waardeloos.' ('Waardeloos' is een van Jean-Loups lievelingswoorden.)

'Is het ernstig?' vroeg ik.

Jean-Loup haalde zijn schouders op. 'Ik ben zelfs even dood geweest. Op de operatietafel. Ik ben officieel negenenvijftig seconden dood geweest.'

'Wow!' zei ik. 'Heb je een litteken?'

'Een heleboel,' zei Jean-Loup. 'Ik ben zo ongeveer een kermisattractie.'

En voor ik het wist, praatten we ineens echt en had ik hem over mijn moeder en Thierry verteld en had hij me verteld dat zijn ouders waren gescheiden toen hij negen was en dat zijn vader vorig jaar was hertrouwd, en dat het hem niet kon schelen of ze aardig was of niet, omdat...

'... omdat je haar nog erger vindt wanneer ze aardig is,' maakte ik met een grijnzend gezicht de zin af, en toen moest hij lachen, en toen waren we ineens vrienden. Heel rustig, zonder veel omhaal, en op de een of andere manier deed het er niet meer toe dat Suze Chantal leuker vond dan mij, of dat ik hem altijd was wanneer we met de tennisbal speelden.

En toen ik op de schoolbus stond te wachten, stond ik met Jean-Loup vooraan in de rij, en Chantal en Suze, die in het midden stonden, keken heel kwaad, maar ze zeiden niks.

6

Maandag 19 november

ANOUK KWAM VANDAAG MET ONGEWOON VERENDE TRED UIT school. Ze trok haar speelkleding aan, kuste me voor het eerst sinds weken uitbundig en kondigde aan dat ze wegging met iemand van school.

Ik drong niet aan op details – Anouk is de laatste tijd zo slechtgehumeurd geweest dat ik haar optimisme niet wilde dempen – maar ik hield wel een oogje in het zeil. Ze heeft het sinds haar ruzie met Suzanne Prudhomme niet meer over vriendinnen gehad, en hoewel ik weet dat ik me niet moet bemoeien met iets wat waarschijnlijk niet meer is dan wat kinderachtig gekibbel, vind ik het heel triest als Anouk wordt buitengesloten.

Ik heb heel erg geprobeerd haar erbij te laten horen. Ik heb Suzanne talloze malen uitgenodigd en taart gebakken en hen samen naar de film laten gaan. Maar niets schijnt te werken; er is iets wat Anouk afzondert van de rest, een scheidslijn die met de dag opvallender lijkt te worden.

Vandaag was het op de een of andere manier anders, en toen ze ervandoor ging (op een holletje, zoals altijd), meende ik de oude Anouk te zien, zoals ze met haar rode jas over het plein rende, haar haar als een zeeroversvlag wapperend in de wind en haar schaduw achter haar aan huppelend.

Ik vraag me af wie die iemand is. In ieder geval niet Suzanne. Er hangt echter iets in de lucht, een nieuw optimisme dat mijn bezorgdheid overdreven doet lijken. Misschien komt het door de zon, die na een week van bewolkte luchten weer terug is. Misschien komt het door het feit dat we voor het eerst in drie jaar onze geschenkverpakkingen met bonbons tot de laatste doos hebben verkocht. Misschien komt het gewoon door de geur van chocola, en doordat het zo prettig is weer aan het werk te zijn, met de pannen en aardewerken vormen in de weer te zijn, het graniet onder mijn handen warm te voelen worden, die simpele dingen te maken die de mensen plezier schenken...

Waarom heb ik zo lang geaarzeld? Zou dat komen doordat het me nog te veel aan Lansquenet doet denken, aan Lansquenet en Roux, en aan Armande en Joséphine, en zelfs aan pastoor Francis Reynaud – al die mensen wier leven een andere wending namen omdat ik toevallig langskwam?

'Alles komt bij je terug,' zei mijn moeder altijd: ieder woord dat je zegt, iedere schaduw die je werpt, iedere voetafdruk in het zand. Je kunt er niets tegen doen, het hoort bij dat wat ons maakt wie we zijn. Waarom zou ik daar nu nog bang voor zijn? Waarom zou ik hier voor wat dan ook bang zijn?

We hebben de afgelopen drie jaar heel erg ons best gedaan. We hebben doorgezet. We hebben recht op succes. Ik denk dat ik nu eindelijk een verandering in de wind voel. En dat is helemaal ons eigen werk. Zonder trucs, zonder speciale glans, gewoon met onze blote handen.

Thierry zit van de week weer in Londen om toezicht te houden op het project in King's Cross. Vanmorgen stuurde hij weer bloemen: een bos gemengde rozen, met raffia bijeengebonden, en een kaartje erbij waarop stond: *Voor mijn lievelingstechnofoob – Liefs, Thierry*.

Het is een lief gebaar, ouderwets en een beetje kinderlijk, net als de melkchocolaatjes die hij zo lekker vindt. Het geeft me een licht schuldgevoel dat ik in de drukte van de afgelopen paar dagen nauwelijks aan hem gedacht heb, en dat zijn ring, die bij het chocola maken in de weg zit, al sinds zaterdagavond in een la ligt.

Maar het zal hem genoegen doen wanneer hij de winkel ziet en merkt hoeveel vooruitgang we geboekt hebben. Hij weet niet veel van chocola. Hij denkt nog steeds dat chocola alleen voor vrouwen en kinderen is en hij heeft helemaal niet gemerkt hoe snel chocola van hoge kwaliteit de afgelopen paar jaar aan populariteit gewonnen heeft, en daarom is het voor hem moeilijk de chocolaterie als een serieuze aangelegenheid te zien.

Het is natuurlijk nog te vroeg om te juichen, maar Thierry, ik weet zeker dat je wanneer je hier weer komt, verbaasd zult zijn.

Gisteren zijn we begonnen met de herinrichting van de zaak. Ook weer zo'n idee van Zozie, niet van mij, en eerst was ik bang voor de onrust en de rommel, maar omdat Zozie, Anouk en Rosette me hielpen, werd het geen vervelende klus, maar meer een gek soort spel. Zozie stond op de ladder de muren te verven; ze had een groen sjaaltje om haar haar gebonden en haar gezicht zat aan de ene kant onder de gele verf. Rosette stortte zich met haar speelgoedkwast op het meubilair en Anouk stencilde blauwe bloemen en spiralen en dierfiguren op de muur. Alle stoelen stonden buiten in de zon, bedekt met stoflakens en bespat met verf.

'Het geeft niet, die verven we ook,' zei Zozie, toen we de kleine handafdrukken van Rosette op een oude witte keukenstoel ontdekten. Rosette en Anouk maakten er met bakken plakkaatverf een spelletje van, en toen ze klaar waren zag de stoel er zo vrolijk uit, met die handjes in allerlei kleuren erop, dat we hetzelfde deden met de andere stoelen en ook met het tweedehandstafeltje dat Zozie voor in de winkel gekocht had.

'Wat is hier aan de hand? Jullie gaan toch niet dicht?'

Dat was Alice, het blonde meisje dat bijna elke week langskomt, maar bijna nooit iets koopt. Ze zegt ook bijna nooit iets, maar de opgestapelde meubels, de stoflakens en de bontgekleurde stoelen die op straat stonden te drogen maakten haar van de schrik aan het praten.

Toen ik moest lachen, leek ze bijna te schrikken, maar ze bleef toch staan om Rosettes handwerk te bewonderen (en om een zelfgemaakte truffel aan te nemen, die vanwege de feestelijke gelegenheid gratis was). Ze lijkt op goede voet te staan met Zozie, die een- of tweemaal met haar gesproken heeft in de winkel, maar ze vindt vooral Rosette leuk, en ze knielde bij haar neer op de grond om haar kleine handen naast Rosettes kleinere, met verf besmeurde handjes te houden.

Toen kwamen Jean-Louis en Paupaul kijken waar al die drukte om te doen was. Vervolgens Richard en Mathurin, de vaste klanten van Le P'tit Pinson. Daarna madame Pinot van om de hoek, die deed alsof ze een boodschap ging doen, maar een gretige blik over haar schouder wierp naar de chaos voor de chocolaterie.

Dikke Nico kwam langs en maakte met zijn gebruikelijke uitbundigheid allerlei opmerkingen over het nieuwe aanzien van de winkel. 'Hé, geel en blauw! Mijn lievelingskleuren! Was dat jouw idee, schoenendame?'

Zozie glimlachte. 'We hebben allemaal een bijdrage geleverd.'

Ze was vandaag juist blootsvoets en haar lange, fraaigevormde voeten kromden zich om de treden van de gammele ladder. Een paar haren waren uit de sjaal ontsnapt; haar blote armen waren exotisch met verf overdekt.

'Ziet er grappig uit,' zei Nico droevig peinzend. 'Al die kleine kinderhandjes.' Hij sloot en strekte zijn eigen handen, die groot en bleek en mollig zijn, en zijn ogen glansden. 'Ik wou dat ik het eens kon proberen, maar jullie zijn zeker al helemaal klaar?'

'Ga je gang,' zei ik tegen hem, op de bakken met plakkaatverf wijzend.

Hij stak zijn hand uit naar een bak. Er zat rode verf in, die nog niet zo groezelig was. Hij aarzelde even, maar stak toen zijn vingertoppen met een snelle beweging in de verf.

Hij grijnsde. 'Lekker gevoel,' zei hij. 'Net of je zonder lepel in pastasaus roert.' Hij strekte weer zijn hand uit en deze keer doopte hij zijn hele handpalm in de verf.

'Hier,' zei Anouk, op een plek op een van de stoelen wijzend. 'Hier heeft Rosette een stukje overgeslagen.'

Uiteindelijk bleek Rosette heel wat stukjes te hebben overgeslagen en daarna bleef Nico een poos om Anouk met het stencilen te helpen. Zelfs Alice bleef staan kijken, en ik maakte voor iedereen warme chocola. We dronken het als zigeuners, buiten op de stoep, en we lachten ons rot toen er een groep Japanse toeristen langskwam en een foto van ons nam zoals we daar zaten.

Zoals Nico zei: het was een lekker gevoel.

'Weet je,' zei Zozie, toen we de verfspullen aan het opruimen waren om ze de volgende ochtend weer te kunnen gebruiken, 'deze winkel heeft eigenlijk een naam nodig. Er hangt daar een bord'– ze wees op het verbleekte stuk hout dat boven de deur hing – 'maar het lijkt wel of er al jaren niets meer op staat. Wat vind jij, Yanne?'

Ik haalde mijn schouders op. 'Je bedoelt, voor het geval de mensen niet weten wat het is?' In feite wist ik precies wat ze bedoelde. Maar een naam is nooit zomaar een naam. Als je iets een naam geeft, geef je het kracht, hecht je er een emotioneel belang aan dat mijn rustige winkeltje tot nu toe nooit heeft gehad.

Zozie luisterde niet. 'Ik denk dat ik er wel iets moois van kan maken. Mag ik het eens proberen?' zei ze.

Ik voelde me niet op mijn gemak en haalde weer mijn schouders op. Maar Zozie was in alles al zo goed geweest en haar ogen glansden zo gretig dat ik toestemde. 'Goed dan,' zei ik. 'Maar niets bijzonders. Gewoon *chocolaterie*. Geen overdreven gedoe.'

Wat ik natuurlijk bedoelde was: niets Lansquenetachtigs. Geen namen, geen kreten. Het was al genoeg dat mijn bescheiden plannen voor het opfleuren van de winkel op de een of andere manier waren uitgelopen op een psychedelische verfoorlog.

'Natuurlijk,' zei Zozie.

We haalden dus het verweerde bord weg. (Bij nadere bestudering bleek er nog heel vaag *Frères Payen* te staan, wat de naam van een café, of misschien wel iets heel anders kan zijn geweest.) Het hout was verbleekt, maar nog heel, verklaarde Zozie; met een beetje schuren en een likje verf kon het volgens haar weer een hele tijd mee.

Daarna scheidden onze wegen: Nico ging naar zijn huis in de Rue Caulaincourt en Zozie naar haar kleine tweekamerwoning aan de andere kant van de Butte, waar ze, zo beloofde ze, aan het bord zou werken.

Ik kon slechts hopen dat het niet te opzichtig zou zijn. Zozies kleurenschema's neigen naar het extravagante en ik had al visioenen van een citroengeel bord met rood en felpaars erop, misschien met bloemen of een eenhoorn erbij, dat ik zou moeten ophangen als ik haar niet wilde kwetsen.

Dus liep ik vanmorgen – op haar verzoek met mijn handen voor mijn ogen – enigszins bevreesd achter haar aan de winkel uit om het resultaat te bekijken.

'En?' vroeg ze. 'Wat vind je ervan?'

Even kon ik geen woord uitbrengen. Daar hing het boven de deur alsof het er altijd al was geweest: een rechthoekig, geel bord met de naam van de winkel zorgvuldig in blauwe letters erop geschilderd.

'Je vindt het toch niet te wild, hoop ik?' Zozies stem klonk een beetje angstig. 'Ik weet dat je hebt gezegd dat ik iets eenvoudigs moest maken, maar dit kwam zo bij me op en... nou ja, wat vind je?'

De seconden tikten weg. Een tijdlang kon ik mijn ogen niet van het bord afhouden: de keurige blauwe letters, die naam. Mijn naam. Natuurlijk was het toeval. Wat zou het anders kunnen zijn? Ik schonk haar de stralendste glimlach die ik kon opbrengen. 'Het is enig,' zei ik.

Ze zuchtte. 'Weet je, ik begon me al zorgen te maken.'

Al lachend struikelde ze prompt over de drempel, die door de speling van het zonlicht of door de nieuwe kleurstelling op de een of andere manier haast licht leek te geven, terwijl ik omhoog stond te kijken naar het bord waarop in Zozies keurige schrijfletters stond:

Le Rocher de Montmartre

Chocolat

DEEL VIER

VERANDERING

1

Dinsdag 20 november

NU IS JEAN-LOUP OFFICIEEL MIJN BESTE VRIEND. SUZANNE WAS ER vandaag niet, dus heb ik haar gezicht niet kunnen zien, maar Chantal maakte dat helemaal goed, want ze keek de hele dag heel vuil en deed alsof ze niet naar me keek, terwijl al haar vriendinnen alleen maar staarden en fluisterden.

'Heb je verkering met hem?' vroeg Sandrine onder de scheikundeles. Ik vond Sandrine eerst aardig, een beetje aardig, voordat ze zich aansloot bij Chantal en de rest. Haar ogen waren zo groot als knikkers en ik kon de gretigheid in haar kleuren zien toen ze maar bleef zeggen: 'Heb je hem al gekust?'

Als ik echt populair had willen zijn, had ik denk ik alleen maar ja hoeven zeggen. Maar ik hoef niet populair te zijn. Ik ben liever een freak dan een kloon. En Jean-Loup is ondanks zijn populariteit bij de meisjes bijna net zo'n freak als ik, met zijn films en zijn boeken en zijn fototoestellen.

'Nee, we zijn gewoon vrienden,' zei ik tegen Sandrine.

Ze keek me raar aan en zei: 'Nou, dan vertel je het toch niet.' En toen liep ze verongelijkt weg naar Chantal, en ze fluisterde en giechelde en bekeek ons de hele dag, terwijl Jean-Loup en ik over allerlei dingen praatten en foto's van hen namen terwijl ze ons aangaapten.

Ik denk dat het woord hiervoor 'kinderachtig' is, Sandrine. We zijn gewoon vrienden, zoals ik al zei, en Chantal en Sandrine en Suze en de anderen bekijken het maar – wij zijn helemaal te gek.

Na school zijn we samen naar het kerkhof gegaan. Het is een van mijn lievelingsplekjes in Parijs, en Jean-Loup zegt dat dat voor hem ook zo is. Het kerkhof van Montmartre, met al die kleine huisjes en monumenten en kapelletjes met puntdaken en dunne obelisken en straten en pleinen en steegjes en flatgebouwen voor de doden.

Er is een woord voor: necropolis. Dodenstad. En een stad is het. De graftombes zouden bijna huizen kunnen zijn, vind ik, zoals ze daar naast elkaar staan met de hekjes keurig gesloten en het grind netjes aangeharkt en de bloembakken voor de ramen met al die kleine ruitjes. Hoe dan ook keurige huisjes, als een kleine voorstad voor de doden. De gedachte maakt me tegelijkertijd aan het huiveren en aan het lachen, en Jean-Loup keek op van zijn camera en vroeg me waarom.

'Je zou hier bijna kunnen wonen,' zei ik. 'Een slaapzak en een hoofdkussen, en een vuur, en wat eten. Je zou je schuil kunnen houden in een van deze monumenten. Niemand zou het weten. De deuren zijn allemaal dicht. Warmer dan onder een brug slapen.'

Hij grijnsde. 'Heb je wel eens onder een brug geslapen?'

Tja, natuurlijk had ik wel eens onder een brug geslapen, maar dat wilde ik hem niet vertellen. 'Nee, maar ik heb een levendige fantasie.'

'Zou je niet bang zijn?'

'Waarom zou ik?' zei ik.

'De geesten...'

Ik haalde mijn schouders op. 'Het zijn maar geesten.'

Er kwam door een van de smalle stenen weggetjes een wilde kat aangewandeld. Jean-Loup zette hem op de foto. De kat siste en schoot weg tussen de graven. Waarschijnlijk zag hij Pantoufle; katten en honden zijn soms bang voor hem, alsof ze niet weten dat hij er eigenlijk niet hoort te zijn.

'Op een dag zal ik een geest zien. Daarom neem ik hier mijn fototoestel mee naartoe.'

Ik keek hem aan. Zijn ogen schitterden. Hij gelooft er echt in, en het doet hem ook iets. Daarom mag ik hem zo graag. Ik vind het vreselijk wanneer mensen nergens door geraakt worden, wanneer ze door het leven gaan zonder iets te voelen of ergens in te geloven.

'Ben je echt niet bang voor geesten?' vroeg hij.

Ach, wanneer je ze zo vaak gezien hebt als ik, maak je je niet zo gauw druk om dat soort dingen, maar ook dat wilde ik niet aan Jean-Loup vertellen. Zijn moeder is een echte katholiek. Ze gelooft in de Héílige Geest. En in exorcisme. En ze gelooft dat de miswijn in bloed verandert. Bizar, toch? En ze eten altijd vis op vrijdag. Jeetje. Soms denk ik dat ik zelf een geest ben. Een lopende, pratende, ademende geest.

146

'De doden doen niets. Daarom zijn ze hier. Daarom zitten er in de deurtjes van deze grafkapelletjes geen knoppen aan de binnenkant.'

'En doodgaan?' zei hij. 'Ben je daar bang voor?'

Ik haalde mijn schouders op. 'Ik denk het wel. Dat is toch iedereen?'

Hij schopte tegen een steen. 'Niet iedereen weet hoe het is,' zei hij.

Ik was nieuwsgierig. 'Nou, hoe is het dan?'

'Doodgaan?' Hij haalde zijn schouders op. 'Eerst is er een tunnel van licht. En dan zie je al je dode vrienden en familieleden die op je staan te wachten. En ze lachen allemaal. En aan het eind van de tunnel is een helder licht, echt heel helder, en ook héílig, denk ik, en dat licht praat met je, en het zegt dat je terug moet naar je leven, maar dat je niet bang hoeft te zijn, want dat je op een dag terugkeert en dan het licht in gaat en bij al je vrienden komt en...' Hij hield op. 'Enfin, dat is wat mijn moeder denkt. Ik heb haar verteld dat dat is wat ik gezien heb.'

Ik keek hem aan. 'Maar wat zag je dan echt?'

'Niets,' zei hij. 'Helemaal niets.'

Er viel een stilte, en daarin keek Jean-Loup door zijn zoeker naar de lanen op het kerkhof met al hun doden. *Ping* zei de camera toen hij afdrukte.

'Zou het geen mop zijn,' zei hij, 'als dit allemaal voor niets was? *Ping.* Als er toch geen hemel bleek te bestaan?' *Ping.* 'Als al die mensen gewoon liggen weg te rotten?'

Hij sprak inmiddels heel luid en een paar vogels die op een van de graven hadden gezeten, vlogen plotseling klapwiekend weg.

'Ze zeggen altijd dat ze het allemaal weten,' zei hij. 'Maar dat is niet zo. Ze liegen. Ze liegen altijd.'

'Niet altijd,' zei ik. 'Mijn moeder liegt niet.'

Hij keek me een beetje gek aan, alsof hij heel veel ouder was dan ik, met een wijsheid die voortkomt uit jaren van pijn en teleurstelling.

'Dan gaat ze dat nog doen,' zei hij. 'Dat doen ze altijd.'

2

Dinsdag 20 november

ANOUK HEEFT VANDAAG HAAR NIEUWE VRIEND MEEGENOMEN: Jean-Loup Rimbault. Een jongen die er leuk uitziet en iets ouder is dan zij, met een ouderwetse beleefdheid die hem onderscheidt van de rest. Vandaag kwam hij meteen uit school mee – hij woont aan de andere kant van de Butte – en in plaats van meteen weer weg te gaan, bleef hij een halfuur in de winkel zitten praten met Anouk met koekjes en mokka erbij.

Het is fijn Anouk met een vriend te zien, maar de pijn die het me bezorgt is even hevig als irrationeel. Bladzijden uit een afgesloten boek. *Anouk op haar dertiende*, fluistert de stille stem, *Anouk op haar zestiende, als een vlieger op de wind... Anouk op haar twintigste, dertigste en ouder...*

'Een truffel, Jean-Loup? Op onze kosten.'

Jean-Loup. Niet zo'n gewone naam. Niet zo'n gewone jongen ook, met die duistere, taxerende blik waarmee hij de wereld inkijkt. Zijn ouders zijn gescheiden, heb ik me laten vertellen. Hij woont bij zijn moeder en ziet zijn vader driemaal per jaar. Hij houdt het meest van bittere amandelkrokantjes; een tamelijk volwassen smaak, leek me. Maar hij ís ook een wonderlijk volwassen en bedaarde jongeman. Zijn gewoonte alles door de zoeker van zijn fototoestel te bekijken is enigszins verontrustend; het is net of hij afstand wil nemen van de buitenwereld, op het kleine, digitale scherm een werkelijkheid wil vinden die simpeler en aangenamer is.

'Waar heb je zojuist een foto van genomen?'

Gehoorzaam liet hij het me zien. Eerst kwam het abstract op me over, als een warreling van kleuren en geometrische vormen. Toen zag ik het: de schoenen van Zozie, op ooghoogte genomen, expres onscherp te midden van een caleidoscoop van in folie verpakte chocolaatjes.

'Ik vind hem leuk,' zei ik. 'Wat is dat in de hoek?' Het was net of iets buiten het kader een schaduw op de foto had gemaakt.

Hij haalde zijn schouders op. 'Misschien was er iets te dicht in de buurt.' Hij richtte zijn camera op Zozie, die achter de toonbank stond met een massa gekleurde linten in haar hand. 'Dat ziet er leuk uit,' zei hij.

'Ik had liever dat je dat niet deed.' Ze keek niet op, maar haar stem was scherp.

Jean-Loup weifelde. 'Ik wou alleen maar...'

'Ik weet het.' Ze glimlachte naar hem en hij ontspande zich. 'Ik hou er gewoon niet van op de foto te komen. Ik vind dat ik er nooit goed op sta.'

Dat was iets wat ik kon begrijpen, maar de plotselinge glimp van onzekerheid die ik had opgevangen, nota bene in Zozie, wier vrolijke benadering iedere onderneming altijd moeiteloos doet lijken, gaf me een ongemakkelijk gevoel, en ik begon me af te vragen of ik niet te zwaar op mijn vriendin leunde, die vast haar eigen problemen en zorgen had, net als ieder ander.

Maar als dat zo is, verbergt ze die goed; ze leert snel, en met een gemak waar we allebei versteld van staan. Ze komt elke dag om acht uur, precies wanneer Anouk naar school gaat, en kijkt het uur voor openingstijd toe terwijl ik de verschillende technieken waarmee chocolade wordt gemaakt, demonstreer.

Ze kan couverture tempereren, de verschillende mengsels testen, de temperatuur meten en die constant houden; ze weet hoe je de beste glans krijgt, of versiering op een vormpje spuit, of chocoladekrullen maakt met een dunschiller.

Ze heeft er gevoel voor, zou mijn moeder zeggen. Maar haar echte talent ligt op het gebied van contact maken met onze klanten. Ik had dat natuurlijk al eerder gemerkt. Ze kan goed met verschillende mensen omgaan, ze onthoudt namen, ze heeft een aanstekelijke lach en ze geeft iedereen het gevoel bijzonder te zijn, hoe vol de winkel ook is.

Ik heb geprobeerd haar te bedanken, maar ze lacht alleen maar, alsof hier werken een soort spel is, iets wat ze voor de grap doet en niet voor geld. Ik heb haar aangeboden haar echt te betalen, maar tot nu toe heeft ze altijd geweigerd, hoewel de sluiting van Le P'tit Pinson betekent dat ze weer zonder baan zit.

Ik begon er vandaag weer over.

'Je hebt recht op een behoorlijk loon, Zozie,' zei ik. 'Je doet inmiddels veel meer dan ons af en toe uit de brand helpen.'

Ze haalde haar schouders op. 'Op dit moment kun je je niet veroorloven een volledig loon te betalen.'

'Nee, maar serieus...'

'Ik ben serieus.' Ze trok haar wenkbrauwen op. 'Madame Charbonneau, u zou eens moeten ophouden met u druk maken om anderen en voor de verandering eens voor uzelf moeten zorgen.'

Ik moest lachen. 'Zozie, je bent een engel.'

'Ja, goed hoor.' Ze grijnsde. 'Zullen we dan nu weer verdergaan met die chocola?'

3

Woensdag 21 november

WAT GEK IS DAT, DAT EEN BORD ZO VEEL VERSCHIL KAN MAKEN. Natuurlijk was mijn bord meer een soort baken dat de straten van Parijs in straalde.

Probeer me. Proef me. Test me.

Het werkt. Vandaag hebben we zowel onbekenden als vaste klanten gehad, en iedereen ging met iets de deur uit: een geschenkdoos met lint of een kleine traktatie. Sommigen kochten een suikermuis of een cognacpruim, een handvol mendiants of een kilo van onze bitterste truffels, losjes in cacao gerold, als chocoladebommen die zó kunnen ontploffen.

Natuurlijk is het nog te vroeg om van een succes te kunnen spreken. Vooral de buurtbewoners zullen meer tijd nodig hebben om zich te laten verleiden. Toch voel ik dat het tij al begint te keren. Tegen de kerst hebben we ze allemaal in onze zak.

En dan te bedenken dat ik eerst dacht dat er hier niets voor mij te halen viel. Deze winkel is een geschenk. Hij trekt de mensen aan. Denk je eens in wat we zouden kunnen verzamelen – niet alleen het geld, maar ook de verhalen, de mensen, de lévens...

We? Nou ja, ik ben natuurlijk bereid fiftyfifty te doen. We zijn met zijn drieën, of zijn vieren, als je Rosette meerekent, en elk van ons heeft een speciale vaardigheid. We zouden iets bijzonders kunnen zijn. Ze heeft het al eens eerder gedaan, in Lansquenet. Ze heeft haar sporen uitgewist, maar niet goed genoeg. Die naam, Vianne Rocher, plus de kleine details die ik van Annie heb losgekregen, waren voldoende om de weg die ze heeft afgelegd, te achterhalen. De rest was kinderspel: een paar interlokale telefoontjes, een paar oude edities van de plaatselijke krant van vier jaar geleden. In een daarvan staat een grofkorrelige, vergeelde foto van

Vianne, die brutaal lachend in de deuropening van een chocoladewinkel staat, terwijl iemand met een verwarde haardos, Annie natuurlijk, onder haar uitgestrekte arm door kijkt.

La Céleste Praline. Intrigerende naam. Vianne Rocher is niet van speelsheid ontbloot, hoewel je dat niet zou denken als je haar nu zag. In die tijd was ze nergens bang voor, droeg ze rode schoenen en rammelende armbanden en had ze lang, wild haar, als een zigeunerin uit een stripverhaal. Misschien niet echt een schoonheid – haar mond is te groot en haar ogen staan niet ver genoeg uit elkaar – maar iedere heks die ook maar een toverspreukje voor haar neus waard is, ziet meteen dat ze een en al tovervuur was. Dat ze levenslopen kon veranderen en dat ze kon betoveren, genezen en verbergen.

De vraag is dus: Wat is er gebeurd?

Heksen kappen er niet zomaar mee, Vianne. Vaardigheden als de onze schreeuwen erom gebruikt te worden.

Ik sla haar gade wanneer ze achterin aan het werk is en haar truffels en likeurbonbons staat te maken. Haar kleuren zijn helderder geworden sinds we elkaar voor het eerst ontmoet hebben, en nu ik weet waar ik moet kijken, zie ik in alles wat ze doet de magie. En toch lijkt ze zich hiervan niet bewust, alsof ze blind kan blijven voor wat ze is door het gewoon lang genoeg te negeren, zoals ze ook de totemdieren van haar kinderen negeert. Vianne is niet gek, maar waarom gedraagt ze zich dan alsof ze dat wel is? En wat is ervoor nodig om haar ogen te openen?

Ze had de hele ochtend achterin gezeten; er dreef een bakgeur de winkel in. Voorin stond een pan met warme chocola. In nog geen week is deze zaak vrijwel onherkenbaar veranderd. Onze tafel en stoelen met de handafdrukken van de kinderen erop geven de winkel iets vakantieachtigs. Het heeft iets van een schoolplein met die primaire kleuren, en hoe keurig ze ook zijn opgesteld, ze geven altijd een vage impressie van wanorde. Er hangen nu decoraties aan de muur: felroze en citroengele geborduurde saristof in vierkante lijsten. Er staan twee oude leunstoelen die ik uit een container heb gevist; de vering is niet goed meer en de poten zijn een beetje doorgezakt, maar ik heb er iets comfortabels van gemaakt met slechts een paar meter fuchsiaroze pluche met luipaardopdruk en wat goudkleurige stof uit een tweedehandswinkel.

Annie vindt ze enig, en ik ook. De winkel is weliswaar klein, maar verder heeft hij veel weg van een koffieshopje in een van de modieuzere wijken van Parijs. En we hebben het tij mee.

Twee dagen geleden is Le P'tit Pinson (niet helemáál onverwachts) dichtgegaan na een vervelend incident met voedselvergiftiging en een bezoek van de gezondheidsinspectie. Ik heb horen zeggen dat Laurent minstens een maand moet schoonmaken en herinrichten voordat hij weer open mag, wat inhoudt dat zijn kerstklandizie er waarschijnlijk onder zal lijden.

Hij heeft dus toch van de chocola gegeten. Arme Laurent. De Hurakan heeft een mysterieuze werking. Ook roepen sommige mensen dit soort dingen over zichzelf af, zoals bliksemafleiders bliksem aantrekken.

Maar des te meer blijft er voor ons over, zeg ik maar. We hebben geen vergunning voor alcohol, maar wat we wel hebben is chocola, gebak, koek en kokosmakronen, en natuurlijk is daar ook nog de onweerstaanbare roep van de bittere truffel, de mokkalikeurbonbons, de in chocola gedoopte aardbeien, de walnootrotsjes en de abrikozencups...

Tot nu toe zijn de winkeliers weggebleven, enigszins op hun hoede als ze zijn voor de veranderingen hier. Ze zijn er ook zo aan gewend de chocolaterie als een toeristenval te zien, als een terrein waar de buurtbewoners zich niet op begeven, dat het al mijn overredingskracht zal kosten om ze naar onze deur te lokken.

Maar het helpt dat Laurent hierbinnen is gezien. Laurent, die alle verandering verafschuwt, en die in een Parijs van zijn eigen verbeelding leeft, waar alleen inheemse Parijzenaars mogen komen. Zoals iedere alcoholist houdt hij van zoetigheid, en bovendien kan hij nergens heen nu zijn café gesloten is. Waar vindt hij een gehoor voor zijn eindeloze lijst klachten?

Hij kwam gisteren rond lunchtijd binnen, chagrijnig, maar voelbaar nieuwsgierig. Het is de eerste keer dat hij hier komt sinds de opknapbeurt, en hij nam de verbeteringen met een zuur gezicht in zich op. We boften, want we hadden klanten: Richard en Mathurin, die waren binnengewipt toen ze op weg waren naar het park voor hun gebruikelijke spelletje jeu de boules. Ze leken er een beetje verlegen mee Laurent te zien, en dat is ook wel te begrijpen, want ze zijn al heel lang vaste klant van Le P'tit Pinson.

Laurent schonk hen een minachtende blik. 'Kosten noch moeite gespaard, zie ik,' zei hij. 'Wat stelt dit eigenlijk voor? Het lijkt wel een café, zeg.'

Ik glimlachte. 'Vind je het leuk?'

Laurent maakte zijn favoriete geluid. '*Mweh!* Iedereen denkt dat-ie een café heeft. Iedereen denkt dat-ie hetzelfde kan als ik.'

'Ik zou er niet over péínzen,' zei ik. 'Het is tegenwoordig niet gemakkelijk een authentieke sfeer te scheppen.'

Laurent snoof. 'Hou erover op. Verderop heb je dat Café des Artistes – de eigenaar is een Turk, wat me niks verbaast – en daarnaast zit die Italiaanse koffietent, en dan heb je nog die Engelse tearoom, en een aantal Costa's en Starbucks... Die stomme yanks denken zo ongeveer dat ze de koffie hebben uítgevonden.' Hij keek me dreigend aan, alsof ook ik mogelijk Amerikaanse voorouders had. 'Een beetje loyaliteit, hó maar,' tetterde hij. 'Een beetje goed, ouwerwets Frans patriottisme is vér te zoeken.'

Mathurin is tamelijk doof en kan hem werkelijk niet verstaan hebben, maar ik was er vrij zeker van dat Richard deed alsof.

'Dat was lekker, Yanne. We moesten maar weer eens gaan.'

Ze lieten het geld op de tafel achter en vluchtten weg zonder om te kijken, terwijl Laurents gezicht steeds een beetje roder werd en zijn ogen alarmerend uitpuilden.

'Die twee ouwe flikkers,' begon hij. 'Hoe vaak die niet zijn langsgekomen voor een biertje en een spelletje kaart. En moet je nou zien. Even gaat het mis en hup...'

Ik schonk hem mijn meest meelevende glimlach. 'Ik weet het, Laurent. Maar chocoladehuizen zijn heel traditioneel, weet je. Ik geloof zelfs dat ze er eerder waren dan de koffiehuizen, dus ze zijn volledig authentiek en Parijs.' Ik leidde hem terwijl hij nog voortraasde, naar de tafel die de anderen zojuist hadden vrijgemaakt. 'Ga nou eens even zitten en probeer een kopje. Gratis natuurlijk, Laurent.'

En zo begon het. Voor de prijs van een drankje en een bonbon is Laurent Pinson naar ons overgelopen. Niet dat we zijn klandizie nodig hebben, natuurlijk – hij is een parasiet en vult zijn zakken met suikerklontjes uit de schaal en blijft urenlang zitten op één demi-tasse – maar hij is de zwakke schakel in deze kleine gemeenschap en waar Laurent gaat, volgen de anderen.

Madame Pinot is vanmiddag ook langs geweest. Ze heeft wel niets gekocht, maar ze keek goed om zich heen en vertrok na een bonbon van de zaak. Jean-Louis en Paupaul deden hetzelfde, en ik weet toevallig dat het meisje dat vanmorgen truffels bij me kocht, in de boulangerie in de Rue des Trois Frères werkt, en zij zal het aan al haar klanten doorvertellen.

Het zit hem niet alleen in de smaak, zal ze proberen uit te leggen. De volle, donkere truffel met rumsmaak, het vleugje chilipeper, de zachte vulling en het bittere omhulsel van cacao – niets van dat alles verklaart de wonderlijke aantrekkingskracht van Yanne Charbonneaus chocoladetruffels.

Misschien komt het door het gevoel dat ze je geven. Je voelt je misschien sterker, krachtiger, je staat meer open voor de geluiden en geuren van de wereld, je bent je meer bewust van kleuren en materialen, meer bewust van jezelf, van wat er onder je huid leeft, van de mond, de keel en de gevoelige tong.

'Eentje maar,' zeg ik.

Ze proeven, ze kopen.

Ze kopen er zo veel dat Vianne vandaag de hele dag bezig was, zodat ik de winkel draaiende moest houden en warme chocola moest serveren aan degenen die binnenkwamen. Er is plaats voor zes mensen, met een beetje goeie wil, en het is een wonderlijk aantrekkelijke zaak: rustig en rustgevend, maar toch ook vrolijk, een plek waar de mensen kunnen komen om hun problemen te vergeten, rustig zittend hun chocola te drinken en wat te praten.

Te praten? Nou, en hoe! De uitzondering is Vianne. Maar er is nog tijd. Je moet klein beginnen, zeg ik altijd maar. Of liever: groot, zoals bij dikke Nico.

'Hé, schoenendame! Wat staat er op het menu voor de lunch?'

'Wat wil je dat er op het menu staat?' vroeg ik. 'Roomroosjes, chilichocolaatjes, kokosmakróóónen.' Ik rekte het woord suggestief, wetende dat hij gek is op kokos.

'O jee, o jee. Dat is niet goed voor me.'

Hij speelt natuurlijk toneel. Hij vindt het leuk voor de vorm wat weerstand te bieden; hij grijnst schaapachtig, wetende dat ik me niet voor de gek laat houden.

'Proef er een,' zeg ik.

'Een halve dan.'

Brokjes tellen niet, natuurlijk. Ook een kleine kop chocola met vier makronen telt niet, en ook niet de mokkataart die Vianne binnenbrengt, of het glazuur dat hij uit de mengkom likt.

'Mijn moeder maakte altijd wat extra,' zei hij. 'Dan kon ik na afloop meer uit de kom likken. Soms maakte ze zo veel glazuur dat zelfs ik het niet opkreeg...' Hij hield abrupt op.

'Je moeder?'

'Ze leeft niet meer.' Zijn kinderlijke gezicht betrok.

'Je mist haar,' zei ik.

Hij knikte. 'Best wel.'

'Wanneer is ze overleden?'

'Drie jaar geleden. Ze viel van de trap. Ze was een beetje te zwaar, denk ik.'

'Dat is erg,' zei ik, terwijl ik probeerde mijn gezicht in de plooi te houden. *Een beetje te zwaar.* Dat moet voor hem zo'n beetje in de richting van de honderdveertig kilo gaan. Zijn gezicht krijgt een neutrale uitdrukking; zijn kleuren gaan over in dofgroen en zilvergrijs, kleuren die ik associeer met negatieve emoties.

Hij geeft zichzelf natuurlijk de schuld. Ik weet het. De traploper heeft misschien los gelegen, hij is te laat uit zijn werk gekomen, hij is een fatale tien minuten te lang bij de boulangerie gebleven of heeft op een bank naar de voorbijkomende meisjes zitten kijken.

'Je bent niet de enige,' zei ik. 'Iedereen voelt dat wel eens. Ik gaf mezelf ook de schuld toen mijn moeder stierf.'

Ik pakte zijn hand. Onder de kwabben voelden zijn botten klein aan, als die van een kind.

'Het gebeurde toen ik zestien was. Ik ben altijd blijven denken dat het op de een of andere manier mijn schuld was.' Ik keek hem zo ernstig aan als ik kon en ondertussen maakte ik achter mijn rug met mijn vingers een teken om niet in de lach te schieten. Natuurlijk geloofde ik dat het zijn schuld was, en met goede redenen.

Maar Nico's gezicht klaarde meteen op. 'O ja?' zei hij.

Ik knikte.

Ik hoorde hem zuchten als een heteluchtballon.

Ik wendde me af om een glimlach te verbergen en hield me bezig met de chocolaatjes die op de toonbank naast me stonden af te koelen. Ze roken onschuldig, naar vanille en kleine kinderen. Nico's type maakt zelden vrienden. Altijd de dikke jongen die als enig kind bij zijn nog dikkere moeder woont, die zijn substituten tegen de leuning van de bank arrangeert, terwijl zij met gespannen goedkeuring toekijkt terwijl hij eet.

Je bent niet dik, Nico. Je hebt gewoon zware botten. Goed zo, Nico.
Je bent een beste jongen.

'Misschien moet ik dit niet doen,' zei hij ten slotte. 'Mijn huisarts zegt dat ik moet minderen.'

Ik trok een wenkbrauw op. 'Ach, wat weet hij daar nou van?'

Hij haalde zijn schouders op. De rimpels liepen door tot op zijn armen.

'Je voelt je toch goed?' zei ik.

Weer dat schaapachtige lachje. 'Volgens mij wel, ja. Maar het probleem is...'

'Wat?'

'Eh... meisjes.' Hij werd rood. 'Want wat zien ze? Deze grote, dikke, vette jongen. Ik dacht: als ik nou een béétje afval, en een beetje strakker in mijn vel kom te zitten, dan kan ik misschien... nou ja, je weet wel...'

'Zo dik ben je niet, Nico. Je hoeft niet te veranderen. Je vindt wel iemand. Wacht maar af.'

Weer een zucht.

'Nou, wat wordt het?'

'Ik neem een doos makronen.'

Ik was de strik eromheen aan het doen toen Alice binnenkwam. Ik weet niet waarom hij een strik nódig heeft – we weten allebei dat de doos al open is voordat hij goed en wel thuis is – maar om de een of andere reden vindt hij het leuk dat er zo'n geel lint omheen zit, dat wegvalt tussen zijn grote handen.

'Dag, Alice,' zei ik. 'Ga maar even zitten. Ik kom zo bij je.'

Dat *zo* duurde ietsje langer. Alice moet de tijd hebben. Ze staart Nico angstig aan. Hij is vergeleken bij haar een reus, een hóngerige reus, maar Nico is onverwacht stil. Hij deinst terug, met de volle honderdvijftig kilo, en er kruipt een blos over zijn brede gezicht.

'Nico, dit is Alice.'

Ze fluistert hem gedag.

Het is een werkje van niets. Met je nagel kras je een teken in het satijn van de chocoladedoos. Het kan van alles zijn – een ongelukje – maar ook het begin van iets: een bocht in de weg, een pad naar een ander leven...

Verandering alom.

Opnieuw fluistert ze iets. Ze kijkt naar haar laarzen, en ziet de doos makronen.

'Ik ben er gek op,' zegt Nico. 'Zullen we er samen een proeven?'

Alice begint nee te schudden, maar dan bedenkt ze dat hij er wel aardig uitziet. Ondanks zijn omvang heeft hij iets, iets geruststellend kinderlijks, bijna iets kwetsbaars. En er is iets aan zijn ogen, denkt ze, er is iets aan hem wat haar het gevoel geeft dat hij het misschien, heel misschien begrijpt.

'Eentje maar,' zegt hij.

Het symbool dat op het deksel van de doos is gekrast begint een bleek licht uit te zenden – het is het symbool Konijnmaan, dat staat voor liefde en vruchtbaarheid – en in plaats van haar gebruikelijke gewone chocolaatje neemt Alice verlegen een kop schuimende mokka met een makron aan, en ze stappen tegelijkertijd, zij het niet helemaal samen, zij met haar kleine doosje en hij met zijn grote doos, de novemberregen in.

En terwijl ik toekijk, zie ik Nico een enorme rode paraplu met de tekst *Merde, il pleut!* openen en die boven het hoofd van de kleine Alice houden. Ik hoor in de verte haar vrolijke lach, meer als iets wat je je herinnert dan iets wat je hoort. Ik zie hen over de kinderkopjes weglopen; zij met haar reusachtige laarzen in de plassen huppelend, hij plechtig die absurde paraplu boven hen beiden houdend, als een stripbeer en een lelijk eendje in een zot sprookje, op weg naar een groot avontuur.

4

Donderdag 22 november

DRIE TELEFOONTJES VAN THIERRY GEMIST, EN EEN FOTO VAN HET Natural History Museum met een sms'je dat luidde: *Holbewoonster! Z je telefoon aan!* Ik moest erom lachen, maar niet van harte. Ik kan Thierry's voorliefde voor technische snufjes niet delen en nadat ik, zonder succes, had geprobeerd hem terug te sms'en, stopte ik de telefoon in de keukenla.

Later belde hij op. Hij schijnt niet terug te kunnen komen dit weekend, maar hij heeft me verzekerd dat hij er de volgende week zal zijn. In zekere zin ben ik een beetje opgelucht. Het geeft me de tijd om alles in orde te maken, om een voorraad aan te leggen en om aan mijn nieuwe winkel te wennen, en ook aan de nieuwe gewoonten en klanten.

Nico en Alice kwamen vandaag weer. Alice kocht een kleine doos chocoladekaramels, een heel kleine doos, maar ze at ze zelf op, en Nico een kilo makronen.

'Ik kan maar niet genoeg van die slechteriken krijgen,' zei hij. 'Blijf ze maar maken, Yanne. Oké?'

Ik moest wel lachen om zijn uitbundigheid. Ze gingen voor in de winkel aan een tafeltje zitten. Zij nam mokka en hij warme chocola met room en marshmallows, terwijl Zozie en ik ons achter in de keuken discreet afzijdig hielden, behalve wanneer er een klant binnenkwam, en Rosette haalde haar tekenblok tevoorschijn en begon apen te tekenen met een lange staart en een grijnzend gezicht, in alle kleuren die ze maar had.

'Hé, wat mooi,' zei Nico, toen Rosette hem een tekening overhandigde van een dikke paarse aap die een kokosnoot at. 'Je houdt zeker van apen, hè?'

Hij trok een apengezicht voor Rosette, die het uitgierde van het lachen en *Nog eens!* gebaarde. Ze lacht tegenwoordig vaker. Dat heb ik gemerkt. Tegen Nico, tegen mij, tegen Anouk, tegen Zozie. Wanneer Thierry weer komt, krijgt ze misschien ook met hem wat meer contact.

Alice lachte ook. Rosette mag haar het meest, misschien omdat ze zo klein is, bijna zelf een kind, met haar korte katoenen jurkje en lichtblauwe jas. Misschien omdat ze zo weinig zegt, zelfs tegen Nico, die genoeg praat voor hen beiden.

'Die aap lijkt op Nico,' zei ze. Als ze tegen volwassenen praat, klinkt haar stem zacht en kleintjes. Als ze tegen Rosette praat, klinkt hij anders. Dan is haar stem warm en grappig, en Rosette reageert met een stralende glimlach.

Dus toen tekende Rosette voor ons allemaal een aap. Die van Zozie heeft aan alle vier de poten felrode wanten. De aap van Alice is elektrisch blauw, met een klein lijf en een belachelijk lange en krullende staart. De mijne voelt zich opgelaten en heeft zijn handen voor zijn harige gezicht geslagen. Ze heeft er talent voor, dat staat vast: haar tekeningen zijn grof, maar wonderlijk levendig, en ze weet gezichtsuitdrukkingen met slechts een paar pennenstreken over te brengen.

We waren nog steeds aan het lachen toen madame Luzeron binnenkwam met haar kleine, zachte, perzikkleurige hondje. Madame Luzeron kleedt zich goed: ze draagt grijze twinsets die haar uitdijende taille verhullen, en jassen met een goede coupe in alle tinten antraciet en zwart. Ze woont in een van de grote huizen met gepleisterde voorgevel achter het park; ze gaat elke dag naar de mis en om de dag naar de kapper, behalve op donderdag, want dan gaat ze via onze winkel naar het kerkhof. Ze is misschien nog maar zestig, maar haar handen zijn verwrongen van de artritis en haar magere gezicht is kalkachtig van de make-up.

'Drie rumtruffels in een doos.'

Madame Luzeron zegt nooit 'graag'. Dat zou misschien te burgerlijk zijn. In plaats daarvan gluurde ze naar dikke Nico, Alice, de lege kopjes en de apen. Haar overgeëpileerde wenkbrauwen schoten omhoog.

'Ik zie dat jullie de winkel hebben... vernieuwd.' Een lichte pauze voor dat laatste woord drukt twijfel uit over de wijsheid van een dergelijke operatie.

'Te gek, vindt u niet?' Dat was Zozie. Ze is niet aan de manier van doen van madame gewend, en madame keek haar indringend aan, waarbij ze de te lange rok, het opgestoken haar met de plastic roos erin, de rammelende armbanden aan haar armen en de sandalen met sleehak en kersenpatroon aan haar voeten, vandaag gecombineerd met roze-zwart gestreepte kousen, in zich opnam.

'We hebben de stoelen zelf opgeknapt,' zei ze, terwijl ze de truffels uit de vitrine nam. 'Het leek ons een leuk idee om de boel een beetje op te vrolijken.'

Madame schonk haar een glimlach van het soort dat je ziet op het gezicht van een balletdanseres wier pointes zeer doen.

Zozie praatte door zonder te merken hoe het overkwam. 'Oké. Rumtruffels. Alstublieft. Welke kleur lint? Roze lijkt me wel wat. Of misschien rood. Wat vindt u?'

Madame zei niets, maar Zozie leek geen antwoord nodig te hebben. Ze stopte de truffels in het doosje, deed er een lint omheen en een papieren bloem erop, en zette het geheel op de toonbank tussen hen in.

'Deze truffels zien er anders uit,' zei madame, achterdochtig door het cellofaan turend.

'Ze zijn ook anders,' zei Zozie. 'Yanne maakt ze zelf.'

'Jammer,' zei madame. 'Ik vond de andere lekker.'

'U zult deze lekkerder vinden,' zei Zozie. 'Proef er maar een. Op onze kosten.'

Ik had haar kunnen vertellen dat ze haar tijd verspilde. Stadsmensen worden vaak achterdochtig van dingen die gratis zijn. Sommigen weigeren als vanzelf, alsof ze zich jegens niemand verplicht willen voelen, al gaat het maar om één chocolaatje. Madam snufte even – een welopgevoede versie van Laurents *mweh*. Ze legde de munten op de toonbank en...

Op dat moment meende ik het te zien. Een bijna onzichtbare vingerbeweging terwijl haar hand langs die van Zozie streek. Even iets lichtends in de grijze novemberlucht. Het kon een flikkering van de neonreclame aan de overkant zijn, maar Le P'tit Pinson was gesloten en het zou nog vier uur duren voordat de straatverlichting aanging. Bovendien zou ik dat korte oplichten moeten herkennen. Die vonk, als elektriciteit, die van de ene naar de andere persoon overspringt.

'Toe maar,' zei Zozie. 'Het is al zo lang geleden dat u zichzelf iets heeft gegund...'

Madame had het gevoeld, net als ik. In een oogwenk veranderde haar gezicht van uitdrukking. Onder de verfijning van poeder en crème heersten verwarring, verlangen, eenzaamheid, gemis – gevoelens die als wolken over haar afgetobde, bleke gelaat gleden.

Haastig wendde ik mijn ogen af. Ik wil je geheimen niet weten, dacht ik. Ik wil niet weten wat je denkt. Neem dat rare hondje van je en je chocola mee en ga naar huis voordat het...

Te laat. Ik had het gezien.

Het kerkhof, een brede grafzerk van lichtgrijs marmer, gevormd als de krul van een golf. Ik zag de in de steen gevatte foto: een jongen van rond de dertien, die overmoedig en breed grijnzend in de lens keek. Een schoolfoto misschien, de laatste die voor zijn dood werd genomen, in zwart-wit, maar voor de gelegenheid bijgewerkt in pasteltinten. En daaronder zie ik de chocolaatjes staan – rijen doosjes, verpieterd door de regen. Een voor elke donderdag, onaangeroerd, met geel en roze en groen lint eromheen...

Ik kijk op. Ze staart voor zich uit, mij ziet ze niet. Haar bange, uitgeputte fletsblauwe ogen zijn wijd geopend en staan wonderlijk hoopvol.

'Ik kom nog te laat,' zegt ze met een benepen stemmetje.

'U hebt alle tijd,' zegt Zozie vriendelijk. 'Ga even zitten. Gun uw voeten wat rust. Nico en Alice gingen net weg. Toe maar,' dringt ze aan, wanneer madame lijkt te willen protesteren. 'Ga zitten en neem een chocolaatje. Het regent, en uw zoon kan wel even wachten.'

Tot mijn verbazing gehoorzaamt madame.

'Dank u,' zegt ze, en ze gaat op haar stoel zitten, waar ze belachelijk misplaatst lijkt tegen de felroze luipaardstof, en ze eet haar chocola, met gesloten ogen en haar hoofd rustend op de zachte nepvacht.

Ze lijkt heel vredig, en ja, ook heel gelúkkig.

En buiten rukt de wind aan het pasgeverfde bord en spettert de regen op de keien. December is maar een hartenklop van ons verwijderd, maar het voelt zo veilig en stevig dat ik bijna vergeet dat onze muren van papier zijn en ons leven van glas, dat een windvlaag ons kan maken en breken, en dat een winterstorm ons zó weg kan blazen.

5

Vrijdag 23 november

IK HAD MOETEN WETEN DAT ZE HEN EEN HANDJE GEHOLPEN HAD. Dat had ik zelf ook gedaan kunnen hebben, toen ik nog in Lansquenet woonde. Eerst Alice en Nico, die zo wonderlijke overeenkomsten vertonen, en ik weet toevallig dat hij al langer een oogje op haar heeft; hij gaat eenmaal per week naar de bloemist om narcissen te kopen (zijn lievelingsbloemen), maar hij heeft nog nooit de moed kunnen vinden om haar aan te spreken of mee uit te vragen.

En dan ineens, bij een chocolaatje...

Toeval, houd ik mezelf voor.

En nu weer madame Luzeron, ooit zo broos en eenzelvig, die haar geheimen prijsgeeft als een fles waarvan iedereen dacht dat die jaren geleden al was opgedroogd.

En die zonnige gloed om de deur – zelfs wanneer het regent – doet me vrezen dat we misschien een handje geholpen zijn, dat de stroom klanten die we de afgelopen dagen hebben gehad niet helemaal te danken is aan onze lekkernijen.

Ik weet wat mijn moeder zou zeggen.

Wat steekt er voor kwaad in? Er wordt niemand iets aangedaan. Ze verdienen het toch, Vianne?

Wij verdienen het toch?

Ik had Zozie gisteren willen waarschuwen. Willen uitleggen waarom ze niet in moest grijpen. Maar ik kon het niet. Wanneer de doos met geheimen eenmaal opengaat, kan hij misschien nooit meer dicht. Bovendien voel ik dat ze me onredelijk vindt. Zo krenterig als zij gul is, als de gierige bakker in het oude verhaal die geld vroeg voor de geur van brood dat gebakken werd.

Wat schuilt er voor kwaad in? Ik weet dat ze dat zou zeggen. *Wat worden we er minder om als we hen helpen?*

O, ik heb het haar bijna gezegd. Maar telkens hield ik me in. Bovendien zóú het toeval kunnen zijn.

Maar er gebeurde vandaag nog iets anders. Iets wat mijn twijfels bevestigde. De onwaarschijnlijke katalysator: Laurent Pinson. Ik heb hem deze week al een paar maal in Le Rocher de Montmartre gesignaleerd. Dat is niet echt nieuws, en als ik me niet vergis, komt hij niet voor onze chocola.

Vanmorgen was hij er echter weer. Hij tuurde naar de chocola in de glazen vitrines, snoof toen hij de prijskaartjes zag, nam elk detail van onze verbeteringen met een zuur gezicht in zich op, en af en toe hoorde ik een gebrom van nauw verholen afkeuring.

'Mweh.'

Het was zo'n zonnige novemberdag, die nog meer gewaardeerd wordt omdat er zo weinig van zijn. Zo windloos als een zomerdag, met een hoge, heldere hemel en condenssporen als krassen op het blauw.

'Mooie dag,' zei ik.

'Mweh,' zei Laurent.

'Kijkt u alleen maar rond, of zal ik iets te drinken voor u inschenken?

'Voor die prijzen?'

'Rondje van de zaak.'

Sommige mensen kunnen een gratis drankje niet afslaan. Met tegenzin ging Laurent zitten; hij nam een kop koffie met een bonbon aan en begon aan zijn gebruikelijke litanie.

'Mijn zaak sluiten, in deze tijd van het jaar! Ze zoeken gewoon een slachtoffer, dat is het. Iemand wil me ruïneren.'

'Wat is er gebeurd?' vroeg ik.

Hij stortte zijn ellende over me uit. Iemand had geklaagd dat hij eten dat overbleef in de magnetron opwarmde; de een of andere idioot was ziek geworden en toen hadden ze een inspecteur van de milieudienst op hem af gestuurd die bijna geen woord Frans sprak, en hoewel Laurent réúze beleefd tegen de man was geweest, had hij zich beledigd gevoeld door iets wat hij had gezegd...

'En peng! Dicht! Zomaar even! Ik weet niet wat het moet worden met dit land, als een door en door fatsoenlijk café, een café dat al tientallen jaren bestaat, zomaar gesloten kan worden door de een of andere stomme pied-noir...'

Ik deed alsof ik luisterde, maar in gedachten ging ik na welke chocola het beste verkocht en welke chocola bijna op was. Ik deed ook alsof ik niet merkte dat Laurent nog een bonbon nam zonder dat hem die was aangeboden. Ik kon het me veroorloven. Bovendien had hij behoefte aan een klankbord.

Na een poosje kwam Zozie de keuken uit, waar ze me geholpen had met de chocolade boomstammetjes. Laurent brak zijn tirade abrupt af en werd rood tot aan de rimpels in zijn oorlellen.

'Zozie, goeiedag,' zei hij, overdreven waardig.

Ze grijnsde. Het is geen geheim dat hij haar bewondert – wie zou dat niet? – en vandaag zag ze er prachtig uit, met een fluwelen jurk tot op de grond en enkellaarsjes in dezelfde korenblauwe kleur.

Ik kon het niet helpen, maar ik had met hem te doen. Zozie is een aantrekkelijke vrouw en Laurent heeft de leeftijd waarop het hoofd van een man heel gemakkelijk op hol te brengen is. Ik bedacht dat we hem tussen nu en Kerstmis wel elke dag over de vloer zouden hebben, en dat hij gratis drankjes zou komen bietsen en de klanten zou ergeren en suiker zou stelen en zou klagen dat de buurt naar de haaien ging en...

Het ontging me bijna, maar toen ik me afwendde zag ik dat ze met haar vingers achter haar rug het teken maakte. Mijn moeders teken, om ongeluk af te wenden.

Tsk-tsk, scheer je weg!

Ik zag Laurent een klap op zijn nek geven, alsof hij door een insect werd gebeten. Ik haalde adem – te laat. Het was al gebeurd. Heel natuurlijk, zoals ik het zelf zou hebben gedaan in Lansquenet als de afgelopen vier jaar er niet waren geweest.

'Laurent?' zei ik.

'Ik moet ervandoor,' zei Laurent. 'Van alles te doen, geen tijd te verliezen.' En nog over zijn nek wrijvend hees hij zich uit de leunstoel die hij zowat een halfuur bezet had gehouden, en hij rende bijna de winkel uit.

Zozie grijnsde. 'Eindelijk,' zei ze.

Ik plofte op een stoel neer.

'Is er iets?'

Ik keek haar aan. Zo begint het altijd: met kleine dingetjes, de dingen die niet tellen. Maar het ene kleine dingetje leidt tot het andere, en naar weer een ander, en voor je het weet is het weer begonnen, en slaat de wind om, en komen de Vriendelijken je op het spoor en...

Even gaf ik Zozie de schuld. Per slot van rekening was zij degene die mijn gewone chocolaterie in deze kermistent had veranderd.

Voordat zij kwam, was ik er heel tevreden mee Yanne Charbonneau te zijn en een winkel als alle andere winkels te runnen, Thierry's ring te dragen, de wereld zijn gang te laten gaan zonder me ergens mee te bemoeien.

Maar er is het een en ander veranderd. Met niet veel meer dan een knip van de vingers zijn er vier hele jaren omvergekegeld, en doet een vrouw die reeds lang dood had moeten zijn, haar ogen open en lijkt ze adem te gaan halen...

'Vianne,' zei ze zachtjes.

'Zo heet ik niet.'

'Maar ooit toch wel? Vianne Rocher?'

Ik knikte. 'In een voorbij leven.'

'Het hoeft niet voorbij te zijn.'

O nee? Het is een gevaarlijk aantrekkelijke gedachte. Weer Vianne zijn, in wonderen handelen, de mensen de magie in zichzelf laten zien...

Ik moest het haar vertellen. Dit moet ophouden. Zij kan er niets aan doen, maar ik kan het niet voort laten duren. De Vriendelijken zitten nog achter ons aan; ze zijn nog nietsziend, maar houden hardnekkig vol. Ik voel hen door de mist komen. Ze graaien met hun lange vingers door de lucht en letten op het kleinste beetje glans en glamour.

'Ik weet dat je probeert te helpen,' zei ik, 'maar we redden ons wel zonder hulp...'

Ze trok haar wenkbrauwen op.

'Je weet wat ik bedoel.' Ik kreeg het niet mijn mond uit. In plaats daarvan raakte ik een chocoladedoos aan en ging ik met mijn vinger over een mystieke spiraal op het deksel.

'Ah, ik snap het. Dát soort hulp.' Ze keek me nieuwsgierig aan. 'Waarom? Wat is er mis mee?'

'Je zou het niet begrijpen.'

'Waarom niet?' vroeg ze. 'We zijn hetzelfde, jij en ik.'

'We zijn níét hetzelfde!' Mijn stem klonk te luid en ik beefde. 'Ik doe die dingen niet meer. Ik ben normaal. Ik ben saai. Vraag het maar aan een willekeurig iemand.'

'Mij best.' Dat is momenteel ook Anouks favoriete uitdrukking; onderstreept door dat onverschillige schouderophalen waarmee tienermeisjes hun afkeuring uitdrukken. Het was opzettelijk komisch, maar ik had geen zin in lachen.

'Het spijt me,' zei ik. 'Ik weet dat je het goed bedoelt. Maar kinderen, die nemen die dingen over. Het begint als een spelletje, en vervolgens loopt het uit de hand.'

'Is dat wat er is gebeurd? *Is* het uit de hand gelopen?'

'Ik wil er niet over praten, Zozie.'

Ze kwam naast me zitten. 'Toe nou, Vianne. Zo erg kan het toch niet zijn? Je kunt het mij wel vertellen.'

Nu kon ik de Vriendelijken ook zíén; ik zag hun gezichten, hun grijpende handen. Ik zag hen achter Zozies gezicht, ik hoorde hun stemmen, flemend, redelijk, en zo ontzéttend vriendelijk...

'Ik red me wel,' zei ik. 'Dat heb ik altijd gedaan.'

Leugenaar!

Weer de stem van Roux, zo duidelijk dat ik bijna naar hem zocht. Er zijn te veel geesten op deze plek, dacht ik. Te veel geluiden van andere tijden, andere plaatsen, en wat nog het ergste was: van wat geweest had kunnen zijn.

Ga weg, zei ik inwendig tegen hen. *Ik ben nu iemand anders. Laat me met rust.*

'Ik red me wel,' herhaalde ik, met een flauwe glimlach.

'Nou, als je ooit mijn hulp nodig hebt...'

Ik knikte. 'Dan zal ik erom vragen.'

6

Maandag 26 november

SUZANNE WAS VANDAAG WEER NIET OP SCHOOL. ZE ZOU GRIEP hebben, maar Chantal zegt dat het vanwege haar haar is. Niet dat Chantal veel met me praat, maar sinds ik bevriend ben met Jean-Loup doet ze akeliger dan ooit, als dat al mogelijk is.

Ze praat de hele tijd over mij. Over mijn haar, mijn kleren en mijn gewoonten. Vandaag had ik mijn nieuwe schoenen aan (gewone schoenen, heel leuk, maar níét Zozie-achtig), en ze zeurde er de hele dag over door. Ze vroeg me waar ik ze gekocht had en hoeveel ze gekost hadden, en ondertussen zat ze maar te grinniken (de hare komen van de Champs-Elysées, en ik denk dat zelfs haar moeder er niet zo veel voor betaald zou hebben) en daarna vroeg ze me waar ik mijn haar had laten knippen, en hoeveel dát gekost had, en toen zat ze weer te grinniken...

Wat heeft dat nou voor zin? Ik vroeg het aan Jean-Loup, en die zei dat ze vast heel onzeker was. Nou dat zal wel waar zijn, maar sinds vorige week is het niets dan ellende. Er zijn boeken weg uit mijn kastje, mijn schooltas is omgegooid en mijn spullen zijn 'per ongeluk' alle kanten uit geschopt. Mensen die ik altijd wel aardig vond, willen plotseling niet meer naast me zitten. En gisteren zag ik Sophie en Lucie een stom spelletje met mijn stoel spelen; ze deden alsof er beestjes op zaten en probeerden zo ver mogelijk bij mijn plek vandaan te zitten, alsof daar iets afschuwelijks was.

En toen kregen we basketbal, en ik hing zoals altijd mijn kleren in de kleedruimte, en toen ik naderhand terugkwam, had iemand mijn nieuwe schoenen weggepakt, en ik zocht overal, totdat Faridah ze eindelijk aanwees: ze stonden helemaal groezelig en stoffig achter de centrale verwarming, en hoewel ik niet kon bewíjzen dat het Chantal was geweest, wíst ik het.

Ik wist het gewoon.

Toen begon ze over de chocoladewinkel.

'Ik heb gehoord dat het een heel leuke winkel is,' zei ze. Dat ge-grinnik van haar, alsof 'leuk' een soort geheime code is die alleen zij en haar vriendinnen kunnen begrijpen. 'Hoe heet hij?'

Ik wilde het niet zeggen, maar deed het toch.

'Ooo, wat léúk,' zei Chantal, en toen grinnikten ze weer, dat hele stel vriendinnen van haar. Lucie en Danielle en de anderen die om haar heen hangen, zoals Sandrine, die altijd heel aardig tegen me was, maar die nu alleen nog maar met me praat wanneer Chantal niet in de buurt is.

Ze lijken nu allemaal een beetje op haar, alsof Chantal zijn iets aanstekelijks is, als een roemrijk soort mazelen of zo. Ze hebben allemaal hetzelfde geplette haar, in laagjes geknipt en aan het eind een beetje opwippend. Ze hebben allemaal dezelfde geur op (deze week is het Angel), en dezelfde kleur roze lippenstift met parelmoerglans. Het wordt mijn dood als ze naar de winkel komen. Echt, ik weet het. Dan ga ik écht dood. Als ze daar staan staren en giechelen, naar mij en Rosette en naar maman die tot aan haar ellebogen in de chocola zit en altijd zo hoopvol kijkt. *Zijn dit je vriendinnen?*

Gisteren heb ik het aan Zozie verteld.

'Tja, je weet wat je te doen staat. Het is de enige manier, Nanou. Je moet de confrontatie aangaan. Je moet iets terugdoen.'

Ik wist dat ze dat zou zeggen. Zozie is een vechter. Maar er zijn dingen die je met een bepaalde houding alleen niet redt. Ik weet natuurlijk dat ik sinds we gepraat hebben veel beter overkom. Het belangrijkste is dat je je rug recht houdt en een uitdagende glimlach oefent, en ook draag ik nu wat ik leuk vind en niet wat maman vindt dat ik dragen moet, en hoewel ik nu meer opval, voel ik me heel wat beter, veel meer mezelf.

'Daar is allemaal niets mis mee, maar soms, Nanou, is het niet genoeg. Dat heb ik op school geleerd. Je moet die meiden eens en voor altijd een lesje leren. Als zij vuile trucs gebruiken, nou, dan moet jij hetzelfde doen.'

Kon ik dat maar. 'Haar schoenen verstoppen, bedoel je?'

Zozie keek me aan zoals ze wel meer doet. 'Nee, ik bedoel níét haar schoenen verstoppen!'

'Wat dan wel?'

'Dat weet je toch wel, Annie? Je hebt het al eerder gedaan.'

Ik dacht aan die keer in de rij voor de bus, en aan Suze met haar haar, en aan wat ik had gezegd...

Dat kwam niet door mij. Dat heb ik niet gedaan.

Maar toen dacht ik weer aan Lansquenet, en aan alle spelletjes die we altijd speelden, en aan Rosettes ongelukjes en Pantoufle, en aan wat Zozie in de Engelse tearoom deed. Ik dacht aan de kleuren en aan het dorpje aan de Loire met de kleine school en het oorlogsmonument, en aan de zandbanken aan de rivier, en de vissers en het café met dat aardige oude echtpaar, en... hoe heette het nou ook alweer?

Les Laveuses, fluisterde de schaduwstem in mijn hoofd.

'Les Laveuses,' zei ik.

'Nanou, wat is er?'

Ik voelde me zomaar ineens duizelig. Ik ging op een stoel zitten, de stoel die overdekt wat met de kleine handjes van Rosette en de grote handen van Nico.

Zozie nam me aandachtig op; haar blauwe ogen vernauwden zich en werden heel helder.

'Magie bestaat niet,' zei ik.

'Ik dacht het wel, Nanou.'

Ik schudde mijn hoofd.

Heel even maar wist ik dat magie wel bestond. Het was opwindend, maar ergens ook doodeng, alsof je bij een rotswand over een heel smalle kronkelende richel loopt terwijl de zee in de diepte schuimt en kolkt en er alleen maar lege ruimte tussen jou en de zee is.

Ik keek haar aan. 'Ik kan het niet,' zei ik.

'Waarom niet?'

Ik gilde: 'Het was een óngeluk.' Het was net of er zand in mijn ogen zat; mijn hart ging tekeer en de hele tijd voelde ik die wind, die wind...

'Stil maar Nanou, er is niets aan de hand.' Ze sloeg haar armen om me heen en ik stopte mijn warme gezicht in het holletje van haar schouder. 'Je hoeft niets te doen wat je niet wilt doen. Ik zorg wel voor je. Het wordt allemaal heel cool.'

Het voelde zo goed om met gesloten ogen en de geur van chocola om ons heen tegen haar schouder te liggen dat ik haar een poosje echt geloofde, geloofde dat alles cool zou zijn, dat Chantal en haar kliek me met rust zouden laten en dat er niets ergs zou gebeuren zolang Zozie in de buurt was.

Ik wist denk ik wel dat ze een keer op zouden komen draven. Misschien had Suze hun verteld waar ze me konden vinden, of misschien had ik dat zelf gedaan, in de tijd waarin ik dacht dat het me zou helpen vrienden te krijgen. Maar toch was het een schok voor me toen ik ze daar allemaal zo zag staan. Ze waren vast met de metro gekomen en de Butte op gerend om sneller dan ik te zijn en...

'Hé, Annie!' Dat was Nico, die net wegging, met Alice aan zijn zij. 'Er zit een heel clubje daarbinnen; schoolvriendinnen van je, neem ik aan.'

Ik merkte dat hij een beetje rood was. Hij is natuurlijk nogal zwaar, en als hij te veel doet, raakt hij buiten adem, maar ik begon me al onzeker te voelen, want de roodheid in zijn kleuren en op zijn gezicht vertelde me dat er iets naars te gebeuren stond.

Ik maakte bijna rechtsomkeert. Het was een rotdag geweest. Jean-Loup was rond het middaguur naar huis gegaan – hij moest naar de dokter, geloof ik – en om het nog erger te maken, had Chantal het de hele dag op mij gemunt; ze had zitten snieren en gevraagd waar mijn vriendje was en over geld gepraat en over alle dingen die zij voor de kerst krijgt.

Misschien was het haar idee om te komen. In ieder geval zat ze op me te wachten toen ik thuiskwam. Ze waren er allemaal: Lucie, Danielle, Chantal en Sandrine. Ze zaten met een cola voor zich te giechelen als gekken.

Ik moest wel naar binnen. Ik kon nergens heen, en bovendien moet je wel heel stom zijn om weg te lopen. Zachtjes mompelde ik: 'Ik ben te gek.' Maar eerlijk gezegd voelde ik me helemaal niet te gek. Ik voelde me alleen maar moe en ik had een droge mond en was een beetje misselijk. Ik had zin om voor de televisie te zitten en met Rosette naar een dom kinderprogramma te kijken, of misschien een boek te lezen...

Chantal was aan het woord toen ik binnenkwam. 'Zag je hoe dik hij was?' zei ze met een hoge stem. 'Het leek wel een vráchtwagen!'

Ze deed alsof ze verbaasd was toen ik binnenkwam. Echt niet.

'Ooo, Annie. Was dat je vríéndje?'

Gegrinnik.

Ik haalde mijn schouders op. 'Hij is een vriend.'

Zozie zat achter de toonbank en deed alsof ze niet luisterde. Ze keek even naar Chantal en daarna keek ze me even vragend aan: *Is dat 'r?*

Opgelucht knikte ik. Ik weet niet wat ik van haar verwachtte; misschien dat ze hen op zou laten krassen, of cola zou laten morsen, zoals ze met de serveerster in de Engelse tearoom had gedaan, of gewoon tegen hen zou zeggen dat ze weg moesten gaan.

Ik was dus heel verbaasd toen ze me niet hielp, maar alleen maar opstond en zei: 'Ga jij maar met je vriendinnen zitten praten. Ik ben achter als je me nodig hebt. Veel plezier. Oké?'

En toen liet ze me alleen, nadat ze me grijnzend een knipoog had gegeven, alsof ze dacht dat voor de leeuwen geworpen worden mijn idee van veel plezier was.

7

Dinsdag 27 november

VREEMD, DIE WEERZIN OM HAAR VAARDIGHEDEN TE ERKENNEN.
Je zou gedacht hebben dat een kind als zij er alles voor over zou
hebben om te zijn wat ze is. En dan dat woord 'ongelukje'.

Vianne gebruikt het ook wanneer ze over ongewenste of onverklaarbare dingen praat. Alsof zoiets bestaat in onze wereld, waar
alles met alles verband houdt, waar alles op onopvallende, mystieke
manieren al het andere raakt, als zijden draden in een tapijt. Niets
is ooit een ongelukje, niemand gaat ooit verloren. Maar wij zijn de
bijzonderen, degenen die kunnen zíén; die de draden verzamelend
door het leven gaan, die ze samenbrengen, die kleine, bewuste, eigen patronen in de randen van het grote geheel weven...

Dat is toch fantastisch, Nanou? Het is toch zeker fantastisch, en
subversief, en mooi, en groots? Wil je daar geen deel van uitmaken? Je eigen bestemming zoeken in die warreling van draden en
er vorm aan geven, niet door toeval, maar met ópzet?

Ze trof me vijf minuten later in de keuken. Toen was ze al bleek
van onderdrukte woede. Ik weet hoe dat voelt, dat buikzieke, ziels-
zieke gevoel, dat misselijkmakende gevoel van hulpeloosheid.

'Je moet zorgen dat ze weggaan,' zei ze. 'Ik wil niet dat ze hier nog
zijn wanneer maman terugkomt.'

Wat ze bedoelde was: ik wil geen schietschijf meer zijn.

Ik keek haar meelevend aan. 'Het zijn klanten. Wat kan ik
doen?'

Ze keek me aan.

'Ik meen het,' zei ik. 'Het zijn jouw vriendinnen.'

'Dat zijn het níét!'

'O, maar...' Ik deed alsof ik aarzelde. 'Dan zou het dus niet echt
een ongelukje zijn als jij en ik... ons er een beetje mee bemóéien?'

Haar kleuren vlamden op bij de gedachte. 'Maman zegt dat het gevaarlijk is...'

'Maman heeft misschien zo haar redenen.'

'Wat voor redenen?'

Ik haalde mijn schouders op. 'Nanou, soms houden volwassenen kennis achter voor hun kinderen wanneer ze hen willen beschermen. En soms beschermen ze niet zozeer het kind, als wel henzelf tegen de gevolgen van die kennis...'

Ze keek me verward aan. 'Denk je dat ze tegen me heeft gelogen?' zei ze.

Het was een risico, dat wist ik. Maar ik heb in mijn leven al heel wat risico's genomen, en bovendien wíl ze verleid worden. Het is de rebel in de ziel van ieder goed kind: het verlangen tegen gezag in te gaan, de kleine goden omver te werpen die zich onze ouders noemen.

Annie zuchtte. 'Je begrijpt het niet.'

'O jawel, hoor. Je bent bang,' zei ik. 'Je wilt niet anders zijn. Je denkt dat je dan te veel opvalt.'

Daar dacht ze even over na.

'Dat is het niet,' zei ze.

'Wat is het dán?' vroeg ik.

Ze keek me aan. Achter de deur naar de winkel hoorde ik het glasachtige, gillerige stemgeluid van tienermeisjes die niet veel goeds in de zin hebben.

Ik schonk haar mijn meest meelevende glimlach. 'Weet je, ze zullen je nooit met rust laten. Ze weten nu waar je woont. Ze kunnen terugkomen wanneer ze maar willen. Ze hebben Nico al te pakken genomen...'

Ik zag dat het haar onaangenaam trof. Ik weet hoezeer ze op hem gesteld is.

'Wil je hen hier iedere middag zien? Terwijl ze daar om jou zitten te lachen?'

'Maman zou er wel voor zorgen dat ze weggingen,' zei ze, hoewel ze niet al te zeker klonk.

'En wat dan?' zei ik. 'Ik heb het zien gebeuren. Het is mijn moeder en mij overkomen. Eerst de kleine dingen, de dingen die we aankonden: de grappen, de winkeldiefstallen, 's nachts de graffiti op de luiken. Als het moet, kun je daarmee leven, weet je. Het is niet leuk, maar je kunt ermee leven. Maar daar blijft het nooit bij. Ze geven nooit op. Poep voor de deur, rare telefoontjes midden in de nacht, stenen door de ramen en dan, op een dag, wordt er benzine door de brievenbus gegoten en gaat alles in rook op...'

Ik zou het moeten weten. Het was bijna gebeurd. Een occulte boekenwinkel trekt aandacht, vooral wanneer die zich buiten het stadscentrum bevindt. Brieven aan de lokale pers, folders waarin Halloween wordt veroordeeld, zelfs een kleine demonstratie voor de winkel met handgeschreven borden en een handvol rechtse mensen van de parochie die als gekken campagne voeren om onze winkel gesloten te krijgen.

'Gebeurde niet hetzelfde in Lansquenet?'

'Lansquenet was iets anders.'

Haar ogen schoten naar de deur. Ik voelde haar alles overdenken. Ik was er bijna, ik voelde het, het hing als statische elektriciteit in de lucht.

'Doe het,' zei ik.

Ze keek me aan.

'Doe het. Ik verzeker je dat er niets is om bang voor te zijn.'

Haar ogen waren helder. 'Maman zegt...'

'Ouders weten niet alles. En vroeg of laat zul je voor jezelf moeten leren zorgen. Toe dan. Wees geen slachtoffer, Nanou. Laat je niet door hen op de vlucht jagen.'

Ze dacht erover na, maar ik voelde dat mijn woorden nog niet de juiste snaar hadden geraakt.

'Er zijn ergere dingen dan op de vlucht zijn,' zei ze.

'Is dat wat je moeder zegt? Heeft ze daarom haar naam veranderd? Heeft ze je daarom zo bang gemaakt? Waarom wil je me niet vertellen wat er in Les Laveuses gebeurd is?'

Dat kwam meer in de buurt. Maar het was nog niet raak. Haar gezicht kreeg de koppige, gereserveerde uitdrukking waarin puberende meisjes zo goed zijn, de blik die zegt: je kunt praten wat je wilt...

Dus gaf ik haar een zetje. Een kleintje maar. Ik maakte mijn kleuren iriserend en probeerde het geheim, wat het ook was, te pakken...

En toen zag ik het, vluchtig slechts: een reeks plaatjes, als rook op water.

Water. Dat is het. Een rivier, dacht ik. En een zilveren kat, een bedeltje. Allebei met een Halloweenachtig licht eromheen. Ik probeerde het weer, was er bijna, maar toen...

Bam!

Het was alsof ik tegen een hek leunde dat onder stroom stond. Er ging een schok door me heen, die me wegsloeg. De rook trok op, het beeld viel uiteen, elke zenuw in mijn lichaam leek te vibreren van de elektriciteit. Ik voelde dat het helemaal niet gepland was – het vrijkomen van opgekropte energie, als een kind dat stampvoet – maar als ik ook maar de helft van die kracht had gehad toen ik zo oud was als zij...

Annie keek me met gebalde vuisten aan.

Ik lachte naar haar. 'Je bent goed,' zei ik.

Ze schudde haar hoofd.

'O ja, dat ben je zeker. Je bent heel goed. Misschien beter dan ik. Een gave...'

'Ja, dat zal best.' Haar stem was zacht, gespannen. 'Wat een gave, zeg. Ik zou liever goed in dansen zijn, of in schilderen.' Er kwam een gedachte bij haar op, en haar gezicht vertrok. 'Je vertelt het toch niet aan maman?'

'Waarom zou ik?' zei ik. 'Kom nou. Je denkt toch niet dat jij de enige bent die iets geheim kan houden?'

Lang bestudeerde ze mijn gezicht.

Buiten hoorde ik de windbelletjes tinkelen.

'Ze zijn weg,' zei Annie.

Ze had gelijk. Toen ik naar binnen keek, zag ik dat de meisjes weg waren, een spoor van verspreide stoelen, halflege glazen en een vage geur van kauwgom en haarlak en de koekachtige geur van tienerzweet achterlatend.

'Ze komen terug,' zei ik zacht.

'Maar misschien ook niet,' zei Annie.

'Nou, als je ooit hulp nodig hebt...'

'Dan zal ik erom vragen,' zei ze.

Erom vragen, erom vragen. Zeg, wat ben ik, een goede fee of zo?

Ik ben natuurlijk Les Laveuses op gaan zoeken. Ik begon met het internet, maar dat leverde niets op, zelfs geen toeristische informatie, zelfs niet de kleinste verwijzing naar een festival of een chocolaterie. Toen ik verder zocht, vond ik één vermelding van een plaatselijke crêperie, in een citaat uit een culinair tijdschrift. De eigenaresse was een weduwe: Françoise Simon.

Zou zij Vianne kunnen zijn geweest, maar dan onder een andere naam? Het is mogelijk, hoewel er in het stukje niets staat over de vrouw zelf. Maar een telefoontje later loopt het spoor al dood. Françoise zelf neemt de telefoon op. Haar stem klinkt door de telefoon droog en achterdochtig; de stem van een vrouw in de zeventig. Ik zeg tegen haar dat ik journalist ben. Ze zegt tegen me dat ze nog nooit van Vianne Rocher heeft gehoord. Yanne Charbonneau? Idem dito. Gegroet.

Les Laveuses is een klein plaatsje, nauwelijks een dorp te noemen, begrijp ik. Er is een kerk, een paar winkels, de crêperie, het café en het oorlogsmonument. Het land eromheen is voornamelijk landbouwgrond met zonnebloemen, maïs en fruitbomen. Erlangs stroomt de rivier, als een langgerekte bruine hond. Een dorpje van niks, althans, zo lijkt het, maar toch voel ik iets resoneren. Een glimp van een herinnering, een onbenullig stukje in de krant...

Ik ging naar de bibliotheek en vroeg naar de archieven. Ze hebben iedere editie van *Ouest-France* op schijf en op microfilm. Ik ben gisterenavond begonnen, om zes uur. Ik heb twee uur gezocht, en ging toen weer aan het werk. Morgen doe ik hetzelfde, en dan weer, net zolang tot ik vind wat ik meen te zoeken. Dat gehucht is de sleutel: Les Laveuses, aan de Loire. En wanneer ik die eenmaal heb... Wie weet wat voor geheimen ik met die sleutel kan ontsluieren...

Ik moet telkens aan Annie denken. Ze had me gisterenavond beloofd dat ze me zonodig om hulp zou vragen. Maar als je iemand om hulp vraagt, moet je iets nodig hebben, moet je een behoefte voelen die veel verder gaat dan de kleine ergernisjes van het Lycée Jules Renard. Iets waardoor je alle voorzichtigheid laat varen, iets wat hen allebei in de armen van hun goede vriendin Zozie drijft.

Ik weet waar ze bang voor zijn.

Maar wat hebben ze nodig?

Toen ik vanmiddag alleen in de winkel was terwijl Vianne met Rosette een eindje ging wandelen, ben ik naar boven gegaan om haar spullen te doorzoeken. Met de nodige voorzichtigheid, zoals je wel begrijpt, want mijn doel is niet gewoon diefstal, maar iets wat oneindig veel verder gaat. Ze blijkt niet veel te hebben: een garderobe die nog basaler is dan de mijne, een ingelijste plaat aan de muur (waarschijnlijk op de *marché aux puces* gekocht), een patchworksprei (zelfgemaakt, zou ik zeggen), drie paar schoenen, allemaal zwart – saai, toch? En ten slotte, onder het bed: bingo! Een houten kistje zo groot als een schoenendoos, gevuld met losse rommel.

Niet dat Vianne Rocher dat zou vinden. Ik ben eraan gewend uit dozen en tassen te leven, en ik weet dat mensen als wij niet veel spullen vergaren. De dingen in het kistje zijn de puzzelstukjes van haar leven, dingen die ze nooit achter zou kunnen laten – haar verleden, haar leven, haar geheime hart.

Ik opende het met de grootste zorg. Vianne heeft zo haar geheimen, wat haar achterdochtig maakt. Ze zal de precieze plaats van elk stukje papier, ieder voorwerp, elk draadje, ieder vodje, elk stofje weten.

En daar komen ze een voor een tevoorschijn; Vianne Rocher in een notendop. Eerst een pak tarotkaarten, niets bijzonders, gewoon de Marseillaanse versie, maar duidelijk veelgebruikt en geel van ouderdom.

Daaronder liggen documenten: paspoorten op naam van Vianne Rocher en een geboorteakte van Anouk met dezelfde achternaam. Anouk is dus Annie geworden, zoals Vianne Yanne werd. Geen papieren voor Rosette, wat vreemd is, maar wel een verjaard paspoort op naam van Jeanne Rocher, dat van Viannes moeder geweest zal zijn. Aan haar foto zie ik dat ze niet veel op Vianne lijkt, maar ja, Anouk lijkt ook niet veel op Rosette. Een stukje verbleekt lint, waaraan een bedeltje in de vorm van een kat hangt. Dan een paar foto's, een stuk of tien maar. Daarop herken ik een jongere Anouk, een jongere Vianne, een jongere Jeanne in zwart-wit. Allemaal zorgvuldig opgeslagen, met een lint eromheen; verder nog wat tamelijk oude brieven en een dun pakje krantenartikelen. Ik blader ze aandachtig door, waarbij ik voorzichtig met de vergeelde randen en brosse vouwen moet omgaan. Ik herken een verslag van het chocoladefestival in Lansquenet-sous-Tannes, uit een plaatselijk blad. Voor een groot deel hetzelfde als wat ik al gezien heb, maar de foto is groter en Vianne staat er met twee andere mensen op, een man en een vrouw; de vrouw met lange haren en een soort geruite jas aan en de man nerveus glimlachend. Vrienden misschien? Er staan geen namen in het artikel.

Dan een knipseltje uit een Parijse krant, zo knisperig en bruin als een herfstblad. Ik durf het niet open te vouwen, maar ik zie wel dat het over de verdwijning van een jong kind gaat, een zeker Sylviane Caillou, ruim dertig jaar geleden uit haar autostoeltje geroofd. Vervolgens een recenter knipsel, een verslag van een grillige windhoos in Les Laveuses, een dorpje aan de Loire. Vreemd onbeduidende dingen, zou je misschien denken, maar voor Vianne Rocher belangrijk genoeg om ze helemaal hier mee naartoe te nemen, na al die jaren, en ze in dit kistje te verstoppen, waar ze nu al een tijd onaangeroerd liggen, althans, dat maak ik op uit de laag stof...

Dus dit zijn je geesten, Vianne Rocher. Vreemd, ze lijken zo bescheiden. De mijne zijn veel indrukwekkender, maar ja, ik vind bescheidenheid ook een tweederangsdeugd. Het had je zo veel beter kunnen vergaan, Vianne. En met mijn hulp kan dat misschien nog steeds.

Ik zat gisterenavond uren achter mijn laptop; ik dronk koffie en keek naar de neonverlichting buiten en dacht telkens na over dezelfde vraag. Niets te vinden over Les Laveuses, niets over Lansquenet. Ik begon te geloven dat Vianne Rocher een even ongrijpbaar iemand was als ikzelf, een schipbreukeling op de rots van Montmartre, zonder verleden, een onneembaar fort.

Absurd natuurlijk. Niets is onneembaar. Maar nu alle rechtstreekse informatielijnen uitgeput waren, bleef er nog één mogelijkheid over, en dat hield me tot 's avonds laat aan het denken.

Niet dat ik bang was, natuurlijk, maar deze dingen kunnen zo onbetrouwbaar zijn; ze roepen meer vragen op dan ze beantwoorden, en als Vianne vermoedde wat ik gedaan had, zou iedere kans om dicht bij haar in de buurt te komen, verkeken zijn.

Maar ja, risico's nemen hoort bij het vak. Het is al lang geleden dat ik voor het laatst geschouwd heb; mijn systeem steunt meer op praktische methoden dan op bel, boek en kaars, en negen van de tien keer krijg je snellere resultaten met het internet. Maar het is nu tijd om wat creatiever te worden.

Een hoeveelheid Mexicaanse agave, gedroogd en tot poeder vermalen en in heet water opgelost, helpt de vereiste geestestoestand te bereiken. Het gaat hier om pulque, het goddelijke roesverwekkende middel van de Azteken, een beetje aangepast voor mijn eigen doeleinden. Dan komt het teken van de Rokende Spiegel, in het stof op de vloer aan mijn voeten getekend. Ik ga in kleermakerszit zitten met mijn laptop voor me, ik stel de screensaver op iets toepasselijk abstracts in, en wacht op verlichting.

Mijn moeder zou het zeker niet hebben goedgekeurd. Ze was als het om schouwen ging altijd meer voor de traditionele kristallen bol, maar de goedkopere alternatieven, zoals toverspiegels of tarotkaarten, had ze desnoods ook nog wel geaccepteerd. Maar ja, dat was ook logisch, want ze had die dingen in haar winkel, en zo ze haar ooit een echte openbaring hebben opgeleverd, heb ik er in ieder geval nooit iets van gehoord.

Er bestaat een aantal populaire mythes over schouwen. Een daarvan is dat je er speciale spullen voor nodig hebt. Dat is niet zo. Gewoon je ogen sluiten kan al voldoende zijn, maar ik zie meer in de beelden die opkomen wanneer ik kijk naar een televisietoestel dat niet op een zender is afgestemd, of naar de fractalachtige patronen in de screensaver van mijn computer. Het is een systeem als ieder ander, een middel om de analytische linkerhelft van de hersenen bezig te houden met onbenulligheden terwijl de creatieve rechterhelft naar aanwijzingen zoekt.

En vervolgens...

Laat je je gewoon drijven.

Het is een vrij aangename ervaring, die wordt versterkt wanneer de drug begint te werken. Het begint met een vaag gevoel van ontregeling; de lucht om me heen wordt een gapende leegte en hoewel ik mijn blik op het scherm gevestigd houd, ben ik me ervan bewust dat de kamer veel groter lijkt dan anders en dat de muren verder weg beginnen te lijken en dat ze naar buiten beginnen op te bollen...

Ik adem diep en denk aan Vianne.

Haar gezicht verschijnt in sepia voor me op het scherm, als in een krant. Om me heen is een kring van lichtjes, die ik vanuit mijn ooghoek waarneem. Ze zuigen me mee, als vuurvliegjes.

Wat is je geheim, Vianne?

Wat is je geheim, Anouk?

Wat hebben jullie nodig?

De Rokende Spiegel lijkt te glanzen. Misschien is dit het effect van de drug, een visuele metafoor die werkelijkheid wordt. Er verschijnt een gezicht op het scherm voor me: Anouk, zo duidelijk als een foto. Dan Rosette, met een penseel in haar hand. Een verbleekte ansichtkaart van de Rhône. Een zilveren slavenarmbandje, veel te klein voor een volwassene, met een bedeltje in de vorm van een kat eraan.

Dan is er ineens een luchtstroom; een plots opklinkend applaus, een geflader van onzichtbare vleugels. Ik voel me heel dicht bij iets belangrijks. En nu kan ik het zien: de romp van een boot. Een lange, lage boot, van het allertraagste type. En een handgeschreven regel, nonchalant neergekrabbeld.

Wie? vraag ik. *Wie, verdomme?*

Geen antwoord van het verlichte scherm. Slechts het geluid van water, het gesis en gedreun van motoren onder het wateroppervlak, langzaam opgaand in het vaag jankerige gezoem van de laptop, het bewegen van de screensaver, de beginnende hoofdpijn.

Haken en ogen, tikketakketogen...

Zoals ik al zei: het is vaak niet de beste methode.

En toch ben ik iets te weten gekomen, denk ik. Er komt iemand aan. Iemand komt dichterbij. Iemand uit het verleden. Iemand die problemen gaat geven.

Nog éénmaal toeslaan, Vianne, en dan is het voor elkaar. Nog één zwakke plek moet ik vinden. Dan zal de piñata haar inhoud prijsgeven en zullen al haar schatten en geheimen, Vianne Rochers leven, om het over dat zeer getalenteerde kind nog maar niet eens te hebben, eindelijk van mij zijn.

8

Woensdag 28 november

HET EERSTE LEVEN DAT IK STAL, WAS DAT VAN MIJN MOEDER. DE eerste keer vergeet je nooit, hoe onelegant de diefstal ook was. Niet dat ik het destijds als diefstal zag, maar ik moest ontsnappen, en mijn moeders paspoort lag ongebruikt in de kast, en haar spaargeld lag weg te rotten bij de bank...

Ik was nog maar net zeventien. Ik kon er ouder uitzien, en deed dat ook herhaaldelijk, of jonger, als het moest. De mensen zien zelden wat ze denken te zien. Ze zien alleen maar wat wij wíllen dat ze zien: schoonheid, ouderdom, jeugd, esprit, zelfs oninteressantheid, indien dat nodig is, en ik beheerste de kunst bijna tot in de puntjes.

Ik nam de hovercraft naar Frankrijk. Ze keken nauwelijks naar mijn gestolen paspoort. Zo had ik het ook gepland. Een laag make-up, een verandering van kapsel en een jas van mijn moeder maakten de illusie compleet. De rest zat tussen de oren, zoals dat heet.

Natuurlijk waren de veiligheidsmaatregelen in die tijd zeer beperkt. Ik stak over met niet veel meer bezit dan een doodkist en een paar schoenen – de eerste twee bedeltjes aan mijn armband – en toen was ik aan de andere kant. Ik sprak nauwelijks Frans en het enige geld dat ik bezat, was de zesduizend pond die ik van mijn moeders rekening had weten te halen.

Ik zag het als een uitdaging. Ik vond werk bij een textielfabriekje in een van de buitenwijken van Parijs. Ik deelde een kamer met een collega, Martine Matthieu, uit Ghana. Ze was vierentwintig jaar oud en wachtte op een werkvergunning voor zes maanden. Ik zei tegen haar dat ik tweeëntwintig was, en Portugese. Ze geloofde me, althans, dat dacht ik. Ze was vriendelijk, ik was alleen. Ik vertrouwde haar. Ik liet mijn waakzaamheid verslappen. Dat was de enige fout die ik maakte. Martine was nieuwsgierig; ze snuffelde in mijn spullen en ontdekte de documenten van mijn moeder, verborgen in mijn onderste la. Ik weet niet waarom ik ze überhaupt had bewaard. Misschien uit nonchalance, of uit luiheid, of uit een misplaatst gevoel van nostalgie. Het was zeker niet mijn bedoeling geweest die identiteit nog eens te gebruiken. Hij was te nauw verbonden met St.-Michael's-on-the-Green, en het was mijn pech dat Martine het zich herinnerde uit een krant die ze gelezen had, en de foto met mij in verband bracht.

Ik was jong, moet je weten. Alleen al de dreiging dat de politie erbij gehaald zou worden, bracht me in paniek. Martine wist dat en ze buitte het uit, en wel voor de somma van een half salaris per week. Het was afpersing, niet meer en niet minder. Ik verdroeg het. Wat moest ik anders?

Ja, ik had kunnen vluchten, neem ik aan. Maar ook toen al was ik koppig. Bovenal wilde ik wraak. Dus betaalde ik Martine haar wekelijkse som, was ik dociel en gedwee, verdroeg ik haar driftbuien, maakte ik haar bed op, kookte ik haar eten en wachtte ik over het geheel genomen het juiste moment af. Toen eindelijk haar papieren kwamen, meldde ik me ziek en haalde ik in haar afwezigheid alles uit haar kamer wat voor mij van nut kon zijn (zoals geld, paspoort en identiteitsbewijs), en gaf ik haar, de illegale werkplaats en mijn andere collega's aan bij de immigratiedienst.

Martine bezorgde me mijn derde bedeltje. Een zilveren hangertje in de vorm van een zonneschijf, dat ik gemakkelijk kon aanpassen voor mijn armband. Ik had inmiddels het begin van een collectie en voor ieder leven dat ik sindsdien heb verzameld, heb ik een nieuw ornamentje toegevoegd. Het is een bescheiden vorm van ijdelheid die ik mezelf toesta, iets wat me eraan herinnert hoe ver ik het geschopt heb.

Ik verbrandde natuurlijk mijn moeders paspoort. Afgezien van de onaangename herinneringen die het bij me opriep, was het veel te belastend. Maar dat was mijn eerste officiële succes, en als ik er íéts van geleerd heb, is het wel dit: wanneer het om levens gaat, is er geen ruimte voor nostalgie.

Sindsdien hebben hun geesten me vergeefs achtervolgd. Geesten kunnen slechts in rechte lijnen bewegen (tenminste, dat geloven de Chinezen), en de Butte de Montmartre is een ideaal toevluchtsoord, met zijn stoepjes en trappen en kronkelende straatjes waar geen spook de weg zou kunnen vinden.

Althans, dat hoop ik. In de avondkrant van gisteren stond weer een foto van Françoise Lavery; ze hebben de kwaliteit van de foto waarschijnlijk verbeterd. Hoe dan ook, hij ziet er minder korrelig uit, hoewel hij nog steeds weinig gelijkenis vertoont met Zozie de l'Alba.

Uit inlichtingen is echter inmiddels gebleken dat de 'echte' Françoise ergens in het vorige jaar is overleden, onder omstandigheden die nu verdacht lijken. Ze was klinisch depressief nadat haar vriend haar verlaten had en ze stierf aan een overdosis die als toevallig werd aangemerkt, maar die natuurlijk ook van een andere aard heeft kunnen zijn. Haar flatgenoot, een meisje dat Mercedes Desmoines heette, verdween kort na Françoises dood, maar ze was al geruime tijd weg voordat iemand vermoedde dat er iets niet in de haak was.

Ach, ja. Sommige mensen zijn niet te helpen. En echt, ik had meer van haar verwacht. Die muizige types kunnen vaak een onverwachte innerlijke kracht aan de dag leggen, maar bij haar was daar geen sprake van. Arme Françoise.

Ik mis haar niet. Ik vind het leuk Zozie te zijn. Iedereen is op Zozie gesteld – uiteraard, ze is namelijk helemaal zichzelf – en het kan haar niets schelen wat anderen denken. Ze is zo anders dan juffrouw Lavery dat je naast haar in de metro zou kunnen zitten zonder ook maar een beetje gelijkenis te zien.

Maar goed, voor de zekerheid heb ik toch maar mijn haar geverfd. Zwart haar past ook wel bij me. Daarmee zie ik er Frans uit, of misschien Italiaans, en het geeft mijn huid iets parelmoerachtigs en doet de kleur van mijn ogen beter uitkomen. Het past goed bij degene die ik nu ben, en het kan geen kwaad dat de mannen het ook leuk vinden.

Toen ik de kunstschilders passeerde die onder hun paraplu's weggedoken op de regenachtige Place du Tertre zaten, wuifde ik naar Jean-Louis, die me op de gebruikelijke manier begroette.

'Hé, jij bent het!'

'Jij geeft het ook nooit op, hè?' zei ik.

Hij grijnsde. 'Zou jij dat dan doen? Je ziet er vandaag schitterend uit. Zal ik een snelle profielschets van je maken? Hij zou leuk staan op de muur van je chocoladewinkel.'

Ik lachte. 'Nou, in de eerste plaats is het niet míjn winkel, en in de tweede plaats zou ik kúnnen overwegen voor jou model te zitten, maar alleen als je mijn warme chocola probeert.'

Kat in het bakkie, zoals Anouk zou kunnen zeggen. Weer een overwinning voor de chocolaterie. Jean-Louis en Paupaul kwamen allebei binnen, kochten chocola en bleven een uur. In dat uur voltooide Jean-Louis niet alleen mijn portret, maar ook nog twee andere: een van een jonge vrouw die binnenkwam om truffels te kopen en snel voor zijn vleierij bezweek, en een van Alice, impulsief besteld door Nico, die langskwam voor zijn gebruikelijke aankopen.

'Heb je ook ruimte voor een inwonend kunstenaar?' vroeg Jean-Louis toen hij opstond om te vertrekken. 'Het is hier echt te gek. Het is zó veranderd.'

Ik glimlachte. 'Ik ben blij dat je het leuk vindt, Jean-Louis. Ik hoop dat iedereen je mening deelt.'

En natuurlijk ben ik niet vergeten dat Thierry zaterdag terugkomt van zijn reis. Hij zal tot zijn spijt merken dat alles heel erg veranderd is; arme, romantische Thierry, met zijn geld en eigenaardige ideeën over vrouwen.

Het is het weesachtige in Vianne dat hem in eerste instantie aantrok: de dappere jonge weduwe die in haar eentje vecht. Zonder succes weliswaar, maar met pit, maar die uiteindelijk toch kwetsbaar is, gelijk Assepoester die wacht op haar prins.

Dat is wat hem natuurlijk zo bevalt. Hij fantaseert dat hij haar redt, maar waarvan precies? Weet hij dat? Niet dat hij dat ooit zou zeggen, of zou toegeven, zelfs niet aan zichzelf. Het is af te lezen aan zijn kleuren: een enorme zelfverzekerdheid – een goedmoedig, maar onwrikbaar geloof in de gecombineerde macht van geld en charme – die Vianne aanziet voor bescheidenheid.

Ik vraag me af wat hij ervan zal denken dat haar chocolaterie een succes is.

Ik hoop dat hij niet teleurgesteld zal zijn.

9

Zaterdag 1 december

> *Heb 100 kachels gezien, maar niet 1 verwarmde m'n hart.*
> *Zou ik je m=en?*
> *Tot morgen,*
> *Liefs, T xx*

Het regent vandaag, een fijne, spookachtige regen die in mist verandert aan de randen van de Butte, maar Le Rocher de Montmartre ziet er bijna sprookjesachtig uit en staat zachtjes te stralen in de stille, natte straten. De verkoop oversteeg vandaag alle verwachtingen: in één ochtend meer dan tien klanten, de meeste ongeregelde, maar ook een paar vaste.

Het is heel snel gegaan, in nog geen twee weken tijd, en toch is de verandering al ongelooflijk groot. Misschien komt het doordat de winkel een nieuw aanzien heeft gekregen, of door de geur van smeltende chocola, of door de etalage die nogal opvallend is.

Hoe het ook zij, onze klandizie is het veelvoudige van wat hij was en bestaat uit zowel buurtbewoners als toeristen, en wat begon als een exercitie om geoefend te blijven, begint een serieuze zaak te worden, terwijl Zozie en ik proberen de groeiende vraag naar mijn assortiment zelfgemaakte chocola bij te houden.

We hebben vandaag bijna veertig dozen gemaakt, waarvan vijftien met truffels (die nog steeds goed lopen). Ik maakte ook een hoeveelheid kokosvierkantjes en wat zurekersballen, sinaasappelschilletjes en roomviooltjes, en zo'n honderd *lunes de miel*, van die kleine chocoladeschijfjes die eruitzien als een wassende maan, met een wit maanprofiel op een donkere ondergrond.

Het is zo'n feest om een doos te kiezen, lang na te denken over de vorm: moet hij hartvormig, rond of vierkant zijn? De chocolatjes met zorg uitkiezen; ze tussen de plooien van knisperig moerbeirood papier zien liggen; de gemengde geur van room, karamel, vanille en bruine rum ruiken; een lint, een verpakking kiezen; een bloem of papieren hart erop doen; het zijdeachtige *wisssj* van rijstpapier tegen het deksel horen...

Ik heb het sinds Rosettes geboorte zo gemist. De warmte van het koper op het fornuis. De geur van smeltende couverture. De aardewerken mallen, waarvan de vormen me zo vertrouwd en dierbaar zijn als kerstversiering die generaties lang is doorgegeven. Deze ster, dit vierkantje, dat rondje, elk voorwerp heeft betekenis, iedere daad, zo vaak herhaald, bevat een wereld van herinneringen.

Ik heb geen foto's, geen albums, geen aandenkens behalve de paar dingen in mijn moeders doos: de kaarten, wat papieren en het kattenbedeltje. Mijn herinneringen bewaar ik elders. Ik kan me ieder litteken, elke kras op een houten lepel of koperen pan herinneren. Deze lepel met platte zijkanten is mijn lievelingslepel; Roux heeft hem uit één stuk hout gesneden en hij past perfect in mijn hand. Deze rode spatel – hij is maar van plastic, maar ik heb hem al sinds mijn kindertijd – kreeg ik van een groenteman in Praag; deze kleine emaillen pan met de gehavende rand gebruikte ik altijd voor Anouks warme chocola, toen we het ritueel dat we tweemaal daags uitvoerden, evenmin hadden kunnen vergeten als pastoor Reynaud de communie had kunnen overslaan.

De granieten plaat die ik gebruik voor het tempereren zit vol groeven en lijnen. Ik kan ze beter lezen dan de lijnen van mijn hand, hoewel ik dat niet zo gauw zou doen. Ik zie liever niet de toekomst die daarin besloten ligt. Het heden is al meer dan genoeg.

'Is er ook een *chocolatière* aanwezig?'

Thierry's stem is onmiskenbaar: luid, rondborstig en vriendelijk. Ik hoorde hem vanuit de keuken (ik stond likeurbonbons te maken, het lastigste onderdeel van het chocoladevak). Een hevig getinkel van belletjes, een gestamp van voeten – een stilte toen hij om zich heen keek.

Ik kwam de keuken uit, terwijl ik de gesmolten chocola aan mijn schort afveegde.

'Thierry!' zei ik, en ik omhelsde hem, waarbij ik mijn handen naar buiten gekeerd hield om zijn pak te sparen.

Hij grijnsde. 'Zo, zo. Je hebt hier heel wat veranderd, zeg.'

'Vind je het leuk?'

'Het is... anders.' Misschien verbeeldde ik het me, maar ik dacht een zweem van afkeer in zijn stem te horen toen hij de vrolijk gekleurde muren, de gestencilde vormen, de meubels met handafdrukken, de oude leunstoelen en de pot met chocola en de kopjes op het driepotige tafeltje zag, en het arrangement in de etalage met Zozies rode schoenen tussen de hoopjes van chocola vervaardigde kostbaarheden. 'Het ziet er...' Hij stopte, en ik zag de boog die zijn blik beschreef, zag hem even afdwalen naar mijn hand. Zijn mond trok een beetje strak, meende ik, zoals wanneer iets hem niet bevalt. Maar zijn stem klonk warm toen hij zei: 'Het ziet er geweldig uit. Jullie hebben hier wonderen verricht.'

'Chocola?' vroeg Zozie, terwijl ze een kop volschonk.

'Ik... nee... ach, nou ja, goed, eentje dan.'

Ze overhandigde hem een espressokopje, met een van mijn truffels erbij. 'Dat is een van onze specialiteiten,' zei ze met een glimlach.

Hij keek nog eens met een enigszins verdwaasde blik om zich heen naar de stapels dozen, de glazen schalen, het fondant, de linten, de rozetten en de krakelingen, roomviooltjes, *mocha blanc*, donkere rumtruffels, chilivierkantjes, citroenparfait en mokkataart op de toonbank.

'Heb jij die allemaal gemaakt?' zei hij ten slotte.

'Kijk niet zo verbaasd,' zei ik.

'Voor de kerst zeker?' Met licht gefronst voorhoofd keek hij naar het prijskaartje aan een doos chilichocolaatjes. 'Dus de mensen kopen die echt?'

'Aan de lopende band,' zei ik met een lachend gezicht.

'Moet je een kapitaal gekost hebben,' zei hij. 'Al dat schilderwerk en die nieuwe inrichting.'

'We hebben het zelf gedaan. Met zijn allen.'

'Goh, wat goed, zeg. Jullie hebben hard gewerkt.' Hij proefde van zijn warme chocola, maar weer zag ik zijn mond straktrekken.

'Je hoeft het niet te drinken als je het niet lekker vindt, hoor,' zei ik, terwijl ik probeerde niet ongeduldig te klinken. 'Ik kan koffie voor je maken als je dat liever hebt.'

'Nee, dit is heerlijk.' Hij nam weer een slokje. Wat kan hij toch slecht liegen. Zijn doorzichtigheid zou me plezier moeten doen, ik weet het, maar in plaats daarvan bezorgt het me een enigszins ongemakkelijk gevoel. Hij is zo kwetsbaar ondanks zijn zelfverzekerde houding; hij is zich totaal niet bewust van hoe de wind waait.

'Ik ben alleen maar verbaasd, dat is alles,' zei hij. 'Alles lijkt ineens totaal anders.'

'Niet alles,' zei ik met een lachend gezicht.

Ik merkte dat Thierry niet teruglachte.

'Hoe was het in Londen? Wat heb je er gedaan?'

'Ik heb Sarah opgezocht. Haar verteld dat ik ga trouwen. Heb je ontzettend gemist.'

Dat ontlokte me een glimlach. 'En Alan? Je zoon?'

Nu verscheen er een lach op zijn gezicht. Dat gebeurt altijd wanneer ik over zijn zoon begin, hoewel hij zelden over hem praat. Ik heb me vaak afgevraagd hoe goed ze met elkaar overweg kunnen – die glimlach is misschien een beetje te breed – maar als Alan ook maar een beetje op zijn vader lijkt, is het heel goed mogelijk dat hun karakters te veel op elkaar lijken om vrienden te kunnen zijn.

Ik merkte dat hij zijn truffel niet opat.

Hij keek een beetje beteuterd toen ik hem erop wees. 'Je kent me, Yanne. Ik hou niet zo van zoetigheid.' En weer lachte hij naar me op die stoere manier, zoals hij ook lacht wanneer het over zijn zoon gaat. Het is eigenlijk heel gek als je erover nadenkt: dat Thierry van zoetigheid houdt, is overduidelijk, maar hij schaamt zich er een beetje voor, alsof men zijn mannelijkheid in twijfel zal trekken als hij toegeeft dat hij van melkchocola houdt. Maar mijn truffels zijn te donker, te vol van smaak, en de bittere smaak is hem vreemd...

Ik overhandigde hem een vierkant melkchocolaatje.

'Toe maar,' zei ik. 'Ik kan je gedachten lezen.'

Precies op dat moment kwam Anouk binnen, helemaal verfomfaaid en geurend naar natte bladeren van de natgeregende straat, met een papier met gepofte kastanjes in haar hand. De laatste paar dagen staat er een kastanjeverkoper voor de Sacré-Coeur, en Anouk koopt een portie telkens wanneer ze er langskomt. Vandaag was ze in een vrolijke bui; ze zag eruit als een kerstdecoratie, met haar rode jas en groene broek en haar krullende haar met regenspikkels erin.

'Hé, daar hebben we onze jeune fille!' zei Thierry. 'Waar kom jij vandaan? Je bent doornat!'

Anouk keek hem op haar volwassen manier aan. 'Ik ben met Jean-Loup naar het kerkhof geweest. En ik ben niet doornat. Dit is een stevig jack. Het houdt de regen tegen.'

Thierry lachte. 'De necropolis. Weet je wat necropolis betekent, Annie?'

'Natuurlijk. Dodenstad.' Anouks woordenschat, altijd al goed geweest, is door de omgang met Jean-Loup Rimbault nog verder toegenomen.

Thierry trok een gek gezicht. 'Is dat niet een sombere plek om rond te hangen met je vrienden?'

'Jean-Loup nam foto's van de katten op het kerkhof.'

'O ja?' zei hij. 'Nou, als je je los kunt scheuren, ik heb voor de lunch een tafel gereserveerd bij La Maison Rose...'

'De lunch? Maar de winkel...'

'Ik zal het fort bemannen,' zei Zozie. 'Heb jij maar een leuke middag.'

'Annie? Ben je zover?' vroeg Thierry.

Ik zag de blik die Anouk hem toewierp. Het was niet zozeer een minachtende blik, maar misschien wel een blik vol wrok. Dat verbaast me niet zo erg. Thierry bedoelt het wel goed, maar stelt zich nogal ouderwets tegenover kinderen op, en Anouk moet voelen dat sommige van haar gewoonten, zoals met Jean-Loup in de regen rondrennen, uren op het oude kerkhof rondlopen (waar zwervers en ongewenst volk samenkomen), of luidruchtige spelletjes met Rosette spelen, niet helemaal zijn goedkeuring kunnen wegdragen.

'Misschien moest je een jurk aantrekken,' zei hij.

De wrok in haar blik nam toe. 'Ik vind mijn kleren leuk.'

Om je de waarheid te zeggen: ik ook. In een stad waar elegante conformiteit de regel is, durft Anouk fantasievol te zijn. Misschien is het Zozies invloed, maar de felle kleuren waaraan ze de voorkeur geeft en haar nieuwe gewoonte haar kleren een persoonlijk tintje te geven, met een lint of een speldje of een stukje band, geeft alles aan haar een uitbundigheid die ik sinds Lansquenet niet meer gezien heb.

Misschien is dat wat ze terug probeert te halen: een tijd waarin alles eenvoudiger was. In Lansquenet was Anouk lekker wild. Ze speelde de hele dag bij de rivier, praatte onophoudelijk met Pantoufle, was de aanvoerster van zeerover- en krokodilspelletjes en lag op school altijd uit de gratie.

Maar dat was een heel andere wereld. Behalve de rivierzigeuners, die misschien een slechte reputatie hadden en soms zelfs oneerlijk, maar zeker niet gevaarlijk waren, waren er in Lansquenet geen vreemdelingen. Niemand nam de moeite zijn deur op slot te doen; zelfs de honden kende iedereen.

'Ik draag niet graag jurken,' zei ze.

Naast me voelde ik de onuitgesproken afkeuring van Thierry. In Thierry's wereld dragen meisjes jurken. Hij heeft het afgelopen halfjaar zelfs diverse jurken voor Anouk en Rosette gekocht, in de hoop dat ik de hint zal oppakken.

Thierry sloeg me met samengeknepen lippen gade. 'Weet je, ik heb niet echt trek,' zei ik. 'Zullen we gewoon een stukje wandelen en bij een tentje onderweg even een hapje eten? We kunnen naar het Parc de Turlure, of naar...'

'Maar ik heb gereserveerd,' zei Thierry.

Onwillekeurig moest ik lachen om zijn gezicht. In Thierry's wereld moet alles volgens plan verlopen. Voor alles bestaan regels, roosters waaraan je je moet houden, richtlijnen die je moet volgen. Een lunchtafel die gereserveerd is, kun je niet afzeggen, en ook al weten we allebei dat hij zich het lekkerst voelt in een gelegenheid als Le P'tit Pinson, hij heeft vandaag La Maison Rose gekozen, waar Anouk een jurk moet dragen. Zo zit hij nu eenmaal in elkaar: oerdegelijk, voorspelbaar, greep op alles houdend, maar soms wou ik dat hij iets minder star was, dat hij ruimte zou kunnen vinden voor een beetje spontaniteit.

'Je draagt je ring niet,' zei hij.

Instinctief keek ik naar mijn handen. 'Dat komt door de chocola,' zei ik. 'Die gaat overal aan zitten.'

'Jij ook met je chocola,' zei Thierry.

Het was niet een van onze succesvolste uitjes. Misschien kwam het door het druilerige weer, of door de vele mensen, of door Anouks gebrek aan eetlust, of doordat Rosette bleef weigeren een lepel te gebruiken. Thierry's mond trok strak toen hij zag dat Rosette met haar handen een spiraal van erwtjes op haar bord maakte.

'Let op je manieren, Rosette,' zei hij ten slotte.

Rosette negeerde hem en richtte al haar aandacht op het patroon.

'Rosette,' zei hij op scherpere toon.

Ze negeerde hem nog steeds, maar een vrouw aan een tafeltje naast ons keek om toen ze de klank van zijn stem hoorde.

'Laat maar, Thierry. Je weet hoe ze is. Laat haar maar gewoon met rust en...'

Thierry maakte een geërgerd geluid. 'Ja zeg, hoe oud is ze nu eigenlijk, bijna vier?' Hij wendde zich naar mij; zijn ogen schoten vuur. 'Het is niet normaal, Yanne,' zei hij. 'Je zult het onder ogen moeten zien. Ze heeft hulp nodig. Moet je haar nu eens zíén.' Hij keek boos naar Rosette, die met een uitdrukking van opperste concentratie op haar gezicht haar doperwten een voor een met haar vingers zat op te eten.

Over de tafel heen pakte hij Rosettes hand beet. Geschrokken keek ze naar hem op. 'Hier. Pak je lepel. Hou hem vast, Rosette.' Hij duwde haar de lepel in de hand. Ze liet hem vallen. Hij pakte hem weer op.

'Thierry...'

'Nee, Yanne, ze moet het leren.'

Nogmaals probeerde hij Rosette de lepel te geven. Rosette balde ter ontkenning haar vingers tot een vuistje.

'Luister eens, Thierry...' Ik begon me te ergeren. 'Laat mij beslissen wat Rosette...'

'Au!' Hij hield ineens op en trok zijn uitgestrekte hand terug. 'Ze heeft me gebeten! Die kleine aap! Ze heeft me gebeten!' zei hij.

Aan de rand van mijn gezichtsveld meende ik een gouden glans op te vangen; ik zag een kraaloogje, een krulstaart...

Rosette maakte met haar vingers het teken voor *kom hier*.

'Rosette, wil je dat...'

'Bam,' zei Rosette.

Nee, hè. Niet nu.

Ik stond op om weg te gaan. 'Anouk, Rosette...' Ik keek naar Thierry. Er stonden kleine tandafdrukken op zijn pols. De paniek bloeide als een roos in me op. Een ongelukje in de winkel was tot daaraan toe, maar in het openbaar, met al die mensen om ons heen...

'Het spijt me,' zei ik. 'We moeten weg.'

'Maar je bent nog niet klaar,' zei Thierry.

Ik zag hem heen en weer geslingerd worden tussen woede en verontwaardiging en de overweldigende behoefte ons daar te houden, zichzelf te bewijzen dat het allemaal in orde was, dat het onheil afgewend kon worden, dat alles alsnog volgens het oorspronkelijke plan kon verlopen.

'Ik kan niet blijven,' zei ik, en ik pakte Rosette op. 'Het spijt me, maar ik moet hier weg.'

'Yanne,' zei Thierry, me bij de arm grijpend, en mijn eigen woede om het feit dat hij zich met mijn kind, met mijn leven durfde te bemoeien, verdween als sneeuw voor de zon toen ik de blik in zijn ogen zag.

'Ik wilde zo graag dat het volmaakt zou zijn,' zei hij.

'Het is goed,' zei ik. 'Het is niet jouw schuld.'

Hij betaalde de rekening en liep met ons mee naar huis. Het was vier uur en al donker, en de straatlantaarns wierpen hun schijnsel op de natte straatstenen. We liepen bijna zwijgend voort; Anouk hield Rosette bij de hand en allebei deden ze hun best niet op de voegen te lopen. Thierry zei niets; zijn gezicht stond verbeten, zijn handen waren diep in zijn zakken gestoken.

'Toe, Thierry, doe niet zo. Rosette heeft haar middagslaapje niet gehad en je weet hoe ze dan is.' Maar eigenlijk vraag ik me af of hij het wel weet. Zijn zoon zal nu in de twintig zijn en misschien is hij vergeten hoe het is een kind te hebben: de driftbuien, de tranen, de drukte, het gedoe. Of misschien heeft Sarah dat allemaal voor haar rekening genomen en Thierry de rol van de edelmoedige laten spelen: de voetbalwedstrijden, de wandelingen in het park, de kussengevechten, de spelletjes.

'Je bent vergeten hoe het is,' zei ik. 'Het is soms moeilijk voor mij. En je maakt het erger wanneer je je erin mengt.'

Toen keerde hij zich met een bleek en gespannen gezicht naar me toe. 'Ik ben het niet zo erg vergeten als je denkt. Toen Alan geboren was...' Hij hield abrupt op en ik zag hem worstelen om zichzelf weer in de hand te krijgen.

Ik legde mijn hand op zijn arm. 'Wat is er?'

Hij schudde zijn hoofd. 'Later,' bracht hij met moeite uit. 'Ik zal het je later wel eens vertellen.'

We waren op de Place des Faux-Monnayeurs aangekomen, en op de drempel van Le Rocher de Montmartre bleef ik staan. Het pas geverfde bord piepte een beetje en ik snoof de kille lucht diep in.

'Het spijt me, Thierry,' zei ik weer.

Hij haalde zijn schouders op, als een beer met een kasjmieren jas aan, maar zijn gezicht stond nu wat milder.

'Ik zal het goedmaken,' zei ik. 'Ik zal vanavond voor je koken. Dan stoppen we Rosette in bed en kunnen we rustig praten.'

Hij zuchtte. 'Goed.'

Ik deed de deur open.

Toen zag ik een man binnen staan, een in het zwart geklede man die heel stil stond. Zijn gezicht was vertrouwder dan mijn eigen gezicht en zijn lach, zeldzaam en stralend als zomerbliksem, begon al weg te trekken...

'Vianne,' zei hij.

Het was Roux.

DEEL VIJF

ADVENT

1

Zaterdag 1 december

ZODRA HIJ DE WINKEL BINNENSTAPTE, WIST IK DAT HIJ MIJN TYPE lastpak was. Sommige mensen hebben een lading om zich heen – je ziet het in hun kleuren. Die van hem waren dat lichte geel-blauw van een gasvlam die heel laag brandt, maar die elk moment kan ontploffen.

Niet dat je dat zou zeggen als je hem zag. Niets bijzonders, zou je denken. Parijs slokt elk jaar een miljoen van zijn soort op: mannen met spijkerbroeken en zware werklaarzen; mannen die in de stad slecht op hun gemak lijken; mannen die hun loon contant willen. Ik heb het zelf vaak genoeg meegemaakt, dus herken ik het type meteen, en ik dacht: Als hij chocola komt kopen, ben ik de Maagd van Lourdes.

Ik stond op een stoel een schilderij op te hangen. Mijn portret, om precies te zijn; het portret dat Jean-Louis getekend had. Ik hoorde hem binnenkomen. Een getinkel van belletjes, het geluid van zijn laarzen op de parketvloer.

Toen zei hij 'Vianne', en er was iets aan de klank van zijn stem waardoor ik me omdraaide. Ik keek naar hem. Een man met een spijkerbroek en een zwart T-shirt aan, rood haar, in een staartje. Zoals ik al zei: niets bijzonders.

Maar desondanks was er iets aan hem wat me bekend voorkwam. Zijn lach maakte zijn gezicht even licht als de Champs-Elysées op kerstavond, waardoor hij heel bijzonder werd; even maar, want toen hij zijn vergissing inzag, veranderde de oogverblindende glimlach in verwarring.

'O, sorry,' zei hij. 'Ik dacht dat je...' Hij hield zijn mond. 'Ben jij de bedrijfsleider?' Hij klonk rustig en had het accent met de rollende 'r' en de scherpe klinkers van het zuiden.

'Nee, ik werk hier alleen maar,' zei ik glimlachend tegen hem. 'De bedrijfsleider is mevrouw Charbonneau. Ken je haar?'

Even leek hij onzeker.

'Yanne Charbonneau,' hielp ik hem.

'Ja. Ik ken haar.'

'Ze is er momenteel niet, maar ze komt vast over niet al te lange tijd terug.'

'Goed. Dan wacht ik.' Hij ging aan een tafeltje zitten en keek ondertussen om zich heen, naar de platen aan de wand, de chocola – met genoegen, had ik het idee, maar toch ook met enige onrust, alsof hij niet zeker wist of hij wel goed ontvangen zou worden.

'En jij bent...?' vroeg ik.

'O, een vriend.'

Ik lachte naar hem. 'Ik bedoel je náám.'

'O.' Nu wist ik zeker dat hij slecht op zijn gemak leek. Om zijn onrust te verbloemen had hij zijn handen in de zakken gestoken, alsof mijn aanwezigheid een plan had verstoord dat te ingewikkeld was om nu nog te veranderen.

'Roux,' zei hij.

Ik moest denken aan de ansichtkaart die ondertekend was geweest met *R*. Naam of bijnaam? Waarschijnlijk het laatste. *Ben op weg naar het noorden. Als het kan kom ik langs.*

En nu wist ik waar ik hem van kende. Ik had hem voor het laatst aan de zijde van Vianne Rocher gezien, in een krantenfoto uit Lansquenet-sous-Tannes.

'Roux?' zei ik. 'Uit Lansquenet?'

Hij knikte.

'Annie heeft het vaak over je.'

Daarop lichtten zijn kleuren op als een kerstboom, en ik begon te begrijpen wat Vianne zou kunnen zien in een man als Roux. Thierry licht nooit op – of je moet hem in de fik steken – maar ja, Thierry heeft geld, en dat maakt veel goed.

'Neem het ervan. Dan maak ik wat warme chocola voor je.'

Nu grijnsde hij. 'Mijn lievelingsdrank.'

Ik maakte hem sterk, met bruine suiker en rum. Hij dronk hem op en werd toen weer rusteloos; hij liep van de ene ruimte naar de andere en keek om zich heen naar de pannen, de potten, het serviesgoed en de lepels die de uitrusting vormen waarmee Yanne chocola maakt.

'Je lijkt erg op haar,' zei hij ten slotte.

'O ja?'

In feite lijk ik helemaal niet op haar, maar ja, ik heb gemerkt dat de meeste mannen zelden goed zien wat er zich vlak voor hun neus bevindt. Een vleugje parfum, lang, loshangend haar, een rood schort en een stel hoge hakken – charme zo eenvoudig dat een kind het nog zou doorzien, maar die een man elke keer weer bedot.

'En, hoe lang is het geleden dat je Yanne hebt gezien?'

Hij haalde zijn schouders op. 'Te lang.'

'Ik weet hoe dat gaat. Hier, neem een chocolaatje.'

Ik legde er een naast zijn kop: een truffel, door de cacao gerold en bereid volgens mijn eigen speciale recept, en getekend met het pulquesymbool van Xochipilli, de god van de extase, altijd goed voor het losmaken van de tong.

Hij at de truffel niet op, maar rolde hem doelloos rond op zijn schotel. Het was een gebaar dat ik op de een of andere manier herkende, maar niet goed thuis kon brengen. Ik wachtte tot hij begon te praten, de mensen praten over het algemeen met me, maar hij leek zich tevreden te stellen met zwijgen en met zijn truffel spelen en naar de donker wordende straat kijken.

'Blijf je een poosje in Parijs?' vroeg ik.

Hij haalde zijn schouders op. 'Hangt ervan af.'

Ik keek hem onderzoekend aan, maar hij leek de hint niet op te pakken. 'Waar hangt dat van af?' vroeg ik ten slotte.

Hij haalde weer zijn schouders op. 'Het gaat me gauw vervelen in een stad.'

Ik schonk nog een demi-tasse voor hem in. Zijn gereserveerdheid, een gereserveerdheid die meer op norsheid leek dan iets anders, begon me te irriteren. Hij was al bijna een halfuur in de chocolaterie. Tenzij ik mijn vaardigheid kwijt was, hoorde ik nu al alles over hem te weten wat er te weten viel. Maar hij zat daar maar, de vleesgeworden ellende, en leek totaal niet ontvankelijk voor mijn avances.

Ik begon steeds ongeduldiger te worden. Er was iets wat verband hield met deze man, iets wat ik diende te weten. Ik voelde het, en wel zo dichtbij dat de haartjes in mijn nek ervan overeind gingen staan, en toch...

Denk na, verdomme.

Een rivier. Een slavenarmbandje. Een zilveren katje. Nee, dacht ik. Dat klopt niet helemaal. Een rivier. Een boot. Anouk, Rosette...

'Je hebt je truffel niet opgegeten,' zei ik. 'Je zou hem eens moeten proberen. Het is een van onze specialiteiten.'

'O, sorry.' Hij pakte hem op. Het pulqueteken van Xochipilli glansde uitnodigend tussen zijn vingers. Hij pakte de truffel op; zijn hand ging naar zijn mond, hij wachtte en fronste zijn wenkbrauwen, misschien vanwege de bittere geur van de chocola, de donkere, houtachtige geur van de verleiding:

Probeer me.

Proef me.

Test me...

En toen hij bijna van mij was, hoorden we stemmen bij de deur.

Hij liet de truffel los en stond op.

De windbelletjes klonken. De deur ging open.

'Vianne,' zei Roux.

En nu was zij degene die maar stond te staren; het bloed trok weg uit haar gezicht en haar handen waren uitgestoken alsof ze een vreselijke botsing wilde voorkomen.

Achter haar stond Thierry, niet-begrijpend, misschien voelend dat er iets niet in orde was, maar te zeer met zichzelf bezig om te zien wat overduidelijk was. Naast haar stonden Rosette en Anouk, hand in hand; Rosette staarde hem gefascineerd aan en Anouks gezicht klaarde plotseling op.

En Roux?

Die nam alles in zich op: de man, het kind, de blik van verslagenheid, de ring aan haar vinger. Nu kon ik zijn kleuren weer zien: vervagend, krimpend, terugkerend naar dat blauw, het blauw van een gasvlam die op het laagste pitje is gezet.

'Sorry,' zei hij. 'Ik kwam hier toevallig langs. Met mijn boot...'

Hij is niet gewend te liegen, dacht ik. Zijn poging luchtig te doen kwam geforceerd over en zijn diep in zijn zakken gestoken handen waren tot vuisten gebald.

Yanne staarde alleen maar; haar gezicht was uitdrukkingsloos. Geen beweging, geen lach; slechts een masker, waarachter ik de turbulentie van haar kleuren kon waarnemen.

Anouk redde de situatie. 'Roux!' gilde ze.

Dat brak de spanning. Yanne stapte naar voren; de glimlach op haar gezicht was deels angstig, deels onecht, deels iets anders wat ik niet kon thuisbrengen.

'Thierry, dit is een oude vriend.' Ze werd nu rood, wat haar heel goed stond, en de klank van haar stem zou uitgelegd kunnen worden als opwinding over het ontmoeten van iemand die ze al heel lang kende (hoewel haar kleuren dit logenstraften), en haar ogen schitterden angstig. 'Roux, uit Marseille. Thierry, mijn... hm...'

Het onuitgesproken woord hing als een bom tussen hen in.

'Aangenaam, Roux.'

Leugenaar nummer twee. Thierry's afkeer van deze man, deze indringer, is onmiddellijk, irrationeel en geheel instinctief. Zijn overcompensatie neemt de vorm aan van een afschuwelijke hartelijkheid die lijkt op die waarmee hij Laurent Pinson bejegent. Zijn stem buldert als die van de kerstman, en hij geeft zo'n stevige hand dat de botten kraken. Nog even en hij noemde deze onbekende *mon pote*.

'Dus je bent een vriend van Yanne? Maar niet in dezelfde business?'

Roux schudt nee.

'Nee, natuurlijk niet.' Thierry grijnst. Hij noteert in gedachten de leeftijd van de ander en zet die af tegen alles wat hij zelf te bieden heeft. Het ogenblik van jaloezie gaat voorbij, ik zie het aan zijn kleuren: de blauwgrijze draad van afgunst neemt de roodkoperen teint van zelfgenoegzaamheid aan.

'Je blijft toch zeker iets drinken, mon pote?'

Kijk. Zie je nou wel. Ik zei het toch al.

'Een paar biertjes? Er is verderop een café.'

Roux schudt nee. 'Nee dank je, ik neem wel chocola.'

Thierry haalt met opgewekte minachting zijn schouders op. Hij schenkt als een welwillende gastheer chocola in, maar hij blijft het gezicht van de indringer in de gaten houden.

'En wat is dan wel je business?'

'Geen business,' zegt Roux.

'Je werkt toch wel?'

'Ik werk,' zegt Roux.

'Wat doe je?' vraagt Thierry, licht grijnzend.

Roux haalt zijn schouders op. 'Gewoon, werk.'

Thierry's vrolijkheid kent nu geen grenzen. 'En je woont op een boot, zeg je?'

Roux knikt alleen maar. Hij lacht naar Anouk, de enige hier die echt blij schijnt te zijn hem te zien, terwijl Rosette hem nog steeds gefascineerd gadeslaat.

En nu zie ik wat ik daarvoor over het hoofd zag: Rosettes kleine gezichtje is nog niet gevormd, maar ze heeft de kleuren van haar vader: zijn rode haar, zijn groengrijze ogen, en ook zijn lastige temperament.

Natuurlijk leek verder niemand het te merken. Nog wel het minst de man zelf. Mijn inschatting is dat Rosettes fysieke en mentale achterstand hem doen denken dat ze veel jonger is dan ze in werkelijkheid is.

'Blijf je lang in Parijs?' vraagt Thierry. 'Er zijn mensen die zouden kunnen zeggen dat er al genoeg woonbootbewoners zijn hier.' Hij lacht weer, een beetje te luid.

Roux kijkt hem slechts met een blanco gezicht aan.

'Maar als je op zoek bent naar een baantje in de buurt, ik zou wel wat hulp kunnen gebruiken bij het opknappen van mijn woning. Rue de la Croix, daar verderop...' Hij knikt om de richting aan te geven. 'Een aardige, grote woning, maar hij moet worden kaalgestript en gestuukt. Er moet bovendien een vloer in worden gelegd en er moet worden geschilderd en behangen. En ik hoop het allemaal in de komende drie weken af te hebben, zodat Yanne en de kinderen niet nog een Kerstmis hier door hoeven te brengen.'

Hij slaat een beschermende arm om Yanne heen, die hem met stille ontzetting afschudt.

'Je zult inmiddels wel begrepen hebben dat we gaan trouwen.'

'Gefeliciteerd,' zegt Roux.

'Ben jij getrouwd?'

Hij schudt zijn hoofd. Niets in zijn gezicht verraadt ook maar enige emotie. Misschien iets in zijn ogen, maar zijn kleuren vlammen ongebreideld heftig op.

'Mocht je besluiten het erop te wagen,' zei Thierry, 'dan kom je maar even langs. Ik vind wel woonruimte voor je. Je kunt voor een half miljoen of zo al een heel behoorlijk huis vinden...'

'Hoor eens, ik moet ervandoor,' zegt Roux.

Anouk protesteert. 'Maar je bent er net!' Ze werpt Thierry een boze blik toe, die daar niets van merkt. Zijn afkeer van Roux is meer een buikgevoel dan iets rationeels. Het is niet bij hem opgekomen hoe de vork echt in de steel zit, maar toch verdenkt hij de onbekende ergens van, niet vanwege iets wat hij gezegd of gedaan heeft, maar gewoon vanwege het type.

Wat voor type? Ach, je kent dat wel. Het heeft niets te maken met zijn goedkope kleding of zijn te lange haar, of met zijn gebrek aan sociale vaardigheden. Hij heeft gewoon iets... iets twijfelachtigs, alsof hij in het verkeerde stadsdeel geboren is. Een man die van alles zou kunnen doen: een creditcard namaken, of een bankrekening openen met behulp van een gestolen rijbewijs, of een geboorteakte (of misschien zelfs een paspoort) bemachtigen van iemand die allang dood is, of iemands kind stelen en daarna als de rattenvanger van Hamelen in rook opgaan, slechts een spoor van vraagtekens achterlatend.

Zoals ik al zei: mijn type lastpak.

2

Zaterdag 1 december

JA, HALLO ZEG. HIJ STOND DAAR IN DE CHOCOLATERIE ALSOF HIJ maar een middagje was weggeweest, en niet vier hele jaren, vier jaren met verjaardagen en kerstdagen waarin hij nauwelijks iets had laten horen, ons nooit had bezocht, en nu...

'Roux!'

Ik had boos op hem willen zijn, echt waar, maar mijn stem wilde op de een of andere manier niet meedoen.

Ik riep zijn naam, veel harder dan de bedoeling was geweest.

'Nanou,' zei hij. 'Wat ben je al groot.'

Hij zei dat op een trieste manier, alsof het hem speet dat ik veranderd was. Maar hij was nog dezelfde Roux als vroeger. Zijn haar was wel wat langer, en zijn laarzen schoner, en hij droeg andere kleren, maar toch was hij nog dezelfde, zoals hij daar een beetje ineengedoken met zijn handen in zijn zakken stond, zoals hij altijd doet wanneer hij ergens niet wil zijn, maar hij lachte wel naar me om te laten zien dat het niet mijn schuld was, en dat als Thierry er niet geweest was, hij me opgepakt en rondgezwaaid zou hebben, precies zoals vroeger in Lansquenet.

'Nog niet zo groot,' zei ik, 'ik ben elfeneenhalf.'

'Elfeneenhalf vind ik al vrij groot. En wie is die kleine vreemdeling?'

'Dat is Rosette.'

'Rosette,' zei Roux. Hij zwaaide naar haar, maar ze zwaaide niet terug en gebruikte ook geen gebarentaal. Ze doet dat zelden naar vreemden; ze staarde hem alleen maar met haar grote kattenogen aan, totdat zelfs Roux zijn blik moest afwenden.

Thierry bood hem chocola aan. Roux vond dat altijd lekker, heel lang geleden. Hij dronk hem zwart, met suiker en rum, terwijl

Thierry met hem over zaken sprak en over Londen en de chocolaterie en het nieuwe huis...

O ja, het huis. Thierry blijkt het aan het opknappen te zijn en
het mooi te maken voor wanneer wij erin trekken. Hij heeft ons erover verteld toen Roux er was. Hij zei dat er een nieuwe slaapkamer
voor mij en Rosette zou komen, en nieuwe verf en behang, en dat
hij wilde dat het allemaal klaar was met de kerst, zodat zijn meisjes
het naar hun zin zouden hebben...

Maar toch zei hij dat op een beetje gemene manier. Hij lachte
wel, hoor, maar niet met zijn ogen, net als Chantal wanneer ze het
over haar nieuwe iPod heeft, of over haar nieuwe kleren, of haar
nieuwe schoenen, of haar Tiffany-armband, terwijl ik maar zo'n
beetje sta te luisteren.

Roux zat te kijken alsof hij geslagen was.

'Hoor eens, ik moet er weer vandoor,' zei hij toen Thierry zijn
mond hield. 'Ik wilde alleen maar even zien hoe jullie het maakten,
want ik kwam toevallig langs...'

Leugenaar, dacht ik. Je hebt je laarzen schoongemaakt.

'Waar verblijf je?'

'Op een boot,' zei hij.

Nou, dat lijkt me logisch. Hij heeft altijd van boten gehouden.
Ik herinner me nog de boot die hij in Lansquenet had, de boot die
verbrandde. Ik weet ook nog hoe hij keek toen het gebeurde: hij
keek als iemand die hard gewerkt heeft voor iets waar hij echt om
geeft, en dan moet toezien hoe een gemeen iemand dat afpakt.

'Waar?' zei ik.

'Op de rivier,' zei Roux.

'Ja, hèhè,' zei ik. Dat had hem aan het lachen moeten maken.
Toen drong het tot me door dat ik hem nog niet eens gekust had,
dat ik hem sinds ik binnenkwam nog niet eens omhelsd had, en
toen voelde ik me rot, want als ik het nu deed, leek het alsof ik er nu
pas aan dacht en het helemaal niet meende.

Ik pakte dus maar zijn hand. Die was ruw en doorgroefd van het
werken.

Hij leek verbaasd, maar toen glimlachte hij.

'Ik zou je boot wel willen zien,' zei ik.

'Dat gebeurt misschien ook nog wel,' zei Roux.

'Is hij even mooi als de vorige?'

'Dat moet je zelf maar beslissen.'

'Wanneer?'

Hij haalde zijn schouders op.

Maman keek me aan alsof ze zich ergerde, maar dat niet zei omdat er andere mensen bij waren. 'Sorry, Roux,' zei ze. 'Als je het even had laten weten – ik verwachtte je niet.'

'Ik heb geschreven,' zei hij. 'Ik heb een kaart gestuurd.'

'Die heb ik nooit gehad.'

'O.' Ik voelde dat hij haar niet geloofde. En ik wist dat zij hem niet geloofde. Roux is heel erg slecht in schrijven. Hij wil altijd wel schrijven, maar hij doet het haast nooit, en hij houdt niet van bellen. Hij stuurt liever kleine dingetjes met de post, bijvoorbeeld een touwtje met een van hout gesneden eikenblad eraan, een gestreepte steen van het strand, of een boek, soms met een briefje erbij, maar vaak zonder iets erbij.

Hij keek naar Thierry. 'Ik moet ervandoor.'

Ja, dat zal wel. Alsof hij ergens heen zou moeten; Roux die altijd doet waar hij zin in heeft, die zich door niemand laat zeggen wat hij moet doen. 'Ik kom nog wel eens langs.'

O, wat kun jij toch liegen.

Plotseling was ik zo boos op hem dat ik bijna hardop zei: *Waarom ben je teruggekomen, Roux? Waarom heb je eigenlijk al die moeite gedaan?*

Ik zei dat tegen hem, maar in gedachten, met mijn schaduwstem, zo hard als ik kon, net zoals ik op die eerste dag tegen Zozie gepraat had toen ze voor de chocolaterie stond.

Lafaard, zei ik. *Je vlucht.*

Zozie hoorde me. Ze keek me aan. Maar Roux stak alleen maar zijn handen nog dieper in de zakken van zijn spijkerbroek en hij zwaaide niet eens toen hij de deur opendeed en wegliep zonder nog één keer om te kijken. Thierry liep achter hem aan, zoals een hond die een indringer verjaagt. Niet dat Thierry ooit met Roux zou vechten, maar alleen al de gedachte maakte me bijna aan het huilen.

Maman wilde hen achternalopen, maar Zozie hield haar tegen.

'Ik ga wel,' zei ze. 'Het komt wel goed. Wacht jij maar hier met Annie en Rosette.'

En daar verdween ze het duister in.

'Ga naar boven, Nanou,' zei maman. 'Ik kom zo ook.'

Ik ging dus naar boven en wachtte. Rosette viel in slaap en even later hoorde ik Zozie naar boven komen en weer iets later maman, die heel zachtjes liep om ons niet te storen. Na een poosje ging ik slapen, maar ik werd een paar maal wakker van het kraken van de houten vloer in mamans kamer, en ik wist dat ze nog steeds niet sliep en dat ze in het donker bij het raam stond te luisteren naar het geluid dat de wind maakte en dat ze hoopte dat die ons nu eens een keer met rust zou laten.

3

Zondag 2 december

DE KERSTVERLICHTING IS GISTERENAVOND AAN GEGAAN EN NU IS het hele quartier verlicht, niet in kleur, maar in simpel wit, als een haag van sterren boven de stad. Op het Place du Tertre, waar de kunstschilders staan, is de traditionele kerststal opgesteld, met het Christuskindje dat lachend in het stro ligt en de moeder en de vader die in het kribbetje kijken, en de wijzen die erbij staan met hun geschenken. Het fascineert Rosette, en ze vraagt telkens of ze erheen mag.

Baby, gebaart ze. *Baby zien.* Tot nu toe is ze er twee keer heen geweest met Nico, eenmaal met Alice, talloze malen met Zozie, met Jean-Louis en Paupaul en natuurlijk met Anouk, die bijna even gefascineerd lijkt als zij. Ze vertelt telkens opnieuw aan Rosette het verhaal van het kindje (in Anouks versie van sekse veranderd) dat in een stal in de sneeuw geboren werd, en van de dieren die het kwamen bekijken, en van de drie wijzen, en van een ster die boven hun hoofd stil bleef staan...

'Want het was een bijzonder kindje,' zegt Anouk, tot grote vreugde van Rosette, 'een speciaal kindje, net als jij, en binnenkort ben jij óók jarig...'

Advent. Avontuur. De twee woorden suggereren dat er een buitengewone gebeurtenis op komst is. Ik had nog nooit over de gelijkenis van die woorden nagedacht, nog nooit de christelijke feestdagen gevierd, nooit gevast, berouw getoond over mijn zonden of gebiecht.

Althans bijna nooit.

Maar toen Anouk nog klein was vierden we Joel: we ontstaken vuren om het oprukkende duister te weren, maakten kransen van hulst en maretak, dronken gekruide cider en *wassail* en aten kokendhete kastanjes uit een open vuurbak.

Toen werd Rosette geboren en veranderde alles opnieuw. Het was gedaan met de maretakkransen, de kaarsen en de geurhars. Tegenwoordig gaan we naar de kerk en kopen we meer cadeautjes dan we ons kunnen veroorloven; we leggen ze onder de plastic boom en kijken naar de tv en maken ons druk over het diner. De kerstverlichting mag er dan als sterren uitzien, bij nader onderzoek blijken ze vals: ze zijn met zware guirlandes van draad en kabel over de smalle straten gespannen. De magie is verdwenen. *Maar dat is toch wat je wilde, Vianne?* zegt die droge stem in mijn hoofd, de stem die als mijn moeder klinkt, als Roux, en nu ook een beetje als Zozie, die me herinnert aan de Vianne die ik was, en wier geduld een soort verwijt is.

Maar dit jaar zal het weer anders zijn. Thierry houdt van traditie. De kerk, de gans, de chocoladecake in de vorm van een boomstam – niet alleen de feestdagen vieren, maar ook de seizoenen die we samen hebben doorgebracht, en zullen blijven doorbrengen...

Geen magie, natuurlijk. Maar ach, is dat nu zo erg? Er zal comfort en veiligheid, en vriendschap zijn... en liefde. Is dat niet genoeg voor ons? De andere weg hebben we toch al verkend? Hoewel ik ben grootgebracht met volksverhalen, vraag ik me toch af waarom ik zo moeilijk kan geloven in 'en ze leefden nog lang en gelukkig'. Waarom droom ik er nog steeds van de rattenvanger van Hamelen te volgen, terwijl ik weet waar die heen voert?

Ik heb Anouk en Rosette naar bed gestuurd. Toen ging ik Roux en Thierry achterna. Een klein oponthoud maar, misschien drie minuten, hooguit vijf, maar toen ik de nog drukke straat in stapte, wist ik al half-en-half dat Roux weg zou zijn, verdwenen in het doolhof van straten van Montmartre. Maar toch moest ik het proberen. Ik ging op weg naar de Sacré-Coeur, en toen zag ik tussen de groepen bezoekers en toeristen Thierry's bekende gestalte die in de richting van de Place Dalida liep, de handen in de zakken en het hoofd naar voren gestoken, als een vechthaan.

Ik liet hem gaan en sloeg linksaf een straatje met kinderkopjes in dat op Place du Tertre uitkwam. Nergens Roux te bekennen. Hij was weg. Natuurlijk was hij weg – waarom zou hij blijven? Maar toch bleef ik aan de rand van het plein hangen, huiverend (ik was mijn jas vergeten) en luisterend naar de nachtelijke geluiden van Montmartre: muziek uit de clubs aan de voet van de

Butte, gelach, voetstappen, kinderstemmen van de kerststal aan de andere kant van het plein, een straatmuzikant die saxofoon speelde, flarden van gesprekken die werden meegevoerd door de wind...

Zijn roerloosheid trok uiteindelijk mijn aandacht. Parijzenaars zijn als scholen vis: als ze niet meer bewegen, al is het maar even, gaan ze dood. Maar hij stond daar maar, half aan het oog onttrokken door het clowneske licht van de rode neonreclame in een caféraam. Hij keek zwijgend toe en wachtte. Wachtte op mij.

Ik rende over het plein naar hem toe. Sloeg mijn armen om hem heen en even vreesde ik dat hij niet zou reageren. Ik voelde de spanning in zijn lijf, zag de rimpel tussen zijn wenkbrauwen; in dat harde licht leek hij een vreemde.

Toen sloeg hij zijn armen om me heen, eerst aarzelend, leek het, maar toen met een felheid die zijn woorden logenstrafte. 'Je zou hier niet moeten zijn, Vianne,' zei hij.

Er is een plekje in de kromming van zijn linkerschouder waar mijn voorhoofd precies in past. Ik vond het weer en legde mijn hoofd neer. Hij rook naar de nacht, en naar motorolie, en naar cederhout en patchoeli en chocola en teer en wol en naar de simpele, unieke geur van hemzelf, iets wat even ongrijpbaar en vertrouwd was als een steeds terugkerende droom.

'Ik weet het,' zei ik.

En toch kon ik hem niet laten gaan. Eén woord was genoeg geweest, een waarschuwing, een frons. *Ik hoor nu bij Thierry. Stook geen onrust.* Als ik iets anders wilde suggereren, zou dat zinloos en pijnlijk zijn, en van meet af aan verdoemd. En toch...

'Het is fijn je te zien, Vianne.' Hoewel zijn stem zacht klonk, lag er een eigenaardige lading in.

Ik glimlachte. 'Het is ook fijn om jou te zien. Maar waarom kom je nu? Na al die tijd?'

Een schouderophalen van Roux kan van alles uitdrukken: onverschilligheid, minachting, onwetendheid, zelfs humor. In ieder geval zorgde het ervoor dat mijn voorhoofd uit zijn holletje kwam en dat ik met een klap weer op aarde terechtkwam.

'Zou het iets uitmaken als je het wist?'

'Dat zou kunnen, ja.'

Hij haalde zijn schouders weer op. 'Zomaar,' zei hij. 'Ben je gelukkig hier?'

'Natuurlijk.' Het is toch wat ik altijd gewild heb: de winkel, het huis, scholen voor de kinderen. Het dagelijkse uitzicht uit mijn raam. En Thierry...

'Ik had me je gewoon nooit hier voorgesteld. Ik dacht dat het een kwestie van tijd zou zijn. Dat je op een dag...'

'Wat? Bij zinnen zou komen? Het op zou geven? Weer zou gaan trekken, van dag tot dag leven, van dorp naar dorp, net als jij en de andere rivierratten?'

'Ik ben liever een rat dan een gekooide vogel.'

Ik had de indruk dat hij boos begon te worden. Zijn stem was nog zacht, maar zijn zuidelijke accent was sterker geworden, zoals vaak het geval is wanneer hij driftig wordt. Ik bedacht dat ik hem misschien kwaad wílde maken, hem tot een confrontatie wilde dwingen, zodat we allebei geen keuze zouden hebben. De gedachte deed me pijn, maar misschien was het waar. En misschien voelde hij het ook, want hij keek naar me en grijnsde ineens.

'En als ik nu eens veranderd was?' zei hij.

'Je bent niet veranderd.'

'Dat weet je niet.'

O, zeker wel. Het doet mijn hart pijn hem nog zo hetzelfde te zien. Maar ík ben wel veranderd. Mijn kinderen hebben me veranderd. Ik kan niet meer zomaar doen wat ik wil. En wat ik wil is...

'Roux,' zei ik. 'Ik ben blij je te zien. Ik ben blij dat je gekomen bent. Maar het is te laat. Ik hoor nu bij Thierry. En hij is echt aardig wanneer je hem leert kennen. Hij heeft heel veel voor Anouk en Rosette gedaan...'

'En hou je van hem?'

'Roux, toe nou...'

'Ik zei: "Hou je van hem?"'

'Natuurlijk.'

Weer dat schouderophalen waaruit nadrukkelijk minachting spreekt. 'Gefeliciteerd, Vianne,' zei hij.

Ik liet hem gaan. Wat kon ik anders doen? Hij komt wel terug, dacht ik. Hij móét terugkomen. Maar tot dusverre is dat niet gebeurd. Hij heeft niets achtergelaten: geen adres, geen telefoonnummer, hoewel het me zou verbazen als Roux een telefoon had. Zover ik weet, heeft hij zelfs nog nooit een televisie gehad. Hij kijkt liever naar de hemel, zegt hij, een schouwspel dat hem nooit verveelt en niet aan herhalingen doet.

Ik vraag me af waar hij verblijft. Op een boot, zei hij tegen Anouk. Een binnenvaartschip vond ik het meest voor de hand liggen, een schip dat vracht vervoert over de Seine. Of misschien op een nieuwe woonboot, ervan uitgaande dat hij er een voor weinig geld op de kop heeft weten te tikken. Misschien een casco, een boot die men ergens had achtergelaten en waar hij aan werkte als hij geen klussen had, die hij oplapte en waar hij zijn eigen boot van maakte. Roux heeft een eindeloos geduld met boten. Maar met mensen...

'Komt Roux nog terug, maman?' vroeg Anouk bij het ontbijt.

Ze had tot de ochtend gewacht met spreken. Maar Anouk spreekt ook zelden impulsief: ze piekert en peinst en dan spreekt ze, op die plechtige, nogal behoedzame manier, als een televisiedetective die een toedracht aan het ontrafelen is.

'Ik weet het niet,' zei ik. 'Dat moet híj beslissen.'

'Zou je wíllen dat hij terugkomt?' Volharding is altijd een van Anouks meest onuitroeibare eigenschappen geweest.

Ik zuchtte. 'Het is moeilijk.'

'Waarom? Mag je hem niet meer?' Ik hoorde het uitdagende in haar stem.

'Nee, Anouk. Dat is niet de reden.'

'Maar wat dan wel?'

Ik moest bijna lachen. Bij haar klinkt het allemaal zo simpel, alsof ons leven niet een kaartenhuis is, waarbij ieder besluit, iedere keuze, zorgvuldig moet worden afgezet tegen een massa andere keuzes en besluiten, die hachelijk tegen elkaar aan leunen en bij iedere ademtocht scheef gaan hangen...

'Moet je horen, Nanou. Ik weet dat je Roux graag mag. Ik mag hem ook graag. Ik mag hem heel erg graag. Maar je moet wel bedenken...' Ik zocht naar woorden. 'Roux doet wat hij wil. Dat heeft hij altijd gedaan. Hij blijft nooit lang op één plek. Dat is niet erg, want hij is alleen. Maar wij drieën hebben meer nodig.'

'Als we bij Roux woonden, zou hij niet alleen zijn,' zei Anouk al redenerend.

Ik moest lachen, maar met pijn in het hart. Roux en Anouk lijken wonderlijk veel op elkaar. Ze denken allebei in absoluten. Ze zijn allebei koppig, gesloten en koesteren beangstigend snel wrok.

Ik probeerde het uit te leggen. 'Hij vindt het léúk om alleen te zijn. Hij woont het hele jaar op de rivier, hij slaapt buiten, hij voelt zich niet eens op zijn gemak in een huis. Zo zouden wij niet kunnen leven, Nanou. Hij weet dat. En dat weet jij ook.'

Ze keek me somber en taxerend aan. 'Thierry haat hem. Dat kan ik voelen.'

Tja, na gisterenavond kan niemand dat meer ontkennen, neem ik aan. Zijn brallerige, idiote vrolijkheid, zijn onverhulde minachting, zijn jaloezie. Maar dat is niet de echte Thierry, hield ik mezelf voor. Er moest iets geweest zijn wat hem van slag had gemaakt. De kleine scène bij La Maison Rose misschien...

'Thierry kent hem niet, Nou.'

'Thierry kent óns ook niet.'

Ze liep weer naar boven met in iedere hand een croissant en met een uitdrukking op haar gezicht die meer discussie op een later tijdstip beloofde. Ik ging de keuken in, maakte chocola, ging zitten en keek toe terwijl die koud werd. Ik dacht aan die februarimaand in Lansquenet, toen de mimosa in bloei stond op de oevers van de Tannes, en aan de rivierzigeuners met hun lange, smalle boten, zo veel en zo dicht opeen dat je bijna naar de overkant had kunnen lopen.

En één man die daar in zijn eentje op het dak van zijn boot zat uit te kijken over de rivier. Hij was niet zo anders dan de anderen, maar toch had ik het bijna meteen geweten. Sommige mensen stralen. Hij is zo iemand. Zelfs nu nog, na al die tijd, voel ik me weer tot die vlam aangetrokken. Als Anouk en Rosette er niet waren geweest, was ik gisterenavond misschien met hem meegegaan. Er zijn per slot van rekening ergere dingen dan armoede. Maar ik ben mijn kinderen iets meer verschuldigd. Daarom ben ik hier. En ik kan niet meer de Vianne Rocher zijn die ik in Lansquenet was. Niet voor Roux, en niet voor mezelf.

Ik zat daar nog steeds toen Thierry binnenkwam. Het was negen uur en nog steeds heel donker; buiten hoorde ik in de verte de gedempte geluiden van het verkeer en het luiden van de klokken van het kerkje op de Place du Tertre.

Hij ging zwijgend tegenover me zitten; zijn jas gaf een geur van sigarenrook en Parijse mist af. Hij zat daar een halve minuut zonder iets te zeggen en stak toen zijn hand uit en legde die op de mijne.

'Het spijt me van gisterenmiddag,' zei hij.

Ik pakte mijn kopje op en keek erin. Ik had de melk zeker laten koken, want er lag een gerimpeld vel op de koude chocola. Wat onachtzaam, dacht ik.

'Yanne,' zei Thierry.

Ik keek hem aan.

'Het spijt me,' zei hij. 'Ik was gespannen. Ik wilde dat alles perfect voor je was. Ik wilde met zijn allen gaan lunchen en daarna wilde ik je vertellen van het huis en dat ik een gaatje had gevonden in het trouwschema van – let goed op – dezelfde kerk als die waarin mijn ouders getrouwd zijn...'

'Hè?' zei ik.

Hij kneep in mijn hand. 'De Notre-Dame des Apôtres. Over zeven weken. Er was een bruiloft afgelast, en ik ken de priester; ik heb een tijdje geleden een klus voor hem gedaan...'

'Waar heb je het over?' zei ik. 'Je koeioneert mijn kinderen, je bent grof tegen mijn vriend, je loopt weg zonder iets te zeggen en dan verwacht je van mij dat ik een gat in de lucht spring als jij aankomt zetten met een huis en een trouwdatum?'

Thierry grijnsde me berouwvol toe. 'Het spijt me,' zei hij. 'Ik wil niet lachen hoor, maar... je bent echt nog niet gewend aan die telefoon, hè?'

'Hè?' zei ik.

'Zet je telefoon eens aan.'

Ik deed het en zag toen het sms'je dat Thierry de vorige avond om halfnegen had gestuurd.

> *Hou waanzinnig veel van je. Mijn enige excuus.*
> *Tot morgen om 9 uur.*
> *Thierry. xx*

'O,' zei ik.

Hij pakte mijn hand. 'Het spijt me echt heel erg van gisteren. Die vriend van je...'

'Roux,' zei ik.

Hij knikte. 'Ik weet dat het belachelijk klinkt, maar toen ik hem met jou en Annie zag, en jullie met elkaar praatten alsof hij jullie al jarenlang kende, moest ik denken aan alles wat ik niet van je weet. Alle mensen uit je verleden, de mannen die je hebt bemind...'

Ik keek hem verbaasd aan. Wat mijn vroegere leven betreft heeft Thierry altijd een merkwaardig gebrek aan belangstelling aan de dag gelegd. Het is iets aan hem wat ik altijd heel prettig heb gevonden. Zijn gebrek aan nieuwsgierigheid.

'Hij is verkikkerd op je. Zelfs ik kon dat zien.'

Ik zuchtte. Daar draait het altijd op uit. De vragen, het informeren, vriendelijk bedoeld, maar met een lading van achterdocht.

Waar kom je vandaan? Waar ga je naartoe? Kom je familie bezoeken?

Thierry en ik hadden een overeenkomst, dacht ik. Ik zou het niet hebben over zijn scheiding, hij zou niet over mijn verleden praten. Het werkt, althans het werkte, tot gisteren.

Aardig getimed, Roux, dacht ik verbitterd. Maar ja, zo is hij nu eenmaal. En nu klinkt zijn stem in mijn hoofd, als de stem van de wind: *Maak jezelf niets wijs, Vianne. Je kunt je hier niet vestigen. Je denkt dat je veilig bent in je huisje. Maar net als de wolf in het sprookje weet ik wel beter.*

Ik liep de keuken in om nieuwe warme chocola te maken. Thierry liep achter me aan, onhandig in zijn grote jas tussen de kleine tafeltjes en stoelen van Zozie.

'Wil je weten hoe het zit met Roux?' zei ik, chocola raspend boven de pan. 'Ik kende hem toen ik in het zuiden woonde. Een tijdlang heb ik een chocolaterie gehad in een dorpje bij de Garonne in de buurt. Hij woonde op een woonboot, waarmee hij van stad naar stad voer, terwijl hij hier en daar werkte. Timmeren, dakdekken, fruit plukken. Hij heeft voor mij een paar klussen gedaan. Ik heb hem al vier jaar niet meer gezien. Ben je nu tevreden?'

Hij keek bedremmeld. 'Sorry, Yanne. Ik ben belachelijk. En het was zeker niet mijn bedoeling je een verhoor af te nemen. Ik beloof je dat ik het niet meer zal doen.'

'Ik had nooit gedacht dat je jaloers zou zijn,' zei ik, terwijl ik een vanillestokje en een snufje nootmuskaat bij de warme chocola deed.

'Dat ben ik ook niet,' zei Thierry. 'En om het te bewijzen...' Hij legde zijn beide handen op mijn schouders en dwong me hem aan te kijken. 'Moet je horen, Yanne. Hij is een vriend van je. Hij kan het geld duidelijk goed gebruiken. En aangezien ik de woning echt tegen kerst af wil hebben, en je weet hoe moeilijk het is rond deze tijd mensen te krijgen, heb ik hem het baantje aangeboden.'

Ik staarde hem aan. 'O ja?'

Hij glimlachte. 'Noem het boetedoening,' zei hij. 'Mijn manier om jou te bewijzen dat de jaloerse vent die je gisteren zag, niet de ware ik is. En dan is er nog iets.' Hij stak zijn hand in zijn jaszak. 'Ik heb een kleinigheidje voor je,' zei hij. 'Het moest een verlovingspresentje zijn, maar...'

Thierry's kleinigheidjes zijn altijd aan de royale kant. Veertig rozen tegelijk, juwelen uit Bond Street, sjaals van Hermès. Een beetje te conventioneel misschien, maar zo is Thierry. Voorspelbaar tot op het bot.

'Ja...?'

Het was een dun pakje, niet veel dikker dan een gewatteerde envelop. Ik maakte het open, en er zat een leren reismapje in met vier tickets eerste klas naar New York, vertrek 28 december.

Ik staarde hem aan.

'Je zult het enig vinden,' zei hij. 'Het is dé plek om het nieuwe jaar in te luiden. Ik heb kamers geboekt in een groot hotel. De kinderen zullen het prachtig vinden. Er is sneeuw, en muziek, en vuurwerk...' Hij omhelsde me uitbundig. 'O, Yanne, ik kan niet wáchten tot ik je New York kan laten zien.'

Ik ben er eerlijk gezegd al eens geweest. Mijn moeder is er gestorven, in een drukke straat, voor een Italiaanse traiteur, op Independence Day. Het was toen warm en zonnig. In december zal het er koud zijn. De mensen sterven er van de kou in december.

'Maar ik heb geen paspoort,' zei ik langzaam, 'dat wil zeggen: ik had er een, maar...'

'Verlopen? Daar zorg ik wel voor.'

Nou, in feite is het meer dan verlopen. Het staat op de verkeerde náám, die van Vianne Rocher, en hoe zou ik hem kunnen vertellen, dacht ik, dat de vrouw van wie hij houdt iemand anders is?

Maar hoe kon ik dat nu nog verbergen? De scène van gisterenavond had me geleerd dat Thierry niet zo voorspelbaar was als ik had verondersteld. Bedrog is een onkruid dat snel voortwoekert, en als je er niet vroeg bij bent, dringt het overal in door en tast het alles aan en verspreidt het zich en verstikt het alles totdat er nog slechts een kluwen van leugens over is...

Hij stond heel dichtbij en zijn blauwe ogen schitterden, misschien van ongerustheid. Hij rook naar iets vaag troostgevends, zoals pasgemaaid gras, of oude boeken, of dennenhars, of brood.

Hij kwam wat dichterbij, en toen lagen zijn armen om me heen en lag mijn hoofd op zijn schouder (alhoewel ik niet dat holletje kon vinden dat gemaakt leek voor mijn hoofd), en het voelde zo vertrouwd, zo ontzettend véílig, en toch was er deze keer ook spanning. Ik voelde het, als stroomdraden die elkaar bijna raakten...

Zijn lippen vonden de mijne. Weer die lading. Als statische elektriciteit tussen ons in, deels plezierig, deels onplezierig. Ik moest weer aan Roux denken. Verdorie. Niet nu. Een lange, lange kus. Ik maakte me los.

'Luister, Thierry. Ik moet je iets uitleggen.'

Hij keek me aan. 'Wat uitleggen?'

'De naam op mijn paspoort. De naam die ik bij de burgerlijke stand op zal moeten geven...' Ik haalde diep adem. 'Dat is niet de naam die ik nu gebruik. Ik heb hem veranderd. Het is een lang verhaal. Ik had het je al eerder moeten vertellen, maar...'

Thierry onderbrak me. 'Dat geeft niet. Je hoeft het niet uit te leggen. We hebben allemaal wel dingen waar we liever niet over praten. Wat kan het mij schelen dat je van naam bent veranderd? Het gaat er mij om wie je bént, en niet of je nu Francine of Marie-Claude of zelfs, God sta ons bij, Cunégonde heet.'

Ik glimlachte. 'Je vindt het niet erg?'

Hij schudde zijn hoofd. 'Ik heb beloofd dat ik je geen verhoor zal afnemen. Het verleden is voorbij. Ik hoef het niet te weten. Tenzij je me wilt vertellen dat je ooit een man bent geweest of zo...'

Daar moest ik om lachen. 'Nee, je loopt geen gevaar.'

'Ik zou het natuurlijk even kunnen nazien. Gewoon voor de zekerheid.' Zijn handen sloten zich om mijn onderrug. Zijn kus was harder, eisender. Thierry stelt nooit eisen. Zijn ouderwetse hoffelijkheid is een van de dingen die me altijd hebben aangetrokken, maar vandaag is hij een beetje anders; er is een zweem van lang ingehouden hartstocht, ongeduld, een dorsten naar meer. Even duik ik erin onder; zijn handen gaan naar mijn middel, naar mijn borsten. De manier waarop hij mijn mond en mijn gezicht kust, heeft bijna iets kinderlijk gretigs, alsof hij probeert zo veel mogelijk van mij voor zich op te eisen, en aldoor fluistert hij: 'Ik hou van je, Yanne, ik verlang naar je, Yanne...'

Halflachend kwam ik boven om lucht te happen. 'Niet hier, het is al halftien geweest.'

Hij liet een grappig berengebrom horen. 'Dacht je dat ik zeven weken ging wachten?' Zijn armen kregen nu ook iets beerachtigs en hielden me stevig gevangen, en hij rook naar muskusachtig zweet en muffe sigarenrook, en plotseling en voor het eerst in onze lange vriendschap kon ik me voorstellen dat we vrijen, naakt en zwetend tussen de lakens, en met een schok van verbazing besefte ik dat die gedachte me tegenstond...

Ik duwde met mijn handen tegen zijn borst. 'Thierry, toe...'

Hij ontblootte zijn tanden.

'Zozie komt zo...'

'Laten we dan naar boven gaan voordat ze komt.'

Ik hapte naar lucht. De geur van zweet werd sterker, vermengde zich met de geur van koude koffie, ruwe wol en verschaald bier. Het was niet zo'n troostgevende geur meer; hij riep beelden op van drukke bars en grijpende handen en dronken vreemden in de nacht. Thierry's handen zijn groot en gretig, bezaaid met ouderdomsvlekken, en er zitten plukjes haar op.

Ik moest ineens aan de handen van Roux denken. De behendige zakkenrollersvingers, de motorolie onder de nagelranden.

'Toe, Yanne.'

Hij trok me mee door de keuken. Zijn ogen schitterden van verwachting. Plotseling wilde ik protesteren, maar het was al te laat. Ik had mijn keuze gemaakt. Er is geen weg terug meer, dacht ik. Ik liep achter hem aan de trap op...

Met een luide vuurwerkknal knapte er een gloeilamp.

Het glasstof regende op ons neer.

Er klonk boven een geluid. Rosette was wakker. Ik trilde van opluchting.

Thierry vloekte.

'Ik moet naar Rosette,' zei ik.

Hij maakte een geluid dat niet echt lachen was. Een laatste kus, maar het moment was voorbij. Vanuit mijn ooghoek zag ik een gouden glans in de schaduwen – misschien zonlicht, of de een of andere weerspiegeling...

'Ik moet naar Rosette, Thierry.'

'Ik hou van je,' zei hij.

Dat weet ik.

Het was tien uur en Thierry was net weg, toen Zozie binnenkwam, gehuld in een warme jas en met paarse laarzen met dikke zolen aan en een grote kartonnen doos in beide handen. Hij zag er zwaar uit, en Zozie zette hem met een rood gezicht voorzichtig op de grond.

'Sorry dat ik zo laat ben,' zei ze. 'Maar dat spul is zo zwaar.'

'Wat is het?' vroeg ik.

Zozie grijnsde. Ze liep naar de etalage en haalde er de rode schoenen uit die daar de afgelopen weken gestaan hadden.

'Ik heb zitten denken en volgens mij zijn we aan een beetje verandering toe. Vind je het goed als ik een nieuwe etalage maak? Dit was nooit als iets blijvends bedoeld, en eerlijk gezegd mis ik die schoenen.'

Dat ontlokte me een glimlach. 'Natuurlijk,' zei ik.

'Daarom heb ik deze spullen op de vlooienmarkt gekocht.' Ze wees op de kartonnen doos. 'Ik heb een idee dat ik wil uitproberen.'

Ik keek naar de doos, en toen naar Zozie. Ik was nog niet helemaal bijgekomen van Thierry's bezoek, het opnieuw opduiken van Roux en de complicaties die dat allemaal ging geven, en de onverwachte vriendelijkheid van dit simpele gebaar roerde me ineens bijna tot tranen.

'Maar dat had je toch niet hoeven doen, Zozie.'

'Doe niet zo mal, ik vind het leuk.' Ze nam me aandachtig op. 'Is er iets?'

'O, iets met Thierry.' Ik probeerde te glimlachen. 'Hij doet de laatste paar dagen zo vreemd.'

Ze haalde haar schouders op. 'Dat verbaast me niets,' zei ze. 'Je gaat lekker. De zaak loopt goed. Eindelijk ziet het er wat beter voor je uit.'

Ik fronste mijn wenkbrauwen. 'Wat bedoel je?'

'Wat ik bedoel,' zei Zozie geduldig, 'is dat Thierry nog steeds Sinterklaas en de Prins op het Witte Paard en de Barmhartige Samaritaan in één wil zijn. Toen je het nog moeilijk had, was er niks aan de hand, trakteerde hij je op etentjes, gaf hij je mooie kleren, overlaadde hij je met cadeautjes, maar dat is nu veranderd. Je hoeft niet meer gered te worden. Iemand heeft zijn Assepoesterpop afgepakt en hem er een echt, levend meisje voor in de plaats gegeven, en daar heeft hij moeite mee.'

'Zo is Thierry niet,' zei ik.

'O nee?'

'Nou...' Ik grijnsde. 'Misschien een beetje.'

Toen moest ze lachen, en ik lachte met haar mee, hoewel ik me wel een beetje beteuterd voelde. Zozie observeert natuurlijk goed, maar had ik die dingen niet zelf moeten zien?

Zozie maakte de kartonnen doos open.

'Waarom maak je het jezelf niet gemakkelijk vandaag? Ga lekker even liggen. Speel wat met Rosette. Maak je geen zorgen. Als hij komt, roep ik je wel.'

Ik schrok. 'Als wie komt?' zei ik.

'Ach, kom nou, Vianne...'

'Noem me niet zo!'

Ze grijnsde. 'Nou, Roux, natuurlijk. Wie dacht je dan dat ik bedoelde? De paus?'

Ik glimlachte mat. 'Die komt vandaag niet.'

'Waarom ben je daar zo zeker van?'

Dus vertelde ik haar wat Thierry had gezegd over de woning, en dat hij vast van plan was ons met de kerst daar te hebben, en over de vliegtickets naar New York, en dat hij Roux een baantje in de Rue de la Croix had aangeboden.

Zozie keek verbaasd. 'O ja?' zei ze. 'Nou, als Roux het aanneemt, heeft hij zeker geld nodig. Ik kan me niet indenken dat hij het voor niets doet.'

Ik schudde mijn hoofd. 'Wat een puinhoop,' zei ik. 'Waarom had hij niet gezegd dat hij kwam? Dan was ik er anders mee omgegaan. Dan was ik in ieder geval voorbereid geweest...'

Zozie ging aan de keukentafel zitten. 'Hij is Rosettes vader, hè?'

Ik zei niets, maar keerde me om om de ovens aan te steken. Ik was van plan een baksel gemberkoekjes te maken, van die koekjes die je aan de kerstboom hangt, met verguldsel en glazuur erop en een lintje eraan.

'Natuurlijk is het jouw zaak,' vervolgde Zozie. 'Weet Annie het?'

Ik schudde mijn hoofd.

'Is er iemand die het weet? Weet Róúx het?'

Plotseling was mijn kracht verdwenen, en ik ging snel op een van de stoelen zitten, want het was net of ze mijn touwtjes had doorgeknipt, waardoor ik nu plotseling in één grote kluwen stemloos, hulpeloos en roerloos in de lucht hing.

'Ik kan het hem nu niet vertellen,' fluisterde ik ten slotte.

'Maar hij is niet dom. Hij komt er wel achter.'

Stil schudde ik mijn hoofd. Het was de eerste keer dat ik een reden had om blij te zijn met het anders-zijn van Rosette: ze is wel bijna vier, maar ziet er nog steeds uit als een kind van tweeënhalf en gedraagt zich ook zo, en wie zou er nu het onmogelijke geloven?

'Daar is het nu allemaal te laat voor,' zei ik. 'Vier jaar geleden had het misschien nog gekund, maar nu niet meer.'

'Waarom? Hebben jullie ruzie gehad?'

Ze klinkt als Anouk. Ik probeerde ook haar uit te leggen dat het allemaal niet zo eenvoudig was, dat huizen van steen moeten zijn, omdat alleen een stevig stenen huis kan voorkomen dat we weg-waaien wanneer de wind komt aangegierd...

Waarom doen alsof? zegt hij in mijn hoofd. *Waarom probeer je toch erbij te horen? Wat hebben deze mensen dat je net als hen wilt zijn?*

'Nee, we hebben geen ruzie gehad,' zei ik. 'We zijn gewoon... bei-den onze eigen weg gegaan.'

Er komt plotseling een angstwekkend beeld in me op: dat van de rattenvanger met zijn fluit, die door alle kinderen gevolgd wordt, behalve door het kreupele kind, dat achterblijft wanneer de berg zich achter hem sluit...

'En hoe moet dat nu met Thierry?'

Goeie vraag, dacht ik. Vermoedt hij iets? Hij is ook niet gek, maar toch heeft hij een soort blinde vlek; dat kan door arrogantie komen, of door vertrouwen, of door allebei. En toch is hij nog wan-trouwend jegens Roux. Ik zag het gisterenavond aan die taxerende blik, de instinctieve afkeer van de degelijke stedeling van de zwer-ver, de zigeuner, degene die rondtrekt...

Je kiest je familie, Vianne, dacht ik.

'Tja, je hebt denk ik je keuze gemaakt.'

'Het is de juiste. Ik weet het.'

Maar ik merkte wel dat ze me niet geloofde. Alsof ze het zag aan de lucht om me heen, als gesponnen suiker die zich ophoopt om een stokje. Maar er zijn zo veel soorten liefde, en wanneer de gepas-sioneerde, egoïstische, boze soort reeds lang is opgebrand, moeten we de goden danken voor mannen als Thierry, die veilige, fantasie-loze mannen, die denken dat 'passie' een woord uit boeken is, net als 'magie' en 'avontuur'.

Zozie bekeek me nog steeds geduldig en halflachend, alsof ze verwachtte dat ik nog meer zou zeggen. Toen ik dat niet deed, haalde ze alleen maar haar schouders op en stak ze me een schaaltje met mendiants toe. Ze maakt ze zoals ik ze maak: de chocola zo dun dat je ze gemakkelijk kunt breken, maar zo dik dat ze je een voldaan gevoel geven, een ruime hoeveelheid rozijnen, een walnoot, een amandel, een viooltje, een gesuikerde roos.

'Proef er een,' zei ze. 'Wat vind je?'

De kruitgeur van chocola steeg van het schaaltje mendiants op, een geur van zomer en voorbije tijden. Hij had naar chocola gesmaakt toen ik hem voor het eerst kuste, en de geur van vochtig gras sloeg van de grond waarop we naast elkaar lagen, en hij had me onverwacht zacht aangeraakt en zijn haar was bij het afnemende licht als zomerse goudsbloemen geweest...

Zozie hield nog steeds het schaaltje mendiants onder mijn neus. Het is van blauw Muranoglas, met een klein gouden bloemetje aan de zijkant. Het is maar een snuisterij, maar toch ben ik er dol op. Roux heeft het me gegeven in Lansquenet, en ik heb het steeds meegenomen, in mijn bagage, in mijn zakken, als iets om telkens even aan te raken.

Toen ik opkeek zag ik Zozie naar me kijken. Haar ogen waren van een ver, sprookjesachtig blauw, als iets wat je in dromen zou kunnen zien.

'Zul je het aan niemand vertellen?' zei ik.

'Natuurlijk niet.' Ze nam een mendiant tussen haar ranke vingers en stak hem me toe. Volle, pure chocola, in rum geweekte rozijnen, vanille, rozen en kaneel...

'Proef er een, Vianne,' zei ze glimlachend. 'Ik weet toevallig dat het je lievelingschocola is.'

4

Maandag 3 december

DAT WAS EEN VRUCHTBARE DAG, AL ZEG IK HET ZELF. VEEL VAN WAT ik hier doe, is een jongleeract: ik moet een aantal ballen en messen en fakkels in de lucht houden zo lang dat nodig is.

Het duurde even voordat ik zeker was van Roux. Hij is niet van gisteren en ik moet voorzichtig met hem omspringen. Ik moest alle zeilen bijzetten om hem te laten blijven, maar zaterdagavond lukte het me hem vast te houden. Met een paar bemoedigende woorden wist ik hem in bedwang te houden.

Het was niet gemakkelijk, moet ik zeggen. Zijn eerste impuls was terug te gaan naar waar hij vandaan was gekomen en zich nooit meer te laten zien. Ik hoefde niet naar zijn kleuren te kijken om dat te weten; ik zag het al aan zijn gezicht toen hij de Butte af beende met zijn haar in zijn ogen en zijn handen woest in zijn zakken gestoken. Thierry liep ook achter hem aan, en ik was genoodzaakt de weg te plaveien met een klein toverspreukje om hem uit te laten glijden, en in die paar extra seconden haalde ik Roux in.

Ik pakte zijn arm beet. 'Roux,' zei ik tegen hem. 'Je kunt niet zomaar weggaan. Je weet niet hoe het allemaal zo gekomen is.'

Zonder zijn pas in te houden schudde hij mijn arm af. 'Waarom denk je dat ik dat wil weten?'

'Omdat je van haar houdt,' zei ik.

Roux haalde alleen maar zijn schouders op en bleef doorlopen.

'En omdat ze zich aan het bedenken is, maar niet weet hoe ze het tegen Thierry moet zeggen.'

Nu luisterde hij. Hij vertraagde zijn pas. Ik maakte van de gelegenheid gebruik door achter zijn rug het klauwteken van Eén Jaguar te maken, een trucje waardoor hij ter plekke stil had moeten blijven staan, maar dat Roux instinctief afschudde.

'Hé, wacht nou even,' zei ik meer uit frustratie dan uit iets anders.

Hij wierp me een blik van roofdierachtige nieuwsgierigheid toe.

'Je moet haar de tijd geven.'

'Waarvoor?'

'Om te beslissen wat ze nu echt wil.'

Hij hield nu op met lopen en bekeek me met een nieuwe intensiteit. Dat bezorgde me een licht gevoel van ergernis – hij was kennelijk ongevoelig voor iedereen behalve Vianne – maar daar zou later tijd voor zijn, bedacht ik. Op het ogenblik was het voor mij het belangrijkste dat hij bleef. Daarna kon ik het hem op mijn gemak betaald zetten.

Ondertussen was Thierry echter overeind gekrabbeld, en hij kwam door de straat op ons afgelopen. 'We hebben hier nu geen tijd voor,' zei ik. 'Kom maandag naar me toe, na je werk.'

'Werk?' zei hij. Hij begon te lachen. 'Dacht je dat ik voor hém ging werken?'

'Dat zou ik maar doen,' zei ik. 'Als je mijn hulp wilt.'

Daarna had ik nog net genoeg tijd om me bij Thierry te voegen toen deze dichterbij kwam. Hij was nog maar enige tientallen meters van me verwijderd en met zijn schouders vierkant in zijn kasjmieren jas keek hij dreigend naar mij, en toen naar Roux achter me, met de donkerekraalogenwildheid van een grote pluche beer die plotseling onberekenbaar wordt.

'Nu heb je het verpest,' zei ik zachtjes tegen hem. 'Wat bezielde je om je ineens zo te gaan gedragen? Yanne is helemaal van streek...'

Hij schrok zichtbaar. 'Wat heb ik dan gedaan? Het was...'

'Laat dat maar zitten. Ik kan je helpen, maar dan moet je wel aardig zijn.'

Razendsnel maakte ik met mijn vingertoppen het teken van Dame Bloedmaan. Dat leek hem te kalmeren: hij keek onthutst. Ik bestookte hem nogmaals, maar nu met het meesterteken van Eén Jaguar, en toen zag ik zijn kleuren een beetje tot rust komen.

Hij is veel gemakkelijker dan Roux. Hij werkt veel beter mee. In korte bewoordingen vertelde ik hem mijn plan. 'Het is simpel,' zei ik. 'Je wint er alleen maar bij. Je komt grootmoedig over. Je krijgt de hulp die je nodig hebt met je huis. Je ziet Yanne vaker. En bovendien' – ik dempte mijn stem nog wat meer – 'kun je een oogje op hém houden...'

Dat gaf de doorslag. Dat had ik wel geweten. Die fantastische combinatie van ijdelheid, achterdocht en een enorme zelfverzekerdheid; ik hoefde er haast geen toverij aan te besteden, hij deed het allemaal als vanzelf.

Ja, ik begin Thierry bijna te mogen. Zo probleemloos, zo voorspelbaar, zo zonder scherpe randen waaraan je je kunt bezeren. Maar het mooiste is wel dat hij zo gemakkelijk te charmeren is – een lach, een woord, en het is voor elkaar. In tegenstelling tot Roux, met zijn norse mond en blik van permanente achterdocht.

Verdorie, dacht ik. Wat is er toch met me aan de hand? Ik lijk op Vianne, ik praat als Vianne... hij zou toch een makkie moeten zijn. Nou ja, sommige noten zijn moeilijker te kraken dan andere, en tot nu toe is mijn timing helemaal fout geweest. Maar ik kan wachten, althans, een paar dagen. En als een beetje toverij niet werkt, dan stappen we over op de chemische middelen.

Vandaag wachtte ik ongeduldig op sluitingstijd; mijn ogen gingen steeds naar de klok. Het leek een heel lange dag, maar ik bracht hem best aangenaam door, terwijl buiten de regen langzaam overging in mist en de mensen langsliepen als droomgestalten, af en toe stilstaand om als wazige vlekken naar de halfvoltooide etalage te kijken die nu als een toverlantaarn Le Rocher de Montmartre verlicht.

Onderschat nooit de kracht van een mooi opgemaakte etalage. De ogen zijn de vensters van de ziel, zeggen ze, en een etalage hoort de ogen van de winkel te zijn, vol beloften en verrukkingen. De oude etalage was al heel aardig, met mijn rode, met chocola gevulde schoenen, maar ik besef dat, nu de kerst met grote stappen dichterbij komt, we om klanten te trekken iets moeten bedenken wat betoverender is dan een paar schamele schoenen.

Dus is onze etalage veranderd in een adventskalender, omgeven door restjes zijde en verlicht met één gelig lantaarntje. De kalender zelf bestaat uit een antiek poppenhuis dat ik op de marché aux puces heb gevonden. Te oud om aantrekkelijk te zijn voor een kind, te gammel om interessant te zijn voor een verzamelaar. Het dak is slecht aan elkaar gelijmd en in de voorkant zit een scheur die gerepareerd is met afplakband, maar het is precies wat ik zocht.

Het is groot, groot genoeg om de etalage te vullen, en het heeft een schuin dak met schuine randen en een geschilderde voorgevel met vier panelen die je eruit kunt halen om naar binnen te kijken. Momenteel zijn alle panelen nog dicht, en ik heb rolgordijntjes voor de ramen gemaakt, waaronder nog net het warme, goudgele licht binnenin is waar te nemen.

'Wow,' zei Vianne toen ze me bezig zag. 'Wat is het? Een kerststal?'

Ik grijnsde. 'Zoiets. Het is een verrassing.'

Vandaag werkte ik dus zo snel ik kon en weerde ik nieuwsgierige blikken met een groot stuk rood-gouden sarizijde waarachter de transformatie moest plaatsvinden. Ik begon met het decor. Om het huis heen legde ik een miniatuurtuin aan: ik maakte van een stuk blauwe zijde een meer waar eendjes van chocolade op dreven, ik maakte een rivier, en van gekleurde suikerkristallen een pad met bomen en struiken erlangs, gemaakt van vloeipapier en pijpenragers. Alles was bedekt met poedersuikersneeuw en uit het adventhuis renden gekleurde suikermuizen, als muizen uit een sprookje...

Ik was bijna de hele ochtend bezig met het in orde maken van het decor. Even voor twaalven kwam Nico binnen met Alice – ze lijken inmiddels onafscheidelijk – en ze bleven even om de etalage te bewonderen. Nico kocht weer een doos van zijn makronen, terwijl Alice met grote ogen toekeek toen ik met een puntig glazuurzakje de reparaties en verbeteringen aan de voorgevel van het huis aanbracht.

'Het is schattig,' zei Alice. 'Het is mooier dan Galeries Lafayette.'

Ik moet toegeven dat het een schitterend geheel is. Deels huis, deels gebak, met ribbels van suikergoed rond de ramen, waterspuwers van suikergoed op het dak, zuiltjes van suikergoed rond de deuren en een mooi sneeuwlaagje op elke vensterbank en boven op de schuine schoorstenen.

Toen het lunchtijd was, riep ik Vianne om te komen kijken.

'Vind je het leuk?' vroeg ik. 'Het is nog niet af, maar... wat vind je?'

Even zei ze helemaal niets, maar haar kleuren vertelden me al wat ik weten moest: ze vlamden zo helder op dat ze bijna de hele ruimte vulden. En stonden er tranen in haar ogen? Ja. Het leek me van wel.

'Schitterend,' zei ze ten slotte. 'Echt schitterend.'

Ik veinsde bescheidenheid. 'Ach, nou ja...'

'Ik meen het, Zozie. Je hebt me zo goed geholpen.' Ik dacht dat ze zorgelijk keek, en daar had ze alle reden toe: het teken van Ehecatl is een krachtig teken – het spreekt van reizen, verandering, de wind – en ze moest het om haar heen hebben voelen werken, misschien voelde ze het ook nu (mijn mendiants zijn op vele manieren speciaal), en de chemie vermengde zich met de hare en veranderde en werd vluchtig...

'En ik betaal je niet eens een fatsoenlijk loon,' zei ze.

'Betaal me in natura,' stelde ik grijnzend voor. 'Alle chocola die ik op kan.'

Vianne schudde fronsend haar hoofd; ze leek naar iets buiten te luisteren, maar de mist had alle geluid opgeslokt. 'Ik sta diep bij je in het krijt,' vervolgde ze eindelijk. 'En ik heb nog nooit iets voor jou gedaan...'

Ze hield op, alsof ze een geluid hoorde, of een idee kreeg dat zo pakkend was dat het haar tijdelijk sprakeloos maakte. Dat zou wel weer door de mendiants komen, haar lievelingschocola, die haar aan betere tijden herinnerde.

'Ik weet het,' zei ze terwijl haar gezicht opklaarde. 'Je zou bij ons in kunnen trekken. Bij ons komen wonen. We hebben nog de vroegere kamers van madame Poussin. Niemand gebruikt ze meer. Het is niet veel, maar het is beter dan een pension. Je zou bij ons kunnen verblijven, met ons mee kunnen eten... De kinderen zouden het enig vinden, en de ruimte hebben we niet nodig. En met de kerst, wanneer we hier weggaan...'

Haar gezicht betrok, een beetje maar.

'Ik zou je tot last zijn,' zei ik hoofdschuddend.

'Nee hoor. Ik zweer het je. We zouden continu open kunnen zijn. Je zou ons een dienst bewijzen.'

'En Thierry dan?' zei ik.

'Thierry?' zei Vianne een tikje uitdagend. 'We doen toch wat hij wil? We verhuizen naar de Rue de la Croix. Dus waarom zou je tot die tijd niet bij ons wonen? En wanneer wij het pand verlaten, kun jij op de winkel passen. Ervoor zorgen dat alles goed loopt. Hij heeft het zelf ook al zo ongeveer voorgesteld; hij zei dat ik iemand nodig had om de winkel te runnen.'

Ik leek er even over na te denken. Begint Thierry ongeduldig te worden? dacht ik. Heeft hij haar zijn wildere kant laten zien? Ik moet zeggen dat ik zoiets al min of meer verwacht had, en nu Roux weer is opgedoken, moet ze hen allebei op afstand houden, in ieder geval totdat ze een besluit heeft genomen.

Een chaperonne, dat is wat ze nodig heeft. En wie kun je daarvoor beter vragen dan je vriendin Zozie?

'Maar je kent me nog maar net,' zei ik ten slotte. 'Ik kan wel ik weet niet wie zijn.'

Ze moest lachen. 'Ach, welnee.'

Dom wichtje.

'Oké,' zei ik. 'We doen het.'

Weer was ik binnen.

5

Dinsdag 4 december

WEET JE? ZE KOMT BIJ ONS WONEN. HARTSTIKKE COOL, ZOALS JEAN-Loup zou zeggen. Ze heeft gisteren haar spullen hierheen gebracht, althans wat voor haar spullen moet doorgaan. Ik heb nog nooit iemand met zo weinig spullen gezien, behalve ik en maman dan misschien, toen we nog rondtrokken. Twee koffers, een met schoenen en een met alle andere spullen. Tien minuten uitpakken en nu voelt het al alsof ze er altijd geweest is.

Haar kamer staat nog vol met het oude meubilair van madame Poussin, oudedamesmeubels: een smalle kleerkast die naar mottenballen ruikt en de ladekast die vol zit met grote, ruwe dekens. De gordijnen zijn bruin met crème, met een rozenpatroon, en er staat een bed dat doorzakt, met een kussenrol erop die met paardenhaar gevuld is, en er is een gespikkelde spiegel waarin je eruitziet alsof je een enge ziekte hebt. Een oudedameskamer, maar laat het maar aan Zozie over om er in no time een coole kamer van te maken.

Ik heb haar gisterenavond geholpen met uitpakken en haar een van de zakjes met sandelhout uit mijn kast gegeven om de oudedamesgeur weg te krijgen.

'Het komt wel goed, hoor,' zei ze met een glimlach toen ze haar kleren in de oude kleerkast hing. 'Ik heb een paar dingen bij me om het hier wat op te vrolijken.'

'Wat voor dingen?'

'Dat zul je wel zien.'

Dus wachtten we af. Terwijl maman kookte en ik met Rosette weer naar de kerststal ging, werkte Zozie boven aan de kamer. Ze was maar een uur bezig, maar toen ik later boven ging kijken, kende je het gewoon niet terug. De oudedamesgordijnen met het bruine patroon waren weg en vervangen door een paar grote losse lappen van saristof, de ene rood en de andere blauw. Ze had een derde lap, een paarse met zilverdraad, over de poezelige oudedamessprei gelegd, en ze had twee draden met gekleurde lichtjes boven de schoorsteen gespannen, waaraan haar schoenen in paren als versierselen boven de kachel hingen.

Er was ook een voddenkleedje en een lamp en aan de lampenkap had ze al haar oorbellen gehangen, als hangertjes, en waar een schilderijtje had gehangen, had ze een van haar hoeden op de muur gespeld, en er hing een Chinese zijden peignoir achter de deur en rondom de ziekelijke spiegel zat een rij vlinderspelden geklemd, zoals de spelden die ze wel eens in haar haar draagt.

'Wow,' zei ik. 'Wat een gave kamer.'

Er hing ook een geur, iets heel zoets en kerkachtigs dat me op de een of andere manier aan Lansquenet deed denken.

'Dat is geurhars, Nanou,' zei ze. 'Ik brand het altijd in mijn kamer.'

En het was goeie hars ook, van dat spul dat je op hete kolen moet branden. Wij brandden het ook altijd, maman en ik, maar tegenwoordig doen we dat nooit meer. Misschien geeft het te veel rommel, maar het ruikt zo lekker, en bovendien lijkt Zozies rommeligheid altijd veel logischer dan wat andere mensen netjes noemen.

Toen haalde Zozie ergens onder uit haar koffer een fles grenadine en vierden we beneden een soort feestje, met chocoladecake en ijs voor Rosette, en toen het tijd was om naar bed te gaan, was het al bijna middernacht en lag Rosette te slapen op een zitzak en was maman alles aan het opruimen. En toen ik weer naar Zozie keek, met haar lange haar en bedelarmband en ogen als pinkellichtjes, was het net of ik maman weer zag, maar dan zoals ze in Lansquenet was, in de tijd dat ze nog Vianne Rocher was.

'En, wat vind je van mijn adventshuis?'

Dat is de nieuwe etalage, de vervanging van de knalrode schoenen. Het is een huis en eerst dacht ik dat het een *crèche* werd, net als op de Place du Tertre, met het jezuskindje en de koningen en zijn familie en vrienden. Maar het is veel leuker. Het is een toverhuis in een sprookjesbos, net als in de verhaaltjes. En elke dag komt er achter een van de deuren een ander tafereel tevoorschijn. Vandaag is het dat van de rattenvanger van Hamelen; het verhaal speelt zich voornamelijk buiten af, en er zijn suikermuizen in plaats van ratten, roze en witte en groene en blauwe, en de rattenvanger is gemaakt van een houten knijper, met rood haar erop geverfd en een lucifer in zijn hand die de fluit voorstelt, en hij fluit alle suikermuizen een rivier van zijde in...

En in het huis zit de burgemeester van Hamelen, die de ratten-vanger niet wilde betalen, door een slaapkamerraam toe te kijken. Hij is natuurlijk ook een knijperpoppetje, met een nachthemd dat van een zakdoek gemaakt is, en een papieren slaapmuts op zijn hoofd, en zijn gezicht is met viltstift getekend en zijn mond is wijdopen van verbazing.

Ik weet niet waarom, maar op de een of andere manier doet de rattenvanger van Hamelen me aan Roux denken, met zijn rode haar en sjofele kleding, en de vrekkige burgemeester doet me aan Thierry denken, en ik moest onwillekeurig denken dat het, net als de kerststal op de Place du Tertre, niet zomaar een etalage was, maar dat hij iets meer te betekenen had...

'Ik vind het enig,' zei ik.

'Dat hoopte ik al.'

Rosette, die op de zitzak lag, maakte een slaperig snufgeluidje en wilde haar deken pakken, die op de grond was gevallen. Zozie pakte hem op en legde hem over haar heen. Ze bleef even staan en raakte Rosettes haar aan.

En toen kreeg ik een heel rare gedachte. Of eigenlijk meer een inspiratie. Ik denk dat het door het adventshuis kwam. Ik dacht aan de kerststal en aan het feit dat iedereen tegelijk naar de kerststal komt, de dieren en de wijzen en de herders en de engelen en de ster, zonder dat iemand hen had hoeven uitnodigen of zo, alsof ze er door toverij naartoe waren geroepen.

Ik had het bijna tegen Zozie gezegd, maar ik had tijd nodig om alles op een rijtje te zetten. Ik wilde er zeker van zijn dat ik niet iets doms ging doen. Er was me namelijk ook iets te binnen geschoten. Iets wat lang geleden gebeurd was, in de tijd dat we nog anders waren. Het had iets te maken met Rosette, misschien. Die arme Rosette, die huilde als een kat en die nooit scheen te willen drinken, en die soms zomaar ophield met ademen, secondenlang, soms zelfs minutenlang...

Dat kindje. Dat kribbetje. De dieren...

De engelen en de wijzen...

Wat is een wijze eigenlijk? En waarom denk ik dat ik er al eens een ontmoet heb?

6

Dinsdag 4 december

ONDERTUSSEN MOEST IK OOK NOG IETS MET ROUX. WAT IK MET HEM van plan ben houdt geen contact met Vianne in, maar hij moet wel in de buurt blijven, en daarom ging ik volgens plan om halfzes naar de Rue de la Croix, waar ik wachtte tot hij naar buiten kwam.

Het was al bij zessen toen hij het huis verliet. Thierry's taxi was er al – hij verblijft in een aardig hotel terwijl er aan zijn huis gewerkt wordt – maar Thierry was nog niet weg uit de woning, en ik kon op de hoek onopvallend toekijken terwijl Roux met zijn handen in zijn zakken en zijn kraag opgeslagen tegen de regen stond te wachten.

Nu heeft Thierry zich er altijd op laten voorstaan dat hij een man van weinig pretenties is, een echte man die niet bang is om zijn handen vuil te maken, en die een andere man nooit het gevoel zou willen geven dat hij minder is omdat hij geen geld of sociale status heeft. Dat is natuurlijk helemaal niet waar. Thierry is een snob van de ergste soort, hij weet het alleen niet, dat is alles. Je ziet het echter aan zijn hele manier van doen: aan het feit dat hij Laurent 'mon pote' noemt, en ik zag het nu aan de achteloze manier waarop hij de tijd nam om zijn woning af te sluiten, alles na te kijken, het inbrekersalarm in te stellen en zich daarna met een verbaasd gezicht naar Roux te wenden, alsof hij wilde zeggen: Ach ja, ik was je bijna vergeten...

'Hoeveel hadden we ook alweer gezegd? Honderd?' vroeg hij.

Honderd euro per dag. Niet bepaald een genereus bedrag. Maar Roux haalde weer alleen maar zijn schouders op; dat schouderophalen dat Thierry zo kwaad maakt en waardoor hij Roux een reactie wil afdwingen. Roux is daarentegen heel koel, een gasvlam die op zijn laagst brandt. Ik merkte echter dat hij de hele tijd zijn ogen

232

iets neergeslagen hield, alsof hij bang was dat hij iets te veel zou laten zien.

'Is een cheque goed?' zei Thierry.

Aardig accent, vond ik. Natuurlijk weet hij dat Roux geen bankrekening heeft, dat Roux geen belasting betaalt, dat Roux misschien niet eens zijn eigen naam is.

'Of heb je liever contant geld?' vroeg hij.

Roux haalde weer zijn schouders op. 'Zie maar,' zei hij. Hij doet liever afstand van een heel dagloon dan dat hij iets toegeeft.

Thierry schonk hem zijn breedste glimlach. 'Goed, dan geef ik je een cheque,' zei hij. 'Ik zit vandaag een beetje krap bij kas. Weet je het zeker?'

Roux' kleuren vlamden op, maar hij bleef koppig zwijgen.

'Aan wie zal ik hem uitschrijven?'

'Vul maar niks in.'

Nog steeds glimlachend begon Thierry op zijn gemak de cheque uit te schrijven; daarna gaf hij hem met een olijke knipoog aan Roux. 'Tot morgen rond dezelfde tijd dan. Tenzij je er genoeg van hebt, natuurlijk.'

Roux schudde zijn hoofd.

'Goed dan. Halfnegen. Niet te laat komen.'

En toen stapte hij in zijn taxi; Roux bleef achter met zijn waardeloze cheque en was kennelijk te diep in gedachten verzonken om me op te merken toen ik dichterbij kwam.

'Roux,' zei ik.

'Vianne?' Hij keerde zich om en schonk me die kerstboomachtige lach. 'O, ben jij het.' Zijn gezicht betrok.

'Zozie is de naam.' Ik keek hem nadrukkelijk aan. 'Je zou wel een beetje meer charme kunnen tonen.'

'Hè?'

'Ik bedoel: je zou in ieder geval kunnen dóén alsof je blij was me te zien.'

'O, sorry.' Hij keek bedremmeld.

'Hoe is het baantje?'

'Gaat wel,' zei hij.

Ik glimlachte. 'Kom mee,' zei ik. 'Laten we een droge plek zoeken waar we even kunnen praten. Waar verblijf je?'

Hij noemde een adres ergens in een achterafstraatje bij de Rue de Clichy; precies het soort onderkomen dat ik verwacht had.

'Laten we erheen gaan. Ik heb niet veel tijd.'

Ik kende het hotelletje: het was er goedkoop en groezelig, maar men nam contant geld aan, en dat is voor iemand als Roux heel belangrijk.

De voordeur had niet een sleutel maar een elektronisch cijferslot. Ik keek toe terwijl hij de code intoetste – 825436 – terwijl zijn profiel scherp verlicht werd door het rauwe oranje van de straatlantaarn. Dat stoppen we in het geheugen voor later. Ik vind codes van alle soorten nuttig.

We gingen naar binnen. Ik zag zijn kamer. Een donker interieur, een kleed dat een beetje plakkerig aanvoelde – een vierkante cel in de kleur van oude kauwgom met een eenpersoonsbed en verder niet veel. Geen raam, geen stoel, maar slechts een wasbak, een radiator en een lelijke plaat aan de muur.

'En?' zei Roux.

'Proef deze eens,' zei ik. Ik haalde een klein, in cadeaupapier verpakt geschenkdoosje uit mijn zak en gaf het aan hem. 'Ik heb ze zelf gemaakt. Cadeautje van de zaak.'

'Bedankt,' zei hij zuur, en hij legde de doos op bed zonder er verder naar te kijken.

Weer voelde ik een steek van ergernis.

Eén truffel, dacht ik, dat is toch niet te veel gevraagd? De symbolen op de doos waren krachtig (ik had de rode cirkel van Dame Bloedmaan, de verleidster, de Hartenverslindster gebruikt), en als hij ook maar éven proefde van wat erin zat, zou hij zo veel gemakkelijker te overreden zijn...

'Wanneer kan ik langskomen?' zei Roux ongeduldig.

Ik ging op het voeteneind van het bed zitten. 'Het is ingewikkeld,' begon ik. 'Je hebt haar overvallen, weet je, door zomaar ineens op te komen dagen. Vooral nu ze met iemand anders is.'

Daar moest hij om lachen; het klonk bitter. 'Ja, ja. Le Tresset. Onze rijke pief.'

'Maak je geen zorgen. Ik in de cheque wel voor je.'

Hij keek me aan. 'Weet je daarvan?'

'Ik ken Thierry. Hij is het soort man dat zelfs niet de hand van een andere man kan schudden zonder te kijken hoeveel botten hij kan breken. En hij is jaloers op je.'

'Jaloers?'

'Natuurlijk.'

Hij grijnsde en leek even echt geamuseerd. 'Omdat ik alles heb, zeker? Het geld, het knappe uiterlijk, het buitenhuis...'

'Je hebt meer dan dat,' zei ik tegen hem.

'Wat dan?'

'Ze houdt van je, Roux.'

Even zei hij niets. Hij keek me niet eens aan, maar ik zag de spanning in zijn lichaam en de bijbehorende opvlamming van zijn kleuren – van gasvlamblauw tot neonrood – en ik wist dat ik hem een schok had bezorgd.

'Zei ze dat tegen je?' vroeg hij ten slotte.

'Nee, niet echt. Maar ik weet dat het waar is.'

Er stond een pyrexglas naast de wasbak. Hij vulde het met water en dronk het in één keer leeg. Daarna haalde hij diep adem en vulde hij het opnieuw. 'Als dat haar gevoelens zijn,' zei hij, 'waarom trouwt ze dan met Le Tresset?'

Ik glimlachte en stak hem het doosje toe; de rode cirkel van Dame Bloedmaan verlichtte zijn gezicht met een carnavalsgloed.

'Weet je zeker dat je geen chocolaatje wilt?'

Ongeduldig schudde hij zijn hoofd.

'Oké,' zei ik. 'Vertel me nu eens: toen je mij voor het eerst zag, noemde je me Vianne, waarom deed je dat?'

'Dat heb ik je toch al gezegd. Je leek op haar. Of nou ja, je leek op haar zoals ze vroeger was.'

'Vroeger was?'

'Ze is nu anders,' zei hij. 'Haar haar, haar kleren...'

'Dat klopt,' zei ik. 'Dat is Thierry's invloed. Hij is een echte control freak, hij is waanzinnig jaloers en wil altijd zijn zin hebben. Eerst was hij geweldig. Hij hielp met de kinderen. Hij gaf haar cadeaus, dure cadeaus. Toen begon hij haar onder druk te zetten. Nu vertelt hij haar wat ze moet dragen, hoe ze zich moet gedragen en zelfs hoe ze haar kinderen moet opvoeden. Natuurlijk helpt het niet dat hij haar huisbaas is; hij zou haar ieder moment het huis uit kunnen zetten.'

Roux fronste zijn voorhoofd en ik zag dat ik eindelijk greep op hem begon te krijgen.

Ik zag aan zijn kleuren dat hij twijfelde, en, wat nog veelbelovender was, dat de eerste woede opwelde.

'Waarom heeft ze dat niet tegen me gezegd? Waarom heeft ze dat niet geschreven?'

'Misschien was ze bang,' zei ik.

'Bang? Voor hém?'

'Misschien,' zei ik.

Nu zag ik hem diep nadenken, het hoofd voorovergebogen, rimpels rond de ogen van pure concentratie. Om de een of andere vreemde reden vertrouwt hij me niet, en toch weet ik dat hij zal toehappen. Omwille van haar, Vianne Rocher.

'Ik zal haar opzoeken. Met haar praten...'

'Dat zou een grote fout zijn.'

'Waarom?'

'Ze wil je nog niet zien. Je moet haar tijd geven. Je kunt niet zomaar ineens op het toneel verschijnen en verwachten dat ze een keuze maakt.'

Zijn ogen zeiden me dat dat precies was wat hij had verwacht.

Ik legde een hand op zijn arm. 'Luister,' zei ik. 'Ik zal met haar praten. Ik zal proberen haar jouw kant van de zaak te laten zien. Maar geen bezoekjes, geen brieven, geen telefoontjes. Vertrouw op mij.'

'Waarom zou ik dat doen?' zei hij.

Ik wist dat hij niet gemakkelijk zou zijn, maar dit begon belachelijk te worden. Ik liet mijn stem een scherpe klank krijgen. 'Waarom? Omdat ik haar vriendin ben en omdat het me iets kan schelen wat er met haar en de kinderen gebeurt. En als je nu eens even niet aan je eigen gekwetste gevoelens dacht, zou je zien waarom ze meer tijd nodig heeft om na te denken. Je bent wel even vier jaar weggeweest, ja? Hoe weet ze dat je er niet wéér vandoor gaat? Thierry is natuurlijk niet volmaakt, maar hij is er en ze kan van hem op aan, en dat is meer dan van jou gezegd kan worden.'

Sommige mensen reageren beter op agressie dan op charme. Roux hoort daar kennelijk bij, want hij klonk nu beleefder dan hij tot dan toe geweest was.

'Ik snap het,' zei hij. 'Sorry, Zozie.'

'Je doet dus wat ik zeg? Anders heeft het niet eens zin dat ik probeer je te helpen.'

Hij knikte.

'Je meent het?'

'Ja.'

Ik zuchtte. Het moeilijkste gedeelte was achter de rug.

In zekere zin is het jammer, dacht ik. Ondanks alles vond ik hem tamelijk aantrekkelijk. Maar voor iedere gunst die de goden verlenen, moet een offer gebracht worden. En natuurlijk zal ik tegen het eind van de maand om geen geringe gunst vragen...

7

Woensdag 5 december

SUZE WAS VANDAAG WEER OP SCHOOL. ZE DROEG EEN HOEDJE IN plaats van die sjaal en probeerde de verloren tijd in te halen. Tijdens de lunchpauze zat ze met Chantal te smoezen en daarna begonnen de flauwe opmerkingen weer, en de vragen als 'Waar is je vriendje?' en de stomme spelletjes van 'Annie is 'm'.

Niet dat daar ook nog maar íéts aan is. Het is nu niet meer een béétje gemeen, maar onzéttend gemeen. Sandrine en Chantal vertellen aan iedereen dat ze de vorige week in de winkel zijn geweest en ze doen alsof het een kruising is tussen een hippietent en een uitdragerij, en ze lachen zich suf om alles.

Om het nog erger te maken was Jean-Loup ziek en was ik weer de pineut in mijn eentje. Niet dat het me iets kan schelen, natuurlijk, maar het is niet eerlijk. We hebben zo ons best gedaan, maman en Zozie en Rosette en ik, en nu doen Chantal en haar kliek alsof we een stelletje stakkers zijn.

Normaal gesproken had ik het me niet aangetrokken, maar alles is nu zo veel leuker aan het worden, nu Zozie bij ons woont en de zaken goed lopen en de winkel elke dag vol met klanten staat, en Roux zomaar ineens is teruggekomen...

Maar dat is nu al vier dagen geleden, en hij heeft zich nog niet laten zien.

Ik moest op school de hele tijd aan hem denken en ik vroeg me af waar hij zijn boot heeft liggen, of dat hij tegen ons heeft gelogen en gewoon ergens onder een brug slaapt, of in een oud verlaten huis, zoals hij in Lansquenet deed nadat monsieur Muscat zijn boot in brand had gestoken.

Tijdens de les kon ik me niet concentreren, en monsieur Gestin schreeuwde tegen me omdat ik zat te dagdromen, en Chantal en haar aanhang moesten toen giechelen, en Jean-Loup was er niet eens om mee te praten.

En het werd nog veel erger, want toen ik na school in de rij stond naast Claude Meunier en Mathilde Chagrin, kwam Danielle naar me toe met dat zogenaamd bezorgde gezicht dat ze wel vaker opzet, en toen zei ze tegen me: 'Is het waar dat je zusje achterlijk is?'

Chantal en Suze stonden vlakbij en hielden hun gezicht keurig in de plooi, maar ik zag aan hun kleuren dat ze probeerden me erin te luizen, en ik zag dat ze moesten lachen en zich haast niet in konden houden.

'Ik weet niet waar je het over hebt.' Mijn stem verried niets. Niemand weet iets van Rosette, althans, dat dacht ik tot vandaag. En toen herinnerde ik me dat ik op een dag samen met Suze met Rosette had gespeeld in de winkel...

'Dat heb ik gehoord,' zei Danielle. 'Je zusje is achterlijk. Dat weet iedereen.'

Zo, en dat noemt zich je beste vriendin, dacht ik. En dat geeft je een roze geëmailleerd hangertje met *Best friend* erop en belooft je dat ze het nooit aan iemand zal vertellen, met haar hand op haar hart.

Ik keek kwaad naar Suze met haar felroze hoedje (mensen met rood haar moeten nóóit felroze dragen).

'Sommige mensen zouden zich met hun eigen zaken moeten bemoeien,' zei ik zo hard dat ze het allemaal konden horen.

Danielle grijnslachte. 'Dus het is waar,' zei ze, en haar kleuren lichtten gretig op, als hete kolen bij een plotselinge tochtvlaag.

Er vlamde ook iets in mij op. *Durf dat nog eens,* zei ik fel tegen haar. *Nog één woord en...*

'Tuurlijk is het waar,' zei Suze. 'Ze is, wat is ze? Vier of zo, en ze kan nog niet eens praten, of behoorlijk eten. Mijn moeder zegt dat het een mongooltje is. Ze ziet er in ieder geval úít als een mongool.'

'Nee, dat is niet zo,' zei ik rustig.

'Jawel. Het is een lelijke debiel, net als jij.'

Suze lachte alleen maar. Chantal begon mee te doen. Algauw waren ze 'debiel, debiel' aan het roepen, en ik zag Mathilde Chagrin me aankijken met die fletse, angstige ogen van haar en toen ineens...

Bam!

Ik weet niet wat er toen gebeurde. Het ging te snel, als een kat die in een fractie van een seconde van slaperig spinnen op sissen en krabben overgaat. Ik weet dat ik met mijn vingers hetzelfde gebaar naar haar maakte als Zozie in de Engelse tearoom deed. Ik weet eigenlijk niet goed wat ik had willen doen, maar ik voelde het op de een of andere manier van mijn vingers vliegen, alsof ik echt iets had gegóóid, een steentje of een ronddraaiende schijf van iets brandends.

Hoe dan ook, het werkte snel: ik hoorde Suzanne een gil geven en plotseling pakte ze haar roze hoedje beet en trok ze het van haar hoofd.

'Au! Au!'

'Wat is er?' vroeg Chantal.

'Het jeukt!' jammerde Suze. Ze krabde verwoed op haar hoofd; ik zag roze stukken huid onder de resten van haar haar. 'Jezus, wat jeukt dat!'

Ik werd ineens misselijk, zwak en misselijk, precies zoals die keer met Zozie. Maar het ergste was dat het me niet speet; ik voelde juist een soort opwinding, zoals je voelt wanneer er iets ergs gebeurd is wat jouw schuld is, maar wat niemand weet.

'Wat is het?' zei Chantal.

'Ik weet het niet!' zei Suzanne.

Danielle keek heel bezorgd, maar dat was niet echt, want ze keek precies zoals ze naar mij had gekeken toen ze vroeg of Rosette achterlijk was, en Sandrine maakte kleine piepgeluidjes. Of het van medeleven of opwinding was, weet ik niet.

Toen begon Chantal ook op háár hoofd te krabben.

'H-heb je n-neten, Chantal?' zei Claude Meunier.

Degenen die achter in de rij stonden moesten lachen.

Toen begon Danielle hetzelfde te doen.

Het leek wel of er een wolk jeukpoeder op hen drieën was neergedaald. Jeukpoeder, of erger. Chantal keek boos en toen geschrokken. Suzanne werd bijna hysterisch. En heel even voelde ik me toch zó lekker...

Toen kwam er een herinnering bij me op aan toen ik nog heel klein was. Een dag aan zee. Ik was in mijn badpak aan het pootjebaden; maman zat met een boek op het zand. Er was een jongen die me met zeewater bespatte en dat deed pijn aan mijn ogen. Toen hij langsliep, gooide ik een steen naar hem, een kleintje maar, een kiezelsteentje, helemaal niet in de verwachting dat ik hem zou raken.

Het was maar een ongelukje...

Het jongetje huilde en hield zijn hoofd vast. Maman rende met een ontzet gezicht op me af. Dat misselijkmakende gevoel van schrik: *een ongelukje...*

Beelden van glasscherven, een geschaafde knie, een zwerfhond die onder een bus ligt te janken.

Dat zijn maar *ongelukjes, Nanou.*

Langzaam begon ik achteruit te lopen. Ik wist niet of ik nu moest lachen of huilen. Het was grappig, in de zin dat iets akeligs toch grappig kan zijn. En toch voelde het vreselijk genoeg ook goed.

'Wat is dit in godsnaam?' gilde Chantal.

Wat het ook was, het was krachtig, dacht ik. Zelfs jeukpoeder zou niet zo'n hevige uitwerking hebben gehad. Ik kon echter niet goed zien wat er gebeurd was. Er stonden te veel mensen in de weg en de rij was in een vormloze massa veranderd, omdat iedereen wilde zien wat er gebeurd was.

Ik probeerde het niet eens. Ik wist het.

Plotseling wilde ik Zozie zien. Zij zou weten wat ik moest doen, dacht ik, en zij zou me niet door de molen halen. Ik wilde niet op de bus wachten, maar nam in plaats daarvan de metro naar huis, en vanaf de Place de Clichy rende ik naar huis. Ik was helemaal buiten adem toen ik binnenkwam; maman zat in de keuken iets voor Rosette klaar te maken en ik zweer dat Zozie het al wist voordat ik nog maar één woord gezegd had.

'Wat is er, Nanou?'

Ik keek haar aan. Ze droeg een spijkerbroek en haar knalrode schoenen, die er roder en hoger en glanzender uitzagen dan ooit, met hun glanzende hoge hakken. Toen ik ze zag, voelde ik me op de een of andere manier beter, en ik liet me met een enorme zucht van opluchting op een van de roze luipaardstoelen vallen.

'Chocola?'

'Nee, dank je.'

Ze schonk een cola voor me in. 'Is het zo erg?' zei ze, terwijl ze toekeek hoe ik het glas in één keer leegdronk, zo snel dat de belletjes uit mijn neus kwamen. 'Hier neem er nog een, en vertel me dan wat er aan de hand is.'

Toen vertelde ik het haar, maar zo zacht dat maman het niet kon horen. Ik moest twee keer ophouden, een keer toen Nico met Alice binnenkwam, en nog een keer toen Laurent binnenkwam voor koffie en bijna een halfuur bleef zitten klagen over al het werk dat in Le P'tit Pinson gedaan moet worden, en over het feit dat het onmogelijk was om in deze tijd van het jaar aan een loodgieter te komen, en over het immigrantenprobleem, en over alles waar Laurent altijd over klaagt.

Toen hij weg was, was het tijd om de winkel te sluiten en stond maman het avondeten te koken. Zozie deed de lichten in de winkel uit, zodat ik het adventshuis kon zien. De rattenvanger is nu weg; hij is vervangen door een koor chocolade-engelen die in de suikersneeuw staan te zingen. Ik vond het er schattig uitzien. Alhoewel het huis nog een mysterie is. De deuren zijn dicht, de gordijnen gesloten; er is maar één pinkellichtje te zien in een zolderkamer.

'Mag ik erin kijken?' vroeg ik.

'Misschien morgen,' zei Zozie. 'Ga even mee naar mijn kamer, dan kunnen we ons gesprekje afmaken.'

Langzaam liep ik achter haar aan naar boven. Vóór me deden de knalrode schoenen met de pijlers van hakken tak-tak-tak op iedere smalle tree, alsof er iemand op de deur klopte en me vroeg, me smeekte hem (of haar) binnen te laten.

8

Donderdag 6 december

VANMORGEN HANGT DE MIST NU AL VOOR DE DERDE DAG ALS EEN zeil boven Montmartre. Ze hebben over een dag of twee sneeuw voorspeld, maar vandaag is de stilte spookachtig; hij slokt de gebruikelijke geluiden van het verkeer en de voetstappen van de voetgangers op de keitjes buiten op. Het zou honderd jaar geleden kunnen zijn; er zouden zó spoken met deftige jassen uit de mist op kunnen doemen...

Of het zou de ochtend van mijn laatste schooldag kunnen zijn, de dag waarop ik St.-Michael's-on-the-Green ontsteeg, de dag waarop ik voor het eerst besefte dat het leven, dat lévens, niet meer zijn dan levenloze brieven op de wind, die je kunt oprapen, verzamelen, verbranden of weggooien, al naar gelang de gelegenheid vereist.

Je zult daar snel genoeg achterkomen, Anouk. Ik ken je beter dan je jezelf kent. Er schuilt een complex potentieel aan woede en haat achter die façade van braaf meisje, net als er schuilde in het meisje dat altijd de pineut was, het meisje dat ik al die jaren geleden was.

Maar voor alles is een katalysator nodig. Soms is het iets kleins, iets wat zo licht als een veertje is, een vingerknip. Sommige piñata's bieden meer weerstand dan andere. Maar iedereen heeft een zwakke plek, en wanneer de doos eenmaal open is, kan hij niet meer dicht.

Bij mij was het een jongen. Zijn naam was Scott McKenzie. Hij was zeventien, blond, atletisch en onbezoedeld. Hij was nog maar net op St.-Michael's-on-the-Green, want anders zou hij meteen wel beter geweten hebben, en zou hij het meisje dat altijd de pineut was wel gemeden hebben en een wat waardiger kandidaat voor zijn genegenheid uitgekozen hebben.

Maar hij koos mij, althans, voor een tijdje, en zo begon het allemaal. Niet de meest originele start, maar wel een die in vlammen eindigde, zoals met deze dingen ook hoort te gebeuren. Ik was zestien, en met behulp van mijn systeem had ik van mezelf gemaakt wat ik kon. Ik was misschien een beetje een grijs muisje, maar dat was het gevolg van vele jaren het buitenbeentje zijn. Maar ik had potentieel, ook toen al. Ik was ambitieus, wraakzuchtig en flink achterbaks. Mijn methoden waren voornamelijk praktisch, en niet zozeer occult. Ik had een redelijke kennis van vergiften en kruiden, ik wist hoe ik hevige buikpijn moest veroorzaken bij degenen die zich mijn ongenoegen op de hals haalden, en ik leerde algauw dat een snufje jeukpoeder in de sokken van een medeleerling of een drupje chilipeperolie in een mascaraflesje een sneller en dramatischer effect had dan menige tovertruc.

En wat Scott betreft: hij was gemakkelijk te strikken. Jongens in de tienerleeftijd, zelfs de slimste, zijn voor een derde hersenen en voor twee derde testosteron, en mijn recept – een mengeling van vleierij, toverglans, seks, pulque en heel kleine doses paddenstoelenpoeder dat gereserveerd was voor een kleine selectie van mijn moeders klanten – maakte hem in een ommezien tot mijn slaaf.

Begrijp me goed, ik heb nooit van Scott gehouden. Misschien bijna, maar net niet genoeg. Maar Anouk hoeft dat niet te weten, en ook hoeft ze niet de meer onfrisse details te weten van wat er op St.-Michael's-on-the-Green gebeurd is. In plaats daarvan gaf ik haar de opgeschoonde versie. Ik maakte haar aan het lachen en schetste een beeld van Scott McKenzie dat Michelangelo's David in de schaduw zou hebben gesteld. Daarna vertelde ik haar de rest in taal die ze begrijpt: de graffiti, de roddel, het venijn en het vuil.

Kleine narigheden, althans, in het begin. Gestolen kleren, kapotgemaakte boeken, leeggehaald kluisje, roddels. Daar was ik natuurlijk aan gewend. Kleine ergernissen waarvoor ik me niet echt wilde wreken. Bovendien was ik bijna verliefd en er viel een zeker boosaardig genoegen te beleven aan de wetenschap dat ik voor het eerst door andere meisjes werd benijd: ze keken naar me en vroegen zich af wat een jongen als Scott McKenzie in godsnaam bewonderde in een meisje dat altijd de pineut was.

Ik maakte er voor Anouk een fraai verhaal van. Ik somde mijn kleine wraaknemingen op, net ondeugend genoeg om ons op elkaar te doen lijken, maar toch onschuldig genoeg om haar gevoelige hart te sparen. De waarheid is minder bekoorlijk, maar ja, dat is de waarheid meestal.

'Ze hadden erom gevraagd,' zei ik tegen Anouk. 'Je hebt ze gewoon gegeven wat ze verdienden. Het was niet jouw schuld.'

Haar gezicht was nog bleek. 'Als maman het wist...'

'Vertel het haar niet,' zei ik. 'En bovendien: wat steekt er nou voor kwaad in? Je hebt toch niemand pijn gedaan? Alhoewel...' Ik keek haar peinzend aan. 'Als je die vaardigheden van jou niet leert te gebruiken, kun je misschien op een dag, door stom toeval...'

'Maman zegt dat het maar een spel is. Dat het niet echt is. Dat het mijn fantasie is die met me op de loop gaat.'

Ik keek haar aan. 'Denk je dat dat waar is?'

Ze mompelde iets en keek me niet in de ogen, maar ze hield haar blik op mijn schoenen gericht.

'Nanou,' zei ik.

'Maman liegt niet.'

'Iedereen liegt.'

'Zelfs jij?'

Ik grijnsde. 'Ik ben niet iedereen, toch, Nanou?' Ik schopte een beetje scheef met mijn voet, zodat het licht van de glanzende steentjes op de rode hak spatte. Ik stelde me de tegenhanger in haar ogen voor, een kleine weerspiegeling van robijnrood en goud. 'Wees maar niet bang, Nanou. Ik weet hoe je je voelt. Wat jij nodig hebt is een systeem, dat is alles.'

'Een systeem?' zei ze.

En nu vertelde ze, eerst aarzelend, maar toen met een toenemende gretigheid die mijn hart verwarmde. Ze hadden ooit hun eigen systeem gehad, zag ik: een bonte verzameling verhalen, trucs en toverglans; kruidenbundeltjes om de geesten te weren; liedjes om de winterwind rustig te houden, zodat hij hen niet zou wegblazen.

'Maar waarom zou de wind jullie wegblazen?'

Anouk haalde haar schouders op. 'Dat doet hij gewoon.'

'Welk liedje zongen jullie?'

Ze zong het voor me. Het is een oud liedje, een liefdesliedje, denk ik – melancholiek en een beetje triest. Vianne zingt het nog steeds; ik hoor haar soms wanneer ze tegen Rosette praat of in de keuken chocola aan het tempereren is.

'Ja, ja,' zei ik. 'En nu ben je bang dat er door jouw toedoen wind zal opsteken.'

Langzaam knikte ze. 'Het is stom, ik weet het.'

'Nee, dat is het niet,' zei ik. 'De mensen geloven dat al honderden jaren. In de Engelse folklore veroorzaakten de heksen wind door hun haar te kammen. De aboriginals geloven dat de goede wind Bara de helft van het jaar gevangen wordt gehouden door de slechte wind Mamariga, en dat ze elk jaar moeten zingen om hem te bevrijden. En de Azteken...' Ik lachte haar toe. 'Die kenden de kracht van de wind: zijn adem doet de zon bewegen en verdrijft de regen. Ehecatl heette hij, en ze aanbaden hem met chocola.'

'Maar... ze offerden toch ook mensen?'

'Dat doen we toch allemaal, in zekere zin?'

Mensenoffers. Wat een beladen term. Maar dat is toch eigenlijk wat Vianne Rocher heeft gedaan? Ze heeft haar kinderen geofferd aan de dikke goden van de tevredenheid. Verlangens vereisen een offer – de Azteken wisten dat, en de Maya's wisten het ook. Ze kenden de vreselijke hebzucht van de goden, hun onverzadigbare honger naar bloed en dood. En ze begrepen de wereld heel wat beter, zou je kunnen zeggen, dan die gelovigen in de Sacré-Coeur, de grote, witte heteluchtballon boven op de Butte. Als je het glazuur van de taart schraapt, zie je echter dezelfde donkere, bittere kern.

Werd immers niet iedere steen van de Sacré-Coeur gebouwd op de angst voor de dood? En zijn de afbeeldingen van Christus die zijn hart ontbloot nu zo anders dan de afbeeldingen van harten die uit geofferde mensen zijn gesneden? En is het ritueel van de communie, waarbij het bloed en het lichaam van Christus worden gedeeld, minder wreed of afstotend dan die offers?

Anouk keek me met grote ogen aan.

'Het was Ehecatl die de mensheid het vermogen gaf lief te hebben,' zei ik. 'Hij was het die de wereld zijn levensadem schonk. De wind was belangrijk voor de Azteken, veel belangrijker dan regen, zelfs nog belangrijker dan de zon. Want wind betekent verandering, en zonder verandering sterft de wereld.'

Ze knikte. Ze was een intelligente leerling, en ik voelde een zorgwekkende genegenheid voor haar opwellen, bijna tederheid, een gevaarlijk moederlijk gevoel.

O, ik loop heus niet het gevaar mijn hoofd kwijt te raken, maar het doet me onmiskenbaar plezier met Anouk samen te zijn, haar te onderwijzen, haar de oude verhalen te vertellen. Ik weet nog hoe opgewonden ik was toen ik voor het eerst naar Mexico City ging, hoe spannend ik de kleuren, de zon, de maskers en het gezang vond. Het voelde alsof ik eindelijk thuiskwam.

'Je hebt misschien wel eens gehoord over *de wind van de verandering*?'

Weer knikte ze.

'Nou, dat zijn wij. Mensen als wij. Mensen die de wind kunnen laten waaien.'

'Maar is dat niet verkeerd?'

'Niet altijd,' zei ik. 'Er zijn goede winden en kwade winden. Je moet gewoon kiezen wat je wilt, dat is alles. *Doe wat gij wilt.* Zo eenvoudig is dat. Je kunt je laten koeioneren of je kunt je verzetten. Je kunt op de wind zweven als een adelaar, Nanou, of je kunt ervoor kiezen je weg te laten blazen.'

Lange tijd zei ze niets; ze zat daar heel stil naar mijn schoen te kijken. Eindelijk hief ze haar hoofd op.

'Hoe weet je dat allemaal?' vroeg ze.

Ik glimlachte. 'Geboren in een boekwinkel, opgevoed door een heks.'

'Ga jij me dan leren hoe ik de wind moet gebruiken?'

'Natuurlijk doe ik dat. Als je dat wilt.'

Een stilte waarin ze weer naar mijn schoen keek. Er spatte een lichtbolletje van de hak, dat zich verspreidde in prisma's die als gekleurde streepjes op de muur vielen.

'Wil je ze eens passen?'

Ze keek op. 'Denk je dat ze me passen?'

Ik onderdrukte een glimlach. 'Probeer maar.'

'O, wow. Wów! Hartstikke cool!'

Ze stond als een pasgeboren giraffe op de hakken te wankelen. Haar ogen straalden, haar handen hield ze voor zich uitgestrekt als een blinde die rondtast, en ze grijnsde, zich niet bewust van het teken van Dame Bloedmaan dat met potlood op de zool getekend was.

'Vind je ze mooi?'

Ze knikte, glimlachend, maar werd toen ineens verlegen. 'Ik vind ze enig,' zei ze. 'Het zijn zuurstokschoenen.'

Zuurstokschoenen. Dat bracht een glimlach op mijn gezicht. En toch zit daar iets waars in. 'Dus het zijn je lievelingsschoenen?' zei ik.

Weer knikte ze, met ogen als sterren.

'Nou, je mag ze hebben, als je dat wilt.'

'Hebben? Houden?'

'Ja, waarom niet?' zei ik.

Even kon ze geen woord uitbrengen. Ze tilde haar voet op op een manier die zowel puberaal onhandig als hartverscheurend mooi was, en ze schonk me een glimlach die mijn hart bijna stil deed staan.

Plotseling betrok haar gezicht. 'Ik zou ze van maman nooit mogen dragen...'

'Maman hoeft het niet te weten.'

Anouk bekeek nog steeds haar voet; ze keek naar het licht dat door de glinsterdingetjes op de rode hakken op de grond weerspiegeld werd. Ik denk dat ze ook toen al mijn prijs wist, maar de aantrekkingskracht van die schoenen was te groot om te weerstaan. Schoenen die je overal heen brachten, schoenen die je verliefd konden laten worden, schoenen die je iemand anders konden maken...

'En er gebeurt niks ergs?' zei ze.

'Nanou,' zei ik glimlachend, 'het zijn maar schoenen.'

9

Donderdag 6 december

THIERRY HEEFT VAN DE WEEK HARD GEWERKT, ZO HARD DAT IK hem nauwelijks gesproken heb. Door al het werk in onze winkel en de renovatie van zijn huis lijkt er helemaal geen tijd over te blijven. Hij belde me vandaag op om over de parketvloeren te overleggen (Heb ik liever donker of licht eiken?), maar hij heeft me gewaarschuwd dat ik beter niet langs kan komen. Het is een puinhoop, zegt hij. Overal wit stof en de halve vloer ligt eruit. Bovendien wil hij dat het volmaakt is en dan mag ik het pas zien.

Ik durf niet naar Roux te informeren natuurlijk, hoewel ik van Zozie weet dat hij daar is. Het is nu al vijf dagen geleden dat hij hier zo onverwachts kwam, en tot nu toe is hij niet meer langs geweest. Dat verbaast me een beetje, maar misschien zou het me ook niet moeten verbazen. Ik houd mezelf voor dat het zo beter is, dat hem opnieuw zien alles alleen maar moeilijker zou maken. Maar het kwaad is al geschied. Ik heb zijn gezicht gezien. En buiten hoor ik de belletjes tinkelen omdat de wind zich weer begint te roeren...

'Misschien moet ik gewoon even langsgaan,' zei ik op een nonchalante toon die niemand voor de gek houdt. 'Het lijkt helemaal verkeerd om hem niet op te zoeken en...'

Zozie haalde haar schouders op. 'Moet je doen, als je wilt dat hij ontslagen wordt.'

'Ontslagen?'

'Ja, hèhè...' zei ze ongeduldig. 'Ik weet niet of je het gemerkt hebt, Yanne, maar ik denk dat Thierry toch al met een béétje scheve ogen naar Roux kijkt, en als jij dan ook nog langs gaat komen, komt er een scène, en voor je het weet...'

Daar zat wat in, zoals altijd, dacht ik. Zozie legde altijd de vinger op de zere plek. Maar ik moet er teleurgesteld hebben uitgezien, want ze grijnsde en legde haar arm om mijn schouders. 'Moet je horen. Als je dat wilt, ga ík wel even langs bij Roux. Dan zeg ik hem dat hij langs kan komen wanneer hij maar wil. Weet je, ik breng hem zelfs broodjes als jij dat wilt.'

Ik moest lachen om haar uitbundigheid. 'Ik denk dat dat niet hoeft.'

'Maak je maar geen zorgen. Alles komt goed.'

Ik begin te denken dat dat misschien ook zal gebeuren.

Madame Luzeron kwam langs toen ze met haar kleine, pluizige, perzikkleurige hondje op weg was naar het kerkhof. Ze kocht zoals altijd drie rumtruffels, maar ze lijkt tegenwoordig minder afstandelijk; ze is meer geneigd te blijven zitten en een kop mokka te proeven met een punt van mijn uit drie lagen bestaande chocoladetaart. Ze blijft, maar ze praat nog steeds weinig, hoewel ze graag naar Rosette kijkt die onder de toonbank zit te tekenen of in een van haar boekjes zit te kijken.

Vandaag keek ze naar het adventshuis, dat nu open is, zodat het tableau binnenin te zien is. Het tafereeltje van vandaag is gesitueerd in de hal; er komen gasten aan bij de voordeur en de feestelijk geklede gastvrouw staat klaar om hen te verwelkomen.

'Dat is een zeer originele etalage,' zei madame Luzeron, terwijl ze haar gepoederde gezicht dichter bij de etalage bracht. 'Al die chocolademuisjes, en de poppetjes...'

'Ja, knap, hè? Die heeft Annie gemaakt.'

Madame nam een slokje van haar chocola. 'Misschien heeft ze gelijk,' zei ze ten slotte. 'Er is niets zo triest als een leeg huis.'

De poppetjes waren allemaal van houten knijpers gemaakt, zorgvuldig gekleurd en met grote zorg aangekleed. Er was veel tijd en moeite gestoken in het maken ervan en ik herken mezelf in de vrouw des huizes. Althans, ik herken Vianne Rocher aan de jurk die van een restje rode zijde is gemaakt en haar lange lange, zwarte haar dat op verzoek van Anouk gemaakt is van een stukje van mijn eigen haar dat erop geplakt is en met een strik bij elkaar is gebonden.

'Waar is jouw poppetje?' vroeg ik Anouk later.

'O, dat heb ik nog niet af. Maar ik maak er wel een,' zei ze, en daarbij keek ze zo ernstig dat ik moest lachen. 'Ik maak voor iedereen een poppetje. En tegen de kerst zijn ze allemaal klaar en dan gaan alle deuren van het huis open en dan komt er voor iedereen een groot feest...'

Aha, dacht ik, daar hebben we de clou.

Rosette is op de twintigste jarig. We hebben haar verjaardag nog nooit gevierd. Het is en was altijd een slecht moment, te dicht bij Joel en nog te dicht bij Les Laveuses. Anouk heeft het er elk jaar over, maar Rosette lijkt het niet erg te vinden. Voor Rosette zijn alle dagen magisch en een handjevol knopen of een stukje verfrommeld zilverpapier kan even prachtig zijn als het schitterendste stuk speelgoed.

'Mogen wij ook een feest, maman?'

'O, Anouk, je weet dat dat niet kan.'

'Waarom niet?' zei ze koppig.

'Nou, omdat het een drukke tijd is. En bovendien, als we naar de Rue de la Croix verhuizen...'

'Ja, hèhè,' zei Anouk. 'Daar gaat het nou juist om. We zouden niet weg moeten gaan zonder afscheid te nemen. We zouden op de dag voor kerst een feest moeten geven. Voor Rosettes verjaardag. Voor onze vrienden. Je weet dat alles anders wordt wanneer we bij Thierry gaan wonen. Dan moeten we alles op Thierry's manier gaan doen en –'

'Dat is niet eerlijk, Anouk,' zei ik.

'Maar het is toch waar?'

'Misschien wel,' zei ik.

Een feest op de dag voor kerst, dacht ik. Alsof ik in de chocolaterie nog niet genoeg te doen heb in de drukste tijd van het jaar...

'Nou, ik zou natuurlijk helpen,' zei Anouk. 'Ik zou de uitnodigingen kunnen schrijven en het menu kunnen plannen en de versiering op kunnen hangen en ik zou een taart voor Rosette kunnen bakken. Je weet dat ze het meest van chocolade-sinaasappel houdt. We zouden een taart in de vorm van een aap voor haar kunnen maken. Of het zou een verkleedfeestje kunnen zijn waarbij iedereen als een dier verkleed is. En we zouden grenadine kunnen drinken, en cola, en chocola natuurlijk.'

Ik moest lachen. 'Je hebt hier goed over nagedacht, hè?'

Ze trok een gezicht. 'Wel een beetje, ja.'

Ik zuchtte.

Waarom niet? Misschien wordt het eens tijd.

'Goed,' zei ik. 'Jij krijgt je feest.'

Anouk kronkelde van vreugde. 'Cool! Zal het sneeuwen, denk je?'

'Wie weet.'

'En mogen de mensen verkleed komen?'

'Als ze dat willen, Nanou.'

'En mogen we uitnodigen wie we willen?'

'Uiteraard.'

'Ook Roux?'

Ik had het kunnen weten. 'Ach, waarom niet?' zei ik. 'Als hij er dan nog is.'

Ik heb met Anouk niet echt over Roux gesproken. Ik heb haar niet verteld dat hij maar een paar huizenblokken verderop voor Thierry werkt. Als je iets niet vertelt, lieg je niet echt, en toch weet ik zeker dat als ze het wist...

Gisterenavond heb ik weer de kaarten gelegd. Ik weet niet waarom, maar ik heb ze tevoorschijn gehaald. Er kleeft nog steeds mijn moeders geur aan. Ik doe dit zelden – ik geloof niet echt dat...

Maar toch zat ik ineens de kaarten te schudden met een handigheid die ik in jaren heb opgebouwd. Ik legde ze neer in het levensboompatroon waaraan mijn moeder de voorkeur gaf. Ik zag de plaatjes langsflitsen.

De belletjes bij de ingang van de winkel hangen stil, maar toch kan ik ze horen; een resonantie als van een stemvorm die me hoofdpijn bezorgt en de haartjes op mijn armen overeind doet staan.

De kaarten een voor een omkeren.

De plaatjes zijn me meer dan vertrouwd.

De Dood, de Minnaars, de Gehangene, Verandering.

De Dwaas, de Magiër, de Toren.

Ik schud de kaarten en probeer het nog eens.

De Minnaars. De Gehangene. Verandering. De Dood.

Weer dezelfde kaarten, in een andere volgorde, alsof dat wat me achtervolgt, een subtiele verandering heeft ondergaan.

De Magiër, de Toren, de Dwaas.

De Dwaas heeft rood haar en speelt fluit. Hij doet me met zijn hoed met veren en lappenjas op de een of andere manier aan de rattenvanger van Hamelen denken, zoals hij daar naar de hemel staart zonder zich bewust te zijn van de gevaren op de grond. Heeft hij de afgrond voor zijn voeten zelf geopend, als een valkuil voor wie hem eventueel volgt? Of zal hij roekeloos over de rand gaan?

Ik heb daarna nauwelijks geslapen. De wind en mijn dromen deden samen hun best om me wakker te houden en daarbij kwam nog dat Rosette rusteloos was, meer weerstand bood dan ze in het afgelopen halfjaar ooit gedaan had, en drie uur lang deed ik mijn best haar in slaap te krijgen. Niets werkte, geen warme chocola in haar speciale beker, geen lievelingsspeelgoed, niet het nachtlampje in de vorm van een aap en ook niet haar speciale deken (een havermoutkleurig kreng waar ze dol op is) en zelfs niet mijn moeders slaapliedje.

Ik vond haar eerder opgewonden dan van streek. Ze jammerde en hikte wanneer ik weg wilde lopen, maar had er verder geen enkele moeite mee dat we allebei klaarwakker waren.

Baby, gebaarde Rosette.

'Het is nacht, Rosette. Ga slapen.'

Baby zien, gebaarde ze weer.

'Dat kan nu niet. Morgen misschien.'

Buiten rammelde de wind aan de vensters. Binnen zeilde een rij kleine voorwerpen – een dominosteen, een potlood, een krijtje en twee plastic figuurtjes – over de schoorsteen en viel op de grond.

'Toe nou, Rosette. Niet nu. Ga slapen. Morgen zullen we wel verder zien.'

Om halfdrie wist ik haar eindelijk in slaap te krijgen. Ik sloot de deur tussen haar en mijn kamer en ging op mijn doorzakkende bed liggen. Niet echt een tweepersoonsbed, maar te groot voor een eenpersoonsbed. Het was al oud toen we hier introkken, en de onverwachte staccatogeluiden die de kapotte veren maken, hebben me al menige slapeloze nacht bezorgd. Vannacht was het een heel orkest en iets na vijven gaf ik de strijd op en ging ik naar beneden om koffie te zetten.

Buiten regende het – dikke, zware regen, die door het steegje borrelde en uitbundig uit de regenpijpen spoot. Ik pakte een deken die op de trap had gelegen en ging met de deken en de koffie de winkel in. Ik ging in een van Zozies leunstoelen zitten (veel comfortabeler dan de stoelen boven), en terwijl alleen het zachte, gele licht uit de keuken door de halfopen deur filterde, rolde ik me op en wachtte ik op de ochtend.

Ik moet ingedut zijn, want ik werd wakker van een geluid. Het was Anouk, blootsvoets en in haar rood-blauw geruite pyjama, met een wazige vorm bij haar hielen die alleen Pantoufle kon zijn. Ik heb de laatste paar jaar gemerkt dat Pantoufle weken weg kan zijn, en soms zelfs maanden, maar dat hij 's nachts krachtiger en duidelijker aanwezig is. Dat is denk ik ook logisch: alle kinderen zijn bang in het donker. Anouk liep op me af, liet zich onder de deken glijden en vlijde zich tegen me aan, met haar haar in mijn gezicht en haar koude voeten in mijn knieholten, zoals ze ook altijd deed toen ze veel jonger was, toen alles nog simpel was.

'Ik kon niet slapen. Het plafond lekt.'

O ja, dat was ik vergeten. Het dak lekt en dat heeft niemand tot nu toe goed kunnen repareren. Dat is het probleem met die oude panden. Hoeveel je er ook aan doet, er dient zich altijd wel iets nieuws aan: een verrot kozijn, een kapotte goot, houtworm in de dwarsbalk, een kapotte daklei. En hoewel Thierry altijd edelmoedig is geweest, wil ik hem niet al te vaak om hulp vragen. Het is onzin, ik weet het, maar ik vraag niet graag.

'Ik zat over ons feest na te denken,' zei ze. 'Moet Thierry echt ook komen? Je weet dat hij alles verpest.'

Ik zuchtte. 'Toe, niet nu.' Anouks wilde enthousiasme amuseert me meestal, maar niet om zes uur 's morgens.

'Hè, toe, maman,' zei ze. 'Kunnen we hem voor deze ene keer niet gewoon niet uitnodigen?'

'Het lukt best wel,' zei ik. 'Je zult het zien.' Ik was me er goed van bewust dat het geen antwoord was, en Anouk bewoog rusteloos en trok de deken over haar hoofd. Ze rook naar vanille en lavendel en de vage schapengeur van haar warrige haar, dat in de afgelopen vier jaar grover is geworden, als ongekaarde, wilde wol.

Rosettes haar is nog zo fijn als dat van een baby, als zijdeplant en goudsbloem, en op haar achterhoofd is een dunne plek waar haar hoofd 's nachts op het kussen rust. Over nog geen twee weken wordt ze vier, en ze ziet er nog steeds veel jonger uit: haar armen en benen zijn stakerig en haar ogen zijn te groot voor haar kleine gezichtje. Mijn kattenbaby, noemde ik haar altijd, in de tijd dat het nog een grapje was.

Mijn kattenbaby. Mijn wisselkind.

Anouk kwam onder de deken weer in beweging en stopte haar gezicht in het holletje van mijn schouder en haar handen onder mijn oksel.

'Je bent koud,' zei ik.

Ze schudde haar hoofd.

'Wil je een kop warme chocola?'

Ze schudde haar hoofd, heftiger nu. Ik vroeg me af hoe het toch kwam dat die kleine dingen me zo aan het hart gaan: de vergeten kus, het weggegooide stukje speelgoed, het ongewenste verhaal, de blik van ergernis waar ooit een lach zou zijn geweest...

Kinderen zijn net messen, zei mijn moeder ooit. *Ze bedoelen het niet zo, maar ze snijden wel.* En toch klampen we ons aan hen vast, houden we hen stevig vast totdat er bloed vloeit. Mijn zomerkind, in de loop van dit jaar nog meer een vreemdeling geworden, en ik bedacht hoe lang het geleden was dat ze had toegestaan dat ik haar zo vasthield, en ik wou dat het langer kon duren, maar de klok aan de muur stond op kwart over zes.

'Ga maar in mijn bed liggen, Nanou. Dat is warmer en het plafond lekt niet.'

'En Thierry?' zei ze.

'Daar hebben we het later nog wel over, Nanou.'

'Rosette wil hem niet,' zei Anouk.

'Hoe kun je dat in 's hemelsnaam weten?'

Anouk haalde haar schouders op. 'Ik weet het gewoon.'

Ik zuchtte en kuste haar boven op haar hoofd. Weer die schapen-vanillegeur, en daarbij iets sterkers en volwasseners, dat ik ten slotte identificeerde als geurhars. Zozie brandt die in haar kamer. Ik weet dat Anouk er veel tijd doorbrengt en er zit te praten en haar kleren past. Het is goed voor haar dat ze buiten mij iemand als Zozie heeft, een volwassene met wie ze vertrouwelijk kan praten.

'Je zou Thierry een kans moeten geven. Ik weet dat hij niet volmaakt is, maar hij mag je echt graag...'

'Jij wilt hem ook niet echt,' zei ze. 'Je mist hem niet eens wanneer hij er niet is. Je bent niet verlíéfd.'

'Hou daarmee op,' zei ik getergd. 'Er zijn veel verschillende manieren om van iemand te houden. Ik hou van jou, en ik hou van Rosette, en als wat ik voor Thierry voel niet hetzelfde is, wil dat nog niet zeggen dat ik...'

Maar Anouk luisterde niet. Ze wurmde zich onder de deken uit en schudde haar armen van me af. Ik weet waar dit om gaat, dacht ik. Ze mocht Thierry best wel voordat Roux terugkwam, en wanneer hij weer weg is...

'Ik weet wat het beste is. Ik doe dit voor jou, Nanou.'

Anouk haalde haar schouders op, waardoor ze veel op Roux leek.

'Geloof me. Het komt allemaal goed.'

'Zie maar,' zei ze, en ze ging naar boven.

10

Vrijdag 7 december

O JEE. WAT IS HET TOCH TRIEST WANNEER DE COMMUNICATIE TUS-
sen moeder en dochter verslechtert. Vooral bij een stel dat zo close
is als deze twee. Vandaag was Vianne moe; ik zag het aan haar gezicht. Ik denk dat ze de afgelopen nacht niet veel geslapen heeft. Te
moe in ieder geval om te merken dat de wrok in de ogen van haar
dochter toeneemt, of dat ze zich tot mij wendt om goedkeuring te
krijgen.

Maar Viannes verlies kan mijn winst zijn, en nu ik me op de plek
bevind waar het allemaal gebeurt, kan ik mijn invloed op honderden onopvallende nieuwe manieren doen gelden. Laten we eens
beginnen met de vaardigheden die Vianne zo slim heeft weten om
te buigen; die fantastische wapens van wil en wens...

Tot nu toe heb ik nog niet ontdekt waarom Anouk bang is ze
te gebruiken. Er is iets gebeurd, dat is zeker. Iets waarvoor zij zich
verantwoordelijk voelt. Maar wapens dienen gebruikt te worden,
Nanou. Ten goede of ten kwade. Dat is aan jou.

Momenteel heeft ze nog niet voldoende zelfvertrouwen, maar
ik heb haar verzekerd dat een paar kleine toveracties geen kwaad
kunnen. Ze kan ze zelfs ten gunste van anderen gebruiken – daar
heb ik natuurlijk wel moeite mee, maar we kunnen haar later van
die onbaatzuchtigheid genezen – en tegen die tijd is het nieuwe eraf
en kunnen we aan de wezenlijke dingen beginnen.

De vraag is nu: Wat wil je, Anouk?
Wat wil je echt?

Uiteraard die dingen die ieder kind wil: goede prestaties leveren
op school, populair zijn, een beetje wraak nemen op je vijanden.
Die dingen zijn gemakkelijk te regelen, en daarna kunnen we ons
gaan bezighouden met mensen.

Bijvoorbeeld madame Luzeron. Ze lijkt zo op een treurige oude porseleinen pop met haar bleke, bepoederde gezicht en haar precieze, broze bewegingen. Ze moet wel meer chocola kopen; drie rumtruffels per week is nauwelijks genoeg om onze aandacht te rechtvaardigen.

Dan heb je Laurent, die elke dag komt en urenlang met één consumptie doet. Hij is een echte last. Zijn aanwezigheid kan de rest ontmoedigen, vooral Richard en Mathurin, die anders iedere dag zouden komen, en hij steelt de suikerklontjes uit de schaal en vult er zijn zakken mee met de houding van een man die waar voor zijn geld wil.

Dan hebben we nog dikke Nico. Een uitstekende klant, die soms wel zes dozen per week koopt. Maar Anouk maakt zich zorgen om zijn gezondheid, heeft gezien hoe hij de Butte op loopt, en is geschrokken van de moeite die het hem kost om zelfs maar een trap op te lopen. Hij zou niet zo dik moeten zijn, zegt ze. Is er ook een manier om hem te helpen?

Tja, jij en ik weten dat je niet ver komt met wensen vervullen. Maar om haar hart te winnen moet ik een kronkelig pad bewandelen, en als ik me niet vergis, zal de opbrengst meer dan de moeite waard zijn. Ik laat haar maar haar gang gaan; als een katje dat haar klauwen scherpt aan een bol wol om zich voor te bereiden op de eerste muis.

En zo beginnen we aan ons lesprogramma. Les één: toveren uit meelevendheid.

Met andere woorden: poppetjes.

We maken de poppetjes van houten knijpers – het geeft veel minder troep dan klei – en ze loopt ermee rond, twee in elke zak, wachtend op het moment waarop ze ze kan uitproberen.

Knijperpoppetje één: madame Luzeron. Lang en stijf, gekleed in een jurk die is gemaakt van een stukje tafzijde met roestbruin lint eromheen. Haar gemaakt van watten, zwarte schoentjes en een donkere sjaal. Haar gelaatstrekken zijn met viltstift aangebracht – Nanou trekt een afgrijselijk gezicht van concentratie omdat ze de uitdrukking goed wil treffen – en er is zelfs een replica van haar wollige hondje, gemaakt van watten en met een stukje pijpenrager aan de riem van madame vastgemaakt. Dat is goed genoeg. Wat haar van madame, zorgvuldig van de rug van haar jas geplukt, maakt het figuurtje in een wip af.

Knijperpoppetje twee is Anouk zelf. De figuurtjes die ze creëert, zijn griezelig precies: deze heeft Anouks krulhaar en is gekleed in een stukje gele stof, en een Pantoufle van grijze wol zit op haar schouder.

Knijperpoppetje drie is Thierry le Tresset, inclusief mobieltje.

Knijperpoppetje vier is Vianne Rocher met een felrode feestjurk aan, en niet een zwarte, zoals gewoonlijk. In feite heb ik haar nog maar één keer rood zien dragen. Maar in Anouks gedachten draagt moeder rood, de kleur van het leven en de liefde en de magie. Dat is interessant. Daar kan ik iets mee doen. Maar later misschien, wanneer de tijd rijp is.

Ondertussen heb ik het een en ander te doen. Niet in de laatste plaats in de chocolaterie. Nu de kerst met reuzenschreden naderbij komt, is het tijd om de klantenkring op te bouwen, om erachter te komen wie stout of aardig is geweest, om ons winterassortiment te proberen, te testen en te proeven, en er misschien een paar bijzondere extraatjes van onszelf aan toe te voegen.

Chocola kan de weg naar vele dingen bereiden. Onze handgemaakte truffels, die nog steeds favoriet zijn, worden door een mengsel van cacao, poedersuiker en een aantal andere substanties gerold die mijn moeders goedkeuring zeker niet hadden kunnen wegdragen, maar die ervoor zorgen dat onze klanten niet alleen tevreden zijn, maar ook verkwikt en opgepept worden, en verlangen naar meer. Vandaag hebben we alleen al van de truffels zesendertig dozen verkocht, en is er nog een dozijn besteld. Als dat zo doorgaat, kunnen we er tegen de kerst meer dan honderd per dag verkopen.

Thierry kwam vandaag om vijf uur langs om te vertellen hoe het werk aan de woning vordert. Hij leek een beetje verbluft toen hij de ongewone activiteit in de winkel zag, en naar mijn idee was hij daar niet zo blij mee.

'Het lijkt hier wel een fabriek,' merkte hij op, met een knikje naar de keukendeur, waar Vianne *mendiants du roi* stond te maken: dikke plakken geconfijte sinaasappel, gedoopt in pure chocola, met stukjes eetbaar bladgoud erop. Ze zien er zo mooi uit dat het bijna zonde is ze op te eten, en zeer geschikt voor de feestdagen natuurlijk. 'Neemt ze nooit eens vrij?'

Ik glimlachte. 'Ach, je weet het, de kerstdrukte.'

Hij bromde. 'Ik zal blij zijn wanneer het allemaal achter de rug is. Ik heb nog nooit zo krap gezeten met een klus. Maar, het is de moeite waard, ervan uitgaande dat het op tijd af is...'

Ik zag Anouk, die met Rosette aan tafel zat, hem een veelbetekenende blik toewerpen.

'Wees maar niet bang,' zei hij. 'Beloofd is beloofd. Het wordt de leukste Kerstmis die je ooit gehad hebt. Met ons viertjes, in de Rue de la Croix. We kunnen naar de nachtmis in de Sacré-Coeur. Zou dat niet enig zijn, hm?'

'Misschien.' Haar stem verried niets.

Ik zag hem een zucht van ongeduld onderdrukken. Anouk kan een harde noot zijn om te kraken, en haar verzet tegen hem is voelbaar. Misschien komt dat door Roux, die hoewel nog steeds afwezig, toch altijd in haar gedachten is. Ik heb hem regelmatig gezien, natuurlijk, een paar maal op de Butte zelf, eenmaal toen hij de Place du Tertre overstak, en eenmaal toen hij de trap af liep bij de kabelbaan; hij liep snel en had zijn haar in een gebreide muts gestopt, alsof hij bang was herkend te worden.

Ik heb hem ook ontmoet in het hotelletje waarin hij verblijft, om zijn voortgang te controleren, leugens te voeren, zijn cheques te innen en ervoor te zorgen dat hij dociel en gehoorzaam blijft. Hij is ongeduldig aan het worden, wat begrijpelijk is, en hij voelt zich ook een beetje gekwetst omdat Vianne nog niet naar hem heeft gevraagd. Verder werkt hij zich natuurlijk een slag in de rondte voor Thierry; hij begint om acht uur 's morgens en is vaak 's avonds laat pas klaar, en wanneer hij de Rue de la Croix verlaat, is hij soms zelfs te moe om te eten, en dan gaat hij terug naar zijn hotel, waar hij als een blok in slaap valt.

En wat Vianne betreft: ik voel haar bezorgdheid, en ook haar teleurstelling. Ze is niet naar de Rue de la Croix gegaan. Ook Anouk is streng geïnstrueerd er weg te blijven. Als Roux hen wil zien, komt hij wel, zegt Vianne. Zo niet, oké, dan is het zijn keuze.

Thierry leek ongeduldiger dan ooit. Hij stapte de keuken in, waar Vianne zorgvuldig de voltooide mendiants op een vel bakpapier aan het leggen was. Ik vond de manier waarop hij de deur halfdicht trok, iets heimelijks hebben, en ik merkte dat zijn kleuren feller dan anders waren, met een onrustige rand van rood en paars.

'Ik heb je de hele week nauwelijks gezien.' Zijn stem draagt ver, ik kon hem voor in de winkel duidelijk horen. Die van Vianne, mogelijk een protesterend gemompel, is minder goed te horen. Geschuifel. Zijn bulderende lach. 'Kom op. Eén kus. Ik heb je gemist, Yanne.'

Weer dat gemompel, haar stem gaat omhoog. 'Thierry, pas op. De chocola...'

Ik onderdrukte een glimlach. De oude bok. Begint zin in jonge blaadjes te krijgen. Tja, dat verbaast me niets. Die ridderlijke façade mag Vianne voor de gek hebben gehouden, maar mannen zijn voorspelbaar, net als honden. En Thierry le Tresset nog meer dan de meeste andere honden. Achter zijn zelfverzekerde voorkomen gaat een Thierry schuil die uiterst onzeker is, en de komst van Roux heeft hem nog onzekerder gemaakt. Hij is bezitterig geworden, zowel in de Rue de la Croix, waar zijn greep op Roux hem een vreemde, onbewuste kick geeft, als hier in Le Rocher de Montmartre.

Ik hoorde Viannes stem zwakjes door de deur. 'Thierry, toe nou. Dit is geen geschikt moment.'

Ondertussen zat Anouk te luisteren. Haar gezicht was uitdrukkingloos, maar haar kleuren lichtten op. Ik lachte haar toe. Ze lachte niet terug. Ze keek naar de deur en maakte een wenkend beweginkje met haar vingers. Een ander zou het niet gezien hebben. Ze wist misschien niet eens dat ze het deed. Maar tegelijkertijd leek een tochtvlaag vat op de keukendeur te krijgen en hij zwaaide met een ruk open en sloeg tegen de geverfde muur.

Een kleine onderbreking, maar het was genoeg. Ik ving een flits van ergernis in Thierry's kleuren op en een soort opluchting bij Vianne zelf. Natuurlijk is dit ongeduld nieuw voor haar. Ze is hem als een vaderfiguur gaan zien: betrouwbaar en ongevaarlijk, zij het een beetje saai. Zijn nieuwe bezitterigheid overvalt haar een beetje, en voor het eerst is ze zich vaag bewust van een gevoel van niet alleen schrik, maar ook antipathie.

Dat komt allemaal door Roux, denkt ze. Al haar twijfels zullen verdwijnen wanneer hij verdwijnt. Maar tot het zover is, maakt de onzekerheid haar nerveus, onredelijk. Ze kust Thierry op de mond – schuldgevoel is zeegroen, in de taal der kleuren – en schenkt hem een glimlach die een tikje te vrolijk is.

'Ik zal het goedmaken,' zegt ze.

Met twee vingers van haar rechterhand maakt Anouk een klein teken om hem weg te sturen.

Tegenover Anouk zit Rosette haar zus op haar stoeltje met ogen die schitteren, gade te slaan. Ze doet het teken na – *tsk, tsk, scheer je weg!* – en Thierry slaat met de vlakke hand in zijn nek, alsof hij door een insect gestoken is. De windbelletjes tinkelen...

'Ik moet weg.'

Hij gaat ook inderdaad weg. Onhandig als hij is in zijn dikke jas, struikelt hij bijna wanneer hij de deur opendoet. Anouks hand zit in haar zak, waar ze zijn knijperpoppetje bewaart. Ze haalt het tevoorschijn en gaat naar de etalage, waar ze het zorgvuldig voor het huis plaatst.

'Dag, Thierry,' zegt Anouk.

Rosette maakt met haar vingers een teken: *dag!*

De deur slaat dicht. De kinderen glimlachen.

Wat tocht het hier toch vandaag.

11

Zaterdag 8 december

HET IS EEN BEGIN. DE BALANS VERSCHUIFT. NANOU ZIET HET MIS-schien niet, maar ik wel. Kleine dingen, eerst goedaardig, die haar in korte tijd tot de mijne zullen maken.

Ze bleef vandaag bijna de hele dag in de winkel om te helpen en met Rosette te spelen, wachtend op nog een kans om haar nieuwe knijperpoppetjes in te zetten. Ze vond die in madame Luzeron, die midden op de ochtend met haar kleine hondje binnenkwam, hoewel het niet haar dag was.

'Bent u daar alweer?' zei ik met een glimlach. 'We doen zeker iets goed.'

Ik zag dat haar gezicht nogal bleek was en dat ze haar kerkhofjas droeg, wat betekende dat ze er weer geweest was. Misschien een bijzondere dag, dacht ik, een verjaardag of een jubileum, maar goed, ze zag er moe en nogal fragiel uit, en haar in handschoenen gestoken handen beefden van de kou.

'Ga zitten,' opperde ik. 'Ik breng u een kop chocola.'

Madame aarzelde.

'Dat zou ik eigenlijk niet moeten doen,' zei ze.

Anouk keek me steels aan en ik zag haar madames knijperpoppetje tevoorschijn halen, met het verleidingsteken van Dame Bloedmaan erop. Een rondje boetseerklei dient als basis en even later staat madame Luzeron, of haar dubbelgangster, in het adventshuis naar het meer met de schaatsers en chocolade-eendjes te kijken.

Even leek ze het niet te merken en toen werd haar oog op wonderlijke wijze erheen getrokken, misschien naar het kind met haar frisse, roze gezicht, misschien naar het voorwerp in de etalage, dat nu een eigenaardige gloed afgaf.

Haar afkeurende mond kreeg een zachtere trek.

'Weet je, als klein meisje had ik ook een poppenhuis,' zei ze, terwijl ze de etalage in tuurde.

'O ja?' zei ik, naar Anouk glimlachend. Madame vertelt zelden iets over zichzelf.

Madame Luzeron nam een slokje van haar chocola. 'Ja. Het was van mijn oma en hoewel het na haar dood van mij zou worden, heb ik er nooit mee mogen spelen.'

'Waarom niet?' vroeg Anouk, terwijl ze het hondje van watten steviger vastmaakte aan de jurk van het poppetje.

'O, het was te kostbaar – een antiquair heeft me er wel eens honderdduizend frank voor geboden – en bovendien was het een erfstuk. Geen speelgoed.'

'Dus u heeft er nooit mee kunnen spelen. Dat is niet eerlijk,' zei Anouk, die nu zorgvuldig een groene suikermuis onder een vloeipapieren boom zette.

'Ach, ik was jong,' zei madame Luzeron. 'Ik had het kunnen beschadigen of...'

Ze hield op met praten. Ik keek op en zag dat ze verstijfd was.

'Wat raar,' zei ze. 'Ik heb er jarenlang niet aan gedacht. En toen Robert ermee wilde spelen...'

Ze zette met een plotselinge, energieke, mechanische beweging haar kopje neer.

'Maar het was ook niet eerlijk,' zei ze.

'Gaat het, madame?' zei ik. Haar smalle gezicht had de kleur van poedersuiker gekregen, met scherpe rimpeltjes erin gegroefd, als glazuur op een taart.

'Ja, dank u.' Haar stem klonk koel.

'Wilt u een stuk chocoladetaart?' Dat was Anouk, die er bezorgd uitzag; ze wilde altijd van alles weggeven. Madam keek haar hongerig aan.

'Graag, kindje. Dat zou ik heerlijk vinden,' zei ze.

Anouk sneed een flinke punt af. 'Robert... was dat uw zoon?' vroeg ze.

Madame knikte een klein en stil 'ja'.

'Hoe oud was hij toen hij stierf?'

'Dertien,' zei madame. 'Misschien iets ouder dan jij. Ze hebben nooit ontdekt wat hem mankeerde. Het was een heel gezonde jongen – hij mocht van mij zelfs nooit snoepen – en toen was hij ineens dood. Dat houd je toch niet voor mogelijk?'

Anouk schudde met grote ogen haar hoofd.

'Vandaag is het zijn verjaardag,' vervolgde ze. 'Acht december 1979. Lang voordat jij geboren werd. In die tijd kon je op het grote kerkhof nog een stukje grond kopen, als je maar genoeg betaalde. Ik woon hier al ik weet niet hoe lang. Mijn familie heeft geld. Ik had hem met het poppenhuis kunnen laten spelen als ik dat gewild had. Heb jij ooit een poppenhuis gehad?'

Weer schudde Anouk haar hoofd.

'Ik heb het nog, ergens op zolder. Ik heb zelfs nog de oorspronkelijke poppetjes, en de meubeltjes. Allemaal handgemaakt van echte materialen. Venetiaanse spiegels aan de muren. Alles van vóór de Revolutie. Ik vraag me af of er ooit één kind met het stomme ding gespeeld heeft.'

Ze was nu een beetje rood geworden, bijna alsof haar bloedeloze gezicht geanimeerd was geraakt door haar ongewone woordkeuze.

'Misschien zou jij het leuk vinden om ermee te spelen.'

Anouks ogen lichtten op. 'Te gek!'

'Met alle plezier, meisje.' Ze fronste haar wenkbrauwen. 'Ik weet geloof ik niet eens hoe jullie heten. Ik heet Isabelle, en mijn hondje heet Salammbô. Je mag haar wel aaien als je dat wilt. Ze bijt niet.'

Anouk bukte zich om het hondje aan te raken; het begon te springen en enthousiast aan haar handen te likken. 'Wat een lief hondje. Ik ben dol op honden.'

'Het is niet te geloven, ik kom hier al jaren en ik heb zelfs nog nooit gevraagd hoe jullie heten.'

Anouk grijnsde. 'Ik heet Anouk,' zei ze. 'En dit is mijn vriendin Zozie.' Daarna hield ze zich nog een poosje met het hondje bezig, en daar ging ze zo in op dat ze helemaal niet merkte dat ze madame de verkeerde naam had gegeven, of dat het teken van Dame Bloedmaan in het adventshuis zo helder straalde dat het hele vertrek verlicht werd.

12

Zondag 9 december

DE WEERMAN HEEFT GELOGEN. HIJ HAD GEZEGD DAT HET ZOU GAAN sneeuwen. Er zou een korte koudeperiode komen, maar tot nu toe hebben we alleen maar mist en regen gehad. Het is beter in het adventshuis; daar is het in ieder geval echt kerst, en buiten is er vorst en ijs, net als in een verhaal, en er hangen ijspegels van glazuur aan het dak en er ligt verse poedersuikersneeuw op het meer. Er schaatsen een paar knijperpoppetjes op, gehuld in warme mutsen en jassen, en sommige kinderen (die Rosette, Jean-Loup en ik moeten voorstellen) maken een iglo van suikerklontjes, terwijl iemand anders (Nico dus) op een matchboxsleetje de kerstboom naar het huis sleept.

Ik heb van de week heel wat knijperpoppetjes gemaakt. Ik zet ze om het adventshuis heen, waar iedereen ze kan zien zonder echt te merken waar ze voor zijn. Het is hartstikke gaaf om ze te maken. Je kunt de gezichtjes met een viltstift erop tekenen, en Zozie heeft me een doos met lintjes en stukjes stof gegeven om er kleren en andere spullen van te maken. Tot nu tot heb ik Nico, Alice, madame Luzeron, Rosette, Roux, Thierry, Jean-Loup, maman en mezelf gemaakt.

Sommige zijn nog niet klaar. Ze zijn pas af als er iets aan zit wat van die persoon is geweest, zoals een paar haren, een nagel of iets wat ze aangeraakt of gedragen hebben. Het is niet altijd gemakkelijk om eraan te komen, en je moet ze ook een naam en een teken geven en een geheim in hun oor fluisteren.

Bij sommige mensen gaat dat gemakkelijk. Sommige geheimen zijn gemakkelijk te raden. Zoals bij madame Luzeron, die zo treurt om haar zoon, ook al is hij heel lang geleden gestorven, of bij Nico, die wel af wil vallen, maar het niet kan, of bij Alice, die het wel kan, maar eigenlijk niet zou moeten.

Wat die namen en symbolen betreft die we gebruiken, Zozie zegt dat ze Mexicaans zijn. Het maakt niet uit wat je gebruikt, denk ik, maar we gebruiken deze omdat ze bijzonder zijn en de symbolen niet zo moeilijk te onthouden zijn.

Er zijn wel een heleboel symbolen, en het kan even duren voordat ik ze allemaal heb geleerd. En ook weet ik niet altijd meer welke namen ik moet gebruiken – ze zijn zo lang en ingewikkeld, en natuurlijk ken ik de taal niet. Maar Zozie zegt dat dat niet erg is, zolang ik maar onthoud wat de symbolen betekenen. Er is een symbool dat Maïskolf heet, en dat staat voor geluk; Twee Konijn is degene die wijn maakte van de maguey-agave; Adelaarsslang, voor macht; Zeven Ara, voor succes; Eén Aap is de bedrieger; de Rokende Spiegel, die laat je dingen zien die gewone mensen niet altijd zien; Dame Groene Rok, die op moeders en kinderen past; Eén Jaguar, voor moed en om je tegen slechte dingen te beschermen, en dan is er nog Dame Konijnmaan, dat is mijn teken, voor liefde.

Iedereen heeft een speciaal teken, zegt ze. Zozies teken is Eén Jaguar. Dat van maman is Ehecatl, de Veranderende Wind. Ik neem aan dat het lijkt op de totems die we hadden toen Rosette nog niet geboren was. Rosettes teken is volgens Zozie Rode Tezcatlipoca, de Aap. Het is een ondeugende god, maar ook een krachtige, en hij kan de gedaante van ieder ander dier aannemen.

Ik hou van de oude verhalen die Zozie vertelt, maar ik word er soms wel zenuwachtig van, en daar kan ik niks aan doen. Ik weet dat ze zegt dat we geen kwaad doen, maar als ze het nu eens bij het verkeerde eind heeft? Als er nu eens een ongelukje gebeurt? Wat moet ik doen als ik het verkeerde teken gebruik en iets ergs laat gebeuren terwijl dat niet mijn bedoeling is?

De rivier. De wind. De Vriendelijken.

Die woorden blijven maar bij me opkomen. En ze hebben op de een of andere manier iets te maken met de kerststal op de Place du Tertre, met de engelen en de dieren en de wijzen uit het Oosten, hoewel ik nog steeds niet weet wat die daar doen. Soms denk ik dat ik het bijna zie, maar nooit goed genoeg om het zeker te weten, net als zo'n droom die je helemaal snapt totdat je wakker wordt, waarna hij oplost en er niets van overblijft.

De rivier. De wind. De Vriendelijken...

Wat betekent dat toch? Woorden in een droom. Ik ben nog steeds heel bang, al weet ik niet waarvoor. Waar moet ik bang voor zijn? Misschien zijn de Vriendelijken net als de wijzen en brengen ze geschenken. Dat voelt goed, maar toch gaat mijn angst er niet van over. Ik ben bang dat er iets ergs gaat gebeuren, en dat het op de een of andere manier mijn schuld is...

Zozie zegt dat ik me geen zorgen moet maken. We kunnen niemand kwaad doen, tenzij we dat willen, zegt Zozie. En ik wil nooit iemand pijn doen, zelfs Chantal niet, zelfs Suze niet.

Ik heb laatst op een avond Nico's poppetje gemaakt. Ik moest het opvullen om het echt te laten lijken, en ik heb zijn haar gemaakt van het draderige bruine spul dat in Zozies oude leunstoel zat die boven in haar kamer staat. Dan moet je er een symbool aan geven – ik heb Eén Jaguar gekozen, voor moed – en het poppetje een geheim influisteren. Ik heb gezegd: 'Nico, je moet een beetje discipline op gaan brengen.' Dat zal wel werken, denk je ook niet? Ik zet het achter een van de deuren in het adventshuis en wacht tot hij langskomt.

En dan heb je nog Alice, die het tegenovergestelde van Nico is. Ik moest haar een beetje dikker maken dan ze eigenlijk is, omdat knijperpoppetjes niet dunner kunnen. Ik probeerde wat hout van de zijkanten af te halen en dat ging goed totdat ik mijn vinger aan het zakmes sneed en Zozie er een pleister op moest doen. Toen heb ik een mooi jurkje voor haar gemaakt van een stukje kant, en haar ingefluisterd: 'Alice, je bent niet lelijk en je moet meer eten.' Daarna heb ik haar het vissenteken van Chantico de Vastenverbreker gegeven en haar naast Nico in het adventshuis gezet.

Dan hebben we nog Thierry; hij is in grijs flanel gehuld en heeft een ingepakt suikerklontje bij zich dat eruitziet als zijn mobieltje. Ik kon geen haar van hem te pakken krijgen, dus heb ik een blaadje genomen van een van de rozen die hij aan maman had gegeven, en nu hoop ik dat dat ook werkt. Natuurlijk wil ik niet dat er iets ergs met hem gebeurt. Ik wil alleen maar dat hij wegblijft.

Ik heb hem het teken van Eén Aap gegeven en ik heb hem buiten neergezet in plaats van in het adventshuis, met zijn jas aan en sjaal om (die heb ik van bruin vilt gemaakt), voor het geval het koud is buiten.

En dan is er natuurlijk nog Roux. Zijn poppetje is nog niet af, want ik heb iets van hem nodig, en er is niets wat ik kan gebruiken dat van hem is, nog geen draadje. Maar ik heb het poppetje wel op hem laten lijken, vind ik: het is helemaal in het zwart gekleed, en ik heb er een stukje oranje vachtachtig spul op geplakt dat zijn haar moet voorstellen. Ik heb hem het teken van de Veranderende Wind gegeven, en tegen Roux gefluisterd: 'Roux, niet weggaan.' Tot nu toe hebben we hem echter helemaal niet gezien.

Niet dat het geeft. Ik weet waar hij is. Hij werkt voor Thierry in de Rue de la Croix. Ik weet niet waarom hij niet terug is gekomen, of waarom maman hem niet wil zien, en ook niet waarom Thierry zo'n hekel aan hem heeft.

Ik heb er vandaag met Zozie over gepraat, toen we zoals altijd in haar kamer zaten. Rosette was er ook en we hadden een spelletje gespeeld, een lawaaiig, gek spelletje, en Rosette was opgewonden en lachte als ik weet niet wat. Zozie was een wild paard en Rosette zat op haar rug en toen gingen ineens, zomaar, de haartjes in mijn nek overeind staan, en toen ik opkeek zag ik een gele aap op de schoorsteenmantel zitten, zo duidelijk als ik soms Pantoufle zie.

'Zozie,' zei ik.

Ze keek op. Ze leek helemaal niet verbaasd; ze schijnt Bam al eerder gezien te hebben.

'Je hebt een slim zusje,' zei ze, naar Rosette lachend, die van haar rug was gestapt en met de lovertjes op een kussen speelde. 'Jullie lijken helemaal niet op elkaar, maar uiterlijk zegt natuurlijk niet alles.'

Ik omhelsde Rosette en gaf haar een kus. Soms vind ik haar net een lappenpop, of een konijntje met slappe oren, zo zacht is ze. 'Nou ja, we hebben ook niet dezelfde vader,' zei ik tegen haar.

Zozie glimlachte. 'Dat dacht ik al,' zei ze.

'Maar dat geeft niet,' ging ik verder. 'Maman zegt dat je je familie kiest.'

'O ja?'

Ik knikte. 'Dat is veel beter. Iedereen zou onze familie kunnen zijn. Het heeft niks met geboorte te maken, zegt maman. Het gaat erom wat je voor iemand voelt.'

'Dus ik zou ook familie kunnen zijn?'

Ik lachte naar haar. 'Dat ben je al.'

Daar moest ze om lachen. 'Je boze tante. Die je verpest met magie en schoenen.'

Nou, daar moest ik erg om lachen. Rosette deed ook mee. En in de hoogte danste de gele aap en hij maakte alle andere dingen op de schoorsteen ook aan het dansen – al Zozies schoenen, die als siervoorwerpen gerangschikt staan, maar veel cooler zijn dan porseleinen beeldjes – en ik bedacht dat het allemaal zo gewoon was, wij drieën, zo bij elkaar. En ik voelde me plotseling schuldig omdat maman beneden zat en wij wanneer we hier boven zijn, soms gewoon vergeten dat ze er is.

'Heb je je nooit afgevraagd wie Rosettes vader was?' zei Zozie plotseling, terwijl ze me aankeek.

Ik haalde mijn schouders op. Daar heb ik nooit het nut van ingezien. We hebben nu eenmaal altijd elkaar gehad. We hebben nooit behoefte gehad aan anderen...

'Ik dacht alleen maar dat je hem waarschijnlijk gekend hebt,' zei ze. 'Je zal toen zes of zeven zijn geweest, en ik vroeg me gewoon af...' Ze keek naar haar armband en speelde met de bedeltjes die eraan hangen, en ik kreeg het gevoel dat ze me iets probeerde te vertellen, maar dat ze me niet wilde zeggen wat.

'Wat bedoel je?' zei ik.

'Nou, kijk maar naar haar haar.' Ze legde een hand op Rosettes hoofd. Haar haar heeft de kleur van mango en het krult en is heel zacht. 'Kijk eens naar haar ogen.' Haar ogen zijn heel licht grijsgroen, net als die van een kat, en zo rond als muntjes. 'Doet dat je niet aan iemand denken?'

Daar moest ik even over nadenken.

'Denk eens na, Nanou. Rood haar, groene ogen. Kan soms onhandelbaar zijn.'

'Toch niet Roux?' zei ik, en ik begon te lachen, maar ineens kreeg ik kramp in mijn buik en wou ik dat ze niets meer zei.

'Waarom niet?' zei Zozie.

'Ik weet het gewoon.'

Eerlijk gezegd heb ik nooit echt nagedacht over Rosettes vader. Ik denk dat in mijn achterhoofd nog steeds het idee zat dat ze er nooit een gehad had, dat ze door de elfjes gebracht was, zoals die oude dame altijd zei.

Sprookjeskind. Bijzonder kind.

Het is gewoon niet eerlijk wat de mensen denken, dat ze stom is, of achterlijk, of traag van begrip. We zeiden altijd dat ze een bijzonder kind was. Bijzonder, in de zin van anders. Maman vindt het niet leuk als we anders zijn, maar Rosette is wel anders, alleen, dat geeft toch niks?

Thierry heeft het erover dat hij hulp voor haar wil krijgen: therapie, spraaklessen en allerlei specialisten. Alsof bijzonder zijn genezen kan worden door een specialist die daar iets van afweet.

Maar anders zijn kun je niet genezen. Dat heeft Zozie me al geleerd. En hoe zou Roux Rosettes vader kunnen zijn? Hij heeft haar toch nog nooit gezien? Hij wist niet eens haar naam.

'Hij kán Rosettes vader niet zijn,' zei ik, hoewel ik het toen al niet zeker meer wist.

'Maar wie zou het dan kunnen zijn?' zei ze.

'Ik weet het niet. Niet Roux. Dat is alles.'

'Waarom niet?'

'Omdat hij dan bij ons gebleven was, daarom. Hij zou ons niet hebben laten weggaan.'

'Maar misschien wist hij het niet,' zei ze. 'Misschien heeft je moeder het hem nooit verteld. Ze heeft het jou toch ook nooit verteld?'

Toen begon ik te huilen. Stom, ik weet het. Ik vind het vreselijk wanneer ik moet huilen, maar ik kon er gewoon niet mee ophouden. Het was net of er iets in me ontploft was, en ik kon maar niet bepalen of ik Roux nu haatte, of dat ik nog meer van hem hield...

'Stil maar, Nanou.' Zozie sloeg haar armen om me heen. 'Het komt goed.'

Ik legde mijn gezicht tegen haar schouder. Ze droeg een dikke oude trui, en het kabelpatroon drukte zo hard tegen mijn wang dat het erin bleef staan. Ik had wel tegen haar willen zeggen dat het niet goed kwam. Dat zeggen volwassenen altijd wanneer ze niet willen dat kinderen de waarheid weten, en meestal is het een leugen, Zozie.

Volwassenen schijnen altijd te liegen.

Ik snikte diep en beverig. Hoe kan Roux nu Rosettes vader zijn? Ze kent hem niet eens. Ze weet niet dat hij zijn chocola zwart drinkt, met rum en bruine suiker. Ze heeft hem niet een visfuik zien maken van wilgentenen, of een fluit uit een stuk bamboe, en ze weet ook niet dat hij iedere vogel op de rivier herkent aan de zang en ze na kan doen zodat zelfs de vogel het verschil niet hoort...

Hij is haar vader, en ze weet het niet eens.

Het is niet eerlijk. *Ik* had het moeten zijn.

Maar nu voelde ik iets anders terugkomen: een herinnering – een vertrouwd geluid – een geur van iets ver weg. Het kwam dichterbij, zo ongeveer als de puntige ster van de kerststal die de weg wees. Ik kon het me nu bijna herinneren, maar eigenlijk wílde ik het me niet herinneren. Ik sloot mijn ogen. Ik kon me haast niet bewegen. Ik wist plotseling zeker dat als ik ook maar een beetje bewoog, alles naar buiten zou komen, als prikdrank wanneer je de fles te hard hebt geschud, en dat je als je hem eenmaal geopend hebt, hem nooit meer dicht krijgt.

Ik begon te trillen.

'Wat is er?' vroeg Zozie.

Ik kon niet bewegen. Ik kon niet praten.

'Waar ben je bang voor, Nanou?'

Ik hoorde de bedeltjes aan haar armband bewegen, en het geluid was bijna hetzelfde als de windbelletjes boven onze deur.

'De Vriendelijken,' fluisterde ik.

'Wat wil dat zeggen: de Vriendelijken?' Ik hoorde hoe dringend haar stem klonk. Ze legde haar handen op mijn schouders en ik kon gewoon vóélen hoe graag ze het wilde weten; het trilde door haar hele lijf, als bliksem in een pot.

'Niet bang zijn, Nanou,' zei ze. 'Vertel me gewoon wat het betekent, goed?'

De Vriendelijken.

De wijzen uit het Oosten.

Wijzen die geschenken komen brengen.

Ik maakte het soort geluid dat je maakt wanneer je uit een droom wilt ontwaken, maar dat niet kan. Er waren te veel herinneringen die zich aan me opdrongen, die me opporden, die allemaal wilden dat ik ze zag.

Het huisje bij de Loire.

Ze leken zo aardig, zo geïnteresseerd.

Ze hadden zelfs cadeautjes meegenomen.

En op dat moment opende ik mijn ogen plotseling heel wijd. Ik was niet meer bang. Eindelijk herinnerde ik het me. Begreep ik het. Wist ik wat er gebeurd was waardoor wij veranderd waren, hadden moeten vluchten, zelfs voor Roux. Ik wist ook weer waarom we hadden moeten doen alsof we gewone mensen waren terwijl we diep vanbinnen wisten dat we dat nooit zouden kunnen zijn.

'Wat is er, Nanou?' zei Zozie. 'Kun je het me nu vertellen?'

'Ik denk het wel,' zei ik.

'Vertel het me dan,' zei ze, terwijl er een lach op haar gezicht kwam. 'Vertel me alles.'

DEEL ZES

DE VRIENDELIJKEN

1

Maandag 10 december

DAAR IS HIJ DAN EINDELIJK, DIE DECEMBERWIND; HIJ GIERT DOOR de smalle straatjes en blaast de laatste restjes van het jaar van de bomen. *December, weest gewaar; december, verwacht gevaar,* zei mijn moeder altijd. En nu het jaar ten einde loopt, heb ik weer het gevoel dat er een bladzij is omgedraaid.

Een bladzij – een kaart – de wind misschien. December is voor ons ook altijd een slechte periode geweest. De laatste maand, de droesem van het jaar, de maand die vermoeid, met zijn mantel van engelenhaar door de modder slepend op de kerst afsloft. Het dode eind van het jaar doemt op; de bomen zijn al voor drie kwart kaal; het licht is als geschroeide krant en al mijn spoken komen tevoorschijn om als vuurvliegjes in de spookachtige lucht te dansen...

We kwamen op de carnavalswind. Een wind van verandering, van beloften. De vrolijke wind, de magische wind, die van iedereen een maartse haas maakt, die bloesems en hoeden door de lucht laat vliegen en jaspanden laat wapperen, die in dolle overmoed de zomer tegemoetsnelt.

Anouk is een kind van die wind, een zomerkind, met als totem het konijn – gretig, wakkere ogen, ondeugend.

Mijn moeder geloofde sterk in totems. De totem is veel meer dan alleen maar een onzichtbare vriend: hij onthult de geheimen van het hart, van de geest, van de ziel. De mijne is een kat, althans, dat zei ze, misschien vanwege dat babyarmbandje met het zilveren katje. Katten zijn van nature steels. Katten hebben een gespleten persoonlijkheid. Katten worden bang van een zuchtje wind. Katten kunnen de geestenwereld zien, en in de schemerwereld zijn.

De wind werd krachtiger, en we vluchtten. Niet in het minst vanwege Rosette, natuurlijk. Ik wist vanaf het begin dat ik zwanger was, en net als een kat bracht ik haar in het geheim ter wereld, ver van Lansquenet...

Maar toen het december werd, was de wind gedraaid en was het jaar van licht naar donker gegaan. Ik had Anouk zonder problemen gedragen. Mijn zomerkind kwam met de zon, op een zonnige juniochtend om kwart over vier, en vanaf het moment dat ik haar zag, wist ik dat ze van mij was, en van mij alleen.

Maar met Rosette was dat vanaf het begin anders. Een kleine, slappe, onrustige baby die niet wilde drinken en die me aankeek alsof ik een vreemde was. Het ziekenhuis stond aan de rand van Rennes en terwijl ik naast Rosette wachtte, kwam er een priester langs om me raad te geven en zijn verbazing uit te spreken over het feit dat ik mijn dochter niet in het ziekenhuis wilde laten dopen.

Het leek een kalme en vriendelijke man, maar hij leek te veel op de rest van zijn soortgenoten, met zijn versleten woorden van troost en ogen die de volgende wereld zagen, maar niet deze. Ik diste hem het bekende verhaal op. Ik was weduwe, mijn naam was Rocher, ik was op weg naar familie, waar ik zou gaan wonen. Hij geloofde dit duidelijk niet; hij bekeek Anouk achterdochtig en Rosette met groeiende bezorgdheid. Misschien bleef ze niet in leven, zei hij ernstig – kon ik het verdragen als ze stierf zonder gedoopt te zijn?

Ik stuurde Anouk naar een goedkoop pension in de buurt, terwijl ik langzaam herstelde en over Rosette waakte. Het stond in een heel klein dorpje, Les Laveuses geheten, aan de Loire. Toen Rosettes krachten afnamen en de aardige oude priester steeds eisender ging klinken, vluchtte ik daarheen.

Vriendelijkheid kan namelijk even snel doden als wreedheid, en de priester, die père Leblanc heette, was zelfstandig inlichtingen gaan inwinnen met betrekking tot de familieleden die ik in de streek zou hebben. Ook vroeg hij zich af wie er voor mijn oudste dochter zorgde, waar ze onderwijs had genoten en welk lot de denkbeeldige monsieur Rocher had ondergaan – onderzoekingen die uiteindelijk ongetwijfeld naar de waarheid zouden leiden.

Dus pakte ik op een ochtend Rosette op en vluchtte ik per taxi naar Les Laveuses. Het was een goedkoop en onpersoonlijk pension: een eenpersoonskamer met een gaskachel en een tweepersoonsbed met een matras die bijna tot op de grond doorzakte. Rosette wilde nog steeds niet goed drinken en haar stem was een zielig, klagerig gemiauw dat een echo leek van het gejammer van de wind. Maar wat nog erger was: haar ademhaling stokte soms en bleef dan vijf of tien seconden weg, waarna hij met een hik en een snuf weer op gang kwam, alsof mijn kind had besloten, zij het tijdelijk, toch maar in het land der levenden te blijven.

We bleven nog twee nachten in het pension. Tegen Nieuwjaar kwam de sneeuw, die de donkere bomen en de zandbanken langs de Loire met een dun laagje bittere suiker bedekte. Ik ging op zoek naar een andere verblijfplaats en kreeg een etage aangeboden boven een kleine crêperie die gerund werd door een ouder echtpaar dat Paul en Framboise heette.

'Het is niet zo groot, maar wel warm,' zei Framboise – een fel dametje met ogen als donkere bessen. 'Je kunt me een plezier doen door hier een oogje in het zeil te houden. We zijn 's winters gesloten, geen toeristen hier, dus je hoeft niet bang te zijn dat je iemand in de weg zit.' Ze bekeek me aandachtig. 'Dat kindje,' zei ze, 'het huilt als een kat.'

Ik knikte.

'Hm.' Ze snufte. 'Je moet er eens naar laten kijken.'

'Wat bedoelt ze?' vroeg ik Paul later, toen hij ons onze kleine tweekamerwoning liet zien.

Paul, een zachtmoedige oude man die zelden sprak, keek me aan en haalde zijn schouders op. 'Ze is bijgelovig,' zei hij ten slotte. 'Zoals zo veel oude mensen hier. Trek het je niet aan. Ze bedoelt het goed.'

Ik was te moe om verder te informeren. Maar toen we een beetje gewend waren en Rosette inmiddels wat dronk, hoewel ze nog heel rusteloos bleef en nauwelijks sliep, vroeg ik Framboise wat ze had bedoeld.

'Ze zeggen dat een kattenbaby ongeluk brengt,' zei Framboise, die binnen was gekomen om de reeds smetteloze keuken schoon te maken.

Ik glimlachte. Ze klonk erg als Armande, mijn goede oude vriendin uit Lansquenet.

'Kattenbaby?' vroeg ik.

'Hm,' zei Framboise. 'Ik heb er wel eens van gehoord, maar er nog nooit een gezien. Mijn vader vertelde vroeger dat er soms 's nachts elfjes kwamen die een kat neerlegden op de plaats van de echte baby. Maar kattenbaby's willen niet drinken. Kattenbaby's huilen de hele tijd. En als iemand een kattenbaby van streek maakt, zorgen de elfjes ervoor dat die iemand zijn verdiende loon krijgt.'

Ze kneep dreigend haar ogen toe, maar even plotseling glimlachte ze weer. 'Natuurlijk is het maar een verhaal,' zei ze. 'Maar toch moet je een arts raadplegen. Het kattenkind maakt het in mijn ogen niet zo best.'

Dat was in ieder geval maar al te waar. Ik heb me echter nooit op mijn gemak gevoeld bij artsen en priesters, en ik stond niet te trappelen om de raad van de oude vrouw op te volgen. Er gingen nog drie dagen voorbij, waarin Rosette miauwde en naar adem snakte, en uiteindelijk overwon ik mijn weerzin en raadpleegde ik een arts uit het nabijgelegen Angers.

De arts onderzocht Rosette zorgvuldig. Ze moest getest worden, zei hij ten slotte. Maar dat gehuil bevestigde voor hem zijn conclusie. Het was een genetische aandoening, zei hij, meestal aangeduid als 'cri-du-chat', zo genoemd naar dat spookachtige, miauwende gehuil. Niet fataal, niet ongeneeslijk, en met symptomen die de dokter in dit vroege stadium niet goed kon voorspellen.

'Het ís dus een kattenbaby,' zei Anouk.

Ze leek het prachtig te vinden dat Rosette anders was. Ze was al heel lang enig kind en ze leek met haar zeven jaren soms wonderlijk volwassen, zoals ze voor Rosette zorgde, haar ertoe overhaalde uit het flesje te drinken, voor haar zong en haar wiegde in de stoel die Paul uit hun oude boerderij had gehaald.

'Kattenbaby,' fleemde ze, met de stoel schommelend. 'Schommeldeschommel, kat-ten-ba-by, heen en weer.' Rosette leek goed op haar te reageren. Het huilen hield op, althans, zo af en toe. Ze kwam aan. Ze sliep soms wel drie tot vier uur per nacht. Anouk zei dat het door de lucht in Les Laveuses kwam. Ze zette schoteltjes melk en suiker voor de elfjes neer, voor het geval ze langskwamen om te kijken hoe het met de kattenbaby ging.

Ik was niet meer naar de dokter in Angers gegaan. Nadere onderzoeken zouden Rosette niet beter maken. In plaats daarvan hielden we haar in de gaten, Anouk en ik; we baadden haar in kruidenaftreksels, we zongen voor haar, we masseerden haar stakerige armpjes en beentjes met lavendelolie en tijgerbalsem en voerden haar melk met een pipet (ze wilde geen speen).

Een elfenkind, zei Anouk. Het was zeker een mooi kind: zo fijntjes met haar kleine, fraaigevormde hoofd en haar wijd uit elkaar staande ogen en puntige kin.

'Ze ziet er zelfs úít als een kat,' zei Anouk. 'Dat vindt Pantoufle ook. Hè, Pantoufle?'

Ach, ja, Pantoufle. Eerst dacht ik dat Pantoufle misschien zou verdwijnen nu Anouk een klein zusje had om voor te zorgen. De wind woei nog over de Loire, en Joel is net als Midzomer een tijd van verandering, een onaangename tijd voor mensen die rondreizen.

Maar toen Rosette er was, leek Pantoufle juist sterker te worden. Ik zag hem steeds duidelijker; hij zat naast het kinderwiegje, sloeg haar met zijn knoopzwarte oogjes gade terwijl Anouk haar wiegde en tegen haar praatte en liedjes voor haar zong om haar stil te krijgen.

V'là l'bon vent, v'là l'joli vent

'Die arme Rosette heeft geen dier,' zei Anouk toen we samen bij de kachel zaten. 'Misschien huilt ze daarom wel de hele tijd. Misschien moeten we vragen of er een wil komen. Om voor haar te zorgen, net zoals Pantoufle voor mij zorgt.'

Dat ontlokte me een glimlach. Ze meende het echter serieus, en ik had moeten weten dat als ik het probleem niet aanpakte, zij het zou doen. Dus beloofde ik dat we het zouden proberen. Ik zou voor deze ene keer het spelletje meespelen. We waren heel braaf geweest het laatste halfjaar: geen kaarten, geen amuletten, geen rituelen. Ik miste het, en Anouk ook. Wat kon een eenvoudig spelletje nu voor kwaad?

We woonden al bijna een week in Les Laveuses en alles begon er rooskleuriger uit te zien. We hadden al vrienden gevonden in het dorp; ik was zeer gesteld geraakt op Paul en Framboise. We hadden het naar onze zin in de woning boven de crêperie. Doordat Rosette geboren was, ging Kerstmis min of meer aan ons voorbij, maar Nieuwjaar kwam eraan, vol beloften van een nieuwe begin. Er hing nog kou in de lucht, maar het was helder en het vroor, en de lucht was van een vibrerend, doordringend blauw. Rosette bleef me zorgen baren, maar we begonnen haar langzaam aan te voelen, en met behulp van de pipet konden we haar de voeding geven die ze nodig had.

Toen dook père Leblanc weer op. Hij kwam met een vrouw die naar zijn zeggen een verpleegster was, maar wier vragen, door Anouk aan mij doorverteld, me deden vermoeden dat ze misschien een soort maatschappelijk werkster was. Ik was niet thuis toen ze kwamen – Paul had me naar Angers gereden om luiers en melk voor Rosette te kopen – maar Anouk was er wel, en Rosette lag boven in haar wiegje. Ze hadden ook een mand met etenswaren voor ons bij zich, en ze waren zo vriendelijk en belangstellend geweest – ze hadden naar me geïnformeerd en geïmpliceerd dat zij en ik vrienden waren – dat mijn nietsvermoedende Anouk ze in haar onschuld veel meer vertelde dan verstandig was.

Ze vertelde over Lansquenet-sous-Tannes en over onze reizen langs de Garonne met de rivierzigeuners. Ze vertelde ook over de chocoladewinkel en het festival dat we hadden georganiseerd, over Joel en Saturnalia, en de Eikenkoning en de Hulstkoning, en over de twee grote winden die het jaar in tweeën delen. Toen ze belangstelling toonden voor de rode gelukszakjes boven de deur en de schoteltjes met brood en zout op de drempel, vertelde ze over elfjes en godjes en dierentotems, en over rituelen bij kaarslicht en de maan neerhalen en voor de wind zingen, en over tarotkaarten en kattenbaby's...

Kattenbaby's?

'O, ja,' had mijn zomerkind geantwoord. 'Rosette is een kattenbaby, en daarom houdt ze zo van melk. En daarom huilt ze de hele nacht als een kat. Maar dat is niet erg. Ze heeft alleen maar een totem nodig. We wachten nog op zijn komst.'

Ik kan me alleen maar voorstellen wat ze daarvan maakten. Geheimen en riten, ongedoopte zuigelingen, kinderen die onder de hoede van vreemden waren achtergelaten, of erger nog...

Hij vroeg haar of ze met hem mee wilde gaan. Natuurlijk had hij geen gezag. Hij zei tegen haar dat ze bij hem veilig zou zijn, dat hij haar tijdens het onderzoek zou beschermen. Hij had haar misschien zelfs meegenomen als Framboise er niet was geweest, die binnenkwam om even naar Rosette te kijken en hen aantrof in haar keuken, met Anouk bijna in tranen en de priester en de vrouw ernstig met haar in gesprek. Ze vertelden haar dat ze wisten dat ze bang was, dat ze niet alleen was, dat er honderden kinderen net als zij waren, dat ze gered kon worden als ze op hen vertrouwde...

Enfin, Framboise maakte er een eind aan. Ze maakte hen in scherpe bewoordingen duidelijk dat ze moesten vertrekken, waarna ze thee zette voor Anouk en melk maakte voor Rosette. Ze was er nog toen ik met Paul thuiskwam, en ze vertelde me over het bezoek van de vrouw en de priester.

'Die mensen weten gewoon niet dat ze zich met hun eigen zaken moeten bemoeien,' zei ze minachtend, toen we met een kop thee bij elkaar zaten. 'Naar duivels zoeken onder het bed. Ik heb ze gezegd dat ze alleen maar naar haar gezicht hoefden te kijken.' Ze knikte naar Anouk, die nu rustig met Pantoufle speelde. 'Is dat het gezicht van een kind dat in gevaar verkeert? Komt ze op u bang over?'

Ik was haar natuurlijk dankbaar, maar in mijn hart wist ik dat ze terug zouden komen. Misschien deze keer met officiële papieren, een dwangbevel om huiszoeking te doen of een verhoor af te nemen. Ik wist dat père Leblanc het niet op zou geven, dat die vriendelijke, goedbedoelende, gevaarlijke man, of net zo iemand, iemand van zijn soort, als hij de kans kreeg, me zou blijven achtervolgen.

'We gaan morgen weg,' zei ik ten slotte.

Anouk liet een luid gejammer van protest horen. 'Nee! Niet weer!'

'We zullen wel moeten, Nanou. Die mensen...'

'Waarom wij? Waarom altijd wij? Waarom waait de wind hún niet eens een keer weg?'

Ik keek naar Rosette, die in haar wiegje lag te slapen. Naar Framboise, met haar gerimpelde winterappelgezicht, naar Paul, die had zitten luisteren met een stilte die meer zei dan woorden hadden kunnen zeggen. En toen viel me een flikkering op, iets wat een speling van het licht had kunnen zijn, of een vonk statische elektriciteit, of een gloeiende sintel in de haard.

'De wind wakkert weer aan,' zei Paul, terwijl hij bij de schoorsteen stond te luisteren. 'Het zou me niet verbazen als het gaat stormen.'

En ja, ik hoorde het nu ook: de laatste aanval van de decemberwind. *December, verwacht gevaar.* De hele nacht hoorde ik zijn stem, klagend en jammerend en lachend. Rosette was de hele nacht onrustig en ik sliep bij vlagen, terwijl de wind aan de dakpannen rukte en de ramen in de sponningen deed rammelen.

Om vier uur hoorde ik in Anouks kamer iets bewegen. Rosette was wakker. Ik ging kijken. Ik trof Anouk op de grond aan in een slecht getekende cirkel van geel krijt. Er stond een brandende kaars

naast haar bed en nog een kaars bij Rosettes bedje en in het warm-
gele licht zag ze er rozig en blozend uit.

'We hebben het geregeld, maman,' zei ze met stralende ogen. 'We
hebben geregeld dat we kunnen blijven.'

Ik ging naast haar op de grond zitten. 'Hoe?' vroeg ik.

'Ik heb tegen de wind gezegd dat we hier blijven. Ik heb tegen de
wind gezegd dat hij maar iemand anders mee moet nemen.'

'Zo gemakkelijk gaat dat niet, Nanou,' zei ik.

'Jawel,' zei Anouk. 'En er is nog iets.' Ze lachte me hartverscheurend lief toe. 'Zie je hem?' Ze wees naar iets in de hoek van de
kamer.

Ik fronste mijn voorhoofd. Er was niets. Althans... bijna niets.
Een vluchtige glimp, een flikkering van kaarslicht op de muur, een
schaduw, iets als ogen en een staart...

'Ik zie niets, Nanou.'

'Hij is van Rosette. Hij is met de wind meegekomen.'

'Aha.' Ik glimlachte. Soms is Anouks fantasie zo aanstekelijk dat
ik me er bijna door laat meeslepen en dingen zie die er niet kunnen
zijn.

Rosette strekte haar armen uit en miauwde.

'Het is een aap,' zei Anouk. 'Hij heet Bamboozle.'

Ik moest lachen. 'Hoe kom je er toch op.' Maar toch voelde ik me
op dat moment al slecht op mijn gemak. 'Je weet dat het toch maar
een spelletje is, hè?'

'Nee hoor, hij is echt,' zei Anouk met een glimlach. 'Kijk maar,
maman, Rosette ziet hem ook.'

's Morgens was de wind gaan liggen. Een boosaardige wind, een
tornado, zeiden de dorpsbewoners, die bomen velde en schuren
met de grond gelijkmaakte. De kranten spraken van een tragedie
en berichtten dat er op oudejaarsdag een tak van een boom was
geknapt en op een passerende auto terecht was gekomen toen die
vroeg die avond door het dorp reed. Zowel de bestuurder als de
medepassagier was omgekomen; een van hen was een priester uit
Rennes.

Een daad van God, zo noemde de krant het.

Anouk en ik wisten wel beter.

'Het was maar een ongeluk,' zei ik telkens weer toen ze in ons
kleine onderkomen aan de Boulevard de la Chapelle iedere nacht

huilend wakker werd. 'Anouk, die dingen zijn niet echt,' zei ik. 'Ongelukken gebeuren nu eenmaal. Meer was het niet.'

Toen het jaar vorderde, begon ze het te geloven. De nachtmerries hielden op. Ze leek weer blij. Maar toch was er iets in haar ogen, iets ouders, wijzers en vreemders, waardoor ze niet meer het zomerkind was. En nu was er Rosette, mijn winterkind, dat elke dag meer op Anouk begon te lijken, dat gevangenzat in haar eigen wereldje en weigerde te groeien zoals andere kinderen, dat niet sprak, niet liep, maar met die dierenogen van haar toekeek...

Waren we inderdaad verantwoordelijk? De logica zegt van niet. Maar de logica heeft zo zijn beperkingen, schijnt het. En nu is die wind er weer. En als we zijn oproep negeren, wie zal hij dan in onze plaats kiezen?

Er zijn geen bomen op de Butte de Montmartre. Daar ben ik in ieder geval dankbaar voor. Maar de decemberwind ruikt nog steeds naar de dood en geen geurhars kan de duistere verleiding verhelen. December is altijd een tijd van duisternis geweest, van heilige en goddeloze geesten, van vuren die het stervende licht moeten tegengaan. De goden van Joel zijn streng en koud. Persefone zit gevangen onder de grond en de lente is een droom die nog een leven ver weg is.

V'là l'bon vent, v'là l'joli vent
V'là l'bon vent, ma mie m'appelle

En in de kale straten van Montmartre zwerven de Vriendelijken nog steeds rond, uitdagend krijsend naar het feest van de goede wil.

2

Dinsdag 11 december

DAARNA GING HET GEMAKKELIJK. ZE VERTELDE ME HET HELE VER-
haal: de chocolaterie in Lansquenet, het schandaal dat erop volgde,
de vrouw die doodging, toen Les Laveuses, de geboorte van Rosette
en de Vriendelijken die hadden geprobeerd haar mee te nemen,
maar daarin niet waren geslaagd.

Dus daar is ze bang voor. Arme meid. Denk niet dat ik omdat er
voor mij iets te halen valt, helemaal harteloos ben. Ik luisterde naar
haar onsamenhangende verhaal; hield haar vast toen het haar te
veel werd, streelde haar haar en droogde haar tranen, en dat is meer
dan wie dan ook voor mij deed toen ik zestien was en mijn wereld
instortte.

Ik stelde haar zo goed mogelijk gerust. Magie, zei ik, is een in-
strument van verandering, van de getijden die de wereld levend
houden. Alles is met elkaar verbonden: onheil dat aan de ene kant
van de wereld wordt gesticht, vindt een tegenhanger aan de andere
kant. Er is geen licht zonder donker, geen onrecht zonder recht,
geen verwonding zonder wraak.

En wat mijn eigen ervaring betreft...

Ach, ik vertelde haar zo veel als ze diende te weten. Genoeg om
samenzweerders van ons te maken, om ons in berouw en schuld
te binden, om haar van de wereld van het licht te scheiden en haar
zachtjes de duisternis in te trekken...

In mijn geval, zoals ik al zei, begon het met een jongen. Het eindigde toevallig ook met een jongen, want zo de hel geen grotere
razernij kent dan die van een versmade vrouw, is er op aarde niets
wat te vergelijken valt met een bedrogen heks.

Het ging een week of twee vrij goed. Ik voelde me ver verheven
boven de andere meisjes; ik genoot van mijn verse overwinning en

de plotselinge status die ik had verworven. Scott en ik waren onaf-scheidelijk, maar Scott was zwak en nogal ijdel, hetgeen hem ook zo gemakkelijk tot mijn slaaf had gemaakt. Algauw werd de verlei-ding om zijn vrienden in de kleedruimte in vertrouwen te nemen en te pochen en te snoeven en, na verloop van tijd, de spot met me te drijven, te groot voor hem.

Ik voelde het meteen: het evenwicht was verschoven. Scott had een beetje te veel gepraat, en de geruchten vlogen als dode blade-ren van het ene eind van de school naar het andere. Er verschenen graffiti op de muren van doucheruimtes, iedereen stootte elkaar aan wanneer ik langsliep. Mijn grootste vijand was een meisje dat Jasmine heette, een populaire, quasibescheiden intrigante, die de eerste golf geruchten op gang bracht. Ik verzette me met elke vuile truc die ik kende, maar eens een slachtoffer, altijd een slachtoffer, en spoedig zat ik weer in mijn oude rol, was ik weer een doelwit voor alle hatelijke opmerkingen en grappen. Toen voegde Scott McKenzie zich bij de tegenpartij. Na een reeks excuses die steeds slapper werden, werd hij in de stad openlijk gezien met Jasmine en haar vriendinnen en werd hij ten slotte zo lang gepusht, om-gepraat, gechanteerd en beschimpt dat hij tot een rechtstreekse aanval overging. En nog wel een op mijn moeders winkel, die al-lang het mikpunt van spot was met zijn uitstalling van kristallen en boeken over seksmagie, en die nu opnieuw het doelwit van hun aanval werd.

Ze kwamen 's nachts, en in een groep, halfdronken en lachend en elkaar tot stilte manend en aanstotend. Een beetje te vroeg voor het uithalen van Halloweenstreken, maar de winkels lagen al vol met vuurwerk en Halloween wenkte al met lange, magere, berook-te vingers. Mijn kamer lag aan de straatkant. Ik hoorde ze naderen, hoorde geluiden die duidden op vrolijkheid en gespannen zenu-wen; ik hoorde een stem – 'Toe dan, doe het dan!' – en een gemom-peld antwoord, en dan nog een stem die dringend zei: 'Toe dan, toe dan.' Daarna was er een onheilspellende stilte.

Hij duurde bijna een minuut. Ik heb het bijgehouden. Toen hoor-de ik iets exploderen, heel dichtbij, in een besloten ruimte. Even dacht ik dat ze vuurwerk in de afvalbak hadden gedaan, maar toen bereikte de geur van rook mijn neusgaten. Ik keek uit het raam en zag hen verspreid staan: zes in getal, als bange duiven, vijf jongens en een meisje, van wie ik de manier van lopen herkende...

En ook Scott natuurlijk. Hij rende voor de troep uit, zijn blonde haar leek bij het licht van de straatlantaarn heel bleek. Terwijl ik hen gadesloeg, keek hij om; even zouden onze blikken elkaar hebben kunnen kruisen...

Het felle licht van de etalage moet dat echter onmogelijk hebben gemaakt. Die rood-oranje gloed toen het vuur zich verspreidde... Het sprong als een boze acrobaat tuimelend en koprollend van een rek met zijden sjaals naar een trapeze met dromenvangers en ten slotte naar een stapel boeken.

Shit. Ik zag zijn lippen bewegen. Hij bleef staan, maar het meisje naast hem trok hem mee. Zijn vrienden voegden zich bij hen. Hij keerde zich om en rende weg. Maar toen had ik hen allemaal al in me opgenomen, die gladde, domme tienergezichten, rood van het vuurschijnsel en grijnzend in het oranje licht.

De brand bleek uiteindelijk niet zo veel voor te stellen; hij was al geblust voordat de brandweer ter plaatse was. We wisten zelfs het grootste deel van de voorraad te redden, maar het plafond was zwart geworden en er hing een brandlucht. Het was een vuurpijl geweest, zei de brandweer, een gewone pijl die in de brievenbus was gestopt en vervolgens aangestoken. De politieagent vroeg me of ik iets had gezien. Ik antwoordde ontkennend.

De volgende dag begon ik echter met mijn wraakoefening. Ik meldde me ziek en bleef thuis, waar ik plannen smeedde en werkte. Ik maakte van houten knijpers zes poppetjes. Ik maakte ze zo echt mogelijk, met zelfgemaakte kleertjes en gezichten die zorgvuldig uit de klassenfoto van vorig jaar waren geknipt en onder het haar waren vastgeplakt. Ik gaf ze allemaal een naam en toen de Día de los Muertos dichterbij kwam, werkte en plande ik om ze gebruiksklaar te hebben.

Ik verzamelde losse haren van jassen die aan kapstokken hingen. Ik stal kleren uit de kluisjesruimte, ik scheurde bladzijden uit schriften, trok labels van schooltassen, zocht in prullenbakken naar gebruikte zakdoekjes en haalde afgekloven ballpointdoppen uit schoolbanken toen er niemand keek. Aan het eind van de week had ik genoeg materiaal van diverse aard dat ik kon gebruiken voor mijn twaalf knijperpoppetjes, en op Halloween vereffende ik de rekening.

Het was de avond van de herfstdisco. Officieel was me niets verteld, maar iedereen wist dat Scott met Jasmine naar de disco ging en dat er problemen zouden komen als ik ook kwam. Ik was niet van plan om naar de dansavond te gaan, maar ik was beslist wel van plan problemen te geven, en als Scott of iemand anders me in de weg stond, kon ik garanderen dat die ervan zou lusten.

Je moet niet uit het oog verliezen dat ik nog heel jong was. In veel opzichten ook naïef, maar niet zo naïef als Anouk natuurlijk, en ik had ook minder last van schuldgevoelens. Mijn wraak had twee kanten: hij voldeed aan de eisen van mijn systeem, maar er was tegelijkertijd een degelijke basis van praktische chemie die mijn occulte experimenten meer gezag zou geven.

Ik was zestien, en mijn kennis van giftige stoffen was nog niet echt ver ontwikkeld. Ik kende uiteraard de meest gebruikte, maar tot dusverre had ik weinig gelegenheid gehad ze in werking te zien. Het was mijn bedoeling daar verandering in te brengen. Dus maakte ik een mengsel van de krachtigste stoffen die ik kon bemachtigen: alruin, purperwinde en taxus. Allemaal te koop in mijn moeders winkel en, indien opgelost in of vermengd met een hoeveelheid wodka, tamelijk moeilijk te determineren. Ik kocht de wodka in de winkel op de hoek. Ik gebruikte de helft voor de tinctuur en voegde er nog een paar extraatjes van mezelf aan toe, waaronder het sap van een zwam die ik zo gelukkig was te vinden onder een heg op het schoolterrein. Daarna zeefde ik de tinctuur en goot ik hem voorzichtig in de fles, inmiddels getekend met het symbool van Hurakan de Verwoester, die ik in mijn geopende schooltas liet zitten, waarna karma de rest zou doen, daar was ik van overtuigd.

En ja hoor, toen de pauze aanbrak, was hij verdwenen, en hadden Scott en zijn vrienden allemaal een grijnzend gezicht en een stiekeme houding. Ik ging die avond bijna blij naar huis en daar stak ik, om het geheel te completeren, mijn zes knijperpoppetjes een lange, scherpe naald door het hart, terwijl ik ze elk een geheim influisterde.

Jasmine, Adam, Luke, Danny, Michael en Scott.

Natuurlijk had ik dat nooit zeker kunnen weten, net zomin als ik had kunnen weten dat ze in plaats van de wodka zelf op te drinken, hem zouden gebruiken om de schaal met bowl in de disco op te peppen, daarmee de goede gaven van karma nog ruimer verspreidend dan ik had durven hopen.

De effecten waren spectaculair, zo vernam ik. Mijn brouwsel wekte heftige braakneigingen op, evenals hallucinaties, maagkrampen, verlammingen, nieruitval en incontinentie. Meer dan veertig leerlingen werden het slachtoffer, onder wie de zes brandstichters.

Het had erger gekund. Er ging niemand dood, althans, niet meteen, maar vergiftiging op zo grote schaal trekt meestal de aandacht. Er kwam een onderzoek, iemand praatte, en ten slotte bekenden de schuldigen, waarmee ze zichzelf – en mij – in diskrediet brachten daar ze stuk voor stuk de schuld bij iemand anders probeerden te leggen. Ze gaven toe dat ze de vuurpijl door onze brievenbus hadden geduwd. Ze gaven toe dat ze de fles uit mijn tas hadden gestolen. Ze gaven zelfs toe dat ze de bowl hadden opgepept, maar ze ontkenden iets van de inhoud van de fles te hebben af geweten.

Het was te voorspellen dat de politie naar ons huis zou komen. Ze legden heel wat belangstelling voor mijn moeders kruidenvoorraad aan de dag en ondervroegen me tamelijk streng, doch zonder succes. Ik was toen al heel goed in me van de domme houden, en niets – geen vriendelijkheid, geen bedreiging – kon me mijn verhaal doen veranderen.

Er was inderdaad een fles wodka geweest, zei ik. Ik had hem zelf, zij het met tegenzin, op nadrukkelijke instructies van Scott McKenzie gekocht. Scott had grote plannen voor de disco van die avond gehad. Hij had voorgesteld 'een paar extraatjes' (zijn eigen woorden) mee te nemen 'om het feestje een beetje op te vrolijken'. Ik had dit opgevat als een verwijzing naar drugs en alcohol, en daarom had ik besloten liever niet te gaan dan mijn gebrek aan enthousiasme voor dit plan te verraden.

Ik gaf toe dat ik had geweten dat dat verkeerd was. Ik had er destijds iets van moeten zeggen, maar ik was bang geweest na dat incident met die vuurpijl, en ik had stilzwijgend met hun plan ingestemd, omdat ik eventuele repercussies vreesde.

Er was blijkbaar iets misgegaan. Scott wist niet veel van drugs en hij had het zeker overdreven. Ik plengde een paar krokodillentranen bij de gedachte, luisterde ernstig naar de preek van de agent, keek opgelucht toen ik besefte hoe goed ik ervan af was gekomen, en beloofde nooit, maar dan ook nooit meer bij iets dergelijks betrokken te zullen raken.

Het was een goeie act en hij overtuigde de politie, maar mijn moeder had de hele tijd zo haar twijfels. Toen ze de knijperpoppetjes ontdekte, bevestigde dit haar vermoeden, en ze wist genoeg van de eigenschappen van de stoffen die ze verkocht om meer dan een vaag vermoeden te hebben omtrent het wie en het waarom.

Ik ontkende natuurlijk alles, maar het was duidelijk dat ze me niet geloofde.

Ze zei steeds maar weer dat er doden hadden kunnen vallen. Alsof dat niet de bedoeling was geweest. Alsof het me wat kon schelen, na wat ze mij hadden aangedaan. En toen begon ze het over 'hulp vragen' te hebben, over therapie en omgaan met woede en misschien een kinderpsychiater...

'Ik had je dat jaar nooit mee moeten nemen naar Mexico City,' zei ze telkens. 'Daarvóór was er niks met je aan de hand, was je een lief kind...'

Zo gek als een deur natuurlijk. Ze geloofde in ieder getikt idee dat langskwam, en nu begon ze steeds meer last te krijgen van het waanidee dat dat gehoorzame kind dat ze mee naar Mexico had genomen voor de Día de los Muertos, door een boze kracht was overgenomen, waardoor ze veranderd was en nu tot deze vreselijke dingen in staat was.

'De zwarte piñata,' herhaalde ze steeds. 'Wat zat erin? Wat zat erin?'

Maar ze was toen al zo hysterisch geworden dat ik nauwelijks meer wist wat ze nu eigenlijk wilde zeggen.

Ik herinnerde me niet eens een zwarte piñata. Het was zo lang geleden. Bovendien waren er tijdens het carnaval zo veel. En wat erin zat? Snoep, neem ik aan, en speeltjes, en amuletten, en suiker-schedels, en al die dingen die je op de Dag van de Doden meestal in een piñata vindt.

Het idee dat het iets anders had kunnen zijn, dat misschien een geest of kleine god (misschien Santa Muerte, die oude, hebzuchtige Mictecacihuatl zelf) tijdens die reis naar Mexico in mij was geva-ren... Nou, als er íemand was die hulp nodig had, zo zei ik, dan was het wel iemand die zo'n sprookje verzon. Maar ze hield vol, durfde me zelfs labiel te noemen, haalde haar credo aan en zei ten slotte tegen me dat als ik niet bekende wat ik gedaan had, ze geen andere keus had dan...

Dat deed de deur dicht. Die avond pakte ik mijn koffer voor een enkele reis. Ik pakte zowel mijn paspoort als dat van haar in, wat kleren, wat geld, haar creditcards, chequeboekje en sleutels van de winkel. Noem me maar sentimenteel, maar ik nam ook een van haar oorbellen, een paar schoentjes, mee, om als bedeltje aan mijn armband te hangen. Sindsdien heb ik er heel wat aan toegevoegd. Elk bedeltje is een soort trofee, een aandenken aan de vele levens die ik heb verzameld en gebruikt om het mijne te verrijken. Maar met dat zilveren paar schoentjes is het eigenlijk begonnen.

Daarna sloop ik zachtjes naar beneden, waar ik wat vuurwerk aanstak dat ik die dag gekocht had. Ik gooide het tussen de stapels boeken en trok toen rustig de deur achter me dicht.

Ik heb niet één keer omgekeken. Dat was niet nodig. Mijn moeder sliep altijd als een blok en bovendien was de dosis valeriaan en gifsla die ik in haar thee had gedaan, zeker voldoende om de meest rusteloze slaper rustig te houden. Scott en zijn vrienden zouden het eerst verdacht worden, althans, totdat mijn verdwijning bevestigd was, maar dan was het mijn bedoeling allang aan de overkant van Het Kanaal en ver weg te zijn.

Ik vertelde Anouk natuurlijk een mildere versie: ik zei niets over de armband, de zwarte piñata of mijn heftige afscheid. Ik schetste een ontroerend beeld van mezelf als alleen en niet-begrepen, zonder vrienden zwervend door de straten van Parijs, verteerd door schuldgevoel, overal en nergens slapend, levend van mijn magie en vernuft.

'Ik moest taai zijn. Ik moest dapper zijn. Het is zwaar als je op je zestiende alleen bent, maar ik wist op de een of andere manier voor mezelf te zorgen, en mettertijd leerde ik dat er twee krachten zijn die ons kunnen sturen. Twee winden, zo je wilt, die in tegenovergestelde richtingen waaien. De ene wind voert je daarheen waar je heen wilt gaan. De andere drijft je weg van wat je vreest. En mensen als wij moeten een keuze maken. De wind gebruiken, of je door de wind laten meevoeren.'

En nu splijt de piñata eindelijk open, de gelovigen haar overvloed schenkend; hier komt de beloning waarop ik heb gewacht, het kaartje voor niet één, maar twéé levens...

'Wat wordt het, Nanou?' zeg ik. 'Angst of verlangen? De Hurakan of Ehecatl? De Verwoester, of de Wind der Verandering?'

Ze kijkt me met die blauwgrijze ogen lang aan – de kleur van de rand van onweerswolken wanneer het onweer gaat losbarsten. Door de Rokende Spiegel zie ik haar kleuren veranderen naar wervelingen van paars en blauw.

Nu zie ik ook nog iets anders: een beeld, een icoon, helderder ingegeven dan een elfjarige onder woorden zou kunnen brengen. Ik zie het een fractie van een seconde, maar toch is dat genoeg. Het is de kerststal op de Place du Tertre, de moeder, de vader en het kribbetje.

Maar in deze versie draagt de moeder een rode jurk en heeft het haar van de vader dezelfde kleur...

En eindelijk begin ik het te begrijpen. Daarom wil ze zo graag dit feest; daarom besteedt ze zo veel aandacht aan de knijperpoppetjes in het adventshuis en groepeert en plaatst ze ze even zorgvuldig en aandachtig als ze met de echte kerststal zou hebben gedaan.

Het is opvallend dat Thierry buiten het huis staat. Hij speelt in deze vreemde heropvoering geen rol. Dan zijn er de bezoekers: de wijzen, de herders, de engelen. Nico, Alice, madame Luzeron, Jean-Louis, Paupaul, madame Pinot. Zij vormen het Griekse koor en geven aanmoediging en steun. Dan heb je nog de kerngroep: Anouk, Rosette, Roux, Vianne...

Wat zei ze ook alweer het eerst tegen me?

Wie is er overleden?

Mijn moeder. Vianne Rocher.

Ik vatte het op als een soort grap, de poging van een kind om te provoceren. Maar nu ik Anouk een beetje beter ken, begin ik te zien hoe serieus die schijnbaar oneerbiedige opmerking bedoeld zou kunnen zijn. De oude priester en de maatschappelijk werkster waren niet de enige slachtoffers van die decemberwind, vier jaar geleden. Vianne Rocher en haar dochter Anouk stierven op die dag evenzeer, en nu wil ze ze terughalen...

Wat lijken we toch op elkaar, Nanou.

Ook ik heb namelijk een nieuw leven nodig. Françoise Lavery achtervolgt me nog steeds. In de plaatselijke krant van vanavond stond ze weer, nu ook met de vermelding van de aliassen Mercedes Desmoines en Emma Windsor, en met twee wazige foto's van beelden van bewakingscamera's. Ik heb zo mijn eigen Vriendelijken, Annie, en ze mogen dan traag zijn, ze zijn wel vasthoudend, en hun achtervolging begint nu de grens van het irritante te overschrijden en bijna een bedreiging te vormen.

Hoe zijn ze achter de fraude met Mercedes gekomen? En hoe hebben ze zo snel de feiten over Françoise achterhaald? En hoelang duurt het, denk je, voordat zelfs Zozie aan hun speurzin ten prooi valt?

Misschien wordt het tijd, denk ik. Misschien heb ik het in Parijs toch wel gehad. Afgezien van de magie is misschien voor mij de tijd gekomen om andere wegen te gaan bewandelen. Maar niet als Zozie. Niet meer.

Als iemand je een heel nieuw leven aanbood, zou je het dan niet nemen?

Natuurlijk wel.

En als dat leven je avontuur, rijkdom en een kind kon bieden? En niet zomaar een kind, maar dit prachtige, veelbelovende, getalenteerde kind, nog niet beroerd door de hand van karma, dat iedere negatieve gedachte en twijfelachtige daad meteen met driedubbele kracht naar je terugstuurt... En als je dat de Vriendelijken toe kon werpen wanneer er niets anders meer was...

Zou je dat niet doen, als je de kans had?

Niet?

Natuurlijk zou je het doen.

3

Woensdag 12 december

IK HEB NU AL RUIM EEN WEEK LES, EN ZE ZEGT DAT ZE AL VERAN-
dering kan zien. Ik heb nog meer van die Mexicaanse dingen geleerd: namen en verhalen en symbolen en tekens. Ik weet nu hoe
je met Ehecatl, de Veranderlijke, de wind kan laten waaien, en hoe
je Tlaloc moet aanroepen om het te laten regenen, en ik weet zelfs
hoe je de Hurakan naar je toe moet halen om wraak op je vijanden
te nemen.

Niet dat ik wraak wil nemen. Chantal en haar kliek zijn sinds dat
voorval bij de bushalte niet meer op school geweest. Ze hebben het
nu blijkbaar allemaal. Een soort ringworm, zegt monsieur Gestin,
maar hoe dan ook, ze moeten thuisblijven tot het overgaat, voor
het geval ze anderen infecteren. Het is verbazingwekkend hoeveel
verschil het maakt in een klas met dertig kinderen wanneer de vier
vervelendste er niet zijn. Zonder Suzanne, Chantal, Sandrine en
Danielle is het zelfs léúk op school. Niemand is de pineut, niemand
lacht Mathilde uit omdat ze dik is en Claude heeft vandaag bij wis-
kunde zelfs zonder te stotteren een vraag beantwoord.

Vandaag heb ik ook aan Claude gewerkt. Hij is eigenlijk heel
aardig wanneer je hem leert kennen, hoewel hij meestal zo erg hak-
kelt dat hij nauwelijks met anderen praat. Maar het is me gelukt een
papiertje met een symbool erop in zijn jas te stoppen – Eén Jaguar,
voor moed – en het zou kunnen komen doordat de anderen er niet
zijn, maar ik denk dat ik al verschil zie.

Hij is nu meer ontspannen. Hij zit rechtop in plaats van in elkaar
gezakt, en hoewel hij nog wel stottert, klonk het vandaag niet zo
erg. Soms is het zo erg dat hij er helemaal niet meer uitkomt en
rood wordt en bijna huilen moet, en dan voelt iedereen zich opgelaten, zelfs de leraar, en kunnen we niet naar hem kijken (behalve

Chantal en haar kliek natuurlijk), maar vandaag praatte hij meer dan hij anders doet zonder dat het ook maar één keer gebeurde.

Ik heb vandaag ook met Mathilde gepraat. Ze is heel verlegen en ze praat niet veel. Ze draagt grote zwarte truien die haar vorm verhullen, en ze probeert onzichtbaar te zijn in de hoop dat ze dan met rust wordt gelaten. Dat gebeurt nooit. Ze loopt rond met gebogen hoofd, alsof ze bang is iemand in de ogen te moeten kijken, en daardoor ziet ze er rond en onhandig en triest uit, zodat niemand ziet dat ze een geweldige huid heeft – in tegenstelling tot Chantal, die bezig is puistjes te krijgen – en haar haar heel dik en mooi is, en dat ook zij, met de juiste houding...

'Je zou het eens moeten proberen,' zei ik tegen haar. 'Verbaas jezelf.'

'Wat proberen?' vroeg Mathilde, alsof ze wilde zeggen: Waarom verknoei je je tijd aan mij?

Daarom vertelde ik haar een paar dingen die Zozie mij had verteld. Ze luisterde en vergat naar de grond te kijken.

'Dat zou ik nóóit kunnen,' zei ze ten slotte, maar ik merkte dat ze een hoopvolle blik in haar ogen kreeg, en vanmorgen bij de bushalte meende ik dat ze er anders uitzag: haar rug leek rechter en ze straalde meer zelfvertrouwen uit, en voor het eerst zag ik haar iets dragen dat niet zwart was. Het was maar een gewoon truitje, maar dan donkerrood en niet zo wijd, en ik zei dat het er leuk uitzag. Toen leek Mathilde verward, maar wel blij, en voor de allereerste keer liep ze met een glimlach op haar gezicht naar school.

Maar toch voelt het raar, dat ik plotseling, nou ja, niet bepaald populáir ben, maar wel iets wat daarop lijkt, dat ze anders naar me kijken, dat ik de manier van denken van iemand kan veranderen...

Hoe heeft maman dat ooit kunnen opgeven? Ik wou dat ik het haar kon vragen, maar ik weet dat dat niet kan. Dan zou ik haar moeten vertellen van Chantal en haar aanhang, en over de knijperpoppetjes, en over Claude en Mathilde en over Roux en Jean-Loup...

Jean-Loup was vandaag weer op school; hij zag nog een beetje bleek, maar hij was best vrolijk. Zijn ziekte blijkt maar een kou te zijn geweest, maar door zijn hartprobleem is hij kwetsbaar en kan zelfs een verkoudheid ernstig zijn. Maar vandaag was hij er dus weer; hij nam weer foto's en bekeek de wereld door de lens van zijn fototoestel. Jean-Loup maakt van iedereen foto's: leraren, de conciërge, leerlingen, mij. Hij neemt ze heel snel, zodat niemand de tijd heeft om wat hij doet anders te doen, en soms krijgt hij daardoor moeilijkheden, vooral bij de meisjes, die zich mooi willen maken en poseren.

'En daardoor de foto ruïneren,' zei Jean-Loup.

'Hoezo?' vroeg ik.

'Omdat een camera meer ziet dan het naakte oog.'

'Ook geesten?'

'Die ook.'

Goh, wat grappig, dacht ik. Maar hij heeft helemaal gelijk. Hij heeft het in feite over de Rokende Spiegel en dat die je dingen kan laten zien die je misschien normaal niet zou zien. Hij kent de oude symbolen natuurlijk niet, maar misschien neemt hij al zo lang foto's dat hij Zozies truc van focussen geleerd heeft, dat wil zeggen dat hij dingen ziet zoals ze werkelijk zijn, en niet zoals de mensen ze willen zien. Daarom houdt hij van het kerkhof: hij zoekt er dingen die het blote oog niet ziet. Spooklichten, de waarheid, of iets in die trant.

'En hoe zie ik er volgens jou uit?'

Hij nam zijn fotoverzameling door en liet me een opname van mezelf zien die hij tijdens de pauze had genomen toen ik het plein op rende.

'Hij is een beetje wazig,' zei ik. Mijn armen en benen bewogen alle kanten op, maar mijn gezicht was wel leuk, en ik lachte.

'Dat ben jij,' zei Jean-Loup. 'Heel mooi.'

Nou, ik kon er niet helemaal achter komen of hij het nu hoog in zijn bol had of dat hij me een complimentje maakte, dus negeerde ik het en keek ik naar de rest.

Ik zag Mathilde, die er triest en dik uitzag, maar die er in wezen best mag zijn, en Claude die met me praatte zonder ook maar even te stotteren, en monsieur Gestin met een gekke, onverwachte blik, alsof hij probeerde streng te kijken terwijl hij inwendig eigenlijk moest lachen, en verder nog wat foto's van de chocolaterie die Jean-Loup nog niet had gedownload, en waar hij zo snel doorheen ging dat ik ze niet kon zien.

'Hé, wacht even,' zei ik. 'Is dat maman niet?'

Ze was het, met Rosette. Ik vond haar oud lijken, en Rosette had bewogen, zodat je haar gezicht niet goed kon zien. En nu zag ik ook Zozie naast haar, die helemaal niet zichzelf leek: haar mondhoeken hingen af en haar ogen hadden een vreemde uitdrukking.

'Kom, straks zijn we nog te laat!' zei hij.

Toen renden we naar de bus en daarna naar het kerkhof, zoals gewoonlijk, om de katten te voeren en door de laantjes onder de bomen te wandelen terwijl de bruine bladeren op de grond vallen en we omringd worden door geesten.

Toen we er kwamen, begon het al donker te worden; de graven waren nog slechts donkere vormen in de lucht. Niet erg geschikt voor foto's, tenzij je flitst, wat Jean-Loup waardeloos noemt, maar toch was het bizar en geweldig, met de kerstverlichting verderop die als een spinnenweb van sterretjes over de Butte gespannen was.

'De meeste mensen zien dit allemaal nooit.'

Hij nam foto's van de lucht, geel en grijs met de tomben ertegen afgetekend als scheepsrompen op een verlaten werf.

'Daarom vind ik het er nu zo mooi,' vervolgde hij. 'Wanneer het bijna donker is en de mensen weg zijn, en je echt kunt zien dat het een kerkhof is, en niet alleen maar een park met beroemde mensen.'

'De hekken gaan over niet al te lang dicht,' zei ik.

Dat doen ze om te voorkomen dat er zwervers slapen. Maar sommigen doen het toch. Ze klimmen over de muur, of ze verstoppen zich op plekken waar de *gardien* hen niet ziet.

Eerst dacht ik dat hij er ook een was. Een zwerver, die zich aan het voorbereiden was op de nacht, een schaduw achter een van de graftomben, met zo'n grote dikke jas aan en een wollen muts over zijn haar getrokken. Ik raakte Jean-Loups arm aan. Hij knikte naar me.

'Zorg dat je gauw weg kunt rennen.'

Niet dat ik echt bang was of zo. Ik denk niet dat je meer gevaar loopt met een dakloze dan met iemand die in een huis woont. Maar niemand wist waar we waren, het was donker en ik wist dat Jean-Loups moeder een aanval zou krijgen als ze wist waar hij na school meestal uithangt.

Ze denkt dat hij naar de schaakclub gaat.

Volgens mij kent ze hem helemaal niet.

Enfin, daar stonden we dus, klaar om weg te rennen als de man aanstalten maakte om naar ons toe te lopen. Maar toen keerde hij zich om en zag ik zijn gezicht...

Roux?

Nog voordat ik zijn naam kon roepen, was hij al weg, tussen de graven door geglipt, zo snel als een kerkhofkat en zo stil als een geest.

4

Donderdag 13 december

MADAME LUZERON KWAM VANDAAG EEN PAAR DINGEN BRENGEN voor de adventsetalage. Meubeltjes uit haar oude poppenhuis, zorgvuldig verpakt in schoenendozen met vloeipapier erin. Er is een hemelbed met geborduurde gordijnen en een eettafel met zes stoelen. Er zijn lampen en kleedjes en een kleine vergulde spiegel, en een paar poppetjes met porseleinen kop.

'Ik mag dit niet aannemen,' zei ik toen ze de voorwerpen op de toonbank uitstalde. 'Het is antiek.'

'Het is maar speelgoed. Hou het zo lang je wilt.'

Dus zette ik alles in het huis, waar vandaag weer een deur is opengegaan. Het is een schattige scène, met een klein roodharig meisje (een van Anouks knijperpoppetjes) dat een enorme stapel lucifersdoosjes staat te bewonderen die allemaal zorgvuldig in gekleurd papier zijn verpakt met een piepklein strikje eromheen.

Natuurlijk is Rosette binnenkort jarig. Het feest dat Anouk zo nauwgezet heeft gepland, is deels bedoeld om dit te vieren en deels, zo voel ik, een poging opnieuw een (mogelijk denkbeeldige) tijd tot leven te roepen waarin Joel meer betekende dan wat versiering en cadeaus, en het echte leven dichter bij de intieme fantasiescènes rond het kleine adventshuis stond dan de banale werkelijkheid van onze Parijse straten.

Wat zijn kinderen toch sentimenteel. Ik heb geprobeerd haar verwachtingen in te dammen, haar uit te leggen dat een feestje gewoon een feestje is, en dat een feestje, hoe liefdevol ook gepland, het verleden niet terug kan brengen of het heden kan veranderen, of ook maar de kleinste sneeuwbui kan garanderen.

Maar mijn opmerkingen hebben geen effect gehad op Anouk, behalve dan dat ze nu alles wat met het feest te maken heeft met

Zozie bespreekt en niet met mij. Ik heb zelfs gemerkt dat sinds Zozie bij ons woont, Anouk bijna al haar vrije tijd bij haar doorbrengt, boven in haar kamers, waar ze haar schoenen past (ik heb hoge hakken op hout horen tikken), grappen met Zozie uitwisselt en eindeloos zit te praten – ik vraag me af waarover.

Het is in zekere zin aandoenlijk. Maar een deel van mij, het afgunstige, ondankbare deel, voelt zich toch een beetje buitengesloten. Natuurlijk is het fantastisch dat Zozie hier is. Ze is een heel goede vriendin geweest, heeft op de kinderen gepast, heeft ons geholpen de winkel een ander aanzien te geven en eindelijk wat geld te verdienen.

Maar denk niet dat ik blind ben voor wat er gaande is. Als ik kijk, kan ik achter de schermen zien, zie ik overal het subtiele verguldsel, de tros klokjes in de etalage, het amulet boven de drempel dat ik eerst voor kerstversiering aanzag, de tekens, de symbolen, de figuurtjes in het adventshuis, de alledaagse magie die ik reeds lang opgegeven waande, die in ieder hoekje en gaatje tot leven komt...

Wat steekt er voor kwaad in, vraag ik me af. Het is eigenlijk nauwelijks magie te noemen: een paar kleine amuletten, hier en daar een geluksteken, het soort dingen waar mijn moeder niet eens bij stilgestaan zou hebben.

Maar desondanks voel ik me toch niet op mijn gemak. Alles heeft zijn prijs. Als de jongen uit het verhaal die zijn schaduw verkocht voor een belofte, zal ik wanneer ik mijn ogen sluit voor de voorwaarden van de verkoop, wanneer ik bij de wereld op krediet koop, daarvoor weldra de prijs moeten betalen.

En wat is die prijs, Zozie?

Wat is je prijs?

Ik maakte me in de loop van de middag steeds meer zorgen. Er hing misschien iets in de lucht, iets in het winterlicht. Ik merkte dat ik wou dat er iemand bij me was, maar wie dat zou moeten zijn wist ik niet. Misschien mijn moeder, of Armande of Framboise. Een simpele ziel. Iemand die je kunt vertrouwen.

Thierry belde tweemaal op, maar ik keek eerst wie er belde en nam niet op. Hij kon het toch niet begrijpen. Ik probeerde me op mijn werk te concentreren, maar om de een of andere reden ging alles mis. Ik verhitte de chocola te lang of te kort, ik liet melk koken, ik deed peper in de hazelnootrolletjes in plaats van kaneel. In de loop van de middag kreeg ik hoofdpijn, en ten slotte liet ik alles aan Zozie over en ging ik even een luchtje scheppen.

Ik liep zomaar wat, had geen speciaal doel in gedachten. Zeker niet de Rue de la Croix, hoewel ik daar twintig minuten later ineens stond. De lucht was fris porseleinblauw, maar de zon stond te laag om warmte te geven. Ik was blij met mijn jas – modderbruin, net als mijn laarzen – en trok hem steviger om me heen terwijl ik de schaduwen beneden op de Butte in liep.

Het was toeval, meer niet. Ik had de hele dag niet aan Roux gedacht. Maar daar stond hij ineens, voor de woning, met werklaarzen en overall aan en een zwarte gebreide muts op zijn hoofd. Hij stond met zijn rug naar me toe, maar ik wist dat hij het was; het is iets aan zijn manier van bewegen, handig, maar zonder grote haast. De kabelachtige, taaie spieren in zijn rug en armen die zich spannen en ontspannen terwijl hij dozen en kratten met bouwafval in de container gooit die op de stoep staat.

Ik ging instinctief achter een geparkeerd busje staan. Dat ik Roux zo plotseling zag, dat ik daar tot mijn eigen verbazing ineens stond terwijl Zozie me had gewaarschuwd weg te blijven, dit alles maakte me voorzichtig, en ik sloeg hem nu vanachter het busje gade, onzichtbaar in mijn onopvallende jas en met een hart dat tekeerging als een flipperkast. Moest ik hem aanspreken? Wílde ik hem aanspreken? Wat deed hij hier trouwens? Een man die een hekel heeft aan de stad, aan lawaai, die weelde veracht en de blote hemel als dak verkiest...

Precies op dat moment kwam Thierry het huis uit. Ik voelde meteen de spanning tussen hen. Thierry had een geërgerde uitdrukking op zijn gezicht en hij was rood aangelopen. Hij sprak op scherpe toon tegen Roux en gaf met een gebaar aan dat hij binnen moest komen.

Roux deed alsof hij het niet hoorde.

'Wat ben je: doof of gek?' zei Thierry. 'We hebben een schema, ik weet niet of je het weet. En controleer de dikte voor je begint. Die planken zijn eikenhout, geen vurenhout van een halve inch.'

'Praat je ook zo tegen Vianne?'

Het accent van Roux komt en gaat met zijn buien. Vandaag was het bijna buitenlands, een gebrouw van luie keelklanken. Thierry, met zijn Parijse nasale accent, kon er bijna geen woord van verstaan.

'Wat?'

Roux sprak brutaal langzaam. 'Ik vroeg of je ook zo tegen Vianne praat.'

Ik zag Thierry's gezicht nog meer betrekken. '*Yanne* is de persoon voor wie ik dit doe.'

'Nu zie ik wat ze in je ziet.'

Thierry liet een akelig lachje horen. 'Ik zal het haar vanavond vragen, oké? Want dan zie ik haar toevallig. Ik ben van plan haar mee uit eten te nemen. Naar een tent die géén pizza per punt verkoopt.'

Daarop liep hij de straat in en maakte Roux een obsceen gebaar naar zijn weglopende rug. Snel dook ik weg achter de zijkant van de bus; ik vond het stom van mezelf, maar ik wilde geen van beiden laten weten dat ik er was. Thierry liep op nog geen twee meter afstand langs me heen met een gezicht dat samengeknepen was van woede, afkeer en een soort hatelijke voldoening. Het deed hem ouder lijken, maakte een vreemde van hem, en even voelde ik me als een kind dat door een verboden deur naar binnen kijkt. Toen was hij weg en was Roux alleen.

Ik sloeg hem nog een paar minuten gade. Wanneer er niet op hen wordt gelet, laten mensen vaak onverwachte aspecten van zichzelf zien, en ik had dat al in Thierry gezien toen hij zojuist langsbeende. Maar Roux ging op de stoeprand zitten en bleef daar zitten zonder te bewegen, de blik op de grond gericht, vooral vermoeid lijkend, hoewel je dat bij Roux nooit echt weet.

Ik moet nodig terug naar de winkel, dacht ik. Anouk zou over een uurtje thuiskomen, Rosette was aan haar middaghapje toe en als Thierry langskwam...

In plaats daarvan stapte ik achter het busje vandaan.

'Roux.'

Hij sprong overeind, even niet op zijn hoede, en zijn gezicht klaarde op door zijn stralende lach. Toen nam de behoedzaamheid het over. 'Thierry is er niet, als je die zoekt.'

'Ik weet het,' zei ik.

De lach keerde terug.

'Roux...' begon ik. Maar hij stak zijn armen uit, en ik vlijde me erin, net als eerst, met mijn hoofd tegen zijn schouder en zijn warme, zachte geur – iets wat losstond van de geur van gezaagd hout, boenwas, of zweet – als een donzen dekbed over ons heen.

'Ga mee naar binnen. Je rilt.'

Ik liep achter hem aan naar binnen; we gingen naar boven. De woning was onherkenbaar. Gehuld in witte lakens, roerloos als sneeuw, het meubilair opgestapeld in de hoeken, de vloer bezaaid met geurig stof. Nu hij niet meer zo vol met Thierry's spullen stond, zag ik hoe groot de woning eigenlijk was: de hoge plafonds met de ornamenten van stucwerk, de brede deuren, de fraai versierde balkons aan de straatkant.

Roux zag me rondkijken. 'Tamelijk aangenaam voor een kooi. Onze rijke pief spaart kosten noch moeite.'

Ik keek hem aan. 'Je mag Thierry niet.'

'Jij wel dan?'

Ik negeerde de hatelijke opmerking. 'Hij is niet altijd zo kortaf. Meestal is hij erg aardig. Hij zal gestrest zijn, of misschien fokte je hem op...'

'Of misschien doet hij aardig tegen belangrijke mensen, en zegt hij wat hij wil tegen mensen die er niet toe doen.'

Ik zuchtte. 'Ik had gehoopt dat jullie het goed met elkaar zouden kunnen vinden.'

'Waarom denk je dat ik nog niet ben weggelopen? Of de klootzak nog geen klap in zijn gezicht heb gegeven?'

Ik wendde mijn gezicht af en gaf geen antwoord. De elektrische lading tussen ons nam toe. Ik was me er heel erg van bewust dat hij dicht bij me stond en dat er verf op zijn overall zat. Hij droeg er een T-shirt onder en aan een touwtje om zijn nek hing een stukje groen rivierglas.

'Wat kom je hier eigenlijk doen?' zei hij. 'Aanpappen met het ingehuurde hulpje?'

O, Roux, dacht ik. Wat kan ik zeggen? Dat het komt door dat geheime plekje vlak boven je sleutelbeen waar mijn voorhoofd precies in past? Dat het komt doordat ik niet alleen je favorieten ken, maar ook al je kronkels en bijzonderheden? Dat ik weet dat je een tatoeage van een rat op je linkerschouder hebt waarvan ik altijd deed alsof ik hem niet leuk vond? Dat je haar de kleur van verse paprika en goudsbloemen heeft en dat Rosettes kleine tekeningetjes van dieren me zo doen denken aan de dingen die jij van hout en steen maakt dat het me pijn doet naar haar te kijken en te bedenken dat ze je nooit zal kennen...

Als ik hem kuste zou dat alles alleen maar erger maken. Dus kuste ik hem. Ik gaf hem kleine zachte kusjes op zijn hele gezicht, ik trok zijn muts af en deed mijn jas uit en vond zijn mond met zo'n verzengende opluchting dat...

De eerste paar minuten was ik blind, dacht ik niet na. Alleen mijn mond bestond, alleen mijn handen op zijn huid waren echt. De rest van mij was denkbeeldig, kwam tot leven door hem aan te raken, beetje bij beetje, als smeltende sneeuw. Als verdoofd kusten we elkaar opnieuw, daar in die lege kamer met de geur van olie en zaagsel in de lucht en de witte lakens uitgespreid als de zeilen van een schip.

Ergens in mijn achterhoofd besefte ik dat dit niet het plan was geweest, dat dit alles onnoemelijk zou compliceren. Maar ik kon niet ophouden. Ik had zo lang gewacht. En nu...

Ik verstarde. Ja, en nu? Nu zijn we weer samen? En dan wat? Zouden Anouk en Rosette daar iets aan hebben? Zou dat de Vriendelijken uitbannen? Zou onze liefde ook maar één maaltijd op tafel brengen, of de wind ook maar één dag tot rust brengen?

Ik zou maar blijven sluimeren, Vianne, zei mijn moeders stem in mijn hoofd. *En als je om hem geeft, zou ik maar...*

'Hier ben ik niet voor gekomen, Roux.' Met enige moeite duwde ik hem van me af. Hij probeerde me niet tegen te houden, maar sloeg me gade terwijl ik mijn jas aantrok en met trillende handen mijn haar gladstreek.

'Waarom ben je hier?' zei ik fel. 'Waarom ben je in Parijs gebleven, na alles wat er is gebeurd?'

'Je hebt niet tegen me gezegd dat ik weg moest gaan,' zei hij. 'Bovendien wilde ik weten wat voor iemand Thierry is. Ik wilde zeker weten dat het goed met je ging.'

'Ik heb je hulp niet nodig,' zei ik. 'Met mij gaat het prima. Dat heb je gezien in de chocolaterie.'

Roux glimlachte. 'Waarom ben je dan hier?'

Ik heb in de loop der jaren leren liegen. Ik heb tegen Anouk gelogen, ik heb tegen Thierry gelogen en nu moet ik tegen Roux liegen. Als het niet voor hem was, was het wel voor mezelf, omdat ik wist dat als er nog meer sluimerende delen van mij wakker werden, Thierry's omhelzingen niet alleen niet meer welkom waren, maar ondraaglijk werden, en dat dan al mijn plannen van de afgelopen vier jaar weg zouden waaien als bladeren op de wind.

Ik keek hem aan. 'Ik vraag het je nu. Ik wil dat je vertrekt. Dit is niet eerlijk. Je wacht op iets wat onmogelijk gebeuren kan, en ik wil niet dat je nog een keer gekwetst wordt.'

'Ik heb geen hulp nodig,' bauwde hij me na. 'Met mij gaat het prima.'

'Toe nou, Roux.'

'Je hebt gezégd dat je van hem houdt. Dit bewijst dat het niet waar is.'

'Zo gemakkelijk is het niet...'

'Waarom niet?' zei Roux. 'Vanwege de winkel? Trouw je met hem vanwege een wínkel?'

'Je maakt het zo belachelijk. Waar was jij dan vier jaar geleden? En waarom denk je dat je zomaar terug kunt komen? Hoe kun je verwachten dat er niets veranderd is?'

'Zo veel ben je anders niet veranderd, Vianne.' Hij stak een hand uit en raakte mijn gezicht aan. De statische elektriciteit tussen ons was nu weg en was vervangen door een doffe, zoete pijn. 'En als je dacht dat ik nú zou vertrekken...'

'Ik moet om mijn kinderen denken, Roux. Het gaat niet om mij alleen.' Ik pakte zijn hand en kneep er stevig in. 'Als deze dag ook maar íéts bewijst, is het dit. Ik kan niet meer met je alleen zijn. Ik vertrouw mezelf niet. Ik voel me niet veilig.'

'Is veilig zijn dan zo belangrijk?'

'Als je kinderen had, wist je dat dat zo was.'

En dat was de grootste leugen van allemaal. Maar ik moest het zeggen. Hij moet weg. Voor mijn eigen gemoedsrust, zo niet voor de zijne, en omwille van Anouk en Rosette. Ze waren allebei boven toen ik binnenkwam. Anouk rende al met wild enthousiasme naar Zozies kamer om te vertellen wat er op school gebeurd was. Voor de verandering was ik eens blij dat ik alleen was, en ik ging een halfuurtje naar mijn kamer om mijn moeders kaarten weer eens te leggen en mijn gekwelde zenuwen de baas te worden.

De Magiër, de Toren, de Gehangene, de Dwaas.

De Dood. De Minnaars. Verandering.

Verandering. Op de kaart staat een wiel afgebeeld dat onbarmhartig ronddraait. Pausen en arme drommels, burgers en koningen, allemaal klemmen ze zich wanhopig aan de spaken vast, en op het primitieve plaatje zie ik hun gelaatsuitdrukkingen, de open monden, de zelfgenoegzame lachjes die in een angstig gejammer veranderen wanneer het wiel zijn ronde draait.

Ik kijk naar de Minnaars. Adam en Eva, naakt, hand in hand. Eva's haar is zwart. Dat van Adam is rood. Daar is niets geheimzinnigs aan. De kaarten zijn slechts in drie kleuren gedrukt: geel, rood en zwart, en samen met het wit van de achtergrond zijn dat de kleuren van de vier winden.

Waarom heb ik die kaarten weer getrokken?

Welke boodschap hebben ze voor me?

Om zes uur belde Thierry op om me mee uit te vragen. Ik zei dat ik migraine had, en tegen die tijd was het ook bijna waar. Mijn hoofd bonsde als een zieke kies en de gedachte aan eten maakte het er niet beter op. Ik beloofde dat ik hem morgen zou zien en ik probeerde Roux uit mijn hoofd te zetten. Maar telkens wanneer ik in slaap probeerde te komen, voelde ik zijn lippen op mijn gezicht, en toen Rosette wakker werd en begon te huilen, hoorde ik hem in haar stem, en zag ik hem in haar grijsgroene ogen...

5

Vrijdag 14 december

NOG TIEN DAGEN EN DAN IS HET DE DAG VOOR KERST. NOG TIEN dagen tot de grote klapper. Maar wat ik eerst als heel simpel beschouwde, begint nu toch wel een beetje ingewikkeld te worden.

We zitten nu niet alleen met Thierry, maar ook met Roux.

Jemig, wat een puinhoop.

Sinds die zondag waarop ik met Zozie heb gepraat, heb ik geprobeerd uit te denken wat ik het beste kan doen. Mijn eerste opwelling was meteen naar Roux te gaan en hem alles te vertellen, maar Zozie zegt dat dat verkeerd zou zijn.

In een verhaal zou het heel gemakkelijk zijn: tegen Roux zeggen dat hij vader is, Thierry dumpen, alles terugdraaien en met zijn allen op kerstavond gigantisch feestvieren. Einde verhaal. Eitje.

Maar in het echte leven is het niet zo eenvoudig. In het echte leven, zegt Zozie, kunnen sommige mensen het vaderschap niet aan. Vooral niet als het om een kind als Rosette gaat. En wat moeten we doen als hij dat gewoon niet aankan? En zich voor haar schaamt?

Ik heb vannacht haast niet geslapen. Doordat ik Roux op het kerkhof heb gezien, vraag ik me af of Zozie gelijk had en of hij ons helemaal niet wil zien. Maar waarom zou hij dan voor Thierry blijven werken? Weet hij het of weet hij het niet? Ik bleef er maar over nadenken en dan nog wist ik niet hoe het zat. Dus besloot ik hem vandaag op te gaan zoeken in de Rue de la Croix.

Ik kwam om ongeveer halfvier aan; ik was vanbinnen helemaal gespannen en rillerig. Ik ging vóór het laatste lesuur weg, het was een studie-uur. Als iemand het op zou merken, zou ik gewoon zeggen dat ik in de bibliotheek zat. Jean-Loup zou het geweten hebben als ik er gezeten had, maar Jean-Loup was vandaag weer ziek, en nadat ik het teken van Eén Aap op mijn hand had getekend, kon ik ongezien wegglippen.

Ik nam de bus naar de Place de Clichy en liep vandaar naar de Rue de la Croix, een brede, rustige straat die op het kerkhof uitkijkt, met grote, oude, gepleisterde huizen die als een rij bruidstaarten aan de ene kant staan, met aan de andere kant een hoge, bakstenen muur.

Thierry's appartement is op de bovenste verdieping. Het hele gebouw is van hem: twee verdiepingen en een souterrain. Het is het grootste appartement dat ik ooit gezien heb, maar Thierry vindt het helemaal niet groot en klaagt over de afmetingen van de kamers.

Toen ik er kwam, zag het er leeg uit. Aan één kant van het huis stond een steiger en de deuren waren afgedekt met bouwplastic. Er zat buiten een man met een helm op te roken, maar ik zag dat het niet Roux was.

Ik ging naar binnen. Ik nam de trap. Op de overloop van de eerste verdieping hoorde ik het geluid van een machine en rook ik de zoete en een beetje paardachtige geur van pasgezaagd hout. Nu hoorde ik ook stemmen. Of eigenlijk één stem – die van Thierry – die boven de werkgeluiden uit kwam. Ik liep de laatste paar treden op, die besneeuwd waren met zaagsel en houtsnippers. De deur was afgedekt met bouwplastic en ik duwde het opzij en keek naar binnen.

Roux had een mondkapje voor en was met een machine de kale houten vloer aan het schuren. Het rook overal naar vers hout. Thierry stond, met een grijs pak aan en een gele helm op, boven hem en hij keek net zoals wanneer Rosette geen lepel wil gebruiken of haar eten uitspuugt. Terwijl ik keek, deed Roux de machine uit en trok hij zijn stofmasker naar beneden. Hij zag er moe en niet erg gelukkig uit.

Thierry keek naar de vloer en zei: 'Zuig het stof op en neem dan de poetsmachine. Ik wil dat je voordat je weggaat, minstens één laag vernis aanbrengt.'

'Dat meen je niet. Dan zit ik hier tot middernacht.'

'Dat kan me niet schelen,' zei Thierry. 'Ik ga niet nog een dag verspillen. Het moet de dag voor kerst af zijn.'

Toen liep hij zó langs me heen naar buiten en de trap af naar de eerste verdieping. Ik stond achter het stoflaken en hij zag me niet toen hij langsliep, maar ik zag hem van heel dichtbij, en zijn gezicht had een uitdrukking die me helemaal niet beviel. Het was een zelfingenomen uitdrukking, niet echt een lach, daarvoor zag je te veel tanden. Alsof de kerstman in plaats van cadeautjes aan alle kinderen te geven had besloten ze dit jaar allemaal zelf te houden. Op dat moment haatte ik Thierry. Niet alleen omdat hij tegen Roux had geschreeuwd, maar ook omdat hij dacht dat hij béter was dan Roux. Je zag het aan de manier waarop hij naar hem keek, aan de manier waarop hij bij hem stond en op hem neerkeek, alsof het iemand was die zijn schoenen zat te poetsen, en in zijn kleuren zag ik nog iets, iets wat misschien afgunst was, of erger nog...

Roux zat in kleermakerszit op de grond met het stofkapje om zijn nek en een fles water in zijn hand.

'Anouk!' Hij grijnsde. 'Is Vianne er ook?'

Ik schudde mijn hoofd. Zijn gezicht betrok.

'Waarom ben je niet gekomen? Je zei dat je dat zou doen.'

'Ik heb het druk gehad, dat is alles.' Hij wees met zijn kin naar de kamer, die helemaal in bouwplastic was ingepakt. 'Vind je het mooi?'

'Mwa,' zei ik.

'Nooit meer verhuizen. Een eigen kamer. Vlak bij school en zo.'

Soms vraag ik me af waarom volwassenen zich zo druk maken om onderwijs terwijl het aan alle kanten duidelijk is dat kinderen veel meer van het leven weten dan zij. Waarom maken ze het toch zo ingewikkeld? Waarom kunnen ze het gewoon niet eens simpel houden?

'Ik heb gehoord wat Thierry tegen je zei. Hij mag niet zo tegen je praten. Hij denkt dat hij veel beter is dan jij. Waarom zeg je niet dat hij de hik kan krijgen?'

Roux haalde zijn schouders op. 'Ik word ervoor betaald. En bovendien...' Ik zag de glans in zijn ogen. 'Misschien kan ik over niet al te lange tijd wraak op hem nemen.'

Ik ging naast hem op de grond zitten. Hij rook naar zweet en naar het zaagsel waarin hij had gewerkt – zijn armen en haar zaten ónder. Maar er was iets aan hem wat anders was. Ik kon er niet achter komen wat het was. Iets vreemd vrolijks en hoopvols dat hij in de chocolaterie niet had gehad.

'En, wat kan ik voor je doen, Anouk?'

Roux vertellen dat hij vader is. Ja, ja. Zoals zo veel dingen klinkt het zo gemakkelijk, maar wanneer je het echt moet doen...

Ik maakte mijn vingertop nat en tekende het symbool van Dame Maankonijn in het stof op de vloer. Dat is mijn teken, zegt Zozie. Een cirkel met een konijn erin. Het moet eruitzien als de nieuwe maan en het is het teken van liefde en een nieuw begin, en ik dacht dat het misschien beter op Roux zou werken omdat het mijn teken is.

'Wat is er?' Hij glimlachte. 'Heb je je tong verloren?'

Misschien kwam het doordat hij zo aardig was. Of misschien doordat ik nooit zo goed in liegen ben geweest, vooral niet tegen de mensen van wie ik houd. Hoe dan ook: ik gooide het eruit. De vraag die een gat in mijn gehemelte had gebrand sinds ik er met Zozie over had gepraat.

'Weet je dat je de vader van Rosette bent?'

Hij staarde me aan. 'Wát zeg je?' zei hij. Aan zijn ogen was duidelijk te zien dat hij geschokt was. Hij had het dus niet geweten. Maar aan zijn gezicht kon ik zien dat hij nu niet bepaald blij was.

Ik keek naar het teken van Dame Maankonijn aan mijn voeten en tekende er het kruisvormige teken van Rode Aap Tezcatlipoca naast in het meelachtige stof.

'Ik weet wat je denkt. Ze is nogal klein voor een kind van vier. Ze kwijlt een beetje. Ze wordt 's nachts wakker. En ze is met allerlei dingen altijd traag geweest, zoals leren praten en een lepel gebruiken. Maar ze is erg grappig, en heel lief, en als je haar de kans geeft...'

Nu had zijn gezicht de kleur van zaagsel. Hij schudde zijn hoofd, alsof het een nare droom was of zo die hij van zich af kon schudden.

'Vier?' zei hij.

'Ze is deze week jarig.' Ik lachte naar hem. 'Ik wist dat je het niet wist. Ik zei: "Roux zou nooit zomaar bij ons weggegaan zijn. Niet als hij dat van Rosette had geweten."' En toen vertelde ik hem over haar geboorte, en over de kleine crêperie in Les Laveuses, en dat ze eerst zo ziek was geweest, en dat we haar met een pipetje hadden gevoed, en over onze verhuizing naar Parijs en alles wat daar gebeurd was...

'Wacht eens even,' zei Roux. 'Weet Vianne dat je hier bent? Weet ze dat je me dit vertelt?'

Ik schudde mijn hoofd. 'Niemand weet het.'

Hij dacht er even over na en langzaam veranderden zijn kleuren van rustig blauw en groen in spetterend rood en oranje, en zijn mondhoeken gingen naar beneden, en zijn mond werd hard, helemaal niet als de Roux die ik ken.

'Dus de hele tijd heeft ze haar mond gehouden? Ik heb een dochter en ik heb het zelfs nooit geweten?' Hij klinkt altijd veel zuidelijker wanneer hij boos is, en op dat moment was zijn accent zo zwaar dat het een vreemde taal had kunnen zijn.

'Ja, nou, misschien had ze de kans niet.'

Hij maakte een boos geluid in zijn keel. 'Misschien denkt ze dat ik niet geschikt ben voor het vaderschap.'

Ik had hem wel willen omhelzen om hem op te vrolijken, om hem te vertellen dat we van hem hielden, wij állemaal, maar hij was op dat moment te gek om te luisteren – ik zag dat ook wel zonder de Rokende Spiegel – en ineens dacht ik dat het misschien wel verkeerd was geweest het hem te vertellen en dat ik naar Zozies raad had moeten luisteren.

Plotseling stond hij op, alsof hij een besluit had genomen, waardoor het teken van Rode Aap Tezcatlipoca in het stof aan zijn voeten werd uitgewist.

'Nou, ik hoop dat jullie allemaal veel plezier aan deze grap beleefd hebben. Jammer dat het niet wat langer kon duren, in ieder geval tot ik het huis af had...' Hij trok het mondkapje van zijn hals en gooide het woest tegen de muur. 'Zeg maar tegen je moeder dat ik het helemaal met haar gehad heb. Ze heeft niets te vrezen. Ze heeft haar keuze gemaakt en ze kan erbij blijven. En vertel haar dan meteen ook maar dat Le Tresset van nu af aan zelf zijn klussen op kan knappen. Ik ga ervandoor.'

'Waarnaartoe?' vroeg ik.

'Naar huis,' zei Roux.

'Terug naar je boot?'

'Wat voor boot?' zei hij.

'Je zei dat je een boot had,' bracht ik hem in herinnering.

'Ja, ach.' Hij keek naar zijn handen.

'Wou je zeggen dat je géén boot hebt?' zei ik.

'Tuurlijk wel. Het is een schitterende boot.' Hij keek de andere kant op, en zijn stem klonk vlak. Ik maakte met mijn vingers het teken van de Rokende Spiegel en toen zag ik zijn kleuren, die allemaal kwaad rood en cynisch groen waren, en ik dacht: O, Roux, alsjeblieft, voor deze éne keer.

'Waar ligt hij?' vroeg ik.

'Port de l'Arsenal.'

'Hoe ben je daar terechtgekomen?'

'O, ik kwam toevallig langs.'

Weer een leugen, dacht ik. Je doet er heel lang over om vanaf de Tannes met een boot naar het noorden te varen. Maanden zelfs. Je komt ook niet toevallig even door Parijs. Je moet een plek reserveren bij de Port de Plaisance. Je moet liggeld betalen. Dus vroeg ik me af: Als Roux een boot heeft, waarom werkt hij dan voor Thierry?

Maar als hij ging liegen, hoe kon ik hem dan iets vertellen? Mijn hele plan (voor zover je van een plan kon spreken) was min of meer gebaseerd geweest op de veronderstelling dat Roux heel blij zou zijn me te zien en dat hij zou zeggen dat hij mij en maman zo gemist had, en dat hij gekwetst was geweest toen hij er achter kwam dat ze met Thierry ging trouwen, en dat ik hem dan zou vertellen over Rosette, en dat hij dan zou begrijpen dat hij niet weg kon gaan en dat hij bij ons in de chocolaterie zou komen wonen, zodat maman niet met Thierry zou hoeven trouwen, en dat we dan een gezin zouden kunnen zijn...

Nu ik erover nadenk vind ik het zelf ook wel een beetje goedkoop klinken.

'Maar wat moeten Rosette en ik nou?' zei ik. 'We geven een feestje op kerstavond.' Ik pakte zijn kaart uit mijn schooltas en stak hem die toe. 'Je móét komen,' zei ik wanhopig tegen hem. 'Kijk maar, hier is een echte uitnodiging.'

Hij lachte akelig. 'Wie, ik? Je bedoelt zeker iemand anders zijn vader.'

O jee, dacht ik. Wat een puinhoop, zeg. Hoe meer ik met hem wilde praten, hoe kwader hij leek te worden, en mijn nieuwe systeem, dat bij Nico en Mathilde en madame Luzeron al voor veranderingen had gezorgd, werkte bij Roux helemaal niet.

Had ik zijn poppetje maar af...

Toen kreeg ik een ingeving.

'Zeg,' zei ik, 'je hebt stof in je haar.' Ik stak mijn hand uit om het eraf te vegen.

'Au!' zei Roux.

'Sorry,' zei ik.

'Mag ik je morgen alsjeblieft komen opzoeken?' zei ik. 'Al is het maar om afscheid te nemen?'

Hij zweeg zo lang dat ik er zeker van was dat hij zou gaan weigeren.

Toen zuchtte hij. 'Kom maar om drie uur op het kerkhof. Bij het graf van Dalida.'

'Goed,' zei ik, en ik lachte stilletjes.

Roux zag me lachen. 'Ik blijf niet,' zei hij.

Ja, dat dacht je maar, Roux.

Ik opende mijn hand, waarin drie rode haren tussen mijn vingers zaten.

Deze keer gaat Roux, die altijd doet waar hij zelf zin in heeft, voor de verandering eens doen wat ík wil. Nu is het mijn beurt. Nu trek ik aan de touwtjes. Hij komt op kerstavond op ons feest, wat het ook kosten mag. Hij zal het misschien niet willen, dacht ik, maar hij zál komen, al moet ik de Hurakan oproepen om hem erheen te slepen.

6

Vrijdag 14 december

HET AANROEPEN VAN DE WIND.

Allereerst kaarsen aansteken. Rode zijn wel goed, ze brengen geluk en zo, maar witte kunnen natuurlijk ook. Maar als je het echt goed wilt doen, moet je zwarte kaarsen nemen, want zwart is de kleur van het eind van het jaar, de trage, donkere tijd tussen Día de los Muertos en de vollemaan van december, wanneer het dode jaar weer tot leven begint te komen.

Nu met krijt een gele cirkel op de grond tekenen. Bed opzijschuiven en ook het blauwe voddenkleedje, zodat we de houten vloer kunnen gebruiken. Terugschuiven wanneer je klaar bent, zodat maman de eventuele sporen niet ziet. Maman zou het niet begrijpen, maar ja...

Maman hoeft het ook niet te weten.

Je zult zien dat ik mijn rode schoenen aanheb. Ik weet niet waarom, maar het is net of ze geluk brengen, alsof er niets ergs kan gebeuren als ik ze aanheb. En je moet wat gekleurd verfpoeder of zand hebben (ik ga suikerkristallen gebruiken) om de punten langs de cirkel aan te geven. Zwart voor het noorden, wit voor het zuiden, geel voor het oosten en rood voor het westen. Je strooit het zand om de hele cirkel heen om de kleine windgoden tevreden te stellen.

Nu het offer: geurhars en mirre. Dat hadden de wijzen uit het oosten ook bij zich, voor het jezuskindje in het kribbetje. Als het voor het jezuskindje goed was, zal het voor ons ook wel goed zijn. En goud – ik heb een paar chocolaatjes die in goudpapier verpakt zijn. Dat zal toch ook wel goed zijn. Zozie zegt dat de Azteken altijd chocola aan de goden offerden. En bloed natuurlijk, alhoewel ik hoop dat ze daar niet zo veel van willen. Even prikken – au! – nou, dat is alles. De wierook aansteken en dan kunnen we beginnen.

Nu in kleermakerszit in de cirkel gaan zitten en in elke hand een knijperpoppetje nemen. Je hebt ook een zak met rode suikerkristallen nodig. Die strooi je op de grond om in te tekenen.

Eerst komt het teken van Dame Bloedmaan. Pantoufle kan dat teken voor me bewaken, hier aan de rand van de krijtcirkel. Dan tekenen we Blauwe Kolibri Tezcatlipoca, voor de lucht links van me, en Rode Aap Tezcatlipoca voor de aarde, aan jouw kant. Bam waakt aan die kant, met het teken van Eén Aap naast hem.

Zo. Dat is dat. Grappig hè? We hebben dit al eens gedaan, weet je nog? Maar toen ging er iets mis. Deze keer gaat het lukken. Deze keer roepen we de juiste wind aan. Niet de Hurakan, maar de Wind der Verandering, want er is iets wat we willen veranderen.

Oké? Nu tekenen we het spiraalteken in de rode suiker op de grond.

En nu begint de invocatie. Ik weet dat je de woorden niet kent, maar je kunt toch meezingen als je dat wilt. Zing maar.

V'là l'bon vent, v'là l'joli vent...

Goed zo. Maar wel zachtjes.

Nu de knijperpoppetjes. Deze is Roux. Je kent Roux niet, maar dat zal binnenkort veranderen. En die daar is maman, zie je? Maman in haar mooie rode jurk. Haar echte naam is Vianne Rocher. Dat heb ik in haar oor gefluisterd. En wie is dit, met dat mangokleurige haar en de grote groene ogen? Dat ben jij, Rosette. Dat ben jij. We zetten ze allemaal bij elkaar in de cirkel, terwijl de kaarsen branden en het teken van Ehecatl in het midden getekend is. Want die horen bij elkaar, net als de mensen in de kerststal. En dan zijn ze gauw weer bij elkaar, en dan kunnen wij een gezin worden...

En dit, wie is dat daar buiten de gele cirkel? Dat is Thierry, met zijn mobieltje. We willen niet dat de wind Thierry kwaad doet, maar hij kan niet meer bij ons zijn, want je kunt maar één vader hebben, Rosette, en hij is dat niet. Hij moet dus weg. Sorry, Thierry.

Kun je de wind buiten horen? Dat is de Wind der Verandering die onderweg is. Zozie zegt dat je de wind kunt gebruiken, dat hij als een wild paard is dat je kunt temmen en trainen om te laten doen wat jij wilt. Je kunt een vlieger of een vogel zijn, je kunt wensen in vervulling laten gaan, je kunt je hartenwens vinden.

Kom Rosette, laten we de wind gaan gebruiken.

7

Zaterdag 15 december

WONDERLIJK HÈ, DAT EEN KIND ZO ACHTERBAKS KAN ZIJN. OVER-dag op de bank liggen spinnen als een huiskat, en 's nachts rond-stappen als een koninginnetje, als een geboren killer, vol minach-ting voor haar andere leven.

Anouk is geen killer, althans, nog niet, maar ze heeft wel dat roofdierachtige. Ik vind het natuurlijk enig – ik heb het niet zo op huiskatten – maar ik zal haar goed in de gaten moeten houden, voor het geval ze achter mijn rug van alles gaat doen.

Om te beginnen heeft ze Ehecatl zonder mij aangeroepen. Daar heb ik niets op tegen, ik ben juist trots op haar. Ze heeft fantasie, is ingenieus, verzint rituelen als de bestaande haar niet bevallen; kortom, een geboren Chaosaanhanger.

Maar verder, en dat is veel belangrijker, is ze gisteren Roux op gaan zoeken, in het geheim en tegen mijn advies in. Gelukkig heeft ze het allemaal in haar dagboek geschreven en daar kijk ik regelma-tig in. Dat is niet zo moeilijk: net als haar moeder bewaart ze haar geheimen in een schoenendoos achter in haar kleerkast, voorspel-baar, maar handig, en sinds ik hier kwam heb ik beide voortdurend nagekeken.

En dat is maar goed ook, blijkt nu. Ze ontmoet hem vandaag, zegt ze, om drie uur, op het kerkhof. In zekere zin komt het schit-terend uit, want mijn plannen voor Vianne naderen hun voltooiing en het is bijna tijd voor de volgende fase. Een leven stelen is echter veel gemakkelijker op papier dan in den vleze: een paar weggegooi-de huishoudrekeningen, een paspoort dat je op het vliegveld uit een handtas haalt, zelfs de naam op een verse grafsteen, en de klus is geklaard. Maar deze keer wil ik meer dan een naam, meer dan creditcardgegevens, veel meer dan geld.

Het is een strategisch spel, natuurlijk. Zoals zoveel spelletjes waar-in het om strategie gaat, moet je de speelstukken op hun plek zetten zonder de tegenstander te laten vermoeden wat er gaande is, en dan besluiten welk stuk je zult opofferen om als winnaar uit de strijd te komen. Daarna is het één op één – een krachtmeting tussen Yanne en mij – en ik moet zeggen: ik verheug me er zelfs meer op dan ik me had kunnen voorstellen. In de laatste ronde eindelijk de confrontatie met haar aangaan en weten wat er voor ons beiden op het spel staat...

Dát is pas een interessant spel.

Laten we even de stand van zaken doornemen. Tussen mijn eigen besognes door heb ik heel hard aan de inhoud van Yannes piñata gewerkt, en ik heb een aantal dingen ontdekt.

Ten eerste dat ze niet Yanne Charbonneau heet.

Maar dat wisten we natuurlijk al. Wat echter interessanter is, is dat ze ook niet Vianne Rocher is, althans, dat suggereert de inhoud van haar doos. Ik wist dat ik iets belangrijks over het hoofd had ge-zien, en onlangs, toen ze weg was, heb ik eindelijk gevonden waar ik naar zocht.

Ik had het eigenlijk al eerder gezien, maar toen begreep ik niet hoe belangrijk het was, daar ik me op Vianne Rocher concentreer-de. Maar het zit in de doos, met een verbleekt rood lintje erom-heen: een zilveren bedeltje dat afkomstig kan zijn van een goed-kope armband, of uit een kerstknalbonbon; het heeft de vorm van een kat en is in de loop der tijd zwart geworden. Het zit in Viannes schoenendoos, met een pakje sandelhout en een pak tarotkaarten dat betere tijden heeft gekend.

Net als ik heeft Vianne weinig bezittingen. Alles wat ze bewaart is van belang. Ieder voorwerp in deze doos is bewaard om een bepaalde reden, en dit zilveren bedeltje misschien wel het meest. Het staat vermeld in het krantenartikel, dat zo bros en bruin is dat ik het niet helemaal uit durfde vouwen. Het is een verslag van de verdwijning van de anderhalf jaar oude Sylviane Caillou voor een drogisterij, ruim dertig jaar geleden.

Heeft ze ooit geprobeerd terug te gaan? Mijn intuïtie zegt me dat ze dat niet heeft gedaan. *Je kiest je familie,* zoals ze zegt, en dat meisje, haar moeder, wier naam niet eens in het knipsel staat, is voor haar niets anders dan DNA. Maar voor mij...

Noem me nieuwsgierig. Ik heb haar opgezocht op het internet. Het duurde even, want er verdwijnen iedere dag kinderen, en dit was een oude zaak, een dossier dat allang gesloten was en niet veel belangstelling had gewekt, maar ik vond hem ten slotte toch, en daarmee ook de naam van Sylvianes moeder, eenentwintig toen de baby werd weggenomen, nu negenenveertig volgens de website van haar schoolreünie, gescheiden, geen kinderen, nog woonachtig in Parijs, in de buurt van het Père Lachaisekerkhof en beheerster van een klein hotel.

Het heet Le Stendhal, en je kunt het vinden op de hoek van Avenue Gambetta en Rue Matisse. In totaal niet meer dan een twaalftal slaapkamers; een kaal wordende zilverkleurige kunstkerstboom en buitensporig veel bloemetjesstof in het interieur. Bij de haard staat een rond tafeltje waarop een porseleinen pop in een roze zijden jurk stijfjes onder een glazen stolp staat. Een tweede pop, die als bruid is gekleed, staat op wacht aan de voet van de trap. Een derde, met blauwe ogen, gekleed in een rode, met bont afgezette jas en hoed, staat op de balie van de receptie.

En daar, achter de balie, staat madame zelf: een forse vrouw met het afgetobde gezicht en dunner wordende haar van iemand die regelmatig lijnt en met dezelfde blik in haar ogen als haar dochter.

'Madame?'

'Kan ik u helpen?'

'Ik kom namens Le Rocher de Montmartre. We zijn bezig met het promoten van ons eigen fabricaat bonbons en chocola, en ik vroeg me af of ik u dit proefpakketje mag geven om te proberen...'

Madame trok meteen een zuur gezicht. 'Ik ben niet geïnteresseerd,' zei ze.

'Het schept geen verplichtingen. U kunt er gewoon een paar proberen en...'

'Nee, dank u.'

Natuurlijk had ik dat al verwacht. Parijzenaars zijn heel wantrouwend en het klonk iets te mooi om waar te zijn. Toch haalde ik een doos met onze specialiteiten tevoorschijn en zette ik hem geopend op de balie neer. Twaalf truffels, door cacao gerold, allemaal gelegen in een bedje van gekrinkeld goudpapier en op de hoek van de doos een gele roos; het symbool van Dame Bloedmaan op de zijkant van het deksel gekrast.

'Er zit een visitekaartje in,' zei ik. 'Als ze u bevallen, kunt u rechtstreeks bestellen. Zo niet...' Ik haalde mijn schouders op. 'Ze zijn van de zaak. Ga uw gang. Proef maar. Kijk maar wat u vindt.'

Madame aarzelde. Ik zag dat haar natuurlijke achterdocht streed met de geur die uit de doos kwam: de rokerige espressogeur van cacao, de vleug kruidnagel, kardemom en vanille, het vluchtige aroma van armagnac. Het geurde naar het verleden, naar iets bitterzoets, iets als het einde van de jeugd.

'Gaat u die aan ieder hotel in Parijs geven? Dan zult u niet veel winst maken.'

Ik glimlachte. 'Speculeren doet accumuleren, zeg ik altijd maar.'

Ze nam een truffel uit zijn bedje.

Beet erin.

'Hm. Niet slecht.'

Naar mijn idee is het meer dan dat. Haar ogen zijn halfgesloten, haar smalle mond wordt vochtig.

'Vindt u hem lekker?'

Dat zou wel moeten; het verleidingsteken van Dame Bloedmaan werpt zijn rossige gloed op haar gezicht. Ik zie Vianne nu duidelijker in haar, maar dan een oude en vermoeide Vianne, een die verbitterd is geraakt door het najagen van rijkdom; een kinderloze Vianne die geen andere uitlaatklep voor haar liefde heeft dan haar hotel en haar porseleinen poppen.

'Lang niet slecht,' zei Madame.

'Het kaartje zit erin. Kom maar eens langs.'

Madame knikte dromerig met gesloten ogen.

'Vrolijk kerstfeest,' zei ik.

Madame gaf geen antwoord.

De pop met de blauwe ogen en de met bont afgezette jas en hoed stond onder haar stolp sereen naar me te lachen, als een kind dat bevroren is in een ijsbel.

8

Zaterdag 15 december

IK KON HAAST NIET WACHTEN TOT IK ROUX ZOU ZIEN. DAN KON IK zien of er iets veranderd was, of het me gelukt was de wind te veranderen. Ik had een teken verwacht. Sneeuw of zo, of noorderlicht, of een rare weersverandering, maar toen ik vanmorgen opstond, was het nog dezelfde gele lucht en dezelfde natte straat, en hoewel ik een oogje op maman hield, leek ze niet anders; ze werkte in de keuken, zoals altijd, met haar haar degelijk bijeengebonden en een schort voor haar zwarte jurk.

Maar ach, je moet die dingen de tijd geven. Er verandert niet zo gauw iets, en het was denk ik niet redelijk van me om te verwachten dat alles ineens zou gebeuren: dat Roux terug zou komen en dat maman zou gaan begrijpen wat voor iemand Thierry was, en dat het ook nog zou gaan sneeuwen – alles tegelijk in één nacht. Dus bleef ik rustig. Ik ging weg met Jean-Loup en wachtte tot het drie uur was.

Drie uur, bij het graf van Dalida. Je kunt het niet missen, het is een levensgroot beeldhouwwerk. Eigenlijk weet ik niet wie Dalida was, een actrice waarschijnlijk. Ik was een paar minuten te laat en Roux stond al op me te wachten. Het was tien over drie en al heel donker en toen ik de treden naar de graftombe op rende, kon ik hem nog net op een grafsteen vlakbij zien zitten. Hij leek zelf wel een beeld zoals hij daar roerloos in zijn lange, grijze jas zat.

'Ik dacht dat je niet kwam.'

'Sorry dat ik zo laat ben.' Ik omhelsde hem. 'Ik moest namelijk eerst Jean-Loup kwijtraken.'

Hij grijnsde. 'Wat klinkt dat sinister. Wie is dat?'

Ik legde het uit, maar ik voelde me er een beetje verlegen onder. 'Een vriend van school. Hij is dol op dit kerkhof. Hij neemt hier graag foto's. Hij denkt dat hij op een dag een geest zal zien.'

318

'Nou dan is hij op de juiste plek,' zei Roux. Hij keek me aan. 'En... wat gebeurt er allemaal?'

Jeetje. Ik wist niet waar ik moest beginnen. Er was in de afgelopen weken zo veel gebeurd.

'We hadden eigenlijk ruzie.'

Stom, ik weet het, maar er kwamen tranen in mijn ogen. Niet iets wat met Roux te maken had, natuurlijk, en ik had het niet willen zeggen, maar nu ik het gezegd had...

'Waarover?' zei hij.

'O, over iets stoms. Over niks,' zei ik.

Roux lachte me toe met zo'n lach die je wel eens op de gezichten van beelden in de kerk ziet. Niet dat hij op een engel lijkt, hoor. Maar... geduldig of zo, als je weet wat ik bedoel, zo'n beetje van: ik kan best de hele dag wachten als het moet.

'Nou, hij wil niet meegaan naar de chocolaterie,' zei ik, terwijl ik me boos en een beetje huilerig voelde, en vooral boos omdat ik het tegen Roux zei. 'Hij zegt dat hij zich er niet op zijn gemak voelt.'

In feite was dat niet alles wat hij gezegd had. Maar de rest was zo stom en zo fout dat ik het niet over mijn lippen kon krijgen. Ik mag Jean-Loup echt heel graag, maar Zozie is mijn beste vriendin, afgezien van maman natuurlijk, en van Roux, die mijn beste vriend is, en het zit me dwars dat hij zo oneerlijk is.

'Hij mag Zozie niet?' vroeg Roux.

Ik haalde mijn schouders op. 'Hij kent haar niet echt,' zei ik. 'Het komt door die keer dat ze naar hem snauwde. Meestal schiet ze niet zo gauw uit haar slof. Ze heeft er alleen een hekel aan wanneer je foto's van haar maakt.'

Maar dat was het niet alleen. Hij had me vandaag vierentwintig foto's laten zien die hij met zijn computer had geprint. Het waren foto's die hij die dag in de chocolaterie had genomen: foto's van het adventshuis, van maman en mij, van Rosette en ten slotte vier foto's van Zozie, allemaal vanuit een gekke hoek genomen, alsof hij had geprobeerd haar stiekem te fotograferen.

'Dat is niet eerlijk. Ze had tegen je gezegd dat je op moest houden.'

Jean-Loup had een koppige uitdrukking op zijn gezicht. 'Maar kijk er dan eens naar.'

Ik keek ernaar. Ze waren vreselijk. Allemaal wazig en ze leken totaal niet op Zozie. Alleen maar een bleek ovaal waar haar gezicht was en een mond die kronkelig was, als prikkeldraad, en op alle foto's stond dezelfde printfout: een donkere vlek om haar hoofd, met een gele krans eromheen...

'Je moet de afdrukken verknoeid hebben,' zei ik.

Hij schudde zijn hoofd. 'Zo zijn ze gewoon geworden.'

'Dan heeft het zeker aan het licht gelegen.'

'Misschien,' zei hij. 'Of aan iets anders.'

Ik keek hem aan. 'Wat bedoel je?'

'Je weet wel,' zei hij, 'spooklichten.'

Jeetje, spooklichten. Ik geloof dat Jean-Loup al zo lang vreemde verschijnselen wil zien dat hij nu helemaal doorslaat. Zozíé – nou vráág ik je! Hij zit helemaal fout.

Roux sloeg me met dat engelengezicht van hem gade. 'Vertel me eens wat over Zozie,' zei hij. 'Je klinkt alsof jullie goed bevriend zijn.'

Dus vertelde ik hem over de begrafenis en over de knalrode schoenen en over Halloween en over hoe Zozie ineens in ons leven was gekomen, als iemand uit een sprookje, en alles helemaal te gek had gemaakt...

'Je moeder ziet er moe uit.'

Moet je hem horen, dacht ik. Híj zag er doodmoe uit; zijn gezicht was nog bleker dan anders en zijn haar moest nodig gewassen worden. Ik vroeg me af of hij genoeg te eten kreeg en of ik wat eten mee had moeten nemen...

'Nou, het is voor ons een drukke tijd. Met het kerstfeest en zo...'

Wacht eens even, dacht ik.

'Heb jij ons soms bespioneerd?' vroeg ik.

Roux haalde zijn schouders op. 'Ik ben in de buurt geweest.'

'Om wat te doen?'

Hij haalde weer zijn schouders op. 'Noem me maar nieuwsgierig.'

'Ben je daarom gebleven? Omdat je nieuwsgierig was?'

'Ja, maar ook omdat ik dacht dat je moeder in de penarie zat.'

Ik sloeg meteen toe. 'Maar dat ís ook zo,' zei ik. 'Dat zitten we allemaal.' En toen vertelde ik hem weer over Thierry, en over zijn plannen, en ik vertelde dat niets meer hetzelfde was, en dat ik vroeger miste, omdat alles toen nog zo simpel was.

Roux glimlachte. 'Simpel is het nooit geweest.'

'We wisten in ieder geval wie we waren,' zei ik.

Roux haalde alleen maar zijn schouders op en zei niets. Ik stak mijn hand in mijn zak. Daar zat zijn knijperpoppetje in, dat van gisterenavond. Drie rode haren en een gefluisterd geheim, en het spiraalteken van Ehecatl, de Veranderende Wind, met viltstift ter hoogte van zijn hart getekend.

Ik hield het stevig in mijn hand, alsof ik hem daardoor kon laten blijven.

Roux rilde en trok zijn jas dichter om zich heen.

'Dus... je gaat niet echt weg?' vroeg ik.

'Ik was het wel van plan. Misschien moet ik het ook doen. Maar er is nog iets wat me dwarszit. Anouk, heb je wel eens het gevoel gehad dat er iets mis was, dat iemand je gebruikte, je op de een of andere manier manipuleerde, en dat als je nu maar wist hoe en waarom...'

Hij keek me aan en tot mijn opluchting zag ik geen boosheid in zijn kleuren, alleen maar nadenkend blauw. Hij praatte rustig verder, en ik geloofde dat ik hem nog nooit zo veel achter elkaar had horen zeggen, want Roux is een man van weinig woorden.

'Ik was gisteren kwaad, zo kwaad, dat Vianne zoiets voor me verborgen had gehouden, dat ik niet goed kon zien, kon luisteren, kon denken. Sindsdien heb ik heel wat nagedacht,' zei hij. 'Ik heb me afgevraagd hoe de Vianne Rocher die ik gekend heb, zo'n ander iemand kon zijn geworden. Eerst dacht ik dat het gewoon door Thierry kwam, maar ik ken zijn soort. En ik ken Vianne. Ik weet dat ze heel wat kan hebben. En ik weet ook dat ze iemand als Le Tresset echt niet haar leven over laat nemen, niet na alles wat ze heeft meegemaakt...' Hij schudde zijn hoofd. 'Nee, als ze in de penarie zit, komt dat niet door hem.'

'Door wie dan?' zei ik.

Hij keek me aan. 'Er is iets met jouw vriendin Zozie. Iets waar ik niet mijn vinger op kan leggen. Maar ik voel het gewoon wanneer ze in de buurt is. Het is allemaal te volmaakt. Er klopt iets niet. Het heeft iets... bijna gevaarlijks.'

'Wat bedoel je?'

Roux haalde alleen maar zijn schouders op.

Nu begon het me te irriteren. Eerst Jean-Loup en nu Roux. Ik probeerde het uit te leggen.

'Ze heeft ons geholpen, Roux. Ze werkt in de winkel, ze past op Rosette en ze leert mij ook van alles.'

'Wat voor dingen?'

Tja, als hij Zozie niet mocht, ging ik hem dat natuurlijk niet vertellen. Ik stopte mijn hand weer in mijn zak, waar het knijperpoppetje aanvoelde als een in wol gewikkeld botje. 'Je kent haar niet, dat is alles. Je moet haar een kans geven.'

Roux bleef koppig voor zich uit kijken. Wanneer hij eenmaal iets vindt, is het moeilijk hem op andere gedachten te brengen. Het is zo oneerlijk – mijn twee beste vrienden...

'Je zou haar echt mogen. Ik weet het. Ze zorgt voor ons...'

'Als ik dat geloofde, was ik al vertrokken. Maar zoals de zaken er nu voor staan...'

'Je blijft?'

Ik vergat dat ik woest op Roux was geweest en ik sloeg mijn armen om zijn hals. 'Kom je naar ons feestje op kerstavond?'

'Tja...' zuchtte hij.

'Te gek! Dan kun je Zozie beter leren kennen. En dan kun je echt kennismaken met Rosette. O, Roux, ik ben zo blij dat je blijft.'

'Ja, ik ook.'

Maar hij klonk niet blij. In feite klonk hij zo ongerust als wat. Maar toch, het plan had gewerkt, en daar ging het maar om. Rosette en ik hadden de wind weten te veranderen...

'En hoe zit je financieel?' vroeg ik. 'Ik heb...' Ik keek in mijn zak. 'Zestien euro en nog wat kleingeld, als je daar wat aan hebt. Ik wilde een cadeautje voor Rosettes verjaardag kopen, maar...'

'Nee,' zei hij, een beetje scherp, vond ik. Hij is nooit erg goed in geld aannemen geweest, en misschien was het verkeerd dat ik dat zei. 'Ik red me wel, Anouk.'

Nou, naar mijn idee viel dat nogal tegen. Dat zag ik wel. En als hij niet betaald kreeg...

Ik maakte het teken van de Maïskolf en duwde mijn handpalm tegen zijn hand. Het is een geluksteken dat Zozie me heeft geleerd, om geld en rijkdom en eten en zo te krijgen. Ik weet niet hoe het werkt, maar het werkt. Zozie heeft het in de chocolaterie gebruikt om meer klanten mamans truffels te laten kopen, en hoewel dat uiteraard niet bij Roux helpt, hoop ik dat het op een ándere manier helpt. Dat hij ander werk krijgt, bijvoorbeeld, of de lotto wint, of op straat geld vindt. In gedachten liet ik er licht van afkomen, zodat het als lichtgevende stofdeeltjes op zijn huid lag. Zo zou het moeten lukken, Roux, dacht ik. Op die manier is het geen liefdadigheid.

322

'Kom je vóór kerstavond nog langs?'

Hij haalde zijn schouders op. 'Ik weet het niet, ik moet voor die tijd nog het een en ander uitzoeken.'

'Maar je komt op het feest? Beloof je dat?' zei ik.

'Ik beloof het,' zei Roux.

'Met je hand op je hart?'

'Met mijn hand op mijn hart.'

9

Zondag 16 december

ROUX IS VANDAAG NIET OP ZIJN WERK VERSCHENEN. HIJ IS ER ZELFS het hele weekend niet geweest. Hij blijkt vrijdag vroeg te zijn vertrokken en het hotel te hebben verlaten waarin hij verbleef en is sindsdien door niemand meer gezien.

Ik neem aan dat ik zoiets had kunnen verwachten. Ik heb hem per slot van rekening gevraagd te vertrekken. Waarom voel ik dan zo'n vreemd gemis? En waarom blijf ik opletten of ik hem zie?

Thierry is witheet. In Thierry's wereld is van een klus weglopen zowel schandelijk als oneerlijk, en het is duidelijk dat hij geen enkel excuus zal aanvaarden. Dan is er nog iets met een cheque; een cheque die Roux verzilverd heeft, of niet verzilverd...

Ik heb Thierry dit weekend nauwelijks gezien. Een probleem met de woning, zei hij, toen hij zaterdagavond even binnenwipte. Hij had de afwezigheid van Roux alleen terloops vermeld, en ik durfde niet te veel details te vragen.

Toen hij aan het eind van de dag langskwam, vertelde hij me wel het hele verhaal.

Zozie was net aan het sluiten, Rosette speelde met een puzzel – ze doet geen poging de stukjes aan elkaar te leggen, maar lijkt het leuk te vinden ingewikkelde spiralen op de grond te maken – en ik begon net aan een laatste partij kersentruffels toen hij de winkel binnenkwam, duidelijk woedend, rood aangelopen en op het punt te ontploffen.

'Ik wist dat er iets met hem was,' zei hij. 'Dat soort mensen. Het is allemaal één pot nat. Luie donders, dieven... zigéúners.' Hij zei dat laatste woord heel vuil, als een exotische vloek. 'Ik weet dat hij een zogenaamde vriend van je is, maar zelfs jij kunt je ogen hier niet voor sluiten. Zonder iets te zeggen midden in een klus weglopen, mijn schema in de war gooien. Daar zal ik hem voor aanklagen. Of misschien sla ik die rooie zak gewoon verrot...'

'Thierry, toe nou.' Ik schonk koffie voor hem in. 'Probeer wat rustiger te worden.'

Maar waar het Roux betreft schijnt dat onmogelijk te zijn. Natuurlijk zijn het heel verschillende mensen. Degelijke, nuchtere Thierry, die nog nooit buiten Parijs heeft gewoond en wiens afkeuring voor alleenstaande moeders, alternatieve manieren van leven en buitenlands eten ik altijd tamelijk amusant heb gevonden, tenminste tot nu toe.

'Wat betekent hij eigenlijk voor je? Hoe komt het dat hij een vriend van je is?'

Ik wendde me af. 'We hebben het hier al over gehad.'

Thierry keek kwaad. 'Zijn jullie minnaars geweest?' zei hij. 'Is dat het? Heb je met die klootzak geslapen?'

'Alsjeblieft Thierry...'

'Vertel op! Heb je met hem genéúkt?' gilde hij.

Mijn handen trilden. De woede, des te heftiger omdat hij onderdrukt was geweest, kwam naar boven.

'En als dat nou eens zo was?' snauwde ik hem toe.

Zulke simpele woorden. Zulke geváárlijke woorden.

Hij staarde me aan; zijn gezicht was grauw geworden en ik besefte dat de beschuldiging, ondanks de hevigheid, gewoon een van Thierry's grote gebaren was geweest – dramatisch, voorspelbaar, maar uiteindelijk betekenisloos. Hij had een uitlaatklep voor zijn jaloezie gezocht, voor zijn hang naar controle, zijn onuitgesproken afschuw over de snelheid waarmee onze zaak was gegroeid...

Hij sprak weer, maar zijn stem klonk onvast. 'Ik heb recht op de waarheid, Yanne,' zei hij. 'Ik heb dit al veel te lang toegelaten. Ik weet verdorie niet eens wie je bént. Ik heb je gewoon in goed vertrouwen genomen, met je kinderen erbij, en heb je me ooit horen klagen? Een verwend nest en een achterlijk kind...'

Hij hield abrupt zijn mond.

Ik staarde hem wezenloos aan. Hij was te ver gegaan.

Op de grond keek Rosette op van de puzzel waarmee ze zat te spelen. Er flikkerde een lamp boven ons hoofd. De plastic vormpjes die ik gebruik om koekjes te maken begonnen op de tafel te rammelen, alsof er een vrachttrein voorbijkwam.

'Yanne, sorry. Sorry.' Thierry probeerde verloren terrein terug te winnen, als een colporteur die nog steeds een kansje ziet om iemand toch iets aan te smeren.

Maar de schade was al aangericht. Het zo zorgvuldig gebouwde kaartenhuis werd met één enkel woord weggevaagd. En nu zie ik wat ik al die tijd niet heb gezien. Voor het eerst zíé ik Thierry. Zijn klein-geestigheid heb ik al gezien. Zijn kwaadaardige minachting voor zijn ondergeschikten. Zijn snobisme. Zijn arrogantie. Maar nu zie ik ook zijn kleuren, zijn verborgen kwetsbaarheden, de onzekerheid achter zijn glimlach, de spanning in zijn schouders, het vreemde verstijven van zijn hele lijf wanneer hij naar Rosette moet kijken.

Dat lelijke woord.

Natuurlijk ben ik me er altijd wel bewust van geweest dat hij zich bij Rosette niet echt op zijn gemak voelt. Zoals altijd overcompenseert hij dat, maar zijn vrolijkheid is geforceerd, als van iemand die een gevaarlijke hond klopjes geeft.

Nu zie ik dat het niet alleen Rosette was. Deze hele zaak maakt hem onrustig, deze zaak die tot stand is gekomen zonder zijn hulp. Iedere partij chocola, iedere verkoop, iedere klant die persoonlijk wordt begroet, zelfs de stoel waarop hij zit, dit alles herinnert hem eraan dat wij drieën zelfstandig zijn, dat we buiten hem een leven hebben, dat we een verleden hebben waarin Thierry le Tresset geen rol heeft gespeeld...

Maar Thierry heeft zijn eigen verleden, dat hem maakt tot wat hij is. Al zijn angsten komen daaruit voort. Zijn angsten, zijn hoop, zijn geheimen...

Mijn ogen gaan naar de vertrouwde granieten plaat waarop ik mijn chocola tempereer. Het is een heel oud ding, donker van ouderdom; hij was al gladgesleten toen ik hem in mijn bezit kreeg en vertoont de sporen van veelvuldig gebruik. Er zitten stukjes kwarts in de steen die onverwachts het licht vangen en ik zie ze glimmen terwijl de chocola afkoelt, waarna hij opnieuw verwarmd en getempereerd wordt.

Ik wil je geheimen niet weten, denk ik.

Maar de granieten plaat heeft andere ideeën. Met zijn mica glimt en glanst hij me tegemoet, vangt hij mijn blik, houdt hij hem vast. Ik zie ze nu bijna, de beelden die weerspiegeld worden in het steen. Terwijl ik toekijk, krijgen ze vorm; ze beginnen betekenis te krijgen, worden indrukken van een leven, van een verleden dat Thierry heeft gemaakt tot de man die hij nu is.

Daar heb je Thierry in het ziekenhuis. Twintig jaar of meer jonger; hij staat te wachten voor een gesloten deur. Hij heeft twee geschenkdozen met sigaren in zijn hand, beide met een lint eromheen, het ene roze, het andere blauw. Hij heeft aan alles gedacht.

Nu zie ik weer een wachtkamer. Er zijn stripfiguren op de muren geschilderd. Er zit een vrouw vlakbij, met een kind in haar armen. De jongen is misschien zes. Hij staart de hele tijd uitdrukkingloos naar het plafond, en niets – Poe niet en Teigetje niet en Mickey Mouse niet – brengt een sprankje leven in zijn ogen.

Een gebouw, niet echt een ziekenhuis. En een jongen, nee, een jongeman, aan de arm van een aardige zuster. De jongeman lijkt ongeveer vijfentwintig. Hij is forsgebouwd, net als zijn vader, en loopt gebogen; zijn hoofd is te zwaar voor zijn nek, zijn lach is even nietszeggend als die van een zonnebloem.

En nu begrijp ik het eindelijk. Dat is het geheim dat hij heeft willen verbergen. Ik begrijp de brede, vrolijke glimlach, als van een man die huis aan huis valse religie probeert te slijten; ik begrijp waarom hij het nooit over zijn zoon heeft, ik begrijp zijn intense perfectionisme, ik begrijp waarom hij soms zo naar Rosette kijkt, of liever gezegd: waarom hij níét naar haar kijkt...

Ik zucht.

'Thierry,' zei ik. 'Het geeft niet. Je hoeft niet meer tegen mij te liegen.'

'Tegen je te líégen?'

'Ja, over je zoon.'

Hij verstijfde, en zelfs zonder de granieten plaat kon ik zien dat de onrust in hem groeide. Zijn gezicht was bleek, hij begon te zweten en de woede die zijn angst had verdrongen, stak weer op als een boosaardige wind. Hij stond op – hij leek ineens een beer – en hij sloeg zijn koffiekopje van tafel, waarna de chocolaatjes in hun vrolijk gekleurde papiertjes alle kanten op vlogen.

'Er is met mijn zoon niks aan de hand,' zei hij, iets te luid voor het kleine vertrek. 'Alan zit in de bouw. Hij heeft een aardje naar zijn vaartje. Ik zie hem niet zo veel, maar dat wil nog niet zeggen dat hij geen respect voor me heeft. Of dat ik niet trots op hem ben.' Hij schreeuwde nu. Rosette legde haar handen op haar oren. 'Wie heeft er iets anders beweerd? Roux soms? Heeft die klootzak mij lopen bespioneren?'

'Het heeft niets met Roux te maken,' zei ik. 'Als je je schaamt voor je eigen zoon, hoe kun je dan ooit voor Rosette zorgen?'

'Yanne, toe. Zo zit het niet. Ik schaam me niet. Maar hij was mijn zoon, Sarah kon geen kinderen meer krijgen, en ik wilde gewoon dat hij...'

'Volmaakt was. Ik weet het.'

Hij pakte mijn handen. 'Ik kan ermee leven, Yanne. Ik zweer het je. We zullen er een specialist bij halen. Ze krijgt alles wat ze maar wil. Kinderjuffen, speelgoed...'

Nog meer cadeaus, dacht ik. Alsof dat iets zou veranderen aan zijn gevoelens. Ik schudde mijn hoofd. Het hart verandert niet. Je kunt liegen, hopen, jezelf voor de gek houden, maar uiteindelijk kun je niet ontsnappen aan het element waarin je geboren bent.

Hij moet het aan mijn gezicht gezien hebben; zijn gezicht betrok en zijn schouders zakten af.

'Maar alles is al geregeld,' zei hij.

Niet 'ik hou van je', maar 'alles is al geregeld'.

En ondanks de bittere smaak in mijn mond voelde ik plotseling de vreugde in me opwellen. Alsof een giftig stukje eten in mijn keel ineens los was geschoten...

Buiten hoorde ik de windbelletjes, eenmaal, en zonder erbij na te denken maakte ik met mijn vingers het teken om het kwaad te weren. Oude gewoonten zijn nu eenmaal moeilijk af te leren. Ik heb dat teken in geen jaren gemaakt. Ik kon het echter niet helpen dat ik me niet op mijn gemak voelde, alsof zelfs zoiets onbeduidends de veranderende wind weer kon opwekken. En toen Thierry weg was gegaan en ik alleen was, meende ik stemmen in de wind te horen, de stemmen van de Vriendelijken, en in de verte gelach.

10

Maandag 17 december

DAT IS MOOI. HET IS UIT. HOERA! EEN RUZIE OM ROUX, DENK IK, EN ik kon nauwelijks wachten tot ik het hem na school kon vertellen, maar helaas kon ik hem nergens vinden.

Ik probeerde het in Rue de Clichy, waar hij volgens Thierry tot nu toe verbleef, maar toen ik op de deur klopte deed er niemand open, en er stond een ouwe man met een fles wijn die tegen me schreeuwde omdat ik lawaai maakte. Roux was ook niet op het kerkhof, en in de Rue de la Croix heeft niemand hem gezien, dus moest ik het ten slotte opgeven, maar ik heb wel een briefje in het hotel voor hem heb achtergelaten met *Urgent* erop, dus ik denk dat hij het wel zal zien wanneer hij terugkomt. Als hij terugkomt, natuurlijk, want inmiddels was de politie al gearriveerd, en kon niemand meer ergens heen.

Eerst dacht ik dat ze voor mij waren gekomen. Het was allang donker, bijna zeven uur, en Rosette en ik zaten te eten in de keuken. Zozie was ergens heen en maman droeg haar rode jurk. We waren voor de verandering weer eens met ons drieën.

Toen kwamen ze, twee agenten, en mijn eerste stomme gedachte was dat er iets ergs met Thierry was gebeurd, en dat het op de een of andere manier mijn schuld was door wat we op vrijdagavond hadden gedaan. Maar Thierry was bij hen en hij leek het goed te maken, behalve dat hij nu nog harder en opgewekter praatte en nog vaker 'Salut mon pote' zei, maar er was iets aan zijn kleuren waardoor ik dacht dat hij misschien alleen maar dééd alsof hij vrolijk was, om de mensen bij wie hij was voor de gek te houden, en daardoor werd ik weer helemaal zenuwachtig.

Maar het bleek dat ze Roux zochten. Ze bleven ongeveer een halfuur in de winkel, en maman stuurde mij en Rosette naar boven, maar toch lukte het me heel wat op te vangen. Alleen de precieze details weet ik niet.

Het gaat blijkbaar om een cheque. Thierry zegt dat hij die aan Roux heeft gegeven – hij heeft het strookje nog en zo – en dat Roux heeft geprobeerd er iets aan te veranderen voordat hij het geld op zijn rekening zette, zodat hij heel wat meer geld zou krijgen dan het bedrag dat er eigenlijk op stond.

Duizend euro, zeiden ze. Dat heet fraude, zei Thierry, en je kunt daarvoor de gevangenis in gaan, vooral als je een andere naam gebruikt om de rekening te openen en het geld op te nemen voordat iemand er achter komt, en dan spoorloos verdwijnt zonder ook maar één adres achter te laten.

Dus dat zeggen ze over Roux. Dat is stom, want iedereen weet dat Roux niet eens een bankrekening hééft en nooit iets zou stelen, zelfs niet van Thierry. Maar hij is wél spoorloos verdwenen. Hij is sinds vrijdag blijkbaar ook niet in het pension gezien, en hij is natuurlijk ook niet op zijn werk geweest. Dat betekent dat ik misschien de laatste ben die hem heeft gezien. Het betekent ook dat hij hier niet meer kan komen, want als hij dat doet, wordt hij gearresteerd. Stomme Thierry. Ik haat hem. Het zou me niets verbazen als hij het allemaal verzonnen heeft om Roux te pakken te nemen.

Maman en hij maakten er ruzie over toen de twee agenten weg waren. Ik hoorde Thierry terwijl ze de trap op liepen almaar schreeuwen. Maman was redelijk; ze zei dat er een vergissing in het spel moest zijn. Ik hoorde dat Thierry zich steeds meer opwond. Hij zei dat hij niet snapte dat ze nog steeds partij voor hem kon kiezen, en hij noemde Roux een crimineel en ontaard, wat betekent dat hij een leegloper is en niet te vertrouwen. Hij zei ook: 'Yanne, het is nog niet te laat.' Maar toen zei maman dat hij weg moest gaan, en dat deed hij. Toen hij vertrok bleef er vóór in de winkel een wazige wolk van zijn kleuren hangen, als een nare geur.

Maman huilde toen ik weer beneden kwam. Ze zei dat het niet zo was, maar ik wist dat het wel zo was. Haar kleuren waren helemaal warrig en donker en haar gezicht was wit op twee rode vlekken onder haar ogen na, en ze zei dat ik me geen zorgen moest maken, dat alles weer goed kwam, maar ik wist dat ze jokte. Dat weet ik altijd.

Gek hè, wat volwassenen allemaal tegen kinderen zeggen. Zo van: *er is niks aan de hand*, of: *alles komt goed*, of: *het was niet jouw schuld, het was een ongelukje,* terwijl ik de hele tijd dat Thierry hier was, zat te denken aan eergisteren, toen ik Roux ontmoette bij het graf van Dalida, en dat hij er zo smerig had uitgezien, en dat ik hem de Maïskolf had gegeven om hem rijkdom en geluk te schenken...

En nu vraag ik me af wat ik gedaan heb. Ik zie het in gedachten al voor me: dat het de laatste cheque van Thierry's bank is, en Roux zei dat hij eerst een paar dingen uit moest zoeken, en dat hij dan een nulletje erbij zet...

Stom natuurlijk. Roux is geen dief. Ja, een paar aardappels die langs een akker liggen, of appels uit een boomgaard, of maïs aan de rand van een veld, of een vis uit een privévijver, maar geld: nooit. Niet op die manier.

Maar nu begin ik me weer iets af te vragen. Als het nu eens wraak was? Misschien wilde hij Thierry zijn verdiende loon geven. Of erger nog: misschien heeft hij het voor mij en Rosette gedaan.

Duizend euro is veel geld voor iemand als Roux. Je zou er misschien wel een boot voor kunnen kopen. Je zou je ergens kunnen vestigen. Een rekening openen. Geld opzijzetten voor een gezin.

Maar toen herinnerde ik me wat maman had gezegd: *Roux doet wat hij wil, dat heeft hij altijd gedaan. Hij leeft het hele jaar op de rivier, hij slaapt buiten, hij voelt zich niet eens lekker in een huis. Wij zouden zo niet kunnen leven.*

En toen wist ik het. Het is mijn schuld. Door de knijperpoppetjes en het wensen en de symbolen en de tekens heb ik van Roux een crimineel gemaakt. Misschien wordt hij wel gearresteerd. Misschien moet hij de gevangenis in.

Maman vertelde wel eens een verhaal over drie kabouters die Pic Blauw, Pic Rood en Colégram heetten. Pic Blauw zorgt voor de lucht, de sterren, de regen, de zon en de vogels in de lucht. Pic Rood zorgt voor de aarde en alles wat er groeit: planten en bomen en dieren. En Colégram, die de jongste is, moet voor het mensenhart zorgen. Maar Colégram krijgt het maar nooit goed voor elkaar. Telkens wanneer hij probeert de hartenwensen van de mensen te vervullen, gaat er iets mis. Op een keer probeert hij een arme oude man te helpen door herfstbladeren in goud te veranderen, maar de oude man raakt zo opgewonden wanneer hij het geld ziet, dat hij te veel in zijn knapzak probeert te stoppen en wordt verpletterd onder het gewicht. Ik weet niet meer hoe het verhaaltje afloopt; ik weet alleen nog maar dat ik medelijden had met Colégram, die zo zijn best doet en bij wie alles altijd verkeerd loopt. Misschien ben ik ook zo. Misschien ben ik niet zo goed in alles wat met harten te maken heeft.

Jeetje, wat een puinhoop. En het ging zo goed. Maar er kan in zeven dagen veel gebeuren en de wind is nog niet uitveranderd. Nou ja, het is toch al te laat. We kunnen het nu niet meer tegenhouden. We zijn nu al te ver om er de brui aan te geven. Ik denk dat ik nog maar één keer iets hoef te doen. Ik zal nog één keer de Wind van Verandering oproepen. Misschien hebben we vorige keer iets fout gedaan met een kleur of een kaars of een teken in het zand. Maar nu gaan we ervoor zorgen dat alles goed komt, Rosette en ik. Voorgoed.

11

Dinsdag 18 december

THIERRY WAS HIER VANMORGEN VROEG AL. HIJ VROEG WEER NAAR Roux. Hij schijnt te denken dat deze kwestie iets tussen ons zal veranderen, dat mijn vertrouwen in hem hersteld wordt wanneer Roux in diskrediet wordt gebracht.

Zo gemakkelijk gaat dat natuurlijk niet. Ik heb geprobeerd uit te leggen dat het niet om Roux gaat. Maar Thierry is onverzettelijk. Hij heeft diverse vriendjes bij de politie en heeft zijn invloed al aangewend om meer aandacht aan dit tamelijk kleine fraudegeval besteed te krijgen dan het verdient. Maar Roux is verdwenen, zoals altijd; hij is de heuvel in verdwenen, als de rattenvanger van Hamelen.

Toen Thierry vertrok, wierp hij me nog één giftig brokje informatie toe, waarschijnlijk afkomstig van zijn vriend in de *gendarmerie*.

'Die rekening die hij heeft gebruikt om de cheque te innen, die staat op naam van een vrouw,' zei hij. Hij keek me met een geniepig, triomfantelijk lachje aan. 'Het ziet ernaar uit dat je vriend niet alleen is.'

Vandaag had ik mijn rode jurk weer aan. Ik weet dat het uitzonderlijk is, maar de scène met Thierry, de verdwijning van Roux en het weer, dat nog grijs en grauw is omdat er sneeuw in de lucht hangt, hebben me doen verlangen naar een vrolijke noot.

Misschien kwam het door de jurk, of misschien door een wild trekje in de wind, maar ondanks al mijn ongerustheid, ondanks alles wat Thierry zei, de pijn in mijn hart wanneer ik aan Roux denk, mijn slapeloze nachten en mijn angsten, stond ik te zingen onder het werken.

Het is net of er een nieuw begin is gemaakt. Ik voel me voor het eerst in jaren vrij, bevrijd van Thierry, zelfs bevrijd van Roux. Ik ben vrij om te zijn wie ik maar wil zijn, hoewel ik niet weet wie dat is.

Zozie was vanmorgen weg. Ik was voor het eerst in weken alleen, op Rosette na, die helemaal opging in haar knopendoos en tekeningen. Ik was bijna vergeten hoe het was om achter de toonbank te staan in een drukke chocolaterie, om met de klanten te praten en uit te zoeken wat hun favorieten zijn.

Ik was eigenlijk wel verbluft zo veel vaste klanten te zien. Natuurlijk merk ik wel het komen en gaan op wanneer ik in de keuken achter in de winkel aan het werk ben, maar ik had niet echt door hoeveel mensen er tegenwoordig binnenkomen. Madame Luzeron, hoewel het niet haar dag is. Jean-Louis en Paupaul, die werden aangetrokken door de gedachte aan een warme plek waar ze konden schetsen en door hun steeds groter wordende liefde voor mijn gelaagde koffiemokkataart. Nico, die inmiddels op dieet is, maar naar het schijnt een dieet waarbij je veel kokosmakronen moet eten. Alice, met een bosje hulst voor de winkel; ze vroeg om chocoladekaramels, haar favoriete lekkernij. Madame Pinot, die naar Zozie vroeg...

Ze was niet de enige. Al onze vaste klanten vroegen naar Zozie, en Laurent Pinson, die helemaal opgedoft binnenkwam en me met een uitbundige buiging begroette, leek te verpieteren toen hij zag wie ik was, alsof die rode jurk hem ertoe gebracht had iemand anders achter de toonbank te verwachten.

'Ik heb gehoord dat jullie een feest gaan geven,' zei hij.

Ik glimlachte. 'Een kleintje maar. Op kerstavond.'

Hij schonk me een kruiperige glimlach, zo een die hij inzet wanneer Zozie in de buurt is. Ik weet van Zozie dat hij alleen is, dat hij geen familie of kinderen heeft om kerstavond mee te vieren, en hoewel ik de man niet echt graag mag, had ik toch met hem te doen, zoals hij daar stond met zijn gesteven gele boordje en hongerigehondenlach.

'Als u ook wilt komen, bent u natuurlijk welkom,' zei ik. 'Tenzij u andere plannen hebt.'

Hij fronste zijn voorhoofd een beetje, alsof hij zich zijn waanzinnig drukke agenda voor de geest probeerde te halen.

'Het zóú denk ik wel kunnen,' zei hij. 'Er is veel te doen, maar...'

Ik glimlachte achter mijn hand. Laurent is het soort man dat het gevoel moet hebben dat hij je een enorme gunst verleent door er zelf een aan te nemen.

'We zouden het enig vinden als u kwam, monsieur Pinson.'

Hij haalde grootmoedig zijn schouders op. 'Ach, als u aandringt...'

Ik glimlachte. 'Dat is leuk.'

'En dat is een heel flatteuze japon, als ik het zeggen mag, madame Charbonneau.'

'Noem me maar Yanne.'

Hij boog weer. Ik ving de geur van haarolie en zweet op, en ik vroeg me af: Is dat wat Zozie doet, elke dag terwijl ik chocola maak? Hebben we hierdoor zo veel klanten?

Een dame met een smaragdgroene jas aan die inkopen doet voor de kerst. Haar favorieten zijn karamelgolfjes, en ik vertel haar dat zonder aarzeling. Haar man zal mijn abrikozenhartjes kunnen waarderen en hun dochter zal mijn vergulde chilivierkantjes heerlijk vinden...

Wat gebeurt er? Wat is er in mij veranderd?

Een nieuw gevoel van roekeloosheid lijkt vat op me te hebben gekregen, een gevoel van hoop, van zelfvertrouwen. Ik ben niet helemaal mezelf meer, maar wel iets wat dichter bij Vianne Rocher staat, de vrouw die Lansquenet binnenwaaide op de carnavalswind...

Buiten hangen de windbelletjes volkomen stil en de lucht is donker van de nog niet gevallen sneeuw. Het onnatuurlijk zachte van de afgelopen week is verdwenen en het is zo koud dat de adem als een rookpluim blijft hangen wanneer de voorbijgangers als grijze, wazige zuilen langslopen. Er staat een muzikant op de hoek; ik hoor de klanken van een saxofoon die met een loom, bijna menselijk geluid *Petite Fleur* speelt.

Ik zeg tegen mezelf: Die zal het koud hebben.

Het is een vreemde gedachte voor Yanne Charbonneau. Echte Parijzenaars kunnen zich dergelijke gedachten niet veroorloven. Er zijn in deze stad zo veel armen: daklozen, oude mensen die als Leger-des-Heilsbundeltjes in winkelportieken en steegjes zitten. Ze hebben het allemaal koud, ze hebben allemaal honger. Echte Parijzenaars kan het niets schelen. En ik wil toch een echte Parijzenaar zijn...

Maar de muziek blijft klinken en doet me denken aan een andere plek en een andere tijd. Ik was toen iemand anders en de woonboten op de Tannes lagen zo dicht bij elkaar dat je bijna van oever tot oever kon lopen. Er was toen muziek: steeldrums en violen en fluitjes en fluiten. De rivierzigeuners leefden van muziek, leek het wel, en hoewel sommige dorpelingen hen bedelaars noemden, heb ik hen nooit echt zien bedelen. In die tijd zou ik niet geaarzeld hebben...

Je hebt een gave, zei mijn moeder altijd. *En gaven zijn er om te worden weggegeven.*

Ik maak een pot warme chocola. Ik schenk een beker in en breng hem naar de saxofoonspeler – die verbazingwekkend jong is, hooguit achttien – met een stuk chocoladetaart erbij. Het is een gebaar dat Vianne Rocher zonder nadenken zou hebben gemaakt...

'Van de zaak.'

'Hé! Bedankt!' Zijn gezicht klaart op. 'Je bent zeker van de chocoladewinkel. Ik heb veel over je gehoord. Jij bent zeker Zozie?'

Ik begin een beetje wild te lachen. De lach voelt even bitterzoet en vreemd als alles op deze vreemde dag, maar de saxofoonspeler schijnt het niet te merken.

'Heb je een verzoeknummer?' vraagt hij mij. 'Ik speel wat je maar wilt. Rondje van de zaak,' voegt hij er met een grijns aan toe.

'Ik... ik...' stamel ik. 'Ken je *"V'là l'bon vent"*?'

'Ja hoor.' Hij pakt zijn sax op. 'Voor jou, Zozie,' zegt hij.

Terwijl de saxofoon begint te spelen, huiver ik, maar niet alleen van de kou, en ik loop terug naar Le Rocher de Montmartre, waar Rosette nog rustig op de grond zit te spelen met ik weet niet hoeveel knopen om haar heen.

12

Dinsdag 18 december

IK HEB DE REST VAN DE DAG IN DE KEUKEN GEWERKT, TERWIJL ZOZIE de klanten bediende. We krijgen nu meer klanten dan ooit, meer dan ik alleen aankan, en het is maar goed dat ze nog steeds bereid is te helpen, want nu Kerstmis nadert, lijkt half Parijs ineens een voorliefde voor zelfgemaakte chocola te hebben ontwikkeld.

De voorraad couverture waarmee ik tot Nieuwjaar toe dacht te kunnen, was binnen een paar weken op, en we krijgen om de tien dagen nieuwe geleverd om de toenemende vraag bij te kunnen houden. De winst valt veel hoger uit dan ik had durven hopen, en het enige wat Zozie daarop zegt, is: 'Ik wist wel dat de klandizie aan zou trekken voor de kerst.' Alsof zulke wonderen dagelijks gebeuren.

Opnieuw vraag ik me af hoe het mogelijk is dat alles zo snel veranderd is. Drie maanden geleden waren we hier nog vreemde eenden in de bijt, schipbreukelingen op deze rots van Montmartre. Nu horen we bij het decor, net als Chez Eugène of Le P'tit Pinson; en de buurtbewoners die er nooit over zouden hebben gepeinsd een toeristenwinkel binnen te gaan, komen nu een- of tweemaal per week langs (en in sommige gevallen bijna elke dag) om koffie, taart of chocola te halen.

Wat heeft ons veranderd? De chocola natuurlijk; ik weet dat mijn zelfgemaakte truffels veel beter zijn dan welke fabriekstruffel ook. Ook het decor is meer uitnodigend geworden, en nu Zozie er is om me te helpen, is er tijd om af en toe even te zitten praten.

Montmartre is een dorp in de stad, en het blijft er uiterst nostalgisch, zij het dat deze nostalgie van dubieuze aard is, met zijn smalle straatjes en oude cafés en landelijke huisjes met hun zomerse pleisterwerk en valse luiken voor de ramen en vrolijke geraniums in aardewerken potten. Voor de mensen van Montmartre, gevangen als ze zijn op hun rots boven een Parijs dat broeit van de verandering, voelt het soms als het láátste dorp – een vluchtig stukje tijd waarin alles schattiger en simpeler was, waarin deuren niet afgesloten werden en narigheid en blessures verholpen konden worden met een stukje chocola...

Het is helaas allemaal een illusie. Voor de meeste mensen hier heeft die tijd nooit bestaan. Ze leven in een wereld van gedeeltelijke fantasie, waarin het verleden zo diep begraven ligt onder wensdenken en spijt dat ze hun eigen verzinsels bijna zijn gaan geloven.

Kijk maar naar Laurent, die zich zo bitter over immigranten uitlaat, maar wiens vader een Poolse Jood was die in de oorlog naar Parijs is gevlucht, zijn naam heeft veranderd, met een Parijs meisje is getrouwd en Gustave Jean-Marie Pinson werd, Franser dan de Fransen, zo authentiek als de stenen van de Sacré-Coeur.

Hij heeft het er natuurlijk niet over, maar Zozie weet het, hij moet het haar verteld hebben. En madame Pinot, met haar zilveren kruisje en dunlippige, afkeurende glimlach en etalage vol gipsen heiligenbeeldjes, die is nog nooit in haar leven een madame geweest. In haar jongere jaren (aldus Laurent, die dit soort dingen weet) was ze danseres in de Moulin Rouge, en soms trad ze op met een nonnensluier, hoge hakken en een zwart satijnen korset dat zo strak zat dat de tranen je in de ogen sprongen; niet echt iets wat je zou verwachten van iemand die religieuze snuisterijen verkoopt, en toch...

Zelfs die knappe Jean-Louis en Paupaul, die de Place du Tertre zo deskundig afstropen en de dames ertoe verleiden hun geld af te staan door hun stoere complimenten te geven en onfatsoenlijke toespelingen te maken. Je zou denken dat die in ieder geval zijn wat ze lijken. Maar geen van beiden heeft ooit een voet in een kunsthal gezet of een kunstopleiding gevolgd, en ondanks hun mannelijke aantrekkingskracht zijn het allebei stille maar onvervalste homo's, die zelfs van plan zijn een burgerlijk huwelijk te gaan sluiten – misschien in San Francisco, waar dergelijke dingen gewoner zijn en minder streng beoordeeld worden.

Dat zegt Zozie, en zij schijnt alles te weten. Anouk weet ook meer dan ze mij vertelt, en ik merk dat ik me steeds meer zorgen om haar maak. Ze vertelde me vroeger alles, maar sinds kort is ze rusteloos en gesloten. Ze zit urenlang in haar kamer, is bijna het hele weekend met Jean-Loup op het kerkhof, en 's avonds zit ze urenlang met Zozie te praten.

Het is voor een kind van haar leeftijd logisch dat ze wat onafhankelijker wil zijn, maar Anouk heeft iets waakzaams gekregen, iets kouds waarvan ze zich misschien niet eens bewust is, en dat maakt me ongerust. Het is net of er een spil tussen ons van stand is veranderd, of een meedogenloos mechanisme ons langzaam uit elkaar aan het drijven is. Ze vertelde me altijd alles. Nu lijkt alles wat ze zegt vreemd behoedzaam, en wanneer ze lacht, lijkt het te vrolijk, te geforceerd, en dat geeft me een onprettig gevoel.

Komt dat door Jean-Loup Rimbault? Denk niet dat ik niet heb gemerkt dat ze het haast nooit meer over hem heeft, dat ze op haar hoede is wanneer ik over hem spreek, dat ze zich met zorg kleedt voor school, terwijl ze ooit nauwelijks haar haar borstelde...

Komt het misschien door Thierry? Is ze gespannen vanwege Roux?

Ik heb haar op de man af gevraagd of er iets aan schort, misschien iets op school, of een probleem waar ik niets van weet, maar met dat heldere bravemeisjesstemmetje van haar zegt ze dan altijd 'Nee, maman', en dan gaat ze naar boven om haar huiswerk te doen.

Maar als ik later op de avond in de keuken sta, hoor ik ze in Zozies kamer lachen. Ik sluip naar de trap om er te staan luisteren, en ik hoor Anouks stem, als een herinnering. En ik weet dat als ik de deur opendoe en bijvoorbeeld vraag of ze iets wil drinken, het lachen ophoudt en haar ogen koel worden en de Anouk die ik in de verte hoorde, weg is, als in een sprookje...

Zozie was de adventsetalage aan het veranderen, en er is weer een nieuwe deur opengegaan. Een kerstboom, knap gemaakt van piepkleine dennentakjes, staat nu in de hal van het kleine huis. De moeder staat bij de deur van het huis en kijkt de tuin in, waar een koortje kerstliedjes staat te zingen (ze heeft er chocolademuizen voor gebruikt); ze staan in een halve cirkel opgesteld en kijken naar binnen.

Toevallig hebben ook wij vandaag onze boom neergezet. Het is maar een kleine, van de bloemist verderop, maar hij ruikt heerlijk naar naalden en hars, naar een verhaal over kinderen die in een bos verdwaald zijn, en er zijn zilveren sterren die aan de takken kunnen worden gehangen en snoeren met witte kerstlichtjes die om de boom gewonden kunnen worden.

Anouk vindt het leuk de boom zelf op te tuigen, dus heb ik hem expres kaal gelaten, zodat we wanneer ze uit school komt, hem samen kunnen versieren.

'Zo, en waar is Anouk tegenwoordig zoal mee bezig?' Mijn luchtige toon is geforceerd. 'Ze lijkt alle kanten op te rennen.'

Zozie glimlachte. 'Het is bijna Kerstmis,' zei ze. 'Kinderen raken rond de kerst altijd opgewonden.'

'Ze heeft niets tegen jou gezegd? Ze is niet van streek door dat van Thierry en mij?'

'Niet dat ik weet,' zei Zozie. 'Ze lijkt eerder opgelucht.'

'Dus ze zit niet over iets te tobben?'

'Alleen maar over het feest,' zei Zozie.

Dat feest. Ik weet nog steeds niet wat ze ermee wil bereiken. Sinds de dag dat ze erover begon, is mijn kleine Anouk eigenzinnig en vreemd, maakt ze plannen en stelt ze gerechten voor, nodigt ze iedereen die komt uit, zonder zich ook maar één moment druk te maken om praktische punten als zitplaatsen en ruimte.

'Kunnen we madame Luzeron uitnodigen?'

'Natuurlijk, Nanou. Als je denkt dat ze komt.'

'En Nico?'

'Goed.'

'En Alice, natuurlijk. En Jean-Louis en Paupaul...'

'Nanou, die mensen hebben zelf ook een huis, en familie. Waarvoor zouden ze...'

'Ze komen,' zegt ze, alsof ze het persoonlijk heeft geregeld.

'Hoe weet je dat?'

'Ik weet het gewoon.'

Misschien is dat ook zo, houd ik mezelf voor. Ze schijnt heel wat te weten. En dan is er nog iets, een geheim in haar ogen, iets waarvan ik ben buitengesloten.

Ik kijk de chocolaterie in. Hij ziet er warm uit, intiem bijna. Er branden kaarsen op de tafeltjes, de adventsetalage is gehuld in een roze gloed. Het ruikt naar sinaasappel en kruidnagel van de pomander die boven de deur hangt, naar dennengeur van de boom, naar gekruide wijn die we behalve onze gekruide warme chocolade ook serveren, en naar vers gemberbrood dat zo uit de oven komt. Het lokt klanten, drie à vier tegelijk, zowel vaste klanten als onbekenden en toeristen. Ze blijven voor de etalage staan, ruiken de geuren, en dan komen ze binnen en kijken ze, misschien een beetje verdwaasd, naar de vele geuren en kleuren en al hun favorieten in de glazen vakjes – de bittere sinaasappelkrakelingen, de mendiants du roi, de hete chilivierkantjes, de perzik-cognactruffel, de witte-chocolade-engel, de brosse lavendelchocola – die allemaal onhoorbaar fluisteren: *Probeer me, proef me, test me.*

En Zozie vormt de spil, zelfs tijdens topdrukte. Ze lacht, glimlacht, plaagt, deelt chocolaatjes rond, praat met Rosette en maakt alles een beetje vrolijker alleen al door er te zijn...

Het voelt alsof ik mezelf gadesla: de Vianne die ik in een ander leven was.

Maar wie ben ik nu? Ik sta verscholen achter de keukendeur toe te kijken, op de een of andere manier niet in staat mijn blik af te wenden. Een herinnering aan een andere tijd, een man die in een gelijksoortige deuropening achterdochtig naar binnen stond te gluren: Reynauds gezicht, met die hongerige ogen, de akelige, gekwelde blik van een man die bijna walgt van wat hij ziet, maar die desondanks naar binnen moet kijken.

Zou ik ook zo geworden zijn? Een versie van de Zwarte Man? Een soort Reynaud, gekweld door plezier, niet in staat de vreugde van anderen te verdragen, verpletterd door afgunst en schuldgevoelens?

Absurd. Hoe zou ik jaloers kunnen zijn op Zozie?

Erger nog: Hoe komt het dat ik bang ben?

Om halfvijf komt Anouk binnengewaaid, met een lichtje in haar ogen en een verraderlijk schijnsel bij haar voeten dat Pantoufle zou kunnen zijn, als hij bestond. Ze begroet Zozie met een uitbundige omhelzing. Rosette doet mee. Ze draaien haar in het rond, terwijl ze 'Bam-bam-bam!' roept. Het wordt een spelletje, een wild soort dans die ermee eindigt dat ze alle drie lachend en buiten adem op de zachte roze leunstoelen neervallen.

En terwijl ik achter de keukendeur toekijk komt er plotseling een gedachte bij me op. Er zijn natuurlijk te veel spoken hier. Gevaarlijke spoken, lachende spoken, spoken uit een verleden waarvan we ons niet kunnen veroorloven dat ze weer tot leven komen, maar het vreemde is dat ze wonderlijk levend lijken. Alsof ik, Vianne Rocher, de geest ben en dat kleine drietal in de winkel echt, het magische getal, de cirkel die niet doorbroken kan worden...

Dat is natuurlijk nonsens. Ik weet dat ik echt ben. Vianne Rocher is maar een naam die ik had, misschien niet eens mijn echte naam. Ze kan geen ander doel hebben dan dat, ze kan buiten mij geen toekomst hebben.

Maar toch blijf ik er maar aan denken als aan een lievelingsjas, of een paar schoenen die impulsief zijn weggegeven aan een liefdadigheidswinkel om door iemand anders met plezier gedragen te worden...

En nu vraag ik me maar steeds af: Hoeveel van mezelf heb ik weggegeven? En als ik Vianne niet meer ben, wie is het dan wel?

DEEL ZEVEN

DE TOREN

1

Woensdag 19 december

HÉ, DAG MADAME. UW FAVORIET? EENS KIJKEN: CHOCOLADETRUF-fels, volgens mijn speciale recept gemaakt, met het symbool van Dame Bloedmaan erop en gerold door iets wat de tong prikkelt. Een dozijn? Of zullen we er maar twee dozijn van maken? Verpakt in een doos van gekrinkeld goudpapier en met een prachtig rood lint eromheen...

Ik wist dat ze uiteindelijk zou komen. Mijn specialiteiten heb-ben meestal dat effect. Ze kwam net voor sluitingstijd; Anouk was boven haar huiswerk aan het maken en Vianne stond weer in de keuken om aan de verkoop van morgen te werken.

Eerst zie ik haar de geur opsnuiven. Het is een combinatie van van alles en nog wat: de kerstboom in de hoek, de muffe geur van een oud huis, sinaasappel en kruidnagel, gemalen koffie, warme melk, patchoeli, kaneel, en natuurlijk chocola – bedwelmend, zo vol als een gevulde piñata en zo donker als de dood.

Ze kijkt om zich heen, ziet de decoratieve lappen aan de muur, de platen, de belletjes, de ornamenten, het poppenhuis in de etalage, de kleedjes op de vloer; alles in de kleuren chroomgeel en fuchsiaroze en scharlaken en goud en groen en wit. Het lijkt hier wel een opi-umkit, hoor je haar bijna zeggen, en dan vraagt ze zich af waarom ze haar fantasie zo laat gaan. In feite heeft ze nog nooit een opiumkit gezien, of het moet in *Sprookjes van duizend-en-een-nacht* zijn ge-weest, maar deze winkel heeft iets, denkt ze. Bijna iets... magisch.

Buiten is de geelgrijze lucht lichter aan het worden door de be-lofte van sneeuw. De voorspellers kondigen het nu al een paar da-gen aan, maar tot Anouks teleurstelling is het tot nu toe zo zacht is geweest dat het niet meer heeft opgeleverd dan natte sneeuw en deze mist waar geen einde aan komt.

'Wat een rotweer,' zegt madame. Natuurlijk vindt ze dat: ze ziet in de wolken geen magie, maar vervuiling, ze ziet in de kerstverlichting geen sterren, maar gloeilampen, ze ziet geen troost, geen vreugde, alleen maar de oneindige, onrustige drukte van mensen die langs elkaar heen lopen zonder elkaar warmte te geven, die op het allerlaatste moment op zoek gaan naar cadeautjes die zonder plezier geopend zullen worden en die zich haasten naar een maaltijd waarvan ze niet zullen genieten, met mensen die ze een jaar lang niet hebben gezien, en liever helemaal niet zouden zien...

Door de Rokende Spiegel kijk ik naar haar gezicht. Het is in vele opzichten een hard gezicht, het gezicht van een vrouw wier persoonlijke sprookje nooit de kans op een gelukkig einde heeft gekregen. Ze heeft ouders, een minnaar en een kind verloren; ze heeft welstand bereikt door hard te werken, ze heeft jaren geleden al haar tranen vergoten en ze kan nu geen medelijden meer opbrengen voor haarzelf of anderen. Ze heeft een hekel aan Kerstmis en voelt minachting voor Nieuwjaar.

Dit alles zie ik door het Oog van Zwarte Tezcatlipoca, en wanneer ik mijn best doe, kan ik nog net zien wat er zich achter de Rokende Spiegel bevindt: de dikke vrouw die voor de tv zit, soesjes etend uit een witte gebaksdoos, terwijl haar man al de derde avond overwerkt; de etalage van een antiekwinkel en een pop met porseleinen kop onder een stolp; de drogisterij waar ze ooit even binnenwipte om luiers en melk voor haar baby te kopen; het gezicht van haar moeder, breed en hard en niet verbaasd toen ze haar het vreselijke nieuws kwam vertellen...

Maar sindsdien heeft ze het ver geschopt, heel ver, maar toch is er iets in haar, een leegte, die er nog naar snakt gevuld te worden.

'Twaalf truffels. Nee. Doe maar twintig,' zegt ze. Alsof truffels iets uit kunnen maken. Maar op de een of andere manier zijn deze truffels anders, denkt ze. En de vrouw achter de toonbank, met haar lange donkere haar waarin kristallen zijn verwerkt en de smaragdkleurige schoenen met de glanzende hoge hakken – schoenen om de hele nacht op te dansen, op te springen, mee te vliegen, om er alles op te doen behalve lopen – die ziet er op de een of andere manier ook anders uit, anders dan de mensen om haar heen, op een vreemde manier meer lévend, échter...

Er ligt wat donker poeder op de toonbank waar cacao van de truffels op het glas is gevallen. Met een vingertop het teken van Eén

Jaguar, het Kattenaspect van Zwarte Tezcatlipoca, in het chocolade-poeder tekenen, is zó gedaan. Ze staart ernaar, half gehypnotiseerd door de kleuren en de geuren, terwijl ik de doos inpak, waarbij ik de tijd neem voor de linten en het papier.

Dan komt Anouk binnen, precies op het juiste moment. Ze is een en al wilde haren en lacht om iets wat Rosette gedaan heeft, en madame kijkt op en haar gezicht wordt plotseling slap.

Herkent ze misschien iets? Zou het kunnen dat het talent dat in Vianne en Anouk zo rijkelijk aanwezig is, een spoor hier in de bron heeft achtergelaten? Anouk lacht haar stralend toe. Madame lacht terug, eerst aarzelend, maar wanneer Bloedmaan en Konijnmaan zich voegen bij de lokroep van Eén Jaguar, wordt haar deegachtige gezicht bijna mooi van verlangen.

'En wie is dit?' vraagt ze.

'Dat is mijn kleine Nanou.'

Meer hoef ik niet te zeggen. Of madame nu iets bekends in het kind ziet of dat ze gewoon door Anouk zelf getroffen is, met haar poppengezicht en Byzantijnse haar, kan niemand zeggen, maar de ogen van madame zijn plotseling levendig en wanneer ik haar vraag of ze wil blijven voor een kop chocola (en misschien een van mijn speciale truffels erbij), neemt ze de uitnodiging zonder morren aan. Wanneer ze aan een van de tafeltjes met handopdruk zit, staart ze met een intensiteit die veel meer is dan honger naar Anouk, die de keuken in en uit loopt, Nico begroet wanneer die langsloopt, hem binnenroept voor een kop thee, met Rosette en haar knopendoos speelt, over de verjaardag van morgen praat, naar buiten rent om te kijken of het al sneeuwt, weer naar binnen rent, naar de verande-ringen in het adventshuis kijkt, een paar sleutelfiguren herschikt, dan weer kijkt of het al sneeuwt – het gáát sneeuwen, het móét sneeuwen, in ieder geval op kerstavond, want er is bijna niets waar ze zo van houdt als sneeuw...

Het is tijd om de winkel te sluiten. Het is zelfs twintig minu-ten na sluitingstijd wanneer madame zich uit een soort verdoving schijnt te rukken.

'Wat een schattig meisje heeft u,' zegt ze terwijl ze opstaat, de chocoladekruimels van haar schoot klopt en melancholiek naar de keukendeur staart, waardoor Anouk al is verdwenen, Rosette ten slotte met zich meenemend. 'Ze speelt met het kleintje alsof het haar zusje is.'

Dat ontlokt me een glimlach, maar ik help haar niet uit de droom.

'Hebt u zelf kinderen?' vraag ik.

Ze lijkt te aarzelen. Dan knikt ze. 'Een dochter,' zegt ze.

'Ziet u haar met Kerstmis?'

O, de pijn die zo'n vraag onbewust veroorzaakt... Ik zie het aan haar kleuren, een pure streep van schitterend wit die als bliksem de rest doorklieft.

Ze schudt haar hoofd; ze vertrouwt haar tong niet. Ook nu nog, na al die jaren, heeft het gevoel nog steeds de kracht haar te verrassen met zijn indringendheid. Wanneer zal het nu eens wegsterven, zoals zo veel mensen al hebben beloofd? Tot dusverre is dat niet gebeurd. Het verdriet dat al het andere overstemt, dat minnaar, moeder en vriendin in het niet doet zinken bij de desolate kloof die zich opent wanneer je een kind verliest...

'Ze is me ontvallen,' zegt ze zacht.

'Wat erg.' Ik leg mijn hand op haar arm. Ik heb korte mouwen aan en mijn bedelarmband, vol met kleine figuurtjes, rammelt zwaar. De glans van zilver vangt haar aandacht.

Het katje is zwart geworden van ouderdom en lijkt nu meer op Eén Jaguar van Zwarte Tezcatlipoca dan het goedkope glanzende snuisterijtje dat het ooit was.

Ze ziet het en verstijft. Je ziet haar denken dat het bijna absurd is, dat zo'n toeval niet voorkomt, dat het maar een goedkope bedelarmband is en dat hij niets te maken kan hebben met het baby-armbandje en het kleine zilveren katje.

Maar o! Als het nu eens waar kon zijn, denkt ze. Je hoort wel eens van die dingen... En niet alleen in films, maar soms ook in het echte leven...

'Wat een a-aparte b-bedelarmband.' Haar stem trilt zo hevig dat ze de woorden nauwelijks kan uitspreken.

'Dank u. Ik heb hem al jaren.'

'O, ja?'

Ik knik. 'Elk bedeltje is een herinnering. Dit bedeltje is van toen mijn moeder stierf...' Ik wijs op een bedeltje in de vorm van een doodskist. Het komt in feite uit Mexico City – ik denk dat het uit een piñata komt – en er zit een klein zwart kruisje op de deksel van de kist.

'Uw moeder?'

'Nou ja, zo noemde ik haar. Ik heb mijn echte ouders nooit gekend. Deze sleutel is van toen ik eenentwintig werd. En dit katje is mijn oudste bedeltje, een geluksbedeltje. Ik heb het al mijn hele leven. Al voor ik geadopteerd werd, denk ik.'

Ze staart me nu aan, bijna verlamd. Het is onmogelijk, en ze weet het, maar iets in haar wat niet zo rationeel is, houdt vol dat wonderen gebeuren, dat magie bestaat. Het is de stem van de vrouw die ze ooit was, degene die toen ze nauwelijks negentien was, verliefd werd op een man van tweeëndertig die haar zei dat hij van haar hield en die ze geloofde.

En dan is daar nog dat meisje. Herkende ze niet iets in haar? Een gevoel dat aan haar hart trekt en rukt als een katje dat zijn nagels in een bol touw heeft gezet...

Sommige mensen – bijvoorbeeld ik – zijn geboren cynici. Maar wanneer je eenmaal gelooft, blijf je geloven. Ik voel dat madame zo iemand is; ik heb het zelfs geweten vanaf het moment waarop ik die porseleinen poppen in de hal van Le Stendhal zag. Ze is een romantica van middelbare leeftijd, verbitterd, teleurgesteld en daarom des te kwetsbaarder, en er is slechts één woord van mij voor nodig om haar piñata als een bloem te laten opengaan.

Eén wóórd? Eén náám, natuurlijk.

'Ik moet sluiten, madame.' Ik duw haar zachtjes richting deur. 'Maar als u nog eens wilt komen, we geven op kerstavond een feestje. Als u geen andere plannen heeft, wilt u misschien wel een uurtje langskomen.'

Ze kijkt me aan met ogen als sterren.

'O, ja,' fluistert ze. 'Dank u. Graag.'

2

Woensdag 19 december

VANMORGEN IS ANOUK NAAR SCHOOL GEGAAN ZONDER GEDAG te zeggen. Dat moet me niet al te zeer verbazen, want dat heeft ze deze week elke dag gedaan. Ze komt laat aan het ontbijt met een 'Dag allemaal!', ze grijpt met één hand haar croissant en rent het donker in.

Maar we hebben het hier over Anouk, die me vroeger van louter levensvreugde een lik in het gezicht gaf en 'Ik hou van jou!' riep in volle straten, en die nu zo stil en in zichzelf gekeerd is, dat ik een groot gemis en ijskoude angst voel. De twijfels die me hebben achtervolgd sinds ze geboren werd, nemen nu met de week toe.

Ze wordt groter, natuurlijk. Andere dingen houden haar bezig. Schoolvriendinnen. Huiswerk. Docenten. Misschien een vriendje (Jean-Loup Rimbault?), of het zoete delirium van de eerste verliefdheid. Er zijn misschien andere dingen: gefluisterde geheimen, grote plannen, dingen die ze misschien aan haar vrienden vertelt, maar die als haar moeder ze wist, haar ineen zouden doen krimpen van schaamte.

Allemaal volkomen normaal, houd ik mezelf voor. En toch: het gevoel buitengesloten te zijn is bijna ondraaglijk. We zijn niet als andere mensen, denk ik. Anouk en ik zijn anders. En welk ongemak dat ook moge brengen, ik kan het niet langer negeren...

Nu ik dat weet, voel ik dat ik verander: ik word kortaf en kritisch om niks. Maar hoe moet mijn zomerkind weten dat de klank van mijn stem niet het gevolg is van boosheid, maar van angst?

Voelde mijn moeder hetzelfde? Voelde ze dat gemis, die angst die nog groter is dan de angst voor de dood, toen ze, zoals alle moeders doen, vergeefs probeerde het meedogenloze voortschrijden van de tijd tegen te gaan? Heeft ze me gevolgd zoals ik Anouk volg, dat wat haar groei markeert in me opnemend? Het speelgoed dat te kinderachtig is geworden, de kleren die niet meer gedragen worden, de verhaaltjes voor het slapengaan die niet meer verteld worden – allemaal achtergelaten terwijl het kind gretig de toekomst tegemoetrent, weg van haar jeugd, weg van mij...

Mijn moeder vertelde altijd een verhaal. Een vrouw wilde wanhopig graag een kind, maar omdat ze geen kinderen kon krijgen, maakte ze op een winterdag een kind van sneeuw. Ze maakte het met de uiterste zorg, kleedde het en schonk het liefde en zong er liedjes voor, totdat de Winterkoningin medelijden kreeg met de vrouw en het kind van sneeuw tot leven wekte.

De vrouw, de moeder, was diep dankbaar. Ze bedankte de Winterkoningin met tranen van vreugde en ze zwoer dat haar nieuwe dochter nooit iets tekort zou komen en zolang zij leefde, nooit verdriet zou kennen.

'Maar pas op, dame,' zei de Winterkoningin. 'Soort zoekt soort, en verandering trekt verandering aan, en de wereld draait door, ten goede of ten kwade. Houd je kind uit de zon, houd haar gehoorzaam zo lang je kunt, want een kind van verlangen is nooit tevreden, zelfs niet met de liefde van een moeder.'

Maar de moeder luisterde nauwelijks. Ze nam haar kind mee naar huis en hield van haar en zorgde voor haar, precies zoals ze de Winterkoningin beloofd had. De tijd verstreek; het kind groeide met magische snelheid, sneeuwwit en donkerogig en zo mooi als een heldere winterdag.

Toen kwam de lente. De sneeuw begon te smelten en het sneeuwkind werd steeds ontevredener. Ze wilde naar buiten gaan, zei ze; ze wilde bij andere kinderen zijn, ze wilde spelen. De moeder weigerde natuurlijk eerst, maar het kind liet zich niet ompraten. Ze huilde, werd bleek en weigerde te eten, zodat de moeder eindelijk, met tegenzin, zwichtte.

'Blijf uit de zon,' waarschuwde ze het kind. 'En hou altijd je muts op en je jas aan.'

'Goed,' zei het kind, en ze huppelde weg.

De hele dag speelde het sneeuwkind. Het was de eerste keer dat ze ooit andere kinderen had gezien. Ze speelde voor het eerst verstoppertje, leerde zangspelletjes en klapspelletjes en renspelletjes en nog veel meer. Toen ze thuiskwam, leek ze ongewoon moe, maar blijer dan haar moeder haar ooit gezien had.

'Mag ik morgen weer?'

Met een zwaar hart stemde haar moeder toe – als ze maar haar jas aan en muts op hield – en opnieuw was het sneeuwkind de hele dag buiten. Ze sloot geheime vriendschappen en plechtige bondgenootschappen; ze schaafde voor de allereerste keer haar knieën, en weer kwam ze thuis met glanzende ogen en stond ze erop de dag erna weer naar buiten te gaan.

Haar moeder protesteerde – het kind was doodop – maar ten slotte stemde ze weer toe. En op de derde dag ontdekte het sneeuwkind de verrukkelijke vreugde van ongehoorzaam zijn. Voor het eerst in haar korte leven hield ze zich niet aan een belofte: ze brak een raam, ze kuste een jongen en ze deed in de zon haar muts af en haar jas uit.

De tijd schreed voort. Toen het avond werd en het sneeuwkind nog steeds niet was teruggekeerd, ging de moeder haar opzoeken. Ze vond haar jas, ze vond haar muts, maar het sneeuwkind was nergens te zien, en zou ook nooit meer gezien worden. Het enige teken was een stille waterplas waar eerst geen waterplas was geweest.

Ik heb dat nooit een prettig verhaal gevonden. Van alle verhalen die mijn moeder altijd vertelde, was dat het verhaal dat me het bangst maakte, niet om het verhaal zelf, maar om de uitdrukking op haar gezicht en de trilling in haar stem en omdat ze me zo pijnlijk stevig vasthield, terwijl de wind in het winterse duister wild waaide.

Natuurlijk had ik toen geen idee waarom ze zo bang leek. Nu weet ik beter. Ze zeggen dat de grootste angst van jonge kinderen is, door hun ouders verlaten te worden. Heel veel kinderverhalen zijn er een afspiegeling van: Hans en Grietje, *The Babes in the Wood*, Sneeuwwitje die op de huid wordt gezeten door de boze koningin...

Maar nu ben ík het die in het bos verdwaald is. Zelfs bij de warmte van het keukenfornuis huiver ik nog; ik trek mijn dikke kabeltrui steviger om mijn schouders. Momenteel voel ik de kou, maar Zozie zou voor de zomer gekleed kunnen zijn, met haar vrolijk bedrukte katoenen rok en flatjes en haar met een gele strik opgebonden haar.

'Ik ga even een uurtje weg. Is dat goed?'

'Natuurlijk.'

Hoe kan ik weigeren? Ze neemt nog steeds geen echt salaris aan. En weer vraag ik me stilletjes af: Wat is je prijs?

Wat wil je?

Buiten waait nog steeds de decemberwind. Maar de wind heeft geen macht over Zozie. Ik kijk toe terwijl ze de lichten voor in de winkel uitdoet en neuriënd de luiken voor de etalage sluit, waar de houten knijperpoppetjes in het gepleisterde huis om de verjaars-scène heen staan, terwijl buiten, onder de lantaarn in de portiek, een koor van chocolademuizen, met piepkleine zangboekjes op de pootjes gespeld, stil in de kristalsuikersneeuw staat te zingen.

3

Donderdag 20 december

THIERRY WAS ER VANDAAG WEER, MAAR ZOZIE HEEFT HET AFGE-handeld. Hoe weet ik niet precies. Ik sta diep bij haar in het krijt, een feit dat me nog het meest dwarszit. Ik ben namelijk niet verge-ten wat ik onlangs in de chocolaterie heb gezien, of dat ongemak-kelijke gevoel dat ik kreeg toen ik naar mezelf keek, naar de Vianne Rocher die ik vroeger was, herboren in Zozie de l'Alba, die mijn methoden gebruikt, mijn tekst spreekt en me uitdaagt dit alles te betwisten.

Ik sloeg haar vandaag onopgemerkt gade, zoals ik gisteren en de dag daarvoor ook al heb gedaan. Rosette zat zoet te spelen; in de warme keuken hing een geurmengeling van kruidnagel en marsh-mallow en kaneel en rum; mijn handen waren bedekt met poeder-suiker en cacao; het koper gloeide, de ketel stond op de kachel te zingen. Het was allemaal heel vertrouwd, absurd geruststéllend, en toch kon een deel van mij geen rust krijgen. Telkens wanneer de deurbel klonk, keek ik voor de zekerheid even de winkel in.

Nico kwam langs met Alice aan zijn zij, en ze zagen er allebei ab-surd gelukkig uit. Nico zegt dat hij is afgevallen, ondanks zijn ver-slaving aan kokosmakronen. Iemand die oppervlakkig observeert zou het verschil misschien niet zien (hij lijkt nog even dik en vrolijk als altijd), maar Alice zegt dat hij vijf kilo kwijt is en zijn riem drie gaatjes minder ver kan dichtdoen.

'Het is zoiets als verliefd zijn,' zei hij tegen Zozie. 'Je moet er calorieën voor verbranden of zo. Hé, wat een mooie boom. Pracht-boom. Wil jij ook zo'n boom, Alice?'

De stem van Alice is minder gemakkelijk te horen, maar ze spréékt in ieder geval, en haar puntige gezichtje lijkt vandaag wat kleur te hebben. Naast Nico is ze net een kind, maar dan wel een gelukkig kind – niet meer verloren – en haar ogen lijken zijn gezicht niet los te laten.

Ik moest denken aan het adventshuis en aan de twee kleine figuurtjes die met de pijpenragerhandjes in elkaar geslagen onder de kerstboom staan.

Dan heb je nog madame Luzeron, die nu vaker langskomt, en die met Rosette speelt terwijl ze haar mokka drinkt. Ook zij ziet er tegenwoordig meer ontspannen uit. Vandaag droeg ze een felrode twinset onder haar zwarte winterjas, en ze ging zelfs op haar knieën zitten toen zij en Rosette plechtig een houten hond heen en weer lieten rijden over de vloertegels...

Toen voegden Jean-Louis en Paupaul zich bij hen en daarna Richard en Mathurin, die op weg waren naar een potje jeu de boules. Dan was er nog madame Pinot, die een halfjaar geleden nooit zou zijn binnengekomen, maar die Zozie bij haar voornaam noemt (Hermine) en die terloops vraagt om haar 'vaste recept'.

Terwijl de drukke middag zich voortspoedde, ontroerde het me dat zo veel mensen cadeautjes kwamen brengen voor Rosette. Ik was vergeten dat ze haar natuurlijk vaak bij Zozie zien terwijl ik achter chocola sta te maken, maar toch had ik het niet verwacht, en het herinnerde me aan het feit dat we veel vrienden hebben gemaakt sinds Zozie een maand geleden bij ons is komen wonen.

Ze kreeg de houten hond van madame Luzeron, een groen geverfde eierdop van Alice, een knuffelkonijn van Nico, een puzzel van Richard en Mathurin, en een tekening van een aap van Jean-Louis en Paupaul. Zelfs madame Pinot kwam langs met een gele haarband voor Rosette, en om een bestelling te plaatsen voor roomviooltjes, waarvoor ze een enthousiasme heeft dat aan begerigheid grenst. Toen kwam Laurent Pinson binnen om zoals gewoonlijk suiker te stelen en me met neerslachtig leedvermaak te vertellen dat de zaken overal heel slecht liepen en dat hij zojuist een volledig gesluierde moslimvrouw in de Rue des Trois Frères had zien lopen, en toen hij wegging liet hij een pakje op de tafel vallen dat na opening een roze plastic bedelarmband bleek te bevatten die waarschijnlijk bij een tienertijdschrift was meegeleverd, maar die Rosette kritiekloos aanbidt en weigert af te doen, zelfs wanneer ze in bad gaat.

En toen, net toen we zouden gaan sluiten, kwam de vreemde vrouw die hier gisteren was, weer langs; ze kocht weer een doos truffels en liet een cadeautje voor Rosette achter. Dat verbaasde me het meest – ze is geen vaste klant en zelfs Zozie schijnt niet te weten hoe ze heet – maar toen we het papier eraf haalden, was onze verbazing nog groter. Er zat een doos met een babypop in, niet groot, maar duidelijk antiek, met een zacht lijf en een porseleinen gezicht dat omlijst werd door een met bont gevoerde muts. Rosette vindt hem prachtig natuurlijk, maar ik kon zo'n duur cadeau niet van een onbekende aannemen, en ik deed de pop terug in de doos met de bedoeling hem aan de vrouw terug te geven wanneer, en als, ze weer kwam.

'Maak je geen zorgen,' zei Zozie. 'Hij is waarschijnlijk van haar kinderen geweest of zo. Net als madame Luzeron met die meubeltjes uit haar poppenhuis.'

Ik wees haar erop dat we die spulletjes slechts in bruikleen hebben.

'Kom, Yanne,' zei Zozie. 'Je moet eens ophouden altijd zo achterdochtig te doen. Je moet de mensen een kans geven...'

Rosette wees naar de doos. *Baby*, gebaarde ze.

'Oké. Maar alleen vanavond.'

Rosette kraaide stilletjes van plezier.

Zozie glimlachte. 'Zie je nou wel? Zo moeilijk is het toch niet?'

Desondanks voelde ik me er niet gerust op. De meeste dingen hebben een prijs; er is geen gave of vriendelijkheid die uiteindelijk niet volledig betaald moet worden. Dat is wel het minste wat het leven me geleerd heeft. Daarom ben ik nu voorzichtiger. Daarom heb ik de windbelletjes boven mijn deur, om me te waarschuwen voor de Vriendelijken, die boodschappers van openstaande rekeningen...

Vanmiddag kwam Anouk zoals gewoonlijk uit school, waarbij het enige wat op haar aanwezigheid duidde het geroffel van haar voeten op de houten treden was toen ze naar haar kamer liep. Ik probeerde me te herinneren wanneer ze me voor het laatst begroet had zoals vroeger, toen ze me nog opzocht in de keuken om me te omhelzen en te kussen en te overstelpen met geklets. Ik zeg tegen mezelf dat ik te gevoelig ben. Maar er was een tijd waarin ze net zo min had kunnen vergeten mij te kussen als ze Pantoufle had kunnen vergeten...

Ja, zelfs dat zou ik nu verwelkomen. Een glimp van Pantoufle, een terloops woord. Een teken dat het zomerkind dat ik ooit gekend heb, niet helemaal verdwenen is. Maar ik heb hem al in geen dagen gezien, en ze heeft nauwelijks tegen me gesproken, niet over Jean-Loup Rimbault, niet over haar vriendinnen op school, niet over Roux, niet over Thierry, en zelfs niet meer over het feest, hoewel ik weet hoe hard ze ervoor gewerkt heeft door kaartjes met uit-nodigingen te maken en ze allemaal te versieren met een takje hulst en een plaatje van een aap, en door menu's te schrijven en plannen voor spelletjes te maken.

Terwijl we zitten te eten moet ik steeds maar naar haar kijken, en dan bedenk ik dat ze zo volwassen en zo plotseling verontrustend mooi lijkt, met haar donkere haar en haar stormachtige ogen en de belofte van fraaie jukbeenderen in haar levendige gezicht.

Ik moet ook steeds naar haar kijken wanneer ze met Rosette bezig is. Ik zie hoe ze haar hoofd gracieus en aandachtig over de met geel glazuur bedekte taart buigt en hoe wonderlijk aandoenlijk klein de handjes van Rosette in haar grotere handen zijn. 'Blaas de kaarsjes uit, Rosette,' zegt ze. 'Nee, niet kwijlen. Blazen. Kijk, zó.'

Ik moet ook steeds maar naar haar kijken wanneer ze bij Zozie is.

En o, Anouk, het gaat zo snel: die plotselinge overgang van licht naar donker, van het middelpunt van iemands wereld zijn naar niets anders dan een detail aan de rand, een figuur in de schaduw, zelden bestudeerd, nauwelijks waargenomen...

Laat die avond stop ik haar schoolkleren in de wasmachine. Even houd ik ze tegen mijn gezicht, alsof ze iets van haar hebben behouden wat ik ben kwijtgeraakt. Ze ruiken naar buiten en naar de wierookgeur van Zozies kamer, en naar de moutbiskwieachtige geur van haar zweet. Ik voel me net een vrouw die de kleren van haar minnaar doorzoekt om tekenen van ontrouw te vinden...

In de zak van haar spijkerbroek vind ik iets wat ze vergeten is eruit te halen. Het is een poppetje gemaakt van een houten knijper, hetzelfde soort poppetje dat ze heeft gemaakt voor de etalage. Maar nu ik deze beter bekijk, herken ik wie het is, zie ik wat er met vilt-stift op is getekend en de drie rode haren die rond het middel zijn gewonden, en als ik mijn ogen tot spleetjes maak, zie ik de gloed die het poppetje omgeeft, zo zwak en zo vertrouwd dat ik het anders misschien niet zou hebben opgemerkt...

Weer loop ik naar de adventsetalage, waar de scène voor morgen al klaarstaat. De deur van de eetkamer staat open en iedereen zit om de tafel, waarop een chocoladecake klaarstaat om aangesne-den te worden. Er staan kaarsjes op de tafel en er zijn bordjes en glaasjes, en nu ik beter kijk, herken ik bijna iedereen: dikke Nico, Zozie, kleine Alice met haar grote laarzen, madame Pinot met haar kruisje, madame Luzeron met haar begrafenisjas, Rosette, ik, zelfs

Laurent, en Thierry, die niet uitgenodigd is en onder de met sneeuw bedekte bomen staat.

En allemaal hebben ze dezelfde gouden gloed om zich heen.

Zoiets kleins.

Zoiets gróóts.

Maar er schuilt toch geen kwaad in een spel? Door te spelen krijgen kinderen greep op de wereld, en verhalen, zelfs de meest duistere, zijn het middel waarmee ze het leven leren hanteren, waarmee ze met verlies, met wreedheid en met dood leren omgaan.

Maar dit kleine tableau bevat meer. De scène met familie en vrienden aan tafel – de kaarsjes, de boom, de kerstchocoladecake – speelt zich helemaal ín het huis af. Buiten is het plaatje anders. Op de grond en de bomen ligt een dikke laag sneeuw in de vorm van poedersuiker. Het meer met de eendjes erop is nu bevroren; de suikermuizen met hun zangboekjes zijn verdwenen en aan de takken van de bomen hangen lange, dodelijke ijspegels, weliswaar van suiker, maar glasscherp.

Thierry staat eronder, en een donkere chocoladesneeuwpop, zo groot als een beer, slaat hem vanuit het bos vlakbij dreigend gade.

Ik bekijk het knijperpoppetje aandachtiger. Het lijkt griezelig veel op Thierry: zijn kleren, zijn haar, zijn mobieltje, zelfs op de een of andere manier zijn gezichtsuitdrukking, uitgebeeld door een ambivalente lijn en een paar stipjes voor de ogen.

En er is nog iets anders: een spiraal in de suikersneeuw, getrokken met de punt van een kleine vinger. Ik heb hem eerder gezien, in Anouks kamer, met krijt op het memobord in haar kamer gekalkt, met kleurpotlood op een kladblok getekend, honderden keren neergelegd met knopen en puzzelstukjes op deze vloer, waar nu een onmiskenbare toverglans af straalt...

En nu begin ik het te begrijpen. De onder de toonbank gekrabbelde symbolen, de kruidenzakjes boven de deur, de toevloed van nieuwe klanten, de nieuwe vrienden, alle veranderingen die hier in de afgelopen weken hebben plaatsgevonden. Dit is veel meer dan kinderspel. Dit heeft meer weg van een geheime campagne om het bezit over een terrein te verkrijgen waarvan ik niet eens wist dat het eigendom ervan betwist werd.

En de generaal achter deze campagne?

Moet ik dat nog vragen?

4

Vrijdag 21 december
Winterzonnewende

HET IS ALTIJD EEN GEKKENHUIS OP DE LAATSTE DAG VAN EEN TRI-
mester. De lessen bestaan voor het merendeel uit spelletjes en
opruimen, er zijn klassenfeesten, taart en kerstkaarten; docenten
die het hele jaar niet gelachen hebben, lopen rond met gewaagde
kerstoorbellen en kersthoedjes en delen soms zelfs snoep uit.

Chantal en haar aanhang hebben afstand gehouden. Sinds ze vorige week terug zijn gekomen, zijn ze niet half zo populair meer als
vroeger. Misschien komt het door dat ringwormgedoe. Suzes haar
groeit weer aan, maar ze draagt nog steeds haar hoedje. Chantal
ziet er wel goed uit, maar Danielle, die als eerste die erge dingen
over Rosette zei, is bijna al haar haar kwijt en ook haar wenkbrauwen. Ze kunnen onmogelijk weten dat ik dat heb gedaan, maar toch
blijven ze bij me uit de buurt, als schapen bij stroomdraad. Geen
spelletjes meer waarbij ik hem moet zijn, geen nare streken meer.
Geen grapjes meer over mijn haar, en geen bezoekjes meer aan de
chocolaterie. Mathilde heeft Chantal tegen Suze horen zeggen dat
ik 'een engerd' was. Jean-Loup en ik hebben ons suf gelachen. Een
engerd! Nou ja, wat stompzinnig, zeg...

Maar we hebben nog maar drie dagen, en van Roux geen spoor.
Ik heb de hele week opgelet, maar hij is door niemand gezien. Ik
ben zelfs vandaag naar het hotelletje geweest, maar er was niemand
te bekennen, en de Rue de Clichy is nou niet bepaald een plek waar
je rond wilt hangen, vooral niet nu het vroeg donker wordt. Er ligt
overal braaksel op de stoep en er slapen dronkaards tegen de metalen rolluiken in de portieken.

Maar ik had gedacht dat hij er gisterenavond in ieder geval zou
zijn – voor Rosettes verjaardag – maar hij was er natuurlijk niet.
Ik mis hem heel erg en ik moet steeds maar denken dat er iets mis

is. Heeft hij gelogen toen hij zei dat hij een boot had? Heeft hij die cheque vervalst? Is hij voorgoed verdwenen? Thierry zegt dat hij maar beter verdwenen kan zijn, als hij verstandig is. Zozie zegt dat hij misschien nog in de buurt is en zich ergens heeft verstopt. Maman zegt niets.

Ik heb het allemaal aan Jean-Loup verteld. Roux, Rosette en de hele rotzooi. Ik heb hem verteld dat Roux mijn beste vriend was en dat ik nu bang ben dat hij voorgoed verdwenen is, en toen kuste hij me en zei hij dat híj mijn vriend was...

Het was maar een kus. Niks vulgairs. Maar nu tril en tintel ik helemaal, alsof er een triangel in mijn buik zit of zo, en misschien...

Tjee.

Hij zegt dat ik met maman moet praten en moet proberen samen met haar alles uit te zoeken, maar ze heeft het tegenwoordig altijd zo druk en soms is ze tijdens het eten heel stil en dan kijkt ze me droevig en teleurgesteld aan, alsof er iets is wat ik had moeten doen, en dan weet ik niet wat ik moet zeggen om er iets aan te veranderen.

Misschien versprak ik me daarom wel vanavond. Ik had weer aan Roux en het feest zitten denken en me af zitten vragen of ik er wel van op aan kan dat hij komt. Het is al erg genoeg dat hij niet op Rosettes verjaardag is gekomen, maar als hij er op kerstavond ook niet is, loopt het niet zoals we gepland hebben, net als met een bijzonder ingrediënt in een recept dat je anders niet kunt maken. En als het niet goed gedaan wordt, dan wordt het allemaal nooit meer zoals het was, en dat moet, dat moet, nu helemáál...

Zozie moest vanavond weg en maman werkte weer tot laat door. Ze krijgt momenteel zo veel bestellingen dat ze ze nauwelijks aankan, en daarom maakte ik voor het avondeten een pan spaghetti. Mijn spaghetti nam ik mee naar mijn kamer zodat maman rustig kon werken.

Het was tien uur toen ik naar bed ging, maar toen kon ik nog niet slapen, dus liep ik naar de keuken om een glas melk te halen. Zozie was nog niet terug en maman was chocoladetruffels aan het maken. Alles rook naar chocola: mamans jurk, haar haar en zelfs Rosette, die op de grond zat te spelen met een stukje deeg en een paar koekvormpjes.

Het zag er allemaal zo veilig uit, zo vertrouwd. Ik had moeten weten dat dat een vergissing was. Maman zag er moe en een beetje gespannen uit; ze behandelde de truffelpasta alsof het brooddeeg was of zo en toen ik mijn glas melk kwam halen keek ze nauwelijks op.

'Snel, Anouk,' zei ze. 'Ik wil niet dat je zo laat nog op bent.'

Nou, Rosette is pas vier, dacht ik, en zij mag wel lang opblijven. 'Het is vakantie,' zei ik.

'Ik wil niet dat je ziek wordt,' zei maman.

Rosette trok aan de broekspijp van mijn pyjama, want ze wilde me haar deegvormpjes laten zien.

'Wat mooi, Rosette. Zullen we ze nu bakken?'

Rosette grijnsde en gebaarde: *mjum mjum.*

Wat ben ik toch blij met Rosette, dacht ik. Altijd vrolijk, altijd een lach. Daar zou een zeker iemand nog wat van kunnen leren. Wanneer ik groot ben, ga ik met Rosette samenwonen. Dan kunnen we op een boot op de rivier leven, net als Roux, en worstjes zo uit het blik eten en op de oever vuur maken en dan kan Jean-Loup misschien vlakbij wonen...

Ik stak de oven aan en nam er een bakplaat uit. Rosettes deegvormpjes waren een beetje groezelig, maar dat geeft niet wanneer ze gebakken zijn. 'We bakken ze twee keer, net als biscuits,' zei ik. 'Dan kunnen we ze in de kerstboom hangen.'

Rosette lachte en maakte door het glas van de ovendeur krassende geluiden naar de deegvormpjes om aan te geven dat ze snel gaar moesten worden. Daar moest ik om lachen en even voelde het goed, alsof er een wolk boven mijn hoofd verdwenen was. Toen sprak maman en was de wolk weer terug.

'Ik heb iets van je gevonden,' zei ze, op de truffelpasta rammend. Ik vroeg me af wat ze gevonden had, en waar. In mijn kamer, of misschien in mijn zakken. Soms denk ik dat ze me bespioneert. Ik merk het altijd wanneer ze aan mijn spullen heeft gezeten: boeken dic niet op hun plaats liggen, papieren die verplaatst zijn, speelgoed dat opgeborgen is. Ik weet niet waar ze naar zoekt, maar tot nu toe heeft ze niet mijn geheime, speciale bergplaats gevonden. Het is een schoenendoos die onder in mijn kleerkast staat, met mijn dagboek en een paar foto's erin en nog een paar spullen die niemand mag zien.

'Dit is toch van jou?' Ze stak haar hand in de keukenla en haalde er het knijperpoppetje van Roux uit, dat ik in de zak van mijn spijkerbroek had laten zitten. 'Heb jij dit gemaakt?'

Ik knikte.

'Waarom?'

Even zei ik niets. Wat kon ik zeggen? Ik denk dat ik het niet had kunnen uitleggen, zelfs als ik het gewild had. Om alles weer te krijgen zoals het was, om Roux terug te brengen, en niet alleen Roux...

'Je hebt hem ontmoet, hè?' zei ze.

Ik gaf geen antwoord. Ze wist het al.

'Waarom heb je me dat niet verteld, Anouk?' zei ze.

'Nou, en waarom heb jij me niet verteld dat hij Rosettes vader is?'

Maman stond roerloos. 'Wie heeft je dat verteld?'

'Niemand,' zei ik.

'Was het Zozie?'

Ik schudde mijn hoofd.

'Wie dan?'

'Ik heb het gewoon geraden.'

Ze legde de lepel naast de schaal en ging heel langzaam op de keukenstoel zitten. Ze bleef daar zo lang stil zitten dat ik kon ruiken dat de deegvormpjes begonnen te verbranden. Rosette speelde nog met de koekvormpjes en stapelde ze op. Ze zijn van plastic, zes in totaal, allemaal verschillende kleuren: een paarse kat, een gele ster, een rood hart, een blauwe maan, een oranje aap en een groene ruit. Ik speelde er altijd mee toen ik nog klein was. Ik maakte er chocoladekoekjes en gemberbroodvormpjes mee, en maakte er dan met een spuitzakje gele en witte glazuurversiering op.

'Maman?' zei ik. 'Is er iets?'

Even zei ze niets. Ze keek alleen maar naar me, met ogen die zo donker als wat waren. 'Heb je het tegen hem gezegd?' zei ze ten slotte.

Ik gaf geen antwoord. Dat hoefde ook niet. Ze zag het aan mijn kleuren, precies zoals ik het aan de hare zag. Ik wilde zeggen dat het niet gaf, dat ze niet tegen me hoefde te liegen, dat ik nu allerlei dingen wist, dat ík háár kon helpen.

'Nou ja, nu weten we in ieder geval waarom hij weg is.'

'Denk je dat hij weg is?'

Maman haalde haar schouders op.

'Daarvoor zou hij niet weggaan!'

Ze glimlachte vermoeid en hield het knijperpoppetje in de lucht, dat zachtjes straalde door het teken van de Veranderende Wind.

'Het is maar een poppetje, maman,' zei ik.

'Nanou, ik dacht dat je me vertrouwde.'

Ik zag haar kleuren – allemaal triest grijs en angstig geel, als oude kranten ergens op een zolder die iemand weg wil gooien. En nu zag ik wat maman dacht, of in ieder geval stukjes ervan, alsof je door een album met gedachten bladert. Ik zag mezelf op zesjarige leeftijd; ik zat naast haar op de chromen toonbank en we grijnsden allebei als gekken en er stond een groot glas romige warme chocola tussen ons in met twee kleine lepeltjes. Ik zag een voorleesboek met plaatjes erin dat opengeslagen op een stoel lag. Ik zag een tekening van mij met twee beverige poppetjes, misschien maman en ik, allebei met een lach zo breed als een stuk watermeloen, en we stonden onder een lollieboom. Ik zag mezelf vissen op de boot van Roux, en ineens zag ik mezelf rennen, met Pantoufle achter me aan. Ik rende naar iets wat ik nooit kon bereiken...

En ik zag nog iets – een schaduw – boven ons.

Dat maakte me bang, toen ik zag dat ze zo bang was. En ik wilde haar vertrouwen, tegen haar zeggen dat er niets aan de hand was, dat niets ooit echt verloren zou gaan, omdat Zozie en ik het aan het terugbrengen waren...

'Wat aan het terugbrengen?'

'Maak je geen zorgen, maman. Ik weet wat ik doe. Deze keer gebeurt er geen ongeluk.'

Haar kleuren vlamden op, maar haar gezicht bleef kalm. Ze lachte me toe en sprak heel langzaam en geduldig, alsof ze het tegen Rosette had. 'Moet je horen, Nanou. Dit is heel belangrijk. Je moet me alles vertellen.'

Ik aarzelde. Ik had Zozie beloofd...

'Vertrouw me, Anouk. Ik moet het weten.'

Dus probeerde ik uit te leggen hoe Zozies systeem werkte en ik vertelde haar over de kleuren en de namen en de Mexicaanse symbolen en de Veranderende Wind, en over onze lessen in Zozies kamer. Ik vertelde haar hoe ik Mathilde en Claude had geholpen en dat we de chocolaterie hadden geholpen eindelijk quitte te spelen, en ik vertelde haar over Roux en de knijperpoppetjes, en dat Zozie had gezegd dat toeval of ongelukjes niet bestonden, dat er alleen maar gewone mensen bestonden en mensen als wij.

'Jij zei dat het geen echte magie was,' zei ik, 'maar Zozie zegt dat we moeten gebruiken wat we hebben. Dat we niet moeten doen alsof we zoals alle andere mensen zijn. Dat we ons niet meer zouden moeten verschuilen...'

'Soms is je verschuilen de enige manier.'

'Nee, soms kun je je verzetten.'

'Je verzetten?' zei ze.

Dus toen vertelde ik haar wat ik op school had gedaan en dat Zozie me had verteld hoe je de wind moet gebruiken, hoe je hem moet temmen, en dat we niet bang moeten zijn. En ten slotte vertelde ik haar over Rosette en mij, en dat we de Veranderende Wind hadden aangeroepen om Roux terug te brengen, zodat we een gezin zouden zijn...

Ze deinsde achteruit toen ik dat zei, alsof ze zich gebrand had.

'En Thierry?' zei ze.

Tja, die moest weg. Dat zag maman toch ook wel? 'Er is toch niets ergs gebeurd?' zei ik. Behalve dan...

Misschien toch wel, dacht ik. Als Roux echt die cheque vervalst had, was dát misschien het ongelukje. Misschien is dat wat maman bedoelt: dat alles een prijs heeft, en dat zelfs magie een gelijke en een tegengestelde reactie moet hebben, zoals monsieur Gestin ons bij natuurkunde op school vertelt.

Maman keerde zich om naar het keukenfornuis. 'Ik ga warme chocola maken. Wil je ook wat?'

Ik schudde mijn hoofd. Ze maakte de chocola hoe dan ook; ze raspte chocola in de warme melk en voegde er nootmuskaat en vanille en een kardemompeul aan toe. Het was al laat, tegen elven, en Rosette lag bijna te slapen op de grond.

Even dacht ik dat alles nu in orde was, en ik was blij dat ik de lucht gezuiverd had, want ik vind het vreselijk iets voor maman te verbergen, en ik zat al te denken dat ze, nu ze de waarheid wist, niet meer bang zou zijn, en dat ze weer Vianne Rocher kon zijn en alles kon herstellen en dat we het dan weer leuk zouden hebben...

Ze keerde zich om en toen wist ik dat ik me vergist had.

'Nanou, wil je Rosette alsjeblieft naar bed brengen? We zullen het er morgen nog over hebben.'

Ik keek haar aan. 'Ben je niet boos?' vroeg ik.

Ze schudde haar hoofd, maar ik kon zien dat ze het wel was. Haar gezicht was wit en heel stil, en ik zag dat er in haar kleuren allerlei soorten rood zaten en kwaad oranje en paniekerige grijze en zwarte zigzagstrepen.

'Het is niet de schuld van Zozie,' zei ik.

Ik zag aan haar gezicht dat ze het daar niet mee eens was.

'Je vertelt het haar toch niet?'

'Ga nu maar naar bed, Nanou.'

Dat deed ik dus, maar ik lag lang wakker, naar de wind en de regen op het dak te luisteren en naar de wolken en de sterren en de witte kerstlichtjes te kijken, die op het natte raam één grote wirwar werden, zodat je na een poosje niet meer wist wat nu de echte sterren waren, en wat de nepsterren.

5

Vrijdag 21 december

HET IS LANG GELEDEN DAT IK GESCHOUWD HEB. AF EN TOE EEN glimp, een vonk, als statische elektriciteit die van de hand van een vreemde af slaat, maar verder niets opzettelijks. Ik zie hun favorieten, meer niet. Wat hun geheimen ook zijn, ik wil het niet weten.

Vanavond moet ik het echter weer proberen. Anouks verslag, hoe onvolledig ook, doet me dat in ieder geval wel inzien. Ik wist kalm te blijven totdat ze wegging, wist de illusie van zelfbeheersing te bewaren, maar nu kan ik de decemberwind horen, en de Vriendelijken voor de deur...

Aan mijn tarotkaarten heb ik niets. Die laten me telkens hetzelfde zien, steeds dezelfde kaarten in een andere volgorde, hoe vaak ik ook schud.

De Dwaas, de Minnaars, de Magiër, Verandering.

De Dood, de Gehangene, de Toren.

Deze keer gebruik ik dus chocola, een techniek die ik jarenlang niet gebruikt heb. Ik moet echter vanavond mijn handen bezighouden, en truffels maken is zoiets eenvoudigs dat ik het geblinddoekt zou kunnen, op de tast, met alleen de geur en de klank van de gesmolten chocola om de temperatuur te peilen.

Het is namelijk een soort magie. Mijn moeder minachtte het, noemde het onbenullig, tijdverspilling, maar het is mijn soort magie, en mijn middelen hebben me altijd betere resultaten opgeleverd dan de hare. Natuurlijk heeft alle magie consequenties, maar ik denk dat alles al te ver gevorderd is om je daar nog druk over te maken. Het was fout van me dat ik tegen Anouk wilde liegen, en nog fouter dat ik tegen mezelf wilde liegen.

Ik werk heel langzaam, met halfgesloten ogen. Ik ruik het warme koper voor me; het water kookt met een geur van ouderdom en metaal. Deze pannen zijn al vele jaren bij me; ik ken de contouren, de deuken die de tijd erin heeft gemaakt, en op sommige plekken dragen ze de sporen van mijn handen, waar het donkere patina is weggesleten.

Alles om me heen lijkt scherper afgetekend. Mijn geest is vrij; de wind waait, buiten is de zonnewendemaan slechts een paar dagen verwijderd van vollemaan, en hij dobbert op de wolken als een boei in een storm.

Het water is tegen de kook aan – koken mag niet. Nu rasp ik het blok couverture boven een kleine aardewerken pan. Bijna meteen komt de geur vrij; de donkere, leemachtige geur van de bittere blok-chocola. In deze concentratie smelt hij langzaam; de chocola heeft een heel laag vetgehalte en ik zal boter en room aan het mengsel toe moeten voegen om de truffelsubstantie te verkrijgen. Het ruikt nu naar geschiedenis, naar de bergen en wouden van Zuid-Amerika, naar geveld hout en gemorst sap en rook van kampvuren. Het ruikt naar wierook en patchoeli, naar het zwarte goud van de Maya's en het rode goud van de Azteken, naar steen en stof en een jong meisje met bloemen in het haar en een kop pulque in de hand.

Het is bedwelmend. Terwijl hij smelt begint de chocola te glanzen. Er stijgt stoom op uit de koperen pan, en de geur wordt voller, met kaneel- en piment- en nootmuskaataccenten erin, een donkere ondertoon van anijs en espresso en de vrolijke noten van vanille en gember. Hij is nu bijna volledig gesmolten. Er stijgt een lichte damp op uit de pan. Nu hebben we de echte *theobroma*, het elixer van de goden in vluchtige vorm, en in de stoom kan ik bijna zien...

Een jong meisje dat in het maanlicht danst. Een konijn volgt haar op de voet. Achter haar staat een vrouw met haar hoofd in de schaduw, zodat ze even driekoppig lijkt te zijn...

Maar nu wordt de stoom te dicht. De chocola mag niet warmer zijn dan zesenveertig graden. Als hij te warm is, brandt de chocola aan en wordt hij streperig. Als hij te koud is, komt er een wit waas op en wordt hij dof. Ik weet door de geur en de hoeveelheid stoom dat we de gevarenzone dicht genaderd zijn. Ik neem het koper van de vlam en zet het keramiek in koud water totdat de temperatuur gedaald is.

Wanneer hij afkoelt, krijgt hij een bloemengeur van viooltjes en *papier poudré* met lavendelgeur. Het ruikt naar mijn oma, als ik er een had gehad, en naar trouwjurken die zorgvuldig in dozen op zolders bewaard worden, en naar boeketten in glazen stolpen. Ik kan het glas nu bijna zien, een ronde stolp waaronder een pop met blauwe ogen en een met bont afgezette rode jas staat die me vreemd genoeg doet denken aan iemand die ik ken...

Een vrouw met een vermoeid gezicht staart verlangend naar de pop met blauwe ogen. Ik denk dat ik haar al eens eerder gezien heb. En achter haar staat nog een vrouw, met haar hoofd halfverborgen achter het ronde glas. Ik schijn deze vrouw op de een of andere manier te kennen, maar haar gezicht is vertekend door de stolp en ze zou bijna iedereen kunnen zijn...

Nu moet ik de pan weer in het hete water zetten, want het mengsel moet eenendertig graden worden. Het is mijn laatste kans hier iets van te begrijpen, en ik voel mijn handen trillen wanneer ik de gesmolten couverture in kijk. Nu ruikt hij naar mijn kinderen, naar Rosette met haar verjaarstaart en naar Anouk, die als zesjarige in de winkel zit te praten en te lachen en te plannen. Wat plant ze?

Een festival. Een *Grand Festival du Chocolat* – met paaseieren en chocoladekippen en een paus van witte chocola...

Het is een fantastische herinnering. Dat jaar namen we het op tegen de Zwarte Man en wonnen we. Toen ging het ons voor de wind, althans, een tijdje.

Maar dit is geen moment voor nostalgie. Verdrijf de stoom van het donkere oppervlak. Probeer het nog eens.

En nu zijn we in Le Rocher de Montmartre. Er is een tafel gedekt, al onze vrienden zijn er. Dit is een ander soort festival. Ik zie Roux aan tafel; hij glimlacht, hij lacht. Hij heeft een kroon van hulst op zijn rode haar en hij houdt Rosette in zijn armen en drinkt een glas champagne.

Maar dat zijn natuurlijk alleen maar wensdromen. We zien vaak wat we willen zien. Even ben ik zo aangedaan dat ik bijna moet huilen...

Weer haal ik mijn hand door de stoom.

En nu is het festival weer anders. Er zijn knalbonbons en muziekkorpsen en mensen die als geraamte verkleed zijn: de Dag van de Doden. De kinderen dansen op straat en er zijn papieren lantaarns met duivelskoppen erop en stokken met suikerschedels, en Santa Muerte paradeert door de straten, met haar drie gezichten die elk een andere kant op kijken...

Maar wat kan dat met mij te maken hebben? In Zuid-Amerika zijn we nooit geweest, hoewel mijn moeder er graag heen wilde. We zijn zelfs nooit in Florida geweest...

Ik steek mijn hand uit om de stoom te verspreiden. En dan zie ik haar. Een meisje van acht of negen met muizenhaar, hand in hand met haar moeder in de menigte. Ik voel dat ze anders zijn dan de rest – er is iets met hun huid, hun haar – en ze kijken een beetje verloren om zich heen, zich over alles verbazend: de dansers, de duivels, de geverfde piñata's op lange, puntige stokken met vuurwerk aan de staart gebonden.

Weer ga ik met mijn hand heen en weer boven de chocola. Er stijgen kleine stoomsliertjes op en nu ruik ik kruitdamp, een gevaarlijke geur, een en al rook en vuur en turbulentie.

En nu zie ik het meisje weer; ze speelt met een groep andere kinderen in een steegje bij een donkere, kleine winkelpui. Er hangt een piñata boven de deur, een gestreept en fabelachtig tijgerding in de kleuren rood, geel en zwart. De anderen roepen 'Raak hem! Raak hem!' en ze gooien er stokken en stenen naar. Maar het meisje doet niet mee. Er is iets in de winkel, denkt ze. Iets wat... aantrékkelijker is.

Wie is dat meisje? Ik weet het werkelijk niet. Maar ik wil achter haar aan naar binnen gaan. Er hangt een gordijn voor de deur dat gemaakt is van lange stroken gekleurd plastic. Ze steekt een hand uit – een dunne zilveren armband omsluit haar pols – en ze kijkt achterom naar de kinderen die buiten nog steeds proberen de tijgerpiñata open te krijgen, maar dan duikt ze door het gordijn de winkel in.

'Vind je mijn piñata niet mooi?'

De stem komt uit de hoek van de winkel. Hij is van een oude vrouw, een grootmoeder, nee, een betovergrootmoeder, zo oud dat ze in de ogen van het meisje wel honderd is, of misschien wel duizend. Ze ziet eruit als een heks uit een sprookjesboek, met die rimpels en ogen en gekromde handen. In een van die handen houdt ze een beker; en uit die beker komt een vreemde geur op het meisje af, iets wat haar naar het hoofd stijgt, iets bedwelmends.

Om haar heen zijn planken met flessen en potten en kalebassen; er hangen gedroogde wortels aan het plafond die een kelderachtige geur afgeven, en er staan overal kaarsen te branden, die de schaduwen doen grijnzen en dansen.

Vanaf een hoge plank kijkt een schedel op haar neer.

Eerst denkt het meisje dat het een schedel van suiker is, net als de andere schedels op het carnaval, maar nu is ze daar niet meer zo zeker van. En vóór haar, op de toonbank, staat een zwart voorwerp van ongeveer een meter lang, misschien zo groot als de doodskist van een baby.

Het lijkt een doos van papier-maché en hij is helemaal dofzwart geverfd, op een teken na, dat met rood op het deksel geverfd is. Het ziet er bijna uit als een kruis, maar is dat niet helemaal.

Goh, het is een soort piñata, denkt ze.

De overgrootmoeder glimlacht en overhandigt haar een mes. Het is een heel oud mes, nogal bot, en het ziet eruit alsof het van steen gemaakt is. Het meisje kijkt nieuwsgierig naar het mes en dan weer naar de vrouw en haar wonderlijke piñata.

'Maak open,' dringt de overgrootmoeder aan. 'Maak maar open. Het is allemaal voor jou.'

De geur van chocola wordt sterker. Hij bereikt nu de juiste temperatuur; de grens van eenendertig graden waar de couverture niet voorbij mag. De damp wordt dikker, het visioen wordt waziger. Snel haal ik de chocolade van de vlam en probeer ik terug te halen wat ik heb gezien...

Maak open.

Hij geurt oud. Er zit iets in wat naar haar roept, niet echt een stem, maar iets wat fleemt, beloften doet...

Het is allemaal voor jou.

Wat dan precies?

Eerste klap. De piñata geeft een holle echo, als een deur van een crypte, als een leeg vat, als iets wat veel groter is dan deze kleine zwarte doos.

Tweede klap. Hij kraakt; er verschijnt een barst over de hele lengte. Het meisje glimlacht. Ze ziet al voor zich wat er allemaal aan zilverfolie en snuisterijen en chocola in zit.

Ze is er bijna. Nog één klap...

En nu verschijnt eindelijk de moeder van het kind; ze schuift het plastic gordijn opzij en kijkt met groter wordende ogen naar binnen. Ze roept een naam. Haar stem klinkt schril. Het meisje kijkt niet op; ze gaat helemaal op in de zwarte piñata waar ze nog maar één klap op hoeft te geven voordat hij zijn geheimen prijs-geeft...

De moeder slaakt nog een kreet. Te laat. Het kind gaat te zeer op in haar bezigheid. De grootmoeder buigt zich gretig naar voren: ze kan het al haast proeven, denkt ze, zo vol en geurig als bloed en chocola.

Het stenen mes valt met een hol geluid op de grond. De spleet wordt breder.

Ze denkt: Ik ben binnen.

En nu is de laatste damp opgetrokken. De chocola zal op de juiste wijze stollen, met de juiste glans en een goede knapperigheid. En nu weet ik waar ik haar al eens eerder gezien heb, dat meisje met dat mes in haar hand...

Ik ken haar al mijn hele leven, veronderstel ik. We waren jaren voor haar op de vlucht, mijn moeder en ik, trokken als zigeuners van stad naar stad. We zijn haar tegengekomen in sprookjes: ze is de boze heks in het koekhuisje, ze is de rattenvanger van Hamelen, ze is de Winterkoningin. Een tijdlang kenden we haar als de Zwarte Man, maar de Vriendelijken hebben zo veel vermommingen en hun vriendelijkheid verspreidt zich als vuur, geeft de toon aan, trekt aan de touwtjes, lokt ons mee uit Hamelen, laat met die verleidelijke rode schoenen een spoor van moeilijkheden na die in een razend tempo over elkaar heen tuimelen...

Nu zie ik eindelijk haar gezicht. Haar echte gezicht, verborgen achter een leven van betoveringen, even wisselend als de maan, en hongerig, altijd maar hongerig, terwijl ze op haar bajonethakken naar binnen stapt en me met een stralende glimlach gadeslaat...

6

Vrijdag 21 december

ZE STOND ME OP TE WACHTEN TOEN IK BINNENKWAM. IK KAN NIET zeggen dat ik erg verbaasd was. Ik verwachtte al een paar dagen een reactie, en om je de waarheid te zeggen, het werd tijd ook.

Tijd om eindelijk orde op zaken te stellen. Ik heb al te lang de schootkat uitgehangen. Het wordt tijd dat ik mijn wildere kant laat zien, dat ik de confrontatie met mijn opponent op haar eigen terrein aanga.

Ik trof haar in de keuken aan, gehuld in een sjaal, met een kop chocola die allang koud was geworden. Het was na middernacht; het regende buiten nog steeds en er hing een geur van iets aangebrands.

'Dag, Vianne.'

'Dag, Zozie.'

Ze keek me aan.

Ik ben weer binnen.

Zo ik al enige spijt voel met betrekking tot de levens die ik heb gestolen, dan is het hierom: dat het zo vaak heimelijk moest gebeuren en dat mijn tegenstanders helemaal niet wisten dat ze hun ondergang tegemoet gingen of de poëzie ervan konden waarderen.

Mijn moeder, die toch niet een van de snuggersten was, zal een- of tweemaal dicht bij de waarheid zijn gekomen, maar ik denk dat ze het nooit echt geloofd heeft. Ondanks haar belangstelling voor het occulte was ze niet erg fantasierijk en had ze liever zinloze rituelen dan iets met meer durf.

Zelfs Françoise Lavery, die er met haar achtergrond tegen het eind toch iets van gezien moet hebben, bleef onberoerd door de elegantie van het geheel, door de manier waarop haar leven keurig netjes naar mij was overgegaan en opnieuw vorm had gekregen.

Ze was altijd al een beetje labiel geweest. Net als mijn moeder een muizig type, een natuurlijke prooi voor iemand als ik. Ze doceerde klassieke geschiedenis, woonde op een etage niet ver van de Place de la Sorbonne en had (zoals de meeste mensen) sympathie voor me opgevat op de dag waarop we elkaar, niet geheel toevallig, voor het eerst ontmoetten, tijdens een college in het Institut Catholique.

Ze was tweeëndertig, een iets te dikke, depressieve borderliner, en ze had geen vrienden in Parijs, en bovendien was het onlangs uit geraakt met haar vriend en zocht ze een vrouw met wie ze haar woning in de stad kon delen.

Het klonk perfect – ik kreeg de baan. Onder de naam Mercedes Desmoines werd ik haar beschermster, haar vertrouwelinge. Ik deelde haar genegenheid voor Sylvia Plath. Ik voelde met haar mee waar het de domheid van mannen betrof en toonde belangstelling voor haar uiterst saaie proefschrift over de rol van vrouwen in de voorchristelijke mystiek. Dat is waar ik nu eenmaal goed in ben. Stukje bij beetje leerde ik haar geheimen kennen, voedde ik haar neiging tot melancholie, en voegde ik toen het juiste tijdstip was aangebroken, haar leven toe aan mijn verzameling.

Het was natuurlijk niet echt een uitdaging. Er zijn honderdduizenden mensen zoals zij: meisjes met een babyface en muizenhaar en een net handschrift en een slechte smaak, die hun teleurstellingen verbergen achter een sluier van academische interesses en gezond verstand. Je zou zelfs kunnen zeggen dat ik haar een dienst heb bewezen. Toen ze eraan toe was, heb ik haar ongemerkt een dosis van iets tamelijk pijnloos toegediend om haar een handje te helpen.

Daarna was het slechts een kwestie van wat losse eindjes aan elkaar knopen – zelfmoordbriefje, identificatie, crematie enzovoort – waarna ik Mercedes kon dumpen, van Françoise kon verzamelen wat er nog van haar over was – bankgegevens, paspoort, geboortecertificaat – en haar kon meenemen op een van die buitenlandse reisjes die ze altijd plande, maar nooit boekte, terwijl men zich aan het thuisfront waarschijnlijk zat af te vragen hoe het mogelijk was dat een vrouw zo totaal en efficiënt kon verdwijnen zonder een spoor achter te laten: geen familie, geen papieren, zelfs niet een graf.

Enige tijd later zou ze weer boven water komen als een lerares Engels op het Lycée Rousseau. Tegen die tijd was ze natuurlijk al bijna helemaal vergeten, verloren gegaan in stapels papieren. De waarheid is dat het de meeste mensen niets kan schelen. Het leven gaat in zo'n hoog tempo verder dat het vrij gemakkelijk om is de doden te vergeten.

Op het laatst probeerde ik het haar te laten begrijpen. Dollekervel is zo'n nuttig middel: je kunt er 's zomers uiteraard heel gemakkelijk aan komen en het maakt het slachtoffer zo hanteerbaar. Er treedt na een paar minuten al verlamming op en daarna is het alleen maar aangenaam, met meer dan genoeg tijd voor een gesprek en een uitwisseling van ideeën – of idee, in mijn geval, daar Françoise geen woord leek te kunnen uitbrengen.

Dat stelde me eerlijk gezegd wel teleur. Ik had me erop verheugd haar te zien reageren wanneer ik het haar vertelde, en hoewel ik niet bepaald goedkeuring had verwacht, had ik van iemand van haar intellectuele kaliber toch op iets meer gehoopt.

Het enige wat ik echter zag, was ongeloof en die verstijving in haar starende gezicht – in het gunstigste geval al niet zo'n fraai gezicht – zodat ik, als ik een gevoelig iemand was geweest, haar misschien weer in mijn dromen zou hebben gezien en misschien weer de verstikkingsgeluiden zou hebben gehoord die ze maakte toen ze tevergeefs vocht tegen het drankje dat ook Socrates de das om deed.

Aardig accent, vond ik zelf, maar niet besteed aan mijn arme Françoise, die triest genoeg een paar minuten voor het einde pas haar levenslust ontdekte. En weer bleef ik met een gevoel van spijt zitten. Weer was het te gemakkelijk gegaan. Françoise was helemaal geen uitdaging. Een zilveren muisje aan mijn bedelarmband. Een natuurlijke prooi voor iemand als ik.

En dat brengt me bij Vianne Rocher.

Dat is nu eindelijk eens een tegenstander die mij waardig is; een heks nog wel, en een krachtige ook, ondanks al haar dwaze scrupules en schuldgevoelens. Misschien de énige waardige tegenstander die ik tot nu toe heb gehad. En daar zit ze nu, me op te wachten met dat stille weten in haar ogen, en ik weet dat ze me eindelijk duidelijk ziet, me ziet in mijn ware kleuren, en er is geen gevoel dat zo heerlijk is als dat eerste ware moment van intimiteit...

'Dag, Vianne.'

'Dag, Zozie.'

Ik ga tegenover haar aan tafel zitten. Ze ziet eruit alsof ze het koud heeft: ze zit weggedoken in haar vormloze donkere trui en haar bleke lippen zijn samengeknepen van alles wat ze niet gezegd heeft. Ik lach haar toe en haar kleuren beginnen te stralen. Vreemd hoeveel genegenheid ik voel nu de messen eindelijk getrokken zijn.

Buiten is de wind opgelaaid. Een moordende wind, beladen met sneeuw. Er zullen vannacht mensen sterven die in portieken slapen. Er zullen honden janken, er zal met deuren worden geslagen. Jonge minnaars zullen elkaar in de ogen kijken en voor het eerst stilletjes aan hun geloften twijfelen. De eeuwigheid is wel érg lang, en nu het jaar op zijn einde loopt, lijkt de dood plotseling heel erg dichtbij.

Maar daar gaat het toch allemaal om, om dit feest van winterlichten? Deze kleine uitdaging ten overstaan van de duisternis? Noem het kerst, zo je wilt, maar jij en ik weten dat het ouder is. En onder al die versiering en kerstliedjes en blijde boodschappen en geschenken schuilt een meer naargeestige en instinctieve waarheid.

Dit is een tijd waarin wezenlijke verliezen worden geleden, waarin onschuldigen worden geofferd, waarin vrees, duisternis, kaalheid en dood heersen. De Azteken wisten het, en de Maya's wisten het: hun goden waren er helemaal niet op uit de wereld te redden, maar ze legden zich juist toe op de verniétiging ervan, en alleen het bloedoffer kon hen een poosje rustig houden...

We zaten daar in stilte, als oude vrienden. Ik speelde met de bedeltjes aan mijn armband; zij staarde in haar kop met chocola. Eindelijk keek ze me aan.

'Goed. Wat doe je hier, Zozie?'

Niet bijster origineel, maar goed, het is een begin.

Ik glimlachte. 'Ik ben een... verzamelaar,' zei ik.

'Noem je het zo?'

'Bij gebrek aan een betere naam.'

'En wat verzamel je?' vroeg ze.

'Openstaande schulden. Beloften die nog moeten worden waargemaakt.'

Daar schrok ze van, zoals ik had voorzien

'Wat ben ik je schuldig?'

'Eens kijken,' zei ik glimlachend. 'Voor diverse werkzaamheden, betoveringen, bezweringen, trucs, bescherming, onedel metaal in goud veranderen, pech weren, de ratten Hamelen uit fluiten en in algemene zin je weer een leven geven...' Ik zag dat ze wilde protesteren, maar ik ging verder. 'Ik denk dat we overeen zijn gekomen dat je me in natura zou betalen.'

'In natura?' zei ze me na. 'Ik begrijp het niet.'

In feite begreep ze me donders goed. Het is een zeer oud thema, en ze kent het goed. De prijs voor het vervullen van je hartenwens is je hart. Een leven voor een leven. Een wereld die in balans is. Als je een elastiekje ver genoeg uitrekt, zal het uiteindelijk in je gezicht terugveren.

Noem het karma, natuurkunde of chaostheorie, maar als het er niet zou zijn, zou de aardas raar gaan doen en de grond gaan schuiven; de vogels zouden uit de lucht vallen en zeeën zouden in bloed veranderen, en voor je het wist, zou het gedaan zijn met de wereld.

Ik zou er zelfs recht op hebben haar leven te nemen. Maar vandaag ben ik in een edelmoedige bui. Vianne Rocher heeft twee levens, en ik heb er slechts één van nodig. Levens zijn echter verwisselbaar. In deze wereld kunnen identiteiten rondgedeeld worden als speelkaarten; ze kunnen geschud, opnieuw geschud en opnieuw rondgedeeld worden. Dat is het enige wat ik vraag. Jouw kaarten. Je bent me iets verschuldigd. Dat heb je zelf gezegd.

'Hoe heet je?' zei Vianne Rocher.

Hoe ik écht heet?

Grote goden, dat is zo lang geleden dat ik het bijna vergeten ben. Maar ach, wat zegt een naam? Je draagt hem als een jas. Je verandert van jas, verbrandt je oude, gooit hem weg en steelt een nieuwe. De naam doet er niet toe. Alleen de schuld. En ik ga hem innen. Hier en nu.

Er is nog één klein obstakel, en dat heet Françoise Lavery. Ik heb kennelijk een fout in mijn berekeningen gemaakt, bij de grote schoonmaak iets over het hoofd gezien, want dit spook blijft me achtervolgen. Ze staat elke week in de krant, gelukkig niet op de voorpagina, maar niettemin kan ik die publiciteit missen als kiespijn, en deze week suggereert men voor het eerst dat er niet alleen sprake is van fraude, maar mogelijk ook van een misdaad. Er zijn ook posters met haar gezicht erop, op reclameborden en straatlantaarns in de hele stad. Natuurlijk lijk ik tegenwoordig helemaal niet meer op haar, maar een combinatie van beelden van beveiligingscamera's in banken en op straat kunnen hen toch vervelend dichtbij brengen, en er hoeft maar een willekeurig element aan het mengsel toegevoegd te worden, of al mijn moeizame plannen gaan de mist in.

Ik moet verdwijnen, en gauw ook, en (daar kom jij eraan te pas, Vianne) dat kan ik het best doen door Parijs voorgoed te verlaten.

En daar zit hem nou net het probleem. Ik heb het hier namelijk naar mijn zin, Vianne. Ik had nooit gedacht dat ik zo veel lol zou kunnen hebben in en zo veel profijt zou kunnen trekken van een doodgewone chocolaterie. Ik hou van deze winkel zoals hij nu is, en ik zie er een potentieel in dat jij nooit gezien hebt.

Jij zag hem als een schuilplaats. Ik zie hem als het oog van de storm. Van hieruit kunnen we de Hurakan zijn – we kunnen chaos aanrichten, levens vormgeven, macht uitoefenen – en dat is waar het hele spel om draait, wanneer je er goed over nadenkt. Je kunt er natuurlijk ook geld mee verdienen, hetgeen in de wereld van vandaag, waarin alles voor geld te koop is, wel een pluspunt is...

Wanneer ik zeg 'wij'...

... bedoel ik natuurlijk 'ik'.

'Maar waarom Anouk?' Haar stem klonk hard. 'Waarom wil je mijn dochter erbij betrekken?'

'Ik mag haar graag,' zei ik.

Ze keek me minachtend aan. 'Je mág haar gráág? Je hebt haar gebruikt. Haar verpest. Je hebt haar laten denken dat je een goede vriendin was...'

'Ik ben in ieder geval altijd eerlijk tegen haar geweest.'

'En ik niet? Ik ben haar móéder,' zei ze.

'Je kiest je familie,' zei ik glimlachend. 'Pas maar op. Straks kiest ze mij.'

Ze dacht daar even over na. Ze leek wel kalm, maar ik zag de werveling in haar kleuren, de pijn en verwarring en nog iets, een soort kennis die me niet helemaal beviel.

Ten slotte zei ze. 'Ik zou je kunnen vragen te vertrekken.'

Ik grijnsde. 'Probeer het maar. Bel de politie, of nee, bel de Sociale Dienst. Ik weet zeker dat ze je allerhande ondersteuning kunnen bieden. Ze hebben de aantekeningen over jou in Rennes vast nog wel, of was het Les Laveuses?'

Ze onderbrak me. 'Wat wil je precies?'

Ik vertelde haar niet meer dan ze hoefde te weten. Ik zit krap in mijn tijd, maar dat kan zij niet weten. Evenmin kan ze iets van die arme Françoise weten, die binnenkort weer als iemand anders zal opduiken. Maar ze weet nu dat ik de vijand ben. Haar ogen stonden helder en koud en oplettend, en ze lachte minachtend (zij het een beetje hysterisch) toen ik mijn ultimatum stelde.

'Je beweert dat ík moet vertrekken?' zei ze.

'Tja,' verduidelijkte ik redelijk, 'is Montmartre werkelijk groot genoeg voor twéé heksen?'

Haar lach klonk als gebroken glas. Buiten jammerde de wind klaaglijk zijn spookachtige harmonieën. 'Nou, als je dacht dat ik mijn spullen zou pakken en zou vertrekken alleen maar omdat jij achter mijn rug een paar stiekeme trucs hebt uitgehaald, ben je toch aan het verkeerde adres,' zei ze. 'Je bent niet de eerste die dit probeert, weet je. Ik heb eens met een priester te maken gehad die...'

'Ik weet het,' zei ik.

'Ja, én?'

Ah, mooi. Dat uitdagende mag ik wel. Daar had ik op gehoopt. Een identiteit is zo gestolen, ik heb er in mijn leven al zo veel genomen, maar de kans om met een heks op haar eigen terrein de confrontatie aan te gaan met wapens die ik zelf heb gekozen, haar leven aan mijn verzameling toe te voegen, het bij de zwarte doodskist en de zilveren schoentjes aan mijn bedelarmband te hangen...

Hoe vaak krijg je zó'n kans?

Ik geef mezelf drie dagen, meer niet. Drie dagen om te winnen of te verliezen. Daarna is het over en sluiten en ga ik op weg naar andere grazige weiden. De ongebonden geest en meer van dat al. Gaan waar de wind me heen blaast. De wereld is groot en vol kansen. Ik weet zeker dat ik iets zal vinden om mijn vaardigheden aan te scherpen.

Maar nu...

'Luister Vianne. Ik geef je drie dagen. Tot na het feest. Dan moet je inpakken, meenemen wat je mee kunt nemen, en dan zal ik je niet tegenhouden. Als je blijft, sta ik niet in voor de gevolgen.'

'Waarom? Wat kun je doen?' zei ze.

'Ik kan het allemaal stukje bij beetje nemen. Je leven, je vrienden, je kinderen...'

Ze verstijfde. Dat is natuurlijk haar zwakte, die kinderen. Vooral onze kleine Anouk, die nu al zo getalenteerd is...

'Ik ga nergens heen,' zei ze.

Mooi. Ik dacht al dat je dat zou zeggen. Niemand overhandigt zomaar haar leven. Zelfs muisje Françoise verzette zich op het eind een beetje, en ik verwacht van jou toch wel iets meer. Je hebt drie dagen om je verdediging op orde te brengen. Drie dagen om de Hurakan te sussen. Drie dagen om Vianne Rocher te worden.

Tenzij ik haar natuurlijk vóór ben.

7

Zaterdag 22 december

TOT NA HET FEEST. WAT BEDOELT ZE? ER KAN GEEN FEEST MEER zijn nu deze vreemde dreiging boven ons hoofd hangt. Dat was mijn eerste reactie toen Zozie naar bed was gegaan en ik in de ijskoude keuken achterbleef om mijn verdedigingsplan uit te denken.

Al mijn instincten zeggen me dat ik haar de deur uit moet zetten. Ik weet dat ik het zal kunnen, maar als ik bedenk welk effect dat op mijn klanten zal hebben, laat staan op Anouk, dan is dat totaal onmogelijk.

En wat het feest betreft: tja, ik ben me er terdege van bewust dat dit feest in de afgelopen paar weken veel meer betekenis heeft gekregen dan iemand ooit heeft kunnen vermoeden. Voor Anouk is het een bevestiging van onze band en een uiting van hoop (en misschien delen we nog steeds dezelfde eeuwige fantasie, namelijk dat Roux terugkomt en dat alles daardoor op wonderbaarlijke wijze nieuw wordt).

En wat onze klanten, nee, onze vríénden betreft...

Heel veel klanten hebben de afgelopen paar dagen een bijdrage geleverd door eten te brengen, of wijn, of versiering voor het adventshuis; de kerstboom is ons geschonken door de bloemist voor wie de kleine Alice werkt, de champagne is ons aangeboden door madame Luzeron, glazen en aardewerk zijn geleverd door het restaurant van Nico, biologisch vlees door Jean-Louis en Paupaul, die ervoor betaald hebben, zo vermoed ik, met vleierij en een portret van de vrouw van de leverancier.

Zelfs Laurent nam iets mee (voornamelijk suikerklontjes, moet ik toegeven), en het is zo prettig weer een gemeenschap te vormen, weer ergens bij te horen, deel uit te maken van iets wat groter is dan het kleine kampvuurkringetje dat we voor onszelf maken. Ik heb

Montmartre altijd zo'n koude omgeving gevonden, de mensen zo onbeleefd en neerbuigend met hun snobistische *vieux Paris*-visie en hun wantrouwen jegens vreemden, maar nu zie ik dat er achter de keitjes een hart klopt. Dat is iets wat Zozie me in ieder geval geleerd heeft. Zozie, die mijn rol even goed speelt als ik hem ooit zelf speelde.

Er is een verhaal dat mijn moeder vroeger vertelde. Net als al haar andere verhalen ging het over haarzelf, iets wat ik te laat besefte, toen ik de twijfels die ik in de lange maanden voor haar dood had gehad, niet meer kon negeren en ik op zoek ging naar Sylviane Caillou.

Wat ik ontdekte, bevestigde wat mijn moeder in het delirium van haar laatste levensdagen had gezegd. 'Je kiest je familie,' had ze gezegd. En zij had mij gekozen, anderhalf jaar oud en op de een of andere manier van háár, als een pakje dat bij het verkeerde adres was bezorgd en dat ze wettig kon claimen.

'Ze zou je niet genoeg gekoesterd hebben,' had ze gezegd. 'Ze was nonchalant. Ze liet je gaan.'

Maar het schuldgevoel had haar over vele continenten achtervolgd, een schuldgevoel dat uiteindelijk overging in angst. Dat was mijn moeders echte zwakte, die angst, en hij hield haar haar hele leven op de vlucht. Angst dat iemand me af zou pakken. Angst dat ik op een dag achter de waarheid zou komen. Angst dat ze het vele jaren geleden bij het verkeerde eind had gehad, dat ze een onbekende vrouw haar leven had afgetroggeld, en dat ze er uiteindelijk voor zou moeten boeten...

Het verhaal gaat zo.

Een weduwe had een dochter die ze boven alles beminde. Ze leefden in een huisje in het bos, en hoewel ze arm waren, waren ze samen zo gelukkig als twee mensen maar kunnen zijn, of ooit zijn geweest.

In feite waren ze zo gelukkig dat de Hartenkoningin, die vlakbij woonde, ervan hoorde en hen benijdde, en ze trok eropuit om het hart van de dochter aan haar verzameling toe te voegen, want hoewel ze duizend minnaars en wel honderdduizend slaven had, hongerde ze altijd naar meer, en ze wist dat ze geen rust zou vinden zolang ze wist dat er ergens nog een hart was dat aan een ander toebehoorde.

En dus ging de Hartenkoningin stilletjes op weg naar het huisje van de weduwe, en terwijl ze zich tussen de bomen verschuilde, zag ze de dochter in haar eentje spelen. Het huisje stond zo ver van het dichtstbijzijnde dorp vandaan, dat er geen kameraadjes waren met wie de dochter kon spelen.

Dus veranderde de koningin, die helemaal geen koningin was, maar een krachtige heks, zich in een zwart katje, en ze wandelde met de staart omhoog tussen de bomen vandaan.

De hele dag speelde het kind met de kat, die dartelde en achter touwtjes aan holde en in bomen klom en kwam als ze riep en uit haar hand at en ongetwijfeld het grappigste en volmaaktste en mooiste katje was dat ooit door kinderen gezien was...

Maar ondanks het spinnen en wassen kon de kat niet het hart van de dochter stelen, en toen het avond werd, ging het kind het huis in, waar haar moeder het eten op tafel had gezet. De Hartenkoningin jankte van misnoegen naar de nachtelijke hemel en rukte de harten uit van vele kleine nachtdiertjes, maar tevreden was ze niet, en ze wilde het hart van het kind nu meer dan ooit.

Dus veranderde ze zich de tweede dag in een knappe jongeman. Ze ging op de loer liggen toen de dochter van de weduwe in het bos op zoek ging naar haar katje. Nu had de dochter nog nooit een jongeman gezien, behalve vanuit de verte, op marktdagen. En deze was in alle opzichten een schoonheid: zwart haar, blauwe ogen, zo fris als een meisje, maar toch op en top een jongen. Ze vergat haar katje helemaal. Ze wandelden en praatten en lachten en renden samen als bronstige damherten door het bos.

Maar toen het avond werd en hij het erop waagde en haar kuste, behoorde het hart van de dochter nog steeds haar moeder toe, en die nacht joeg de koningin op herten, waar ze de harten uit sneed en die rauw opat. Maar nog steeds was ze niet tevreden, en ze verlangde meer dan ooit naar het kind.

Dus veranderde de heks op de ochtend van de derde dag niet van gedaante, maar bleef ze dicht bij het huis en keek ze toe. En toen het kind vergeefs op zoek ging naar haar vriend van de vorige dag, hield de Hartenkoningin haar blik op de moeder van het kind gericht. Ze keek toe terwijl de moeder kleren waste in de beek, en ze wist dat zij dat beter kon. Ze keek toe terwijl de moeder het huis schoonmaakte, en ze wist dat zij dat beter kon. En toen het avond werd, nam ze de gedaante van de moeder aan – haar lachende gezicht, haar zachte handen – en toen de dochter thuiskwam, waren er twéé moeders die haar begroetten...

Wat kon de moeder in godsnaam doen? De Hartenkoningin had haar bestudeerd en had ieder gebaar, ieder maniertje zo vlekkeloos nagedaan dat ze niet betrapt kon worden. Alles wat ze deed kon de heks beter, sneller, volmaakter...

Dus dekte de moeder de tafel voor drie personen.

'Ik zal wel koken,' zei de Hartenkoningin. 'Ik ken al jullie lievelingsgerechten.'

'We zullen allebéí koken,' zei de moeder. 'Dan kan mijn dochter beslissen.'

'Míjn dochter,' zei de heks. 'En ik denk dat ik wel weet hoe ik haar hart kan bereiken.'

Nu kon de moeder goed koken. Nog nooit had ze zo haar best gedaan op het eten – niet met Pasen, niet met Joel. Maar de heks beschikte over magie, en haar toverkunsten waren heel krachtig. De moeder kende alle lievelingsgerechten van het kind, maar de koningin kende ook de lievelingsgerechten die ze nog zou ontdekken, en ze zette ze moeiteloos op tafel, een voor een, de hele maaltijd lang.

Ze begon met een wintersoep, liefdevol bereid in een koperen pan, getrokken van een scheenbeen dat nog over was van het middageten van zondag.

Maar de heks kwam binnen met een lichte bouillon waarin de teerste sjalotjes dreven en die geurig was gemaakt met gember en citroengras en werd opgediend met croutons zo knapperig en klein dat ze in haar mond leken te verdwijnen.

De moeder zette de tweede gang op tafel: worstjes en aardappelpuree, een hartverwarmend maal waarvan het kind altijd had gehouden, met kleverige uienjam...

Maar de heks kwam binnen met een koppel kwartels dat zich een leven lang aan rijpe vijgen te goed had gedaan en dat nu gebraden en gevuld met kastanjes en ganzenleverpastei werd opgediend met een garnering van granaatappel.

Nu was de moeder de wanhoop nabij. Ze zette het dessert op tafel: een stevige appeltaart, gemaakt volgens het recept van haar moeder.

Maar de heks had een *pièce montée* gemaakt: een pastelkleurige suikerdroom van amandelen, zomerfruit en gebak dat vederlicht was, geurend naar rozenessence en gevuld met marshmallowroom en opgediend met een glas Château d'Yquem...

De moeder zei: 'Goed. Je hebt gewonnen.' En toen brak haar hart met het geluid van poffende maïskorrels zomaar in tweeën. De heks glimlachte en strekte haar armen uit naar haar prooi...

Maar de dochter liet zich niet omhelzen. Ze viel op haar knieën op de grond.

'Moeder, niet doodgaan. Ik wéét dat jij het bent.'

En de Hartenkoningin schreeuwde het uit van woede toen ze besefte dat het hart van het kind op het moment van haar overwinning nog steeds niet van haar was. Ze schreeuwde zo hard en woedend dat haar hoofd als een kermisballon uit elkaar spatte en de Hartenkoningin in haar stervenstoorn een Koningin van Niks werd.

En wat het einde van dit verhaal betreft...

Tja, dat hing af van de stemming waarin mijn moeder verkeerde. In de ene versie bleef de moeder in leven en bleven zij en het kind samen voor altijd in hun huisje in het bos wonen, maar op sombere dagen ging de moeder dood en bleef het kind alleen met haar verdriet achter. En dan is er nog een derde versie met een laatste grillige wending, waarin de bedriegster voorziet dat het hart van de moeder gaat breken en ze zelf in elkaar zakt, het kind aldus een bezwering van eeuwige liefde ontlokkend, terwijl de echte moeder erbij staat, niet in staat één woord uit te brengen, terzijde geschoven en krachteloos, terwijl de heks zich begint te voeden met...

Ik heb Anouk dat verhaal nooit verteld. Het maakt me nog even bang als vroeger. In verhalen vinden we de waarheid, en al is er buiten de sprookjes nog nooit iemand aan een gebroken hart gestorven, de Hartenkoningin is maar al te echt, hoewel ze niet altijd onder die naam werkzaam is.

We hebben echter al eerder de strijd met haar aangebonden, Anouk en ik. Ze is de wind die tegen de jaarwisseling waait. Ze is het geluid dat één klappende hand maakt. Ze is de knobbel in de borst van je moeder. Ze is de afwezige blik in de ogen van je dochter. Ze is het gejammer van de kat. Ze zit in het biechthokje. Ze verbergt zich in de zwarte piñata. Maar bovenal is ze gewoon de Dood, die hebberige ouwe Mictecacihuatl zelf, Santa Muerte, de Hartenverslindster, de verschrikkelijkste van de Vriendelijken...

En nu is het tijd om de confrontatie opnieuw aan te gaan. Om mijn wapens op te pakken, voor zover ik die heb, en het leven dat we hebben opgebouwd, te verdedigen en ervoor te vechten. Maar daarvoor moet ik Vianne Rocher zijn, als ik haar tenminste nog kan vinden. De Vianne Rocher die de Zwarte Man overwon tijdens het Grand Festival du Chocolat. De Vianne Rocher die de favorieten van al haar klanten kent. De verkoopster van zoete dromen, kleine verlokkingen, versnaperingen, snuisterijtjes, trucjes, kleine verwennerijen en alledaagse magie...

Ik hoop dat ik haar bijtijds kan vinden.

8

Zaterdag 22 december

HET MOET VANNACHT GESNEEUWD HEBBEN. VOORLOPIG NOG MAAR
een dun laagje, dat bijna meteen een grijze prut wordt, maar het is
een begin. Er komt binnenkort meer. Je kunt het aan de wolken
zien: ze hangen zo zwaar en donker onder aan de Butte dat ze de
kerktorens zo ongeveer raken. Wolken lijken wel lichter dan lucht,
maar in feite kan het water in één zo'n wolk wel miljoenen tonnen
wegen volgens Jean-Loup; het is daarboven net een parkeergarage
vol met geparkeerde auto's die wacht tot hij vandaag of morgen kan
vallen, in heel kleine sneeuwvlokjes.

Op de Butte is het alles kerst wat de klok slaat. Op het terras
van Chez Eugène zit een dikke kerstman café-crème te drinken en
de kinderen bang te maken. De kunstschilders zijn ook op volle
sterkte en vlak voor de kerk staat een kleine studentenband die
gezangen en kerstliedjes speelt. Ik had vanmorgen met Jean-Loup
afgesproken en Rosette wilde (weer) de kerststal zien, dus heb ik
haar meegenomen voor een wandelingetje terwijl maman werkte
en Zozie inkopen ging doen.

Ze hebben het geen van tweeën gehad over wat er gisterenavond
gebeurd is, maar ze leken vanmorgen allebei in orde, dus ik denk
dat Zozie alles met maman uitgepraat heeft. Maman droeg haar
rode jurk, die haar altijd een goed gevoel geeft, en ze had het over
recepten en alles klonk vrolijk en goed...

Jean-Loup stond al op de Place du Tertre te wachten toen ik
er eindelijk met Rosette aankwam. Alles kost veel tijd bij Rosette
– jack, laarzen, muts en handschoenen – en het was al bijna elf uur
toen we arriveerden.

Jean-Loup had zijn fototoestel bij zich, dat grote met die speciale
lens, en hij nam foto's van mensen die langsliepen: buitenlandse

toeristen, kinderen die naar de kerststal keken en de dikke kerstman die een sigaar rookte.

'Hé! Jij bent het!' Dat was Jean-Louis met zijn schetsblok, die
een toeristenmeisje probeerde te strikken. Hij kiest hen uit op hun
handtas – hij heeft een glijdende schaal van tarieven, die helemaal
gebaseerd is op de uitvoering van de tas – en hij kan een namaaktas
altijd herkennen.

'Namaaktassen dokken nooit,' zegt hij. 'Maar als ik een mooie
Louis Vuitton zie, zit ik goed.'

Jean-Loup moest lachen toen ik het hem vertelde. Rosette lachte
ook, maar ik denk dat ze het niet echt begreep. Ze vindt Jean-Loup
met zijn camera leuk. *Foto*, gebaart ze nu wanneer ze hem ziet.
Ze bedoelt natuurlijk de digitale camera, want ze vindt het leuk
om voor een foto te poseren en hem meteen in het kleine hokje te
zien.

Toen stelde Jean-Loup voor naar het kerkhof te gaan om te kijken wat er over was van de sneeuw van gisterenavond, dus gingen
we de trappen bij de kabelbaan af en liepen we de Rue Caulaincourt
door.

'Zie je de katten, Rosette?' zei ik toen we vanaf de metalen brug
op het kerkhof neerkeken. Iemand had ze zeker gevoerd, want er
waren er tientallen; ze zaten bij de ingang, waar het lagere gedeelte
van het kerkhof op een groot rond bloembed uitkomt waarvan-
daan lange, rechte lanen met graven erlangs als kompaspunten alle
kanten op gaan.

We liepen de treden naar de Avenue Rachel af. Het was daar
donker, want boven ons was de brug en de zware wolken hingen
laag. Jean-Loup had gezegd dat er op die plek meer sneeuw zou
zijn, en hij had gelijk: alle graven hadden een witte kap, maar de
sneeuw was wel nat en er zaten gaatjes in, en je zag dat hij niet bleef
liggen. Maar Rosette is gek op sneeuw; ze pakte steeds een beetje
sneeuw op en lachte geluidloos wanneer die verdween.

En toen zag ik hem staan wachten. Ik was niet eens echt verbaasd. Hij zat heel stil naast de graftombe van Dalida. Hij zat daar
als een grijze, gebeeldhouwde figuur en alleen aan de wasem van
zijn adem was te zien dat hij leefde.

'Roux!' zei ik.

Hij grijnsde naar me.

'Wat doe jij hier in godsnaam?'

'Nou, bedankt voor het welkom.' Hij lachte naar Rosette en haalde iets uit zijn zak. 'Gefeliciteerd, Rosette,' zei hij.

Het was een fluitje, gemaakt uit één stuk hout en zijdeachtig glanzend gewreven.

Rosette pakte het aan en zette het aan haar mond.

'Niet zo. Kijk, zó.' Hij deed het voor en blies in de opening. Het maakte een hoog schel geluid, veel harder dan je zou hebben verwacht, en Rosettes gezicht opende zich in een grote, blijde lach. 'Ze vindt het mooi,' zei Roux. Hij keek naar Jean-Loup. 'En jij bent zeker de fotograaf.'

'Waar heb je al die tijd gezeten?' vroeg ik. 'Iedereen is naar je op zoek.'

'Ik weet het,' zei hij. 'Daarom ben ik het hotel uit gegaan.' Hij pakte Rosette op en kietelde haar. Ze stak een hand uit om zijn haar aan te raken.

'Nee, serieus, Roux.' Ik keek hem fronsend aan. 'De politie was bij ons en zo. Ze zeggen dat je een cheque hebt vervalst. Ik zei tegen ze dat er een vergissing in het spel was, dat je zoiets nooit zou doen...'

Misschien kwam het door het licht, maar ik kon zijn reactie daarop niet goed zien. Door dat decemberlicht, wanneer de straatverlichting zo vroeg aangaat, en die sneeuwvlekken op de stenen lijkt alles nog donkerder. Maar goed, ik kon het gewoon niet zien. Zijn kleuren waren heel onopvallend en ik kon er niet uit opmaken of hij nu bang of boos of zelfs maar verrast was.

'Is dat wat Vianne denkt?'

'Ik weet het niet.'

'Haar geloof in mij is gigantisch hè?' Hij schudde treurig zijn hoofd, maar ik zag dat hij grijnsde. 'Maar goed, ik heb gehoord dat de bruiloft niet doorgaat. Ik kan niet zeggen dat ik er kapot van ben.'

'Je had spion moeten worden,' zei ik. 'Hoe ben je daar allemaal zo snel achtergekomen?'

Hij haalde zijn schouders op. 'De mensen praten. Ik luister,' zei hij.

'En waar verblijf je nu?' vroeg ik.

Niet in het hotel, dat wist ik al. Maar hij zag er zo mogelijk nog slechter uit dan de vorige keer: bleek en ongeschoren en heel moe. En nu trof ik hem weer hier...

Er zijn mensen die op het kerkhof slapen. De gardien ziet het door de vingers zolang niemand troep maakt, maar je vindt wel eens een stapeltje dekens of een oude ketel of een oud blik met brandstof erin voor het vuur van die avond, of een keurig stapeltje blikjes dat verstopt is in een grafkapel die niemand meer gebruikt, en soms kun je volgens Jean-Loup 's avonds op verschillende plaatsen binnen de muren van het kerkhof wel vijf of zes vuurtjes zien branden.

'Je slaapt hier, hè?' zei ik.

'Ik slaap op mijn boot,' zei Roux.

Maar hij loog, dat zag ik meteen. Ik geloofde ook niet dat hij een boot had. Als hij er een had, zou hij niet hier zijn, en zou hij niet in de Rue de Clichy overnacht hebben. Maar Roux zei niks; hij speelde gewoon door met Rosette en kietelde haar en maakte haar aan het lachen, terwijl Rosette natte geluidjes op de nieuwe fluit maakte en op haar stille manier lachte, met haar mond zo wijd open als een kikker.

'En wat ga je nu doen?' vroeg ik.

'Nou, om te beginnen heb ik een feest op kerstavond. Of was je dat vergeten?' Hij trok een gezicht naar Rosette, die lachte en haar handen voor haar gezicht sloeg.

Ik begon te denken dat Roux het allemaal niet serieus genoeg nam. 'Kom je dan?' zei ik. 'Denk je dat het veilig is?'

'Ik heb het toch beloofd?' zei hij. 'Ik heb zelfs een verrassing voor je.'

'Een cadeautje?'

Hij grijnsde. 'Wacht maar af.'

Ik wilde dolgraag aan maman vertellen dat ik Roux had gezien. Maar na gisterenavond wist ik dat ik voorzichtig moest zijn. Er zijn dingen die ik haar nu niet meer goed durf te vertellen, voor het geval ze boos wordt of het niet begrijpt.

Bij Zozie is dat natuurlijk anders. We praten over van alles en nog wat. In haar kamer draag ik mijn rode schoenen en zitten we op haar bed met de zachte deken over onze benen, en ze vertelt me verhalen over Quetzalcoatl en Jezus en Osiris en Mithras en Zeven Ara – het soort verhalen dat maman me vroeger vertelde, maar waar ze nu geen tijd meer voor heeft. Ik denk dat ze me te oud voor verhalen vindt. Ze zegt altijd tegen me dat ik groot moet worden.

Zozie zegt dat er aan volwassen zijn te veel belang wordt gehecht. Zij wil zich nooit ergens blijvend vestigen. Er zijn nog te veel plekken die ze niet heeft gezien. Ze gaat die voor niemand opgeven.

'Zelfs niet voor mij?' vroeg ik deze avond.

Ze glimlachte, maar ik vond haar droevig kijken. 'Zelfs niet voor jou, kleine Nanou.'

'Maar je gaat niet weg,' zei ik.

Ze haalde haar schouders op. 'Dat hangt ervan af.'

'Waarvan af?'

'Om te beginnen van je moeder.'

'Wat bedoel je?'

Ze zuchtte. 'Ik had het je niet willen vertellen,' zei ze, 'maar je moeder en ik... hebben gepraat. En we hebben besloten, of eigenlijk heeft zij besloten, dat het misschien tijd wordt dat ik wegga.'

'Wegga?' zei ik.

'Winden veranderen, Nanou.' En dat leek zo veel op wat maman gezegd had kunnen hebben dat ik meteen weer aan Les Laveuses moest denken, en aan die wind, en aan de Vriendelijken. Maar deze keer was ik me niet van alles aan het herinneren. Ik dacht aan Ehecatl, de Veranderende Wind, en ik zag de dingen zoals ze zouden zijn als Zozie bij ons wegging: haar lege kamer, stof op de grond, alles weer doodnormaal, gewoon weer een kleine chocolaterie met niets bijzonders...

'Dat kun je niet doen,' zei ik opstandig. 'We hebben je nodig.'

Ze schudde haar hoofd. 'Jullie hadden me nodig. Maar moet je nu eens zien: de zaken lopen goed, jullie hebben massa's vrienden. Jullie hebben mij niet meer nodig. En bovendien moet ik weer eens verder. Me door de wind laten meevoeren waarheen hij wil.'

Er kwam een afschuwelijke gedachte bij me op. 'Het gaat om mij, hè?' zei ik. 'Het gaat om wat wij hier hebben zitten doen. Om onze lessen en de knijperpoppetjes en zo. Ze is bang dat als je blijft, er weer een ongeluk zal gebeuren...'

Zozie haalde haar schouders op. 'Ik zal niet tegen je liegen. Ik had niet gedacht dat ze zo jaloers zou zijn.'

Jaloers? Mamán?

'Ja, natuurlijk,' zei Zozie. 'Je weet toch wel dat ze ooit als wij was. Vrij om te gaan en staan waar ze wilde. Maar nu heeft ze andere verplichtingen. Ze kan niet meer zomaar doen waar ze zin in heeft. En wanneer ze nu naar jou kijkt, Nanou... dan eh... herinnert het haar misschien te veel aan alles wat ze heeft moeten opgeven.'

'Maar dat is niet eerlijk!'

Zozie glimlachte. 'Niemand zei dat het eerlijk was,' zei ze. 'Het gaat om macht. Je wordt groter. Je ontwikkelt vaardigheden. Je groeit onder je moeders gezag uit. Het maakt haar ongerust, het maakt haar bang. Ze denkt dat ik je van haar afpak, dat ik je dingen geef die ze je zelf niet kan geven. En daarom moet ik vertrekken, Nanou. Voordat er iets gebeurt waar we allebei spijt van krijgen.'

'Maar het feest dan?' zei ik.

'Als je me erbij wilt hebben, blijf ik tot dan.' Ze sloeg haar armen om me heen en hield me stevig vast. 'Luister, Nanou. Ik weet dat het moeilijk is, maar ik wil dat je krijgt wat ik nooit heb gehad. Familie. Een thuis. Een eigen plek. En als de wind een offer vergt, laat ik dat dan zijn. Ik heb niets te verliezen. En bovendien...' Ze zuchtte zacht. 'Ik wil geen vaste woonplaats. Ik wil mijn leven lang bezig zijn met de vraag wat er zich verderop bevindt. Ik zou vroeg of laat toch vertrokken zijn, en dan kan het net zo goed nu.'

Ze trok de deken over ons beidjes heen. Ik deed mijn ogen stijf dicht, want ik wilde niet huilen, maar ik voelde een groot brok in mijn keel, alsof ik een aardappeltje heel had doorgeslikt.

'Maar ik hóú van je, Zozie...'

Ik zag haar gezicht niet (ik had mijn ogen nog dicht), maar ik voelde dat ze lang en diep zuchtte, alsof de lucht die lang in een afgesloten doos heeft gezeten, of onder de grond, ontsnapt.

'Ik hou ook van jou, Nanou,' zei ze.

We bleven zo een hele tijd zitten, in bed, met de deken om ons heen. Buiten was het weer gaan waaien en ik was blij dat er geen bomen op de Butte stonden, want ik voelde me zo rot dat ik denk dat ik ze allemaal keihard had laten omvallen als ik Zozie daarmee had kunnen laten blijven, en de wind iemand anders had laten meenemen.

9

Zondag 23 december

WAT EEN ACTEERPRESTATIE. IK ZEI HET JE TOCH AL. IN EEN ANDER leven zou ik goud hebben verdiend in de filmindustrie. Anouk vond het zeker overtuigend – het zaad van de twijfel is keurig aan het ontkiemen – en dat komt me op kerstavond goed van pas.

Ik denk dat ze het niet met Vianne over ons gesprek zal hebben. Mijn kleine Nanou is gesloten; ze vertelt niet zo gemakkelijk wat ze denkt. Bovendien voelt ze zich door haar moeder in de steek gelaten; ze heeft op diverse punten tegen haar gelogen en daar komt dan nog bij dat ze haar vriendin het huis uit zet...

Ook zij kan wanneer dat nodig is, veinzen. Vandaag leek ze een beetje stil, hoewel ik betwijfel of Vianne dat heeft gemerkt. Ze heeft het te druk met het plannen van het feest van morgen om zich af te vragen waarom haar dochter plotseling niet meer zo opgewonden is, of om zich af te vragen waar ze de hele dag gezeten heeft terwijl zij taarten stond te bakken en gekruide wijn stond te maken.

Natuurlijk heb ook ik plannen uit te voeren, maar de mijne zijn minder culinair van aard. Viannes soort magie, voor zover je van magie kunt spreken, is naar mijn smaak veel te huiselijk. Denk niet dat ik niet zie waar je mee bezig bent, Vianne. Het hele pand is vergeven van de kleine verleidingen: naar rozen geurende traktaties, wonderen en makronen. En dan Vianne zelf, met die rode jurk en een rode zijden bloem in haar haar...

Wie denk je voor de gek te houden, Vianne? Waarom zou je je druk maken als ik het zo veel beter kan?

Ik was bijna de hele dag weg. Ik moest diverse mensen spreken en had van alles te doen. Vandaag heb ik alles wat er nog over was van mijn huidige identiteiten geloosd, waaronder die van Mercedes Desmoines, Emma Windsor en zelfs Noëlle Marcelin. Ik moet toegeven dat het wel even pijn deed, maar te veel ballast maakt traag, en bovendien zal ik ze niet nodig hebben.

Daarna was het tijd voor een paar sociale bezoekjes. De eigenaresse van Le Stendhal, die precies doet wat er van haar verwacht wordt; Thierry le Tresset, die de chocolaterie van dichtbij in de gaten heeft gehouden in de ijdele hoop een glimp van Roux op te vangen, en Roux zelf, die van het hotel bij het kerkhof is verkast naar het kerkhof zelf, waar een kleine grafkapel als onderkomen dient.

Het is er niet oncomfortabel, moet ik zeggen. Die graftomben zijn gebouwd in de tijd waarin de rijke doden in een luxe werden gehuisvest waarvan de levende armen alleen maar konden dromen. En met behulp van regelmatige doses desinformatie, sympathie, geruchten en vleierij – om het nog maar niet te hebben over contant geld en een gestage toevoer van mijn hoogst eigenste specialiteiten – heb ik me zo niet van zijn vertrouwen en genegenheid, dan toch in ieder geval van zijn aanwezigheid op kerstavond weten te verzekeren.

Ik trof hem aan achter op het kerkhof, bij de muur die het kerkhof scheidt van de Rue Jean Le Maistre. Deze plek is het verst verwijderd van de portiersloge bij de ingang, en er liggen kapotte en verwaarloosde graven tussen compost- en afvalbakken, en daar verzamelen alle verlopen types zich om een metalen blik waarin een vuur brandt.

Vandaag waren het er zes, gekleed in jassen die te groot voor hen waren en laarzen die even gehavend en gebarsten waren als hun handen. De meesten waren oud – de jongeren kunnen hun geld verdienen op Pigalle, waar altijd vraag naar jongeren is – en een van hen had een hoest die diep in zijn longen begon en zich om de paar minuten een weg naar boven blafte.

Ze keken me zonder enige nieuwsgierigheid aan toen ik me tussen de verwaarloosde graven door een weg baande naar het kleine kringetje van mannen. Roux begroette me met zijn gebruikelijke gebrek aan enthousiasme.

'Jij weer.'

'Blij dat je blij bent.' Ik overhandigde hem een pakje eten: koffie, suiker, kaas, een paar worstjes van de slager om de hoek en een paar boekweitpannenkoeken om ze in te wikkelen. 'Geef deze keer niets aan de katten.'

'Bedankt.' Eindelijk verwaardigde hij zich naar me te lachen. 'Hoe is het met Vianne?'

'Best. Ze mist je.' Het is een kleine vleierij die altijd werkt.

'En onze rijke pief?'

'Begint bij te trekken.'

Ik heb Roux ervan weten te overtuigen dat Thierry alleen maar de politie erbij heeft gehaald om Vianne weer aan zijn kant te krijgen. Ik ben niet op de details van de aanklacht ingegaan, maar ik heb hem laten geloven dat die wegens gebrek aan bewijs al is ingetrokken. Het enige gevaar is nu nog, zo heb ik hem verteld, dat Thierry, gepikeerd als hij is, Vianne uit haar huis in de chocolaterie zal zetten als ze haar gunsten te snel aan Roux schenkt, en dat hij daarom nog een poosje geduld moet hebben, moet wachten tot het stof is neergedaald en erop moet vertrouwen dat ik Thierry tot rede zal weten te brengen.

Ondertussen doe ik alsof ik in zijn boot geloof, die naar zijn zeggen aangemeerd ligt in de Port de l'Arsenal. Het bestaan ervan (zelfs als dat verzonnen is) maakt hem tot een gegoed man, een trots iemand, die niet zozeer liefdadigheid van mij in de vorm van voedselpakketten en kleingeld aanvaardt, als wel ons in feite allemaal een dienst bewijst door in de buurt te blijven om over Vianne te waken.

'Ben je vandaag al naar je boot wezen kijken?'

Hij schudde zijn hoofd. 'Misschien straks.'

Dat is ook zo'n fabel die ik voorwend te geloven: dat hij elke dag naar de Arsenal gaat om naar zijn boot te kijken. Natuurlijk weet ik dat hij dat niet doet, maar ik vind het leuk om hem te zien kronkelen. 'Als Thierry niet tot rede komt,' zei ik, 'is het prettig te bedenken dat Vianne en de kinderen een tijdje bij jou op de boot kunnen verblijven. In ieder geval tot ze een andere plek vinden, wat rond deze tijd van het jaar nooit gemakkelijk is...'

Hij keek me dreigend aan. 'Dat is niet wat ik wil.'

Ik schonk hem een allerliefste glimlach. 'Natuurlijk niet,' zei ik. 'Het is alleen maar prettig te weten dat de mogelijkheid bestaat, dat is alles. En, hoe sta je er morgen voor, Roux? Moeten er nog kleren gewassen worden?'

Hij schudde opnieuw zijn hoofd en ik vroeg me af hoe hij het tot nu toe gered had. Er is natuurlijk een wasserette om de hoek en een paar openbare douches bij de Rue Ganeron in de buurt. Daar zal hij wel heen gaan. Hij denkt zeker dat ik achterlijk ben.

Maar goed, ik heb hem nodig, althans nog even. Na morgen doet het er niet meer toe. Daarna kan hij op zijn eigen manier naar de verdommenis gaan.

'Waarom doe je dit, Zozie?' Het is een vraag die hij al eerder gesteld heeft, met een groeiende achterdocht die bij iedere poging die ik doe om hem te verleiden, alleen maar toeneemt. Sommige mannen zijn nu eenmaal zo, denk ik. Ze zijn niet bevattelijk voor mijn soort charme. Maar toch steekt het me. Hij heeft veel aan me te danken en ik heb nog niet één woord van dank gekregen.

'Je weet waarom ik het doe, Roux,' zei ik, terwijl ik enige bitterheid in mijn stem liet doorklinken. 'Ik doe het voor Vianne en de kinderen. Voor Rosette, die recht heeft op een vader. Voor Vianne, die je nooit heeft kunnen vergeten. En, ik geef het toe, ook voor mezelf, want als Vianne weggaat, moet ik ook weg, en ik ben van die chocolaterie gaan houden, en ik zie niet in waarom ik weg zou moeten.'

Dát overtuigde hem. Dat wist ik wel. Een wantrouwend iemand als Roux vertrouwt niets wat op altruïsme lijkt. Maar dat zit er ook dik in, want ook Roux handelt uit eigenbelang. Hij is hier alleen maar omdat hij op zijn eigen voordeel uit is: misschien een aandeel in Viannes lucratieve zaak, nu hij weet dat Rosette zijn kind is.

Het was drie uur toen ik terugkwam in de chocolaterie, en het begon al donker te worden. Vianne was een klant aan het bedienen en toen ik binnenkwam nam ze me scherp op, maar ze begroette me wel vriendelijk.

Ik weet wat ze denkt. De mensen mógen Zozie. Als ze nu met haar vijandigheid te koop zou gaan lopen, zou Vianne zelf daar alleen maar last van hebben. Ze vraagt zich reeds af of mijn dreigementen laatst bedoeld waren om haar tot een impulsieve aanval te verleiden, om zich te snel in de kaart te laten kijken en zich daardoor op gevaarlijk terrein te begeven.

De strijd begint morgen, denkt ze. Hapjes en grapjes, zo hartveroverend dat ze een heilige nog in de verleiding zouden brengen. Dat zullen de wapens zijn waarmee ze strijdt. Hoe naïef van haar te denken dat ik in dezelfde trant zal terugvechten. Huis-, tuin- en keukenmagie is wel zó stomvervelend – vraag het aan het eerste het beste kind en je zult zien dat het in de boeken die het leest de boeven veel leuker vindt dan de helden, en de boze heksen en hongerige wolven veel leuker dan de saaie huis-tuin-en-keukenprinsen en -prinsessen.

Anouk is daar geen uitzondering op, wed ik. Maar we zullen moeten afwachten. Toe maar, Vianne. Let jij maar op je pannen.

Kijk jij maar wat je met huis-, tuin- en keukenmagie kunt uitrichten, dan houd ik me wel bezig met mijn eigen recept. Volgens de volkstraditie loopt de weg naar het hart via de maag.

Persoonlijk ben ik meer voor een directere aanpak.

DEEL ACHT

JOEL

1

Maandag 24 december
De dag voor kerst, halftwaalf 's morgens

EINDELIJK SNEEUWT HET. HET SNEEUWT AL DE HELE DAG. GROTE, dikke sprookjesvlokken die uit de winterlucht dwarrelen. Volgens Zozie verandert sneeuw alles, en de magie begint al zijn werk te doen: terwijl de sneeuw valt, veranderen de winkels, huizen en parkeermeters in zachte, witte schildwachten die grijs afsteken tegen de lichte hemel, en stukje bij beetje verdwijnt Parijs; elke roetvlok, iedere weggegooide fles, elke chipszakje, iedere hondendrol en elk snoeppapiertje wordt gerecycled en vernieuwd onder de sneeuw.

Dat is natuurlijk niet echt zo, maar toch lijkt het waar, alsof de dingen vanavond echt zullen kunnen veranderen en alles rechtgezet zal kunnen worden in plaats van alleen maar afgedekt, zoals glazuur op een goedkope taart.

De laatste deur in het adventshuis is vandaag opengegaan. Er bevindt zich een kerstscène achter: moeder, vader, en een baby in een kribbetje, nou ja, niet echt een baby meer, maar een kindje dat rechtop zit met een lachend gezicht en een gele aap naast haar. Rosette vindt het enig, en ik ook, maar ik heb toch een beetje te doen met mijn knijperpoppetje dat buiten het feestvertrek staat terwijl zij drieën hun feestje vieren.

Stom, ik weet het. Ik zou het niet erg moeten vinden. Je kiest je familie, zegt maman, en het geeft niet dat Roux niet mijn echte vader is, of dat Rosette maar mijn halfzusje is, of misschien helemaal niet mijn zusje...

Vandaag heb ik aan mijn verkleedkleren gewerkt. Ik ga als Roodkapje, want dan heb ik alleen een rode cape nodig, en een kapje natuurlijk. Zozie heeft me geholpen de kleren af te maken – met een stuk stof uit een tweedehandswinkel en de oude naaimachine van madame Poussin. Voor iets wat zelfgemaakt is, ziet het er vrij goed uit met het mandje met rode linten erbij. Rosette gaat als een aap in haar bruine jumpsuit waar een staart aan gezet is.

'Hoe ga jij, Zozie?' vroeg ik haar voor de honderdste keer.

Ze glimlachte. 'Wacht tot het zover is. Anders is de verrassing eraf.'

2

Maandag 24 december
De dag voor kerst, drie uur 's middags

DE STILTE VOOR DE STORM. ZO VOELT HET, NU ROSETTE BOVEN haar middagslaapje doet en de sneeuw buiten met zijn stille vraatzucht alles opeist. Sneeuw heeft iets meedogenloos: hij slokt geluid op, doodt geur en steelt licht uit de hemel.

Er begint zich op de Butte al een laagje te vormen. Natuurlijk is er geen verkeer om dat proces tegen te houden. De mensen lopen langs met hoeden en dassen die bepokt zijn met voortjagende sneeuwvlokken en de klokken van St.-Pierre-de-Montmartre klinken gedempt en ver weg, alsof ze een boosaardige betovering hebben ondergaan.

Ik heb Zozie de hele dag bijna niet gezien. Ik ben zo druk bezig geweest met mijn plannen voor het feest van vanavond en ik heb zo mijn aandacht moeten verdelen tussen de keuken, de kostuums en de klanten dat ik heel weinig tijd heb gehad om mijn tegenstander, die haar kamer niet uit komt en niets verraadt, te observeren. Ik ben benieuwd wanneer ze haar slag gaat slaan.

Mijn moeders stem, de verhalenvertelster, zegt dat het vanavond tijdens het diner zal zijn, net als in het verhaal over de dochter van de weduwe, maar het maakt me zenuwachtig dat ik haar tot dusver geen voorbereidingen heb zien treffen of zelfs maar een taartje heb zien bakken. Zou ik het mis hebben? Is Zozie soms aan het bluffen en probeert ze me ertoe te dwingen kaarten op tafel te leggen waarvan ze weet dat die mijn positie hier zullen verzwakken? Is ze soms van plan helemaal niets te doen, zodat ik zelf nietsvermoedend de Vriendelijken over me afroep?

Sinds vrijdagavond is er ogenschijnlijk geen conflict tussen ons geweest, hoewel ik nu wel de spottende blikken en de tersluikse knipogen waarneem die ze me geeft zonder dat verder iemand het ziet. Nog even vrolijk als altijd, nog even mooi, nog even parmantig rondstappend op haar extravagante schoenen, maar in mijn ogen is ze inmiddels een parodie van zichzelf. Achter al die opzichtige charme is ze te wetend, geniet ze op een afgestompte manier van het spel, als een bejaarde hoer die verkleed is als non. Het is misschien nog wel dat genieten dat me het meest tegen de borst stuit, de manier waarop ze voor een éénkoppig publiek speelt. Er staat voor haar natuurlijk niets op het spel. Ik speel echter voor mijn leven.

Nog eenmaal leg ik de kaarten.

De Dwaas, de Minnaars, de Magiër, Verandering.

De Gehangene, de Toren...

De toren valt. Terwijl hij het duister in valt, tuimelen er stenen van de bovenkant. Van de borstwering werpen zich kleine figuurtjes, heftig gebarend in de leegte. Eén draagt een rode jurk, of is het een mantel met een klein kapje?

Ik kijk niet naar de laatste kaart. Ik heb hem al te vaak gezien. Mijn moeder, de eeuwige optimist, legde hem op vele manieren uit, maar voor mij betekent die kaart maar één ding.

De Dood grijnst me vanuit de houtsnede aan: jaloers, vreugdeloos, met holle ogen, hongerig. De dood is onverzadigbaar, de dood is onverzoenlijk, de dood is de schuld die we bij de goden hebben uitstaan. Buiten is de sneeuw een dikke laag geworden en hoewel het licht begint te vervagen, is de grond vreemd lichtend, alsof straat en lucht van plaats zijn verwisseld. Het is heel iets anders dan de schattige plaatjessneeuw van het adventshuis, maar Anouk vindt het prachtig en blijft smoesjes verzinnen om even op straat te kunnen kijken. Ze staat nu ook buiten, door mijn raam zie ik haar kleurige figuurtje afsteken tegen dat onheilspellende wit. Ze lijkt heel klein van waar ik sta: een klein meisje dat in het bos verdwaald is. Dat is natuurlijk absurd, er is hier geen bos. Dat is een van de redenen waarom ik deze plek gekozen heb. Maar met sneeuw wordt alles anders en komt de magie weer tot leven. En de winterwolven komen aangeslopen door de steegjes en de straten van de Butte de Montmartre...

3

Maandag 24 december
De dag voor kerst, halfvier 's middags

JEAN-LOUP KWAM VANMIDDAG LANGS. HIJ BELDE VANMORGEN OP om te zeggen dat hij een paar foto's kwam brengen die hij laatst genomen had. Hij ontwikkelt ze namelijk zelf, althans, als ze zwartwit zijn, en hij heeft thuis honderden afdrukken, allemaal met bijschrift geordend in allerlei mappen. Hij klonk opgewonden en buiten adem, alsof er iets bijzonders was dat hij me wilde laten zien.

Ik dacht dat hij misschien op het kerkhof was geweest, dat hij eindelijk een foto van die spooklichten had weten te maken waar hij het altijd over heeft.

Maar het waren geen kerkhoffoto's die hij meenam. En het waren ook niet zijn opnamen van de Butte, de kerststal en de kerstverlichting, en de kerstman met de sigaar in zijn mond. Het waren allemaal foto's van Zozie: de digitale kiekjes die hij in de chocolaterie had genomen, plus een paar nieuwe in zwart-wit, waarvan sommige buiten de winkel waren genomen, en sommige van Zozie tussen de mensen toen ze het plein overstak naar de kabelbaan, of in een rij stond voor de bakkerij aan de Rue des Trois Frères.

'Wat is dit?' vroeg ik. 'Je weet toch dat ze niet...'

'Bekijk ze nou eens, Annie,' zei hij.

Ik wilde er niet naar kijken. De enige keer dat we ruzie kregen was naar aanleiding van die stomme foto's van hem. Ik wilde niet dat het weer gebeurde. Maar waarom had hij ze eigenlijk genomen? Er moest wel een reden voor zijn...

'Toe nou,' zei Jean-Loup. 'Kijk er nou naar. En als je dan denkt dat er niets vreemds aan is, beloof ik je dat ik ze weg zal gooien.'

Nou, toen ik ernaar keek – het waren er een stuk of dertig – kreeg ik een beetje een rotgevoel. De gedachte dat Jean-Loup Zozie had bespioneerd, haar had gestålkt, was al naar, maar er was ook iets met die foto's, en dat maakte het nog erger.

Je kon wel zien dat ze allemaal van Zozie waren. Je zag haar rok met de belletjes aan de zoom, en haar hippe laarzen met plateauzolen. Haar haar was hetzelfde, haar sieraden, en ook de raffiatas waarmee ze boodschappen doet.

Maar haar gezicht...

'Je hebt iets met die afdrukken gedaan,' zei ik, terwijl ik ze terugschoof naar Jean-Loup.

'Ik zweer je dat dat niet zo is, Annie. En alle andere foto's op dat filmpje waren goed. Het komt door háár. Zij doet dat op de een of andere manier. Hoe zou je het anders kunnen verklaren?'

Ik wist zelf ook niet goed hoe ik het moest verklaren. Sommige mensen komen altijd goed op de foto. Het woord daarvoor is fotogeniek, en dat was Zozie beslist niet. Sommige mensen komen wel aardig op de foto, en ik weet niet of daar een woord voor is, maar dát was Zozie ook niet, want ál die foto's waren vreselijk: haar mond had een rare vorm en ze had een vreemde blik in haar ogen en een soort vieze vlek om haar hoofd, als een niet goed gelukte stralenkrans...

'Ze is dus niet fotogeniek. Nou én? Niet iedereen is dat.'

'Er is nog meer,' zei Jean-Loup. 'Kijk hier maar eens naar.' Hij haalde een opgevouwen stuk krant tevoorschijn, een artikel uit een van de Parijse kranten met een wazige foto van een vrouwengezicht. Volgens het artikel was haar naam Françoise Lavery. Maar de foto was precies als die afdrukken van Zozie, met van die kleine oogjes en een vertrokken mond, en zelfs die rare vlek was er...

'En wat moet dat bewijzen?' zei ik. Het was gewoon een foto, een beetje vergroot en heel onscherp, zoals de meeste foto's die je in de krant ziet. Een vrouw van wie je de leeftijd niet kon schatten, met een gewoon soort bobkapsel en een kleine bril onder haar lange pony. Heel anders dan Zozie. Behalve dan die vlek en de vorm van haar mond.

Ik haalde mijn schouders op. 'Het zou iedereen kunnen zijn.'

'Hij is van haar,' zei Jean-Loup. 'Ik weet dat het niet kan, maar toch is het zo.'

Nou, dat was echt belachelijk. En het krantenartikel sloeg ook nergens op. Het ging allemaal over een lerares uit Parijs die in de loop van het vorige jaar verdwenen was. Zozie is toch nooit lerares geweest? Of wil hij zeggen dat ze een geest is?

Ook Jean-Loup wist het niet. 'Je leest wel eens van die dingen,' zei hij, terwijl hij het artikel zorgvuldig weer in de envelop stopte. 'Ze noemen ze geloof ik *walk-ins*.'

'Ja, zie maar.'

'Ja, je lacht nu wel, maar er klopt iets niet. Ik voel het wanneer ik bij haar in de buurt ben. Ik neem vanavond mijn fototoestel mee. Ik wil een paar close-ups, een soort bewijs...'

'Je met je geesten.' Ik was geërgerd. Hij is maar een jaar ouder dan ik... Wat denkt hij wel? Als hij ook maar de helft wist van wat ik nu weet – over Ehecatl en Eén Jaguar, of over de Hurakan – zou hij waarschijnlijk een aanval krijgen of zoiets. En als hij iets van Pantoufle wist, of van mij en Rosette, dat we de Veranderende Wind oproepen, of iets van wat er in Les Laveuses is gebeurd, dan zou hij waarschijnlijk helemaal gek worden.

Dus deed ik iets wat ik misschien niet had moeten doen. Ik wilde echter niet dat we weer ruzie kregen, en ik wist dat dat zou gebeuren als hij bleef praten. Dus maakte ik met mijn vingers stiekem het teken van Eén Aap, de bedrieger. En toen wierp ik het hem toe vanachter mijn rug, als een steentje.

Jean-Loup fronste zijn wenkbrauwen en raakte zijn voorhoofd aan.

'Wat is er?' vroeg ik.

'Kweenie,' zei Jean-Loup. 'Het was net of... ik weet het ineens niet meer. Waar hadden we het nu net over?'

Ik mag hem. Ik mag hem echt graag. Ik zou niet willen dat hem iets ergs overkwam. Maar hij behoort tot de 'gewone mensen', zoals Zozie dat noemt, in tegenstelling tot mensen als wij. Gewone mensen volgen de regels. Mensen als wij maken nieuwe. Er is heel veel dat ik Jean-Loup niet kan vertellen, dingen die hij niet zou begrijpen. Ik kan Zozie alles vertellen. Ze kent me beter dan wie ook.

Dus zodra Jean-Loup weg was, verbrandde ik het artikel en de foto's – hij was vergeten ze mee te nemen – in de open haard op mijn kamer. Ik keek toe terwijl de asvlokken wit werden en als sneeuw bleven liggen.

Ziezo. Die zijn weg. Nu voel ik me beter. Niet dat ik Zozie ooit ergens van zou verdenken, maar dat gezicht maakte me onrustig, met die vertrokken mond en die gemene oogjes. Had ik haar wel eens gezien kunnen hebben, nee toch? In de winkel, of op straat, of misschien in de bus? En die naam: Françoise Lavery. Heb ik die wel eens ergens gehoord? Het is een heel gewone naam natuurlijk. Maar waarom doet hij me toch denken aan... een muis?

4

Maandag 24 december
De dag voor kerst, tien voor halfzes 's middags

IK HEB DIE JONGEN NOOIT GEMOGEN. EEN NUTTIG WERKTUIG, meer was hij niet, om haar onder haar moeders invloed uit te krijgen en haar ontvankelijker voor de mijne te maken. Maar nu is hij te ver gegaan – hij heeft het gewaagd te proberen me te ondermijnen – en hij moet helaas weg.

Ik zag het aan zijn kleuren toen hij op het punt stond de winkel uit te gaan. Hij was boven bij Anouk geweest – om naar muziek te luisteren, of spelletjes te doen, of wat die twee tegenwoordig ook maar doen – en hij groette me best beleefd toen hij zijn jack van de kapstok achter de deur pakte.

Sommige mensen zijn gemakkelijker te interpreteren dan andere, en Jean-Loup Rimbault is ondanks al zijn slinksheid nog maar een jongen van twaalf. Die glimlach was iets te open, iets wat ik in mijn onderwijstijd als Françoise meer dan eens had gezien. Het is de lach van een jongen die te veel weet en denkt dat hij niet gepakt zal worden. En wat zat er in die papieren map die hij zojuist bij Anouk in haar slaapkamer heeft achtergelaten?

Zouden het fóto's geweest kunnen zijn?

'Kom je vanavond ook op het feest?'

Hij knikte. 'Ja. De winkel ziet er fantastisch uit.'

Vianne is vandaag inderdaad druk bezig geweest. Er hangen groepjes zilveren sterren aan het plafond en er zijn veelarmige kandelaars met kaarsen die zó aangestoken kunnen worden. Aangezien er geen eettafel is, heeft ze de kleine tafeltjes tegen elkaar aan geschoven om er een lang geheel van te maken en dat bedekt met de gebruikelijke drie tafelkleden: een groen, een wit en een rood. Er zit een hulstkrans op de deur en er hangt een bosgeur van cederhout en vers gekapte dennen in het vertrek.

Overal in het vertrek staan kleine glazen schaaltjes met de traditionele dertien kerstdesserts als zeeroversschatten te glanzen in glimmend topaas en goud: zwarte noga voor de duivel, witte noga voor de engelen, en clementines, druiven, vijgen, amandelen, honing, dadels, appels, peren, pruimengelei, en mendiants, rijkelijk bestrooid met rozijnen en geconfijte vruchten, en een *fougasse*, bereid met olijfolie en in twaalf puntjes verdeeld, als een wiel.

En natuurlijk is er de chocola: de joelcake die in de keuken staat af te koelen, de nougatines, de celestines, de chocoladetruffels die op de toonbank liggen opgetast te midden van geurend cacaostof.

'Proef er een,' zeg ik, terwijl ik ze hem toesteek. 'Je zult zien dat het je lievelingschocola is.'

Hij pakt de truffel dromerig aan. Het aroma is sterk en een beetje aardachtig, als paddenstoelen die bij vollemaan zijn geplukt. Het zou zelfs kunnen dat er een beetje paddenstoel in zit – mijn specialiteiten zitten vol met geheimzinnige ingrediënten – maar deze keer is de cacao kunstig bewerkt teneinde met lastige jongetjes af te rekenen, en bovendien is het teken van de Hurakan dat in de cacao op de toonbank gekrast is, op zich al afdoende.

'Tot op het feest,' zegt hij.

Als je het mij vraagt, gaat dat niet door. Mijn kleine Nanou zal je natuurlijk wel missen, maar niet lang, denk ik. Over niet al te lange tijd zal de Hurakan over Le Rocher de Montmartre heen razen, en wanneer dat gebeurt...

Ach, wie weet? En als je het wist, zou dat niet de verrassing verpesten?

5

Maandag 24 december
Kerstavond, zes uur

EN DAN IS NU EINDELIJK DE CHOCOLATERIE DICHT; HET ENIGE WAT er nog op wijst dat er hier iets gebeurt, is de poster op de deur.

KERSTFEEST OM 19.30 UUR! staat er boven een patroon van sterren en apen.

S.V.P. VERKLEED KOMEN.

Ik heb nog steeds niet gezien hoe Zozie zich verkleed heeft. Het zal wel iets geweldigs zijn, maar ze heeft me niet verteld wat het is. Toen ik dan ook bijna een uur naar de sneeuw had gekeken, werd ik ongeduldig en ging ik naar haar kamer om te kijken wat ze deed.

Toen ik binnenkwam, wachtte me een verrassing. Het was Zozies kamer niet meer. De sarigordijnen waren weggehaald, de Chinese peignoir hing niet meer achter de deur, de versiering was van de lampenkap gehaald. Zelfs haar schoenen stonden niet meer op de schoorsteenmantel, en toen begon het pas echt tot me door te dringen, denk ik.

Toen ik ze niet meer zag.

Haar te gekke schoenen.

Er stond een koffer op bed, een kleine, van leer, die eruitzag alsof er heel wat mee gereisd was. Zozie was hem net aan het dichtdoen en ze keek me aan toen ik binnenkwam en ik wist wat ze zou zeggen zonder dat ik het hoefde te vragen.

'O, lieve schat,' zei ze. 'Ik was van plan het je vertellen. Echt waar. Maar ik wilde het feest niet voor je bederven.'

Ik kon het niet geloven. 'Ga je vanavond al?'

'Ik zal toch een keer moeten,' zei ze heel nuchter. 'En na vanavond zal het niet zo veel meer uitmaken.'

'Waarom niet?'

409

Ze haalde haar schouders op. 'Je hebt toch de Wind der Verandering opgeroepen? Wil je niet een gezin vormen met Roux en Yanne en Rosette?'

'Maar dat wil nog niet zeggen dat jij weg hoeft!'

Ze gooide een rondzwervende schoen in de koffer. 'Je weet dat het zo niet werkt. Er komt een afrekening, Nanou. Dat kan niet anders.'

'Maar jij bent toch ook familie!'

Ze schudde haar hoofd. 'Het zou niet werken. Niet met Yanne. Ze is te afkeurend. En misschien heeft ze wel gelijk. Wanneer ik er ben loopt alles minder gladjes.'

'Maar dat is niet eerlijk! Waar ga je naartoe?'

Zozie hield op met pakken, keek op en glimlachte.

'Waar de wind me heen voert,' zei ze.

6

Maandag 24 december
Kerstavond, zeven uur

JEAN-LOUPS MOEDER BELDE NET OP OM TE ZEGGEN DAT HAAR ZOON nogal plotseling ziek is geworden en toch maar niet komt. Anouk is natuurlijk teleurgesteld en ze maakt zich ook zorgen over haar vriend, maar de opwinding om het feest is te groot om haar lang terneergeslagen te laten zijn.

Met haar rode manteltje en kapje ziet ze er meer dan ooit uit als een kerstornament, terwijl ze ongedurig van hot naar haar huppelt. 'Zijn ze er al?' vraagt ze steeds, hoewel op de uitnodigingen halfacht staat en de kerkklok net zeven uur heeft geslagen. 'Kun je al iemand zien buiten?'

In feite is de sneeuw zo dicht dat ik nauwelijks de straatlantaarn aan de overkant van het plein kan zien, maar Anouk blijft haar gezicht tegen de winkelruit drukken en van zichzelf een geestspiegeling in de ruit maken.

'Zozie!' roept ze. 'Ben je al klaar?'

Er komt een gesmoord antwoord van Zozie, die al twee uur boven is.

'Mag ik boven komen?' gilt Anouk.

'Nog niet. Ik zei je toch dat het een verrassing was.'

Anouk heeft vanavond iets geëxalteerds, een geanimeerdheid die één deel vreugde en drie delen delirium is. Het ene moment lijkt ze nauwelijks negen en het andere moment is ze half volwassen en beangstigend, schattig als ze is met haar rode cape en haar dat als donderwolken om haar gezicht hangt.

'Rustig nou maar,' zeg ik tegen haar. 'Straks ben je doodmoe.'

Ze omhelst me impulsief, zoals ze deed toen ze nog klein was, maar voordat ik mijn armen om haar heen kan slaan is ze alweer weg, rusteloos lopend van schaaltje naar schaaltje, van glas naar glas; ze herschikt hulstblaadjes, klimopranken, kandelaars, servetten met rood touw eromheen, kleurige kussens op stoelen, een geslepen glazen kom van de tweedehandswinkel die nu gevuld is met een kruidige granaatrode winterpunch, gekruid met nootmuskaat en kaneel, verlevendigd met citroen en een vleugje cognac, en met in de rode diepte een met kruidnagels bestoken sinaasappel.

Rosette daarentegen is ongewoon kalm. Gehuld in haar apenpak slaat ze alles met grote ogen gade, maar het meest fascineert haar het adventshuis met zijn eigen kersttafereel met een halo van licht op de gevallen sneeuw, waarin een groep apen op de plaats van de meer gebruikelijke os en ezel staat (Rosette is ervan overtuigd dat de aap een kerstdier is).

'Denk je dat hij komt?'

Ze bedoelt natuurlijk Roux. Anouk heeft het me al zo vaak gevraagd, en het doet me pijn te bedenken hoe teleurgesteld ze zal zijn als hij niet komt. Maar waarom zou hij komen? Waarom zou hij nog in Parijs zijn? Anouk lijkt er echter van overtuigd dat hij er nog is – ik vraag me af of ze hem gezien heeft – en die gedachte maakt me vervaarlijk licht in het hoofd, alsof Anouk zijn op de een of andere manier aanstekelijk werkt en alsof sneeuw met Joel niet een toevallig weersverschijnsel is, maar een magische gebeurtenis die het verleden uit zou kunnen wissen.

'Wíl je niet dat hij komt?' zegt ze.

Ik denk aan zijn gezicht, aan de patchoeli-machinegeur die om hem heen hangt, aan hoe zijn hoofd vooroverbuigt wanneer hij aan iets werkt, aan zijn getatoeëerde rat, aan zijn trage lach. Ik verlang al zo lang naar hem, alhoewel ik me ook tegen hem heb verzet: tegen zijn gebrek aan zelfvertrouwen, zijn minachting voor conventies, zijn koppig weigeren zich te conformeren...

Ik denk aan al die jaren dat we onderweg waren, vluchtend van Lansquenet naar Les Laveuses en vandaar naar Parijs en de Boulevard de la Chapelle met zijn neonverlichting en moskee, en naar de Place des Faux-Monnayeurs en de chocolaterie, terwijl we overal waar we neerstreken poogden erbij te horen, te veranderen, gewoon te zijn...

En ik vraag me af voor wie ik met al dat reizen, in al die hotelkamers en pensions en dorpen en steden in al die jaren van verlangen en angst nu eigenlijk op de vlucht ben geweest. Voor de Zwarte Man? De Vriendelijken? Mijn moeder? Mezelf?

'Ja, Nou. Ik wil dat hij komt.'

Wat een opluchting om dat te zeggen. Het eindelijk toe te geven, tegen alle rationele argumenten in. Na tevergeefs te hebben geprobeerd zo niet liefde, dan toch een zekere tevredenheid te vinden met Thierry, mezelf te bekennen dat sommige dingen niet te rationaliseren zijn, dat liefde geen kwestie van kiezen is, dat je soms niet aan de wind kunt ontkomen...

Natuurlijk heeft Roux nooit geloofd dat ik me ergens zou vestigen. Hij heeft altijd gezegd dat ik mezelf voor de gek hield. Met zijn stille arrogantie heeft hij altijd verwacht dat ik op een dag de handdoek in de ring zou gooien. Ik wil dat hij komt, maar desondanks ben ik niet van plan weg te lopen, al laat Zozie de hele tent instorten. Deze keer staan we ons mannetje. Wat daar ook bij komt kijken.

'Er is iemand!' De windbelletjes klinken. De figuur bij de deur heeft een krullenpruik op en is veel te omvangrijk voor Roux.

'Voorzichtig, mensen! Brede doorgang vereist!'

'Nico!' roept Anouk, en ze werpt zich tegen de grote figuur, die gekleed is in een uniformjas met veel goudgalon, kniehoge laarzen en juwelen waar een koning jaloers op zou zijn. Hij heeft een armvol cadeautjes bij zich, die hij onder de kerstboom neerlegt, en hoewel ik weet dat het vertrek niet groot is, lijkt hij het met zijn goedgeluimde reuzengestalte te vullen.

'Wie stel je voor?' vraagt Anouk.

'Hendrik IV, natuurlijk,' zegt Nico pompeus. 'De culinaire koning van Frankrijk. Hé...' Hij houdt op met praten en snuift. 'Ik ruik iets lekkers. Maar dan ook iets écht lekkers. Wat staat er op het menu, Annie?'

'O, een heleboel.'

Achter Nico staat Alice, die als elfje is gekomen, compleet met tutu en fonkelende vleugels, hoewel traditionele elfjes niet vaak van die grote laarzen dragen. Ze is levendig en lacht van plezier, en hoewel ze nog steeds tenger is, lijkt haar gezicht wat van zijn scherpte te zijn kwijtgeraakt, waardoor ze mooier en minder broos lijkt.

'Waar is de schoenendame?' vraagt Nico.

'Ze is zich aan het voorbereiden,' zegt Anouk, terwijl ze Nico bij de hand neemt om hem naar zijn plaats aan de overvolle eettafel te leiden. 'Kom, drink iets, er is van alles.' Ze zet een diepe lepel in de punch. 'En doe rustig aan met de makronen. Er is genoeg voor een heel weeshuis.'

Daarna komt madame Luzeron. Ze is veel te deftig om zich te verkleden, maar ze ziet er toch feestelijk uit in haar hemelsblauwe twinset. Ze legt haar cadeautjes onder de boom en neemt een glas punch van Anouk aan en een lach van Rosette, die op de grond met haar houten hond speelt.

De belletjes klinken weer. Het is Laurent Pinson, met glimmende schoenen en verse scheerwondjes in zijn gezicht, en daarna arriveren Richard en Mathurin, Jean-Louis en Paupaul; Jean-Louis met het opzichtigste gele gilet aan dat ik ooit gezien heb. Dan komt madame Pinot, die als non verkleed is, en daarna die angstig kijkende vrouw die Rosette de pop gaf. (Ze is uitgenodigd door Zozie, denk ik.) Plotseling is het een jamboree van mensen, drankjes, gelach, toastjes en zoetigheid, en ik kijk toe terwijl ik één oog op de keuken houd en Anouk in mijn plaats gastvrouw speelt, Alice aan een mendiant knabbelt en Laurent een handvol amandelen pakt om ze voor later in zijn zak te steken en Nico weer roept waar Zozie blijft, en ik vraag me af wanneer ze zal toeslaan...

Tak-tak-tak, daar komen haar schoenen de trap af.

'Sorry dat ik zo laat ben,' zegt ze met een lachend gezicht, en het rumoer zakt weg. Het wordt stil wanneer ze de kamer binnenkomt, fris en stralend in haar rode jurk. En nu kunnen we allemaal zien dat ze haar haar tot op haar schouders heeft afgeknipt, precies als het mijne, dat ze het achter haar oren heeft gestopt, net als het mijne, en dat ze mijn rechte pony heeft en dat beetje opwippende haar van achteren dat zich nooit wil laten temmen...

De dame omhelst Zozie. Ik moet achter haar naam zien te komen, denk ik, hoewel ik nu even mijn ogen niet van Zozie kan afhouden, die naar het midden van het vertrek loopt, terwijl de gasten lachen en klappen.

'En als wie ben jij gekomen?' vraagt Anouk.

Maar Zozie richt zich tot mij, met dat wetende lachje dat alleen ik zie.

'Leuk, hè, Yanne? Zie je het? Ik ben als jij gekomen.'

7

Maandag 24 december
Kerstavond, halfnegen

ACH, WEET JE, SOMMIGE MENSEN ZIJN GEWOON NIET TE BEHAGEN. Toch was het het waard, al was het maar om de uitdrukking op haar gezicht: die plotselinge zielige, dodelijke bleekheid, de beving die door haar hele lichaam sloeg toen ze zichzelf de trap af zag komen.

Ik moet zeggen: het is goed gelukt. Jurk, haar, sieraden, alles behalve de schoenen, allemaal griezelig goed nageaapt en vergezeld van een lichte glimlach...

'Goh, jullie lijken wel een tweeling,' zegt dikke Nico met kinderlijk genoegen terwijl hij zich van nog wat makronen bedient. Laurents gezicht trekt nerveus, alsof hij betrapt is op een privéfantasie. Natuurlijk kunnen de mensen ons nog wel uit elkaar houden – je kunt toveren wat je wilt, maar een echte transformatie is toch meer iets voor sprookjes – maar niettemin is het eng hoe gemakkelijk de rol me afgaat.

De ironie gaat niet aan Anouk voorbij; haar opwinding heeft welhaast maniakale proporties aangenomen en ze flitst de chocolaterie in en uit – om de sneeuw te zien, althans dat zegt ze, maar zij en ik weten dat ze op Roux wacht – en ik vermoed dat de plotseling iriserende opvlammingen in haar kleuren niet uit plezier voortkomen, maar uit een energie die zich moet ontladen, omdat ze anders het gevaar loopt verteerd te worden als een papieren lantaarn.

Roux is er niet, althans, nog niet, en het is tijd voor Vianne om het diner te serveren.

Met enige weerzin begint ze. Het is nog vroeg en hij kan nog komen. Er is voor hem gedekt aan het eind van de tafel, en als iemand het vraagt, zal ze zeggen dat die plaats gereserveerd is om de doden te eren, een oude traditie die een restant is van de Día de los Muertos, heel toepasselijk voor de feestelijkheden van deze avond.

We beginnen met een uiensoep die even rokerig en geurig is als herfstbladeren, met croutons en geraspte gruyère en wat paprika bovenop. Tijdens het serveren houdt ze me constant in de gaten; ze wacht misschien totdat ik vanuit het niets een nog volmaaktere creatie produceer die haar poging in de schaduw zal stellen.

Maar in plaats daarvan eet ik en praat ik en glimlach ik en complimenteer ik de kok, en de geluiden van bestek op serviesgoed klinken door in haar hoofd en ze voelt zich een beetje verdoofd, niet helemaal zichzelf. Tja, pulque is een mysterieus drankje, en de punch is er rijkelijk van voorzien, uiteraard dankzij de inspanningen van ondergetekende, ter ere van de vreugdevolle gelegenheid. Misschien als troost serveert ze nog meer punch. De geur van de kruidnagelen geeft je het gevoel levend begraven te zijn, en de smaak is als zeer vurige chilipeper, en ze vraagt zich af of er ooit een einde aan zal komen...

De tweede gang is zoete plakjes *foie gras* op dun geroosterd brood met kweepeer en vijgen. De knapperigheid geeft dit gerecht zijn charme, net als de knapperigheid van goed getempereerde chocola, en de ganzenlever smelt heel langzaam in de mond, zo zacht als de vulling van een truffel, en hij wordt geserveerd met een glas ijskoude Sauternes waarvoor Anouk haar neus ophaalt, maar die Rosette drinkt uit een glaasje dat niet groter is dan een vingerhoedje, wat haar zeldzame en zonnige lach tevoorschijn tovert en haar ongeduldig doet gebaren dat ze meer wil.

De derde gang is een zalm die in aluminiumfolie gegaard is en heel geserveerd wordt, met een bearnaisesaus erbij. Alice klaagt dat ze bijna vol zit, maar Nico deelt zijn bord met haar en voert haar kleine hapjes en lacht om haar minuscule eetlust.

Dan komt het pièce de résistance: de gans, lang gebraden in een hete oven, zodat het vet van de huid gesmolten is, waardoor de gans knapperig en bijna gekaramelliseerd is. Het vlees is zo mals dat het van de botten glijdt als een zijden kous van een damesbeen. Er liggen kastanjes en gepofte aardappels omheen, die allemaal gebakken zijn en liggen te sissen in het goudgele vet.

Nico maakt een half wellustig, half lachend geluid. 'Volgens mij ben ik net overleden en in de calorieënhemel beland,' zegt hij, met smaak zijn tanden zettend in een ganzenpoot. 'Weet je, ik heb sinds de dood van mijn moeder niet meer zoiets lekkers geproefd. Mijn complimenten voor de kok! Als ik niet tot over mijn óren verliefd was op deze wandelende tak hier, dan zou ik metéén met je trouwen...' Hij zwaait vrolijk met zijn vork, waarbij hij in zijn uitbundigheid madame Luzeron bijna een oog uitsteekt (ze wendt nog net op tijd haar hoofd af).

Vianne glimlacht. De punch zal nu wel werken en ze bloost hevig van haar succes. 'Dankjewel,' zegt ze, en ze gaat staan. 'Ik ben heel blij dat jullie hier vanavond allemaal zijn, zodat ik jullie kan danken voor alle hulp die jullie ons gegeven hebben.'

Die is goed. Wat hebben *zij* dan allemaal gedaan?

'Voor jullie klandizie, steun en vriendschap,' zegt ze, 'in een tijd waarin we die allemaal nodig hadden.' Ze lacht weer, zich nu misschien vaag bewust van de chemische stoffen die vrijelijk door haar aderen vloeien en haar vreemd spraakzaam maken, vreemd onbeschaamd en bijna roekeloos, als een veel jongere Vianne uit een ander, bijna vergeten leven.

'Ik heb een jeugd gehad die je instabiel zou kunnen noemen. Dat betekent dat ik me nooit echt ergens gevestigd heb. Ik voelde me nergens geaccepteerd. Ik voelde me altijd een buitenstaander. Maar nu is het me gelukt hier vier jaar te blijven en dat heb ik allemaal aan mensen als jullie te danken.'

Gaap, gaap. Er gaat iemand speechen.

Ik schenk een glas punch voor mezelf in en vang de blik van mijn kleine Anouk op. Ze ziet er een beetje rusteloos uit, merk ik, misschien omdat Jean-Loup niet aanwezig is. Hij zal wel heel ziek zijn, de arme jongen. Ze denken dat het misschien komt door iets wat hij gegeten heeft. En met een zwak hart als het zijne kan alles gevaarlijk zijn. Een verkoudheid, te sterke afkoeling, een tovertrucje zelfs...

Zou het kunnen dat ze zich schuldig voelt?

Toe, Anouk, doe die gedachte weg. Waarom zou jij je verantwoordelijk voelen? Alsof je al niet sterk genoeg op ieder negatief dingetje reageert. Ik zie het aan je kleuren, liefje, en aan de manier waarop je naar mijn kleine kerstgroep kijkt, met zijn magische kring van drie die onder het licht van de elektrische sterren staat.

En nu we het er toch over hebben: er ontbreekt iemand. Te laat, zoals verwacht, maar snel naderend, even sluw door de achterafstraatjes van de Butte sluipend als een vos om het kippenhok. Er is aan het hoofd van de tafel nog steeds een plek vrij en zijn borden en glazen zijn nog onaangeroerd.

Vianne denkt dat ze misschien een sufferd is. Anouk begint te denken dat al haar plannen en aanroepingen voor niets zijn geweest, dat ook de sneeuw niets verandert en dat er niets meer is om haar hier te houden.

Maar terwijl de maaltijd ten einde loopt, is er nog tijd voor rode wijn uit de Gers, voor door as van eikenhout gerolde *p'tits cendrés*, voor zachte, rauwmelkse kaas, voor oude rijpe kaas en gerijpte Buzet en kweepeerpasta en walnoten en groene amandelen en honing.

Nu haalt Vianne de dertien desserts en de chocoladecake voor Joel tevoorschijn, zo dik als de arm van een sterke man en beplaat met een laag chocola van zo'n twee centimeter dik, en iedereen die dacht dat hij misschien wel genoeg had gegeten, zelfs Alice, vindt nog een gaatje voor een plak (of twee, of drie, in Nico's geval), en hoewel de punch eindelijk op is, maakt Vianne een fles champagne open en brengen we een toost uit.

Aux absents.

8

Maandag 24 december
Kerstavond, halfelf

ROSETTE WORDT SLAPERIG. ZE IS TIJDENS DE MAALTIJD HEEL LIEF geweest. Ze heeft met haar vingers gegeten, maar wel netjes en ze heeft niet erg gekwijld, en veel met Alice gepraat (nou ja, gebaard), die naast haar stoeltje zit.

Ze vindt de elfenvleugels van Alice prachtig, wat goed is, want Alice heeft voor haar ook een paar meegebracht, dat ingepakt onder de kerstboom ligt. Rosette is te klein om op middernacht te wachten – ze had al in bed moeten liggen – en daarom vinden we dat ze nu haar cadeautjes mag openmaken. Ze houdt echter op bij de elfenvleugels, die paars met zilver zijn en heel cool. Eigenlijk hoop ik dat Alice voor mij ook een paar heeft meegebracht, en aan de vorm van het pakje te zien is dat heel waarschijnlijk. Dus nu is Rosette een vliegende aap, wat ze ontzettend grappig vindt, en ze kruipt met haar paarse vleugels en apenpak overal rond en zit onder tafel naar Nico te lachen met een chocoladekoekje in haar hand.

Het is inmiddels laat en ik ben moe. Waar is Roux? Waarom is hij niet gekomen? Ik kan aan niets anders denken: niet aan eten, zelfs niet aan cadeautjes. Ik ben te gespannen. Mijn hart is net een opwindbaar speeltje dat maar rondtolt en maar doorgaat. Ik sluit even mijn ogen en dan ruik ik de geur van koffie en de gekruide warme chocola die maman drinkt en het geluid van borden die worden opgeruimd.

Hij komt, denk ik. Hij móét komen.

Maar het is al zo laat, en hij is er niet. Ik heb alles toch goed gedaan? De kaarsen en de suiker en de cirkel en het bloed? Het goud en de geurhars? De sneeuw?

Waarom is hij er dan nog niet?

Ik wil niet huilen. Het is kerstavond. Maar dit was niet de bedoeling. Is dit de afrekening waar Zozie het over had? Dat je Thierry kwijtraakt, maar niet weet welke prijs je daarvoor moet betalen?

Dan hoor ik de windbelletjes en open ik mijn ogen. Daar staat iemand in de deuropening. Even zie ik hem heel duidelijk: helemaal in het zwart met zijn rode haar los...

Maar ik kijk nog eens, en ik zie dat het niet Roux niet. Jean-Loup staat bij de deur en de roodharige vrouw naast hem is zeker zijn moeder. Ze kijkt een beetje zuur en verlegen, maar Jean-Loup lijkt in orde, misschien een beetje bleek, maar hij ziet altijd bleek.

Ik spring van mijn stoel. 'Je bent er! Hoera! Voel je je goed?'

'Kon niet beter,' zegt hij grijnzend. 'Het zou toch waardeloos zijn als ik je feest moest missen terwijl je er zo veel werk aan hebt gehad?'

Jean-Loups moeder probeert te glimlachen. 'Ik wil niet storen,' zegt ze, 'maar Jean-Loup stond erop...'

'U bent welkom,' zeg ik.

En terwijl maman snel in de keuken een paar extra stoelen gaat halen, stopt Jean-Loup zijn hand in zijn zak en haalt hij er iets uit. Het lijkt een cadeautje; het is verpakt in goudpapier, maar het is klein, ongeveer zo groot als een bonbon.

Hij geeft het aan Zozie. 'Dit zijn geloof ik toch niet mijn favorieten.'

Ze staat met haar rug naar me toe, en ik kan dus niet haar gezicht zien, en ook niet wat er in het pakje zit. Hij moet besloten hebben Zozie een kans te geven, en ik ben zo opgelucht dat ik wel kan huilen. Alles gaat echt lukken. Nu hoeft alleen Roux nog maar terug te komen en Zozie te besluiten te blijven en...

Dan keert ze zich om en zie ik haar gezicht, en even ziet ze er helemaal niet uit als Zozie. Het zal wel door het licht komen, denk ik, maar even keek ze boos. Boos? Nee, wóédend! Haar ogen waren spleetjes en haar mond was een en al tanden en haar hand was zo stevig om het halfgeopende pakje geklemd dat de chocola er als bloed uit liep...

Zoals ik al zei: het begint laat te worden. Mijn ogen spelen me zeker parten. Een seconde later is ze er immers weer en staat ze te lachen en beeldschoon te zijn met haar rode jurk en rode fluwelen schoenen aan, en net wil ik Jean-Loup vragen wat er in het pakje zat, wanneer de windbelletjes weer tinkelen en er nog iemand bin-

nenkomt, een lange gestalte in rood en wit, met een met vacht afgezette kap op zijn hoofd en een grote nepbaard aan zijn gezicht.

'Roux!' gil ik, en ik spring overeind.

Roux trekt de nepbaard weg. Hij grijnst.

Rosette is bijna bij zijn voeten. Hij pakt haar op en zwaait haar
in de lucht. 'Een aap!' zegt hij. 'Mijn favoriet. Nee, beter nog: een
vliegende aap!'

Ik omhels hem. 'Ik dacht al dat je niet kwam.'

'Nou, ik ben er.'

Er valt een stilte. Hij staat daar met Rosette aan één arm geklemd. Het vertrek is vol mensen, maar ze zouden er net zo goed
niet kunnen zijn, en hoewel hij heel relaxed lijkt, zie ik aan de manier waarop hij naar maman kijkt...

Ik kijk naar haar door de Rokende Spiegel. Ze beheerst zich goed,
maar haar kleuren zijn helder. Ze zet een stap in zijn richting.

'We hebben een plaats voor je opengehouden.'

Hij kijkt haar aan. 'Weet je het zeker?'

Ze knikt.

Dan staart iedereen hem aan, en even denk ik dat hij misschien
iets gaat zeggen, want Roux houdt er niet van om aangestaard te
worden. Roux vindt het eigenlijk hoe dan ook niet prettig om mensen om zich heen te hebben.

Maar dan zet maman nog een stap en kust ze hem zacht op de
mond, en hij zet Rosette neer en steekt zijn armen uit.

Ik heb de Rokende Spiegel niet nodig om het te weten. Niemand
kan om die kus heen, of om het feit dat ze in elkaar passen als twee
puzzelstukjes, of om het licht in haar ogen terwijl ze zijn hand pakt
en zich omkeert om iedereen lachend aan te kijken.

Toe dan, zeg ik tegen haar met mijn schaduwstem. *Vertel het hun
dan. Zeg het. Zeg het nu.*

Even kijkt ze naar mij, en ik weet dat ze mijn boodschap heeft
ontvangen. Maar dan kijkt ze naar haar verzamelde vrienden en
Jean-Loups moeder die nog steeds staat en eruitziet als een uitge-
knepen citroen, en ik zie haar aarzelen. Iedereen kijkt naar haar,
en ik weet wat ze denkt. Het is overduidelijk. Ze wacht tot ze hen
ziet kijken, ziet kijken zoals we al zo vaak hebben gezien, zo van: *Je
hoort hier niet, je bent niet één van ons, je bent anders...*

Niemand aan tafel zegt iets, ze slaan haar zwijgend gade. Ze zien
er allemaal rozig en doorvoed uit, behalve Jean-Loup en zijn moe-

der natuurlijk, die ons aanstaart alsof we een troep wolven zijn. Dikke Nico houdt de hand van Alice met haar elfenvleugels vast, madame Luzeron, die er niet tussen lijkt te passen met haar twinset en parels, madame Pinot met haar nonnenhabijt, die er met loshangend haar twintig jaar jonger uitziet, Laurent met glanzende ogen, Richard en Mathurin, Jean-Louis en Paupaul die samen een sigaretje roken, en geen van hen, echt géén, kijkt haar op die manier aan...

Dan verandert haar eigen gezicht. Het wordt zachter. Alsof er een gewicht van haar hart afvalt. En voor de eerste keer sinds Rosette is geboren, ziet ze er ook echt uit als Vianne Rocher, de Vianne die Lansquenet binnen waaide en zich er nooit iets van aantrok wat anderen zeiden...

Zozie lacht stilletjes.

Jean-Loup pakt zijn moeders hand beet en dwingt haar op een stoel te gaan zitten.

Laurents mond valt open.

Madame Pinot wordt aardbeiroze.

En maman zegt: 'Mensen, ik wil graag iemand aan jullie voorstellen. Dit is Roux. Hij is Rosettes vader.'

9

Maandag 24 december
Kerstavond, tien over halfelf

IK HOOR DE COLLECTIEVE ZUCHT DIE IEDEREEN SLAAKT. ONDER ANdere omstandigheden zou het misschien van afkeuring kunnen zijn, maar in dit geval, na al het eten en de wijn, en mild gestemd als men is door de feestdagen en de sprookjesachtige sneeuw, lijkt het eerder op het 'aaah!' dat je hoort na bijzonder spectaculair vuurwerk.

Roux heeft een waakzame blik in zijn ogen, maar dan grijnst hij en neemt hij een glas champagne aan van madame Luzeron naast hem en heft hij naar ons allen het glas.

Hij liep achter me aan de keuken in terwijl het gesprek weer op gang kwam. Rosette was met hem meegegaan en kroop nog rond in haar apenpak, en ik herinner me nu weer hoe gefascineerd ze was de eerste keer dat hij de winkel binnenkwam, alsof ze hem toen al herkende.

Roux bukte zich om haar haar aan te raken. De gelijkenis tussen hen is aangenaam en schrijnend tegelijk, als herinneringen en verspilde tijd. Er zijn zo veel dingen die hij niet heeft gezien: de eerste keer dat Rosette haar hoofd optilde, de eerste keer dat ze lachte, haar dierentekeningen, de lepeldans die Thierry zo kwaad maakte. Ik zie al aan de uitdrukking op zijn gezicht dat hij haar nooit kwalijk zal nemen dat ze anders is, dat ze hem nooit in verlegenheid zal brengen, dat hij haar nooit met anderen zal vergelijken of haar zal vragen iets anders te zijn dan zichzelf.

'Waarom heb je het me nooit verteld?' zei hij.

Ik aarzelde. Welke waarheid moest ik vertellen? Dat ik te bang was, te trots, te weinig bereid was te veranderen, dat ik, net als Thierry, verliefd was geweest op een fantasie die toen hij eindelijk binnen mijn bereik was, niet van goud bleek te zijn, maar slechts uit stro bleek te bestaan?

'Ik wilde dat we een zeker bestaan hadden. Ik wilde dat we gewoon waren.'

'Gewoon?'

Ik vertelde hem de rest. Ik vertelde hem over onze vlucht van stad naar stad, de namaaktrouwring, de naamsverandering, de magiestop, Thierry, het geaccepteerd willen worden tegen iedere prijs, zelfs als dat ten koste van mijn schaduw, mijn ziel ging.

Roux zei een tijdje niets, toen begon hij zachtjes in zijn keel te lachen. 'En dat alles voor een chocolaterie?'

Ik schudde mijn hoofd. 'Maar nu niet meer.'

Hij had altijd gezegd dat ik te veel mijn best deed, dat ik te bezorgd was, en nu zag ik dat ik me niet genoeg zorgen had gemaakt om de dingen die echt belangrijk voor me waren. Een chocolaterie is per slot van rekening slechts zand en mortel, steen en glas. Ze heeft geen hart, geen ander leven dan wat ze van ons neemt. En wanneer we dat eenmaal hebben weggegeven...

Roux pakte Rosette op, die zich niet loswurmde zoals ze meestal doet wanneer een vreemde haar benadert, maar zachtjes kraaide van plezier en met beide handen een gebaar maakte.

'Wat zei ze?'

'Ze zegt dat je op een aap lijkt,' zei ik lachend. 'En bij Rosette is dat een compliment.'

Dat ontlokte hem een grijns en hij sloeg zijn armen om ons allebei heen. Even stonden we verstrengeld, terwijl Rosette zich aan zijn nek vastklemde en uit de andere ruimte het zachte geluid van gelach kwam en de lucht geurde naar chocola...

En dan wordt het stil in het vertrek; de windbelletjes tinkelen en de deur waait wijd open en in de opening zie ik weer een rode gestalte met kap, maar groter, forser, en zo vertrouwd onder zijn valse baard dat ik de sigaar in zijn hand niet eens hoef te zien...

In de stilte komt Thierry binnen, met een waggel in zijn gang die verraadt dat er drank in het spel is.

Hij kijkt Roux boosaardig aan en zegt: 'Wie is zij?'

'Zij?' zegt Roux.

Thierry beent in drie passen het vertrek door, waarbij hij de kerstboom kortwiekt en cadeautjes over de grond verspreidt. Hij steekt zijn witbebaarde kop onder Roux' neus.

'Je weet wel,' zegt hij. 'Je medeplichtige. Degene die je heeft geholpen mijn cheque te verzilveren. Degene die bij de bank op de camerabeelden staat, en die naar verluidt dit jaar in Parijs al meerdere stakkers beroofd heeft...'

'Ik heb geen medeplichtige,' zegt Roux. 'Ik heb je cheque helemaal niet...'

En nu zie ik iets in zijn gezicht, ik zie iets dagen, maar het is te laat.

Thierry grijpt hem bij de arm. Ze zijn nu heel dicht bij elkaar, reflecties in een lachspiegel, Thierry met verwilderde blik, Roux heel bleek.

'De politie weet alles van haar,' zegt Thierry. 'Ze zijn haar nu op het spoor. Ze verandert namelijk steeds van naam. Werkt alleen. Maar deze keer heeft ze een fout gemaakt. Ze heeft samengespannen met een sukkel als jij. Dus: Wie is ze?' Hij schreeuwt nu en zijn gezicht is even rood als dat van de kerstman zelf. Hij kijkt Roux dronken en diep in de ogen. 'Zeg op: Wie is Vianne Rocher?'

10

Maandag 24 december
Kerstavond, vijf voor elf

TJA, DAT IS TOCH WEL DE HAMVRAAG.

Thierry is dronken. Ik zie dat meteen. Hij ruikt naar bier en sigarenrook; zijn kerstmanpak en absurd feestelijke wattenbaard is ervan doordrongen. Zijn kleuren zijn troebel en dreigend, maar ik zie dat hij niet echt in topvorm is.

Vianne daarentegen is zo wit als een ijsbeeld; haar mond hangt halfopen en haar ogen schieten vuur. Ze schudt in hulpeloze ontkenning haar hoofd. Ze weet dat Roux haar nooit zou verraden en Anouk is sprakeloos, tweemaal getroffen, eerst door het ontroerende gezinstafereeltje achter de keukendeur waarvan ze een glimp heeft opgevangen, en vervolgens door deze lelijke inval, nu alles juist zo volmaakt leek...

'Vianne Rocher?' Haar stem is toonloos.

'Ja,' zegt Thierry. 'Ook wel bekend onder de namen Françoise Lavery, Mercedes Desmoines en Emma Windsor, om er maar een paar te noemen...'

Achter haar zie ik Anouk in elkaar krimpen. Een van die namen zegt haar iets. Is dat van belang? Ik denk het niet. Volgens mij heb ik al gewonnen...

Hij neemt haar met die taxerende blik op. 'Hij noemt je Vianne.' Hij bedoelt natuurlijk Roux.

Stil schudt ze haar hoofd.

'Bedoel je dat je die naam nog nooit gehoord hebt?'

Weer schudt ze haar hoofd, en o...

De uitdrukking op haar gezicht, nu ze de val ziet en doorheeft hoe keurig ze hierheen is gemanoeuvreerd.

Ze begrijpt dat haar enige hoop is zichzelf voor de derde keer te ontkennen...

Achter hen let niemand op madame. Ze is stil geweest tijdens het feestmaal, heeft voor het merendeel met Anouk gesproken, en ze slaat Thierry nu gade met een uitdrukking van regelrecht en ongecompliceerd afgrijzen op haar gezicht. O, ik heb madame natuurlijk voorbewerkt. Met kleine hints, subtiele charme en ouwe, getrouwe chemie heb ik haar naar dit moment van onthullingen geleid, en het enige wat er nu nog nodig is, is één enkele naam en dan zal de piñata openbarsten als een kastanje in het vuur...

Vianne Rocher.

Dat is mijn wachtwoord. Met een glimlach op mijn gezicht ga ik staan. Ik kan nog net gauw een feestelijk slokje champagne nemen voordat alle ogen, hoopvol, angstig, woedend, aanbiddend, zich op mij richten, en ik eindelijk de buit binnenhaal.

Ik glimlach. 'Vianne Rocher? Maar dat ben ik.'

11

Maandag 24 december
Kerstavond, elf uur

ZE HEEFT NATUURLIJK DE PAPIEREN GEVONDEN DIE IN MIJN MOE-ders doos verborgen waren. Daarna was het niet zo moeilijk om een rekening op mijn naam te openen, om een nieuw paspoort te laten maken, een rijbewijs, alles wat ze nodig heeft om Vianne Rocher te worden. Ze ziet er nu zelfs uit als ik, en het is ook niet zo moeilijk om, Roux als aas gebruikend, mijn gestolen identiteit zo te gebruiken dat wij op een gegeven moment in een lastig parket terechtkomen...

O, ik doorzie de val nu. Te laat, zoals altijd in dit soort verhalen, begrijp ik eindelijk wat ze wil. Ze wil me klemzetten, me zover krijgen dat ik me blootgeef, me wegblazen als een dood blad op de wind, met een nieuw stel Furiën achter me aan...

Maar ik vraag me af wat een naam is. Kan ik niet een andere kiezen? Kan ik hem niet veranderen, zoals ik al zo vaak heb gedaan, laten zien dat Zozie bluft en háár dwingen te vertrekken?

Thierry staart haar stomverbaasd aan. 'Jij?' zegt hij.

Ze haalt haar schouders op. 'Verbaasd?'

De anderen kijken verbluft toe.

'Heb jij het geld gestolen? Heb jij de cheques geïnd?'

Anouk achter haar is lijkbleek.

Nico zegt: 'Dat kan toch niet waar zijn.'

Madame Luzeron schudt haar hoofd.

'Maar Zozie is onze vriendin,' zegt de kleine Alice, terwijl ze wild bloost omdat ze zo veel ineens zegt, al is het maar weinig. 'We hebben veel aan haar te danken...'

Jean-Louis mengt zich in het gesprek. 'Ik weet wanneer ik een vervalsing zie,' zegt hij. 'En Zozie is geen vervalsing. Daar kan ik een eed op doen.'

Maar nu verheft Jean-Loup zijn stem. 'Het is waar. Haar foto stond in de krant. Ze is heel goed in het veranderen van haar gezicht, maar ik wist dat zij het was. Mijn foto's...'

Zozie lacht hem verbitterd toe. 'Natuurlijk is het waar. Het is allemaal waar. Ik heb meer namen gehad dan ik tellen kan. Ik heb mijn hele leven van de hand in de tand geleefd. Ik heb nooit een echt thuis gehad, of een gezin, of een bedrijf, of een van al die dingen die Yanne hier wel heeft...'

Ze schenkt me een glimlach als een vallende ster, en ik kan geen woord uitbrengen, kan me niet bewegen, gevangen als ik ben, net als de rest. De fascinatie is zo intens dat ik bijna ga geloven dat ik gedrogeerd ben; mijn hoofd is net een bijenkorf en de kleuren om me heen blijven wisselen, doen de kamer rondtollen als een draaimolen...

Roux slaat zijn arm om me heen om me steun te bieden. Alleen hij schijnt niet in de algehele consternatie te delen. Ik ben me er vaag van bewust dat madame Rimbault, Jean-Loups moeder, me aanstaart. Het gezicht onder het geverfde haar is samengeknepen van afkeuring. Ze wil duidelijk weg, maar toch is ook zij gehypnotiseerd, gevangen in Zozies verhaal.

Zozie gaat met een glimlach op haar gezicht verder: 'Je zou kunnen zeggen dat ik een avonturierster ben. Mijn hele leven heb ik van mijn vernuft geleefd: ik heb gegokt, gestolen, gebedeld, gefraudeerd. Ik heb nooit iets anders gekend. Geen vrienden, geen plek waar ik het zo prettig vond dat ik er wilde blijven...'

Ze wacht even en ik vóél de betovering in de lucht hangen, het is een en al wierook en sprankelend stof, en ik weet dat ze hen om kan kletsen, hen om haar pink kan winden.

'Maar hier,' zegt ze, 'heb ik een thuis gevonden. Heb ik mensen gevonden die me mogen, mensen die van me houden zoals ik ben. Ik dacht dat ik hier een ander mens zou kunnen worden, maar oude gewoonten zijn moeilijk af te leren. Het spijt me, Thierry, ik zal het je terugbetalen.'

En terwijl hun stemmen zich weer verheffen, verward en geschokt en onvast, keert de stille dame zich naar Thierry. Madame, wier naam ik niet eens ken, maar wier gezicht nu bleek is van iets wat ze nauwelijks onder woorden kan brengen en wier ogen als agaten in dat harde gezicht staan.

'Hoeveel is ze u verschuldigd, monsieur?' zegt ze. 'Ik zal het betalen, zonodig met rente.'

Hij staart haar ongelovig aan. 'Hoezo?' zegt hij.

Madame verheft zich in haar volle lengte, maar die is niet zo groot. Naast Thierry lijkt ze een kwartel die het opneemt tegen een beer.

'Ik weet zeker dat u recht tot klagen heeft,' zegt ze met haar nasale Parijse stem, 'maar ik heb gegronde redenen om te geloven dat Vianne Rocher, wie ze ook is, mij veel meer aangaat dan u.'

'En waarom dan wel?' zegt Thierry.

'Ik ben haar moeder,' zegt ze.

12

Maandag 24 december
Kerstavond, vijf over elf

EN NU SPLIJT DE STILTE DIE HAAR IN ZIJN IJSKOUDE GREEP HEEFT gehouden, met een emotionele kreet open. Vianne, die niet langer bleek, maar rood is door de pulque en de verwarring, stapt naar voren en gaat tegenover madame staan in het kringetje dat zich om haar gevormd heeft.

Er hangt een bosje maretak boven hun hoofd en ik voel een wilde, dolle, onbeheersbare drang om op haar af te rennen en haar ter plekke een kus op de mond te drukken. Wat is ze toch gemakkelijk te manipuleren, net als al die anderen. Ik kan de buit al bijna voelen, ik kan hem voelen in het ritme van mijn bloed, kan hem horen als de branding op een strand in de verte, en hij smaakt zo zoet, als chocola.

Het teken van Eén Jaguar heeft vele eigenschappen. Buiten de sprookjes is echte onzichtbaarheid natuurlijk onmogelijk, maar het oog en de hersenen kunnen bedot worden op manieren die met camera en film onmogelijk zijn, en het is heel gemakkelijk om, nu hun aandacht gericht is op madame, weg te sluipen, niet helemáál ongemerkt, om de koffer te gaan halen die ik zo keurig gepakt heb.

Anouk kwam zoals ik had verwacht achter me aan. 'Waarom heb je dat gezegd?' wilde ze weten. 'Waarom heb je gezegd dat je Vianne Rocher was?'

Ik haalde mijn schouders op. 'Wat heb ik te verliezen? Ik verander van naam zoals een ander van jas verandert, Anouk. Ik blijf nooit lang op één plaats. Dat is het verschil tussen ons. Ik zou zo nooit kunnen leven. Ik zou nooit een fatsoenlijke burger kunnen zijn. Het kan me niet schelen wat de mensen van me denken. Maar jouw moeder, die heeft veel te verliezen: Roux, Rosette, en de winkel natuurlijk...'

'Maar wie is die vrouw dan?' zei ze.

Dus vertelde ik haar het hele zielige verhaal: van het kindje in het autozitje en van het kattenbedeltje. Vianne heeft er blijkbaar nooit over gepraat. Dat verbaast me niets, moet ik zeggen.

'Maar als ze wist wie haar moeder was,' zei Anouk, 'had ze haar toch kunnen gaan zoeken?'

'Misschien was ze bang,' zei ik. 'Of misschien voelde ze meer binding met haar adoptiemoeder. Je kiest je familie, Nanou. Dat zegt ze toch altijd? En misschien...' Ik laste een pauze in.

'En misschien?'

Ik glimlachte. 'Mensen als wij zijn anders. Wij moeten bij elkaar blijven, Nanou. Wij moeten onze familie kiezen. Per slot van rekening,' zei ik sluw, 'als ze over dit alles tegen jou kan liegen, hoe weet je dan of jij niet ook gestolen bent?'

Ik liet haar de tijd om daar even over na te denken. In het andere vertrek was madame nog steeds aan het praten; haar stem steeg en daalde met het ritme van de geboren verteller. Zij en haar dochter hebben dat met elkaar gemeen. Het is echter niet het goede moment om te blijven plakken. Ik heb mijn koffer, mijn jas, mijn papieren. Zoals altijd heb ik weinig bagage. Uit mijn zak haal ik het cadeautje voor Anouk: een klein rood pakje.

'Ik wil niet dat je weggaat, Zozie.'

'Nanou, ik heb echt geen keus.'

Het presentje ligt te glanzen in de plooien van het rode vloeipapier. Het is een armband, een smalle zilveren band, glanzend en nieuw. Het enkele zilveren bedeltje dat eraan hangt, is daarentegen donker van ouderdom – een klein, zwart geworden zilveren katje.

Ze weet wat het betekent. Een snik ontsnapt haar.

'Zozie, nee...'

'Het spijt me, Anouk.'

Snel loop ik de verlaten keuken door. Borden en glazen staan keurig opgestapeld, samen met de resten van het feest. Op het fornuis staat een pan warme chocola te dampen; de stoom is het enige levensteken.

Probeer me. Proef me, smeekt die.

Het is maar een kleine toverglans, een alledaagse bezwering, en Anouk heeft hem de afgelopen vier jaar weerstaan, maar desondanks kan ik beter geen risico's nemen. Ik doe de vlam onder de pan uit terwijl ik naar de achterdeur loop.

Met mijn ene hand draag ik mijn koffer, met mijn andere hand laat ik het teken van Mictecacihuatl als een handvol spinnenwebben los in de lucht. De dood, en een geschenk. De essentiële verleiding. Veel krachtiger dan chocola.

En nu keer ik me om en glimlach ik naar haar. Ik stap naar buiten, waar de duisternis me volledig zal opslokken. De avondwind speelt met mijn rode jurk. Mijn felrode schoenen zijn als bloed op de sneeuw.

'Nanou,' zeg ik. 'We hebben allemaal een keuze. Yanne of Vianne. Annie of Anouk. Veranderende Wind of Hurakan. Het is niet altijd gemakkelijk om als wij te zijn. Als je een gemakkelijk leven wilt, kun je beter hier blijven. Maar als je de wind naar je hand wilt zetten...'

Even lijkt ze te aarzelen, maar ik weet al dat ik gewonnen heb.

Ik heb gewonnen op het moment waarop ik je naam aannam en daarmee de roep van de Wind der Verandering. Ik ben namelijk nooit van plan geweest om te blijven, Vianne. Ik heb je chocolaterie nooit gewild. Ik heb nooit iets van jouw armzalige leventje willen hebben.

Maar Anouk is met haar talenten van onschatbare waarde. Zo jong en al zo begaafd, en bovenal, zo gemakkelijk te manipuleren. We zouden morgen in New York kunnen zijn, Nanou, of in Londen, Moskou, Venetië, of zelfs in dat goeie ouwe Mexico City. Er wachten Vianne Rocher en haar dochter Anouk talloze veroveringen. Zullen we samen niet geweldig zijn, zullen we niet door hen heen razen als de decemberwind?

Anouk kijkt me gehypnotiseerd aan. Het lijkt haar nu allemaal zo logisch dat ze zich afvraagt waarom ze het nooit eerder heeft gezien. Een eerlijke uitwisseling: een leven voor een leven.

Ik ben nu toch je moeder? Beter dan de echte en tweemaal zo leuk? Waar heb je Yanne Charbonneau voor nodig? Waar heb je wie dan ook voor nodig?

'En Rosette dan?' werpt ze tegen.

'Rosette heeft nu een vader en een moeder.'

Daar moet ze even over nadenken. Ja, Rosette zal een gezin hebben. Rosette hoeft niet te kiezen. Rosette heeft Yanne. Rosette heeft Roux.

Er ontsnapt haar weer een snik. 'Tóé...'

'Kom op, Nanou. Dit is toch wat je wilt? Magie, avontuur, leven op het scherp van de snede...'

Ze zet een stap, maar dan aarzelt ze. 'Beloof je dat je nooit tegen me zult liegen?'

'Dat heb ik nooit gedaan en dat zal ik ook nooit doen.'

Weer een korte stilte. De geur van Viannes warme chocola die nog in de lucht hangt, trekt aan me. *Probeer me, proef me*, zegt een rokerige, klaaglijke, wegebbende stem.

Is dat alles wat je kunt, Vianne?

Maar Anouk lijkt nog te weifelen.

Ze kijkt naar mijn armband, naar de zilveren bedeltjes die eraan hangen: de doodskist, de schoenen, de maïskolf, de kolibrie, de slang, de schedel, de aap, de muis...

Ze fronst haar voorhoofd, alsof ze probeert zich iets te herinneren dat op het puntje van haar tong ligt. Haar ogen staan vol tranen terwijl ze opkijkt naar de koperen pan die op het fornuis staat af te koelen.

Probeer me. Proef me. Een laatst, triest, wegebbend aroma, als een schaduw van de jeugd die in de lucht hangt.

Probeer me. Proef me. Een geschaafde knie, een kleine, vochtige handpalm, met chocoladestof in de levenslijn en de hartlijn gedrukt.

Proef me. Test me. Een herinnering aan samen in bed liggen, met een prentenboek op de deken tussen hen in, Anouk wild lachend om iets wat Vianne heeft gezegd...

Weer vorm ik het teken van Mictecacihuatl, oude Dame Dood, de Hartenverslindster, en ik werp het als zwart vuurwerk op haar pad. Het wordt al laat, het verhaal van madame zal nu wel eens klaar zijn en dan duurt het niet lang of ze zullen ons allebei missen.

Anouk lijkt verdoofd; ze kijkt naar het fornuis met de blik van iemand die half droomt. Door de Rokende Spiegel zie ik nu hoe dat komt: een kleine, grijze gedaante die bij de pan zit, een waas waarin je snorharen en een staart kunt ontwaren...

'Nou,' vraag ik, 'kom je nog of niet?'

13

Maandag 24 december
Kerstavond, vijf over elf

'IK WOONDE AAN DEZELFDE GANG ALS JEANNE ROCHER, ALLEEN wat verderop.' Haar stem had de typische afgebeten klinkers van de geboren Parisienne, als naaldhakken die de woorden tikken. 'Ze was een beetje ouder dan ik, en ze verdiende haar geld met kaartleggen en mensen helpen te stoppen met roken. Ik ben één keer bij haar geweest, een paar weken voordat mijn dochter werd ontvoerd. Ze zei dat ik had overwogen haar te laten adopteren. Ik zei dat ze loog. Maar het was waar.'

Met een somber gezicht vertelde ze verder. 'Het was een zit-slaapkamer in Neuilly-Plaisance. Een halfuur uit het centrum van Parijs. Ik had een oude deux-chevaux, twee baantjes als serveerster in cafés in de buurt, en af en toe wat geld van Sylvianes vader, die naar ik toen al wist, zijn vrouw nooit zou verlaten. Ik was eenentwintig en mijn leven was voorbij. Wat ik aan oppassen besteedde, slokte mijn kleine inkomen op en ik wist niet wat ik anders moest doen. Het was niet zo dat ik niet van haar híéld...'

Het beeld van dat kleine kattenbedeltje flitst even door mijn hoofd. Het heeft op de een of andere manier iets aandoenlijks, dat zilveren bedeltje aan het rode lintje dat geluk moet brengen. Heeft Zozie dat ook gestolen? Misschien wel. Misschien heeft ze zo madame Caillou voor de gek gehouden, wier harde gezicht zachter wordt, nu ze terugdenkt aan haar verlies.

'Twee weken later verdween ze. Ik heb haar maar twee minuutjes alleen gelaten, maar Jeanne Rocher moet me in de gaten hebben gehouden en het juiste moment hebben afgewacht. Toen ik op het idee kwam bij haar langs te gaan, had ze haar spullen al gepakt en was ze er al vandoor gegaan, en was er geen bewijs. Maar ik heb me altijd afgevraagd...' Ze wendde zich tot mij met een levendig gezicht nu. 'En toen ontmoette ik je vriendin Zozie, met haar kleine meisje, en toen wist ik, toen wíst ik...'

Ik keek naar de onbekende tegenover me. Een gewone vrouw van rond de vijftig, die er misschien wat ouder uitzag, met haar zware heupen en getekende wenkbrauwen. Een vrouw die ik op straat duizend keer zou kunnen hebben gepasseerd zonder er een moment bij stil te staan dat we verwant konden zijn, en die daar nu stond met die vreselijke uitdrukking van hoop op haar gezicht. Dít is de val, ik weet dat dat zo is, en mijn naam is niet mijn ziel, ook dat weet ik.

Maar ik kán haar gewoon niet laten geloven...

'Maar madame,' zei ik met een glimlach op mijn gezicht. 'Iemand heeft een wrede grap met u uitgehaald. Zozie is niet uw dochter. Wat ze ook beweerd mag hebben, ze is het niet. En wat Vianne Rocher betreft...'

Ik zweeg. Het gezicht van Roux verried niets, maar zijn hand zocht de mijne en hield hem stevig vast. Thierry's blik rustte ook op mij. Ik wist op dat moment dat ik geen keuze had. Een man die geen schaduw werpt, zo weet ik, is niet echt een man, en een vrouw die haar naam opgeeft..

'Ik herinner me een rode pluchen olifant. Een gebloemd dekentje. Het was geloof ik roze. En een beer met één oog die van een zwarte knoop gemaakt was. En een klein zilveren katje dat aan een rood lintje hing.'

Nu hield madame haar blik op mij gericht met ogen die helder stonden onder de getekende wenkbrauwen.

'Ze zijn jaren met me meegereisd,' zei ik. 'De olifant is roze geworden van ouderdom. Ik heb hem tot op de vulling versleten en toen wilde ik nog niet dat ze hem weggooide. De knuffels waren het enige speelgoed dat ik echt bezat en ik nam ze overal mee naartoe in mijn rugzak. De kopjes liet ik eruit steken zodat ze lucht konden krijgen...'

Stilte. Haar adem is een raspend geluid in haar keel.

'Ze heeft me geleerd de hand te lezen,' zei ik. 'En de tarot te leggen, en theebladeren te lezen, en runentekens te interpreteren. Ik heb haar tarotkaarten boven nog in een doos. Ik gebruik ze niet veel, en het is niet echt een bewijs, maar het is het enige wat ik nog van haar heb...'

Ze staarde me nu aan, haar lippen iets geopend, de mond vertrokken in een grimas van een emotie die te complex was om precies te zeggen wat het was.

'Ze zei dat u niet voor me zou hebben gezorgd. Ze zei dat u niet zou hebben geweten wat u moest doen. Maar ze heeft het bedeltje bij haar tarotkaarten bewaard, en ze heeft de krantenartikelen bewaard, en voor ze stierf, heeft ze het me denk ik willen vertellen, maar ik kon het toen niet geloven... Ik wílde het toen niet geloven.'

'Ik zong altijd een liedje. Een slaapliedje. Weet je dat nog?'

Even was ik stil. Ik was anderhalf. Hoe zou ik zoiets nog kunnen weten?

Toen kwam het plotseling bij me op. Het slaapliedje dat we altijd zongen om de veranderende wind weg te laten gaan, het liedje dat de Vriendelijken moest sussen:

> 'V'là l'bon vent, v'là l'joli vent
> V'là l'bon vent, ma mie m'appelle
> V'là l'bon vent, v'là l'joli vent,
> V'là l'bon vent, ma mie m'attend.'

Nu opende ze haar mond in een jammerklacht, een enorme, verscheurde, hoopvolle kreet die de lucht als fladderende vleugels doorkliefde. 'Dat was het. O, dat was...' Haar stem bibberde hulpeloos en met haar armen wijd viel ze naar me toe, als een verdrinkend kind.

Ik ving haar op – ze zou anders gevallen zijn – en ze geurde naar oude viooltjes en kleren die te lang niet gedragen zijn, naar mottenballen en tandpasta en poeder en stof, zo absurd anders dan de vertrouwde sandelhoutgeur van mijn moeder dat ik mijn tranen bijna niet kon bedwingen...

''Viane,' zei ze. 'Mijn 'Viane.'

Ik hield haar vast, precies zoals ik mijn moeder had vastgehouden in de dagen en weken voor haar dood, met zachte, geruststellende woorden die ze niet hoorde, maar die haar een beetje kalmeerden, en eindelijk begon ze te snikken, met de lange, vermoeide uithalen van iemand die meer gezien heeft dan haar ogen kunnen verdragen, en meer gevoeld heeft dan haar hart kan verduren...

Geduldig wachtte ik tot het afnam. Een minuut later waren de rauwe geluiden in haar borstkas overgegaan in een reeks zachte trillingen, en haar gezicht, dat helemaal besmeurd was door de stroom van tranen, keerde zich om naar de gastenkring. Lange tijd bewoog er niemand. Sommige dingen zijn gewoon te veel voor een mens, en deze vrouw met haar onverhulde verdriet deed hen terugdeinzen als kinderen die schrikken van een wild dier dat op de weg ligt te sterven.

Niemand bood een zakdoek aan.

Niemand keek haar in de ogen.

Niemand zei iets.

Toen kwam tot mijn grote verbazing madame Luzeron overeind, en ze zei met een stem als geslepen glas: 'Ik weet hoe je je voelt.'

'Ja?' Madames ogen waren een mozaïek van tranen.

'Ik heb mijn zoon verloren, weet je.' Ze legde haar hand op madames schouder en bracht haar naar een leunstoel. 'Je hebt een schok te verwerken gekregen. Neem een glaasje champagne. Mijn man zaliger zei altijd dat champagne vooral een medicinale werking heeft.'

Madame lachte bibberig. 'U bent erg vriendelijk, madame...'

'Héloïse. En u?'

'Michèle.'

Dus zo heette mijn moeder. Michèle.

Ik kan in ieder geval nog Vianne blijven, dacht ik, en nu begon ik zo hevig te trillen dat ik bijna op mijn stoel in elkaar zakte.

'Gaat het?' vroeg Nico bezorgd.

Ik knikte en probeerde te glimlachen.

'Je ziet eruit alsof je zelf ook wel wat medicijn kunt gebruiken,' zei hij, me een glas cognac overhandigend. Hij leek zo ernstig, en zo buitenissig, met zijn Henri IV-pruik en zijden jas met goudgalon dat ik begon te huilen – absurd, ik weet het – en even vergat ik helemaal de kleine scène die door Michèles verhaal was onderbroken.

Maar Thierry was het niet vergeten. Hij mocht dan dronken geweest zijn, hij was niet zo dronken dat hij vergeten was waarom hij Roux tot hier gevolgd was. Hij was op zoek gegaan naar Vianne Rocher en hij had haar eindelijk gevonden, misschien niet zoals hij zich had voorgesteld, maar wel hier, en bij de vijand...

'Dus jíj bent Vianne Rocher.' Zijn stem klonk toonloos. Zijn ogen waren speldenprikken in rood deeg.

'Dat was ik. Maar ik ben niet degene die die cheques verzilverd heeft...'

Hij onderbrak me. 'Dat kan me niet schelen. Waar het om gaat is dat je tegen me gelogen hebt. Tegen mij.' Boos schudde hij zijn hoofd, maar het gebaar had iets zieligs, alsof hij niet echt kon geloven dat het leven weer niet beantwoord had aan zijn veeleisende norm van perfectie.

'Ik was bereid met je te trouwen.' Hij sprak met dubbele tong van het zelfmedelijden. 'Ik zou jou en je kinderen een thuis hebben gegeven. De kinderen van een andere man. En een van hen... nou, moet je zíén...' Hij wierp een blik op Rosette in haar apenpak, en de bekende verstijving kwam weer in zijn gezicht. 'Moet je haar zíén,' zei hij weer. 'Ze lijkt wel een dier. Ze kruipt op handen en voeten rond. Ze kan niet eens praten. Maar ik zou voor haar gezorgd hebben, ik zou de beste specialisten van Europa ingeschakeld hebben. Voor jou, Yanne. Omdat ik van je hield.'

'Van haar híéld?' zei Roux.

Iedereen keerde zich naar hem om.

Hij leunde tegen de keukendeur, met zijn handen in zijn zakken en met ogen die schitterden. Hij had zijn kerstmanpak losgeritst en daaronder was hij helemaal in het zwart gekleed, en de kleuren deden me zo aan de rattenvanger van Hamelen op de tarotkaart denken dat ik plotseling nauwelijks adem kon halen. En nu sprak hij, met die felle, rauwe stem; Roux, die een hekel heeft aan mensenmassa's, die scènes mijdt zoveel hij kan, en die nooit, echt nooit iets zegt in het openbaar...

'Van haar houden?' zei hij. 'Je kent haar niet eens. Haar lievelingschocola is de mendiant, haar lievelingskleur is felrood. Haar lievelingsgeur is mimosa. Ze kan zwemmen als een vis. Ze heeft een hekel aan zwarte schoenen. Ze houdt van de zee. Ze heeft een litteken op haar linkerheup, overgehouden aan een val uit een Poolse vrachttrein. Ze vindt het niet leuk dat ze krullend haar heeft, ook al is het prachtig. Ze houdt van de Beatles, maar niet van de Stones. Ze pikte altijd menukaarten uit restaurants omdat ze zich niet kon veroorloven er zelf te eten. Ze is de beste moeder die ik ooit heb ontmoet...' Hij zweeg even. 'En ze heeft jouw liefdadigheid niet nodig. En wat Rosette betreft...' Hij pakte haar op en hield haar zo vast dat haar gezicht bijna het zijne raakte. 'Ze is mijn kleine meid. En ze is volmaakt.'

Even keek Thierry verbluft. Toen begon het hem te dagen. Zijn gezicht betrok, zijn ogen gingen van Roux naar Rosette, en van Rosette naar Roux. De waarheid is onmiskenbaar: Rosettes gezicht mag dan minder hoekig zijn en haar haar wat lichter rood, ze heeft wel zijn ogen en zijn spottende mond, en op dat moment was er geen vergissing mogelijk.

Thierry keerde zich bliksemsnel op zijn blinkende schoenen om, een pittige manoeuvre die enigszins werd ontsierd door het feit dat hij met zijn heup de tafel raakte, waardoor een champagneglas op de grond viel en in een explosie van valse diamantjes op de plavuizen uiteenspatte. Maar toen madame Luzeron het oppakte...

'Hé, wat een mazzel,' zei Nico. 'Ik had kunnen zweren dat ik het kapot hoorde vallen...'

Madame keek me verwonderd aan.

'Hebben wij even geboft.'

Net als bij het blauwe glazen schaaltje, het schaaltje van Muranoglas dat ik die dag liet vallen. Maar nu was ik niet bang meer. Ik keek alleen maar naar Rosette op haar vaders arm, en wat ik voelde was geen schrik, of angst, of ongerustheid, maar een overweldigend gevoel van trots...

'Nou, geniet er dan maar van zo lang je kan.' Thierry stond bij de deur, massief in zijn rode pak. 'Want ik zeg je nu de huur op. Met een opzegtermijn van drie maanden, zoals in ons contract staat, en daarna sluit ik deze tent.' Hij bekeek me met boosaardige vrolijkheid. 'Dacht je dat je zou kunnen blijven na alles wat er hier gebeurd is? Dit pand is van mij, voor het geval je het vergeten was, en ik heb er plannen voor waar jij geen rol in speelt. Veel plezier met je chocoladewinkeltje. Met Pasen zijn jullie allemaal weg.'

Ach, dat is niet de eerste keer dat ik dat hoorde. Terwijl de deur achter hem dichtsloeg, voelde ik niet angst, maar weer zo'n wonderlijke golf van trots. Het ergste was gebeurd, en we hadden het overleefd. De wind van de verandering had weer gewonnen, maar deze keer voelde ik me niet verslagen. Ik was juist in vervoering, voelde me in staat de Furiën eigenhandig te verslaan...

En toen sloeg er een verschrikkelijke gedachte toe. Ik stond abrupt op en keek de kamer rond. De gesprekken waren weer op gang gekomen, eerst rustig, maar al snel werd de conversatie levendiger. Madame Luzeron schonk champagne in. Nico begon met Michèle te praten. Paupaul flirtte met madame Pinot. Uit wat ik hoorde, kon ik opmaken dat de algemene opinie was dat Thierry dronken was, dat al zijn dreigementen loos waren en dat hij het volgende week allemaal vergeten zou zijn, omdat de chocolaterie gewoon bij Montmartre hóórde en net zo min kon verdwijnen als Le P'tit Pinson.

Maar er ontbrak iemand. Zozie was weg.

En ook Anouk was nergens te bekennen.

14

Maandag 24 december
Kerstavond, kwart over elf

HET IS HEEL LANG GELEDEN DAT IK PANTOUFLE HEB GEZIEN. IK WAS bijna vergeten hoe het aanvoelde als hij bij me was en naar me keek met zijn besdonkere ogen, als hij lekker warm op mijn knie zat, of 's avonds laat op mijn hoofdkussen lag voor als ik bang werd voor de Zwarte Man. Maar Zozie staat al bij de deur en we moeten die Veranderende Wind halen.

Met mijn schaduwstem roep ik Pantoufle. Ik kan niet zomaar zonder Pantoufle weggaan. Maar hij komt niet; hij zit daar maar bij de kachel met zijn trillende snorharen en die blik die hij soms heeft, en het is raar, maar ik kan me niet herinneren dat ik hem ooit zo duidelijk heb gezien, dat ik ieder haartje, iedere snorhaar afgetekend zag tegen het licht. Er geurt ook iets, een geur die uit dat pannetje komt...

Het is maar chocola, houd ik mezelf voor.

Maar hij ruikt op de een of andere manier anders. Naar de chocola die ik altijd dronk toen ik nog klein was, lekker romig en warm, met chocoladeschaafsel en kaneel erin en een suikerlepel om mee te roeren.

'Nou,' vraagt ze, 'kom je nog of niet?'

Weer roep ik Pantoufle. Maar weer hoort hij me niet. Natuurlijk wil ik weggaan, naar die plaatsen gaan waar ze me van heeft verteld, op de wind reizen, geweldig zijn, maar Pantoufle zit daar maar bij die koperen pan en op de een of andere manier kan ik me niet afwenden.

Ik weet dat hij maar een fantasievriendje is en dat Zozie heel echt en levend is, maar er is iets wat ik me moet zien te herinneren, een verhaal dat maman vroeger vertelde over een jongen die zijn schaduw weggaf...

'Kom, Anouk.' Haar stem klinkt scherp. De wind in de keuken voelt nu koud en er ligt sneeuw op de stoep en op haar schoenen. In de winkel hoor ik een plotseling geluid; ik ruik de chocola en hoor dat maman me roept...

Maar nu pakt Zozie mijn hand en sleept ze me de openstaande achterdeur uit. Ik voel de sneeuw onder mijn schoenen glibberen en de kou van de nacht kruipt onder mijn mantel.

Pantoufle! roep ik voor de laatste keer.

Eindelijk komt hij naar me toe, als een schaduw over de sneeuw. Heel even zie ik haar gezicht, niet door de Rokende Spiegel, maar door de schaduw van Pantoufle, en het is het gezicht van een vreemde, helemaal niet van Zozie: het is vertrokken en scheef, als een handje schroot, en oud, zo oud als de oudste betovergrootmoeder die er is, en in plaats van de rode jurk die op die van maman lijkt, draagt ze een rok van mensenharten en haar schoenen zijn bloed in de vallende sneeuw.

Ik schreeuw en probeer me los te rukken.

Ze klauwt naar me met het teken van Eén Jaguar, en ik hoor haar tegen me zeggen dat er niets aan de hand is, dat ik niet bang moet zijn, dat ze mij gekozen heeft, dat ze me hebben wil, me nodig heeft, dat geen van de anderen het zou begrijpen...

Ik weet dat ik haar niet kan tegenhouden. Ik moet meegaan. Ik ben al te ver gegaan. Mijn magie is niets vergeleken bij die van haar, maar de geur van chocola is nog zo sterk, als de geur van een bos na de regen, en plotseling zie ik nog iets anders, een wazig plaatje in mijn hoofd. Ik zie een klein meisje, nog maar een paar jaar jonger dan ik. Ze is in een soort winkel, en voor haar staat een soort zwarte doos die lijkt op het doodskistbedeltje aan Zozies armband.

'Anóúk!'

Ik kan horen dat het de stem van maman is. Maar ik kan haar nu niet zien. Ze is te ver weg. Zozie sleept me het donker in, en mijn voeten volgen haar in de sneeuw. Het kleine meisje gaat de doos openmaken en er zit iets vreselijks in, en als ik nu maar *wíst* wat, kon ik haar misschien tegenhouden...

We zijn nu tegenover de chocolaterie. We staan op de hoek van de Place des Faux-Monnayeurs en kijken de straat met de kinderkopjes in. Er staat daar een straatlantaarn die de sneeuw verlicht, en onze schaduwen strekken zich helemaal tot aan de trappen uit.

Ik zie maman vanuit mijn ooghoek, ze kijkt over het plein. Ze lijkt wel honderd kilometer ver weg, en toch kan het niet zo ver zijn. En ik zie Roux, en Rosette, en Jean-Loup, en Nico, en hun gezichten zijn op de een of andere manier heel ver weg, als iets wat je door een telescoop ziet...

De deur gaat open. Maman stapt naar buiten.

Ik hoor Nico in de verte zeggen: 'Wat is híér aan de hand?'

Achter hen geroezemoes dat verloren gaat in ruis.

De wind wakkert aan. De Hurakan! Maman zal niet tegen die wind op kunnen, hoewel ik zie dat ze van plan is het te proberen. Ze lijkt heel kalm. Ze glimlacht bijna. En ik vraag me af hoe ik of wie dan ook ooit gedacht kan hebben dat ze ook maar een beetje op Zozie lijkt.

Zozie lacht haar kannibalenlach. 'Eindelijk een beetje spirit?' zegt ze. 'Te laat, Vianne. Ik heb het spel gewonnen.'

'Je hebt niets gewonnen,' zegt maman. 'Jouw soort wint nooit. Je denkt misschien van wel, maar de overwinning is altijd een loze overwinning.'

Zozie gromt. 'Hoe zou jij dat kunnen weten? Het kind is me uit eigener beweging gevolgd.'

Maman negeert haar. 'Anouk, kom hier.'

Ik sta echter vastgenageld op die plek in dat bevroren licht. Ik wíl wel gaan, maar er is iets anders, een fluisterstem, als een ijzige vishaak in mijn hart, die me de andere kant op trekt.

Het is te laat. Je hebt je keuze gemaakt. De Hurakan gaat niet weg...

'Toe, Zozie, ik wil naar huis.'

Huis? Wat voor huis? Killers hebben geen huis, Nanou. Killers reizen op de Hurakan...

'Maar ik ben geen killer.'

O nee? Echt niet?

Ze lacht als krijt op een schoolbord.

Ik schreeuw: 'Laat me los!'

Ze lacht weer. Haar ogen zijn als sintels, haar mond is als prikkeldraad, en ik vraag me af hoe ik haar ooit geweldig kan hebben gevonden. Ze ruikt naar dode krab en benzine. Haar handen zijn net bundels botten, haar haar is als rottend zeewier. En haar stem is de nacht; haar stem is de wind, en nu hoor ik hoe hongerig ze is, hoe graag ze me helemaal wil verslinden...

Dan spreekt maman. Ze klinkt heel kalm, maar haar kleuren zijn als het noorderlicht, helderder dan de Champs-Elysées, en ze maakt met haar vingers een snel gebaar naar Zozie dat ik heel goed ken.

Tsk-tsk, scheer je weg!

Zozie lacht meewarig. Het snoer met harten om haar middel danst en deint als het rokje van een cheerleader.

Tsk-tsk, scheer je weg! Ze maakt het gebaar opnieuw, en deze keer zie ik een vonkje over het plein naar Zozie huppelen als een gloeiende vonk van een groot vuur.

Weer glimlacht Zozie. 'Is dat alles?' zegt ze. 'Huis-tuin-en-keukenmagie en tovertrucjes die zelfs een kind zou kunnen leren? Wat een verspilling van je talenten, Vianne. Je zou samen met ons de wind kunnen temmen. Maar ja, sommige mensen zijn te oud om te veranderen. En sommige mensen zijn gewoon bang om vrij te zijn...'

Ze zet een stap in de richting van maman, en plotseling is ze weer veranderd. Het is natuurlijk toverij, maar ze is mooi, en zelfs ik staar haar onwillekeurig aan. Het snoer met harten is nu verdwenen en ze draagt vrijwel niets anders dan een schort van losse onderdelen die van jade lijken, en een heleboel gouden sieraden. Haar huid heeft de kleur van mokka met room, en haar mond is als een doorgesneden granaatappel en ze lacht naar maman en zegt:

'Waarom ga je niet met ons mee, Vianne? Het is nog niet te laat. Wij drieën... we zouden niet te stuiten zijn. Sterker dan de Vriendelijken. Sterker dan de Hurakan. We zouden geweldig zijn, Vianne. Onweerstaanbaar. We zouden verleidingen verkopen, en genoeglijke dromen, niet alleen hier, maar overal. We zouden van je chocola wereldchocola kunnen maken. Filialen in elk werelddeel. Iedereen zou gek op je zijn, Vianne. Je zou het leven van miljoenen...'

Maman wankelt. *Tsk-tsk, scheer je weg!* Maar haar hart zit er niet meer in; het vonkje dooft voordat het halverwege het plein is. Ze zet een stap in Zozies richting. Ze is nog maar een meter of vier van ons verwijderd, maar haar kleuren zijn weg, en ze ziet eruit alsof ze in een soort droom is...

Ik wil tegen haar zeggen dat het allemaal bedrog is, dat Zozies magie net een goedkoop paasei is, vanbuiten een en al glinstering, maar als je het openmaakt, zit er niets in, en dan herinner ik me ineens weer wat Pantoufle me liet zien: het kleine meisje en de winkel en de zwarte doos en de betovergrootmoeder die daar zat te grijnzen als een vermomde wolf...

En plotseling doet mijn stem het weer en ik schreeuw het uit zo hard ik kan, zonder precies te weten wat de woorden betekenen, maar wetende dat het woorden zijn die macht hebben, woorden waarmee je kunt toveren, woorden waarmee je de winterwind kunt tegenhouden.

En ik schreeuw: 'Zozie!'

Ze kijkt me aan.

En ik zeg: 'Wat zat er in de zwarte piñata?'

15

Maandag 24 december
Kerstavond, vijf voor halftwaalf

HET VERBRAK DE BETOVERING. ZE BLEEF STILSTAAN. ZE STAARDE. Ze kwam dichterbij en bracht haar gezicht dicht bij het mijne. Nu kon ik die dodekrabstank ruiken, maar ik bleef haar strak aankijken en wendde mijn blik niet af.

'Durf je mij dat te vragen?' gromde ze.

En nu kon ik nauwelijks meer kijken. Ze was van gezicht veranderd en zag er weer angstwekkend uit: ze was een reuzin en haar mond was een grot met bemoste tanden. De zilveren armband om haar pols leek nu een armband met schedels, en haar hartenrok droop van het bloed, een gordijn van bloed op de sneeuw. Ze was afschrikwekkend, maar ze was bang, en maman stond achter haar toe te kijken met een vreemde glimlach op haar gezicht, alsof ze er op de een of andere manier veel meer van begreep dan ik...

Ze knikte haast onmerkbaar naar me.

Ik zei de magische woorden nog eens. 'Wat zat er in de zwarte piñata?'

Zozie maakte een rauw geluid in haar keel. 'Ik dacht dat we vriendinnen waren, Nanou,' zei ze. En plotseling was ze weer Zozie, de oude Zozie van de zuurstokrode schoenen, met haar vuurrode rok en haar haar met roze strepen erin en haar rammelende kleurige kralen. En ze leek zo echt en zo vertrouwd dat het mijn hart pijn deed haar zo triest te zien. Haar hand op mijn schouder beefde en haar ogen vulden zich met tranen toen ze fluisterde: 'O, alsjeblieft, Nanou, hoef ik het niet te vertellen?'

Mijn moeder stond een meter of twee van ons af. Achter haar op het plein stonden Jean-Loup, Roux, Nico, madame Luzeron en Alice, en hun kleuren waren als vuurwerk op 14 juli, helemaal goud en groen en zilver en rood...

Ik ving een plotselinge geur van chocola op die door de deuropening naar buiten dreef, en ik moest denken aan de koperen pan op het gas, en aan de stoom die zich als smekende spookvingers naar me had uitgestrekt, en aan de stem die ik bijna had menen te horen, mijn moeders stem, die zei: 'Probeer me, proef me.'

En ik moest denken aan alle keren dat ze me warme chocola had aangeboden en ik nee had gezegd. Niet omdat ik het niet lekker vond, maar omdat ik boos was omdat ze veranderd was, omdat ik haar de schuld gaf van wat er met ons was gebeurd, en omdat ik het haar betaald wilde zetten, haar wilde laten zien dat ik anders was...

Het is niet de schuld van Zozie, dacht ik. Zozie is alleen maar een spiegel die ons laat zien wat we willen zien. Onze hoop, onze haat, onze ijdelheid. Maar wanneer je er echt naar kijkt, is een spiegel gewoon een stuk glas.

Voor de derde keer zei ik met een zo helder mogelijke stem: 'Wat zat er in de zwarte piñata?'

16

Maandag 24 december
Kerstavond, halftwaalf

IK ZIE HET NU ALLEMAAL HEEL DUIDELIJK, ALS DE PLAATJES OP EEN
tarotkaart. De duistere winkel, de schedels op de planken, het kleine meisje, de betovergrootmoeder die erbij staat met een uitdrukking van ontstellende begerigheid op haar oeroude gezicht.

Ik weet dat Anouk het ook ziet. Zelfs Zozie ziet het nu, en haar
gezicht blijft veranderen, gaat van oud naar jong, van Zozie naar de
Hartenkoningin, en de trek om haar mond verandert van minachting in besluiteloosheid en ten slotte in openlijke angst. En nu is ze
nog maar negen jaar oud, een klein meisje in een carnavalsjurk met
een zilveren armband om haar pols.

'Wil je weten wat erin zat? Wil je het écht weten?' zegt ze.

17

Maandag 24 december
Kerstavond, halftwaalf

DUS JE WILT HET ECHT WETEN, ANOUK?

Zal ik je vertellen wat ik zag?

Je vraagt je af wat ik verwachtte? Snoep misschien, of lolly's, chocoladeschedels, kettingen van suikertanden, alle banale 'Dag van de Doden'-koopwaar die als een donkere confettiregen uit de zwarte piñata zou spatten?

Of iets anders, een occulte openbaring: een glimp van god, een verwijzing naar een andere wereld, de geruststelling misschien dat de doden er nog zijn, als gasten aan onze tafel, als dolende geesten, als bewakers van een wezenlijk mysterie dat op een dag aan de rest van de mensheid bekend zal worden gemaakt?

Is dat niet wat we allemaal willen? Geloven dat Christus uit de dood verrees, dat engelen ons behoeden, dat vis op vrijdag soms heilig is en soms een doodzonde, dat het er op de een of andere manier toe dóét als een mus valt, of hier en daar een toren, of zelfs een heel volk, vernietigd in de naam van een schoonschijnende god, nauwelijks te onderscheiden van een hele reeks andere Ware Goden – ha! – mijn hemel, wat zijn deze stervelingen toch dom, en de mop is dat we allemáál dom zijn, tot de goden aan toe, want ondanks al die miljoenen die in hun naam zijn afgeslacht, ondanks alle gebeden en offers en oorlogen en openbaringen, is er toch niemand die de Ouden – Tlaloc en Coatlicue en Quetzalcoatl en de inhalige oude Mictecacihuatl zelf – nog kent? Hun tempels zijn tot 'werelderfgoed' verworden, hun monumenten zijn verweerd, hun piramides overwoekerd, allemaal verloren geraakt in de tijd, als bloed in het zand.

En wat kan het ons nu eigenlijk schelen, Anouk, of de Sacré-Coeur over honderd jaar een moskee is geworden, of een synagoge, of iets heel anders? Tegen die tijd zijn we immers allemáál zand, behalve de Ene die altijd geweest is, de ene die piramides bouwt, tempels doet verrijzen, martelaren maakt, sublieme muziek componeert, de logica ontkent, de volgzamen prijst, zielen in het paradijs opneemt, voorschrijft wat we dragen moeten, de ongelovigen met zijn bliksem treft, de Sixtijnse Kapel beschildert, jongemannen ertoe aanzet voor het goede doel te sterven, met een afstandsbediening een fanfarekorps opblaast, veel belooft, weinig waarmaakt, niemand vreest en nooit sterft, omdat de angst voor de dood veel groter is dan eer, of goedheid, of geloof, of liefde...

Maar om op je vraag terug te komen... Wat was je vraag ook alweer?

O ja, de zwarte piñata.

Dacht je dat ik daarin het antwoord had gevonden?

Sorry, liefje, dat is geen slimme vraag.

Wil je weten wat ik zag, Anouk?

Niets. Dát zag ik. Helemaal hartstikke niks.

Geen antwoorden, geen zekerheden, geen rendement, geen waarheid. Alleen maar lucht: één grote boer van bedorven lucht die als ochtendadem na een duizendjarige slaap uit de zwarte piñata ontsnapte.

'Het ergste wat er is, is *niets*, Anouk. Geen betekenis, geen boodschap, geen demonen, geen goden. We sterven, en verder is er niets. Helemaal niets.'

Ze slaat me met haar donkere ogen gade.

'Je hebt het mis,' zegt ze. 'Er is wel iets.'

'Ach kom. Denk je echt dat jullie iets hebben? Dan moet je nog maar eens nadenken. De chocolaterie? Thierry jaagt jullie er vóór Pasen uit. Net als alle verwaande mannen is hij wraakzuchtig. Over vier maanden zijn jullie weer terug bij af, met jullie drieën, en zijn jullie zonder één cent op zak weer onderweg.

En dacht je dat je Vianne weer zult hebben? Dat zul je niet. Ze heeft niet de moed om zichzelf te zijn, laat staan een moeder voor je te zijn. Dacht je dat je Roux zult hebben? Reken er maar niet op. Hij is de grootste leugenaar van jullie allemaal. Vraag maar eens of je zijn boot mag zien, Anouk. Vraag maar eens of je die mooie boot van hem mag zien...'

Maar ik ben haar aan het kwijtraken, en ik weet het. Ze kijkt me met onbevreesde ogen aan. Er ligt iets in die blik wat ik niet helemaal kan plaatsen...

Medelijden? Nee. Dat zou ze niet durven.

'Het is vast heel eenzaam, Zozie.'

'Eenzaam?' gromde ik.

'Om jou te zijn.'

Ik stiet een stil gehuil van woede uit. Het is de jachtkreet van Eén Jaguar, van Zwarte Tezcatlipoca in zijn afschrikwekkendste aanzien. Maar het kind gaf geen krimp. Ze glimlachte en pakte mijn hand.

'Je hebt zo veel harten verzameld,' zei ze, 'en toch heb je zelf nog steeds geen hart. Wilde je mij daarom hebben? Zodat je niet meer alleen zou zijn?'

Ik staarde haar aan, sprakeloos van verontwaardiging. Steelt de rattenvanger van Hamelen kinderen om de liefde? Verleidt de Grote Boze Wolf Roodkapje uit een misplaatste behoefte aan gezelschap? Ik ben de Hartenverslindster, stom wicht! Ik ben de Angst voor de Dood. Ik ben de Slechte Heks. Ik ben het grimmigste van alle sprookjes, dus wáág het eens medelijden met mij te hebben...

Ik duwde haar weg. Ze wilde niet gaan. Weer wilde ze mijn hand pakken, en plotseling begon ik bang te worden, maar vraag me niet waarom.

Noem het een waarschuwing, zo je wilt. Noem het een aanval die teweeg werd gebracht door opwinding, champagne en te veel pulque. Maar plotseling brak me het koude zweet uit; ik kreeg het benauwd en snakte naar adem. Pulque is een onvoorspelbaar goedje: het geeft sommigen een verhoogd bewustzijn, visioenen die intens kunnen zijn, maar ook kunnen overgaan in een toestand van delirium, zodat de gebruiker tot overhaaste daden overgaat, misschien meer van zichzelf prijsgeeft dan voor een persoon als ik veilig is.

En nu begreep ik de waarheid. In mijn gretigheid om dit kind aan mijn verzameling toe te voegen had ik een fout begaan: ik had mijn ware gezicht laten zien, en de plotselinge intimiteit daarvan bracht me van mijn stuk, was onbeschrijflijk, trok aan me als een hongerige hond.

'Laat me los!'

Anouk glimlachte alleen maar.

Op dat moment werd ik bevangen door onvervalste paniek, en ik duwde haar uit alle macht weg. Ze gleed uit en viel achterover in de sneeuw, en zelfs toen voelde ik nog dat ze probeerde me te bereiken met die medelijdende blik in haar ogen...

Er zijn momenten waarop zelfs de besten het voor gezien moeten houden. Er komen anderen, houd ik mezelf voor, nieuwe steden, nieuwe uitdagingen, nieuwe geschenken. Maar vandaag wordt er niemand aan een verzameling toegevoegd.

En ik al helemaal niet.

Ik ren, bijna blindelings, door de sneeuw, wegglijdend op de keien, roekeloos in mijn haast om weg te komen, mezelf verliezend in de wind die van de Butte waait en die als een schier waarneembare zwarte rook boven Parijs uitstijgt, op weg naar een onbekende bestemming...

18

Maandag 24 december
Kerstavond, vijf over halftwaalf

IK MAAKTE EEN PAN WARME CHOCOLA. DAT DOE IK ALTIJD WAN-
neer ik gespannen ben, en die vreemde scène buiten had me meer
geschokt dan de anderen. Het moest door het licht gekomen zijn,
zei Nico, dat vreemde licht dat je krijgt wanneer het sneeuwt, of
door te veel wijn, of iets wat we gegeten hebben...

Ik liet het hem geloven, en de anderen ook, terwijl ik de bibbe-
rende Anouk de warmte van de winkel in leidde en warme chocola
in haar mok schonk.

'Voorzichtig, Nanou,' zei ik. 'Het is heet.'

Het is vier jaar geleden dat ze mijn chocola heeft gedronken, maar
deze keer dronk ze hem op zonder te klagen. Gehuld in een deken zat
ze al half te slapen, en ze kon ons niet vertellen wat ze had gezien in
die paar minuten buiten in de sneeuw, en ook kon ze niet uitleggen
waarom Zozie verdwenen was, of waarom ik dat vreemde gevoel had
gehad op het laatst, toen ik hun stemmen heel ver weg had gehoord...

Buiten had Nico iets gevonden.

'Hé, jongens. Ze heeft een schoen verloren.' Hij schudde de smeltende sneeuw van zijn laarzen en zette de schoen op de tafel tussen
ons in. 'Hè, ja. Chocola. Heerlijk!' Hij schonk een kop vol.

Ondertussen had Anouk de schoen opgepakt. Eén enkele schoen
van weelderig rood fluweel, met hoge hak en puntneus en rondom
bestikt met toverkracht en bezweringen, echt iets voor een avonturierster op de vlucht...

Pas me, zegt hij.

Pas me. Probeer me.

Even fronst Anouk haar wenkbrauwen. Dan laat ze de schoen
op de grond vallen. 'Weet je niet dat het ongeluk brengt als je een
schoen op tafel zet?'

Ik houd mijn hand voor mijn mond om een glimlach te verbergen.

'Bijna middernacht,' zeg ik. 'Ben je klaar om je cadeautjes open te maken?'

Tot mijn verbazing schudt Roux zijn hoofd. 'Dat was ik bijna vergeten. Het wordt al laat. Als we opschieten, zijn we net op tijd.'

'Op tijd waarvoor?'

'Verrassing,' zegt Roux.

'Beter dan cadeautjes?' vraagt Anouk.

Roux grijnst. 'Dat zullen we moeten afwachten.'

19

Maandag 24 december
Kerstavond, middernacht

DE PORT DE L'ARSENAL IS TIEN MINUTEN LOPEN VANAF DE PLACE
de la Bastille. We namen de laatste metro vanaf Pigalle en kwamen
een paar minuten voor twaalven aan. De bewolking was toen bijna
helemaal opgetrokken en ik zag flarden sterrenhemel, met oranje
en goud eromheen. Een zwakke geur van rook hing prikkelend
in de lucht, en in de spookachtige luminescentie van de gevallen
sneeuw waren de bleke torens van de Notre Dame in de nabije verte
nog net te zien.

'Wat doen we hier?' vroeg ik.

Roux grijnsde, en hij legde een vinger tegen zijn lippen. Hij
had Rosette op zijn arm, die heel wakker leek en alles met grote
ogen bekeek; de belangstelling van een kind dat allang in bed
had moeten liggen en van iedere minuut geniet. Ook Anouk leek
klaarwakker, hoewel er een spanning in haar gezicht was die me
deed vermoeden dat wat er op de Place des Faux-Monnayeurs
ook gebeurd mocht zijn, het nog niet helemaal voorbij was. De
meeste gasten waren op Montmartre gebleven, maar Michèle was
bij ons, en ze leek bijna bang het groepje te volgen, alsof iemand
zou kunnen denken dat ze daar het recht niet toe had. Zo nu en
dan raakte ze mijn arm aan, als bij toeval, of streelde ze Rosettes
haar, en keek ze naar haar handen, alsof ze verwachtte daar iets
te zien – een teken, een vlek – om zichzelf te bewijzen dat het allemaal echt was.

'Vind je het leuk om Rosette even vast te houden?'

Stil schudde Michèle haar hoofd. Ik had haar niet veel horen
zeggen sinds ik haar verteld had wie ik was. Dertig jaren van verdriet en verlangen hebben haar gezicht het aanzien gegeven van
iets wat te vaak gevouwen en gekreukeld is; lachen moet nog wen-

nen, en ze probeert het nu, alsof ze een kledingstuk past waarvan ze bijna zeker denkt te weten dat het niet zal passen.

'Ze proberen je op verlies voor te bereiden,' zei ze. 'Maar het komt nooit bij hen op je op het tegendeel voor te bereiden.'

Ik knikte. 'Ik weet het. Maar we redden het wel,' zei ik.

Ze glimlachte. Een betere lach dan die daarvoor, en hij bracht een vluchtige glans in haar ogen. 'Ik denk het ook,' zei ze, mijn arm vastpakkend. 'Ik heb zo'n gevoel dat dat in de familie zit.'

Op dat moment ging het eerste vuurwerk de lucht in, een chrysantachtige waaier boven de rivier vormend. Ook verder weg werd een vuurpijl de lucht in geschoten, en toen nog een, en nog een. Ze beschreven een gracieuze boog over de Seine in arabesken van groen en goud.

'Middernacht. Vrolijk kerstfeest,' zei Roux.

Het vuurwerk was bijna geluidloos, gedempt als het werd door de afstand en de sneeuw, en het duurde bijna tien minuten: spinnenwebachtige sporen en uiteenspattende boeketten en vallende sterren, en ringetjes van blauw en zilver en rood en roze vuur, die vanaf de Notre-Dame tot aan de Place de la Concorde allemaal naar elkaar riepen en wenkten.

Michèle keek ernaar met een kalm gezicht dat door iets meer dan vuurwerk werd verlicht. Rosette was wild aan het gebaren en kraaide van plezier, en Anouk keek met plechtige verrukking toe.

'Dat was het mooiste cadeau dat ik ooit gehad heb,' zei ze.

'Er komt nog meer,' zei Roux. 'Loop maar achter me aan.'

We liepen over de Boulevard de la Bastille naar de Port de l'Arsenal, waar boten van allerlei afmetingen veilig aangemeerd liggen omdat ze er geen last hebben van de deining en turbulentie van de Seine.

'Zij zei dat je geen boot had.' Het was de eerste keer dat ik Anouk over Zozie hoorde praten sinds de gebeurtenissen in Le Rocher de Montmartre.

Roux grijnsde. 'Kijk zelf maar,' zei hij, en hij wees naar de Pont Morland.

Anouk stond met grote ogen op haar tenen te kijken. 'Welke is van jou?' vroeg ze gretig.

'Kun je dat niet raden?'

Er liggen woonboten in de Arsenal die indrukwekkender zijn. Vaartuigen tot vijfentwintig meter lengte mogen de haven in, en deze is niet meer dan de helft van de lengte. Het is een oude boot, dat kan ik van hier zien, meer gebouwd op comfort dan op snelheid, en de vorm is ouderwets, minder gestroomlijnd dan de ernaast liggende boten, en de kiel is van stevig hout en niet van modern fiberglas.

En toch springt Roux' boot meteen in het oog. Zelfs op een afstand is er iets aan de vorm, aan de vrolijk gekleurde kiel, de potten met planten die in groepjes op de achterplecht staan en aan het glazen dak waardoor je de sterren kunt zien.

'Is dát de jouwe?' zegt Anouk.

'Vind je hem mooi? Er is nog meer. Wacht even,' zegt Roux, en we zien hem snel het trapje af gaan en naar zijn boot lopen die verderop bij de brug ligt.

Even verdwijnt hij. Dan zien we een vlammetje van een lucifer opflakkeren. Er gaat een lamp branden. Er wordt een kaars aangestoken. De vlam verplaatst zich en de boot komt tot leven terwijl er van voor- tot achtersteven kaarsen gaan branden op het dek, op het dak, op vensterbanken en op randjes – tientallen, misschien wel honderden. Ze branden zachtjes in jampotjes, op schoteltjes, ze schijnen vanuit blikjes en bloempotten, totdat de boot van Roux verlicht is als een verjaarstaart, en dan kunnen we zien wat we nog niet hadden opgemerkt: de luifel, het grote raam, het bord op het dak...

Hij zwaait uitbundig naar ons ten teken dat we dichterbij mogen komen. Anouk rent niet, maar houdt mijn hand vast, en ik voel haar trillen. Het verbaast me niets dat ik Pantoufle in de schaduwen bij onze voeten zie, maar is daar ook niet nog iets anders, iets met een lange staart dat springt en ondeugend met hem meeloopt?

'Vind je het mooi?' vraagt Roux.

Even zijn de kaarsen op zich al genoeg; een klein wonder dat zich weerspiegelt als duizend lichtpuntjes op het rustige water. Rosettes ogen zijn er vol mee, en Anouk, die met mijn hand in de hare toekijkt, slaakt een lange, lome zucht.

Michèle zegt: 'Het is prachtig.'

En dat is het ook. Maar het is meer dan dat...

'Het is een chocolaterie, hè?'

Natuurlijk, nu zie ik het. Aan het (nog onbeschreven) bord boven de deur en aan het kleine etalageraam dat met nachtlichtjes is omlijst, zie ik wat het voorstelt. Ik kan onmogelijk weten hoe lang hij ermee bezig is geweest dit kleine wonder tot stand te brengen, hoeveel tijd en werk en liefde zo'n project gevergd moet hebben...

Met zijn handen in zijn zakken slaat hij me gade. Er is een zweem ongerustheid in zijn ogen.

'Ik heb hem als wrak gekocht,' zegt hij. 'Laten drogen en opgeknapt. Sindsdien heb ik er steeds aan gewerkt. Heb er vier jaar lang al het geld dat ik verdiende, in gestoken. Maar ik heb altijd gedacht dat ik misschien op een dag...'

Ik snoer hem midden in zijn zin met mijn mond de mond. Hij ruikt naar verf en kruitdamp. En overal om ons heen branden de kaarsen, terwijl Parijs zachtjes ligt te stralen onder de sneeuw, en het laatste niet-officiële vuurwerk voorbij de Place de la Bastille wegsterft, en...

'Hé, zeg, kunnen jullie tweeën niet ergens binnen gaan zitten?' zegt Anouk.

Geen van ons tweeën heeft genoeg adem om antwoord te geven.

Het is stil onder Pont Morland terwijl we liggen te kijken hoe de kaarsen opbranden. Michèle ligt te slapen in de ene kooi, en Rosette en Anouk delen de andere. Anouks rode mantel is over hen beiden gedrapeerd en Pantoufle en Bam houden de wacht voor het geval ze naar mochten dromen.

Boven ons, in onze eigen kamer, zien we door het glazen dak de wijde hemel die apocalyptisch bezaaid is met sterren. Het geluid van het verkeer op de Place de la Bastille in de verte zou het geluid van de branding op een verlaten strand kunnen zijn.

Ik weet dat het maar goedkope magie is. Het had niet de goedkeuring van Jeanne Rocher kunnen wegdragen. Maar het is ónze magie, die van mij en die van hem, en hij smaakt naar chocola en champagne, en eindelijk laten we onze kleren van ons afglijden en liggen we in elkaars armen onder een deken van sterren.

Aan de overkant van het water klinkt muziek, een wijsje dat me bekend voorkomt.

V'là l'bon vent, v'là l'joli vent

Er staat geen zuchtje wind.

Epiloog

Dinsdag 25 december
Eerste kerstdag

EEN NIEUWE DAG, EEN NIEUW GESCHENK. EEN NIEUWE STAD OPENT zijn armen. Ach, Parijs begon een beetje muf te worden, en ik vind New York in deze tijd van het jaar enig. Het is wel jammer van Anouk. Nou ja, we zullen maar zeggen: weer een ervaring rijker.

En wat haar moeder betreft, ze heeft haar kans gehad. Er kunnen op de korte termijn enige onaangenaamheden ontstaan. Vooral Thierry zal proberen zijn aanklacht van fraude erdoor te krijgen, maar ik geef hem niet veel kans. Het stelen van identiteiten is tegenwoordig zo gewoon, zoals hij naar ik aanneem spoedig zal ontdekken wanneer hij naar zijn spaarrekening kijkt. En wat Françoise Lavery betreft: er zijn te veel mensen die kunnen zweren dat Vianne Rocher destijds in Montmartre was.

Intussen ben ik al op weg naar nieuwe grazige weiden. Er is in New York post zat, moet je weten, en het is te verwachten dat een bepaald percentage daarvan verloren gaat. Namen, adressen, creditcards – om het nog maar niet eens te hebben over bankgegevens, aanmaningen, lidmaatschappen van fitnessclubs, curricula vitae. Kortom: al die onbenulligheden waaruit een leven bestaat en die erop liggen te wachten om geoogst te worden door iemand met initiatief...

Wie ben ik nu? Wie zou ik kunnen zijn? Ik zou degene kunnen zijn die je straks tegenkomt op straat. Ik zou achter je in de rij kunnen staan bij de supermarkt. Ik zou je nieuwe hartsvriendin kunnen zijn. Ik zou iedereen kunnen zijn. Ik zou jou kunnen zijn...

Vergeet niet dat ik een ongebonden geest ben...

Dat ik reis op de wind.

Dankwoord

Wederom mijn welgemeende dank aan iedereen die dit boek van de babystapjes tot aan de hoge hakken heeft begeleid. Eveneens aan Serafina Clarke, Jennifer Luithlen, Brie Burkeman en Peter Robinson; aan mijn geweldige redacteur Francesca Liversidge; aan Claire Ward voor het prachtige omslagontwerp van de Engelse editie; aan mijn fantastische agent Louise Page-Lund en aan al mijn vrienden bij Transworld London. Veel dank ook aan Laura Grandi in Milaan en aan Jennifer Brehl, Lisa Gallagher en iedereen bij HarperCollins in New York. Dank ook aan mijn persoonlijke assistent Anne Riley; aan Mark Richards voor het beheren van de website; aan Kevin voor het beheren van alles; aan Anouchka voor de enchilada's en *Kill Bill*; aan Joolz, Anouchka's boze tante en aan Christopher, Onze Man in Londen. Mijn bijzondere dank gaat uit naar supervertegenwoordiger Martin Myers, die mij de afgelopen kerst bij zinnen heeft gehouden, en aan alle loyale vertegenwoordigers, bibliothecarissen en lezers die ervoor zorgen dat mijn boeken op de plank blijven.

Het is augustus, een warme, benauwde zomer in Parijs. Benauwd genoeg dat Vianne snakt naar een briesje, een zuchtje wind…
Dan ontvangt ze een brief uit Lansquenet-sous-Tannes die haar vraagt terug te keren naar het dorpje waar ze acht jaar eerder een chocolaterie opende. Met haar dochters Anouk en Rosette bezoekt ze oude vrienden en ze ontdekt dat er in Lansquenet veel is veranderd.
In haar vroegere winkel is opnieuw een vrouw alleen komen wonen, die – net als zijzelf acht jaar eerder – niet welkom is…

Paperback, 416 blz.

Lees hierna het begin van *De zoetheid van perziken*, het derde boek over Vianne en Roux!

1

Iemand heeft me eens verteld dat alleen al in Frankrijk elk jaar een kwart miljoen brieven bij de doden wordt bezorgd.

Wat ze er niet bij vertelde was dat de doden soms terugschrijven.

2

☾

Dinsdag 10 augustus

Het kwam op de wind van de ramadan. Niet dat ik dat toen wist, natuurlijk. Parijs is winderig in augustus en het stof veroorzaakt kleine derwisjen die over de stoepen draaien en dansen en kleine glinsterende gruisvlekjes op je oogleden en je gezicht achterlaten, terwijl de zon zinderend, als een blind wit oog, aan de hemel staat en niemand zin heeft in eten. Parijs is nu vrijwel uitgestorven, op een paar toeristen na en mensen als wij die zich een vakantie niet kunnen veroorloven. Ook stinkt de rivier en is er geen schaduw, en je zou er bijna alles voor over hebben om ergens blootsvoets in een wei te kunnen lopen of in een bos onder een boom te kunnen zitten.

Roux weet hoe het is, natuurlijk. Roux is niet geschikt voor het stadsleven. En wanneer Rosette zich verveelt, wordt ze ondeugend, en ik maak chocola die niemand koopt en Anouk gaat naar het internetcafé aan de Boulevard St.-Michel om met haar vrienden en vriendinnen te kletsen op Facebook, of ze loopt naar het kerkhof van Montmartre om naar de verwilderde katten te kijken die tussen de huizen van de doden door sluipen, terwijl de zon als een guillotine neerschijnt tussen de smalle schaduwen.

Anouk is vijftien. Waar blijft de tijd? Als parfum dat, hoe goed opgesloten in een fles ook, zo stilletjes vervliegt dat je wanneer je de fles opendraait en kijkt, alleen nog maar een geurende vlek aantreft waar ooit nog genoeg over was...

Hoe is het met je, mijn kleine Anouk? Wat gebeurt er in dat wereldje van jou? Ben je gelukkig? Rusteloos? Tevreden? Hoeveel van deze dagen hebben we nog voordat je de baan van mijn planeet voorgoed verlaat en als een eigenzinnige satelliet wegschiet en richting sterren verdwijnt?

Deze gedachtegang is verre van nieuw. Angst is mijn schaduw sinds de dag waarop Anouk werd geboren, maar deze zomer is de angst groter geworden en in de hitte uitgegroeid tot monsterachtige proporties. Misschien komt het door de moeder die ik heb verloren – en de moeder die ik vier jaar geleden vond. Of misschien komt het door de herinnering aan Zozie de l'Alba, de hartenverslindster, die me bijna alles ontnam en me liet zien hoe kwetsbaar ons leven kan zijn, hoe gemakkelijk het kaartenhuis bij het kleinste zuchtje wind kan instorten.

Vijftien. *Vijftien.* Op haar leeftijd had ik al de hele wereld gezien. Was mijn moeder stervende. Het woord 'thuis' betekende iedere plaats waar we overnachtten. Ik had nog nooit een echte vriend of vriendin gehad. En liefde? Tja, liefde was als de fakkels die 's avonds op de terrassen van cafés branden: een bron van vluchtige warmte, een aanraking, een gezicht dat je half ziet bij het licht van de vlam.

Ik hoop dat Anouk anders zal zijn. Ze is al mooi, hoewel ze zich daar totaal niet van bewust is. Op een dag zal ze verliefd worden. Wat zal er dan met ons gebeuren? Maar er is nog tijd, houd ik mezelf voor. Tot nu toe is de enige jongen in haar leven haar vriend Jean-Loup Rimbault, van wie ze meestal onafscheidelijk is, maar die deze maand weer voor een operatie naar het ziekenhuis moest. Jean-Loup is geboren met een hartgebrek; Anouk praat er niet over, maar ik kan haar angst wel begrijpen. Hij is als de mijne – een sluipende schaduw, een zekerheid dat niets blijvend is.

Ze heeft het nog wel eens over Lansquenet. Hoewel ze hier best gelukkig is, lijkt Parijs meer een halteplaats op een nog niet verkende route dan een thuis waarheen ze altijd zal terugkeren. Natuurlijk is een woonboot geen huis – hij mist de overtuiging van metselspecie en steen. Ook herinnert Anouk zich, met de eigenaardige nostalgie van heel jonge mensen, in rozige kleuren de kleine chocolaterie tegenover de kerk, met zijn gestreepte luifel en het met de hand beschilderde uithangbord. En ze krijgt een weemoedige blik in haar ogen wanneer ze spreekt over de vrienden die ze heeft achtergelaten, Jeannot Drou en Luc Clairmont, en over de straten waar je 's nachts zonder angst doorheen kunt lopen en over voordeuren die nooit op slot zitten.

Ik zou niet zo angstig moeten zijn, ik weet het. Mijn kleine Anouk is niet erg openhartig, maar in tegenstelling tot veel van haar vriendinnen is ze nog steeds op het gezelschap van haar moeder gesteld. Het gaat nog steeds goed tussen ons. We hebben samen nog steeds plezier. Lekker met zijn tweetjes in bed, met Pantoufle als een wazige vlek in mijn ooghoek, terwijl de draagbare televisie geheimzinnige beelden op de donkere ramen tovert en Rosette met Roux op het dek zit en in de roerloze Seine naar sterren vist.

Roux heeft aanleg voor het vaderschap. Dat had ik eigenlijk niet verwacht. Maar Rosette, die nu acht is en sprekend op hem lijkt, lijkt iets uit Roux te hebben gehaald wat noch Anouk, noch ik uit hem had kunnen halen. Er zijn zelfs momenten waarop ik denk dat ze meer bij Roux hoort dan bij wie ook; ze hebben een geheime taal – van getoeter en gekras en gefluit – waarin ze urenlang bezig kunnen zijn en waaraan niemand deel heeft, zelfs ik niet.

Verder praat mijn kleine Rosette nog steeds niet veel met anderen; ze geeft de voorkeur aan de gebarentaal die ze als kind heeft geleerd, en waarin ze heel bedreven is. Ze houdt van tekenen en rekenen; voor de sudoku op de achterpagina van *Le Monde* heeft ze maar een paar minuten nodig en ze kan grote reeksen getallen optellen zonder ze op te hoeven schrijven. We hebben een keer geprobeerd haar naar school te sturen, maar dat werd niets. De scholen hier zijn te groot en te onpersoonlijk om goed met een speciaal kind als Rosette om te kunnen gaan. Nu geeft Roux haar les en hoewel zijn lesmateriaal ongewoon is, met die nadruk op tekenen, vogelgeluiden en getallenspelletjes, lijkt het haar gelukkig te maken. Ze heeft natuurlijk geen vrienden, op Bam na, en soms zie ik haar met een blik van nieuwsgierig verlangen naar de kinderen kijken die op weg naar school langslopen. Over het geheel genomen hebben we het niet slecht in Parijs, ondanks alle anonimiteit; maar toch verlang ik op een dag als deze, net als Anouk, net als Rosette, weleens naar iets meer. Meer dan een boot op een rivier die stinkt, meer dan deze kookpot vol bedompte lucht, meer dan dit woud van torens en spitsen, of de kleine kombuis waarin ik mijn chocola maak.

Meer. O, dat woord. Dat bedrieglijke woord. Die levensvreter, die ontevredene. Die druppel die de emmer doet overlopen door... ja, wat te eisen?

Ik ben heel gelukkig met mijn leven. Ik ben gelukkig met de man van wie ik hou. Ik heb twee fantastische dochters en doe werk waarvoor ik in de wieg ben gelegd. Het is geen rijk bestaan, maar het helpt het liggeld te betalen en Roux neemt bouw- en timmerklussen aan die ons vieren drijvend houden. Al mijn vrienden van Montmartre zijn hier: Alice en Nico, madame Luzeron, Laurent van het cafeetje en Jean-Louis en Paupaul, de schilders. Ik heb zelfs mijn moeder in de buurt, de moeder die ik zo vele jaren verloren waande...

Wat zou ik nu nog meer kunnen wensen?

Het begon onlangs in de kombuis. Ik stond truffels te maken. In deze hitte zijn alleen truffels zonder risico; alle andere dingen kunnen schade oplopen, hetzij door koeling, hetzij door de hitte die overal in doordringt. Tempereer de couverture op de stenen plaat, verwarm hem voorzichtig op de kookplaat, voeg specerijen, vanille en kardemom toe. Wacht op precies het juiste moment waarop eenvoudige kookkunst verandert in een daad van huishoudmagie...

Wat had ik me nog meer kunnen wensen? Ach, misschien een briesje, hoe zacht ook, niet meer dan een kus in mijn nek, waar mijn haar, opgebonden in een slordige knot, al begon te prikken van het zomerzweet...

Een heel zacht briesje. Wat? Daar steekt toch geen kwaad in?

Dus riep ik de wind op – een beetje maar. Een warm, speels windje dat katten schichtig maakt en de wolken doet voortsnellen.

V'là l'bon vent, v'là l'joli vent.
V'là l'bon vent, ma mie m'appelle...

Het stelde echt niet veel voor, alleen maar dat kleine windvlaagje en een vleugje bekoring, als een glimlach in de lucht, een verre geur van stuifmeel en specerijen en gemberkoek met zich brengend. Het enige wat ik wilde was de wolken uit de zomerlucht vegen, de geur van andere plekken naar mijn stukje wereld brengen.

V'là l'bon vent, v'là l'joli vent...

En overal op de Rive Gauche vlogen de snoeppapiertjes als vlinders rond en de speelse wind trok aan de rokken van een vrouw die de Pont des Arts overstak, een mohammedaanse vrouw met een gezichtssluier, een nikab, waarvan je er tegenwoordig zo veel ziet, en ik ving een glimp op van kleuren onder de lange, zwarte sluier en even meende ik een trilling in de gloeiendhete lucht te zien, en de schaduwen van de in de wind zwaaiende bomen maakten gekke abstracte patronen op het stoffige water...

V'là l'bon vent, v'là l'joli vent...

Even bleef ze vanaf de brug naar me staan kijken. Ik kon haar gezicht niet zien, alleen maar de met zwart omrande ogen onder de sluier. Ze keek me aan en ik vroeg me af of ik haar ergens van kende. Ik hief een hand op en zwaaide naar haar. Tussen ons lag de Seine en de geur van chocolade die opsteeg uit het open raam van de kombuis.

Probeer me. Proef me. Even dacht ik dat ze terug ging zwaaien. De donkere ogen werden neergeslagen. Ze wendde zich af. En toen was ze verdwenen over de brug, op de wind van de ramadan, een gezichtloze, in het zwart geklede vrouw.

3

🌙

Vrijdag 13 augustus

Het gebeurt niet vaak dat je een brief van de doden krijgt. Een brief uit Lansquenet-sous-Tannes, een brief ín een brief, bezorgd in onze postbus (woonboten krijgen uiteraard geen post) en door Roux opgehaald, zoals hij elke dag doet wanneer hij brood gaat halen.

'Het is maar een brief,' zei hij tegen me, en hij haalde zijn schouders op. 'Misschien heeft het niets te betekenen.'

Maar die wind had de hele dag en de hele nacht gewaaid en we hebben de wind altijd gewantrouwd. Vandaag was hij vlagerig en veranderlijk en maakte in de stille Seine kommaatjes van turbulentie. Rosette was nerveus en oefende sprongen op de kade en speelde met Bam aan de waterkant. Bam is Rosettes onzichtbare vriend, hoewel hij niet altijd onzichtbaar is. Althans, niet voor ons. Zelfs klanten zien hem weleens, op dagen als deze, wanneer hij staat toe te kijken vanaf de zijkant van een brug of aan zijn staart aan een boom hangt. Natuurlijk ziet Rosette hem aldoor, maar ja, Rosette is ook anders.

'Het is maar een brief,' herhaalde Roux. 'Maak hem eens open en kijk wat erin staat.'

Ik rolde de laatste truffels voordat ik ze in dozen pakte. Bij onvoorspelbaar weer als dit zijn truffels zo ongeveer het enige wat je kunt maken. Het is hoe dan ook al moeilijk om chocola op de juiste temperatuur te houden, maar op een boot, met zo weinig ruimte, kun je het maar het best zo simpel mogelijk houden. Truffels zijn heel gemakkelijk te maken en de cacao waar ze doorheen gerold worden, voorkomt dat de chocola wit uitslaat. Ik bewaar ze onder de toonbank, bij de bakken met roestig oud gereedschap – moersleutels en schroevendraaiers, moeren en bouten – die zo levensecht zijn dat je zou zweren dat ze van metaal waren, en niet gewoon van chocola.

'Het is nu acht jaar geleden dat we daar zijn weggegaan,' zei ik, een truffel over mijn handpalm rollend. 'Van wie is hij eigenlijk? Ik herken het handschrift niet.'

Roux maakte de envelop open. Hij doet altijd wat het simpelst is. Hij is altijd in het nu; speculeren is niet echt iets waar hij zich mee bezighoudt.

'Hij is van Luc Clairmont.'

'De kleine Luc?' Ik herinnerde mij een onhandige tiener, verlamd door zijn gestotter. Met een schok realiseerde ik me dat Luc inmiddels een man moest zijn. Roux vouwde het papier open en las:

'Lieve Vianne en Anouk,

We hebben elkaar lang niet gezien. Ik hoop dat deze brief jullie bereikt. Zoals jullie weten liet mijn oma toen ze stierf alles aan mij na, inclusief het huis, het geld dat ze bezat en een envelop die ik pas op mijn eenentwintigste verjaardag mocht openmaken. Dat was in april en bij die brief zat dit. Het is aan jou geadresseerd.'

Roux viel stil. Ik keerde me om en zag dat hij een envelop in de lucht hield – onversierd, wit, een beetje versleten, getekend door het voortschrijden van de jaren en de aanraking van levende handen op het dode papier. En daar stond mijn naam, in blauwzwarte inkt, in Armandes handschrift – artroseachtig, gebiedend, nauwgezet.

'Armande,' zei ik.

Mijn lieve oude vriendin. Wat vreemd, wat droevig, om nu iets van je te horen. Om de envelop te openen, een zegel te verbreken dat bros is geworden door de tijd, een envelop die jij dichtgelikt moet hebben, net zoals je aan de suikerlepel in je kop chocola likte, opgetogen, gretig, als een kind. Je keek altijd zo veel verder vooruit dan ik, en jij hebt me leren zien, of je dat nu leuk vindt of niet. Ik weet niet goed of ik wel bereid ben te zien wat er in deze mededeling van voorbij het graf staat, maar je weet dat ik hem desondanks zal lezen.

Lieve Vianne, stond er boven aan de brief.

Ik kan haar stem horen. Zo droog als cacao, en zoet. *Ik herinner me nog dat de eerste telefoon in Lansquenet kwam. Tjonge, wat een opschudding gaf dat! Iedereen wilde hem een keer proberen. De bisschop, die hem in zijn huis had, kwam om in de cadeautjes en de steekpenningen. Nou, als ze dat al als een wonder beschouwden,*

moet je je eens voorstellen wat ze hiervan zouden vinden. Dat ik te-
gen je praat vanuit het rijk der doden. En voor het geval je het je
afvraagt, ja, ze hebben chocola in het paradijs. Zeg maar tegen mon-
sieur le curé dat ik dat gezegd heb. Kijk maar of hij inmiddels tegen
een grapje kan.

Ik hield even op. Ging op een van de krukjes in de kombuis zitten.

'Gaat het?' vroeg Roux.

Ik knikte en las verder. *Acht jaar. Daarin kan veel gebeuren, hè?*
Kleine meisjes beginnen groot te worden. De seizoenen veranderen.
Het leven gaat door. Mijn eigen kleinzoon, eenentwintig! Een mooie
leeftijd, dat herinner ik me nog wel. En jij, Vianne, ben jij weer verder
getrokken? Ik denk het wel. Jij was niet aan blijven toe. Wat niet zeg-
gen wil dat je dat op een dag niet zal doen – houd een kat binnen en
hij wil dolgraag naar buiten. Houd hem buiten en hij zit te miauwen
dat hij naar binnen wil. Mensen zijn niet veel anders. Daar kom je
nog wel achter, als je ooit terugkomt. En waarom zou je, hoor ik je
vragen. Ik beweer natuurlijk niet dat ik in de toekomst kan kijken. Of
in ieder geval niet zo precies. Maar je hebt Lansquenet ooit een goede
dienst bewezen, hoewel niet iedereen dat toen zo zag. Maar toch, de
tijden veranderen. Dat weten we allemaal. En één ding is zeker: vroeg
of laat zal Lansquenet je weer nodig hebben. Ik kan er echter niet op
vertrouwen dat onze koppige curé je zal vertellen wanneer dat het
geval is. Doe me dus één laatste plezier. Reis terug naar Lansquenet.
Neem de kinderen mee. En Roux, als hij er is. Zet bloemen op het
graf van een oude vrouw. Niet uit de winkel van Narcisse, hoor. Echte
bloemen, van het land. Groet mijn kleinzoon van me. Drink een kop
chocola.

O ja, nog één ding, Vianne. Er stond bij mijn huis altijd een perzik-
boom die tegen de zijkant van het huis aan groeide. Als je in de zomer
komt, zullen de vruchten wel rijp zijn en kunnen ze geplukt worden.
Geef er een paar aan de kleintjes. Ik zou het vreselijk vinden als de
vogels ze allemaal opaten. En denk erom: alles keert weer. De rivier
brengt uiteindelijk alles terug.

Met alle liefs, zoals altijd,

Armande

Ik staarde lang naar het papier, hoorde haar stem in mijn hoofd.
Ik had hem in mijn dromen zo vaak gehoord, wanneer ik balan-
ceerde op de rand van de slaap; dan hoorde ik haar droge oude-
vrouwenlach in mijn oren en hing haar geur – lavendel, chocola,

oude boeken – als verguldsel in de lucht. Ze zeggen dat geen mens ooit sterft zolang er iemand is die zich hem herinnert. Misschien is dat de reden waarom Armande zo heel duidelijk in mijn gedachten blijft, met haar bessenzwarte ogen, haar vrijpostige houding, de rode onderrokken die ze droeg onder de zwarte rouwrokken. En daarom kon ik haar niets weigeren, ook al zou ik dat willen; ook al had ik me voorgenomen nooit meer naar Lansquenet terug te gaan, het dorpje waar we het meest op gesteld waren geweest, het dorpje waar het ons bijna gelukt was te blijven, maar waaruit de wind ons had verdreven, en waar de helft van ons was achtergebleven...

En nu waaide die wind weer. Waaide van over het graf, de bekoorlijke geur van perziken meedragend...

Neem de kinderen mee.

Ach, waarom ook niet.

Laten we het als vakantie beschouwen, dacht ik. Een reden om de stad te verlaten, om Rosette een plek te geven om te spelen, om Anouk de kans te geven oude vrienden terug te zien. En ja, ik mis Lansquenet: de grauwe huizen, de straatjes die naar de Tannes af lopen, de smalle stroken akkerland die zich over de blauwe heuvels uitstrekken. En Les Marauds, waar Armande woonde, de oude verlaten leerlooierijen, de huizen met de gedeeltelijke vakwerkmuren, die verlaten, als dronkaards over de Tannes heen hangen, waar de rivierzigeuners hun boten aanmeerden en langs de rivier hun kampvuren lieten branden...

Reis terug naar Lansquenet. Neem de kinderen mee.

Dat kon toch geen kwaad?

Ik had nooit iets beloofd. Het was nooit mijn bedoeling geweest de wind te veranderen. Maar als je door de tijd terug kon reizen en jezelf kon terugvinden zoals je ooit was, zou je dat dan niet proberen, al was het maar voor één keer, om zo de mogelijkheid te hebben jezelf op de een of andere manier te waarschuwen? Zou je niet van alles en nog wat recht willen zetten? Haar willen laten weten dat ze niet alleen was?

4

☾

Anouk nam het nieuws over onze reis met levendig, ontroerend enthousiasme in ontvangst. Haar schoolvrienden en -vriendinnen zijn bijna allemaal weg in augustus en nu Jean-Loup nog in het ziekenhuis ligt, is ze te veel alleen en slaapt ze meer dan goed voor haar is. Ze moet er een poosje tussenuit – wij allemaal, besef ik. En Parijs is in augustus werkelijk afschuwelijk – een spookstad, verpletterd onder een vuist van hitte. De rolluiken van de winkels zijn gesloten, de straten zijn leeg, op een paar toeristen na, met hun rugzakken en hun basketbalpetten, en de handelaars die hen als een zwerm vliegen volgen.

Ik zei tegen haar dat we naar het zuiden gingen.

'Naar Lansquenet?' vroeg ze meteen.

Dát had ik niet verwacht. Nog niet. Misschien had ze mijn kleuren gelezen. Maar haar gezicht klaarde meteen op en haar ogen, die zo expressief zijn als de lucht met al zijn variaties, verloren die onweersachtige, onheilspellende blik die tegenwoordig zo gewoon lijkt en glansden van opwinding, precies zoals die keer dat we er voor het eerst kwamen, lang geleden, op de carnavalswind. Rosette, die Anouk in alles nadoet, hield ons nauwlettend in de gaten en wachtte op een teken.

'Als je dat wilt,' zei ik ten slotte.

'Cool,' zei Anouk.

'Coo,' zei Rosette.

Een ketsend geluid op de olieachtige Seine gaf aan dat Bam het ook een goed idee vond.

Alleen Roux zei niets. Hij is zelfs ongewoon zwijgzaam geweest sinds Armandes brief.

Het is niet zo dat hij voor Parijs een bijzondere genegenheid heeft, want hij verdraagt de stad voor ons en beschouwt de rivier, en niet de stad, als zijn thuis. Maar Lansquenet heeft hem slecht behandeld en dat is Roux nooit vergeten. Hij koestert nog steeds wrok vanwege het verlies van zijn boot en wat er daarna gebeurde. Hij heeft er een paar vrienden, onder wie Joséphine, maar over het geheel genomen ziet hij het dorp als een verzamelplaats van klein-geestige, intolerante lieden die hem bedreigd hebben, zijn huis hebben verbrand en zelfs geweigerd hebben hem inkopen te laten doen. En wat de curé, Francis Reynaud, betreft...

Ondanks zijn eenvoud heeft Roux iets nors. Als een wild dier dat getemd kan worden, maar onvriendelijkheid nooit vergeet, kan hij zowel intens loyaal zijn als intens onverzoenlijk. Ik vermoed dat zijn mening over Reynaud nooit zal veranderen, en wat het dorp zelf betreft voelt hij alleen maar minachting voor de tamme ko-nijntjes van Lansquenet, die zo stilletjes aan de oever van de Tan-nes wonen en nooit voorbij de volgende heuvel durven kijken, en terugschrikken voor ieder zuchtje verandering, de aankomst van iedere vreemdeling.

'En,' zei ik, 'wat vind jij?'

Roux zei lange tijd niets; hij keek naar de rivier terwijl zijn lange haar voor zijn gezicht hing. Toen haalde hij zijn schouders op.

'Misschien niet.'

Ik was verrast. In alle opwinding had ik er niet aan gedacht hem te vragen wat hij voelde. Ik was ervan uitgegaan dat ook hij de kans op verandering van omgeving zou verwelkomen.

'Wat bedoel je: misschien niet?'

'De brief was aan jou geadresseerd, niet aan mij.'

'Waarom zei je dat niet eerder?'

'Ik zag dat je erheen wilde.'

'En jij zou liever hier blijven?'

Weer haalde hij zijn schouders op. Soms heb ik het gevoel dat zijn zwijgen meer zegt dan zijn spreken. Er is iets in Lansquenet dat Roux niet opnieuw wil tegenkomen, of iemand die hij niet opnieuw wil tegenkomen, en ik wist dat hoe ik ook door zou vragen, hij niets zou bekennen.

'Het geeft niet,' zei hij ten slotte. 'Doe wat je doen moet. Ga er-heen. Zet bloemen op Armandes graf. En kom dan weer terug bij mij.' Hij lachte naar me en kuste mijn vingertoppen. 'Je smaakt nog naar chocola.'

'Je blijft erbij?'

Hij knikte. 'Je blijft niet zo lang weg. En bovendien moet er iemand op de boot passen.'

Dat was waar, bedacht ik. Maar toch vond ik het geen prettige gedachte dat Roux liever achterbleef. Ik was ervan uitgegaan dat we per boot zouden reizen; Roux kent alle waterwegen. Hij zou ons meegenomen hebben over de Seine en door een doolhof van kanalen naar de Loire en daarvandaan door het Canal des Deux Mers, de Garonne en ten slotte de Tannes op, via sluizen en overhalen, door snel en langzaam stromend water, langs velden en kastelen en industrieterreinen. We zouden het water hebben zien veranderen van breed in smal en weer breed, van olieachtig in groen, van snel in traag bewegend, van bruin in zwart in geel in helder.

Iedere rivier heeft zijn eigen persoonlijkheid. De Seine is steeds bedrijvig, een verkeersader vol schuiten met hoge stapels hout, kratten, scheepscontainers, metalen balken en auto-onderdelen. De Loire is zanderig en verraderlijk, zilverachtig in het zonlicht, maar troebel onder het oppervlak, en hij wemelt van de slangen en de zandbanken. De Garonne is onstuimig, onregelmatig, deels ruim, deels zo ondiep dat een woonboot, zelfs een kleine als de onze, met een hijsinstallatie van het ene niveau naar het andere moet worden getild, wat tijd kost, kostbare tijd...

Maar van dat alles gebeurde niets. We namen de trein. In heel veel opzichten een betere keuze; bovendien kun je niet zomaar met een woonboot de Seine af varen. Je moet allerlei formulieren invullen, toestemming vragen, ligplaatsen bemachtigen en talloze administratieve handelingen verrichten. Maar op de een of andere manier geeft het me een onbehaaglijk gevoel zo naar Lansquenet te moeten terugkeren, met een koffertje in mijn hand, als een vluchteling, en met Anouk als een zwerfhond achter me aan.

Waarom zou ik me zo slecht op mijn gemak voelen? Ik hoef immers niets te bewijzen. Ik ben niet meer de Vianne Rocher die acht jaar geleden kwam aanwaaien. Ik heb nu een eigen zaak, een thuis. We zijn geen rivierratten meer, die van dorp naar dorp trekken op zoek naar een schamel inkomen, naar seizoenarbeid, spit-, planten oogstwerk. Ik heb mijn lot nu in eigen hand. Ik ben degene die de wind oproept. Hij gehoorzaamt mij.

Vanwaar dan dit gevoel van urgentie? Is het om Armande? Om mezelf? En hoe komt het dat de wind niet is afgenomen sinds we uit Parijs zijn vertrokken, maar juist hardnekkiger lijkt te zijn gaan waaien hoe verder zuidwaarts we komen, met een steeds klaaglijker geluid – *haast je, haast je, haast je?*

Armandes brief zit in de doos die ik met me meeneem waar ik ook heen ga, samen met de tarotkaarten van mijn moeder en de fragmenten van mijn andere leven. Het stelt niet zo veel voor als afspiegeling van een heel leven, al die jaren waarin we rondtrokken, de steden die we bezochten, de mensen die we ontmoetten, de recepten die ik verzamelde, de vriendschappen die we sloten en weer kwijtraakten. De tekeningen die Anouk op school maakte. Een paar foto's, niet veel. Paspoorten, ansichtkaarten, geboorteakten, identiteitskaarten. Al die momenten, al die herinneringen. Alles wat we zijn, gecomprimeerd tot een paar honderd gram papier, het gewicht van een mensenhart – soms een onverdraaglijke gedachte.

Haast je, haast je. Weer die stem.

Van wie is hij? Van mezelf? Van Armande? Of is het de stem van de veranderende wind, die zo zacht waait dat ik soms haast kan geloven dat hij voorgoed is gaan liggen?

Hier, op het laatste traject van onze reis, staat de berm vol met paardenbloemen, die nu bijna allemaal zaad hebben gevormd, zodat de lucht gevuld is met vrolijke pluisjes.

Haast je, haast je. Reynaud zei altijd dat als je paardenbloemen zaad laat vormen, ze het jaar daarna overal opschieten: langs de kant van de weg, in de berm, in bloemperken, in wijngaarden, in kerkhoven, in tuinen en zelfs in de spleten op de stoep, zodat er na één, of misschien twee jaar alleen nog maar paardenbloemen over zijn, die oprukken over het land, hongerig, onuitroeibaar...

Francis Reynaud had een hekel aan onkruid. Maar ik hield altijd van paardenbloemen, van de vrolijke kopjes, de smakelijke bladeren. Toch heb ik er hier nog nooit zó veel zien groeien. Rosette plukt ze graag en blaast de pluisjes de lucht in. Volgend jaar...

Volgend jaar.

Wat vreemd, dat ik aan volgend jaar denk. We zijn niet gewend vooruit te denken. We zijn altijd als die paardenbloempluisjes geweest: je vestigt je een seizoen en dan laat je je weer door de wind meevoeren. De wortels van paardenbloemen zijn sterk. Dat moet ook wel, om voeding te vinden. Maar de plant bloeit maar één seizoen – ervan uitgaand dat er niet iemand als Francis Reynaud is langsgekomen om hem uit te rukken – en nadat hij zaad heeft gevormd, moet hij zich op de wind verplaatsen om voort te bestaan.

Wil ik daarom zo graag terug naar Lansquenet? Reageer ik op een instinct dat zo diep zit dat ik me nauwelijks bewust ben van de behoefte terug te keren naar de plek waar ik ooit deze volhardende zaadjes heb gezaaid? Ik vraag me af wat er in onze afwezigheid is gegroeid, als er al iets gegroeid is. Ik vraag me af of ons verblijf daar een spoor, hoe klein ook, heeft nagelaten. Hoe denken de mensen aan ons terug? Met genegenheid? Met onverschilligheid? Herinneren ze zich ons eigenlijk wel, of heeft de tijd ons uit hun geheugen gewist?

Lees verder in *De zoetheid van perziken.*